내 도도한 항아리

내
도도한
항아리

2

라혜원 장편소설

꼬뮤

내 도도한 항아리 2

초판 1쇄 발행 2015년 12월 31일

지은이 라혜원
펴낸이 윤승일
펴낸곳 고즈넉

출판등록 2011년 3월 30일 제319-2011-17호
주소 서울시 동작구 등용로 37, 106동 201호
대표전화 02-6269-8166 **팩스** 02-6166-9199
이메일 realfan2@naver.com

ⓒ 라혜원, 2015
ISBN 978-89-6885-034-9　04810
　　　978-89-6885-032-5　(세트)

차 례

위험한 항아리

"아, 거 좀 가만있어 보라니까! 어허, 어딜 누워, 어딜?"

석개는 흐느적거리는 수생의 몸을 일으켜 세우느라 끙끙댔다. 길바닥에 철퍼덕 주저앉은 수생은 달짝지근한 술 냄새를 풍기면서 앞으로, 옆으로, 좌우 가리지 않고 몸을 흔들거리고 있었다.

실없는 웃음을 입가로 질질 흘리는 수생의 모습은 누가 봐도 영락없는 주정뱅이였다. 그런 와중에도 석개의 손이 제 몸에 닿는다 싶으면 매섭게 그 손을 쳐내는 것만은 잊지 않았다. 성질이 뻗친 석개가 수생을 잡고 있던 손을 홱 밀치듯 놓았다.

수생의 상체가 앞으로 고꾸라졌다. 그대로 바닥에 처박히는가 싶던 머리가 땅에 닿기 일보 직전 멈췄다. 가슴팍에 안고 있던 항아리 덕분이었다.

그 자세 그대로 꾸벅거리면서 수생은 알아들을 수 없는 콧노래를 흥얼거리기 시작했다.

"아이고, 복장 터져! 나리, 도저히 안 되겠습니다요. 이 진상을 끌고 가다간 쉰네가 먼저 속 터져서 뒈져버릴 것 같다니까요."

석개는 능창군을 향해 우는 소리를 했다. 늦여름 밤의 바람이 선선한 공기를 실어왔지만 석개의 이마는 땀으로 번들거리고 있었다. 술에 취해 너부러지며 뻗대는 수생 때문에 얼마나 진땀을 뺐는가를 그 이마가 제대로 보여주고 있었다.

"그러게 내가 한다니까 왜 괜히 나서서 고생이냐?"

가볍게 핀잔을 주며 능창군은 수생의 등 뒤로 다가섰다. 어깨 밑으로 손을 쑥 집어넣자 눈을 번쩍 뜬 수생이 몸을 비틀며 버둥거렸다.

"잘 잡고 있거라."

능창군은 겨우 일으켜 세운 수생을 석개에게 맡기고 옆에 세워놓은 말 위로 풀쩍 뛰어올랐다. 그리고 석개와 힘을 합쳐 버둥거리는 수생을 기어이 말 위로 끌어 올려 제 앞에 앉혔다.

"괜찮으시겠습니까요, 나리?"

포대 자루처럼 자꾸만 앞으로 엎어지려 하는 수생과 그런 수생을 잡아주려 애쓰는 능창군을 보며 석개가 걱정스러운 표정을 했다.

"이놈은 내게 맡기고, 너는 얼른 새문리로 뛰어가거라. 가서 윤상궁에게 집 앞에 나와 있으라고 전해다오."

"아, 대체 왜 이렇게까지 해야 되는지 이해가 안 됩니다요. 그냥

버리고 가자니까요. 지 앞길은 지가 알아서 할 자신이 있으니까 저렇게까지 술을 퍼마신 것 아니겠습니까요!"

"아무리 그렇다 한들 몸도 못 가누는 사람을 두고 그리할 수야 있나. 내 걱정일랑 말고 넌 어서 가서 윤상궁에게 내 말이나 전하거라."

불만으로 석개의 입이 쑥 튀어나왔다. 하지만 그래본들 능창군의 고집을 꺾을 수 있을 리 없었다. 석개는 새문리를 향해 내키지 않는 발걸음을 재촉했다.

능창군은 한 손으로는 수생의 어깨를, 다른 한 손으로는 말고삐를 움켜쥐었다. 고삐를 당기자 말이 천천히 걸음을 옮기기 시작했다. 그러나 몇 걸음 가지 않아 능창군은 다시 말을 멈출 수밖에 없었다. 사방으로 휘청거리고 있는 수생이 아무래도 위태로워 보였기 때문이다.

"가만 좀 있어 보거라. 잘못 하다 떨어지면 크게 다치는 수가 있으니."

"물론입니다! 가만히 있겠습니다, 가만히…… 흐흐, 근데 왜 움직이지? 나리, 제가 왜 움직이고 있습니까? 귀신이 곡할 노릇 아닙니까. 맞다, 귀신…… 어디 갔냐, 귀신아!"

주정을 하다 말고 갑자기 고개를 번쩍 든 수생이 뒤를 휙 돌아보았다.

눈앞에 보이는 얼굴을 제대로 들여다보려고 수생은 눈을 부릅떴다. 그러나 눈동자의 초점을 모으려고 하면 할수록 눈앞의 얼굴은 더 흐릿해질 뿐이었다.

"뭐지, 왜 얼굴이 몇 개야? 흥, 그런다고 내가 놀랠 줄 알고? 나쁜 놈……."

수생은 혀 꼬부라지는 소리로 알아들을 수 없는 말들을 옹알댔다. 능창군은 고개를 절레절레 흔들며 한숨을 푹 내쉬었다.

허긴 다섯 잔이나 마셨으니 이리 되는 것도 무리는 아니지.

조금 전 끝난 편사대회의 회포를 푸는 자리에 수생을 데리고 간 건 소진사였다. 정자로 올라가려던 능창군에게 그는 사죄의 의미로 술을 한 잔 대접하고 싶다고 했다.

극구 사양하는 수생의 소매도 붙잡았다. 자신의 본래 의도는 정당한 승부를 가리고자 함이었지 애꿎은 사람에게 누명을 씌우려 한 것이 아니었다면서.

그렇게 끌려가다시피 올라간 정자에서 수생은 연거푸 다섯 잔의 술을 받았다. 활을 쏜 사원들이 일순에 다섯 발의 화살을 날렸으니 그 화살을 확인하는 자리에 있던 고전도 한 번에 술 다섯 잔을 받아야 한다는 억지 같은 논리에 굴복당하고 만 것이다.

게다가 소진사가 자꾸만 그 종잡을 수 없는 눈길을 자신에게 보내는 것도 수생은 꺼림칙했다. 술을 받길 마다했다가는 사내가 아니라는 사실을 들켜버릴지도 모른다는 생각이 들었던 것이다. 그래서 건네는 술잔들을 용감하게 넙죽넙죽 받은 결과가 이것이었다.

한숨을 쉰 능창군이 말에서 내렸다. 수생은 여전히 말 위에서 휘청거리고 있었다. 그 품에서 항아리를 빼내자, 가물거리던 수생의 눈이 번쩍 떠졌다.

"안 훔쳐간다. 걱정 말거라."

능창군은 다시 수생의 앞자리에 올라탔다. 그리고 수생의 두 손목을 차례로 잡아 앞으로 끌어왔다. 이렇게 두 팔을 자신의 허리에 두르게 한 다음 그 손을 묶어놓으면 말에서 떨어질 염려는 없을 듯했다.

항아리를 품에 안은 후 능창군은 수생의 두 손을 그 위에 올렸다. 항아리가 다시 제 손바닥에 잡히자 안심했는지 수생이 능창군의 등에 얼굴을 기대왔다.

두 사람을 태운 말은 한성의 골목길을 가로질러 갔다.

두 팔로 능창군의 허리를 두른 사내. 그리고 그 사내의 팔을 지긋이 잡고 있는 능창군의 손. 사정 모르는 사람들이 본다면 영락없이 남색으로 의심받을 만한 풍경이었다.

역시 기색증만으로는 모자랐던 게지.

능창군은 요전 날 형님들과 나누었던 대화를 상기하며 피식 웃었다.

끈으로 묶인 손목이 갑갑했던지 수생이 두 손목을 이리저리 비틀었다. 너무 꽉 묶었던 겐가. 끈이 묶인 상태를 확인하려고 두 손을 수생의 손목 위로 가져갔다. 그러자 손목을 비트는 움직임이 좀 더 격렬해졌다.

갑자기 능창군의 등에서 체온이 떨어져나갔다. 그와 동시에 수생의 혀 꼬부라진 목소리가 밤공기를 울렸다.

"야, 이 치사한 놈아! 툭하면 사라져버리기나 하고……. 그럼 내가 못 찾을 줄 알았냐! 흐흐, 찾았다고…… 내가, 내가! 알았냐? 알았으면 사람 우습게 보지 말라고……."

항아리를 좀 더 꼭 안으려는 것인지, 수생이 능창군의 허리를 감은 팔을 죄어왔다. 왠지 모르게 그 얼굴이 배시시 웃고 있을 것 같은 생각이 들었다.

누구에게 말을 건네고 있는 것일까.

횡설수설이긴 했지만 자세히 들어보면 수생은 특정한 이에게 시비를 걸고 있는 중인 듯했다. 어찌됐든 그 상대가 능창군 자신이 아니라는 것만은 분명했다.

놓칠 새라 꼭 안고 있는 저 항아리와 관련된 사람이겠지. 그렇다면 그자가 혹시?

능창군의 마음속에서 호기심 비슷한 감정이 몽글몽글 피어오르기 시작했다.

제 궁금증을 속에 담아놓기가 싫어서 능창군은 입을 열었다.

"이 항아리가 있어야 돌아온다던 네 벗……. 그 벗이 나를 닮았다는 그 사내더냐?"

제대로 된 대답을 듣기 힘든 상황이라는 건 알고 있었다. 그런데 의외로 수생의 입에서 꽤 문맥에 맞는 대답이 흘러나왔다.

"닮았다고?"

수생은 다시 고개를 들었다. 흔들리는 눈동자 안에 능창군의 옆모습이 담겼다. 단아하고 날렵한 콧날과 우아한 목덜미의 선이 달빛을 받아 빛나고 있었다.

갑자기 정신이 번쩍 드는 기분이었다.

"어! 능창군 나리다!"

마치 그가 자신 앞에 있다는 사실이 새삼스러운 발견이라도 된다는 듯 수생의 목소리가 커졌다.

그 반응에 불쑥 능창군의 장난기가 발동했다. 정말 이 아이가 자신을 다른 사내와 착각했던 것인지 이 기회에 다시 한 번 확인을 해 보고 싶기도 했다.

"능창군이라니, 아직도 네 눈엔 내가 그렇게 보이더냐?"

짐짓 심각한 표정으로 능창군은 수생을 향해 고개를 더 돌렸다. 술기운에서 빠져나온 수생의 눈동자가 능창군의 얼굴 위를 배회했다. 하지만 그것도 잠시, 이내 다물어졌던 수생의 입술이 풀리며 그 사이로 웃음이 비어져 나왔다.

"헤헤, 누굴 바보로 아십니까? 이번엔 안 속습니다!"

"어찌 그리 자신하느냐? 무엇을 보고 날 능창군이라 여기는 것이지?"

"능창군 나리는…… 따뜻하시단 말입니다."

대답과 동시에 수생의 뺨이 능창군의 어깨 뒤로 내려앉았다.

"차갑지도, 어둡지도 않고……."

거의 속삭임처럼 들리던 말이 끝을 맺지 못하고 스르르 사라져 갔다.

차갑고 어두운 사내라…….

"그런 자를 어째서 그리 기다리고 있는 것이더냐?"

잠이 들었는지 모른다고 생각하면서도 능창군은 물었다.

"그야……."

그자가 제 소원을 들어준다고 했으니까요.

수생의 머릿속에선 분명 그런 대답이 또박또박 흘러나오고 있었다. 그러나 능창군의 귀에 실제로 들려온 것은 잠꼬대를 닮은 대답과 좋아서 죽겠다는 듯한 얼빠진 웃음소리뿐이었다.

그 웃음을 끝으로 쌔근대는 숨소리가 이어졌다. 그 숨소리는 규칙적으로 이어지다가 한 번씩 콧김을 뿜어내는 말처럼 푸드덕거려 능창군을 웃게 만들었다.

그러는 사이, 그들은 어느새 새문리에 가까워지고 있었다.

석개가 제대로 말을 전하였다면 저 골목 모퉁이 뒤에서 윤상궁이 기다리고 있을 것이었다.

자신의 등 뒤에 술 취한 제 조카가 널브러져 있는 것을 보면 안 그래도 엄한 그 얼굴이 얼마나 딱딱하게 굳을 것인가.

얼른 등 뒤의 아이를 깨워야겠다는 생각이 들었다. 그러다 문득 자신이 아이의 이름조차 모르고 있다는 것을 깨달았다.

"너 말이다, 이름이 무엇이더냐?"

고개를 반쯤 돌린 채 능창군이 목소리를 높였다. 대답인지 신음인지 모를 짧은 대답이 돌아왔다. 지금 이 초보 취객에겐 그의 목소리가 잠을 깨우는 불청객의 잔소리로 들리는 것이 틀림없었다.

"가르쳐주지 않을 테냐? 그럼 내 마음대로 불러도 되겠느냐? 가만 있자, 뭐가 좋을까……."

능창군은 등 뒤의 아이를 놀려줄 우스꽝스러운 이름들을 궁리해보았다.

그때 귓가에 짧은 답변이 들려왔다.

"수생……."

이번에는 꽤나 또렷한 발음이었다. 취할 대로 취한 주제에 그래도 제 이름 하나는 지키고 싶은 모양이었다.

"수생? 그것이 네 이름이냐?"

끄덕이는 고갯짓이 능창군의 어깨를 통해 전해져왔다.

"무슨 뜻이더냐?"

"지킬 수, 살 생……."

비록 혀가 꼬인 채 흘러나오는 대답이었지만 능창군은 그 속에 수생의 흐뭇한 미소가 섞여 있음을 알았다. 제 이름을 좋아하는 수생의 마음이 느껴졌다.

능창군도 그 이름이 무척 마음에 들었다. 상협의 벗이라는 자의 이름을 들었을 때 그녀가 그랬던 것처럼 능창군도 그 이름을 조용히 입안에 넣고 불러보았다.

"수생……. 생을 지킨다……. 내 소원을 품고 있었구나, 네가."

전언을 받고 길가에 나와 있던 윤상궁은 저 멀리서 다가오는 말 그림자를 보자 서둘러 앞으로 걸어 나갔다.

석개는 분명 능창군이 활터에서 만났다는 술 취한 사내를 데려오는 중이라 했다. 그런데 왜 자신더러 집 앞까지 나와 있으라고 한 것일까. 보통 이런 일에는 힘 좋은 아랫것들을 부르는 게 일반적인 일이 아니던가.

윤상궁을 발견한 능창군이 살짝 말에 박차를 가했다. 속도를 높인 말은 금세 윤상궁의 앞까지 와서 멈춰 섰다.

석개의 말처럼 그의 등 뒤에는 술에 취한 사내 하나가 업힌 듯 앉아 있었다. 반대쪽으로 고개를 돌리고 있는 탓에 그의 얼굴까지는 보이지 않았다.

"여기까지 나오라 해서 미안하네. 허나, 자네가 아니면 안 될 것 같아서 말일세. 우선 이것 좀 받아주게나."

능창군이 내민 것은 방금 전까지 사내가 껴안고 있던 항아리였다. 윤상궁은 말없이 항아리를 건네받았다.

"다 왔다. 정신 좀 차려보거라."

능창군은 자신의 허리를 두른 사내의 손을 아래위로 흔들었다. 깨기 싫다는 듯, 사내가 투정 같은 고갯짓을 했다.

이내 능창군이 손가락을 부지런히 움직이기 시작했다. 그제야 사내의 손목을 묶고 있는 도포 끈이 윤상궁의 눈에 들어왔다. 그 끈을 열심히 풀어내는 능창군의 모습을 그녀는 가만히 지켜보았다.

별다른 상관도 없는 사내를, 단지 취했다는 이유로 손목까지 묶어가며 데려오다니.

아무리 미소와 친절을 흩뿌리는 게 능창군의 일상이라고는 하나 낯선 자를 이렇게까지 품는 것은 드문 일이었다. 정확히 무엇인지는 모르겠지만 평소와는 다른 기운이 그를 감싸고 있었다. 분명 나쁜 기운은 아닌데, 불길할 것은 없는데, 그럼에도 불구하고 윤상궁의 눈썹이 자꾸만 미간으로 모여들었다.

손목을 묶은 끈이 풀려나가자 사내의 두 팔이 순식간에 밑으로 축 처졌다. 능창군이 자유로워진 몸을 틀어 사내를 돌아보았다.

그 순간 사내의 얼굴이 보였다.

불길했던 예감의 정체가 그곳에 있었다. 윤상궁의 다부진 입매 끝이 활 모양으로 휘며 곤두박질쳤다.

말에서 가볍게 뛰어내린 능창군이 수생을 향해 두 손을 뻗었다. 뒤늦게 윤상궁이 막아서려 했지만 수생은 이미 그의 품에 안기듯이 말에서 내려오고 있었다.

"물러서시지요, 나리. 소인이 하겠습니다."

윤상궁이 다시 나섰다. 그러나 그는 말에서 내린 수생의 한쪽 팔을 망설임 없이 자신의 어깨에 걸치며 딴청을 부렸다.

"그 항아리 꼭 잡고 있게나. 깨뜨리면 절대로 안 되는 것일세."

"나리."

윤상궁이 이렇게 말끝을 내려 그를 부를 때는 무언가 잘못된 것을 정중히 꾸짖을 때였다. 그 사실을 잘 아는 능창군이었지만 이번만큼은 왠지 모른 척하고 싶은 마음이 들었다.

"이 아이의 집에 전언을 넣어 달라 부탁하고 싶어 나와 달라 했네. 이리 취한 상태에서 집으로 돌아가면 그 아비가 얼마나 놀라겠는가. 게다가 보다시피 몸도 가누지 못하니 집으로 데려가는 것도 무리일 걸세. 허니 자네가 잘 둘러대주게. 이 아이는 오늘 하루만 자네 방에 재워서 보내도록 하고."

"아무리 소인의 질녀라 하나, 군부인 마님의 허락을 받지 않은 자를 방에 들일 수는 없습니다. 돌려보내겠습니다."

"허면, 내 방에 들일까? 그래도 되겠는가?"

반문하는 능창군의 표정과 말투는 태연했다. 그러나 마주친 눈 속에는 알 수 없는 고집이 일렁대고 있었다. 윤상궁의 눈동자가 미세하게 흔들렸다.

자신이 윤상궁을 놀라게 했다는 것을 능창군도 알고 있었다. 아니, 실은 당황시키고 싶어 일부러 그런 대답을 내놓았는지도 몰랐다. 이렇게 하지 않으면 물러서지 않을 그녀라는 것을 잘 알고 있었기 때문이다.

잠시 침묵을 지키던 윤상궁이 뒤로 한 걸음 물러서며 그에게 길을 내주었다. 이번에는 자신의 고집이 통했다는 사실에 능창군이 씨익 웃음을 지었다.

마주 웃을 수도, 그렇다고 화를 낼 수도 없었기에 윤상궁은 수생에게 마뜩찮은 시선을 돌렸다. 겁도 없이 감히 능창군의 어깨에 팔을 두른 조카 계집은 남의 속을 아는지 모르는지 배실배실 철없이 웃고 있을 뿐이었다.

"이것이 자네가 쫓던 자의 흔적인가?"

차사는 물방울같이 생긴 동그랗고 작은 원을 손가락 위에 올려놓았다.

"그렇습니다. 그자의 살아생전 기억으로 덫을 만들어놓았더니 결국 걸려들었습니다. 차사님께서 이르신 대로였습니다."

"그래. 허나 좋아할 일만은 아닐세. 덫에 걸렸다는 건 사라졌던 기억들을 되찾았다는 의미가 되니 말이야."

"악귀가 될까 봐 걱정하시는 겁니까?"

착혼꾼의 물음에 차사가 고개를 끄덕였다.

"그런 걱정이라면 붙들어 매셔도 됩니다. 그렇게 되기 전에 제가 어떻게든 그자의 혼백을 잡아올 것이니까요."

암흑의 입자로 뭉쳐진 착혼꾼의 얼굴이 실룩거렸다.

윤백함.

이 세상, 저 세상을 통틀어 자신보다 그를 잘 알고 있는 이는 없을 거라 착혼꾼은 장담했다. 백함이 세상에 태어난 순간부터 그의 몸속에서 기생하며 그의 일거수일투족을 기록해온 것이 바로 그였기 때문이다.

신계에서 인간의 선악을 감시하기 위해 인간의 몸속에 파견된 체탐(諦探)꾼. 그것이 착혼꾼이 되기 전의 그를 일컫던 말이었다.

체탐꾼의 임무는 인간의 배꼽 언저리에 살면서 그의 일생을 기록하는 것. 자신이 맡았던 인간이 죽음을 맞으면, 기록된 모든 순간들을 가져가 천제(天帝) 앞에 펼쳐놓는 것으로 체탐꾼의 임무는 끝나게 되어 있었다.

다만, 이유를 모른 채 죽음을 맞이하는 자들은 예외였다. 이런 경우 체탐꾼 역시 자신이 맡은 자의 마지막 순간을 제대로 기록할 수 없었다. 인간의 몸 안에 기생한다는 한계 때문에 인간이 보고 느낀 것만을 기록할 수 있었기 때문이다.

영문을 모르고 죽음을 맞은 혼백들은 자신이 죽은 원인을 찾기 위해 인간 세상에 머무르려는 경향이 강했다. 임진년 전란 직후 수많은 혼백들이 인간들 사이에 섞여 떠돌아 다녔던 것도, 전란의 와중에 비명횡사한 자들이 그 억울함을 잊지 못했던 탓이었다.

이승에서의 생을 마감하면 저승으로 돌아가는 것이 자연의 이치. 그 순리를 거스르는 혼백들이 턱없이 많아지면서 윗분들의 걱정은 이만저만이 아니었다.

무엇보다도 심각한 것은 자신들이 죽은 원인을 알게 된 혼백들이 원귀로 변해가는 것이었다. 원한을 가진 혼백이 인간에게 해를 가하는 일이 늘어난다면, 이승과 저승 사이의 경계는 무너져버리게 된다. 그렇게 되면 이승은 물론이거니와 저승의 질서도 혼탁해지고 말 것이 뻔했다.

더욱 안타까운 것은 혼백들 자신이었다. 아무리 선량하게 살아온 인간이라 할지라도, 원한에 사로잡혀 타인에게 위해를 가하는 순간 악귀가 되어버리고 말았다.

그렇게 악귀가 된 혼백은 환생의 기회조차 가질 수 없었다. 그들을 기다리는 것은 영원히 악귀로 떠돌며 고통 받거나, 완전히 소멸되는 운명뿐이었다.

그렇게 되기 전에 세상을 떠도는 억울한 혼백들을 잡아들이는 것이 급선무였다.

문제는 그 많은 혼백들을 감당하기에는 이승차사들의 숫자가 턱없이 부족하다는 데 있었다. 그 해결책으로 생각해낸 것이 바로 체탐꾼들을 활용하는 방안이었다.

사라진 기억을 찾아 헤매는 혼백을 잡아들이는 가장 효율적인 방법은, 그 혼백이 원하는 기억을 미끼로 그를 유혹하는 것이었다. 혼백의 모든 기억을 기록한 체탐꾼만큼 그 역할에 적임자는 없었다.

그렇게 체탐꾼들이 혼을 잡아들이는 착혼꾼으로 변신해 활약을 한 지 십 수 년. 이제 더 이상은 사람들 사이에 섞여 이승을 떠도는 원귀들을 찾아보기 힘든 정도가 되었다.

자신들이 맡았던 혼백을 잡아들인 착혼꾼은 다시 본래의 역할로 돌아갔다. 임무를 완수 못한 착혼꾼들만이 기억의 미끼로 덫을 놓기를 반복하며 자신들의 혼백을 기다리고 있었다.

그러던 차에 드디어 백함의 혼백이 나타났다.

그는 수 년 전 갑자기 종적을 감춰버린 혼백이었다. 저승으로도 올라가지 않았고, 이승에도 흔적이 남지 않은 혼백. 누가, 혹은 어떤 힘이 그를 숨겨주고 있었을까?

착혼꾼은 백함의 혼백에서 떨어져 나온 투명하고 동그란 흔적을 다시 한 번 쳐다보았다. 그것은 차사의 손가락 위에서 빙글빙글 돌며 푸르스름한 기운을 내비치고 있었다.

"헌데 말입니다, 차사님. 그 푸른 기운은 뭘까요?"

"나도 그것이 궁금해서 들여다보고 있던 참일세. 육신과 오랜 시간 떨어져 있으면 육신이 썩어가듯 혼백도 탁해져야 하는 것인데, 이 혼백에는 어찌 이리 푸른빛이 도는 것인가 하고 말이야."

"차사님도 처음 보시는 겁니까?"

"간혹 불에 타 죽은 자들의 혼백이 이렇게 푸른빛을 띠기도 하네. 아니면 시신이 썩지 않고 온전한 상태로 보관되어 있거나. 허나 이 자의 경우 둘 다 불가능한 이야기가 아닌가."

"혹, 한동안 감쪽같이 사라졌다 나타난 것과 관련이 있을까요?"

착혼꾼의 가설에 차사가 고개를 저었다.

"그렇다 해도 육신에서 떨어져 지낸 건 마찬가지였을 터인데……."

미간을 찌푸린 채 천천히 이야기를 이어가던 차사가 갑자기 말을 멈췄다. 짚이는 데가 있다는 얼굴이었다.

차사는 고개를 들어 착혼꾼을 보았다. 똑같은 생각을 하고 있었던 것일까. 착혼꾼이 답을 발견했다는 듯 외쳤다.

"다른 자의 육신입니다! 지금껏 다른 자의 육신에 기생해왔던 겁니다. 그렇지 않고서야 혼백이 그리 생생한 기운을 내뿜고 있을 수는 없습니다!"

"나도 그리 생각하네. 그리고 우리의 생각이 맞다면, 그자는 생각보다도 훨씬 더 위험한 혼백일세. 인간 세상에 숨어든 것도 모자라 다른 인간의 몸까지 빼앗다니, 그것보다 더 두 세상의 질서를 어지럽히는 일은 없네. 게다가 그런 일까지 벌이는 자라면 제 원한을 갚기 위해 무슨 짓을 할지 모르지 않는가. 어허, 이것 참 큰일이로군."

심각한 얼굴이 된 차사는 옆에 놓아둔 명부를 급히 손에 들었다. 그 모습을 보며 착혼꾼은 자신이 아는 백함을 떠올려보았다.

유순한 사내였다. 하루 종일 서책에 매달려 지내는 모습을 보며 따분하다고까지 여겼던 인간이었다. 그런 인간이 혼백이 되어 이렇게 자신을 귀찮게 하리라고는 생각도 못했던 일이다.

"자네, 그자의 혼백이 사라졌던 때가 언제였는지 기억하는가? 그즈음에 육신을 빼앗기고 구천을 떠돌았던 억울한 혼백이 기록에 남아 있을지도 모르네."

명부의 책장을 넘기며 차사가 다급한 목소리로 물었다.

"아마도 그자가 죽고 나서 달이 한 번 바뀌고 난 즈음이었을 겁니다."

"달이 한 번 바뀌고 나서라……."

날짜를 찾아 책장을 뒤적이던 차사가 잠시 후 명부를 탁, 소리가 나도록 덮었다.

"안 되겠네, 내 직접 위로 올라가서 기록을 뒤져봐야겠어. 자네는 얼른 서둘러서 그 백함이라는 자의 혼백을 잡아들이도록 하게. 새를 내어줄테니 데리고 가도록 해. 수색하는 데 도움이 될 게야."

"알겠습니다!"

착혼꾼이 대답을 마치자마자 이승차사가 손가락을 튕겼다. 검은 새 한 마리가 푸드덕거리며 날아와 착혼꾼의 머리 위를 맴돌기 시작했다.

차사는 새를 향해 착혼꾼이 가져온 백함의 푸른 흔적을 내밀었다.

새는 쏜살같이 달려들어 혼백에서 떨어져 나온 그 살점을 쪼아 먹었다.

그것을 확인한 착혼꾼이 검은 두루마기를 양옆으로 펼쳤다. 기다렸다는 듯이 새가 그를 앞질러 날아갔다. 차사에게 재빨리 인사한 후 착혼꾼도 새를 따라 공기 속을 미끄러져 나가기 시작했다.

조금씩 하늘에서 동이 터오고 있었다. 수생은 발걸음을 서둘렀다. 밤길처럼 깜깜하진 않았지만 인적이 없는 탓인지 집으로 돌아가는 길은 왠지 스산하게 느껴졌다.

더군다나 집에서 기다리고 있을 홍복의 얼굴을 생각하니 뒷목이 서늘해졌다.

화가 나셨을까? 걱정하셨을까? 어떤 경우든 한잠도 못 주무신 채 뜬 눈으로 밤을 지새우셨을 게 뻔했다. 또다시 아버지 얼굴에 주름살을 늘려드렸을 것을 생각하니 마음이 천근만근 무거웠다.

하지만 수생에게 더 무서운 현실은 따로 있었다.

오늘 새벽, 목이 말라 눈을 떴을 때 수생은 자신이 낯선 곳에 와 있다는 사실을 알았다. 벌떡 일어난 수생은 허름한 방 안을 한 번 돌아본 후 제 몰골을 내려다보았다. 어제 활터에 갈 때 입었던 저고리와 바지 차림 그대로였다.

어찌된 일인지 도무지 감이 잡히질 않았다.

수생의 궁금증은 방문을 열어본 직후에 풀렸다. 눈앞에 보이는 것은 낯익은 풍경이었다. 서찰 심부름으로 몇 번이나 드나들었던 곳. 바로 새문리 능창군의 집이었던 것이다.

그럼 내가 집으로 돌아가지 않고 여기서 잤단 말이야? 대체 무슨 일이 있었던 거지?

수생은 간밤의 일들을 떠올리려 애썼다. 마지막 기억은 인왕산 활터에 자리한 정자에서 술 다섯 잔을 연거푸 받아 마신 일이었다. 그 직후부터 눈앞의 세상이 종잇장처럼 구겨지더니 어지럽게 빙빙 돌아가기 시작했다.

정신을 차리려고 아무리 노력을 해봐도 소용이 없었다. 그대로 정신을 잃었고 눈을 떠보니 이곳이었다.

아니, 사실은 그게 아니었다. 조각조각 떠오르는 기억들이 있었다.

땅바닥에 앉아 고래고래 소리를 지르던 게 설마 나는 아니겠지? 말 등에 앉아서 정신없이 흔들릴 때 침받이가 되어주었던 그 어깨가 설마, 능창군 나리는 아니셨을 거야. 그렇지? 그래. 그럴 리가 없어. 나리께서 술에 취한 나를 굳이 여기까지 데려오셨을 리가 없잖아?

능창군이 아니면 그럴 사람이 없다는 걸 뻔히 알면서도 수생의 마음은 심하게 도리질을 쳐댔다. 술주정뱅이처럼 해롱대는 모습을 능창군에게 보였다니.

미친 거지, 미친 거야.

수생은 울상이 다 된 얼굴로 중얼거렸다.

그때 문득 어디선가 까마귀 울음소리가 들려왔다. 인적 없는 골목만큼이나 사람을 움츠러들게 만드는 소리였다. 멀리 떨어진 나무 위에서 들려오는 것 같던 그 소리는 시간이 지나면서 점점 더 가까워지고 있었다.

걸음을 멈춘 수생은 하늘을 향해 고개를 들었다.

까마귀가 머리 위를 날고 있을 거라던 수생의 짐작은 틀렸다. 눈에 보이는 어디에도 까마귀는 없었다.

이상하네. 뭐지?

고개를 갸웃거리고 있는데 이번에는 손에 든 항아리에서 무언가 부스럭대는 소리가 났다. 수생은 깜짝 놀라 시선을 내렸다. 항아리에서 무언가가 휙 내던져지듯 튕겨져 나왔다.

툭, 소리를 내며 땅 위에 떨어진 것은 흰 종이였다.

수생은 떨어진 종이를 집어 들어 조심스레 펴보았다.

얇은 종이 위에는 단정한 필체로 글씨가 적혀 있었다.

간밤에 있었던 일에 대해 이번엔 내가 네게 알려줄 차례인 것 같구나.
운종가 상점들을 안내해다오. 그러면 보답으로 간밤에 우리 사이에 있었던 모든 일들을 상세히 말해줄 터이니.
내일 오시 경 종루에서 기다리마.

서찰을 읽어 내려가던 수생의 입술이 절로 벌어졌다. 수생은 두 손으로 눈을 비볐다. 혹시 취기가 아직 가시지 않아 멀쩡한 글자들을 엉뚱하게 읽고 있는 건 아닐까? 수생은 다시 서찰을 읽어보았다.

하지만 몇 번을 읽어도 마찬가지였다. 능창군이었다. 그가 자신에게 보낸 서찰이었다.

몸속의 피가 빠르게 돌기 시작했다. 흥분으로 두 손이 가늘게 떨려왔다. 혹시 놓친 행간이 있나 싶어 수생은 다시 처음부터 한 글자 한 글자를 또박또박 읽어 내려갔다. 하지만 오시에 종루에서 만나자는 말에 읽지 못한 행간 같은 게 있을 리가 없었다.

그것을 확인하자 다리에 힘이 빠졌다. 수생은 그 자리에 털썩 주저앉았다.

내일이면 능창군 나리를 다시 뵐 수 있다니. 스쳐 지나듯 먼발치에서 바라보는 것도, 남장을 하고 정체를 숨긴 채 기다리는 것도 아니고, 당당하게 나리를 만날 수가 있다니!

수생은 항아리를 와락 끌어안았다. 귀신 덕분이든, 아니든 좋았다. 지금 이 순간만은 세상 모든 것을 사랑할 수 있을 것 같은 기분이었다.

벌떡 일어난 수생은 능창군의 서찰을 다시 항아리에 넣고 뛰듯이 걸음을 옮겼다. 그런데 몇 걸음 떼지 않았을 때 다시 서찰이 항아리 밖으로 튀어나왔다.

응? 내가 그렇게까지 심하게 뛰고 있었나?

걸음을 멈춘 수생은 서찰을 주워 아까보다 좀 더 조심스레 항아리 속에 집어넣었다. 하지만 결과는 마찬가지였다. 항아리 안에 들어가기가 무섭게 서찰이 튕겨져 나왔던 것이다. 단, 이번에는 서찰을 집어던진 장본인, 백함과 함께였다.

어제 활터에서 갑작스레 사라진 이후 처음으로 보는 얼굴이었다.

궁금하기도 했고 걱정도 되었던 터라 반가움이 와락 밀려들었다.

그러나 수생이 그 마음을 꺼내놓기 전에 백함이 먼저 입을 열었다.

"내 항아리에 자꾸 이상한 잡문 같은 거 집어넣지 말아라."

서찰을 깔보듯 눈을 내리깔며 백함은 시비를 걸어왔다.

하, 이럴 줄 알았지, 내가.

"잡문이라뇨? 어떻게 능창군 나리께서 쓰신 고귀한 서찰을 그리 표현하실 수 있습니까?"

발끈한 수생의 목소리가 높아졌다.

"이 항아리는 너와 나의 협정이 담긴 항아리라는 걸 잊었느냐?"

"잊지 않았습니다. 그런데 그게 어쨌단 말입니까?"

"다른 잡문이 들어오면, 우리가 맺은 협정이 효력을 발휘하는 데 방해가 된단 말이다."

고개를 반쯤 숙인 백함의 얼굴은 진지하다 못해 자못 심각해 보였다. 그 표정을 보자 반박하려던 수생도 주춤거릴 수밖에 없었다.

시비를 거는 게 아니었나?

뭐, 좋아. 그 말이 사실이라면, 아니 사실이 아니더라도, 굳이 서찰을 항아리에 넣어서 시끄럽게 만들 필요는 없겠지.

"알겠습니다. 이리 된 거, 서찰은 제가 품겠습니다."

수생은 항아리를 내려놓은 다음 서찰을 다시 한 번 곱게 접어 바지 허리춤 안으로 밀어 넣었다. 떨어지지 않게 허리끈을 다시 한 번 동여맨 수생은 그제야 만족스럽다는 얼굴로 손바닥을 탁탁 털었다.

"자, 이제 됐습니까?"

의기양양한 표정으로 고개를 들던 수생이 잠시 멈칫했다. 자신을 바라보는 백함의 낯빛이 그 어느 때보다도 파리했다.

"헌데 무슨 일 있으신 겁니까? 낯빛이 너무 창백합니다."

걱정스런 수생의 말투에 백함의 한쪽 눈썹이 위로 스윽 치켜 올라갔다.

"다 그자 때문이다. 능창군 그자가 쏜 화살에 맞아서 이리 되었으니."

아, 역시 그 화살 때문에…….

염려가 된 수생이 백함에게로 한 발 다가섰다.

"사정이 이런데도 능창군 그자는 제가 잘나서 화살을 명중시켰다 우쭐대고 있겠지? 이쯤 되면 그자도 여느 소인배들과 다를 바가 없지 않으냐?"

"제가 괜한 걱정을 했나 봅니다. 그리 얄미운 소리가 술술 잘도 빠져나오는 걸 보면 말입니다."

수생이 입을 삐쭉 내밀었다.

"어찌됐든 난 내 할 일을 다 했다. 그자와의 일도 잘 해결이 되었고, 다시 만날 약속까지 받아내었으니. 이번엔 네가 약조를 지킬 차례다."

백함이 하는 말은 전혀 새로운 것이 아니었다. 이미 몇 번이고 주고받은 말, 활터에 나가기 전날에도 다짐하듯 들었던 말이었다.

그러나 이번처럼 그 말의 의미가 실감나게 다가온 적은 없었다.

귀신의 원한을 갚아주는 일. 그것이 어떤 일이 될 것인지, 그 일을 위해 자신이 어떤 것을 해야 하는지 수생은 아직 아무것도 알지 못했다.

모르는 것은 비단 그뿐만이 아니었다. 귀신의 정체조차 제대로 알고 있지 못했다. 수생이 아는 것은 단 하나. 그가 칠 년 전에 죽었다는 사실뿐이었다.

아니, 어쩌면 또 하나를 알고 있는지도 몰랐다. 그것을 확인하기 위해 수생은 입을 열었다.

"저, 혹시…… 박상협이라는 나리를 아십니까?"

귀신의 표정 변화를 하나도 놓치지 않겠다는 듯, 수생은 탐색하는 시선을 얼굴 위로 던졌다. 순순히 대답해주는 대신 비꼬고 휘돌아가며 사람의 애간장을 태우는 게 그의 특기였으니까.

하지만 이번에도 그럴 거라는 예상은 빗나갔다. 귀신은 잠시 수생을 바라보다 의외로 쉽게 대답을 내놓았다.

"활터에서 그 친구를 만난 게로구나."

"아신단 말이죠? 그럼 그쪽의 이름이, 백…… 함?"

갑작스런 일격이라도 당한 듯 백함이 잠시 멈칫했다. 수생의 입에서 나온 제 이름이 너무나도 낯설게 느껴졌던 것이다.

누군가 이름을 불러준 것이 얼마만이던가.

아니, 아니다. 분명 자신이 덫에 걸려 버둥거리고 있을 때 이름을 불러준 누군가가 있었다. 자신을 그 덫에서 건져내 다시 인간 세상으로 돌아오게 만들어준 누군가가 말이다.

그것이 누구였던가?

깊은 우물 같은 백함의 눈동자가 흔들렸다. 흰 자위와 검은 동공의 경계선 위에 어른거리던 푸른빛이 그 흔들리는 우물로 흘러 들어갔다.

반짝, 하고 푸른 눈동자가 빛났다.

그 순간 다시 한 번 머리 위에서 까마귀가 울어댔다. 수생은 다시 고개를 들었다. 팔뚝 크기만 한 까마귀 한 마리가 이쪽을 향해 빠르게 날아오는 것이 보였다.

수생은 반사적으로 팔을 휘저었다. 까마귀를 쫓아버리려는 것이었다.

그런데 까마귀는 수생을 무서워하지도, 수생의 행동에 반응을 하지도 않았다. 오히려 기다렸다는 듯, 날카로운 부리로 수생의 배를 공격해왔다.

"으악, 저리가!"

뒷걸음질을 치며 수생은 소리를 질렀다. 그런데 다음 순간, 믿기지 않는 일이 벌어졌다. 새가 눈앞에서 거짓말처럼 사라져버렸던 것이다.

그와 동시에 등 뒤편에서 푸드덕거리는 소리가 들려왔다. 수생은 황급히 몸을 돌렸다. 검은 새가 백함을 향해 곧장 날아가고 있었다.

무슨 일이 일어났는지 파악하는 데는 시간이 필요했다. 수생은 멍한 얼굴로 자신의 몸을 내려다보았다.

그러니까 설마, 지금, 저 새가 내 몸을 통과한 거라고?

그제야 수생은 그것이 진짜 까마귀가 아니라는 사실을 알았다. 그렇다고 가짜 새도 아니었다. 환영(幻影)은 더더욱이나 아니었다.

그것은 백함과 같은 부류에 속한 새였다. 즉 새의 혼백, 저승의 새였던 것이다.

그 사실을 깨닫는 순간 온몸에 소름이 돋았다. 귀신도 모자라 이젠 귀신의 세계에 속한 다른 존재까지 보게 되다니!

수생은 넋이 나간 얼굴로 눈앞의 광경을 좇았다.

찢어질 듯 날카로운 울음소리를 내며 까마귀가 백함을 위협했다. 금방이라도 그 검은 부리로 그의 눈을 공격할 기세였다.

궁지에 몰린 백함이 뒷걸음질을 쳤다. 그러자 새의 날갯짓도 더 난폭해졌다.

두 팔로 얼굴을 감싸며 백함이 다시 물러서자, 까마귀가 급작스레 속도를 높여 그의 주위를 빙빙 돌았다. 마치 사냥감을 포위한 채 위협을 가하는 성난 사냥개 같은 모습이었다.

퍼뜩 정신이 들었다.

이렇게 덜덜 떨고나 있을 때가 아냐. 귀신을, 백함을 도와줘야 돼!

수생은 바닥에 내려놓았던 항아리를 집어 들었다.

그리고는 남아 있는 모든 용기를 짜내 백함을 향해 달려가기 시작했다.

희한하게도 새는 그새 덩치가 커져 있었다. 처음 보았을 땐 분명 까마귀 같은데 지금은 독수리만큼이나 큰 새가 되어 있었던 것이다.

그 큰 날개를 사나운 채찍처럼 휘두르며 새는 미친 듯이 퍼덕댔다.

수생의 발걸음이 저도 모르게 주춤거렸다.

뭐하는 거야, 지금? 고작 새한테 겁을 먹은 거야?

다시 마음을 다잡은 수생은 두 주먹을 휘두르며 새를 향해 돌진했다. 커다란 새의 날개가 수생을 칠 듯이 난폭하게 날아들었다.

피하지 마! 부딪혀봤자 기절밖에 더 하겠어?

두 눈을 질끈 감고 수생은 계속 달렸다.

드디어 새와 부딪친다고 생각한 순간, 수생은 온몸에 기합을 넣었다. 새가 부딪쳐 온다면 튕겨낼 요량으로 강하게 어깨까지 들이밀었다.

그 순간 몸이 갸우뚱 앞으로 기울었다. 급히 팔을 버둥거리고 허우적대며 몇 발짝을 더 달려간 끝에야 수생은 겨우 균형을 잡을 수 있었다.

눈을 뜬 수생은 자신이 새의 몸을 그대로 통과해 방어막 안으로 들어온 것을 알았다. 쓰러져 있는 백함이 눈앞에 보였다.

그를 부축하기 위해 수생은 황급히 달려갔다. 그러다 너무 놀라 하마터면 손에 든 항아리를 놓칠 뻔했다. 검은 두루마기를 입은 사내가 소매 깃을 날개처럼 활짝 편 채 사방으로 날아다니며 백함을 공격하고 있었던 것이다.

사내는 뾰족하게 솟은 열 개의 손톱 끝으로 백함을 찌르고 할퀴어 댔다. 백함의 얼굴이 고통으로 일그러졌다.

"그만두지 못해!"

소리를 지르며 뛰어든 수생은 자신의 몸으로 백함을 덮치듯 감싸

안았다.

검은 두루마기의 사내가 다시 한 번 손을 휘둘렀다. 그러나 그 손은 수생의 몸에 닿기도 전에 튕겨져 나갔다.

"어서요, 어서 항아리로 들어가세요!"

수생은 백함에게 다급하게 속삭이며 항아리를 내밀었다. 기절한 듯 쓰러져 있던 백함의 혼이 스르르 움직이더니 항아리 속으로 빨려들 듯 사라졌다.

이런, 낭패로군.

착혼꾼은 당혹감을 느꼈다. 백함을 돕고 있는 인간이 있었다니, 몰랐던 사실이었다. 그의 몸에 기생하던 시절에는 본 적 없는 얼굴인 걸 보면 혼백이 된 후에 맺게 된 연이 분명했다.

그렇다면 필시 혼백에게 이용당하는 수많은 얼간이들 중 하나일 터.

차사의 추측대로 백함이 인간의 육신을 노린다면, 다음 대상은 저 얼간이가 되겠다는 데 착혼꾼의 생각이 미쳤다.

그런 일이 생기기 전에 저 혼백을 잡아넣어야 해.

착혼꾼은 항아리를 품에 안은 채 도망가는 수생을 향해 다시 날개를 펼쳤다. 하지만 그에게는 인간을 공격할 권한도, 능력도 없었다. 인간에게서 혼을 빼내는 것은 이승차사만이 할 수 있는 일이기 때문이었다.

그렇다면 다른 방법을 생각해볼 수밖에.

착혼꾼이 날아오르자 검은 새가 곁으로 다가왔다. 손을 뻗어 새를 품에 안은 착혼꾼은 새의 머리에 가볍게 입을 맞추며 작은 소리로 무언가를 속삭였다. 그 말을 알아들은 듯 새가 착혼꾼의 품을 빠져나와 수생을 향해 날아가기 시작했다.

기분 나쁜 날갯짓 소리가 등 뒤에서 빠른 속도로 다가왔다.

보지 않아도 그 재수 없는 검은 새임을 직감할 수 있었다. 겁이 나서 죽을 것 같았지만 수생은 뒤를 돌아보지 않았다.

겁먹지 마, 저 새는 나를 공격하지 못해.

주문을 외우듯 필사적으로 중얼거리며 수생은 달렸다. 어느새 집이 가까워오고 있었다. 이제 저 앞에서 꺾어지면 집으로 통하는 길이 나올 것이다.

그때 갑자기 새의 날갯짓 소리가 멈췄다.

따돌린 건가? 수생은 뒤를 돌아보았다.

다행히 등 뒤에는 새도, 검은 두루마기의 사내도 없었다.

안도감에 발걸음이 느려졌다. 멈춰선 수생은 주위를 둘러보았다.

고요한 새벽이었다. 침묵이 의도적으로 공기를 둘러싸고 있다는 기분이 들 정도였다.

왠지 모르게 꺼림칙한 느낌이 들었다. 잠시라도 지체하면 안 될 것 같은 불길함이었다. 어서 빨리 집으로 돌아가자. 수생은 시선을 다시 앞으로 향했다.

그 순간 머리 위에서 푸드덕 날개 소리가 났다.

깜짝 놀라 고개를 드니 검은 새가 수직으로 곤두박질치듯 날아오고 있었다. 날카로운 새의 부리는 수생의 눈동자를 겨냥하고 있었다.

악!

본능적으로 수생은 몸을 피했다. 눈 깜짝할 사이에 일어난 일이라, 새가 자신을 건드릴 수 없다는 사실은 생각할 겨를조차 없었다.

그대로 몸의 균형이 무너지며 수생은 엉덩방아를 찧었다. 엄청난 충격과 함께 눈물이 찔끔 났다.

미처 몸을 추스르기도 전에 새가 다시 공격을 해왔다. 하지만 새의 목표는 수생이 아니었다. 항아리였다.

새는 항아리를 안고 있는 수생의 몸을 아무렇지도 않게 통과해 항아리를 쪼아댔다. 매끄럽던 항아리 표면이 상처를 입으며 떨어져 나갔다. 이대로 가다가는 항아리가 깨지는 건 시간문제였다.

"저리 가! 저리 가라고, 이 못된 까마귀야!"

까마귀를 쫓아내려고 수생은 정신없이 손을 휘저었다. 하지만 소용이 없었다. 건드릴 수 없는 새를 몰아낼 방법은 없었던 것이다.

수생은 다시 항아리를 안고 달아나기 시작했다. 집에 돌아간다고 해서 무슨 뾰족한 수가 생기는 건 아니었다. 이 정체를 알 수 없는 요물들이 집까지 쫓아오지 않으리란 보장도 없었다.

그럼에도 불구하고 집으로, 홍복에게로 가면 무언가 방법이 생길 것 같았다. 귀신들의 궁이라는 수진궁 사당을 수년간 지켜온 홍복이라면 귀신을 쫓아내는 방법도 훤히 꿰뚫고 있지 않을까. 그런 생각만이 지금 수생이 매달릴 수 있는 유일한 희망이었다.

수생은 황급히 골목을 돌았다.

어디서 나타났는지 검은 두루마기를 입은 사나이가 불쑥 수생의 앞길을 가로막았다. 자세히 보니 사내의 얼굴엔 코도, 입도 없었다. 보이는 건 암흑보다 더 어두운 눈동자뿐이었다.

"그만두어야 될 건 바로 너다, 어리석은 인간아."

사내의 목소리가 공기 속에 음산하게 깔렸다.

"다, 다, 다, 당신은 누, 누굽니까?"

진정하려고 했지만 입을 뗄 때마다 이가 딱딱 부딪혀왔다.

"그 혼백을 어서 우리한테 넘겨라."

"안 됩니다! 시, 싫습니다!"

"겁대가리가 없구나. 그렇게 생생한 혼백은 인간을 잡아먹는 악귀란 걸 모른단 말이냐?"

"자, 잡아먹는다구요?"

"육신을 빼앗긴단 말이다. 그자가 노리는 다음 차례가 바로 너라고."

"그따위 수작에 안 속습니다! 거짓말하지 마십시오!"

"네 눈에 내가 보인다는 건 산 자인 네가 죽은 자의 세계와 연결되었다는 뜻이다. 네가 안고 있는 그 악귀가 육신을 빼앗기 위해 너를 죽은 자의 세계에 데려가려 하고 있단 말이다. 알아들었으면 어서 혼백을 내놓아라. 그래야 네가 살 수 있다."

착혼꾼이 손을 내밀며 수생에게로 다가왔다. 수생은 서서히 뒷걸음질을 쳤다. 이 사내가 하는 이야기는 하나도 믿을 수가 없었다.

백함의 목적이 내 몸을 빼앗는 거라니⋯⋯.

수생은 고개를 저었다. 그럴 리 없었다. 얄밉고 박정한 귀신이었지만 그렇게까지 나쁜 마음을 가진 이는 아니었다.

하지만……. 하지만 천만 분의 하나, 이 귀신같은 자의 말이 사실이라면?

혼란스러운 마음으로 수생은 항아리를 내려다보았다. 여기저기 상처를 입은 항아리 표면에 실금이 쫙 나 있었다. 그사이로 가느다란 푸른빛이 뚝뚝 흘러내리고 있었다. 그것이 수생의 눈에는 마치 상처에서 흘러나오는 핏방울처럼 보였다.

그 순간 정신이 번쩍 들었다.

처음 보는 귀신한테, 그것도 백함을 해치려 한 귀신한테 홀릴 뻔했다니…….

수생은 앞을 지키고 선 시커먼 귀신을 노려보았다. 그 뒤로 자신의 집 담벼락이 보였다. 그래, 집으로 뛰어가자. 이 귀신도 나를 공격하지는 못해.

수생은 착혼꾼을 향해 달려들었다. 아니나 다를까, 착혼꾼이 튕겨 나가듯 옆으로 비켜섰다. 쏜살같이 그 곁을 지나 수생은 그대로 내달렸다.

싸리문을 열고 마당으로 들어서자마자 수생은 털썩 주저앉았다.

숨이 턱에 차고 심장이 터질 것 같아 도저히 두 발로 서 있을 수가 없었다. 거친 숨을 몰아쉬면서 수생은 뒤를 돌아보았다. 검은 사내의 모습은 보이지 않았다. 항아리를 쪼아대던 새도 사라지고 없었다.

아아아, 살았다.

맥이 탁 풀린 수생은 그대로 땅바닥에 쓰러지듯 엎드렸다. 한참을 그 자세로 숨을 고르고 있는데 조용하고 느린 발자국 소리가 다가왔다.

수생은 고개를 들었다. 밤새 한 숨도 못 잤는지 눈 밑이 검게 변한 홍복이 무어라 말할 수 없을 만큼 복잡한 표정으로 수생을 내려다보고 있었다.

홍복에게 회초리를 맞는 건 근 몇 년 만에 처음이었다.

두 종아리가 불타오르는 것 같았다. 회초리가 살을 파고들 때마다 수생의 입에서 끙끙 앓는 소리가 나왔다.

홍복은 간밤의 외박에 대해 별다른 말을 하지 않았다. 하지만 회초리를 든 손을 내려놓은 후 타이르듯 건넨 몇 마디 말을 통해 수생은 윤상궁이 간밤에 다녀갔다는 사실을 알게 되었다.

활쏘기 대회를 구경하러 남장을 하고 활터에 갔다가 사내 흉내가 과해 술을 먹고 뻗었다……. 이것이 바로 당고모가 자신을 위해 아비에게 둘러대준 변명인 듯했다.

계집아이가 겁도 없이 외박을 하다니. 그것만으로도 홍복에게는 기가 막히는 일이었을 것이다. 헌데 그것도 모자라 흙먼지와 식은땀과 술 냄새로 범벅이 된 몰골을 하고 돌아왔으니, 얼마나 황당하고 기가 찼을까.

그래도 다행인 것은 흥복이 간밤의 일에 대해 더 이상 꼬치꼬치 캐묻지 않았다는 점이다. 윤상궁의 변명 덕분인지 그는 여식이 능창군을 만나러 갔을 것이라고는 추호도 의심하지 않는 듯했다. 한바탕 훈계를 듣고 난 후 방을 나설 때까지 그의 입에서 능창군의 이름이 나오지 않은 것이 그 증거였다.

절뚝거리는 다리를 끌고 방으로 돌아오자마자 수생은 얼른 항아리의 상태부터 살폈다. 표면에 난 실금이 아까보다 더 길고 무성하게 가지를 뻗고 있었다. 언뜻 보면 항아리 표면에 사방팔방으로 거미줄이 나 있는 것 같았다.

백함은 어떻게 됐을까.

수생은 조심스레 손을 뻗어 항아리를 만졌다. 아픈 이의 상처를 어루만지듯 부드러운 손길이었다.

그 손길에 이끌린 듯 거미줄 같은 틈 사이로 푸르스름한 기운이 새어나왔다. 그 광경을 수생은 잠시 숨을 멈춘 채 지켜보았다. 항아리에서 새어나온 기운은 이윽고 한 군데로 뭉치더니 백함의 모습으로 변했다.

그의 상태는 항아리로 피신하기 직전과 비슷해 보였다. 벽에 기대 앉은 그에게서 힘겨운 신음소리가 흘러나왔다.

수생은 백함에게로 다가갔다.

"괜찮으세요?"

가늘게 실눈을 뜬 백함이 천천히 고개를 끄덕였다.

"아까 그 귀신인지 요물인지는 대체 뭡니까? 왜 그쪽을 따라온 거예요?"

"날…… 잡아가려는 게다."

"어째서요? 무슨 잘못이라도 저지르신 겁니까?"

답답하다는 듯 물어오는 수생을 향해 백함이 힘없이 웃었다.

"왜 웃으십니까?"

"그새 내가 누군지 잊은 거냐? 나는, 귀신이란 말이다. 이미 이 세상을 떠났어야 할 혼백……."

"그럼 아까 그 자들이 그…… 저승사자 같은 거예요? 죽은 자를 데려간다는?"

"사냥꾼 정도 되겠지, 귀신을 잡아가는 착혼꾼."

백함이 힘겹게 숨을 내뱉으며 말했다.

귀신을 사냥하는 귀신이라니. 내가 그런 자에게 덤벼들었던 거라고?

엄청난 일들이 벌어지고 있다는 생각에 수생은 정신이 아득해졌다. 꿀꺽, 마른 침이 목구멍을 넘어갔다.

그때 바람 때문인지 문이 빠끔 열렸다. 그 틈 사이로 햇빛이 스며들어왔다. 아지랑이가 피어오르듯 백함의 얼굴이 흔들리는 것 같았다.

빛 때문인가? 수생은 얼른 방문을 닫았다. 하지만 그의 상태는 오히려 더 나빠졌다. 물 위에 비친 그림자가 바람에 흔들리듯 백함의 혼백이 흐트러지기 시작했다.

설마…… 사라지는 건 아니겠지?

덜컥 겁이 난 수생은 백함의 어깨를 부여잡았다.

귀신을 지키는 방법 같은 건 알지 못했다. 할 수 있는 일이라곤 저승사자나 그 끄나풀이 백함을 데려가지 못하도록 있는 힘껏 그를 붙잡고 있는 일뿐이었다.

얼마나 시간이 지났을까. 백함의 모습이 조금씩 또렷해지기 시작했다.

그의 모습이 제대로 돌아올 때까지 수생은 참을성 있게 기다렸다. 이내 우물 같은 검은 눈동자가 되살아나 수생을 바라보았다.

"잠시만……."

백함의 목소리는 땅 밑으로 꺼져들 것 같았다.

"손을……."

"손이요?"

무슨 말이 하고 싶은 걸까? 수생은 자신의 손을 내려다보았다. 다급해서 뻗었던 손이 아직도 백함의 어깨를 잡고 있었다.

아차!

수생은 이제야 그의 말뜻을 이해할 수 있었다. 거추장스러우니 치우라는 거였구나.

타박이 날아들기 전에 수생은 얼른 손을 거둬들이려 했다. 그런데 뜻밖이었다. 그가 물러가는 수생의 손목을 잡았다. 놓칠 수 없다는 듯, 손목을 잡은 그의 손아귀에 힘이 들어갔다.

백함은 그대로 수생의 손목을 끌어당겼다. 그 바람에 수생의 몸이 엉거주춤 백함에게로 쏠렸다.

"왜, 왜 그러십니까?"

자세를 바로 잡으려 애쓰며 수생이 물었다. 백함에게선 대답이 없었다. 시선을 들어보니 그는 고개를 반쯤 옆으로 숙인 채 눈을 감고 있었다.

"가⋯⋯ 지⋯⋯."

그의 입에서 신음 같은 말들이 새어나왔다. 그 말을 알아듣기 위해 수생은 백함에게 더 바짝 다가갔다.

"예? 뭐라 하셨습니까?"

"⋯⋯가지 마라. 있어⋯⋯ 다오⋯⋯."

힘겨운 듯 백함은 띄엄띄엄 말을 이었다.

눕지도 못한 채 동그랗게 몸을 만 백함의 모습이 새삼 수생의 눈에 들어왔다. 이렇게 쪼그린 채 항아리 안에서 그 오랜 세월을 혼자 견뎌왔던 걸까? 그 외로움을 상상하자 명치 밑이 꽉 죄여오는 것 같았다.

수생은 그의 어깨를 잡고 있던 손을 들어 올렸다. 그 손이 백함의 이마와 뺨 주위를 배회하다 머뭇머뭇 목 뒤쪽으로 다가갔다.

백함의 뒷머리에 얹은 손을 수생은 조심스럽게 잡아당겼다. 잠시 후 그의 얼굴이 수생의 어깨 위에 살포시 놓였다.

수생은 손을 옮겨 가만히 백함의 등을 토닥거리기 시작했다. 그의 숨결이 조금씩 편안하게 가라앉아갔다.

눈을 떴을 때는 주위가 캄캄해져 있었다. 칠흑 같은 어둠이라 사방이 분간 되지 않을 정도였다. 촛불이 어디 있었더라? 수생은 더듬더듬 두 손을 내밀었다.

손끝에 무언가가 닿았다. 울퉁불퉁하고 까칠한 감촉이었다.

이게 뭐지? 수생은 손가락을 더듬거려보았다.

그것은 껍질이 벗겨진 나무줄기 같았다. 조금 있으니 주위 풍경들이 서서히 눈에 들어오기 시작했다. 헐벗은 나뭇가지들이 고개를 숙인 채 늘어서 있었다.

수생은 자신이 한 번도 와본 적 없는 낯선 산 속에 있다는 것을 알았다. 바람이 불어오자 마른 나뭇잎들이 서로 부딪히며 불길한 밤새처럼 울어댔다.

대체 어떻게 된 일일까? 여긴 어디지?

수생은 돌아가는 길을 찾기 위해 스산한 산 속을 헤맸다.

발자국 소리가 적막한 공기 속을 울렸다. 처음엔 그것이 자신의 발자국 소리인 줄 알았다. 그러나 방향을 파악하기 위해 걸음을 멈추었을 때 수생은 그것이 다른 이의 발자국 소리라는 것을 알아챘다.

누군가가 근처에 있다!

수생은 재빨리 사방을 살폈다. 저 앞쪽에 흰 그림자가 어딘가를 향해 빠른 걸음으로 달려가고 있는 것이 보였다.

백함인가? 설마, 또 쫓기고 있는 건가?

수생은 급히 흰 그림자를 따라 뛰기 시작했다.

발걸음 소리에 맞춰 마른 잎들이 발밑에서 부서졌다. 조금이라도 지체했다간 백함도 저 나뭇잎들처럼 짓밟혀 부서져버릴 것만 같았다.

얼마나 달려갔을까. 흰 그림자가 우뚝 멈춰 섰다. 수생도 따라 걸음을 멈추었다. 무언가를 찾고 있는 듯, 흰 도포를 입은 사내가 상체를 앞으로 내밀었다.

달려올 때는 몰랐는데 이렇게 보니 백함이라고 하기에는 조금 더 풍채가 있는 사내였다. 비록 도포에 가려 있었지만 그 속에 숨은 건장한 어깨를 수생은 알아볼 수가 있었다.

다행이다. 귀신 나리가 아니었어.

한숨을 돌리고 나자 이번엔 사내가 무엇을 하려는 건지 궁금증이 일었다. 들키지 않으려고 나무 뒤로 몸을 숨긴 채 수생은 그를 지켜보았다.

사내가 천천히 무릎을 꿇었다. 그러자 그 앞에 무리를 이루고 있는 낮은 수풀들이 보였다. 그 뒤에 숨어 앞을 노려보는 사내의 모습은 영락없이 산짐승을 사냥하는 사냥꾼이었다.

아니나 다를까. 사내의 오른쪽 허리춤에는 불그스름한 가죽으로 만들어진 화살통이 매달려있었다. 사내가 오른손을 뻗어 통 속의 화살 하나를 꺼냈다.

그 모습을 지켜보고 있자니 까닭 없이 수생의 심장이 뛰기 시작했다. 무언가 불길한 예감이 들었다.

저 화살이 겨누는 건 뭘까? 사슴? 산돼지? 그도 아니면…… 혹시, 사람?

수생은 사내를 보던 눈을 수풀 너머로 돌렸다. 그곳에도 흰 그림자가 어른거렸다. 초조한 걸음으로 제자리를 왔다 갔다 하고 있는 그림자는 누군가를 애타게 기다리고 있는 것처럼 보였다.

익숙한 걸음. 익숙한 자태…….

그랬다, 저 그림자가 백함이었다.

수풀 뒤 사내가 화살을 활에 걸었다. 누가 봐도 백함을 겨냥하고 있는 게 분명했다.

"그만두세요!"

수생은 그렇게 외치며 나무 뒤에서 튀어나왔다. 그 소리가 메마른 메아리처럼 퍼져 나갔다. 그런데 이상한 것은 누구도 수생의 목소리에 반응하지 않는다는 것이었다. 활을 조준한 사내에게서도, 그 목표물이 되는 백함에게서도 조금의 동요조차 느껴지지 않았다.

끼이익.

활체가 구부러지는 소리가 수생의 고막을 긁었다.

어떻게 된 일인지는 알 수 없었지만 다음 순간 수생은 백함을 향해 달려가고 있었다. 그를 노리며 수풀 뒤에서 번득이고 있는 화살이 수생의 눈을 아프도록 찔렀다.

"위험합니다, 피하세요!"

수생은 백함을 향해 외쳤다.

한순간, 달려가던 수생의 발목을 무언가가 잡아채는 느낌이 났다. 그것이 무엇인지 미처 확인하기도 전에 수생의 몸이 앞으로 고꾸라졌다. 균형을 잡으려고 손을 허우적대자 보이지 않는 무언가가 수생의 손에 걸렸다. 넘어지는 몸을 지탱해줄 것이 필요했던 수생은 무의식적으로 손에 걸린 그것을 꽉 움켜잡았다.

빠르게 암흑이 걷혔다.

마치 그들을 둘러싼 어둠의 막이 찢어지기라도 한 것 같았다.

갑자기 쏟아진 빛 때문에 눈이 부셨다. 급히 손을 비빈 다음 고개를 들자 백함이 수생을 놀란 눈으로 쳐다보고 있었다.

그는 수생이 알던 창백한 얼굴의 귀신이 아니었다. 따뜻한 피가 도는 복숭아 빛 뺨. 곧은 눈썹 밑에 드리운 따뜻한 다갈색의 눈동자……

그 눈동자는 수생이 한 번도 본 적 없는 것이었다. 두려움과 기대, 불안과 희망이 그 안에서 혼란스럽게 뒤엉키며 일렁이고 있었다.

수생은 얼른 수풀 뒤를 돌아보았다. 화살이 백함의 등 뒤를 향해 날아오고 있었다.

비명을 내지를 겨를도, 상황을 설명할 여유도 없었다.

수생은 두 손으로 백함의 발목을 움켜쥔 뒤 있는 힘을 다해 앞으로 끌어당겼다. 백함의 몸이 순식간에 뒤로 넘어갔다.

쿵!

머리를 부딪치는 느낌에 놀라 수생은 눈을 떴다.

진땀으로 이마가 축축하게 젖어 있었다. 꽉 움켜쥔 손바닥에선 아직도 미세한 경련이 일고 있었다.

옆에 앉은 백함이 벽에 머리를 기댄 채 수생을 뚫어지게 쳐다보고 있었다.

"괜찮으신 겁니까?"

다급히 몸을 곧추세우며 수생이 물었다.

"무엇이 말이냐?"

무심해 보이는 백함의 대답에 수생은 어리둥절해졌다. 얼른 주위를 둘러보니 자신의 집 방 안이었다. 낮은 각도로 기울어진 햇살은 벌써 저녁나절이 되었음을 알려주고 있었다.

꿈? 꿈이었다고? 그런데 이렇게 생생하다고?

수생은 가늘게 떨고 있는 손끝을 바라보며 천천히 입을 열었다.

"꿈에서…… 그쪽을 봤습니다."

수생의 말에 백함의 눈꺼풀이 미세하게 떨렸다.

"누군가를 기다리고 계셨습니다. 산 속이었어요."

수생은 자신이 목격한 광경이 어쩌면 백함의 생전 마지막 모습일지도 모른다고 생각했다. 왜, 어떻게 자신이 그 순간을 보게 된 것인지는 몰랐다. 다만 짐작했던 것보다 자신이 훨씬 더 백함과 깊이 연결되어 있다는 것만은 확실히 느낄 수 있었다.

"헌데…… 어쩌면 꿈이 아니었을지도 모르겠습니다. 제 말이 맞지요? 좀 전에 그곳에 저와 함께 계셨던 거지요?"

잠시 침묵을 지킨 후 백함이 이내 고개를 끄덕였다.

"맞다. 방금 네가 본 건 내가 죽던 그 순간이다."

아아, 역시…….

짐작하고 있었음에도 불구하고 심장이 내려앉았다. 수생은 백함의 눈동자를 들여다보았다.

저 어둠 같은 눈동자가 생전에는 그런 눈빛을 하고 있었단 말이

지? 그런 눈빛으로 누군가를, 무언가를 간절하게 기다리다 죽어갔
단 말이지?

안쓰러움에 흔들리는 수생의 눈과 달리 백함의 눈은 차갑고 고요
했다.

"누구를 기다리더냐, 내가?"

"모르겠습니다. 다만 또 다른 사람이 있었습니다. 그자가 수풀 뒤
에 숨어서 나리를 노리고 있었어요."

수생의 말에 백함의 얼굴이 단번에 긴장의 빛을 띠었다.

"얼굴을 보았느냐?"

다급히 물어오는 백함을 향해 수생은 말없이 고개를 저었다. 그의
얼굴을 덮고 있던 얼음에 쫙 금이 갔다.

"보았어야지. 나를 쓰러뜨리지 말고, 그자의 얼굴을 확인했어야
지!"

눈을 번득이며 백함은 다짜고짜 수생을 향해 으르렁댔다.

칠 년을 찾아 헤맨 끝에 오늘에서야 마주하게 된 기억.

백함은 그것이 자신을 잡기 위해 혼백 사냥꾼들이 놓은 덫임을 직
감하고 있었다. 활터에서 상협에 대한 기억을 마주했을 때와 똑같
은 경험을 했기 때문이었다.

그 기억의 끝에선 언제나 포박이라도 당한 듯 꼼짝을 할 수가 없
었다. 손톱을 곤두세운 검은 도포의 사냥꾼이 자신을 잡기 위해 나
타나는 것도 똑같았다. 그 덫에서 자신을 꺼내준 이가 수생이었다
는 사실도 이제는 분명히 알 수 있었다.

그럼에도 불구하고 화가 났다. 그런 좋은 기회를 허무하게 날려버린 수생이 원망스러웠다.

누가 날 이리 만들었는지, 고개를 돌렸을 때 희미한 섬광처럼 눈동자를 스쳐가던 그 얼굴이 누구였는지, 그것을 알아낼 수 있는 유일한 기회였을지도 모르는데.

"그랬다면, 나리는 화살을 맞았을 겁니다. 그 화살에 맞아서 죽었을 거란 말입니다!"

느닷없이 자신을 힐난해오는 백함 때문에 수생의 목소리가 높아졌다.

"그래서 네가 나를 살렸더냐? 그 화살을 맞지 않으면 다시 살아날 수 있다더냐? 이미 칠 년도 전에 내 가슴을 지나간 화살인데, 다시 한 번 맞아주는 게 뭐 그리 대수라고. 왜, 억울하더냐? 칭찬이라도 받고 싶었던 게야? 고작 그깟 일로 날 도와줬다고 유세라도 부리고 싶으냔 말이다."

수생의 항의가 끝나기가 무섭게 백함이 치고 들어왔다. 차가운 눈빛으로 자신을 질책하는 그의 말에 울컥, 하며 가슴 속에서 뜨거운 덩어리가 치밀어 올랐다.

"그런 거 바란 적 없습니다!"

백함을 노려보는 수생의 얼굴에서 콧김이 뿜어져 나왔다. 흥분한 가슴팍이 눈에 띄게 들썩거렸다.

"다행이구나. 멍청한 짓을 해놓고도 사태 파악 못하는 얼간이는 아니라서 말이다."

백함은 차갑게 고개를 돌려 수생을 외면했다.

세상에서 제일 못돼 처먹은 귀신이 있다면, 바로 눈앞에 있는 이 자일 것이다. 누구 때문에 그리했는데. 무엇 때문에 그리 미친 듯 달음박질을 했는데. 안쓰러워했던 것이 후회막급이었다. 이런 매몰찬 인간, 아니, 귀신 따위한테 그런 마음을 품었다니!

참을 수가 없어진 수생이 벌떡 일어났다. 더 이상 저따위 귀신과 얼굴을 맞대고 있을 이유가 없었다.

방문을 밀치고 나간 수생은 부엌 아궁이 앞으로 달려갔다. 그리고 옆에 쌓아놓은 장작을 아궁이 밑으로 마구 집어넣었다. 그래도 분이 풀리지가 않았다.

수생은 다시 쿵쿵거리며 방문 앞으로 돌진했다.

문짝이 떨어져 나갈 기세로 문고리를 잡아당기자, 방구석에 앉아 있던 백함이 고개를 돌렸다.

"저라고 그런 상황에 말려들어가길 원했을 거라 생각하십니까? 그런 무서운 광경을 눈앞에서 목격하고 싶었을 거라 생각하시냐고 요! 천만에요, 저도 무서웠습니다! 도망가고 싶었다고요! 그쪽의 기억 속에서도, 새벽 나절의 그 사냥꾼들한테서도 말입니다. 하지만 그러지 않았습니다. 왜 줄 아십니까?"

수생은 입을 다문 채 씩씩거리며 백함을 노려봤다. 백함은 대구 없이 수생을 바라만 보고 있었다. 대답을 기다린다는 뜻이었다.

"그쪽을 구해야 한다는 생각밖에 없었으니까요. 살리고 싶은 마음뿐이었으니까요. 설령 그게 어리석은 짓이라 해도 그러고 싶었으니까요. 그게 그리도 잘못이라면, 예, 잘 알겠습니다. 다시 그런 일이 벌어지면 그땐 그쪽이 화살에 맞아죽든 말든 상관 않겠습니다. 이제 만족하십니까!"

수생의 눈에서는 불꽃이 튈 것 같았다. 하지만 백함은 차갑고 도도한 태도를 버리지 않았다.

"상관 않겠다니 됐다. 너는 딴 생각 말고 나와 맺은 협정만 잘 이행하면 된다. 그 점만 잊지 말아라."

백함의 목소리는 느리고 조용했지만 단호했다. 들어갈 바늘구멍조차 없는, 매몰찬 영혼! 수생은 들으라는 듯 방문을 쾅, 소리 나게 닫아버렸다.

밥상을 들고 돌아온 방 안에는 백함의 모습이 보이지 않았다. 항아리 속에 들어갔나? 반사적으로 고개가 돌아가려 했다.

아냐, 내가 왜 그딴 걱정을 해?

수생은 애써 시선을 내리깐 채 밥상을 바닥에 내려놓았다.

아침부터 하루 종일 아무것도 먹지 않았지만, 분노에 모든 감각을 빼앗겼는지 배고픔조차 느껴지질 않았다. 그래도 수생은 숟가락을 들고 밥을 크게 퍼 입안으로 밀어 넣었다.

두 뺨이 터져나갈 만큼 입안을 가득 메운 밥알을 수생은 꾸역꾸역 씹어 넘겼다. 가슴이 꽉 막힌 것처럼 답답해졌다. 눈가가 뜨거워지더니 예상치도 못했던 눈물이 툭, 흘러내렸다. 억울하고 분해서 터진 눈물이었다.

급히 손바닥으로 눈물을 쓱쓱 닦고 수생은 다시 숟가락을 밥공기로 가져갔다.

"그리 먹다간 체하겠다."

등 뒤에서 난데없이 백함의 목소리가 들려왔다.

"고양이가 쥐 생각을 다 해주십니다? 신경 끄십시오. 그쪽도 저랑 맺은 협정이나 잘 이행하시면 됩니다!"

그렇게 쏘아붙이며 수생은 밥공기 속에 숟가락을 푸욱 찔렀다.

"아까는 경황이 없어서 미처 말하지 못했다만…… 어찌 됐든 네 덕분에 사냥꾼이 친 덫에서 빠져나올 수 있었던 것은 사실이다. 새벽 나절의 일도 그렇고……. 고마웠다."

숟가락을 쥔 채 부들부들 떨던 수생의 손이 돌연 멈췄다.

뭐라고, 지금 잘못 들은 건가?

수생은 고개를 돌려 백함을 보았다. 그도 평정심을 찾은 듯 차분하게 가라앉은 얼굴을 하고 있었다.

"다만 앞으로 다시 그런 일이 생기거든, 똑같은 실수는 반복하지 말거라. 쓸데없는 도움이나 걱정 같은 건 필요 없으니 말이다."

"거짓말."

예상치 못했던 수생의 대답에 백함의 눈이 살짝 커졌다.

"가지 말라고, 같이 있어 달라고 하지 않았습니까. 다 죽어갈 것처럼 그리 애원할 때는 언제고 이제 좀 살 만하다 싶으니 필요 없다 딴 청을 피시는 겁니까?"

"애원을 했다고?"

"믿기지 않으면, 그 기억 속에도 한 번 같이 들어가 보시든지요."

기억도 못 한다니. 억울한 마음에 수생은 입을 삐쭉거렸다. 하지만 좀 전까지 끓어오르던 분노의 소용돌이는 이미 가라앉은 후였다.

실은 백함도 아예 기억이 나지 않는 것은 아니었다. 수생의 어깨에 얼굴을 기댄 채 안기듯 잠이 들었다는 사실을 그는 어렴풋이 기억했다. 눈을 떴을 땐 원기도 조금쯤 회복되어 있었다.

불현듯 백함의 미간이 찌푸려졌다. 수생의 곁에 있으면 원기가 회복된다는 사실이 이제까지와는 다른 의미로 그에게 다가왔던 것이다.

설마 아까 그 사냥꾼이 얘기했던 대로 내가 너의 기운을 훔치며 육신을 갉아먹고 있는 것은 아닐 테지? 그 육신을 노리고 있는 것은 아니겠지?

"넌, 내가 무섭지 않느냐?"

백함의 머릿속에서 꼬리를 물고 이어진 생각의 고리를 수생이 알 리 없었다.

무슨 뜻이지?

수생은 질문의 의도를 탐색하려고 그를 쳐다보았다. 하지만 눈이 마주치자 이내 고개를 휙 돌려버렸다. 아직 화가 다 풀리지 않았다는 것을 알려주려고 수생은 밥상머리를 향해 쌩하니 돌아앉았다.

"그런 건 왜 물어봅니까? 또 무슨 위협을 하시려고요?"

"그 사냥꾼이 했던 얘기, 그새 잊었나 보구나. 지상을 오래 떠도는 혼백은 사람의 육신을 잡아먹는 사령(邪靈: 사악한 영혼)이라던 얘기

말이다."

등을 돌린 수생의 어깨가 순간 흠칫했다. 그 이야기를 맘속에 담아 두고 있었다니. 허긴 수생 자신도 그 말에 잠시 흔들렸던 것은 사실 이었다. 하지만 그랬기에 오히려 대답이 쉽게 튀어나올 수 있었다.

"잡아먹으려면 벌써 잡아먹겠지요. 지금까지 놔두었겠습니까? 게다가 그토록 잘나신 양반 출신 나리께서 어디 미천한 계집의 하 찮은 육신에 거하실 수나 있겠습니까."

"그래? 허면 그 사내의 육신 정도면 내게 어울리겠느냐? 능창군 말이다."

말이 떨어지기가 무섭게 수생이 다시 휙 돌아앉았다. 숟가락을 움 켜쥔 주먹으로 밥상을 탁 내리치며 수생은 백함을 째려보았다.

"그러기만 해보십시오. 당장 수구문 밖에다 항아리째로 확 갖다버 릴 겁니다."

"갖다버려도 다시 돌아올 터인데?"

백함이 한쪽 눈썹을 삐쭉 밀어 올리며 대꾸했다. 자신의 말을 귓 등으로도 듣지 않는 것 같아 수생은 약이 바짝 올랐다.

"수구문 밖 공동묘지에 사는 원귀들이 얼마나 무서운지 들어보지 도 못했습니까? 저승사자도 벌벌 떠는 존재가 바로 그곳에 사는 원 귀들이란 말입니다. 한 번 잡힌 혼백은 다시 빠져나올 수도 없습니 다만?"

"내가 빠져나올 수 없으면, 네가 그리로 끌려오겠구나. 우린 단 한 시도 떨어질 수가 없으니."

"그게 무슨 말입니까? 떨어질 수가 없다니요?"

"네가 가는 곳엔 원치 않아도 가야 하고, 네가 가지 않는 곳엔 아무리 발버둥을 쳐도 갈 수가 없단 말이다, 내가."

생각지도 못했던 얘기에 수생은 잠시 할 말을 잃었다. 아무리 봐도 백함의 표정이 농담 같지는 않았다.

"어, 언제부터 말입니까?"

"나를 가두고 있던 항아리를 네 손으로 깨버린 그날부터."

드디어 오랫동안 가지고 있던 의문이 풀렸다. 어째서 귀신이 자신에게 협정을 제안했는지. 왜 아무런 힘도 없는 자신더러 원한을 풀 수 있도록 도와 달라 했는지…….

협정을 맺지 않으면 평생 따라다니면서 괴롭힐 것이라던 말이 단순한 협박이 아니었음도 수생은 비로소 깨달았다.

다만 아직도 알 수 없는 건 그런 사실을 숨기고 있었던 이유였다.

"어째서 진작 말을 하지 않은 겁니까?"

"그 사실을 알고 나면 네가 일부러 협정을 소홀히 할까 봐서 그랬다. 어차피 맺어질 가망도 없는 인연, 얼굴이나 실컷 보자며 능창군 그자의 몸속으로 날 밀어 넣으려 하면 큰일 아니냐. 내가 그자의 몸속에 들어가면 평생 네 곁에서 떨어질 수 없을 거라 착각하면서 말이다."

참 나, 얼굴을 보고 싶다 했지 누가 얼굴만 능창군 나리면 된다 했습니까? 그리 발끈하며 대들 줄 알았는데 그렇지 않았다. 대신 수생은 물끄러미 백함을 쳐다보았다.

"그러고 보니 넌 전적도 있질 않느냐. 곤히 자는 날 깨워서 능창군으로 변신해달라며 억지까지 부려댄 게 불과 이틀 전의 일이니."

백함은 다시 수생을 도발했다.

"약점을 들킬까 봐 겁이 나셨던 겁니까? 아니면 다른 이에게 얽매여 있는 것이 수치스러운 거예요? 그것도 이리 보잘 것 없고 신분도 낮은 계집한테 말입니다."

백함은 불시에 일격을 당한 기분이었다. 자신의 마음 밑바닥에 가라앉아 있던 생각을 수생이 정확히 읽어낸 것에 대한 놀라움. 그리고 수생의 입을 통해 들은 제 생각이 얼마나 편협하고 옹졸한 것이었던가에 대한 새삼스러운 자각. 무엇보다도 쓰라리게 다가온 것은, 그렇게라도 귀신이 아닌 척, 인간인 척하고 싶었던 자신의 어리석은 미련이었다.

감추려던 마음을 알아챈 이에 대한 반발심이었을까. 백함의 입에서 퉁명스러운 대답이 튀어나왔다.

"어설프게 아는 척 말거라."

"예, 맞습니다. 저는 잘나신 양반 나리들처럼 많이 배우지도 못했고, 아는 것도 그다지 많지 않습니다. 허나 배가 고플 땐 밥이 먹고 싶다고, 졸릴 땐 자고 싶다고 그리 말해야 한다는 건 압니다. 도움이 필요할 땐 도와달라고 말해야 한다는 것도 말입니다."

수생은 지지 않고 백함의 잘난 척을 맞받아쳤다.

똑바로 부딪혀오는 시선을 잠시 마주보다 백함은 크게 한숨을 내쉬었다. 어찌 그리 매번 피해갈 줄을 모르는 것이냐……

"그리 말하면 감당할 수는 있고? 거절도 못하는 주제에."

가벼운 핀잔을 던짐으로써 백함은 맞부딪혀오는 수생을 피해가려 했다. 그런 백함을 수생이 막아섰다.

"그럼 한 번 해보십시오. 그쪽이 부탁을 더 못하는지, 제가 거절을 더 못하는지."

이번에야말로 두 사람의 시선이 팽팽하게 맞섰다. 물러서는 쪽이 이 싸움에서 지는 것이었다.

밤이 깊었지만, 눈은 더 말똥말똥해졌다.

저녁나절까지 거하게 잠을 자서 그렇지, 뭐. 조금 더 지나면 잠이 올 거야. 그렇게 생각하며 마음을 편히 가지려 했지만 시간이 지나도 잠은 좀처럼 찾아오지 않았다.

모로 누운 덕분에 꽉 눌린 오른쪽 어깨가 슬슬 배겨왔다.

수생은 조심스럽게 몸을 움직였다. 그러자 허리를 감은 손이 움찔거렸다. 깜짝 놀라 수생은 동작을 멈췄다. 이내 허리를 감은 손에서 힘이 풀리는가 싶더니 백함의 평온한 숨소리가 들려왔다.

귀신의 부탁은 의외의 것이었다. 잠이 든 동안 자신의 곁을 지켜달라는 것이었다. 평소에도 매일같이 팔베개를 했으면서 새삼스럽게.

수생은 고개를 갸웃거렸지만, 모로 누운 자신을 돌려 등을 감싸오는 팔을 느낀 순간, 그의 부탁이 무엇인지를 알게 되었다.

간절하게 원기가 필요하니 꼭 붙어서 밤을 지켜달라는 것이었다.

목덜미에 그의 차가운 손이 닿았다. 그러나 팔베개를 할 때와는 전혀 다른 느낌이었다. 목덜미를 스쳐지나간 그 손은 뒤로 다가가 수생의 뒷머리를 꼭 껴안았다. 이마가 그의 어깨에 파묻히듯이 닿았다.

수생은 소스라치듯 놀랐다. 하지만 지금의 그는 장난을 치려는 것도, 수생을 골탕 먹이려는 것도 아니었다. 정말로 간절하게 수생의 기운을 원하고 있었다.

그것이 온기인지, 원기인지는 알 수 없었지만 그 절박한 손길을 수생은 차마 거절할 수가 없었다. 게다가 부탁을 해보라 한 건 다른 누구도 아닌 자신이었다. 이제와 싫다고 할 수는 없는 일이었다.

괜찮아, 귀신이야. 사내가 아니라고. 수생은 몇 번이고 다짐을 하며 마음을 가라앉혔다.

백함은 기절하듯 잠에 빠져 들었다. 조금 전까지 눈을 뜨고 말을 했던 게 기적이라 여겨질 정도였다.

문제는 수생이었다. 백함이 깰까 봐 뒤척이지도 못한 채 누워 있으려니 죽을 지경이었다. 잠이라도 들면 좋을 텐데, 평소엔 그리 잘도 쏟아지던 잠이 거짓말처럼 달아나 돌아올 생각을 하지 않았다.

이렇게 밤을 새우면 얼굴은 퉁퉁 붓고 눈엔 핏발이 설 텐데. 그런 모습으로 능창군 나리를 뵐 순 없는데.

수생은 저고리 품에서 능창군의 서찰을 조심조심 꺼냈다. 그리곤 잘 보이지도 않는 글씨들을 달빛 아래 몇 번이고 다시 읽어보았다.

아무리 확인하고 또 확인을 해도 여전히 믿기 힘든 일이었다. 능창군 나리께서 나를 만나자 하셨다니. 나를 기다리겠다 하시다니.

초조하고 두근거리는 이 마음은 능창군 나리 때문이겠지. 이렇게 잠이 오지 않는 건 나리를 뵐 생각에 설레어서, 엉망진창인 꼴로 나리 앞에 나설 생각에 속이 상해서 그런 거야.

서찰을 살며시 옆에 내려놓는데 백함의 어깨가 갑자기 들썩였다. 꿈을 꾸고 있는 듯했다.

나리, 무슨 꿈을 꾸십니까? 언제나 그리 무섭고 슬픈 꿈을 꾸시는 거예요?

눈을 감은 백함의 얼굴의 보고 있자니, 꿈속에서 보았던 생전의 그가 생각이 났다.

얄밉고 뻔뻔한 귀신이 아니라, 불안하게 흔들리는 순진한 눈동자를 가졌던 약관의 사내…….

하아, 한숨이 수생의 입술에서 빠져나왔다. 왜 이렇게도 가슴이 답답한지 그 답을 찾을 수가 없어 수생은 다시 한 번 긴 한숨을 내쉬었다.

바람이 분다

19

뜨겁던 여름이 끝나 가는지 뜰이 뿜어내는 향이 어느새 달라져 있었다.

바람에 실려 오는 그 향내를 맡으려고 능창군은 크게 숨을 들이마셨다. 낯설고 독특한 향기가 코끝에 실려 왔다. 그 진원지를 알고 싶어 능창군은 주위를 두리번거렸다.

눈에 들어오는 것은 특별히 없었다. 한참을 서성인 끝에 능창군은 담장 주위로 늘어선 풀숲 가까이에 옹기종기 모여 있는 보라색 줄기들을 찾아냈다.

가까이 다가가자 그가 찾던 향기가 다시 바람에 묻어왔다. 배초향이라 불리는 들꽃의 향이었다.

지난 가을 몇 줄기가 삐죽 솟아난 것을 보았는데 일 년 만에 이리 늘어난 건가. 기특하기도 하구나. 능창군은 고개를 숙여 가는 보랏빛 줄기를 들여다보았다.

씩씩하게 하늘로 뻗어 있는 손가락 길이만 한 꽃방망이. 그 주위로 작은 꽃들이 들쭉날쭉 피어 있었다.

꽃받침 속에 반쯤 묻힌 작은 보랏빛 꽃은 언뜻 보면 소녀의 입술 모양을 닮아 있었다. 수줍은 듯 보이는 그 입술은 바람이 불어오자 금방이라도 조잘거릴 것처럼 몸을 떨어댔다.

저리 수줍은 듯 당돌한 아이를 하나 알고 있지. 능창군의 얼굴에 슬며시 미소가 떠올랐다.

"능창군 나리, 능원군께서 찾아오셨습니다."

석개의 목소리에 능창군은 짧은 상념에서 깨어났다.

"오냐, 지금 갈 터이니 형님은 사랑방으로 모시거라."

아침부터 웬일로 발길을 하신 걸까. 궁금증을 안은 채 능창군은 뜰을 가로질렀다.

밤새 기생집에서 노닥대다 왔는지 능원군 보에게선 아직 채 가시지 않은 술 냄새가 났다. 능창군은 취기를 가시게 해준다는 진달래차를 내오게 했다. 뜨거운 물을 찻잔에 붓자 진홍색 꽃이 잎을 활짝 펼쳤다.

"내 어찌나 분기가 솟아오르던지 도저히 그냥 집으로 돌아갈 수 없더구나."

"무슨 일이 있으셨습니까?"

"활터에서의 일, 들었다. 그 소진사라는 작자가 네게 했다던 무례한 행태에 대해서 말이다."

찻잔을 술잔인 양 탁, 소리 나게 내려놓으며 보가 눈을 번득였다.

"아, 그것이라면 별일 아닙니다, 형님."

"별것이 아니긴! 소문에 듣자하니 그 작자, 여간 교활한 게 아니더라. 간에 붙었다 쓸개에 붙었다 얍삽하기는 또 이를 데가 없단다. 평릉군께서는 어찌 그런 자를 우리 집안에 들여 인사까지 시키셨는지, 원."

못마땅한 듯 혀를 차며 보는 눈썹을 찌푸렸다.

"나쁜 뜻이 있어 그러셨겠습니까. 그나저나 형님께서는 어찌 그런 소문들에 그리 밝으신 겝니까?"

대수롭지 않은 얼굴로 능창군이 화제를 돌렸다. 오늘은 그런 자에게 마음을 쓰고 싶은 기분이 아니었다.

"매향각에 갔다 들었다. 춘화라는 기녀 기억나느냐? 일전에 네가 자신의 방에서 묵고 갔다고 거짓말을 해서 매향각을 뒤집어놓았던 그 기녀 말이다. 소진사가 그 계집한테 목을 매고 있다는구나. 해서 하루가 멀다 하고 매향각엘 드나든단다. 그자가 네게 그리한 것도 다 춘화 그년 때문에 앙심을 품어서 그렇다지, 아마?"

"그렇습니까?"

능창군은 마치 남의 이야기라도 듣는 양 태평하게 웃었다.

"헌데 재미있는 건 뭔지 아느냐? 춘화 그 계집은 소진사 따위한텐 관심도 없다는 것이다. 어제도 말이다, 그 작자가 네가 활터에 계집을 데려왔다고 헛소리를 지껄이다가 오히려 춘화의 부아만 돋워놓았다지 뭐냐. 고것 참 쌤통이지."

다시 생각해도 재미있는지 보가 키득거렸다. 따라 웃는 능창군의 얼굴에 비로소 호기심이 스며들었다.

"어라, 그 웃음은 무엇이더냐?"

아우의 기색이 묘하게 달라진 걸 보는 귀신같이 알아챘다.

"또 다른 소문은 듣지 못하셨습니까?"

빙그레 웃으며 능창군이 물어왔다.

"무슨 솔깃한 소문이라도 들은 게냐?"

이번에는 보의 눈이 호기심으로 번득였다.

"제가 활터에서 만난 그 계집 같은 사내를 말에 태우고 가더라는 소문 말입니다. 집 안으로 들였다는 소문까지는 아직 퍼지지 않았을지도 모르겠습니다만."

"무어라? 그게 정말이냐?"

세상에 이보다 더 놀랄 일은 없다는 듯 보의 목소리가 커졌다.

"어떤 자인지 알고 낯선 사내를 집 안에 들여? 염탐꾼일지도 모르는데 말이다. 너답지 않게 어찌 그리 경거망동을 한 게냐?"

보의 눈이 불안으로 흔들리는 것을 보면서도 능창군은 씨익 웃고 말 뿐이었다.

그런 아우의 모습에 보는 고개를 갸웃거렸다. 서책 따위는 질색이지만 잔머리는 제법 돌아간다고 자부하는 그였다. 지금이 그 잔머리를 굴려볼 차례였다.

누구에게나 친절한 듯 보여도 결코 쉽사리 곁을 내어주지 않는 아우였다. 그런데 낯선 자를 집 안에 들였다고? 그것도 활터에서 처음 만난 자를. 가만, 소진사 그 작자가 뭐라 지껄였다 했지? 활터에 계집을 데려왔다 했던가? 그렇다면, 설마……

"계집이었던 게냐? 그자의 말이 사실이었던 게야?"

보의 눈이 휘둥그레졌다.

반면 능창군은 괜한 말을 꺼낸 것이 후회되기 시작했다. 형님의 말이 맞았다. 자신답지 못한 일이었다. 활터에선 그리 감추려 했던 사실을 제 입으로 떠벌리다니. 누구에게도 좋을 것이 없는 일이었다. 게다가 그 일로 수생이 괜한 오해라도 받게 된다면 큰일이었다. 어찌 그런 말이 그리 쉽게 입에서 흘러나왔는지 모를 일이었다.

"그랬으면 좋겠습니다만, 그럴 리가 있겠습니까. 술 취한 과객을 잠시 재워주었을 뿐입니다. 허나, 남의 이야기 좋아하는 사람들에 겐 쏠쏠한 안줏거리가 되어주겠지요."

나긋나긋한 능창군의 설명에 보의 호기심이 푹 꺼졌다.

허긴 그리 쉽게 아무 계집이나 품을 능창이 아니지. 얼마나 완벽한 여인을 고르려고 저리 까다롭게 구는지, 원.

김이 빠졌다는 얼굴로 보는 앞에 놓인 찻잔을 들어 올려 입안으로 털어 넣었다.

"형님, 어머니를 뵙고 가십시오. 송구하오나 이 아우는 오늘 일이 있어 형님과 오래 이야기를 나누지 못할 듯합니다. 조만간 집으로 다시 찾아뵙겠습니다."

보가 찻잔을 비우길 기다렸다가 능창군이 입을 열었다.

"아니다, 나도 그만 돌아가 봐야지."

보는 일어서는 아우를 따라 방을 나섰다.

대문 앞에서는 석개가 말을 대령한 채 능창군을 기다리고 있었다. 하지만 능창군은 고개를 가로저었다. 날이 좋으니 걸어서 가겠다며 석개가 따라오는 것조차 마다했다. 그렇게 성큼성큼 멀어져가는 능창군의 발걸음이 오늘따라 유난히 가벼워 보였다.

수생은 일찌감치 운종가를 배회하는 중이었다. 골목골목을 뒤지면서 수생이 찾고 있는 것은, 자신에게 항아리를 팔았던 이동 상인이었다.

그 재수 없는 검은 새에게 쪼인 이후로 항아리를 뒤덮은 실금은 점점 더 심해지고 있었다. 이대로 가다가는 금방이라도 항아리가 깨져버릴 것만 같았다.

그 혼백 사냥꾼이라는 자들이 노리는 것도 바로 그런 거겠지?

항아리가 깨지면 귀신이 숨을 곳이 없을 테고, 그리 되면 그를 공격하기가 쉬워질 테니.

다행인 것은, 수생의 집이 그나마 안전지대라는 사실이었다. 백함의 말로는 그것이 흥복과 연관이 있을 것이라 했다. 사당을 지키며 혼을 모시는 자의 집에는 함부로 드나들지 않는다는 불문율 같은 것이 있지 않을까. 백함은 그리 추측했다.

허나 착혼꾼이 집 안에 드나들지 못한다 해서 문제가 해결되는 것은 아니었다. 백함이 수생에게서 멀리 떨어질 수 없다는 점이 더 큰 문제였다. 착혼꾼을 피하기 위해 수생이 영원히 제 집 근처만을 배회할 수는 없는 일. 따라서 백함이 들어갈 새로운 항아리가 꼭 필요했다.

수생은 길을 잃지 않도록 주의하면서 골목길을 누볐다. 미로 같은 골목길을 헤매다 득수 패거리에게 납치당할 뻔 했던 일을 수생은 잊지 않고 있었다. 지금도 그때의 일을 생각하면 모골이 송연해졌다. 다시는 그런 꼴을 당하고 싶진 않았다. 더욱이 이번엔 귀신도 수생을 도와줄 수가 없는 형편이었다.

새로운 골목으로 들어설 때마다 수생은 열심히 주변을 두리번거렸다. 그렇게 얼마나 배회를 했을까. 눈에 띄게 인적이 드문 좁은 골목길 하나가 수생의 눈앞에 나타났다.

여기인가?

수생은 뛰다시피 골목 안으로 들어갔다. 그러나 얼마 지나지 않아 자신이 헛걸음을 했다는 걸 알았다. 기대와 달리 수생을 맞은 것은 낯선 풍경들이었다.

하아, 대체 어디였지? 한숨을 쉬며 수생은 뒤를 돌아섰다.

그때 모퉁이 뒤로 급히 숨는 흰 도포 자락이 보였다. 수생은 흠칫했다. 심장이 쿵쾅쿵쾅 빠르게 뛰기 시작했다.

누구지? 나를 쫓는 건가? 아니면 백함 나리를?

수생은 항아리를 안은 팔에 힘을 주었다. 그리고는 도포자락이 사라진 곳에서 시선을 떼지 않은 채 천천히 뒷걸음질을 치기 시작했다.

조금 있으니 모퉁이 뒤에서 갓의 양태(凉太: 갓의 테두리 차양) 끝부분이 살짝 고개를 내밀었다. 얇고 검은 양태는 수생이 지켜보는 동안 천천히 그리고 조금씩 더 길어졌다.

조금만 더 기다리면 얼굴을 내밀 거야. 그때까지 달아나면 안 돼!

수생은 그리 되뇌며 아프도록 눈을 부릅떴다.

드디어 숨어 있던 자가 고개를 내밀었다. 하지만 수생이 지켜보고 있는 것을 알았던지 눈 깜짝할 사이에 다시 모퉁이 뒤로 숨어버렸다. 너무 순식간이라 얼굴을 볼 겨를조차 없었다.

수생은 그 자리에 선 채 잠시 망설였다.

이제라도 달아나야 한다는 생각이 들었다. 하지만 생각과는 달리 발길은 모퉁이 쪽으로 다가가고 있었다. 자신을 미행하는 자의 얼굴을 확인하고 싶었다. 무작정 달아나는 것보다 그 편이 상황을 이해하는 데 훨씬 도움이 될 것 같았다.

침을 꿀꺽 삼킨 후 수생은 모퉁이 너머로 조심스럽게 고개를 내밀었다.

하지만 허탕이었다. 그곳에는 아무도 없었다.

대신 이번에는 뒤쪽에서 도포자락 스치는 소리가 들려왔다. 수생은 잽싸게 고개를 돌렸다. 반대편 모퉁이 사이로 흰 그림자가 사라지고 있었다.

수생은 망설이지 않고 그쪽을 향해 뛰어갔다. 하지만 이번에도 허사였다. 수생보다 더 빠르고 날렵할 뿐만 아니라 이곳의 지리를 잘 아는 자가 틀림없었다.

이길 수 없는 싸움이라는 생각이 드는 순간 머릿속에서 경고가 울렸다.

이러고 있을 때가 아니야. 이렇게 어물대고 있다간 지난번 같은 일이 또 벌어질지도 몰라.

수생은 마음을 바꿔 수상한 자가 사라진 반대방향으로 달리기 시작했다. 오는 길을 기억해놨던 터라 헤매지 않고 대로로 이어지는 출구를 찾을 수 있었다.

얼른 인파 속으로 몸을 숨긴 후 수생은 뒤를 돌아보았다. 갓을 앞으로 푹 눌러써서 얼굴을 감춘 사내가 자신을 빠른 걸음으로 쫓아오고 있었다.

다시 수생의 발걸음이 빨라졌다. 하지만 얼마 가지 않아 뛰듯이 달아나던 수생의 발걸음이 멈췄다. 머릿속에 문득 한 가지 생각이 떠올랐던 것이다.

수생은 재빨리 주위를 둘러보았다. 저 앞에 놋쇠로 만든 그릇이며 화로들이 진열되어 있는 점포가 눈에 들어왔다. 수생은 그곳을 향해 달려갔다. 점포 옆을 지나며 수생은 그릇 하나를 세게 옆으로 밀었다.

놋쇠 부딪히는 소리에 점포 주인이 고개를 돌렸다.

수생은 잽싸게 손을 거둔 다음 힘차게 달음박질을 했다. 이동상인들이 무뢰배의 손아귀에서 벗어나던 방식을 고대로 써먹은 것이었다.

"저, 저놈 잡아라!"

예상대로 수생을 도둑으로 착각한 상인이 고함을 질렀다.

사람들의 시선이 단번에 그녀에게로 쏠렸다. 발자국 소리도 쫓아 왔다.

　수생은 달아나는 발의 속도를 더 높였다. 하지만 곧 누군가가 어깨를 낚아챘다. 억세지는 않았지만 수생을 돌려세우기엔 충분한 힘이었다.

　"죄송합니다, 어르신! 설명을 해드리겠……!"

　수생은 급히 입을 열었다. 하지만 자신을 붙잡은 사람의 얼굴을 본 순간 입을 벌린 채 그대로 굳어버리고 말았다. 능창군이 물끄러미 그녀를 내려다보고 있었던 것이다.

　"능창군 나리!"

　수생의 얼굴이 순식간에 백짓장처럼 변했다. 혹시 다 보신 건가? 오해를 막아야 한다는 생각에 다급해진 마음과는 달리 쉽사리 말이 나오질 않았다.

　"그, 그런 것이 아닙니다, 실은 그것이 어찌 된 일이냐 하면……."

　"다 보았다. 변명 말거라."

　능창군이 수생의 말을 잘랐다.

　"아닙니다, 나리. 정말로 나리께서 생각하시는 그런 것이 아닙니다."

　수생의 얼굴은 금방이라도 울 것 같았다. 능창군의 얼굴에 빙긋 미소가 떠올랐다.

　"다 보았다 하지 않았느냐."

　"예? 허면……."

　그저 놋쇠그릇을 밀친 다음 도망쳤을 뿐이라는 것도 다 아신단 말이지요?

그제야 수생의 얼굴에 화색이 돌아왔다.

"뿐만 아니라 네가 알지 못하는 것도 하나 알고 있구나. 너를 미행하던 자의 정체 말이다."

"그자를 보셨습니까? 어떤 자였습니까? 혹 이목구비가 구별이 가지 않을 만큼 얼굴이 새카맣진 않던가요? 아니면 어깨가 떡 벌어진 사내는 아니었습니까?"

다급하게 숨도 쉬지 않고 물어오는 수생과 달리 능창군의 대답은 느긋했다.

"글쎄다. 골격은 옥같이 곱고 풍채는 신선처럼 우아한 사내더구나."

"얼굴도 자세히 보셨습니까?"

"그럼. 매일같이 보던 낯익은 얼굴이었다."

능청스런 미소가 그의 얼굴을 덮고 있었다. 이래도 눈치를 못 채겠느냐? 그리 반문하는 미소였다.

수생은 잠시 할 말을 잊은 것처럼 눈만 깜빡여댔다. 지금 눈앞에 있는 분은 분명 능창군 나리가 맞는데. 귀신이 장난을 치는 것은 아닌데…….

"설마, 나리셨습니까? 허나…… 어째서요?"

아직도 믿기지 않는다는 얼굴로 수생이 되물었다.

"좀 일찍 도착하여 이런 저런 점포들을 둘러보고 있는데 멀리서 네가 두리번거리며 지나가는 것이 보이질 않겠느냐? 혹여 길을 못 찾나 싶어 따라가다 보니 그리된 것이다."

"허면 왜 제가 뒤를 돌아보았을 때 그리 숨으신 거예요?"

글쎄. 왜 그랬던가?

능창군은 수생의 질문을 자신에게 그대로 던져보았다. 아무리 생각해봐도 굳이 숨을 이유 같은 건 없었다. 그저 이 아이가 무엇을 하고 있는지 궁금했던 것뿐이었다. 그저 그 모습을 잠시 지켜보고 싶었던 것뿐이었다.

"그러게 말이다. 오랜만에 이리 북적이는 분위기에 섞이다 보니 장난을 좀 치고 싶어졌던 모양이다. 놀라게 할 생각은 아니었으니 용서하거라."

능창군의 해사한 미소를 마주하자 수생은 정신이 아득해졌다. 그 미소에서 눈을 떼지 못한 채 수생은 얼이 빠진 사람처럼 대답했다.

"아, 아닙니다, 나리."

"헌데 아까는 왜 그런 것이냐? 난데없이 물건을 훔친 척하다니 그럴 만한 이유라도 있느냐?"

궁금해 죽겠다는 듯 능창군이 수생에게로 얼굴을 숙였다. 수생의 뺨이 순식간에 달아올랐다. 대답을 재촉하듯이 능창군은 제 귀를 갖다 대는 시늉을 했다.

상기된 얼굴로 수생은 더듬더듬 사정을 설명했다.

"듣고 보니 꽤 그럴듯한 작전이로구나."

수생의 설명을 다 들은 능창군은 아랫입술을 위로 밀어 올리며 고개를 끄덕였다.

"나도 한 번 시험해볼까? 내게 붙은 염탐꾼을 따돌릴 수 있는지 어떤지 말이다."

"감히 나리를 염탐하는 자가 있습니까?"

수생은 놀라서 되물었다. 하지만 제가 한 질문을 다 끝내기도 전에 새문리 집 문지기에게서 스치듯 들었던 말이 기억났다. 염탐꾼으로 의심받고 싶지 않으면 당장 꺼지라고 했던가. 세간의 미움을 받고 있다고 자조적으로 말하던 활터에서의 능창군도 생각이 났다.

나리처럼 지체 높으신 분을 누가, 왜, 몰래 염탐을 한다는 걸까.

수생은 새삼스러운 눈으로 능창군을 올려다보았다.

"왜, 무서우냐?"

능창군은 가볍게 웃으며 물었다. 그러나 그렇게 묻는 마음은 가벼운 것과는 거리가 멀었다.

"아닙니다."

수생은 능창군에게서 시선을 떼지 않은 채 곧게 대답했다.

"허면 왜 그리 쳐다보느냐?"

"나리께는 소용이 없을 겁니다, 그런 작전 같은 건 말입니다."

"소용이 없다…… . 이유를 물어봐도 되겠느냐?"

"어딜 가시든, 모든 이의 시선이 나리께 머물지 않습니까. 나리께서는 일부러 다른 이들의 이목을 끌 필요가 없는 분이시니까요. 하여 소녀의 생각엔 염탐꾼의 시선에서 벗어나시려면 다른 방법이 필요할 것 같습니다."

"어떤 방법 말이더냐?"

호기심이 이는 얼굴로 능창군이 물었다.

대답 대신 수생은 풀썩 그 자리에 주저앉았다. 갑자기 무슨 일인가 싶어 능창군이 눈을 크게 떴다.

"사라지는 것입니다, 이렇게요."

　손깍지를 낀 손으로 쪼그린 무릎을 감싼 채 수생은 능창군을 올려다보며 웃었다. 다친 게 아니라는 것을 확인해서 안도한 것일까. 아니면 당찬 미소에 저도 모르게 말려든 것일까. 화답이라도 하듯 능창군의 입에서 웃음이 새어 나왔다.

　수생이 다시 손을 뻗어 그의 소매 끝을 살짝 끌어당겼다. 능창군은 주위를 한 번 둘러보았다. 새문리부터 줄곧 자신을 따라온 사내가 저 멀리서 딴청을 피며 곁눈질을 하고 있는 게 보였다.

　능창군은 사내가 잠시 눈을 돌리자 그 틈을 타 재빨리 몸을 숙였다. 지나가는 행인들이 쪼그리고 앉은 수생과 백함을 흘낏 쳐다보고 지나갔다. 눈이 서로 마주치자 쿡, 웃음이 터졌다.

　잽싸게 손으로 입술을 눌러 웃음을 막은 다음 수생이 몸을 돌렸다. 그리곤 오리걸음으로 사람들 틈을 뒤뚱뒤뚱 걸어 나가기 시작했다. 잠시 제자리에서 그 모습을 지켜보던 능창군도 이내 수생을 따라 걸음을 옮겼다.

　이 느리고 우스꽝스러운 걸음이 자신을 어디로도 데려가주지 못한다는 것을 능창군은 잘 알고 있었다. 그렇다고 해도 지금 이 순간만큼은 모든 굴레에서 벗어난 듯 자유로운 기분이었다.

염탐꾼을 따돌린 후 그들이 도착한 곳은 나무들로 듬성듬성 에워싸인 작은 공터였다.

능창군은 공터를 한 바퀴 휘둘러보았다. 그러더니 그 중에서 가장 무성하게 가지를 뻗고 있는 나무 아래로 성큼성큼 다가갔다.

고개를 위로 한 채 능창군이 한 팔을 들어올렸다.

나뭇가지 사이로 사라졌다 다시 나타난 그 손에는 허름한 활 하나가 쥐어져 있었다. 묘술이라도 본 것처럼 수생의 눈이 휘둥그레졌다.

"내 전용 활터라 하지 않았더냐? 올 때마다 갖고 오는 게 번거로워 하나 숨겨둔 것이다."

이리저리 널린 나뭇가지들을 몇 개 주운 다음 능창군은 수생의 옆에 와서 털썩 주저앉았다. 오리걸음을 하느라 쥐가 난 종아리를 두드리던 수생의 손이 멈칫했다. 회초리를 맞아 붉게 물든 종아리가 보일까 봐 수생은 얼른 치마로 종아리를 감쌌다.

"많이 아팠느냐?"

주워온 나뭇가지들을 활에 걸어보며 능창군이 물었다.

"뒷무릎이 좀 당기지만, 괜찮습니다."

"……회초리 말이다."

아, 보셨구나……. 수생은 겸연쩍은 마음에 치맛자락을 발목까지 끌어내려 손가락 끝으로 만지작거렸다.

"내가 너를 새문리로 데려간 것이 너를 더 곤란하게 했나 보구나."

"아닙니다. 제가 요즘 들어 자주 아비의 속을 썩여서 그런 것입니다. 염려치 마십시오, 나리."

능창군의 얼굴에 조금의 그늘이라도 지는 걸 수생은 보고 싶지 않았다. 그래서 재빨리 씩씩한 척을 했다.

활터에서부터 느꼈지만 아픈 티를 내지 않는 아이였다. 능창군은 그런 수생의 모습이 묘하게 자신을 닮았다고 생각했다. 비록 안고 있는 상처는 다르다 할지라도 말이다.

이럴 땐 그대로 속아주는 것도 나쁘지 않겠지.

능창군은 활을 들어 올려 시위를 당겨보았다. 옻칠도 하지 않은 허름한 활과 생 나뭇가지였지만 장난삼아 쏘기엔 나쁘지 않았다.

"한 번 쏘아보겠느냐?"

느닷없이 능창군이 수생에게 활을 내밀었다.

만져본 적도 없는 활을 대뜸 쏘아보겠다고 나섰다가 또 어떤 추태를 보이게 될지 수생은 겁이 났다.

그런 건 여태까지 보여드린 것만으로도 차고 넘치잖아…….

수생은 고개를 저으려고 했다. 그때 불쑥 호기심이 고개를 들었다.

그래도 사람일, 모르는 거잖아. 혹시 알아? 능창군 나리처럼 멋지게 활시위를 놓을 수 있을지. 그렇게만 한다면 지금까지 보여드린 추태를 만회할 수 있을지도 몰라!

제 마음 속 어딘가에서 들려오는 번지르르한 목소리에 수생은 결국 굴복당하고 말았다. 하지만 결과는 보나마나였다. 활체를 지탱하는 팔과 활시위를 당기는 팔 모두를 사시나무 떨 듯 부들거린 끝에, 수생은 결국 화살을 제 발등 언저리로 날려버리고 말았다.

화들짝 놀라 펄쩍 뛰어오르는 수생을 보고 능창군이 웃음을 터뜨렸다.

"남장이 어울리기에 혹시나 했더니, 네가 여인은 여인이었던 게로 구나."

무안해서 얼굴이 달아오른 수생을 위로하기 위해 능창군이 농을 던졌다. 그 말에 수생의 얼굴이 더 붉게 달아올랐다.

"그럼 이런 것은 어떻겠느냐?"

허리를 숙인 능창군이 작은 나뭇가지 하나를 주워들었다. 그리고 는 소매 품에서 가는 줄 하나를 주섬주섬 꺼내 나뭇가지에 매달기 시작했다. 잠시 후 능창군은 그것을 수생에게 내밀었다.

"새총이다. 급할 땐 호신용으로 이것도 꽤 쓸 만할 게다."

설마…… 나한테 주시는 건가? 나리께서 직접 만드신 것을? 수생 은 믿기 힘든 듯 두 눈을 꿈뻑거렸다. 그런 수생의 반응을 오해했는 지 능창군이 겸연쩍게 웃었다.

"아 참, 그렇지. 여인에겐 장신구 같은 것을 선물해야 하는 것인 데, 새총이라니. 나도 참 우스운 사내가 아니더냐."

"아닙니다. 나리의 손길이 간 것이 제겐 가장 귀중한 것입니다."

수생은 얼른 새총을 받아들었다. 세상 무엇보다 귀한 선물인 양 수생은 두 손으로 그것을 꼭 감싸 쥐었다.

"게다가 소녀처럼 미천한 신분의 계집은 장신구를 착용하는 것도 금지되어 있는걸요. 그러니 괘념치 마십시오, 나리. 전 이게 훨씬 더 좋습니다. 아까처럼 누가 다시 따라오면 이걸로 이마를 맞춰버릴 겁니다. 허니 나리께서도 이젠 조심하셔야 합니다."

수생은 능창군을 향해 방긋 웃었다. 그리고는 얼른 쪼그리고 앉아 새총에 쓸 작은 돌멩이를 고르기 시작했다.

"이런 것은 괜찮겠지?"

갑작스레 들려온 능창군의 목소리에 수생은 고개를 들었다.

귓바퀴 뒤 머리카락 사이로 무언가가 쏙 비집고 들어오는 게 느껴졌다.

손을 들어 만져보니 꽃이었다.

"어울리는구나."

만족스러운 듯 능창군이 미소를 지었다. 그 미소에 수생의 얼굴이 화악 달아올랐다. 귀 끝까지 붉어진 얼굴에서는 불이라도 날 것만 같았다.

이쯤에서 고개를 돌려야겠다고 능창군은 생각했다. 하지만 마음과는 달리 그의 눈은 어쩔 줄 몰라 하는 수생의 순진한 얼굴 위에 한참을 더 머물렀다.

차돌같이 동그랗고 당찬 이마, 할 말을 가득 담고 있는 듯한, 배초향을 닮은 입술. 무엇보다도 수줍어서 자꾸만 내리깔리는 속눈썹을 열심히 물리쳐가며 자신을 바라보는 그 눈동자에서 시선을 떼기가 힘이 들었다.

자신에게로 머문 능창군의 시선에 수생은 제대로 숨도 쉬기 힘들 지경이었다. 무슨 말이라도 해야 할 것 같아 수생은 허겁지겁 화제를 찾았다.

"수, 수진궁 비자들이 지금 소녀를 본다면 부러워서 기절을 할지도 모르겠습니다.”

“수진궁?”

갑작스레 나온 수진궁 이야기에 능창군이 눈썹을 살짝 들어올렸다.

“예, 수진궁에 나리의 추종자들이 얼마나 많은지 아십니까? 청계천을 잇고도 남을 정도입니다.”

“추종자라 함은 어떤 이들을 일컫는 것이냐?”

물론 짐작이 가지 않는 것은 아니었다. 하지만 왠지 수생의 입으로 좀 더 자세한 이야기를 듣고 싶었다.

“나리를 흠모…… 아, 아니, 나리께 힘을 얻는 사람들 말입니다.”

수생은 당황해서 허둥지둥 말을 바꾸었다. 급히 화제를 돌리느라 그랬지만, 이렇게 수진궁 비자들의 이야기를 마음대로 떠벌려도 되는 것인지 꺼림칙한 생각이 들었던 것이다. 적어도 그 아이들의 마음이, 아니, 자신들의 마음이 하찮고 가벼운 것으로 취급되는 것은 싫었다.

수생의 당황을 눈치 채지 못했는지, 아니면 알고도 모른 척하는 것인지 능창군은 태연하게 다시 말을 이었다.

“그렇더냐? 허나 난 아무것도 해준 일이 없는데 어찌하여서?”

“나리께서는 꿈을 꾸게 해주시니까요.”

“내가 말이더냐?”

“예, 나리.”

수생이 생긋 웃었다.

이번에야말로 능창군은 조금 놀랐다. 매번 오는 글월 비자를 포함해 수진궁에서 심부름을 오는 아이들이 자신의 얼굴을 보고 가려 애를 쓴다는 것은 잘 알고 있었다. 하지만 특별히 신경을 써본 일은 없었다. 신분을 막론하고 뭇 여인들의 눈길을 받는 것은 그에겐 그리 신기한 일이 아니었던 것이다. 그런 까닭에, 자신을 찾아 헤매던 시선과 마주치면 세상 모든 이들에게 그러하듯 바람 같은 미소를 흩날렸을 뿐이었다.

그런데 꿈을 꾸게 해주었다니.

그런 식으로는 단 한 번도 생각해본 적이 없었다. 꽁꽁 닫아건 외로운 마음을 그렇게나마 위로받으려 했을 뿐인데, 오히려 자신이 위로가 되고 있었다니. 능창군은 새삼스러운 눈으로 수생을 바라보았다.

"허면 그 속에 너도 포함되느냐?"

"실은 소녀가 그 수장입니다."

수생이 수줍게 대답했다. 의외였는지 능창군의 두 눈이 커졌다가 이내 초승달처럼 휘었다. 입술에도 초승달 같은 미소가 걸렸다.

"그랬더냐? 어찌하여 네가 수장이 되었더냐?"

되묻는 능창군의 얼굴은 왠지 조금 신이 난 것 같았다. 하지만 그가 의도한 '어찌하여'와 수생이 받아들인 '어찌하여'는 그 의미가 전혀 달랐다. 수생의 입에서는 능창군이 듣고 싶은 말 대신 다른 대답이 흘러나왔다.

"실은 글을 가르쳐주겠다고 미끼를 던져서 그걸로 다른 아이들 환심을 좀 샀습니다. 최소한 언문 정도는 알아야 서찰 심부름도 제대로 할 수 있으니까요. 심부름을 가면 나리를 뵐 수 있다고 하니 너도 나도 배우겠다고 몰려들던걸요. 그 다음엔 함께 시도 짓고 그림도 그렸습니다."

능창군은 고개를 끄덕였다. 그러는 동안에도 머릿속은 분주했다. 원하는 대답을 끌어내려면 어찌해야 하는지, 여러 질문들이 그의 머릿속을 왔다 갔다 했다.

좋다, 이왕 이리 된 것, 고개를 한 번 넘어보자.

"글은 어찌 배웠느냐?"

능창군은 첫 번째 고개로 들어섰다.

"아비한테 배웠습니다."

"네 아비가 윤상궁의 사촌오라비라 했지?"

"예, 나리."

언뜻 들었던 윤상궁 집안의 내력이 생각났다. 아마도 조부 대에 사족(士族)의 피가 섞였다고 했던가.

그래봤자 얼자는 얼자! 여식을 궁에 들여보내 권력 가까이 서게 하는 걸로 신분의 한을 풀려고 했다지.

누군가가 윤상궁이 궁녀가 된 사연에 대해 그리 말하는 것을 들은 기억도 났다.

윤상궁의 사촌이라는 이 아이의 아비는 어떤 사연을 갖고 있을까. 그땐 별 뜻 없이 지나쳤던 말들이 지금 문득 궁금해지는 이유는 무엇일까.

"네 아비는 수진궁에서 무슨 일을 하고 있느냐?"

능창군은 다시 고개를 넘었다.

"소임직을 맡고 있습니다. 사당을 모시는 일도 하고 있구요."

"사당이라면, 그 무섭다는 수진궁 귀신이 있는 곳이 아니더냐?"

갑자기 튀어나온 귀신 이야기에 수생은 옆에 놓아둔 항아리를 슬쩍 쳐다보았다. 백함이 지금 저 항아리 안에서 자신의 말을 듣고 있을 거라는 생각이 문득 들었다.

"생각보다 그리 무섭지는 않습니다. 조금 치사하긴 하지만…… 그런대로 가까이할 만합니다."

"본 적이 있더냐?"

"예? 아, 아니, 그렇다는 이야기를 들었습니다."

"허면 다음엔 네가 들은 재미있는 이야기들을 내게도 들려주겠느냐?"

웃음기를 머금은 능창군의 목소리가 수생의 귀에 와 닿았다. 잘못 들었는가 싶어 수생은 얼른 능창군을 보았다.

"다음…… 이라 하셨어요?"

믿을 수 없다는 수생의 눈동자와는 달리, 능창군은 당연하다는 얼굴로 고개를 끄덕였다.

"아까 만들어준 새총은 네가 내 벗이 되었다는 증표다. 잘 간직해 주었으면 좋겠구나."

어떤 표정을 지어야 할지 몰라 수생은 그대로 굳어버렸다. 너무 놀라 숨이 멎을 것만 같았다.

그런 수생에게 이번엔 능창군이 손을 내밀었다.

"그러니 너도 내게 증표를 다오."

이건 또 무슨 말씀이시지?

"증표라니요, 어떤?"

"나도 너를 위해 직접 만든 것을 주었으니, 너도 나를 위해 직접 지은 글을 다오. 수진궁에서 지었다는 시 말이다."

겨우 진정되던 가슴이 다시 울렁거리기 시작했다. 그 서툰 솜씨로 써내려간 민망한 시를 감히 나리께 보여드린다고? 그랬다간 웃음거리가 될 것이 뻔했다. 생각만으로도 머리가 어질어질한 기분이었다.

"그건 아니 됩니다! 보여드릴 수 없습니다."

"나를 벗이라 생각할 수 없다는 뜻이더냐?"

"그런 건 아닙니다!"

혹여 능창군이 오해할까 봐 수생은 급히 부인을 했다.

"아니면 네가 말하는 벗이란 다른 의미가 있는 것이더냐? 항아리가 있어야 돌아올 수 있다던 그 벗처럼 말이다."

이야기가 갑자기 방향을 바꾸어 달리기 시작했다. 균형을 잃은 수생의 마음도 순간 휘청거렸다. 제대로 된 대답을 찾기 위해서는 시간이 필요했다.

"그 자가 너의…… 정인이더냐?"

이제 고개가 몇 남아 있지 않았다. 능창군은 계속 박차를 가해보기로 했다.

"아닙니다. 나리! 그렇지 않습니다. 절대로 아닙니다!"

수생이 펄쩍 뛰어올랐다.

그 벗이란 자가 사내였던 건 맞는 모양이로구나.

요전날 밤, 술에 취해 있던 수생은 그의 물음에 확실한 대답을 주지 않았다. 다만 그 뒤에 이어진 이야기들로 미루어봤을 때 사내라는 짐작이 가능할 뿐이었다. 그리고 지금의 이 반응은 그의 짐작이 맞았다는 것을 확인시켜주었다.

"허나 너는 그자를 기다린다 하지 않았느냐. 약조며, 혼례며 그것들도 실은 그자를 향한 말이라 했었고. 그런데도 정인은 아니더란 말이냐?"

추궁하는 느낌을 주지 않으려고 능창군은 목소리에 힘을 뺐다. 하지만 대답을 듣고 싶다는 욕망은 그보다는 훨씬 더 단단한 것이었다.

"아닙니다. 정인이라니요, 말도 안 됩니다. 지금은 속 시원히 설명드릴 수 없지만, 언젠가 기회가 오면, 그땐 다 말씀 드리겠습니다. 아, 물론 그때도 나리께서 듣길 원하신다면요……."

"그러면 나를 벗으로는 여겨주겠단 말이지?"

"물론입니다, 나리."

"하지만 증표는 줄 수가 없고?"

"……그리 원하시면, 새로 써서 올려도 되겠습니까?"

수생은 잠시 망설이다 결심한 듯 되물었다. 다시 한 번 안 된다고 했다가는 벗을 하자던 제안마저 거둬들일까 봐 겁이 났다.

"내가 짓는 시에 화답을 해주면 더 좋겠구나."

마침내 마지막 고개였다. 능창군은 망설이지 않고 고개를 오르기 위해 발을 내밀었다.

"너무 화답하기 어려운 시는 들려주지 마십시오. 그리 되면 세 살배기 걸음마도 안 되는 서툰 문장을 나리께 내놓기가 더 부끄러워질 것입니다."

"좋다, 그럼 이건 어떤지 한번 들어보거라."

능창군은 잠시 생각을 다듬듯 먼 산을 바라보았다. 수생도 그의 시선을 따라 고개를 돌렸다. 서쪽 하늘 너머로 벌써 해가 뉘엿뉘엿 넘어가고 있었다.

그냥 이렇게 저물어 밤이 오면 좋을 텐데, 어찌 꼭 저리 몸부림을 치며 선혈을 흩뿌린 후에야 물러가려 할까. 석양을 볼 때마다 능창군은 늘 그리 생각하곤 했다. 하지만 지금은 그 마음을 조금은 헤아릴 수도 있을 것 같았다. 그런 몸부림조차 허락되지 않는다면 운명을 따라 소멸해가는 저 길이 얼마나 외로울까.

"바람에 실어 보냈구나, 고이 다듬어 간직했던 화살을.

님의 마음에 닿은 줄 알았는데, 떨어진 곳 찾을 길 없네.

상처라도 남은 줄 알았는데, 스쳐간 흔적조차…… 없구나."

마지막 문장이 아스라이 공기 속으로 사라졌다. 으스러지는 저녁 햇빛을 받은 능창군의 얼굴이 붉게 빛나고 있었다.

하지만 수생은 그런 능창군의 얼굴을 보지 못했다. 감히 고개를 돌릴 생각조차 할 수가 없었던 것이다.

귓속에선 심장이 쿵쿵대며 방아를 찧어댔다. 가슴 속이 참을 수 없이 간질거려왔다. 반면 숨은 제대로 쉬어지지도 않았다. 능창군은 조용히 침묵을 지키며 앉아 있었다. 때문에 들려오는 것은 오직 제 가쁜 숨소리뿐이었다.

수생은 쿵쾅대는 마음을 다잡으려 애썼다. 그저 시였다. 능숙한 솜씨를 뽐내신 것뿐이었다.

지난 번 활터에서의 일을 빗대어 잠시 나를 놀리려 하시는 것이다. 그러니 헛된 생각을 품으면 안 돼. 수생은 애써 그리 다짐하며 차마 돌아가지 않는 고개를 돌렸다.

그 순간 수생은 자신을 기다리던 능창군의 눈과 정면으로 마주쳤다.

깜짝 놀라 달아나려 했지만 능창군의 시선은 수생을 놓아주지 않았다. 묶인 듯, 홀린 듯, 수생은 그의 눈동자를 마주보았다.

"화답을 해주겠느냐?"

그리 말하는 능창군의 눈동자 안에 보일 듯 말 듯 물결이 일렁이고 있었다. 늘 맑게 가라앉아 있던 그 눈동자가 말이다.

수생은 뜬구름 위를 걷는 기분이었다.

아니, 구름 위를 걷는다 해도 지금처럼 온몸이 두둥실 뜬 것 같진 않을 터였다.

아마도 모르는 사람이 보았다면 금방이라도 쓰러질 것 같다며 걱정을 했으리라.

아닌 게 아니라 핏기가 가신 듯 창백한 얼굴로 휘적휘적 걷는 모양새는 영락없이 기절하기 직전의 상태처럼 보였다. 휘이휘이 걷다가 멈춰 서서 히죽 웃음을 날리는 모습을 본다면 또 어떤 이들은 미친 계집이라 손가락질할지도 몰랐다.

하지만 수생은 능창군이 했던 말들을 곱씹어보느라 다른 생각을 할 겨를이 없었다. 그가 했던 말 한마디, 보여주었던 웃음 한 자락도 놓치기 싫어 수생은 기억을 더듬고 또 더듬었다.

그러는 사이 머리 위로 검은 구름이 서서히 몰려왔다. 그러나 능창군이 주고 간 황홀감에 정신을 빼앗긴 수생은 그런 변화를 전혀 알아차리지 못했다. 그저 날이 저물어가는 것이려니, 그렇게 생각했을 뿐이다.

이상한 낌새를 알아챈 것은 한참이나 지난 후였다. 아무리 가도 집으로 이어진 골목길이 나타나지 않았던 것이다.

이렇게 먼 길이 아니었는데. 수생은 주위를 돌아보았다. 응? 이상하네. 아까 지나갔던 길이 아니었나? 고개가 절로 갸웃거려졌다.

그렇게 얼마를 더 걸었을까. 수생은 별안간 걸음을 멈췄다. 같은 곳을 뱅뱅 돌고 있다는 사실을 깨달았던 것이다.

무언가가 잘못되어 있었다. 그제야 주위가 이상하게도 적막하다는 생각이 들었다. 올려다본 하늘도 이상하긴 마찬가지였다. 별이 하나도 보이질 않았다.

불길한 예감이 순식간에 수생을 엄습해왔다. 금방이라도 음산한 검은 그림자가 저 어둠 속에서 튀어나올 것만 같았다.

"아무 일 없으신 거죠?"

수생은 품안의 항아리를 향해 소리쳤다.

지금껏 항아리 속에 있을 때 백함이 수생에게 대답을 해온 적은 단 한 번도 없었다. 하지만 이번의 침묵은 평소와는 다르게 느껴졌다. 아무래도 느낌이 좋지 않았다. 백함에게 무슨 일이 생겼을 것만 같아 수생은 초조해졌다.

그 예감은 정확했다. 수생은 모르고 있었지만 검은 새가 항아리 표면에 만들어놓은 것은 단순한 실금이 아니었다. 착혼꾼이 백함의 혼백에서 떼어낸 물방울 모양의 원기였다. 검은 새가 삼켰다가 뱉어낸 그 원기가 백함의 기운을 빨아들이는 거미줄 같은 덫으로 변해 있었던 것이다.

항아리 안으로 숨으면 그 덫에 기운을 빼앗길 것이고, 항아리 밖으로 나오면 기다리던 착혼꾼에게 공격을 당할 것이다. 이승차사가 착혼꾼에게 검은 새를 내어준 것은 바로 이런 이유에서였다.

"괜찮으신 거면 대답을 좀 해보세요. 예? 귀, 아니, 백함 나리!"

수생은 항아리가 푸른빛을 내뿜기를 초조하게 기다렸다. 그러나 모든 기운이 빠져나간 것처럼 항아리에서는 빛도, 생기도 느껴지지 않았다.

구름은 더욱 짙어졌다. 백함의 기억 속에서 보았던 어둠의 장막처럼 눈앞이 온통 암흑으로 변했다. 검은 도포의 사내가 저 암흑 깊숙한 곳에서 자신을 기다리고 있는 것만 같았다.

수생은 뒤를 돌아보았다.

그리 멀지 않은 곳에서 불빛들이 깜빡이고 있었다. 여염집 문틈들 사이에서 새어나오는 평범한 불빛이었다.

집으로 가는 길을 가로막고 있는 거야!

비로소 수생은 그들이 노리는 게 무엇인지 알 것 같았다. 이대로 시간을 끌면서 백함을 잡아갈 기회를 엿보려는 것이었다.

아니면 저 앞에서 두 팔을 벌리고 있는 검은 두루마기의 사내에게로 뛰어들라는 것이든지.

수생은 전방을 노려보며 뒷걸음질을 쳤다.

머리 위를 뒤덮은 검은 구름에서 벗어나려면 앞이 아닌 뒤로 달려야 했다. 하지만 어디로? 혼백을 잡아가려는 사냥꾼과 저승사자를 막을 수 있는 곳이 어디일까?

그때 불현듯 수생의 뇌리를 스치는 것이 있었다. 어제 백함과 티격태격하던 중 부지불식간에 튀어나왔던 말. 바로 수구문이었다.

전란 이전까지만 해도 시신들을 내보내는 문이 있던 곳. 그 문은 지금 무너지고 없었지만 문 밖의 공동묘지는 그대로 남아 있었다. 수많은 원귀들이 모여 있는 그 공동묘지는 저승사자마저 출입이 금지된 곳이라 했다.

그래, 바로 거기야. 거기까진 혼백 사냥꾼들도 들어오지 못할 거야. 어떻게든 그곳에 숨어 있어보자.

수구문 밖 야트막한 야산에는 크고 작은 봉분들이 늘어서 있었다. 거적에 말거나 수레에 실은 시신의 행렬이 그 봉분들 사이로 간간히 지나갔다.

수생은 연신 뒤를 돌아보며 묘지 쪽으로 달려갔다. 도망친다는 것을 눈치 챈 착혼꾼이 하늘에 펼쳐진 검은 구름을 걷어버리고 수생을 뒤따랐다. 까악까악, 검은 새도 착혼꾼의 옆에서 부지런히 날갯짓을 했다.

새소리가 귓가에 들려오는 순간, 등줄기를 타고 소름이 돋았다. 수생은 수레에 실려 온 시신들을 건너 뛰어 작은 봉분 뒤에 몸을 숨겼다.

귀신들이 우글거리는 소굴에 제 발로 뛰어들었지만 두려움 같은 건 없었다. 지금 수생에겐 귀신보다 귀신 잡는 사냥꾼이 더 무서운 존재였다.

까마귀 소리가 나지 않을까, 수생은 신경을 곤두세웠다. 어디선가 졸졸 물 흐르는 소리가 들려왔다. 근처에 있는 청계천에서 흘러나오는 소리였다.

밤새들도 여기저기서 구슬프게 울어대기 시작했다. 하지만 그 소름 끼치도록 기분 나쁜 까마귀의 울음소리는 더 이상 들려오지 않았다.

수생은 봉분에 털썩 등을 기댔다. 백함을 쫓는 자들을 따돌렸다는 생각에 이제야 긴장이 조금 풀리는 것 같았다.

그래도 아직 안심하기엔 일렀다. 항아리를 품에 꼭 껴안은 채 수생은 그 자리에서 한참을 숨죽였다.

얼마나 시간이 흘렀을까. 수구문 밖으로 나오는 행렬이 뜸해졌다. 벌써 인정이 가까워오는지도 몰랐다.

"사냥꾼들은 이제 물러간 것 같습니다. 나리는 괜찮으신 거예요?"

항아리에 뺨을 갖다 댄 채 수생이 속삭였다.

가물거리는 의식 속에서도 백함은 수생의 목소리를 들었다.

항아리를 나가 수생의 곁으로 가야 한다는 생각이 들었다. 그러나 의지와는 달리 그는 꼼짝도 할 수 없었다. 항아리에 자신의 혼백이 딱 달라붙어 있는 것 같았다.

순간, 수진궁 항아리 속에 갇혀 있던 시간들이 떠올랐다.

그를 감쌌던 절망도 생생하게 되살아났다. 다시는 그런 일을 겪고 싶지 않았다. 그런 절박함으로 백함은 마지막 힘을 짜내 항아리를 빠져나왔다.

풀숲 위에 털썩, 무언가가 떨어졌다. 수생은 반사적으로 작은 비명을 질렀다. 의식을 잃은 백함이 잡초 위에 죽은 듯 엎드려 있었다.

수생은 급히 그의 어깨로 손을 가져갔다.

그런데 이상한 일이 벌어졌다. 수생의 손이 쑤욱, 백함을 몸을 관통해 지나갔던 것이다. 마치 그 검은 새한테 그랬던 것처럼…….

수생은 소스라쳤다. 그 순간 백함이 번쩍, 눈을 떴다.

"정신이 드시는 겁니까? 제가 누군지 알아보시겠어요?"

수생은 얼른 백함의 얼굴을 들여다보았다. 그런데 그의 눈동자가 이상했다. 어둠 같은 눈동자였다고 해도 이렇게까지 초점도, 동공도 없는 눈은 아니었다. 눈자위를 감싸던 푸른빛도 전혀 보이질 않았다.

눈동자에서 시작된 암흑이 서서히 백함의 얼굴 전체로 퍼져 나갔다. 검은 도포를 입은 사내의 얼굴처럼 그의 얼굴이 까맣게 변해가기 시작했다.

이게 어떻게 된 일이지?

수생은 다시 백함을 향해 손을 뻗었다. 어떻게든 그를 다시 돌려놓아야 한다는 생각뿐이었다.

그러나 그 손이 미처 닿기도 전에 백함의 몸이 공중으로 붕 떠올랐다. 어디서 나타났는지 검은 얼굴을 한 착혼꾼이 열 손가락을 쫙 펼친 채 백함의 등 뒤에서 그의 혼백을 열심히 빨아들이고 있었다.

"으아악!"

깜짝 놀란 수생이 큰 소리로 비명을 질렀다. 그 절박한 외침이 어두운 봉분들 사이로 퍼져 나갔다.

어떻게 여길 들어온 거지? 분명 여긴 저승사자도 출입할 수 없는 곳이라 했는데.

이곳에 산다는 원귀들이 자신의 소리를 듣고 몰려와주길 바라며 수생은 계속 비명을 질러댔다. 하지만 소용없는 일이었다. 원귀들은 수생을 도와주러 몰려오지 않았다.

수생은 백함을 붙잡기 위해 필사적으로 팔을 뻗었다. 그러나 손에는 아무것도 잡히지 않았다.

분명 눈앞에 있는데, 잡을 수가 없다니. 이렇게 곁에 있는데 아무것도 해줄 수 있는 게 없다니.

수생은 미친 사람처럼 팔을 버둥거렸다. 그런 수생을 비웃듯 백함의 혼백이 점점 희미해져갔다.

여기서 포기하면 안 돼. 내가 포기하면, 저 사람은 정말로 사라져버려!

수생은 남아 있는 모든 힘을 손끝에 모은 채 다시 그를 향해 손을 뻗었다.

손끝에 무언가가 스치는 느낌이 들었다. 한순간 백함의 눈동자에 빛이 돌아온 것 같았다. 찰나처럼 짧은 순간 눈빛이 마주친 것도 같았다. 그의 눈동자가 자신에게 도움을 구하고 있는 것처럼 느껴졌다.

그를 구하고 싶다는 생각에 가슴이 타들어갈 것처럼 아파왔다. 수생은 다시 한 번 힘껏 팔을 뻗어 백함의 발목을 잡았다. 그런데 이번에는 거짓말처럼 손아귀에 백함의 감촉이 느껴졌다.

됐어!

수생은 필사적으로 그를 끌어내려 품에 안았다.

잠시 당황했던 착혼꾼이 이내 다시 두 팔을 펼쳤다.

도망가야 돼!

수생은 축 늘어진 백함을 안고 봉분 사이를 가로지르기 시작했다. 저 멀리서 시신들을 가득 실은 수레 하나가 들어오는 것이 보였다. 수생은 그곳을 향해 정신없이 뛰어갔다. 저 속에, 혼백들 속에 숨어야겠다는 일념뿐이었다.

수레를 끌고 온 사람이 시신들을 우르르 쏟아놓고 갔다.

수생은 미친 사람처럼 그 속으로 뛰어들었다. 그리곤 백함을 안은 채 시신들 사이를 엉금엉금 기어갔다.

한 치 앞도 보이지 않는 어둠 때문에 시신들이 자세히 보이진 않았다. 하지만 손바닥에, 무릎에 닿는 차가운 감촉만으로도 등골 마디마디까지 소름이 끼쳤다.

그래도 여기서 돌아갈 수는 없었다. 수생은 백함을 안은 채 벌벌 떨며 시신들 속에 몸을 숨겼다.

수생을 놓친 착혼꾼은 까마귀를 불렀다. 새는 예민한 사냥개처럼 백함의 기운을 찾아 시신들 위를 빙빙 날기 시작했다. 그러다가 한순간, 새가 요란한 날갯짓 소리를 냈다. 착혼꾼은 새의 목덜미를 잡고 그것이 이끄는 대로 날아갔다.

착혼꾼이 돌진해오는 것을 본 수생은 등을 돌려 백함을 감싸 안았다.

그런데 백함이 없었다. 몸에 와 닿는 것은 차가운 시신들의 감촉뿐이었다.

깜짝 놀라 고개를 돌려보니 착혼꾼의 손톱 끝으로 까맣게 변한 혼백이 빨려 들어가고 있었다.

수생은 사라지는 백함을 붙들기 위해 착혼꾼에게 달려들었다. 그러나 수생이 몸을 던졌을 땐 이미 그의 혼백은 흔적도 없이 사라진 후였다.

“아…… 아…… 안 돼…….”

수생은 비어 있는 제 두 손을 내려다보았다. 눈물이 왈칵 솟구쳤다. 하지만 울고 있을 때가 아니었다. 수생은 부들부들 떨고 있는 손과 무릎에 힘을 주었다. 어떻게든 착혼꾼을 붙잡아야 했다.

그러나 다시 몸을 일으켰을 때 착혼꾼은 이미 수생의 손이 닿지 않을 만큼 아득히 멀어져 있었다.

"돌려주세요. 부탁입니다! 그 사람을 놔주세요! 다른 혼백들도 많지 않습니까. 그러니까 한 사람쯤은 그냥 놔줘도 되잖아요!"

수생은 착혼꾼을 향해 울부짖듯 외쳤다. 하지만 착혼꾼은 그런 수생을 비웃듯이 바라볼 뿐이었다.

까마귀는 아직도 시신들 위에서 원을 그리며 날아다니고 있었다. 사냥은 끝났지만 아직도 포획물이 성에 차지 않는 모양이었다.

새를 향해 착혼꾼이 손짓을 했다. 아직도 미련이 남은 듯 두 세 바퀴 더 원을 그린 다음 검은 새는 드디어 제 주인을 향해 날아갔다. 새가 어깨에 와서 앉자 임무를 마친 착혼꾼이 곧바로 등을 돌렸다.

"잠시만요, 기다려주십시오! 거기 서란 말입니다!"

수생은 멀어지는 착혼꾼을 따라 정신없이 달렸다. 하지만 한낱 평범한 계집한테 귀신 사냥꾼을 따라잡을 재간이 있을 리가 없었다.

땅 위로 삐쭉 올라온 나무뿌리가 수생의 발목을 잡아챘다. 수생은 그대로 쓰러지고 말았다. 다시 고개를 들었을 땐 이미 착혼꾼의 모습은 사라져버렸다.

착혼꾼이 사라진 묘지에는 다시 정적이 내려앉았다. 하염없이 백함을 부르며 우는 수생의 목소리만이 어둡고 쓸쓸한 봉분 주위를 가득 메우고 있을 뿐이었다.

외로운 영혼

20

가야금 연주를 마친 춘화가 사뿐사뿐 능창군을 향해 걸어왔다.

다소곳하게 고개를 숙이고는 있었지만 도발적으로 치켜뜬 눈은 능창군의 얼굴을 정면으로 향하고 있었다.

치맛자락이 사부작거릴 때마다 춘화에게는 농밀하면서도 기분 좋은 향기가 났다. 그 향기가 능창군의 옆 자리에 사뿐히 내려앉았다.

춘화는 맞은편에 앉은 기녀에게 슬쩍 눈짓을 했다. 눈을 찡긋거린 기녀는 얼른 술병을 들어 능창군 앞에 놓인 잔에 술을 따르기 시작했다.

"나리, 오늘은 무슨 바람이 불어왔기에 이리 오래도록 자리를 지키십니까? 누구 기다리는 이라도 있으신 겁니까?"

기다리는 이라…….

국화주의 물결이 가라앉기를 기다렸다가 능창군은 술잔을 들었다. 잘 익은 술 향기가 코끝에 와 닿았다.

"실은 나도 그것이 궁금하였다. 다른 때 같았으면 바람보다 더 빨리 사라졌을 네가 아니더냐?"

능원군 보가 벌겋게 달아오른 얼굴을 아우에게 바짝 들이밀었다.

"모르셨습니까? 어머니 명입니다. 형님께서 또 기방에서 밤을 지내시려는 기미가 보이면 재빨리 낚아채 오라 분부하셨습니다."

"허허, 이것 참. 내가 이곳에 걸음 하는 게 여인네들 치마폭이 그리워서인 줄 아느냐? 천만에! 사람 냄새가 그리워서다. 누구도 발길을 하지 않는 적막한 집 안이 옥사처럼 답답해서다. 그 답답한 공기를 도저히 견딜 수가 없단 말이다."

꽤나 취기가 올랐는지 보의 눈이 살짝 풀려 있었다. 기녀들 앞에서 하지 말아야 할 이야기들도 그의 입에서 조금씩 흘러나오기 시작했다. 옆에 앉은 기녀가 아양을 떨며 슬쩍 보의 팔을 잡았다.

"이 산월이가 보고 싶어 오신 게 아니라 단지 사람 냄새가 그리워서 오셨단 말씀입니까, 능원군 나리? 왠지 섭섭합니다."

기녀의 애교 섞인 투정에 보가 너털웃음을 터뜨렸다.

"허허허, 섭섭하다니. 여인의 살 냄새는 사람 냄새가 아니라더냐."

너스레를 떨며 보는 옆에 앉은 기녀의 어깨를 와락 당겼다. 그의 품에 안긴 계집은 까르르 웃으며 앞에 앉은 춘화에게 눈짓을 했다.

뭐하고 있니? 너도 어서 이리 해보아라. 그 눈짓은 춘화에게 그리 재촉을 해대고 있었다.

춘화는 고혹적인 눈매를 다소곳이 내리깐 채 능창군의 술잔에 국화주를 따랐다.

"능창군 나리께서도 뭔가 답답한 일이 있으신지요?"

백색 술잔에 담긴 투명한 술이 넘칠 듯 말 듯 찰랑거렸다.

"어찌 그리 묻느냐?"

대답 대신 춘화는 술이 넘치지 않게 두 손으로 조심스레 잔을 받쳐 능창군에게 내밀었다.

"술잔을 받으시면 그땐 대답을 드리지요."

능창군은 손을 들어 춘화가 내미는 술잔을 받았다. 입술에 닿은 국화주의 향기가 조금 전보다 더 짙었다.

벌써 몇 잔째 받아 마신 술 때문에 능창군의 뺨도 어느새 발그레 달아올랐다. 당장이라도 손을 뻗어 그 뺨을 어루만지고 싶다는 열망이 춘화의 마음을 참을 수 없이 간질였다.

춘화는 능창군이 술을 다 마신 후에도 한참을 꼼짝 않고 있었다. 성질 급한 보가 술을 마셨으니 어서 대답을 하라며 채근했지만, 춘화는 입술을 꼭 다문 채였다.

능창군의 눈이 자신을 향할 때까지 기다리겠다는 뜻이었다.

춘화의 고집을 눈치 챈 능창군이 고개를 들었다. 이럴 땐 순순히 장단을 맞춰주는 편이 훨씬 수월하게 빠져나가는 방법이라는 걸 잘 알고 있는 까닭이었다.

"대답을 듣고 싶어 하시는 걸 보니, 제 말씀이 틀리지 않았나 봅니다. 그렇지요?"

눈이 마주치자 재빨리 눈웃음을 지어 보이며 춘화가 입을 열었다.

"허면 이번엔 왜 내 마음이 답답한지 그 이유도 맞춰 보겠느냐?"

쉽게 고개를 끄덕인 후 능창군이 물었다. 마치 재미있는 놀이라도 시작하는 것 같은 표정이었다.

"숨기고 싶어 물어보시는 걸 어찌 맞출 수 있단 말입니까?"

그 정도 속내쯤은 훤히 꿰뚫어볼 수 있다는 얼굴로 춘화가 능창군의 말을 받았다.

역시 만만치 않은 기녀였다. 수많은 사내들을 발밑에 무릎 꿇렸다더니, 저런 매력 때문이었나 보군. 능창군은 속으로 고개를 끄덕거렸다.

"이게 무슨 소리냐? 천하의 춘화라면 사내의 마음속까지도 훤히 들여다보는 줄 알았는데, 그게 아니었더란 말이냐?"

품에 안긴 기녀와 노닥거리던 보가 갑자기 끼어들었다.

"보고 싶은 이의 마음은 더 보이지 않는 법이 아닙니까."

춘화는 그리 말하며 능창군에게 도발적인 시선을 던졌다. 자신의 마음이 그에게 가 있다는 것을 알아달라는 뜻이었다. 하지만 그에게서는 기대와 전혀 다른 대답이 돌아왔다.

"그럴 땐 어찌하면 그 마음을 볼 수 있느냐?"

춘화에게 던진 질문이었지만, 능창군이 알고 싶은 것은 그녀의 마음이 아닌 것 같았다.

능창군 나리의 마음을 애태우는 계집이 있다는 건가? 춘화의 눈꼬리가 바짝 치켜 올라갔다.

"먼저 마음을 내비쳐 보시는 게 가장 좋은 방법이지 않겠습니까?"

"그런 연후에도 답을 하지 않는다면, 그것은 어떤 마음이더냐?"

떠보려고 던진 말에 능창군은 쉽게 걸려들었다. 하지만 그는 그런 사실조차 눈치 채지 못한 것 같았다. 그저 순수하게 대답을 기다리고 있을 뿐이었다.

이런, 정말이었구나.

춘화는 낭패감을 애써 지우려 했다.

"나리께서는 어떤 마음이시기에 답을 주시지 않는 겁니까?"

능창군의 마음속에서 다른 계집을 쫓아내기 위해 던진 말이었다. 하지만 결과는 반대였다.

그의 시선은 춘화를 향했지만 마음은 다른 곳을 떠돌았다. 서쪽 하늘을 물들이던 붉은 노을 속으로. 자꾸만 달아나려던 눈동자를 향해서.

정녕 그런 것일까. 내가 춘화의 마음에 응답할 수 없듯, 그 아이도 나의 시에 화답을 아니 하는 것인가.

먼 곳을 떠도는 능창군의 눈동자를 춘화처럼 눈치 빠른 기생이 알아차리지 못할 리가 없었다. 이렇게까지 직접적으로 마음을 들이밀었는데도 관심조차 보여주질 않다니.

거절을 당하는 것보다 더 춘화의 가슴이 쓰려왔다.

"제가 알려드리지요. 답을 하지 않는 것은 화답해줄 마음이 그곳에 없기 때문입니다."

춘화는 앙칼지게 목소리를 높였다. 원망을 담았다는 걸 숨기지 않는 목소리였다. 그제야 능창군의 눈동자가 돌아왔다.

"뭘 또 그리 단언하느냐?"

춘화의 원망을 알아챈 보가 분위기를 누그러뜨리려고 또다시 끼어들었다. 품안의 기녀도 덩달아 맞장구를 쳤다.

"맞습니다. 화답을 주지 않는 건, 그리 하면서 일부러 애를 태우려 하는 것일 수도 있습니다. 쉬이 피는 꽃은 귀한 줄 모르는 법 아닙니까."

일부러 애를 태운다고? 그 아이가?

"아닙니다. 생각해보니 어찌 화답을 해야 하는지 방법을 모를 수도 있겠군요. 상대방이 언제쯤 화답을 받으러 올까, 이제나 저제나 목이 빠지게 기다리고 있을지도 모를 일입니다. 허니, 마음도 없는 기녀 곁에서 이리 노심초사하지 마시고 누군지 모를 그 계집한테나어서 달려가 보십시오."

샐쭉 토라진 얼굴로 춘화가 돌아앉은 건 다시 자신을 돌려 앉혀 달라는 의미였다. 하지만 능창군은 그런 바람조차 들어주지 않았다. 잠시 와 닿은 그의 손은 토닥토닥 가볍게 춘화의 어깨를 두드려준 후 다시 멀어져갔다.

두고 보라지. 지금은 저렇게 멀어져 가지만, 언젠가는 저 손이 반드시 내 어깨에 내려앉는 날이 올 테니.

춘화는 입술을 꼭 깨물며 이젠 입버릇처럼 되어버린 다짐을 다시 한 번 되새겼다.

오늘따라 유난히 달이 밝았다.

메마른 바람이 불어오자 나뭇가지들이 파르르 떨며 달빛을 튕겨냈다.

수생은 창문 밑 벽에 동그랗게 몸을 만 채 가만히 그 소리를 들었다.

혹시나 그 속에 섞여 누군가의 숨소리가 들려오진 않을까. 그런 기대로 숨을 죽인 채 조용히 세상의 소리에 귀를 기울였다.

백함이 사라진 것을 수생은 아직도 믿을 수가 없었다.

이렇게 촛불을 끈 채 앉아 있으면 금방이라도 저 어둠 속에서 그의 까만 눈동자가 떠오를 것 같았다. 서늘한 바람이 목덜미를 스칠 때마다 혹시 백함인가 싶어 고개가 절로 돌아갔다.

하지만 그는 더 이상 없었다. 저 창문 아래 놓여 있어야 할 항아리도, 항아리에서 흘러나오던 설백색의 빛도 사라졌다.

방 안을 떠돌던 우물 같은 눈빛도 더 이상은 볼 수 없었다. 무슨 생각인지 읽을 수 없어서 더 자세히 들여다보아야 했던 검은 눈동자도, 언제 무슨 말을 늘어놓을지 몰라 늘 귀를 기울여야만 했던 낮은 목소리도, 목덜미를 받쳐오던 차가운 팔의 감촉도.

수생은 봉분에서 마지막으로 보았던 백함의 모습을 떠올렸다.

시신들 사이에 몸을 숨긴 채 덜덜 떨고 있을 때 순간적으로 마주쳤던 그의 눈빛이 생각났다.

조금만 더 침착했더라면, 그곳에 숨지 않고 그대로 달렸더라면, 혹은 수구문 밖이 아니라 다른 곳으로 갔더라면 그를 구할 수 있었을까.

갖다버려도 다시 돌아올 것인데?

그리 말하던 그의 목소리가 또렷하게 귓가에 들려오는 듯했다.

코끝이 발갛게 달아오르기 시작했다.

모든 것이 다 자신의 탓이었다. 어리석은 선택을 해서 그를 위험에 빠뜨렸고, 결국 지켜내지 못했다.

자책감에 수생의 가슴이 쓰려왔다. 코끝에서 시작된 물기가 눈가로 번졌다.

그저 귀신 하나 사라진 것뿐인데. 모든 것이 원래대로 돌아간 것뿐인데, 왜 이토록 가슴이 쑤시고 등이 들썩이는 것인지 수생은 도저히 알 길이 없었다.

그의 생각을 떨쳐내려고 수생은 눈을 감았다.

창문 너머에서 바스스 나뭇잎 스치는 소리가 들려왔다. 수생은 얼른 감았던 눈을 떴다. 바람이 한바탕 지나갔나. 숨을 죽인 채 수생은 바깥의 소리에 귀를 기울였다.

곧 작은 밤새의 지저귐이 이어졌다. 조금 있으니 또 다른 소리가 들려왔다. 바람 같기도 하고 한숨 같기도 한 그 소리가 귀에 닿는 순간, 수생은 튀듯이 몸을 일으켰다.

쏜살같이 방문을 열고 나온 수생은 짚신을 구겨 신고 좁은 마당을 가로질렀다. 싸리문을 재빨리 열어젖힌 후 자신의 방 가까이에 선 키 작은 나무를 향해 달려갔다.

그곳에는 아무도 없었다. 지나가는 행인의 발자국 소리조차 들리지 않았다. 몇 걸음을 더 뛰어가 보아도 마찬가지였다. 애가 타는 마음으로 수생은 한참을 서성였다. 오지 않는다는 것을 알면서도, 올 수 없다는 것을 알면서도 쉽사리 발길이 돌려지지가 않았다.

이럴 줄 알았으면 그냥 저 달에다 소원을 빌걸. 귀신같은 건 처음부터 찾아가지도 말걸.

수생은 달을 보며 들릴 듯 말 듯 한숨을 내쉬었다. 어깨에서 힘이 쭉 빠져나가는 것 같았다. 그렇게 한참을 그 자리에 서 있다가 수생은 이내 터덜터덜 걸음을 옮겼다.

나무 곁을 지나갈 때 다시 바스락거리는 소리가 들려왔다. 수생은 얼른 고개를 돌렸다. 나무 기둥 뒤로 스르륵 사라지는 검은 형체가 보였다.

수생의 발걸음이 그 자리에서 멈춰 섰다. 가슴이 쿵쿵거리며 뛰기 시작했다.

"거기…… 누구십니까?"

목소리가 떨려 나왔다. 대답이 없자 수생은 한 걸음 더 나무를 향해 다가섰다.

"나리…… 혹시…… 나리십니까?"

들켰다고 생각했는지 나무 뒤에서 한숨 소리가 들려왔다.

이윽고 숨어 있던 그림자가 한 발을 옆으로 내밀었다. 백옥처럼 매끈하고 우아한 얼굴이 흰 달빛 속에 드러났다.

살짝 미소를 머금은 입술, 반듯하게 뻗은 콧날, 양옆으로 길게 뻗다 살짝 아래로 꼬리를 내린 다정한 눈…….

수생은 마치 처음 보는 자를 탐색하듯 눈앞에 선 사람을 쳐다보았다. 지금 보이는 이 사내가 누구인지. 누구이길 바라고 있는 것인지 알 수가 없어 수생은 한참 동안이나 그를 바라보았다.

마지막으로 본 것이 그리 오래전도 아닌데 수생의 얼굴을 보고 있자니 능창군은 이상하리만치 낯선 기분이 들었다. 어쩌면 이 상황 자체가 낯설게 느껴지는 것인지도 몰랐다.

기별도 없이 불쑥 찾아오다니. 이리 즉흥적으로 행동을 하다니. 전혀 자신답지 않은 일이었다.

춘화가 던졌던 도발 같은 말에 혹해서였을까.

아니, 그런 것이 아니다. 머릿속에 떠오른 춘화의 말을 능창군은 얼른 지워버렸다.

그저 취기가 올라 들뜬 발걸음이 자신도 모르게 이곳으로 향했을 뿐이다. 결코 불러내서 얼굴을 마주할 생각까지는 아니었다. 하지만 정작 집 앞에 닿고 보니 그대로 발길이 돌려지질 않았다. 그래서 취기도 떨칠 겸 조금 더 거닐려 했던 것뿐이었다. 다만 생각보다 소란한 기척을 냈던 것이 잘못이었다.

저리 한걸음에 달려 나온 것을 보면 수생도 낯선 기척에 꽤나 놀란 듯했다.

하지만 수생을 더욱 놀라게 한 것은 능창군 자신인 듯했다. 그의 얼굴을 보자마자 벼락 맞은 사람처럼 굳어버리는 표정이라든지, 눈도 깜빡이지 않은 채 뚫어져라 마주보는 눈동자라든지, 그런 것들이 수생의 놀란 마음을 짐작케 했다.

괜스레 겸연쩍은 마음이 들었다. 이 갑작스러운 상황을 어떻게 설명해야 할지 난감한 생각이 들기 시작했다. 무슨 이야기를 꺼내야 할지 알 수가 없어 능창군은 수생을 말없이 마주보았다.

백함 나리가 아니야.

수생은 제 마음에 대고 속삭였다.

그 순간 서늘한 바람 같은 것이 수생의 심장을 스치고 지나갔다. 심장 한구석이 파르르 떨며 날카로운 조각들을 사방으로 튕겨냈다. 그 파동이 온몸으로 퍼져 나갔다. 심장이 아닌 살갗이 베인 것처럼 시렸다.

그 시린 감각이 다시 심장으로 돌아오기 전에 수생의 뇌리에 번쩍, 번개가 쳤다. 눈앞에 서 있는 이가 다름 아닌 능창군이라는 자각이 벼락처럼 내리쳤다.

"느, 능창군 나리!"

갑자기 정신이 든 사람처럼 수생은 얼른 두 손을 앞으로 모으고 고개를 숙였다. 놀란 가슴이 두방망이질을 쳤다.

능창군 나리를 뵙고 있으면서 다른 생각을 하다니. 나리가 아닌 다른 이였기를 바랐다니.

아무리 순간이었다 해도 어떻게 감히 그런 생각을 할 수 있었을까. 어찌 그런 마음을 품을 수가 있었을까.

"잘 있었느냐?"

부드러운 목소리가 능창군의 입술에서 흘러 나왔다.

"어…… 쩐 일이십니까, 나리? 여기까지 어찌 걸음을 하신 거여요?"

"달과 바람을 벗 삼아 나선 산책길이었는데 또 다른 벗이 나를 부르더구나. 하여 순순히 따랐더니 예까지 오게 되더구나."

"소녀를 만나러 오셨단 말씀이십니까?"

믿기 힘들다는 듯 수생의 두 눈이 커졌다.

그 모습을 물끄러미 바라보던 능창군의 입술 끝이 서서히 위로 말려 올라갔다.

스스로도 이해되지 않는 발걸음의 의미를 이리 간단히 알려주다니. 그렇구나. 내가 너를 만나러 왔구나.

새삼스러운 자각에 오히려 그의 마음이 가벼워졌다.

"그리 놀라면 내가 좀 겸연쩍지 않겠느냐. 벗을 만나러 오는 것이 그리 펄쩍 뛸 일은 아닐 터인데 말이다."

"펄쩍 뛰다니요? 아닙니다! 이런 누추한 곳까지 들르실 거라고는 생각지도 못했던 터라, 그래서 놀랐던 것뿐입니다."

다급하게 부인하며 수생은 손을 내저었다.

능창군은 나무 그늘에서 나와 수생에게로 몇 발짝 다가섰다. 마주 선 거리가 가까워지자 수생의 얼굴에 대번 긴장의 빛이 떠올랐다.

조금 더 가까이 가면 어떤 얼굴을 할까?

이미 몇 번이나 보았건만 다시 한 번 괜한 궁금증이 일었다.

능창군은 뒷짐을 진 채 허리를 조금 숙여 수생의 코앞에 제 얼굴을 갖다 댔다. 빠르게 깜빡이던 눈꺼풀이 멎더니 수생의 속눈썹이 파르르 떨렸다.

"그래서 반갑지가 않더냐? 혹 내가 화답시를 당장 내놓으라고 재촉이라도 할까 보아서?"

능창군은 짓궂게 속삭였다.

"예?"

화답시라는 말에 놀라 수생이 시선을 들었다. 그러나 눈이 마주친 순간 화들짝 놀란 것처럼 다시 고개를 떨어트렸다.

당황하는 모습에 왠지 모르게 웃음이 났다. 목적을 달성했다는 듯 능창군은 슬며시 고개를 뺐다. 그제야 바짝 치켜 올라갔던 수생의 어깨가 조금씩 내려앉았다.

"화답시 말이다. 벗이 되었다는 증표로 주겠다 하지 않았더냐?"

능창군은 수생의 어깨가 다시 편하게 숨을 쉴 때까지 기다렸다가 입을 열었다.

이번에야말로 수생은 진짜로 당황하고 말았다.

화답시라니. 까맣게 잊고 있던 일이었다. 그날, 백함이 그렇게 사라지고 난 뒤, 자책감에 괴로워하느라 그런 것을 떠올릴 여력조차 없었던 것이다.

하지만 잊고 있었다니. 어떻게 그럴 수가 있지? 혹…… 그래, 어쩌면 귀신이 사라진 걸 깨달은 그 순간부터 협정도 사라졌다 생각해버린 건지도 몰라. 나도 모르게 그렇게 믿고 있었던 거야. 그래, 그렇지 않고서야 능창군 나리와의 일을 까먹을 수 있을 리가 없잖아. 그렇게 거짓말처럼 잊고 있었을 수가 없잖아.

그렇게 생각하자 수생은 겨우 자신의 상태가 납득이 갔다.

"언제까지 기다려야 답을 줄 것이냐?"

질문에 대한 대답을 말하는 것인지, 화답시를 일컫는 것인지 애매하게 능창군이 물어왔다.

"송구합니다. 어찌 화답을 드려야 할지 도저히 알 수가 없어서……."

"그럼 언제까지 기다리면 되겠느냐?"

"화답시 대신 다른 것을 드리면 아니 되겠습니까, 나리?"

그리 물어오는 수생은 정말로 곤란한 얼굴을 하고 있었다. 그러라고 선선히 고개를 끄덕여 주어야만 할 것 같은 기분이 들었다.

하지만 그러기엔 왠지 아쉬움이 남았다.

어떤 시를 화답으로 들려줄 것인지, 들떴던 기대가 상상으로만 끝나야 하다니. 그리 한참을 소식이 없던 속내는 무엇이었는지, 그 대답도 들을 수 없다니.

춘화의 말이 맞았다. 보이지 않는 그 마음이 능창군은 보고 싶었다.

"알 수 없다는 그것은 내 마음이더냐, 아니면 네 마음이더냐?"

능창군은 떠보듯이 반문을 했다.

수생의 눈에 당황의 빛이 어렸다. 하지만 그 이유는 능창군의 짐작과는 달랐다. 왜 이리 당연한 것을 물어보실까? 수생은 그것이 의아했다.

알 수 없는 것은 당연히 그의 마음이었다. 화답시를 써야 한다는 것은 까맣게 잊고 있었지만, 능창군이 읊어주던 문장들만은 가슴에 또렷이 남아 있었다. 어떤 마음으로 그런 시를 지어준 것인지, 그것을 어떤 식으로 받아들여야 하는 것인지. 수생이 알 수 없는 것은 그런 것이었다.

그런데 웬일인지 입이 쉽게 떨어지지 않았다. 알고 싶은 것은 그의 마음이라고 선뜻 대답할 용기가 아직은 없었다. 그래서 수생은 쉬운 대답을 골랐다.

"그런 것이 아니라 재주가 미천하여 화답시를 제대로 써내려갈 방법을 알지 못하겠다는 뜻입니다."

"내게 필요한 건 네 글재주가 아니다."

"허나……."

"그리 힘이 들면 수진궁에 있을 때 써놨던 것을 다오. 그리하면 간단치 않겠느냐? 아, 아니다. 둘 다 받아야겠다. 나도 네게 벗이 되었다는 증표를 둘이나 주지 않았더냐."

능창군은 화답시를 꼭 받아내야겠다고 고집을 부렸다. 수생은 포옥 한숨을 내쉬었다. 더 이상 버텨봐야 소용이 없다는 걸 깨달았던 것이다.

그 마음을 읽었는지 능창군의 얼굴에 만족스런 미소가 번져갔다.

"허면 내일 다시 올 터이니 그때까지 잘 고민을 해보거라."

할 말은 이제 끝났다는 듯 능창군은 뒤돌아 재빨리 걸음을 옮기기 시작했다.

"예? 내일이라고 하셨습니까? 안 됩니다. 너무 빠릅니다, 나리."

항의하는 수생의 목소리가 등 뒤에서 들려왔지만 능창군은 걸음을 늦추지 않았다. 답답했던 마음이 어느새 훤히 걷혀 있었다. 달만큼이나 환한 미소가 그의 얼굴에 떠올랐다.

반면 능창군을 보낸 뒤 방으로 돌아온 수생의 마음은 걷잡을 수 없을 만큼 싱숭생숭했다. 마음이 붕 떠오르는가 싶더니 이내 밑으로 착 가라앉기를 반복했다.

어찌해야 하지? 능창군 나리께 어떤 글을 지어 올려야 하는 걸까? 꺼내든 붓을 움직이지도 못한 채 수생은 한숨만 폭폭 내쉬었다.

아아, 도저히 안 되겠어. 예전에 지었던 글들을 올리는 게 나을 것 같아.

수생은 붓을 내려놓고 얼른 장롱으로 달려갔다. 문을 열고 깊숙이 팔을 뻗자 장롱 밑바닥에 숨겨둔 종이들이 손끝에 만져졌다. 수생은 얼른 그 종이들을 밖으로 꺼냈다.

능창군에 대한 흠모를 가득 담은 서툰 문장들이 종이들을 가득 메우고 있었다. 수생은 그 종이들을 한 장 한 장 넘겨보았다. 순간순간 얼굴이 붉어졌고 피식피식 웃음이 새나왔다. 그러다가 한순간, 종이를 넘기던 수생의 손이 멈추었다.

잘못 떨어뜨린 먹 몇 방울이 군데군데 튀어 있는 그 종이 위엔 한 사내의 얼굴이 가득 그려져 있었다.

능창군. 아니, 그를 닮은 사내. 백함의 초상이었다.

그 얼굴을 발견한 순간, 수생의 가슴이 쿵, 하고 다시 내려앉았다. 무엇이 그리 신나는지 배꼽을 잡고 웃던 그의 얼굴이 생각났다. 마주 보았던 우물 같던 눈동자도 기억이 났다. 빨려 들어갈 것 같던 어두운 그 눈동자…….

그때 하나의 생각이 수생의 머리를 스치고 지나갔다.

맞아, 내가 왜 그 생각을 못하고 있었지? 아직도 능창군 나리와의 연이 계속되고 있다는 건, 백함 나리가 아직 사라지지 않았다는 뜻일지도 몰라. 그 사냥꾼한테서 빠져나왔을 수도 있는 거잖아. 항아리! 맞아, 항아리 속에 돌아와 있을 수도 있어!

수생은 자리에서 벌떡 일어섰다. 백함이 사라지던 날 함께 잃어버린 항아리. 그것을 찾아야했다. 그러려면 다시 수구문 밖으로 가봐야 했다.

어서 빨리 날이 새기를 기다리며 수생은 밤새 초조한 마음으로 방 안을 서성거렸다.

사내의 정신은 아직도 온전히 돌아오지 않고 있었다. 가끔씩 의식을 찾는가 싶으면 이내 다시 죽음 같은 잠 속으로 빠져들곤 했다.

그래도 간간이 내뱉는 신음 소리가 며칠 전보다는 훨씬 더 평온해져 있었다. 뼈다귀 같았던 몰골도 훨씬 더 사람다워진 모습이었다.

의식도 제대로 없는 주제에 넙죽넙죽 미음은 받아먹는 걸 보면 돌아오겠다는 의지가 꽤나 강한 놈이었다.

마지막 미음 한 숟가락을 입술 사이로 흘려 넣고 난 다음 무녀는 몸을 일으켰다.

언뜻 보아서는 도저히 나이를 짐작할 수 없는 얼굴이었다. 갓 서

른을 넘겼다 해도, 쉰에 접어들었다 해도 수긍이 갈 정도였다.

그 때문일까. 수구문 밖 묘지 입구에 사는 무녀에 대해서는 온갖 말들이 떠돌아 다녔다. 이승에서 떠도는 혼백들을 몸 안에 가두고 있다가 자신을 찾아오는 사람들이 있을 때마다 그 혼백들 중 하나의 얼굴을 꺼내 쓴다는 이야기까지 나돌 정도였다.

그렇게 등골 오싹한 소문이 붙어 다녔지만, 무녀의 집을 찾는 사람들은 끊이질 않았다. 백발백중이라는 부적의 효험 때문이었다. 수구문 밖에 버려진 원혼들이 부적에 달라붙어 있어 효험이 높은 것이라며 호사가들은 입방아를 찧기도 했다.

미음이 든 놋그릇을 부엌에 내려놓은 후 무녀는 부적에 쓰는 경명주사를 갈기 시작했다. 그러다 다시금 방 안에 누워 있는 사내에게로 눈길이 갔다.

그를 무녀에게 데려온 것은 매골승(埋骨僧: 연고가 없는 시신들을 찾아 묻어주는 일을 하는 승려)이었다.

어느 날 아침 방울 소리가 울려서 나가보니 매골승 하나가 뼈다귀 같은 사내를 업고 문간에 서 있었다.

무녀는 한눈에 사내의 상태를 알아챌 수 있었다. 다른 혼백이 그 사내의 몸속에 들어가 있다는 것을.

굶어죽는 사람들이 자신의 몸속으로 다른 혼백을 끌어들이는 것은 종종 있는 일이었다. 그들이 원하는 것은 공양을 잘 받아 밥 냄새가 밴 혼백이었다. 마지막으로 밥 냄새를 실컷 맡음으로써 한(恨)과 원(願)을 풀고 이승을 떠나려는 것이었다. 매골승이 들쳐 매고 온 사내의 몸에도 그런 식으로 다른 혼백이 든 게 틀림없었다.

무녀가 그리 확신한 까닭은 하나 더 있었다. 그 전날 밤 수구문의 경계선을 넘어왔던 착혼꾼 때문이었다.

그는 무녀에게 그녀의 관할인 공동묘지에 들어가는 조건으로 하나의 제안을 했다. 쫓고 있던 혼백을 데려가는 대신 데려가야 할 혼백 하나는 남겨두겠다는 것이었다.

쯧쯧, 쫓고 있던 사냥감 대신 엉뚱한 혼백을 데려갔겠군.

무녀는 속으로 혀를 끌끌 찼다.

지금쯤이면 잘못된 혼백인 줄 알았을 텐데 어쩌누. 데려가야 할 혼백 하나는 남겨둔다고 약조했으니 다시 데려갈 수도 없고. 그 제안이 이렇게 돌아올 줄은 몰랐겠지.

허긴 몰랐던 것은 무녀 자신도 마찬가지였다. 자신이 언젠가 써준 부적의 흔적이 이런 식으로 돌아오리라고는 짐작도 하지 못했으니 말이다.

사실 다른 사람의 육신 속에 들어간 혼백을 보호하는 것은 무녀가 할 일이 아니었다. 오히려 그런 혼백을 쫓아 저승으로 돌아가게 하는 것이 무녀의 역할이었다.

그럼에도 불구하고 군말 없이 매골승에게서 사내를 넘겨받은 것은 일종의 업보라는 생각이 들었기 때문이었다.

사내에게서는 익숙한 부적의 기운이 느껴졌다. 그 기운으로 미루어볼 때 혼백을 가두는 부적인 듯했다. 정확한 기억은 없었지만 누군가의 의뢰를 받아 자신이 써주었던 부적일 터였다.

착혼꾼의 말대로라면 사내의 혼백은 칠 년 동안이나 지상에서 머물렀다. 그렇다면 그를 이렇게 오랜 시간 이승에 머물게 한 장본인, 적어도 조력자는 바로 무녀 자신이었던 것이다.

그런 혼백이 저에게 돌아왔다니. 거기엔 어떤 이유가 있을 거라 무녀는 생각했다. 어찌됐든 직접 써준 그 강력한 부적을 뚫고 나온 혼백이라면 이승에 조금 더 머물 자격 정도는 충분히 갖고 있는 게 아니겠는가.

무녀는 다시 붉은색 경명주사에 기름을 부었다. 그때 문간에서 사람의 기척이 들렸다. 하지만 무녀는 하던 일을 멈추지 않았다. 문턱도 넘지 못하고 망설이다 돌아갈 사람이면 굳이 나가서 맞을 필요가 없지 않은가.

조금 있자니 다시 쭈뼛거리는 발자국 소리가 들려왔다.

"저…… 계십니까? 아무도 안 계십니까?"

마당으로 들어서는 수생의 몰골은 말이 아니었다. 옷이며 손바닥은 온통 흙투성이였고 얼굴에는 온갖 잡풀들이 더덕더덕 붙어 있었다. 모르는 사람이 봤다면 이쪽이 처녀귀신이라 해도 믿을 정도였다.

동이 트자마자 수구문 밖 묘지로 달려온 수생은 반나절이나 봉분들 사이를 헤집고 다녔다. 사실 이곳은 백함이 사라진 직후에도 이미 한 번 헤매 다녔던 곳이었다. 혹시라도 자신이 잘못 본 것은 아닐까. 백함이 도망쳐 나와 어딘가에 쓰러져 있진 않을까. 그게 아니라면 항아리라도 가져가야지. 그런 마음으로 수생은 그날 밤새 묘지를 훑었더랬다.

그러니 지금 항아리가 다시 나타난다면 그것이 오히려 이상한 일이었다. 수생이라고 그 사실을 모를 리 없었다. 게다가 예전에 백함이 분명 그리 말했었다. 자신은 수생에게서 멀리 떨어질 수 없노라고. 그런 그가 이렇게 오랫동안 나타나지 않는다는 건, 영원히 사라져버렸다는 의미였다. 설령 항아리를 다시 찾더라도 그 사실은 변하지 않을지도 몰랐다.

그래도 실낱같은 희망이 있다면 아직은 그것을 놓고 싶지 않았다. 수생은 무녀의 대답이 들려온 곳으로 걸음을 옮겼다.

어둑한 실내에는 매캐한 냄새가 떠돌고 있었다. 켜놓은 촛불 때문인지, 피우고 있는 향 때문인지 잿빛 연기가 시야를 가렸다. 그래도 저 안에 앉아 있는 무녀의 모습만은 또렷이 보였다.

"말씀 좀 여쭈려 합니다. 혹시 보름 전쯤 저쪽 묘지에서 작은 달 모양 항아리 하나 보지 못하셨습니까? 살짝 푸른 기가 도는 백색이고, 표면엔 실금이 나 있는 항아립니다. 혹 깨어져서 조각나 있었을지도 모르…… 으앗!"

열심히 항아리 생김새를 설명하던 수생이 깜짝 놀라 한걸음 뒤로 물러났다. 무녀가 어느새 코앞에 서 있었던 것이다.

분명 좀 전엔 저쪽에 앉아 있었는데……. 수생은 휘둥그레진 눈으로 무녀가 앉아 있던 자리를 돌아보았다.

그런 반응에 불쾌했던 것인지 무녀가 미간을 찌푸렸다. 그 얼굴이 앳된 처녀 같기도 하고 초로의 노파 같기도 해서 수생은 다시 한 번 놀랐다.

하지만 수생보다 놀란 것은 실은 무녀였다. 저쪽 방 안에 누워 있는 혼백. 그가 가진 부적과 똑같은 기운이 눈앞의 계집한테서 느껴졌기 때문이었다.

"항아리 따위를 왜 무녀 집에 와서 찾는 게야? 무녀가 그런 것이나 주우러 다니는 사람인 줄 알았냐?"

일부러 퉁명스럽게 굴었지만 실은 이 상황이 무녀에게는 꽤나 흥미롭게 느껴졌다.

"송구합니다, 다만 중요한 것이 들어 있는 항아리라 꼭 찾아야 해서요."

"중요한 거 뭐? 귀신?"

다 안다는 얼굴로 무녀가 물었다.

"어, 어떻게 아셨습니까, 그걸? 제 항아리를 보신 겁니까?"

수생이 금방이라도 덤벼들 것 같은 기세로 물었다.

"어디 있습니까? 가지고 계시다면 돌려주세요. 사례는 어떻게든 할 테니, 제발⋯⋯."

"갔다."

애원하는 수생의 말을 무녀는 간단히 끊어냈다.

"예?"

갔다고? 누가? 설마 백함 나리가? 그럼 항아리가 아니라 백함 나리를 보았다고?

"너한테 붙어 있던 귀신. 갔단 말이다."

잠시 침묵이 흘렀다.

"어디…… 로요?"

짐작이 틀리길. 생각하고 있는 답이 아니길 빌면서 수생은 간신히 입을 뗐다.

"귀신이 갈 곳이 사방 천지에 널리기라도 했다더냐?"

아아, 역시. 다리에서 힘이 쫙 빠져나가는 것 같았다. 털썩 주저앉고 싶은 마음을 수생은 간신히 붙잡았다. 그 모습을 보던 무녀가 다시 입을 열었다.

"가야 하는 건 그냥 가게 놔두는 게다. 못 가게 붙잡는 것이 아니라. 떠난 사람이 좋은 곳으로 갈 수 있게 빌어주는 것이야말로 남겨진 자의 도리란 것이고."

"하지만 귀신이 그걸 원하지 않았으면요? 붙잡아주길 바랐으면요? 그랬는데도 그렇게 해주지 못했으면 그럴 땐 어찌해야 하는 겁니까? 그 미안함은 어찌 갚아야 하냔 말입니다."

평범한 계집아이라 생각했는데 그게 아니었던가? 귀신과 말을 섞었던 게야? 정을 주었던 게야?

무녀는 다시 한 번 유심히 수생을 바라보았다. 어찌 되었든 이번만은 착혼꾼이 옳을지도 모르겠다는 생각이 들었다. 혼백에게 너무 동화된 인간은 위험해질 수도 있다는 것 말이다.

"그리 아쉬움이 남는다면 떠난 사람 원이나 풀어주면 될 일! 굿 한판 벌이겠느냐? 생각 있으면 다시 들러라."

단호하게 말을 마친 무녀는 본래 있던 자리로 돌아가 휘장을 쳤다. 이제 볼일은 끝났다는 뜻이었다.

결국 수생은 빈손으로 무녀의 집을 나와야 했다. 터덜터덜 무거운 발을 끌며 수생은 한참을 정처 없이 걸었다. 실낱같은 희망조차 사라진 기분이었다.

하지만……

수생의 걸음이 우뚝 멈춰 섰다.

서로의 소원을 들어준다. 이것이 백함과 맺은 협정이었다. 능창군과의 연이 이어지고 있다는 건, 백함이 자신의 소원을 들어주었다는 뜻이었다.

그렇다면 자신에게도 아직은 할 일이 남아 있었다. 그의 원을 풀어주어야 했다.

항아리를 찾던 계집이 다녀간 후 사내에게선 눈에 띄는 변화가 감지되었다. 의식이 깨어나려고 꿈틀대기 시작한 것이다.

지금까지는 육신이 혼백을 가두고 있는 형국이었다면, 이제는 혼백이 보이지 않는 힘겨루기 끝에 육신을 지배하기 시작했다는 것을 무녀는 알 수 있었다. 사내와 똑같은 부적의 기운을 지니고 있던 계집이 모종의 영향을 미친 것이 분명했다.

무녀는 이승으로 돌아오는 길을 찾아 헤매고 있는 사내에게 문을 열어주는 것이 자신의 역할임을 깨달았다.

"그만 일어나라! 언제까지 그러고 자빠져 있을 참이냐?"

벼락같은 무녀의 외침에 백함은 눈을 번쩍 떴다.

낡고 오래된 낮은 천장이 그를 내려다보고 있었다. 시야가 뿌옇고 눈이 따가웠다. 백함은 눈을 몇 번 깜빡여보았다. 조금 지나자 눈에 보이는 풍경들이 조금씩 선명해지기 시작했다.

시선을 옆으로 돌려보았다. 공기 속에 잿빛 연기가 곡선을 그리며 이리저리 떠다니고 있었다. 그 틈새로 노란색 햇빛이 스며들어왔다.

몸이 천근만근 무거웠다. 기운이 없어서 금방이라도 땅으로 꺼져버릴 것 같은 느낌이었다. 그런데 정신은 이상할 정도로 맑았다. 마치 노곤하고 오래된 잠에서 깨어난 기분이었다.

백함은 팔로 몸을 지탱해 힘겹게 자리에서 일어나 앉았다.

그런데 눈에 보이는 팔뚝이 이상하게 낯설었다. 뭘까, 이 이질감은? 백함은 바닥을 짚고 있는 제 손을 내려다보았다. 희고 창백한 서생의 손이 아니라, 햇볕에 그을린 구릿빛 손이 그의 눈앞에 있었다. 역시나 낯설어 보이는 손이었다.

등 뒤에서 방울 소리가 들렸다. 고개를 돌려보니 처음 보는 무녀가 자신을 뼛속까지 꿰뚫을 것 같은 눈빛으로 쳐다보고 있었다.

백함은 주위를 둘러보았다. 이 방 안에는 무녀와 자신, 단 둘밖에 없는 것이 분명했다. 그렇다면…….

"내가 보이시오?"

반신반의하듯 묻는 백함을 향해 무녀가 웃음을 터뜨렸다. 쇳소리가 섞인 웃음소리가 뿌연 연기 속으로 꺽꺽대며 퍼져나갔다. 무녀는 가소롭다는 표정을 굳이 숨기려고 하지도 않았다.

무녀에겐 혼백을 부르는 힘이 있다더니, 그 말이 사실인가 보군.

멍하니 무녀를 쳐다보며 백함은 혼잣말을 했다.

"그런 얼빠진 질문을 하는 걸 보니 아직도 제정신이 아닌 게로구만."

비웃음을 터뜨릴 때만큼이나 갑작스럽게 웃음을 거둔 무녀가 백함에게 한마디를 툭, 던졌다. 자리에서 일어나는 무녀의 움직임에 방울이 요란스럽게 흔들렸다.

"여긴 어디요?"

백함은 일어서는 무녀를 눈으로 쫓으며 물었다. 조금씩 현실감이 돌아오면서 기억, 더 정확히는 감각의 조각들이 되살아나기 시작했다. 칠흑 같던 어둠, 축축하고 기분 나쁜 공기, 어둠 속에서 불쑥 튀어나와 목덜미를 쥐어 채던 소름끼치는 손의 감촉까지…….

"저승으로 가는 문이다."

꼿꼿이 선 채 눈을 내리깔면서 무녀가 내뱉었다. 마치 이웃마을 가는 길을 알려주는 것처럼 대수롭지 않다는 투였다.

하지만 백함에겐 그것이 일종의 선고와도 같이 느껴졌다. 저승으로 가는 문이라니.

그렇다면 결국 그날 착혼꾼에게 잡혀버렸던 건가? 이 무녀가 자신을 저승으로 데려가는 안내인이라도 된단 말인가?

무녀는 자신이 던진 한마디에 백함이 동요하고 있음을 알아챘다. 정신은 돌아왔지만 기억은 아직도 잠에 빠져 있는 듯했다.

"저승에서 돌아오는 문이기도 하고. 무당집이란 게 원래 그런 곳이란 것도 모르는 게냐?"

백함이 더 이상 엉뚱한 곳을 헤매지 않도록 무녀는 한마디를 덧붙였다.

"허면 지금 난 어디에 있는 것이오? 저승으로 가는 문 앞이오? 아니면 돌아오는 문 앞에 있소?"

"헛소리 그만 하고 정신 차려라, 이놈아. 남의 몸에 들어갔다고 기억마저 홀라당 까먹으면 어쩌란 말이냐!"

남의 몸이라고?

무녀의 말이 끝나기가 무섭게 조금 전 느꼈던 이물감이 다시 몰려왔다. 백함은 얼른 손을 들어 자신의 얼굴을 만져보았다.

제일 먼저 동그란 콧방울이 만져졌다. 언젠가 한 번 부러진 적이 있었는지 콧대의 중간 즈음에는 불쑥 튀어나온 부분이 있었다. 숱이 많은 눈썹은 꽤나 자유분방하게 눈 위를 가로지르고 있었고, 눈동자 위에는 적당히 패인 눈두덩이 자리 잡고 있었다.

여기저기 껍질이 튼 거친 입술은 두꺼웠고 아랫입술 가운데는 세로로 옴폭 홈이 패여 있었다. 넓은 이마에서부터 야윈 뺨까지, 얼굴의 어느 부분 하나 낯설지 않은 것이 없었다.

내가 남의 몸 안에 들어왔다고?

도무지 믿겨지지 않는 일이었다. 백함은 제 몸을 내려다보았다. 바싹 야윈 팔, 힘줄이 살짝 솟아난 손등, 길고 남자다운 손가락……. 모두 처음 보는 것이었다. 백함은 정신이 아득해지는 것 같았다.

"이게 어떻게 된 일이오? 내가 어떻게…… 그럼 내가…… 내가, 다른 인간의 육신을 잡아먹었다는 말이오?"

"정확히 말하자면 육신이 네 혼백을 잡아먹은 게지."

무녀는 다시 한 번 손에 들고 있던 방울을 흔들었다. 그 소리가 잠자고 있던 백함의 기억을 깨웠다.

그날 밤의 일들이 한꺼번에 되살아났다.

착혼꾼이 시신들 속에 숨은 자신을 찾아냈을 때 백함은 모든 게 끝났다고 생각했다. 이대로 잡혀서 사라져버리게 될 것이라고만 믿었다. 그런데 그 지독하고 집요한 손이 그를 빨아들이기 위해 다가온 순간 알 수 없는 힘이 그를 등 뒤에서 끌어당겼다.

무슨 일이 벌어지고 있는지 의식하기도 전에 백함은 자신이 어딘가에 갇혀버렸다는 것을 알았다.

그 순간 의식이 가물거리며 사라져갔다. 까맣게 변한 누군가의 혼백이 착혼꾼의 손끝으로 빨려 들어가는 광경이 어렴풋이 보일 뿐이었다.

귓가에는 자신의 이름을 부르는 수생의 목소리가 먼 곳에서 들리는 메아리처럼 부딪혀왔다. 꺼져가는 의식 속에서도 백함은 대답을 해야겠다고 필사적으로 생각했다. 밖으로 나오지 않는 목소리가 안타까워 미칠 것만 같았다.

대답을 해야 하는데. 여기 있다는 것을 알려야 하는데. 그런 되뇜을 끝으로 의식을 잃고 말았다.

그것이 사람의 몸이었던가? 지금 내가 들어와 있는 이 사내의 육신이었던가? 백함은 다시 한 번 믿기지 않는다는 듯 제 몸을 내려다보았다.

"굶어죽게 된 혼백이 이승 떠나기 전에 밥 냄새 한 번 맡고 가고 싶어서 네놈을 제 몸속으로 불러들인 것이다."

"그럼 나는 어찌 살아난 것이오? 무녀께서 굶어 죽어가는 나를 살려준 것이오?"

"내가 살린 건 피골이 상접한 그 몸뚱이뿐이다. 네 놈을 밥풀 냄새 풀풀 풍기는 귀신으로 만들어준 사람이 널 살린 일등 공신이고. 누군진 몰라도 만나게 되면 그 앞에 넙죽 엎드려 큰 절이라도 올려라."

무녀는 그리 말하며 작은 나무 조각 하나를 백함의 앞에 툭 던져주었다.

"받아라."

백함은 손을 뻗어 무녀가 던진 물건을 집어 들었다. 뜻밖에도 호패였다. 낯선 이름 세 글자가 그 위에 선명하게 적혀 있었다.

"문희관? 이게 누구요?"

호패에서 시선을 들어 백함은 무녀를 보았다. 왜 자신에게 모르는 자의 호패를 주는 것인지 의아했다. 하지만 눈이 마주친 순간 백함은 무녀의 의도를 깨달았다. 무녀가 그의 짐작이 맞다는 것을 확인해주었다.

"누구긴 누구야, 바로 네놈이지."

문희관. 그것이 바로 자신에게 육신을 내어준 자의 이름이었다. 아니, 어쩌면 전혀 상관없는 다른 자의 이름인지도 몰랐다.

어찌 됐든 이젠 자신의 이름이었다. 지금부터는 다른 사내의 행세를 하는 것이 아니라 완전히 다른 사내가 되어야 하는 것이었다.

그렇게 생각하자 이상한 기분이 들었다. 윤백함이라는 사람이 이미 이 세상에서 사라져버린 존재임을 지금처럼 뼈저리게 느낀 적은 없었다.

"세 끼 밥은 더 먹여줄 테니 그 이후엔 알아서 꺼져라. 언제까지 내가 네놈 뒷수발이나 하고 앉아 있을 순 없으니까."

무녀는 입구에 드리워진 휘장을 휙 걷어버리고 그사이로 사라졌다. 짤랑거리는 방울소리가 휘장 너머로 멀어져갔다.

"얼마나 오래, 내가 이 몸속에 머물 수 있겠소?"

사라지려는 방울소리를 붙잡듯이 백함이 물었다.

"그걸 내가 어찌 아누? 재수 없으면 혼백을 잡으러 다니는 놈한테 발각돼서 당장이라도 끌려갈 것이고, 운이 좋으면 몸뚱이 수명이 다할 때까지 질기게 살 수도 있을 텐데."

산다니.

단 한 번도 떠올려 본 적이 없는 생각 앞에서 백함은 당황했다. 자신을 죽인 사람을 찾아내 원한을 갚고 싶었을 뿐 다시 인간이 되어 살고자 염원해본 적은 없었다.

목적을 이룬 후에도 이승에 남아서 생을 산다니. 자신에겐 그럴 이유가 없었다. 어떻게, 무엇을 위해 다시 살아야 한단 말인가.

아니, 어쩌면 살아야 할 이유가 있을지도 몰랐다. 자신을 기다리는 식솔들이 있을 수도 있었다. 어딘가에서 아버지가, 어머니가, 자신이 살아 돌아오길 애타게 기다리고 있을지도 몰랐다.

피붙이보다 가까웠던 친우도 있었다.

그리고…….

자신의 이름을 부르던 수생의 목소리가 귓가에 다시 부딪혀왔다.

백함은 고개를 가로저었다. 그저 협정으로 맺은 인연일 뿐, 협정이 끝나면 다시는 마주칠 일조차 없는 아이가 아니던가.

"그나저나 갈 데는 있냐?"

어느새 돌아왔는지 휘장 너머로 무녀가 고개를 불쑥 내밀었다.

갈 곳이라. 귀신이었을 때는 항아리로 돌아가면 됐는데 이제는 어디로 가야 하는 것일까. 백함은 잠시 길 잃은 아이가 된 기분이었다.

"잘 생각해라. 누구를 찾아갈 건지. 그게 네 놈의 첫 발이 될 테니."

"첫 발?"

"어떻게 살고 싶은지, 어떻게 죽고 싶은지. 문희관이라는 이름을 가진 작자가 어떤 인간인지를 결정짓는 것 말이다."

21

"아니, 나리. 왜 쇤네를 쫓아 보내지 못해 안달이십니까요? 어딜 가시는지 제가 모시겠다질 않습니까?"

"어허, 그냥 돌아가도 된다는데 그러는구나."

능창군이 때 아닌 실랑이를 벌이고 있는 상대는 석개였다.

말을 끌고 집으로 먼저 돌아가라는 말에 혼자서는 가지 않겠다며 난데없는 고집을 부리는 석개 놈이 능창군은 이해가 되질 않았다.

"대체 왜 그러는 게냐? 혼자 돌아가면 안 될 연유라도 있느냐?"

"나리를 잘 감…… 아니, 잘 모시라는 명을 받았단 말입니다요."

생각 없이 불쑥 튀어나온 대답에 석개는 허둥지둥 말을 바꾸었다. 하지만 들기고 만 모양이었다. 능창군에게서 헛웃음이 터져 나왔다.

"그런 것도 어울릴 만한 녀석에게 시켜야 하는 것이거늘. 대체 누가 너처럼 덤벙거리는 녀석에게 감시 같은 걸 하라 시킨 게냐?"

능창군의 핀잔에 석개는 어쩔 줄을 몰라 했다. 누가 시켰는지 고했다가는 입 싼 놈 소리를 들을 것 같고, 입을 다물었다가는 괜한 의심을 사게 될 것 같아 고민하는 눈치였다.

"어허, 뭐하느냐? 어서 불지 않고. 하루 종일 돌아다니느라 다리도 무거울 텐데 어서 집으로 돌아가고 싶지 않느냐?"

능창군의 다그침에 석개가 낙심한 얼굴로 입을 열었다. 하지만 정작 그 입에서 나온 것은 고백이 아니라 한숨이었다.

"그러고 싶습니다요. 하지만 그리 되면 제가 어찌 보이겠습니까? 그깟 쉬운 일 하나 해내지 못하는 변변찮고 하찮은 놈으로 보이지 않겠습니까?"

"이놈 보아라? 이제 보니 네가 대놓고 나를 배신하겠다는 것이로구나?"

"아이 참, 그런 것이 아니란 말입니다, 나리."

억울하고 답답하다는 표정으로 석개가 능창군을 올려다보았다. 속에 있는 것을 털어놓고 싶어 그의 입가가 실룩거리고 있었다.

"네가 다 털어놓았다는 건 내 비밀로 해주마. 허니 걱정 말고 말해보거라. 누구더냐, 네게 날 감시하라 시킨 이가?"

"진짜로 비밀입니다요, 나리?"

한 번 더 다짐을 받으려는 석개를 향해 능창군이 고개를 끄덕거렸다.

"실은…… 저…… 윤상궁 마마님이……."

"윤상궁? 윤상궁이 네게 나를 감시하라 일렀단 말이더냐?"

의외의 대답에 능창군의 눈썹이 들썩였다. 석개는 힘없이 고개를 끄덕였다.

"나리가 어디를 가시든 잘 뫼시고 다니라 했습니다요. 어디를 다니셨는지도 일일이 보고하라 했구 말입쇼."

"그리하면 대가로 무엇을 준다 하더냐?"

"그건…… 가…… 가……."

말하기가 곤란한 듯 석개가 이마를 긁었다.

"가?"

"가, 각심이…… 윤상궁 마마님 방의 각심이랑 맺어주시겠다고…… 그래서……."

석개는 빨갛다 못해 검붉게 변한 얼굴로 고개를 푹 숙였다. 쑥스럽기도 하고 비웃음을 당할까 봐 겁이 나기도 하는 모양이었다.

하지만 비웃다니. 능창군은 전혀 그럴 마음이 없었다. 멀쩡한 사내가 여인을 마음속에 품는다는 것이 어찌 우스운 일이겠는가.

"그런 일이 있었으면 진즉 내게 얘기를 했어야지. 각심이와의 일은 어머니께 내 잘 말씀 드려보겠으니 걱정 말고 돌아가거라."

"예? 그게 정말이십니까요?"

석개의 얼굴에 금세 화색이 돌았다.

"내가 언제 거짓으로 약조를 하더냐?"

"그럼 나리만 믿고 있겠습니다요."

석개는 재빨리 능창군이 건네준 말고삐를 틀어쥐고 발걸음을 재촉해 멀어져갔다. 그 발걸음이 가볍다 못해 금방이라도 펄쩍 날아오를 것처럼 보였다.

그 모습을 바라보던 능창군은 곧 석개가 사라진 방향과 반대편으로 걸음을 옮기기 시작했다. 하루 종일 운종가를 활보하면서도 내내 안정이 되지 않던 마음이 이제야 조금 편안해지는 것 같았다. 마치 오늘 하루가 이 길로 접어들기 위한 여정이었던 것 같은 느낌이 들 정도였다.

느긋하게, 하지만 망설임 없이 발길을 옮기며 능창군은 조금 전 석개와의 대화를 다시 떠올렸다. 윤상궁이 자신을 감시하라고 했다면 그건 틀림없이 수생 때문이리라. 그동안 윤상궁이 보여준 태도로 미루어보면 자신의 짐작이 틀릴 가능성은 거의 없어 보였다.

하지만 무엇 때문에?

나리께서 상대하실 아이가 아닙니다. 미천한 아이일 뿐이옵니다.

윤상궁은 수생에 관해 그가 물을 때마다 항상 비슷한 대답을 내놓았다. 그러나 그것은 표면적인 답변일 뿐이었다. 그녀가 그렇게 나오는 데는 분명 다른 이유가 있었다.

그간 자신이 누구도 곁에 두려 하지 않았던 이유와 윤상궁이 자신을 수생에게서 떼어놓으려 하는 이유가 같은 것인지 능창군은 문득 궁금해졌다.

아직 촛불을 켤 때가 되지 않았는지 수생의 방은 어두웠다. 방문을 통해서는 어떤 그림자의 흔적도 보이질 않았다.

능창군은 어찌해야 할지 잠시 망설였다. 어젯밤처럼 아무런 기별 없이 기다리고 있어볼까. 아니면 기척을 내는 것이 나을까. 안달을 부린다 여길지도 모르니 역시 기다리고 있는 것이 낫겠지?

문득 옆에 선 키 작은 나무가 그의 눈에 들어왔다. 손을 뻗으면 닿을 만한 높이에서 나무줄기가 양방향으로 갈라져 있었다. 그리 힘들이지 않고도 쉬이 올라갈 수 있을 법한 높이였다.

능창군은 뒤로 몇 걸음 물러섰다. 발로 나무기둥을 힘차게 디디며 도움닫기를 한 뒤 그는 사뿐하게 목표지점으로 뛰어올랐다.

나무 위에 자리를 잡고 앉은 능창군은 잠시 숨을 고르며 수생의 집 마당을 내려다보았다. 여염집에서 흔히 보는 작고 소박한 마당이었다.

그런데도 이런 곳이 존재하고 있었다는 것이 능창군에게는 왠지 신기한 일처럼 느껴졌다.

새삼스러운 발견이라도 한 것처럼 눈을 빛내며 능창군은 저 마당을 가로질러 나올 수생을 기다렸다. 누구에게 보일 것도 아닌데 얼굴엔 느긋해 보이는 미소도 머금었다. 그렇게 해야만 이유 없이 조급해지려는 마음을 달랠 수 있을 것 같았다.

드디어 방문 열리는 소리와 함께 인기척이 들려왔다. 처마 밑으로 사부작거리는 치맛단이 보였다. 능창군은 얼른 나뭇가지 속으로 몸을 숨겼다. 자신을 찾아 두리번거릴 수생의 모습을 보고 싶다는, 조금은 짓궂은 마음 때문이었다.

발소리가 점점 그가 숨어 있는 나무를 향해 다가왔다. 언제쯤 모습을 드러내면 좋을까. 즐거운 상상을 하며 능창군은 수생의 얼굴이 나무 밑으로 지나가기를 기다렸다.

그때 싸리문 안쪽에서 서두르는 발소리가 들렸다.

"잠시만 기다리거라."

나이가 지긋한 남자의 목소리였다. 수생의 아비일 것이라 능창군은 짐작했다. 발자국 소리가 다가오자 사부작거리던 치마 소리가 멎었다.

이윽고 들려온 목소리는, 그러나 수생의 것이 아니었다. 익숙한 윤상궁의 목소리였다.

윤상궁이 여기에 무슨 일로 온 것일까.

능창군은 바짝 호기심이 일었다. 그들이 나눌 이야기가 자신하고도 관련되어 있을 것 같다는 막연한 예감도 들었다. 숨을 죽인 채 그는 밑에서 벌어지는 대화에 귀를 기울였다.

"더 이르실 말씀이 있으십니까, 오라버니?"

윤상궁은 흥복을 향해 돌아섰다. 무언가 마음에 걸리는 것이 있다는 표정으로 흥복은 사촌누이를 쳐다보았다.

"네가 어련히 알아서 신경을 써주겠지만 그래도 염려가 되어서 말이다. 군부인 마님께서 골라주실 사람이 혹 너무…… 그러니까 우리와 신분이 맞지 않는 사람이면……."

"양반댁 첩 자리라도 들이밀까 봐 염려가 되시는 겁니까?"

"꼭 그런 것은 아니다만, 네 당조카라고 특별히 신경을 쓰신다는 게 혹여……."

"그런 걱정이라면 아니 하셔도 됩니다. 그런 경우 없는 일을 벌이실 분이 아니라는 걸 잘 아시지 않습니까."

"집안이 아무리 부유하다 하여도 상처(喪妻)한 남자는 아니 된다. 그 점도 꼭 말씀드리거라."

도저히 안심이 안 된다는 얼굴로 흥복이 재차 당부를 했다.

"오라버니께서 얼마나 그 아이를 염려하시는지 잘 압니다. 허나 제게도 여식 같은 조카입니다. 오라버니만큼은 아니더라도 저 또한 그 아이를 걱정하고 있습니다."

윤상궁은 사촌 오라비를 달래듯이 조곤조곤 말을 이어나갔다.

"성실하고 우직한 사내를 고를 것입니다. 한눈 팔지 않고 처자식 굶길 걱정 없는 그런 건실한 사람을 짝지어줄 것입니다. 꼭 오라버니 같은 사람으로 구해올 것이니 염려 마십시오."

"나 같은 사내라니? 제 처 하나 지키지 못하고 저 세상으로 먼저 보내버리는 그런 박복한 자는 절대 아니 된다!"

흥복은 정색을 하고 펄쩍 뛰었다.

일찍 아내를 여읜 후 홀로 키워온 여식에 대해 흥복이 얼마나 애틋한 마음을 갖고 있는지 윤상궁은 누구보다도 잘 알고 있었다. 얼마 전 흥복이 사색이 다 된 얼굴로 수생의 일을 상의하러 왔을 때 선뜻 수생의 혼처를 알아보겠다고 나선 것도 그런 이유에서였다.

그날, 새벽녘이 되어서야 혼비백산한 얼굴로 돌아왔다는 수생 때문에 흥복은 불안해하고 있었다. 말로는 길을 잃고 밤새 공동묘지 근처를 헤맸다는데 그 말이 곧이곧대로 믿어지지가 않는다고 했다.

그것이 사실이라면 그리 닭똥 같은 눈물을 뚝뚝 흘릴 이유가 어디에 있겠느냐며 흥복은 땅이 꺼져라 한숨을 쉬었다.

아무래도 이대로 놔둬서는 안 될 것 같다.

그리 말하는 흥복에게 윤상궁도 동의의 뜻으로 고개를 끄덕였다. 그의 말이 맞았다. 이대로 놔두어서는 안 되는 일이었다.

"예, 오래도록 그 아이의 곁을 떠나지 않을 그런 사내를 오라버니 앞에 데려올 것이니 마음 편히 놓고 기다리십시오."

윤상궁의 다짐에 겨우 마음을 놓은 흥복이 이내 싸리문 안으로 사라졌다.

윤상궁도 새문리로 돌아가기 위해 다시 발걸음을 옮겼다.

하지만 몇 걸음 가지 않아 그녀는 다시 걸음을 멈춰야 했다. 머리 위에서 난데없이 사람의 목소리가 들려왔던 것이다.

"왜 그리 바빠 보이나 했더니 다 이유가 있었던 게로군."

윤상궁은 고개를 들어 소리가 나는 곳을 쳐다보았다. 나뭇가지가 흔들리는가 싶더니 날렵한 검은 그림자가 땅위로 사뿐히 내려앉았다.

나무에서 뛰어내린 능창군은 곧바로 성큼성큼 윤상궁을 향해 다가갔다.

"나리께서 이곳엔 어쩐 일이십니까?"

뜻밖의 만남이었음에도 윤상궁은 그리 놀란 기색을 보이지 않았다. 능창군을 여기서 보리라 기대하진 않았어도 전혀 예상치 못했던 일도 아닌 모양이었다.

"언제부터 자네가 그리 다른 사람 중매 서는 일에 흥미를 갖고 있없는가?"

능창군은 윤상궁과 홍복의 대화를 모두 들었다는 것을 굳이 숨기려 하지 않았다.

"혼기가 꽉 찬 조카여식의 혼처를 알아보는 일이 어찌 흥미로 하는 일이겠습니까? 오라비가 소인을 찾아와 염려를 하기에 발 벗고 나서기로 한 것입니다. 마침 군부인 마님께서도 좋은 혼처를 알아봐주겠다 하셔서 오늘은 그 소식을 오라비에게 전하고 가는 길입니다."

"허면 석개 그놈도 윤상궁 자네의 인척이었던 겐가?"

능창군의 온화한 말투 속에 자신에 대한 반발심이 녹아 있다는 것을 윤상궁은 느꼈다. 그러나 그것에 정면으로 맞설 생각은 없었다. 그럴 처지도, 입장도 되지 않았을 뿐더러 그렇게 대응하는 것이 결코 자신에게 유리하지 않다는 것도 그녀는 잘 알고 있었다.

"소인이 석개한테 나리에게서 눈을 떼지 말라 이른 것은 다른 뜻이 있어서가 아닙니다. 요즘 들어 집 안팎을 염탐하는 이들이 있다 보니 나리께 혹여 무슨 일이라도 생길까 저어되었기 때문입니다."

"내가 누구를 만나는지를 알고 싶었던 것이 아니란 말인가?"

"나리께서 어떤 이를 만나고 어떤 벗과 친우의 정을 나누시는지, 그것은 소인이 감히 관여할 바가 아닌 줄 압니다."

윤상궁은 능창군이 무슨 말을 하는지 모르겠다는 듯이 태연하게 시치미를 뗐다.

"그리 말해주니 참으로 다행이네. 내 안 그래도 벗을 만나러 이곳엘 들른 것이네만, 혹시라도 자네가 알면 탐탁찮게 여길까 봐 내심 걱정을 했던 것도 사실이라서 말일세."

능창군은 윤상궁이 어떻게 반응하는지를 보기 위해 일부러 수생의 이야기를 꺼냈다. 이렇게 하지 않으면 해야 할 말을 언제까지라도 입 밖으로 꺼내지 못할 것 같은 기분이 들었다.

예상대로 윤상궁의 표정이 눈에 띄게 굳었다. 완고한 입술이 그에게 할 말을 준비하고 있었다. 능창군은 그녀가 입을 열기를 참을성 있게 기다렸다.

"나리."

잠시의 침묵 끝에 입을 연 윤상궁의 목소리는 낮고 단단했다.

"말하게."

"소인의 조카여식은…… 수생 그 아이는, 나리의 상대가 아닙니다."

이번에는 윤상궁 쪽에서도 피할 생각이 없는 모양이었다. 간단하면서도 단호하게 그녀는 능창군에게 선을 그었다.

"내 상대가 아니라니, 어째서 말인가?"

"그 이유를 정녕 모르신단 말입니까?"

"신분이 다르다고 벗이 되지 말란 법은 없네."

허니 다른 이유를 내어놓게.

"남녀가 유별합니다."

윤상궁이 주저 없이 또 다른 대답을 내어놓았다.

"그렇다면 내 그 아이를 여인으로 대하면 되겠는가?"

이번에는 그리 답을 내놓기가 쉽지 않은 질문이었던 모양이다. 윤상궁이 물끄러미 능창군의 얼굴을 쳐다보았다. 그 시선을 맞받으며 능창군은 자신이 왜 이렇게까지 그녀를 도발하고 있는지를 스스로에게 되묻고 있었다.

석개에게 자신을 감시하라 지시했다는 것에 대한 반발심 때문일까. 아니면 어릴 때부터 두 어머니 다음으로 믿고 의지해온 윤상궁이 조카여식을 자신에게서 자꾸만 떼어놓으려 하는데 대한 서운함의 발로일까.

그도 아니면 벗이라는 이름 뒤에 숨겨놓았던 마음이 불쑥 튀어나와버린 것일까.

윤상궁은 곧 익숙하게 시선을 내리깔았다. 능창군이 도발하듯 자신에게 던진 말을 되받지 않겠다는 뜻이었다.

"머지않아 그 아이의 혼처가 정해질 것입니다. 그리되면 빠른 시일 내에 혼례를 올리게 할 생각입니다. 허니 나리께서는……."

"내가 그리하도록 놔두지 않는다면 어쩌겠는가?"

아무 일도 없었다는 듯 지나가려는 윤상궁의 의도를 능창군이 막아섰다.

내리깔렸던 그녀의 눈동자가 다시 능창군을 향했다. 늘 해사한 미소로 모든 일을 스쳐지나가던 능창군 대신 엉뚱한 고집을 부리는 사내가 그곳에 서 있었다.

윤상궁의 머릿속에서 위험신호가 울렸다.

수진궁에서 심부름을 오는 여느 계집들과 마찬가지로 수생 또한 능창군에게 홀딱 반했다는 사실을 윤상궁도 일찌감치 알고 있었다. 하지만 조금도 신경이 쓰이지 않았던 것은 그것이 그 나이대의 계집들이 쉽게 품는 동경과 흠모의 정에 불과하다는 것을 알았기 때문이었다.

그런데 어느 순간 상황이 변하기 시작했다. 능창군에게서 불어오는 바람의 방향이 묘하게 바뀌었던 것이다.

그것을 감지한 순간부터 윤상궁은 불안해지기 시작했다. 그 바람이 그대로 불게 놔두었다가는 제 피붙이들에게 불행한 일이 생길지도 몰랐다.

어쩌겠는가. 나리께서 이리 나오신다면 그에 맞는 응대를 해드릴 수밖에 없는 것을.

윤상궁은 소리 없는 한숨을 내쉰 다음 천천히 입을 열었다.

"나리께선, 그 아이에게 무엇을 주실 수 있습니까?"

생각지도 못했던 질문에 능창군은 그만 말문이 막혀버리고 말았다. 지금껏 누구에게도 곁을 내주지 않으려고 궁리해왔을 뿐, 누군가를 곁에 들였을 때 어찌할 것인가에 대해서는 한 번도 생각해본 적이 없었다는 사실을 능창군은 이 순간 비로소 깨달았다.

"제 오라비가 했던 말을 다 들으셨다니 여쭙겠습니다. 나리께선 그 아이를 첩이 아닌 아내로 맞아주실 수 있겠습니까? 한눈팔지 않고 조강지처로 아껴주실 수 있으십니까?"

윤상궁은 흥복이 자신에게 당부했던 말들을 담담하게 다시 읊었다. 평범한 사내라면 쉽게 고개를 끄덕이며 약조를 할 수 있는 일들. 그러나 능창군에게는 절대로 불가능한 일들이었다.

"그도 아니면……."

윤상궁은 잠시 망설였다. 자신이 하려는 말이 능창군에게 상처가 될 것임을 잘 알고 있는 까닭이었다. 그러나 일단 시작했으니 끝을 내야 했다. 묘하게 방향을 바꿔 불기 시작한 바람을 멈추어야 한다면 그리할 수밖에 없었다.

"그 아이의 곁을 떠나지 않고 평생을 지켜주실 수 있겠습니까."

두 사람의 시선이 맞부딪쳤다. 눈을 들어 현실을 보라고, 그리고 다시 한 번 힘을 주어 마음을 싸매라고, 윤상궁의 눈이 그렇게 능창군을 재촉하고 있었다.

결국 자네도 나와 같은 이유였는가.

쓴웃음이 능창군의 목구멍을 넘어왔다.

자네도 내가 오래 살아남지 못할 것이라 여기는가. 그래서 그 아이를 그리도 내게서 떼어놓으려 애를 쓰고 있는 것이었는가.

윤상궁이 정중하게 고개를 숙인 후 시야에서 사라질 때까지 능창군은 꼼짝도 못한 채 제자리에 서 있었다. 무겁게 가라앉은 마음이 조금씩 시려왔다.

그동안은 어찌 이 무게를 버티고 살아왔던가. 아무렇지도 않게 싸맸던 심장이 왜 지금와선 이렇게 반항하며 버둥댄단 말인가.

능창군은 그 대답을 알 수 없었다. 지금 그가 아는 것은 단 하나. 지금 이 순간만큼 그 아이가, 수생이 보고 싶었던 적은 없었다는 사실이었다.

종루에서 징소리가 울리기 시작했다. 스물여덟 번의 징소리가 끝나면 남녀를 막론하고 도성 내 거리를 돌아다니는 것이 금지될 터였다.

담벼락 앞에 웅크리고 앉아 있던 수생도 징소리를 들었다.

그냥 돌아가야 하나.

다급해진 마음에 안절부절 수생의 몸이 자꾸 들썩거렸다.

그때 수생의 발 옆으로 무언가가 꿈틀댔다. 삐죽삐죽 솟아오른 풀잎들이 떠밀리듯 앞으로 쓰러지며 길을 내어주었다.

으악, 뱀인가?

수생은 소스라쳤다. 하지만 절대 소리를 내서는 안 되었기에 얼른 손을 들어 제 입을 틀어막았다.

여차하면 뱀을 쫓아 보낼 요량으로 수생은 주위에 있던 작은 돌하나를 슬그머니 집어 들었다. 그런데 수생을 질겁하게 만든 것의 정체는 뱀이 아니었다. 그보다 훨씬 더 큰 것이었다. 바로 개구멍을 막고 있던 돌이었다.

천천히 밀려들어오던 돌이 멈춰 섰다. 수생은 숨을 죽인 채 다음에 벌어질 일을 기다렸다. 그러는 동안 가슴이 조금씩 뛰기 시작했다.

돌이 혼자 움직였다면…… 그런 것을 할 수 있는 존재가 있다면, 그건 귀신뿐이지 않을까.

수생은 천천히 고개를 옆으로 빼서 개구멍을 들여다보았다. 어둠 속에서 두 개의 눈동자가 빛나고 있었다. 그것이 누구의 것인지 미처 생각하기도 전에 밖에서 짧고 낮은 비명소리가 들려왔다.

능창군은 놀라서 거의 뒤로 넘어갈 뻔했다. 개구멍 안에서 누군가가 얼굴을 들이밀 것이라고는 생각도 못했던 탓이다.

무엇이지, 방금 본 것은? 염탐꾼이 집 안까지 든 건가?

능창군은 서둘러 몸을 일으켰다. 그때 개구멍으로 누군가의 얼굴이 쏙 빠져나왔다. 서로의 얼굴을 알아본 순간, 놀란 기색을 감추지 못한 것은 수생도, 능창군도 마찬가지였다.

앗, 능창군 나리시잖아!

우스꽝스러운 모습을 보이고 말았다는 생각에 수생은 얼른 뒤로 물러났다. 그런데 하필이면 그 순간, 능창군이 수생과 눈높이를 맞추려고 무릎을 굽혀 앉았다.

어느새 사라져버린 수생을 좇아 능창군은 개구멍을 들여다보았다. 그러나 그사이로 보인 것은 쪼그린 무릎 위에 얹힌 채 안절부절못하고 있는 수생의 손뿐이었다.

다시 담장을 넘어야겠다고 생각한 능창군이 몸을 일으켰다.

날렵한 동작으로 그가 훌쩍 담장 위로 올라섰을 때 이번에는 수생의 까만 정수리가 개구멍 사이로 쏙 빠져나왔다.

이 무슨 숨바꼭질인가 싶어 능창군은 피식 웃었다.

수생의 머리가 다시 허둥지둥 담장 너머로 사라졌다. 능창군은 담장 밑으로 뛰어내리는 대신 담장 위에 걸터앉아 수생을 내려다보았다.

얼른 치마를 털며 수생이 일어났다.

"어찌 여기에 있느냐? 날 기다렸던 것이더냐?"

예서 기다리고 있는 줄도 모르고 엉뚱한 곳을 헤매고 있었다니.

사랑채 안뜰에서 자신을 기다리고 있던 수생 때문에 능창군은 얼떨떨하기도 했고, 안도가 되기도 했다.

윤상궁이 가버린 후에도 그는 한참을 더 수생의 집 앞에서 서성거렸다. 집 안에 있으면서도 아비의 눈치 때문에 나오지 못하는 것인가. 애써 그리 생각해보려 했지만 안에서는 수생의 것이라 생각되는 어떤 기척도 느껴지지가 않았다.

불쑥 나타나 화답시를 내어놓으라 했으니 부담스러웠던 것인가. 혹 다짜고짜 벗을 하자는 제안이 탐탁찮았던 것은 아닐까. 그런 생각이 들자 자신의 서툴렀던 방식이 후회스럽기도 했다.

그렇게 서성이다 수생의 집 앞을 떠난 것은 불과 한 식경 전이었다.

아직도 낯선 제 마음과 보이지 않는 상대의 마음 그리고 윤상궁과 나누었던 대화의 잔상까지 고스란히 안고 집으로 돌아오는 발걸음은 무겁기 그지없었다.

그런데 새문리에 와 있었다니.

조금 전까지의 쓰라렸던 마음은 어디로 가버렸는지, 능창군의 입술에 자꾸만 미소가 걸렸다.

"허락도 받지 않고 들어온 것을 용서해주십시오, 나리. 꼭 뵙고 가야 한다는 생각이 들어서⋯⋯."

"일단 이리 올라오너라."

급히 변명을 하는 수생을 가로막으며 능창군이 손을 내밀었다.

"그⋯⋯ 담장 위로 말입니까?"

자신이 잘못 이해한 것이라 생각했는지 수생이 되물었다. 능창군이 다시 한 번 크고 확실하게 고개를 끄덕였다.

"그러다 누가 보기라도 하면 어쩝니까?"

능창군은 대답 대신 내민 손을 아래위로 흔들어 수생을 재촉했다.

망설이던 수생이 아랫입술을 꼭 깨물었다. 그리고는 이내 개구멍을 막는 돌 위에 올라서서 능창군이 내민 손을 붙잡았다.

그렇게 그의 손에 의지한 채 담벼락을 발로 지탱하면서 수생은 겨우 담장 위로 올라갔다. 키 높이 정도의 담장이었는데도 올라와 앉으니 눈앞의 풍경이 달리 보였다.

신기하다는 표정으로 담장 밑을 내려다보며 수생이 발을 살짝 흔들었다.

수생의 집 앞 나무 위에 걸터앉아 있던 제 모습이 이랬을까 싶어 다시 한 번 능창군이 슬쩍 웃음을 지었다.

"조금 전까지 이보다 훨씬 더 높은 곳에 있다가 왔는데, 어딘지 맞춰 보겠느냐?"

"산에 다녀오셨습니까? 아니면 지난번 그 활터에서 수련을 하시다 오신 거예요?"

능창군은 말없이 미소를 지었다. 그 미소를 긍정의 대답으로 생각했는지 수생이 조심스럽게 다시 입을 열었다.

"그럼…… 소녀의 집에는 아니 오셨던 것입니까?"

실망한 건가, 아니면 다행이라는 뜻일까. 둘 중 어떤 의미인지 알고 싶어져서 능창군은 수생의 다음 말을 기다렸다.

"다행입니다. 실은 나리께서 오늘 다시 들르신다 하셔서 얼마나 걱정을 했는지 모릅니다."

"화답시 때문에 말이냐?"

역시 부담스럽게 만든 것이로군.

"실은 급한 일이 있어 어디를 잠시 다녀왔사온데 그사이 혹시라도 나리께서 헛걸음을 하신 게 아니신가 해서요. 하여 집에 돌아오자마자 이리로 한걸음에 달려온 것입니다."

"언제 왔더냐? 그리고 왜 이리 늦은 시각까지 돌아가지 않았느냐? 내가 없다는 걸 아무도 네게 일러주지 않더냐?"

"문지기 어른이 알려주긴 했습니다. 그래도 돌아갈 수가 없었습니다. 나리와 길이 어긋나면 큰일이지 않습니까."

수생이 집으로 돌아왔을 때는 이미 어스름이 진 후였다. 무녀의 집에서 나온 다음 다시 봉분 사이를 뒤지며 시간을 지체한 탓이었다.

묘지를 샅샅이 훑는 동안 수생은 백함을 위해 자신이 할 수 있는 일들이 무엇인지를 구체적으로 생각해보았다. 그 생각에 골몰하느라 시간의 흐름도 잊고 말았다.

해가 뉘엿뉘엿 서쪽으로 넘어가려 할 때쯤 돼서야 수생은 자신이 수구문 밖에서 생각보다 훨씬 더 오랜 시간을 지체했다는 걸 깨달았다.

그제야 정신이 번쩍 들었다.

큰일 났다! 능창군 나리께서 화답시를 받으러 오신다고 했는데.

혹시라도 그가 헛걸음을 했을까 싶어 수생은 날듯이 집으로 돌아갔다.

다행인지 불행인지 집 근처에도, 간밤에 이야기를 나누었던 나무 아래에도 능창군의 모습은 없었다.

아직 오시지 않은 걸까. 아니면 오셨다 발길을 돌리신 걸까. 아, 참. 화답시! 나리께 드릴 화답시는 어떻게 하지?

수생은 후다닥 방 안으로 뛰어 들었다. 그러나 이제까지 써지지 않던 화답시가 이제 와서 줄줄 생각날 리 없었다.

머리를 쥐어뜯던 수생은 결국 종이를 접어 옆으로 밀쳐놓았다. 그리고는 능창군이 오는지를 보기 위해 방문을 열고 밖으로 나왔다.

그렇게 담장 앞에 나와 서성거리고 있으려니 조금씩 마음이 불안해졌다. 그가 벌써 다녀갔으리라는 근거 없는 확신이 똬리를 틀기 시작했던 것이다.

더불어 그를 기다리고 있는 지금의 상황이 지나치게 비현실적이라는 생각도 들었다.

나리께서 집까지 찾아와주시고 심지어는 다시 들른다는 말씀까지 남기고 가셨다니.

어찌 생각해보면 귀신과 대화를 나누는 것보다 이쪽이 훨씬 더 허황되고 말이 안 되는 상황처럼 느껴졌다.

혹시 간밤의 꿈은 아니었을까. 그런 생각이 들자 새문리로 직접 가봐야겠다는 결심이 섰다. 다녀가시지 않았다면 오히려 다행이야. 허나 그 반대라면 헛걸음을 하시게 한 걸 사죄드려야 해. 그리고 궁금했던 것도 꼭 여쭈어보자. 그런 마음으로 두 손을 꼭 쥔 채 새문리까지 달려왔던 것이다.

수생의 설명을 들은 능창군은 잠시 말이 없었다.

역시 여기까지 들어온 걸 무례하다고 여기시는 건가. 왜 이리 늦

은 시간까지 돌아가지 않았냐 하신 건 힐난이었는데 그것도 못 알
아들어 나리를 곤란하게 만들고 있는 건가. 그런 생각으로 수생은
불안해졌다.

"이것이 더 큰일이 아니더냐? 이젠 집으로 돌아가지도 못하게 되
었으니 말이다."

쓸데없는 자책에 빠져 허우적거리고 있던 터라, 처음엔 능창군의
말이 이해가 되지 않았다. 수생의 눈이 살짝 커지자 능창군이 이번
에는 두 손을 양쪽 귓바퀴 뒤에 갖다 댔다. 갈색의 아름다운 눈동자
가 살짝 하늘을 쳐다보았다.

비로소 수생은 그가 무엇을 말하려는지 알아챘다. 어느새 징소리
가 멎어 있었던 것이다. 이제부터 허락을 받지 않고 밤을 돌아다니
는 사람은 순라꾼들에게 발각되는 즉시 경수소로 보내져 그곳에서
밤을 보내야 했다.

능창군의 말대로 분명 큰일이라면 큰일이었다. 그런데 정작 그의
얼굴엔 그다지 걱정하는 빛이 보이지 않았다. 오히려 어딘가 살짝
신이 나 보이는 것 같기도 했다.

"그럴 일은 없으니 안심하십시오, 나리."

수생은 생긋 웃으며 얼른 대답을 했다.

"어찌 장담하느냐? 순라군들에게 붙잡혀도 빠져나갈 방도가 있단
말이냐?"

"물론입니다."

"허면 예서 조금 더 머물러도 되겠구나."

마주 웃으며 능창군이 수생의 말을 되받았다. 그 말인즉슨, 이리 찾아온 것이 그다지 큰 잘못은 아니라는 뜻이었다. 적어도 수생에게는 그렇게 느껴졌다.

"그럼 이제 내어놓아 보거라."

무엇을 말하는 것인지 이젠 굳이 입에 올릴 필요도 없다는 투로 능창군이 다시 덧붙였다. 물론 화답시 얘기였다. 겨우 안도하려던 수생의 마음이 다시 뜨끔거리기 시작했다.

"나리, 아무래도 화답시는 아니 되겠습니다. 대신 다른 것을 드리면 안 되겠습니까?"

벌써 세 번째였다, 화답시를 쓸 수 없다는 수생의 말을 듣는 것은.

기어들어갈 것 같은 목소리로 애처롭게 물어오는 수생을 보며 능창군은 춘화를 떠올렸다. 그 기녀가 앙칼지게 내뱉던 대답이 그의 마음을 살짝 베고 지나갔다.

"누군가 그러더구나. 상대가 화답을 하지 않는다면 그건 화답할 마음이 그곳에 없어서라고 말이다."

"그렇지 않습니다, 나리."

수생이 펄쩍 뛰었다.

"그럼 시가 아니어도 좋으니, 네 마음의 화답을 들려다오."

자신의 서툴렀던 방식을 후회한 지가 얼마나 지났다고 또 다시 이렇게 채근을 하는 것인지.

너무 몰아붙여서는 안 된다고 생각하면서도 이리 앞서나가는 마음은 무엇인지.

보챈다고 되는 일이 아니라는 걸 알면서도 자꾸만 어설픈 행동을 반복하는 자신이 능창군은 어이가 없을 지경이었다.

반면 수생은 어떻게 대답을 해야 할지 난감하기만 했다.

화답을 할 수 없는 건 마음이 없어서가 아니었다. 오히려 그 반대라 할 수 있었다. 자신의 마음을 어찌 한마디로 표현할 수 있을까. 능창군을 떠올리며 두근거렸던 순간들을. 먼발치에서 볼 수 있다는 것만으로도 기뻤던 마음을. 불가능하다는 걸 알면서도 꿈꾸었던 연을.

"수진궁 제일가는 나리의 추종자가 소녀였다는 것으로…… 대답이 아니 됩니까?"

"벗이 되자 하였지 나를 추종해 달라 한 적은 없구나. 그런 이들은 이미 차고도 넘치니 말이다."

"나리께서 말씀하시는 벗이란 것이 어떤 의미인지 여쭈어도 됩니까?"

정말 궁금했지만 차마 할 수 없었던 질문을 수생은 용기 내어 입 밖으로 꺼냈다.

벗이 되자는 그의 말에 마냥 기뻐할 수 없었던 이유. 수진궁 회합 때는 그토록 흘러넘치던 흠모와 찬양의 말들이 이제 와서는 단 한 글자도 써지지 않는 이유. 그것은 능창군이 무슨 마음으로 자신에게 그런 꿈같은 말을 했는지를 알 수 없었기 때문이기도 했다.

그 이유를 제대로 들어야만 그가 자신에게 읊어주었던 시도, 벗을 맺자는 말의 의미도 제대로 이해할 수 있을 것 같았다. 그래야만 이 정체를 알 수 없는 불안을 마음속에서 쫓아낼 수 있을 듯했다.

"내가 네게 벗이 되자고 하였던 의미는……."

능창군은 수생을 마주보았다. 빤히 쳐다보면 당황한 눈썹을 깜빡거리며 시선을 내리기 바쁜 주제에 이럴 때만은, 꼭 알고 싶은 대답이 있을 때만은, 수생은 이렇게 당돌하게 눈빛을 부딪쳐왔다.

이 눈빛이 오래도록 이렇게 나를 보면 좋겠구나. 그 눈동자에 나를 생각하고 걱정하는 마음만이 담겼으면 좋겠구나. 네가 나로 인해서 울고, 또 웃었으면 좋겠구나. 다른 사람이 아닌 나를 위해서 말이다.

순간, 능창군은 자신이 수생에게 불가능한 대답을 요구하고 있다는 사실을 알았다. 듣고 싶은 대답이 있다면 제대로 된 질문을 먼저 던져야 하는 법이었다. 그런 면에서 자신이 수생에게 던진 질문은 애초부터 잘못되어 있었던 것이다.

벗이 되자고? 그러니 화답을 달라고? 아니다. 내가 네게 벗이 되자고 하였던 의미는…….

"화답시가 아니라면 다른 것을 주겠다고 했지? 어떤 것을 줄 생각인지 한 번 들어나 보자꾸나."

능창군은 답을 맺지 못한 채 화제를 돌렸다.

회피하고 싶어서는 아니었다. 오히려 수생에게 제대로 된 질문을 다시 하기 위해서였다. 그러기 위해서는 윤상궁이 꾸짖듯이 던졌던 질문들에 자신이 먼저 답을 찾아야만 했다.

"그다지 대단한 것은 아닙니다."

"내가 네게 준 것은 무어 그리 대단하더냐? 네 손으로 직접 만들어주기만 하면 된다."

능창군은 더 이상 벗이라는 말을 사용하지 않았다.

역시 괜한 것을 여쭈어보았구나. 대답도 해주시지 아니 하고, 벗이라 불러주시지도 않는 것을 보면. 바보 같은 계집이라 여기신 게 틀림없어. 나리의 벗으로는 어울리지 않는다고 생각하신 거야.

수생은 아랫입술을 지그시 깨물었다. 시간을 되돌릴 수 있다면 그런 어리석은 질문 같은 건 다시는 하지 않을 텐데.

"나를 생각하고 있다는 증표로 말이다."

능창군이 생각난 듯 다시 한마디를 덧붙였다. 목소리에도, 미소에도, 업신여기거나 비웃는 태도는 없었다. 눈빛은 어느 때보다도 따뜻했다. 덕분에 잔뜩 가라앉았던 수생의 마음이 다시 조금쯤 가벼워졌다.

"날이 추워진 연후에도 활쏘기를 나가시면, 그때 사용하실 수 있는 행전이나 토시 같은 것은 어떨지요?"

"좋구나. 그럼 그것을 다오. 내 너를 생각하고 있다는 증표로 그것을 지니고 다닐 것이다."

능창군의 말을 듣던 수생의 가슴이 쿵, 내려앉았다. 동시에 물수제비가 튀듯 심장이 콩콩거렸다.

또, 또 이러는구나. 이럴 땐 나를 보아주면 좋을 텐데 그리 얼굴이 새빨개진 채 또 고개를 숙여버리는구나. 그래서 내 마음이 네게 온전히 닿지 않는 것이냐.

왠지 모를 안타까움에 능창군의 손이 저도 모르게 올라갔다. 우아하게 뻗은 섬세한 손가락 끝이 수생의 뺨을 닿을 듯 말 듯 스쳤다.

그 느낌에 수생이 고개를 들었다. 방향을 잃은 능창군의 손가락이 잠시 망설이며 머뭇거렸다.

징소리가 사라지고 난 도성의 밤공기 속에는 정적이 떠돌고 있었다. 그 정적 속에서 능창군은 제 가슴이 고동치는 소리를 들었다.

윤상궁, 아무래도 아니 되겠네. 이렇게 뛰고 있는 심장을 다시 꽁꽁 싸맨다고 이 심장소리가 사라질 것 같지를 않네.

망설임을 끝냈다는 듯 능창군의 손이 다시 움직였다.

엄지손가락 끝이 발갛게 상기된 수생의 볼 위에 닿았다. 보드라운 살결이 만져졌다. 따뜻한 손바닥이 수생의 귓불을 스치며 지나갔다. 차마 눈도 깜빡이지 못한 채 수생은 능창군을 바라보았다.

까아악.

그 순간, 어디에 숨어 있었는지 밤새가 날카로운 울음을 터뜨렸다.

능창군과 수생을 감싸고 있던 농밀한 침묵이 순식간에 날아가 버렸다.

수생은 어깨를 움찔하며 소리가 나는 방향으로 고개를 돌렸다. 근처의 나무에서 푸드덕거리는 날갯짓 소리가 들려왔다.

그 소리로 미루어볼 때 꽤나 덩치가 있는 새 같았다. 검은 도포의 사내와 그를 따라다니던 불길한 까마귀가 수생의 뇌리를 번쩍 스치고 지나갔다.

새가 숨어 있는 나무를 노려보고 있자니, 방금 가지에서 떨어진 듯한 나뭇잎 하나가 나풀나풀 날아왔다.

수생은 담장 위로 떨어져 내린 나뭇잎을 손으로 집어 들었다.

말도 안 되는 생각이라는 걸 알고 있었지만, 수생에게는 그것이 마치 백함이 자신에게 보내는 전언처럼 느껴졌다.

능창군과 함께 있다는 황홀함에 빠져 잊고 있었던 것. 반드시 그에게 물어보리라 다짐했던 질문이 수생의 머릿속에 다시 떠올랐다.

실은 그 질문을 꼭 드려야겠기에 이리 늦은 밤까지 그를 기다리고 있었던 게 아닌가.

"보기보단 겁이 많은 모양이로구나? 수진궁 사당지기의 여식이라 해서 귀신도 겁내 않는 강심장일 줄 알았더니."

조금 전까지 그들을 감쌌던 긴장된 공기가 사라졌기 때문일까. 아니면 꽤나 심각하게 굳어버린 수생의 표정 때문일까. 평안한 목소리로 능창군이 가볍게 농을 던졌다.

"저…… 나리. 여쭤볼 말이 하나 있습니다."

"말해보거라."

"혹 지난 번 활터에서 뵈었던 박상협 나리가 어디 살고 있는지 아십니까?"

뜻밖의 질문이었다. 갑자기 이런 것을 물어보는 연유가 무엇이지? 능창군의 머릿속에 대답이 떠오르는 데까지는 그리 오랜 시간이 걸리지 않았다.

"이번에도 그 항아리 때문이더냐?"

아니면 네가 벗이라 부르던 그 사내? 하여튼 그놈의 벗이 문제로구나. 쓴웃음이 입술을 비집고 새어나왔다.

"박상협 나리께 꼭 여쭈어보아야 할 일이 있습니다."

그렇게 말하며 수생은 다시 눈동자를 맞부딪쳐왔다.

능창군은 상협의 집을 가르쳐주는 것이 선뜻 내키지가 않았다. 수생이 그를 만나는 것이 왠지 모르게 꺼림칙했다. 상협의 죽은 벗이란 자의 이름을 부르던 수생의 모습이 언뜻 능창군의 뇌리를 스쳐갔다.

백함…… 이라 했던가?

수생의 떠난 벗과 상협의 죽은 벗.

두 사람이 어떤 관련을 맺고 있는 것일까. 이 아이가 상협에게 묻고 싶은 말은 무엇일까.

일전에 수생은 때가 되면 그 벗이라는 자에 대해 모든 것을 말해주겠다 했다. 아직은 그 때가 아니라는 것은 굳이 묻지 않아도 수생의 태도를 통해 알 수 있었다.

그래도 물어볼까. 대답을 하지 않으면 자신도 상협의 집을 가르쳐주지 않겠다고 억지를 써볼까. 그런 마음이 능창군의 속에서 꿈틀댔다.

하지만 수생의 눈빛을 보고 있자니 차마 그런 마음을 입 밖으로 낼 수가 없었다. 무언가 간절한 이유가 있어 보였던 것이다.

거절을 할 수도, 거짓을 말할 수도 없었기에 능창군은 마지못해 다음 선택지를 향했다.

"허면 먼저 내게 줄 증표를 가지고 오너라. 그럼 네가 원하는 것을 가르쳐주마."

"정말이십니까, 나리? 감사합니다! 이 은혜, 절대 잊지 않을 것입니다!"

순식간에 수생의 얼굴이 환해졌다. 달이 없는 어두운 밤이었는데도 얼굴에서 빛이 뿜어져 나오는 듯했다.

"허면 저는 이만 돌아가 가보겠습니다. 밤이 늦었는데 나리께서도 어서 들어가 쉬십시오."

수생은 능창군을 향해 고개를 숙인 후 폴짝 담장 밑으로 뛰어내렸다. 다칠까 봐 염려되어 말리려 했지만 입을 뗄 겨를도, 손을 뻗을 시간도 수생은 능창군에게 주지 않았다. 빨리 집으로 돌아가 행전과 토시를 만들어야겠다는 생각에 마음이 급해졌던 것이다.

떠나기 전 수생은 다시 한 번 허리가 접힐 정도로 넙죽 인사를 했다.

무엇이 저리 바쁜 것일까.

아무런 미련도 두지 않은 채 자신의 곁을 떠나려는 수생이 능창군은 조금 야속했다. 그래, 그리 가겠단 말이지? 좋다, 그렇다면…….

능창군도 수생의 뒤를 따라 담장에서 뛰어내렸다.

"밤이 이슥한데 혼자 가면 위험하다."

능창군은 그리 말하며 수생을 앞장서 걷기 시작했다. 잠시 어리둥절해 있던 수생이 곧 그를 뒤따라왔다.

"나리, 괜찮습니다. 괜히 저 때문에 나리께서 두 번 발길을 하실 이유가 없습니다."

"널 따라가다 보면 순라군 피하는 요령이라도 배울 수 있지 않겠느냐?"

"그리해봤자 나리만 손해십니다."

"어째서 말이냐?"

"통금시간이 되면 사내들은 경수소에 갇히지만, 여인들은 그렇지 않기 때문이지요."

"그게 정말이냐?"

비로소 능창군이 걸음을 멈추고 수생을 돌아보았다. 그의 얼굴 위에 순수한 호기심이 떠올라 있었다.

"예, 나리. 본래는 누구나 경수소에 잡혀가서 하룻밤을 있어야 하는데, 그리 되면 여인들이 낯모르는 남정네들과 섞여 밤을 보내지 않겠습니까. 허니 풍기문란을 염려하여 순라군들도 저희 같은 계집은 잡아가지 않는 것입니다."

수생의 설명에 능창군이 웃음을 터뜨렸다.

"네 덕분에 재미있는 사실을 많이 알게 되는구나. 그렇다면 오늘은 네 말이 사실인지 한 번 시험을 해보아야겠구나."

"아니 됩니다. 그러다 정말 잡혀가기라도 하면 어쩌시려구요."

정말로 걱정이 된다는 듯 수생이 능창군을 말렸다. 이대로 조금만 더 고집을 부리면 소매라도 붙잡고 매달릴 기세였다.

"왕실의 종친이자 왕의 조카를 잡아넣을 수 있는 순라군이 과연 이 근방에 있으리라 믿느냐?"

걱정할 것 없다는 얼굴로 능창군이 수생을 보았다. 순간 수생은 자신이 얼마나 엄청난 말실수를 저질렀는지를 깨달았다.

아아, 그랬지. 격의 없이 대해주시다 보니 능창군 나리께서 어떤 분이신지를 순간적으로 잊고 있었던 거야. 왕실의 피가 섞인 분을 감히 별 볼 일 없는 촌부 취급을 했다니.

"송구합니다, 나리."

수생은 얼른 고개를 숙였다.

"무엇이 말이냐?"

뜬금없이 사죄의 말을 조아리는 수생을 보며 능창군이 의아한 얼굴을 했다.

"나리께서 얼마나 지체 높으신 분인지를 이 미천한 것이 잠시 잊고 있었습니다."

"난 또 무엇이라고. 그런 것이라면 얼마든지 잊어도 된다. 너라도 그리해주면 오히려 고맙겠구나. 그러고 싶어도 나는 그럴 수가 없으니 말이다."

능창군의 얼굴 위로 그림자가 졌다. 언뜻언뜻 쓸쓸한 표정이 스쳐 갈 때는 있었지만, 이렇게 어두운 감정을 오롯이 드러내 보인 적은 없는 분이었다. 무슨 일이 있으신 걸까. 수생은 가만히 그의 얼굴을 바라보았다.

"단 한 번도 이런 신분으로 태어나길 바란 적이 없었다고 하면 다른 이들이 나를 욕할 것이란 걸 안다. 곡기조차 입에 대지 못한 채 굶어 죽어가는 백성들이 있는데, 이런 푸념은 투정 축에도 끼지 못한다고 생각들 하겠지. 그래도 내게는…… 능창군이라는 이름이, 왕가의 일족이라는 신분이 족쇄가 아니었던 적이 없구나."

고백하듯 능창군이 나지막이 속삭였다. 그 목소리가 수생의 가슴속에 스며들었다. 언제나 해사한 미소 속에 감추어져 있던 능창군의 민낯을 처음으로 본 것 같은 기분이 들었다.

누군가 나리를 위로해드릴 수 있다면 좋을 텐데. 그런 생각이 들자 주제넘게도 안타까움이 밀려왔다.

"헌데 오늘만은 예외인 것 같구나. 허긴 이런 족쇄도 한번쯤은 쓸모가 있어야 하지 않겠느냐."

수생의 그런 마음을 아는지 모르는지 능창군의 얼굴에 다시 미소가 돌아왔다. 가볍게 농을 하는 목소리도 어느새 평소처럼 경쾌함을 회복해 있었다.

아무것도 보지 못한 척, 알지 못한 척, 수생도 따라서 미소를 지었다. 그의 미소가 자신에게 그렇게 해 달라 말을 걸고 있는 것 같았다.

다시 걸음을 옮기기 시작한 능창군의 뒤를 따라 수생도 조용히 걷기 시작했다. 밤새의 날갯짓이 소리 없는 발걸음으로 바뀌어 그들의 뒤를 따라오고 있었다. 그러나 각자의 생각에 빠져 있느라 수생도, 능창군도 자신들을 따라오는 어두운 그림자를 알아채지는 못했다.

세상의 소리가 이런 것이었던가.

백함은 새삼스러운 마음으로 주위에서 들리는 소리에 귀를 기울였다.

귀신이었을 땐 훨씬 더 먼 곳의 소리까지 듣는 능력을 갖고 있었다. 하지만 그때는 듣지 못하던 소리가 있었다. 바로 자신에게서 나는 소리였다.

초라한 갓 위로 가는 빗방울이 듬성듬성 부딪쳤다.

걸음을 옮기자 발밑에서 흙이 부스럭댔다. 바람에 제 두루마기와 소매 자락이 펄럭펄럭 소리를 내며 휘날렸다.

모두 세상과 자신이 함께 만들어내는 소리였다. 달리 말하면 자신이 인간 세상에 다시 속하게 되었다는 걸 증명해주는 소리였다.

저벅저벅, 고요한 밤공기를 울리던 백함의 발자국 소리가 길모퉁이 앞에서 멈추었다. 이 길을 돌면 수생의 집이었다. 익숙하면서도 낯선 기분이 들었다. 먼 길을 돌아 오래 떠나 있던 고향 집에 돌아온 것 같은 느낌도 들었다.

백함은 다시 멈추었던 발걸음을 옮겼다.

모퉁이를 돌자 어둠 속에 잠들어 있는 아담한 초가집이 보였다. 가는 빗줄기가 짚으로 엮은 지붕 위를 또르르 굴러 처마 끝에 연신 작은 물방울을 만들어댔다.

싸리문이 조금 열려 있는 게 보였다. 저 문은 누구를 위해 열어놓은 것일까. 혹 저 안에서 누군가가 자신을 기다리고 있는 것은 아닐까.

스치듯 떠오른 생각에 백함은 곧 쓴웃음을 지었다.

이게 웬 어울리지 않는 감상이란 말인가. 이곳을 찾아온 목적은 따로 있질 않은가.

백함은 눈을 뜬 자신에게 무녀가 했던 말을 떠올렸다. 인간으로서 내디딜 첫 걸음. 그것이 문희관이라는 인간을 그리고 그가 살아갈 방향을 결정하게 될 것이라 했었다.

하지만 안 될 말이었다. 인간으로서의 삶에 절대로 관심을 가져서는 안 됐다. 애당초 삶에 대한 미련 때문에 혼백이 되어서까지 이승에 남은 것이 아니었다.

오늘 밤까지는 머물러도 된다는 말을 뿌리치고 이렇게 수생을 찾아왔지만, 그의 이 걸음은 무녀가 말했던 첫걸음의 의미와는 달랐다. 인간이 되었다는 건 그가 알고자 했던 일, 풀고자 했던 원(怨)에 조금 더 쉽게 다가갈 수 있다는 점에서만 의미가 있는 것이었다.

그 점을 절대 잊어서는 안 된다.

제 다짐을 잊기라도 할까 봐 백함은 다시 한 번 속으로 되뇌어보았다.

수생의 방에는 불이 꺼져 있었다. 대신 흥복이 연신 한숨을 쉬며 좁은 마당을 배회하고 있었다. 한순간 사람의 기척을 느꼈는지 흥복의 시선이 싸리문 쪽으로 다가왔다.

그랬지, 이제 더 이상 귀신이 아니었지. 여기서 계속 서성거리고 있다가는 수상한 사람으로 의심을 받을지도 모르겠구나.

백함은 얼른 흥복의 눈길이 닿지 않는 곳으로 몸을 숨겼다.

수생이 아니라는 것을 확인한 흥복이 이내 눈길을 거두어갔다. 그 눈길이 다시 불 꺼진 수생의 방을 향했다. 돌아오지 않은 여식을 걱정하고 있는 것이 분명했다.

이 시각까지 어딜 싸돌아다니면서 애비 속을 썩이고 있는 게냐, 쯧쯧. 백함은 고개를 절레절레 흔들었다. 하지만 속으론 차라리 잘된 일인지도 모른다는 생각이 들었다. 돌아오는 길목을 지키고 있는 것이 수생을 만나기엔 더 수월한 방법이라 여겨졌던 것이다.

한 식경 정도가 더 지날 때까지도 수생은 돌아오지 않았다. 마당을 서성이던 홍복은 어느새 방으로 들어갔는지 보이지 않았다.

백함은 문득 자신이 귀신이었을 때는 이렇게 수생을 기다려본 적이 없었다는 사실을 깨달았다. 그때는 그 아이가 어디에 있는지, 어느 곳엘 가는지 꿰뚫듯이 훤히 알 수가 있었다. 오히려 자신을 불러내지 못해 안달이 난 것은 수생 쪽이었다. 빨리 나타나라며 되도 않는 협박을 해댈 때는 그 모습이 재밌어서 조금 더 애를 태우고 싶은 마음이 들곤 했었다.

이번에는 어떨 것인가. 다른 사람의 모습으로 나타난 그를 본다면 수생은 어떤 표정을 지을까. 운종가에서 혼비백산했던 것처럼 사색이 되어 달달 떨진 않겠지. 아니, 발끈하며 사기 치지 말라고 삿대질을 할 가능성도 다분했다. 증거를 내놓으라며 허리춤에 손을 올린 채 씩씩댈지도 몰랐다. 그런 모습들을 상상하자 자신도 모르게 백함의 한쪽 입 꼬리가 쓱 올라갔다.

그렇게 얼마를 있었을까. 수런수런 속삭이는 목소리가 발자국 소리와 함께 밤공기를 헤치고 들려왔다.

한 사람이 아니었다. 사내와 여인의 목소리가 뒤섞여 있었다.

백함은 수생의 목소리를 즉각 알아들을 수 있었다. 다른 한 사람은 아마도…… 그 사내겠지?

그의 예상대로 두 사람이 곧 모퉁이를 돌아 모습을 드러냈다.

반걸음 정도 뒤에 떨어져 걷고 있던 수생을 능창군이 돌아보았다. 마음 같아서는 손이라도 잡아 옆으로 끌어오고 싶다는 표정이었다.

능창군과 눈이 마주칠 때마다 수생의 얼굴에 살구 빛 홍조가 떠올랐다.

더 이상 귀신이 아닌데 멀리 떨어져 있는 수생의 표정이 어찌 이리 생생히 보일까. 백함에게는 그것이 이상하게 느껴졌다.

능창군이 무슨 말을 했는지 수생의 얼굴이 환하게 밝아졌다. 꾸벅 허리를 숙여 인사를 하고 수생은 날아갈 듯한 발걸음으로 백함이 있는 쪽을 향해 달려왔다.

그대로 뒤돌아갈 것 같던 능창군이 다시 수생을 향해 고개를 돌렸다. 멀어지는 수생의 모습을 보는 그의 눈에는 희미한 미련이 담겨 있었다.

능창군의 가슴팍이 조금 위로 들썩이는가 싶더니 천천히 제자리로 내려앉았다. 소리는 들리지 않았지만 백함은 그가 가볍게 한숨을 내쉬고 있다는 것을 알았다.

잠시 후 능창군이 내키지 않는 발걸음을 돌릴 때까지 백함은 그림자 속에 서서 그를 지켜보았다.

집을 둘러싼 낮은 담장이 보이자 수생은 발걸음을 늦췄다. 혹시 흥복이 마당에 나와 있을지도 모른다는 생각이 들었던 것이다.

수생은 고개를 쏙 빼서 마당 안을 살폈다. 다행히도 흥복의 모습은 보이지 않았다. 수생의 입에서 휴우, 하며 바람 빠지는 소리가 났다.

뒤꿈치를 든 채 수생은 살금살금 싸리문 앞까지 걸어갔다. 바닥에 문 끌리는 소리가 나지 않도록 두 손으로 싸리문짝을 들어 앞으로 밀었다.

살짝 열린 문틈으로 막 한 발을 들여놓으려던 순간 수생은 멈칫하며 걸음을 멈추었다. 웬 사내가 어둠 속에서 불쑥 모습을 드러냈기 때문이었다.

설마, 도, 도적?

싸리문을 쥔 손에 힘이 들어갔다. 수생은 경계심을 가득 담은 눈으로 사내의 얼굴을 얼른 곁눈질해보았다.

허름한 두루마기를 걸치고 초라한 갓을 쓴 사내는 며칠을 굶은 사람처럼 바짝 야위어 있었다. 도적이나 무뢰배라기보다는 차라리 걸인이라고 하는 게 더 어울릴 행색이었다.

염탐하는 시선을 눈치 챈 것일까. 사내의 시선이 한순간 수생을 향했다. 눈이 마주칠까 봐 수생은 재빨리 고개를 숙였다. 싸리문 위에 올린 손끝이 조금 떨려왔다.

이대로 문을 열고 마당으로 들어가 버리면 그만인데 웬일인지 수생은 발을 옮기기가 힘들었다. 무엇인지는 모르겠지만 확인할 것이 남은 기분이었다.

사내는 느리지도, 빠르지도 않은 속도로 걸어왔다. 그와는 달리 수생의 심장은 조금씩 빠르게 뛰기 시작했다.

어느덧 사내가 코앞까지 다가왔다. 수생은 용기를 내서 고개를 들었다. 마주친 사내의 눈빛이 어딘가 모르게 익숙한 느낌이 들었다. 까닭 모를 긴장으로 수생의 어깨가 딱딱하게 굳었다.

사내의 발걸음이 조금 느려진 듯했다.

수생은 긴장으로 마른 침을 삼켰다. 저 사내가 곧 자신의 앞에 와서 서리라. 그리고 무언가 말을 건네리라. 그런 확신이 들었다.

하지만 다음 순간 수생은 그것이 자신의 착각이었음을 알았다. 사내는 그곳에 있는 수생이 보이지도 않는다는 듯, 무심한 얼굴로 옆을 지나쳐갔다.

그런데 이상한 것은 수생이었다. 알 수 없는 감정에 사로잡혀서 하마터면 옆을 지나치는 그의 옷자락을 잡을 뻔했던 것이다.

그런 자신을 깨닫고 수생은 깜짝 놀랐다. 그 바람에 몸이 움찔거렸는지 어깨가 사내의 두루마기 자락에 스치듯 닿았다.

걸음을 멈춘 사내가 천천히 고개를 돌렸다.

역시나 모르는 얼굴이었다. 마주친 눈빛이 익숙하다 생각했던 것도 착각이었다. 눈앞에 있는 사람은 낯선 표정과 낯선 이목구비를 가진 낯선 사내일 뿐이었다.

그제야 수생은 자신이 무엇을 기대하고 있었는지 알았다. 혹시 백함이 아닐까. 예전에 능창군의 모습으로 변했던 것처럼 이번엔 다른 사내의 모습으로 변신해서 시침 뚝 떼고 나타난 게 아닐까. 그런 바보 같은 상상을 하고 있었던 것이다.

수구문 밖엘 나갔다 와서 그래. 하루 종일 항아리를 찾아다니면서 백함 나리 생각을 했기 때문이야.

수생은 고개를 흔들었다. 이젠 현실로 돌아와야 했다. 더 이상 헛된 희망을 품은 채 시간을 보내서는 안 되었다.

얼른 들어가서 나리께 드릴 행전을 만들어야지. 증표를 받으면 내일이라도 박상협 나리의 집을 알려준다 하셨으니, 밤을 새서라도 만들어봐야지. 지금 해야 할 일은 바로 그런 거잖아.

수생은 어깨를 부딪친 사내에게 목례를 해서 사과의 뜻을 전했다. 사내가 말없이 고개를 끄덕이는 것을 본 후 수생은 재빨리 싸리문을 열었다.

모퉁이를 돌 때까지 백함은 뒤를 돌아보지 않았다.

수생이 그를 알아보지 못하는 것은 너무나도 당연했다. 아무렇지도 않은 모습으로 밝고 씩씩하게 살아가는 것도 딱 수생다웠다. 능창군과 이리 늦은 시간까지 함께 있었으니 뺨에 오른 홍조와 날아갈 것 같은 발걸음도 나무랄 일이 아니었다.

그럼에도 불구하고 백함의 심사가 묘하게 뒤틀렸다. 마치 불청객이 된 느낌이었다. 세상 무너진 듯이 울고 있을 거라고는 생각하지 않았지만, 기쁨에 겨워 있는 모습을 보니 마음 한구석이 콕콕 쑤셔왔다.

원하던 대로 능창군과 가까워졌으니 다른 생각은 다 날아가 버린 게지. 허긴 그깟 귀신 하나 사라진 게 뭐 그리 대수라고. 오히려 속이 시원하다 여길 수도 있겠구나. 더 이상 귀신의 원한을 갚아줘야 한다는 생각으로 벌벌 떨 일도 없을 테고, 귀신한테 원기를 빼앗길까 봐 잠을 설칠 일도 없을 터이니.

나란 놈도 참, 얼마나 어리석더냐. 그런 것도 생각 못한 채 버릇처럼 여길 찾아왔다니······.

점점 느려지던 발걸음이 멈췄다. 백함은 가만히 서서 눈을 감았다. 항아리 속에 갇혀 있을 때처럼 이제 다시 철저하게 혼자가 되었다는 자각이 들었다.

그러자 외로움이 뼛속까지 밀려 들어왔다. 이제야 자신이 수생에게 얼마나 기대고 있었는지 실감이 났다.

마음이라는 놈이 이다지도 무서운 것이었구나. 저 혼자 뿌리를 내리고 가지를 쳐서 나도 모르는 새 엉뚱한 곳까지 뻗어나가 있었구나.

인간으로서의 첫 걸음.

백함은 다시 무녀의 말을 떠올렸다. 서서히 가슴 깊은 곳에서 뜨거운 것이 올라왔다.

애써 부인하려 했지만 그의 마음 깊은 곳에서는 욕망이 꿈틀거리고 있었다. 인간 세상에 가까이 다가가고 싶은 마음. 그 속에 다시 섞이고 싶은 욕망이었다.

칠 년 동안 항아리 안에 혼자 갇혀 지내는 동안 완전한 귀신이 되었다 생각했는데, 아니었다. 다시 인간이 되고픈 위험한 마음을 품고 있었던 것이다.

그 위험의 중심에는 수생이 있었다. 그를 알아보는 유일한 사람, 함께 말을 섞을 수 있는 유일한 상대…….

수생과 함께 보냈던 시간들이 백함에게 밀려들었다. 사색이 되어 벌벌 떨던 첫 모습부터 자신의 이름을 부르며 울던 마지막 모습까지. 달빛에 반사되던 흰 목덜미와 꿈속에 자신이 보인다고 나지막이 속삭이던 목소리까지도.

왜 혼백이 되면 기억을 잃는지 백함은 그제야 이해할 수 있을 것 같았다. 기억은 마음을 약하게 했다. 이미 지나간 과거를 붙들어 미련을 갖게 했다.

수생과의 시간이 기억이 되어 쌓이게 하면 안 될 것 같다는 생각
이 들었다. 언젠가는 그 기억이 자신을 약하게 만들고, 그 시간을 그
리워하게 만들 것 같아 백함은 두려워졌다.

그래, 차라리 잘된 일이다.

백함은 다시 눈을 떴다.

이제 그는 더 이상 귀신이 아니었다. 수생의 행동반경을 벗어나지
못해 쩔쩔매던 무능한 혼백이 아니었다. 마음만 먹으면 제 발로 어
디든 갈 수 있었고, 원하기만 하면 누구와도 이야기를 나눌 수 있었
다. 고향집에 가서 가족의 생사를 확인하는 것도, 자신을 이렇게 만
든 자들을 찾아내는 것도, 모두 혼자의 힘으로 해결할 수 있는 일이
었다.

귀신으로 떠돌던 시절은 전생과도 같은 것. 이제 진짜 문희관이
되는 것이다.

그러니 저 아이와 맺었던 협정은 그만 잊어버리자. 내 이름을 부
르며 울던 저 아이의 목소리도 그 전생처럼 묻어버리자. 백함은, 아
니, 희관은 그렇게 다짐을 했다.

깊은 과거로의 여정

22

"예서 기다리쇼."

늙은 노자는 수생을 남겨놓은 채 안으로 사라졌다.

그를 기다리는 동안 수생은 사랑채로 통하는 문 앞에 서서 집 안을 둘러보았다.

크고 화려한 집이었다. 귀한 고목으로 만들었는지 기둥마다 고상한 나무 냄새가 풍겨왔다.

능창군의 말에 따르면 상협은 높은 벼슬 직에 있는 사람은 아니라 했다. 나라에 특산물을 구해 바치는 일을 하는 공인(貢人)이라 했던가.

본래는 상인들의 영역이었지만, 이윤이 많이 남는 장사인 까닭에 최근엔 양반들 중에서도 공인이 되려는 사람들이 많다는 이야기를 수생도 얼핏 들은 적이 있었다.

제가 계집인 줄 알면 크게 역정을 내겠지요? 문 앞에서 헤어지기전 수생은 능창군에게 그리 물었다. 그는 웃으며 고개를 가로저었다. 이미 상협도 수생이 계집이라는 것을 눈치 채고 있다는 것이었다.

그래도 죽은 벗의 이야기를 꺼낸다면 놀랄 게 분명했다. 쉽게 믿어주지 않을 가능성도 컸다. 하지만 가장 가까운 벗이라 했으니 적어도 귀는 기울여주지 않을까. 얘기도 다 못 드린 채 쫓겨나면 안 되는데…….

기다리는 시간이 길어질수록 초조함이 더해갔다. 수생은 마음을 졸이며 노자가 돌아오길 기다렸다.

"들어오라시는구만."

한참 만에 돌아온 노자가 사랑채 마당에 서서 손짓을 했다. 수생은 그를 향해 얼른 뛰어갔다.

짚신을 벗고 사랑채 마루로 오르는 수생을 노자가 흘끗 쳐다보았다. 온 도성 안의 여인들을 홀리고 다닌다는 그 유명한 능창군이 데려온 계집인데 눈길이 가지 않는 것이 오히려 이상한 일인지도 몰랐다.

무슨 일로 저런 계집아이를 친히 여기까지 데려오신 걸까. 필시심부름을 온 것이겠지. 그렇다면 그 바람둥이라는 능창군이 설마, 우리 마님을 눈독 들이고 있는 건가? 이런, 이런. 큰일이구먼. 나리께서 아시면 사단이 날 텐데 이를 어쩌누.

노자는 이 엄청난 소식을 빨리 제 여편네에게 알려줘야겠다는 생각에 급히 행랑채로 뛰어갔다.

방문을 닫고 뒤를 돌아서던 수생은 깜짝 놀랐다. 당연히 상협이 있을 것이라 생각했던 자리에 처음 보는 양반댁 마님이 앉아 있었던 것이다.

으아, 방을 잘못 찾았나 봐. 이를 어째? 수생은 어쩔 줄 모르는 얼굴로 급히 허리를 숙였다.

"소, 송구합니다!"

당황한 바람에 목소리가 꺾여 나왔다. 잔잔한 미소가 여인의 얼굴에 떠올랐다.

"그리 서 있지 말고 이리 다가와 앉거라."

"……큰 실수를 했습니다, 마님. 저는 이 댁 나리마님을 뵈러왔사온데……."

"알고 있다. 바깥 나리는 지금 출타 중이시라 내가 대신 너를 데려오라 일렀다."

상협의 아내는 작은 다과상을 앞에 놓은 채 앉아 있었다. 평소에도 남편 대신 손님을 맞이하는 데 익숙한 듯, 사람을 대하는 그녀의 태도에는 거침이 없었다.

수생은 두어 걸음 다가간 곳에서 걸음을 멈춘 다음 무릎을 꿇고 앉았다. 다과상 위에 놓인 찻잔에서 고소한 차향이 퍼져 나왔다.

그러나 수생에게는 그 향기를 느낄 여유조차 없었다. 상협의 아내를 만나리라고는 예상도 못했던 터라 이 상황이 당황스럽기만 했다.

"그래, 무슨 일인지 말해보거라. 능창군 나리께서 특별히 데려오섰다니 분명 무슨 연유가 있어 찾아왔을 터이지?"

상협의 아내는 얼굴에 떠오른 호기심을 감추려고 하지도 않았다. 기품 있는 분위기가 양반댁 아씨답다면, 솔직하고 거침없는 태도는 상인의 아내로서 마땅히 갖춘 덕목처럼 느껴졌다.

주로 규방 안에만 머무는 여느 양반집 부녀자들과 달리 그녀의 얼굴은 햇빛의 흔적을 가득 담고 있었다. 바깥출입을 즐겨 하는 활동적인 성향이 까무잡잡한 피부에 그대로 나타나 있는 듯했다.

"실은 지난번 인왕산 활터에서 열렸던 편사대회에서 나리를 뵈었습니다."

"그랬더냐? 헌데?"

"그때 나리께서 세상을 떠난 벗에 대해 말씀하시는 걸 들었습니다."

수생은 어렵사리 운을 떼었다. 순간 상협 아내의 표정이 달라졌다. 조금 전까지의 무심한 친절이 사라지고, 그 자리에 여러 감정이 뒤섞인 복잡한 표정이 내려앉았다.

불행히도 수생은 그 감정 중에 단 하나도 읽어낼 수가 없었다. 다만 눈앞에 앉은 상협의 아내도 백함을 알고 있을 것이라는 확신만은 들었다.

"마님께서도 혹 그분을 알고 계십니까? 윤백함…… 그것이 그분의 성함이라 했습니다."

윤백함…… 이라고?

책상 위에 올려놓았던 소아의 손이 가늘게 떨렸다. 그 떨림을 감추려고 소아는 주먹을 꽉 움켜쥐었다. 여리지만 강단 있는 손가락이 야무지게 그녀의 손바닥을 파고들었다.

이제 와서 그 사람의 이야기를 묻는 이 아이는 누구지?

"우선 네가 누구인지, 무슨 목적으로 여기를 찾아왔는지, 또한 무엇을 알고 싶어 바깥 나리를 들쑤시려는 것인지, 그것부터 먼저 말하거라."

조금 전과는 달리 소아의 말투는 단호했다. 경계심으로 단단히 무장한 마음을 그대로 드러내주는 말투였다.

"다른 뜻이 있는 것은 아닙니다. 다만 저도 예전에 그분을 뵌 적이 있사온데……."

"뵌 적이 있다고? 백함 도련님을, 네가 말이냐?"

애써 감추려 했지만 역부족이었는지 소아의 목소리 끝이 살짝 떨리고 있었다.

역시 이분도 알고 계신 거였어. 어쩌면 생각했던 것보다 훨씬 더 잘 알고 계신지도 몰라. 나를 도와주실까? 내 말을 믿어주실까?

수생의 마음속에서 기대와 불안이 씨줄과 날줄처럼 얽혀들었다.

"그렇습니다, 마님."

"어디서 거짓을 고하려는 것이냐? 대체 무슨 꿍꿍이를 숨기고 있는 게야!"

수생의 대답이 떨어지기가 무섭게 소아가 호통을 쳤다.

"거짓이 아닙니다. 백함 도련님을 뵀습니다. 마님께서 원하신다면, 생김새도, 목소리도, 모두 다 아뢸 수 있습니다."

"말해보거라!"

소아는 단 한마디도 허투루 듣지 않겠다는 표정으로 수생을 노려보았다.

수생은 자신이 아는 백함을 머릿속으로 가만히 떠올려 보았다. 눈앞에 있는 것처럼 생생하게 그의 모습이 되살아났다.

그 모습을 수생은 하나하나 읊기 시작했다. 이목구비는 어찌 생겼는지, 말을 할 때 시선은 어느 쪽에 두는지, 앉거나 일어설 때 어떤 식으로 몸을 움직이는지, 고개를 숙이고 걸을 땐 어깨가 어떻게 기우는지, 등을 돌리면 보이는 뒷목의 선은 어떤 모양으로 뻗어 있는지…….

하지만 툭하면 한쪽 입술을 일그러뜨리며 짓는 냉소적인 미소와 어둠을 닮은 우물 같은 눈동자에 대해서는 한마디도 하지 않았다. 그것은 귀신이 된 다음에 새롭게 가지게 된 것들이라는 것을 수생은 알고 있었다. 언젠가 꿈속에서 보았던 생전의 백함은 다갈색 눈동자와 분홍빛 뺨을 가진 순진한 얼굴의 도령이었다.

수생의 말을 듣는 내내 소아는 침묵을 지키고 있었다. 그렇다고 동요하고 있지 않은 것은 아니었다. 그런 마음의 동요를 스스로에게도 들키고 싶지 않다는 듯 소아는 즉각 수생의 말을 반박했다.

"꽤 그럴듯하게 읊는 것 같다마는, 그 정도 가지고 날 속일 순 없을 것이다."

"속이는 것이 아닙니다. 나리를 뵙지 않았다면 제가 어찌……."

"그 사람이 세상을 떠난 것이 벌써 칠 년 전이다. 칠 년 전에 넌 어

디서 무얼 했느냐? 아니, 다 떠나서, 그때 너는 어린 아이가 아니었
더냐? 헌데 그리 자세한 기억을 떠올릴 수 있다고? 그걸 나더러 믿
으라니, 어처구니가 없구나."

도저히 믿을 수 없다는 얼굴로, 아니, 믿고 싶지 않다는 얼굴로 소
아가 계속 말을 이었다.

"말해라. 누가 네게 이런 짓을 시키더냐? 백함 도련님을 이용해
무슨 짓을 하려는 게야? 혹시…… 너를 사주한 이가 능창군 나리시
더냐?"

소아의 입에서 생각지도 못했던 말이 튀어나왔다. 수생은 소스라
쳤다. 능창군 나리께서 의심을 받으시다니, 이 일을 어쩌지? 나리께
괜한 불똥이 튀게 만들어선 안 되는데.

"천만의 말씀이십니다! 능창군 나리는 이 일과 아무런 관련도 없
으십니다. 그분께서는 무슨 연유로 제가 박상협 나리를 뵙고자 했
는지, 그것조차 물어보지 않으셨습니다."

열심히 능창군을 변호하는 수생의 모습을 소아는 물끄러미 바라
보았다. 펄쩍 뛰는 모습이 너무 절박해 보여서 그대로 믿어주고 싶
은 마음이 들 정도였다. 그래도 의심을 풀기엔 미심쩍은 구석이 많
았다.

"그렇다면 어째서 그분이 너를 예까지 데려오셨다는 말이냐?"

여전히 추궁을 하는 말투였지만 소아의 목소리는 한풀 꺾여 있었
다. 그것을 느끼자 수생도 조금 안심이 되었다. 덕분에 보다 차분한
마음으로 그녀의 질문에 대답을 할 수가 있었다.

"제 당고모가 능창군 나리를 오래전부터 모셔온 상궁입니다. 그런 인연으로 절 도와주고자 하신 것뿐입니다."

"좋다, 네가 백함 도련님을 뵌 적이 있었다는 것을 내가 믿는다고 하자. 그것이 이제 와서 어쨌다는 것이지? 어째서 그런 일로, 그것도 네 말대로라면 아무런 상관도 없는 능창군 나리까지 앞세워서 바깥 나리를 찾아온 것이더냐?"

드디어 올 것이 왔구나. 분명 아까보다 더한 불벼락이 떨어지겠지.

하지만 그런 건 얼마든지 감수할 수 있는 일이었다. 정말로 두려운 건 따로 있었다. 아무런 대답도 듣지 못한 채 쫓겨날까 봐 수생은 그것이 무서웠다.

입을 열기 위해선 약간의 용기가 필요했다. 수생은 침을 한 번 꿀꺽 삼켰다.

"백함 도련님에 대해서 여쭙고 싶은 것이 있어서 찾아왔습니다. 도련님께서는…… 어떻게 돌아가셨습니까? 마님께서는 알고 계시지요?"

수생은 조심스럽게 물으며 소아를 쳐다보았다. 딱딱하게 굳은 그녀의 표정을 본 순간 수생은 자신이 입 밖으로 꺼내선 안 될 말을 꺼냈다는 것을 알아챘다.

하지만 다른 방법이 없었다. 백함과의 약조를 지키려면 그의 죽음에 대해 물어보아야만 했다. 백함이 사라진 지금 수생에게 그 대답을 해줄 수 있는 사람은 상협과 그의 아내뿐이었다.

"예서 나가거라, 당장!"

소아가 방문을 가리켰다.

"마님, 제발 부탁드립니다, 대답해주십시오."

"끌려가서 치도곤을 당해봐야 정신을 차리겠느냐?"

더 이상 참지 못하겠다는 듯 소아가 벌떡 일어났다. 꼿꼿하게 허리를 편 채 다가오는 그녀에게선 걸음마다 뚝뚝 냉기가 떨어질 것 같았다.

소아는 수생을 그대로 지나쳐 방문으로 향했다. 그때 은은한 꽃향기가 수생의 코를 스쳤다. 머릿속에 기억 하나가 퍼뜩 떠올랐다. 백합과 함께 수진궁에서 돌아오던 날 밤, 우연히 마주쳤던 여인. 말을 타고 사라졌던 그 여인에게서 풍기던 복숭아꽃 향……. 그랬다, 바로 그 향기였다.

그렇다면 이분이었다고? 백합 나리가 그리도 절박한 얼굴로 쫓던 여인이?

수생은 소아를 향해 고개를 돌렸다. 당장이라도 방문을 열어젖힐 기세로 그녀가 문 앞에 서 있었다.

나리의 마음속에 아프게 남아있는 정인이 정말 이분이라면……이분이 맞다면 틀림없이 날 도와주실 거야!

수생은 자신의 직감을 한 번 믿어보기로 했다. 그 직감이 가리키는 사람에게 매달려보기로 했다.

"백합 도련님의 소원입니다! 자신이 어떻게 죽었는지, 그렇게 만든 자가 누구인지를 알고 싶다고 하셨어요."

문을 열려던 소아의 손이 멈췄다. 잠깐의 정적이 흐른 후 그녀가 천천히 돌아섰다. 지금까지와는 비교도 되지 않을 정도의 동요가 얼굴을 뒤덮고 있었다.

"뭐…… 라고 했느냐, 지금? 누가, 무슨 말을 했다고?"

"돌아가신 백함 도련님을 뵈었어요."

수생은 소아의 눈을 똑바로 쳐다보았다. 결코 헛소리가 아닙니다, 마님. 믿어주세요. 수생의 눈빛은 그런 애원을 담고 있었다.

"귀신이라도 보았다는 게야? 무녀라도 된단 말이냐, 네가?"

믿을 수 없는 마음과 믿고 싶은 마음 사이에서 소아는 갈지자걸음을 하는 듯했다. 그 심정이 그녀의 혼란스런 눈빛 속에 고스란히 드러나 있었다.

"제 아비가 수진궁에서 사당을 모시는 일을 하고 있습니다."

"……사당을 모신다 했느냐?"

"예, 마님. 그 때문인지 드물긴 해도 가끔씩 제 꿈에 귀신들이 보일 때가 있습니다."

수생은 자신이 생각해낼 수 있는 가장 그럴듯한 이야기를 지어냈다. 하지만 그 말이 소아에게도 그럴듯하게 들렸는지는 확인할 수가 없었다.

소아는 입을 다문 채 수생을 바라보기만 했다. 계속 얘기를 해보아라. 믿을지 말지는 끝까지 들어본 연후에 결정하마. 그 눈빛은 그리 말하고 있었다.

"활터에서 박상협 나리를 뵈었을 때, 항아리를 하나 갖고 있었습니다. 나리께선 그 항아리를 보고 당신의 벗이 주고 간 것과 똑같이 생겼다 하셨어요. 안타깝게도 그 항아리를 도둑맞으셨다는 말씀도 하셨습니다. 제 것이 그 도둑맞은 항아리가 아닐까 나리께선 의심하시는 듯했습니다."

수생의 말 한마디 한마디가 소아에게는 새로운 사실이었다. 생각을 정리할 시간이 필요했다. 쉽게 들통 날 거짓말을 이 아이가 하고 있을 리는 없을 터. 그렇다면 그 항아리를…… 백함 도련님의 항아리를 이 아이가 가지고 있다는 건가?

소아는 천천히 걸음을 옮겨 자신의 자리로 돌아가 앉았다. 마주 앉은 수생과 눈이 부딪쳤다. 기다리고 있었다는 듯 수생이 다시 입을 열었다.

"나리께서 잃어버리신 항아리와 제 항아리가 같은 것인지는 저도 잘 모릅니다. 허나 그 항아리를 가지게 된 후부터 백함 도련님이 제게 나타나기 시작하셨습니다."

"꿈에서 말이냐?"

"예, 마님. 헌데 너무나 생생해서 마치 현실 같았습니다. 목소리도, 눈빛도, 행동거지도…… 모두 말입니다."

귀신을 만났다는 허황된 말까지는 할 수 없었기에 꿈에서 그를 보았노라 둘러대고 있었지만, 수생에겐 제가 하는 말이 거짓으로는 느껴지지 않았다. 백함도, 항아리도 사라진 지금에 와서는 자신이 겪었던 모든 일들이 다 현실이라고 말할 자신이 없었던 것이다.

아직도 수진궁 사당에 들어간 직후에 꾸었던 그 꿈속에서 깨어나지 못하고 있는 건 아닐까. 그런 착각이 들기도 했다.

"그 항아리는 지금 어디 있느냐? 지금이라도 내가 볼 수 있느냐?"

"항아리는…… 지금 제 손에 없습니다."

"없다니?"

"잃어버리고 말았습니다. 그리고 그 항아리를 잃어버린 후로 다시는 도련님을 뵙지 못했습니다."

"그것이 언제더냐? 마지막으로 뵈었던 날 말이다."

소아는 더 이상 수생을 의심하지 않는 듯했다. 얼굴을 뒤덮었던 혼란도 완전히 걷혀 있었다.

그 자리에 대신 들어앉은 감정이 무엇일까 수생은 문득 알고 싶었다. 궁금증일까, 안타까움일까, 그도 아니면 그리움일까. 누군가를 다시는 만날 수 없다는, 그 믿기 힘든 현실 앞에서 이분은 어떤 감정을 느끼셨을까.

그것을 알 수 있다면 지금의 자신이 사라진 백함에게 느끼는 감정의 실체도 어느 정도 파악할 수 있을 것 같은 기분이 들었다.

"이십 여일 쯤 전이었습니다, 마님."

눈앞에서 사라져갔던 백함을 생각하자 수생의 코끝이 다시금 시큰거렸다.

"허나 백함 도련님은 사라졌어도 도련님이 제게 원했던 한 가지는 잊지 않았습니다. 그래서 이리 무례하게도 도련님의 일을 여쭈러 온 것입니다. 어찌하면 도련님의 원을 풀어드릴 수 있는지 알고 싶어서요."

소아는 대꾸를 하지 않았다. 그 묵묵부답이 무엇을 의미하는지 알 수 없어 수생은 애가 탔다. 만일 소아가 자신의 청을 거절한다면 그 다음엔 누구에게 도움을 구해야 할지 막막하기만 했다.

"도와주세요, 마님."

수생은 간절한 마음을 담아 다시 부탁을 했다.

"따라오너라."

가타부타 대답 대신 소아는 벽에 걸어놓은 모자를 낚아채듯 집어 들고 사랑채를 나섰다.

수생도 급히 그녀를 따라 나섰다.

노자가 얼른 대문 앞에 말을 대령했다. 소아는 익숙하게 말에 올라탄 뒤 모자를 썼다. 모자에 달린 천이 내려와 그녀의 얼굴을 덮었다.

수생이 따라올 수 있도록 소아는 천천히 말을 몰기 시작했다.

역시, 그분이었어.

수생은 말에 올라탄 소아의 뒷모습을 보며 백함을 떠올렸다. 그날 밤, 소아를 따라가야 한다며 매정하게 자신을 몰아대던 그의 모습이 생각나자 가슴속 한구석이 따끔거려왔다.

소아가 수생을 데려간 곳은 근처에 자리 잡은 초가집이었다.

초가의 바깥채에는 두 개의 방이 있었는데 밖으로 활짝 열린 방문 안에는 객으로 보이는 사람들 몇이 앉아 있었다. '주(酒)'라는 글자가 선명한 깃발을 입구에 내걸고 있는 것으로 보아 이 초가는 주막이 틀림없었다.

말에서 내린 소아는 주막 문을 열고 안채로 들어갔다. 자주 들르는 곳인 듯 그녀의 행동에는 망설임이 없었다.

"있는가?"

소아의 말이 떨어지기가 무섭게 부엌에서 맨 상투의 사내가 튀어나왔다. 소아에게로 급히 뛰어오는 사내의 뒤로 술상을 차리고 있는 아낙네의 모습이 보였다.

"어쩐 일이십니까요, 아씨? 내일 오신다 하지 않으셨습니까?"

불길한 징조와 마주치기라도 한 것처럼 사내는 걱정스런 표정을 지었다. 멀리서 보았을 때는 꽤나 연배가 있는 사내라 여겼는데 가까이서 보니 훨씬 더 젊어 보이는 얼굴이었다. 이제 막 서른에 들어선 정도일 것이라 수생은 짐작했다.

"미리 일러둘 것이 있어서 왔네. 왕복 길과 제사상에 쓸 돈은 내일 내어줄 것이니 걱정 말고."

"아이고, 아닙니다요. 매번 그리하실 필요 없습니다, 아씨. 이제는 더 이상 갈 필요 없다, 그리 길 막음만 안 하시면 됩니다요."

"그리할까 봐 걱정이 되었는가?"

힐책을 담은 말이 아니었는데도, 오상은 어쩔 줄을 몰라 했다.

"아씨께서 그러실 리가 있습니까. 다만 쇤네는 나리마님을 생각하다 보니······."

할 말을 다 끝내지 못한 채 오상은 말끝을 뭉갰다. 뭔가 곤란한 표정이었다. 소아도 굳이 그 화제를 이어나가고 싶은 생각은 없는 듯했다.

"자네에게 소개시켜줄 사람이 있어서 데려왔네."

소아는 수생을 눈으로 가리켰다. 오상은 그제야 소아의 뒤에 서 있는 계집에게로 시선을 옮겼다. 누구냐는 오상의 반문이 나오기 직전, 소아가 수생을 향해 몸을 돌렸다.

"넌 모레 아침, 이 사람이 길을 나설 때 함께 따라가거라."

"예?"

수생과 오상이 동시에 반문했다.

"이 아이가 누군데 데려가라 하십니까요? 백함 도련님의 기일을 모시러 가는 길에 왜⋯⋯."

어리둥절해 있는 오상과 달리, 수생은 그의 말이 끝나기도 전에 소아의 뜻을 알아차렸다. 백함의 기일을 모시러 간다는 것을 보니 이 사람은 백함을 모시던 하인이었을 터. 그와 함께 가라는 말은 백함에 대해 알려달라는, 그리고 그의 원을 풀 수 있도록 도와달라는 청에 대한 소아의 대답이었던 것이다.

"궁가 사당지기의 여식일세. 제사를 올리는 데 도움이 될 게야."

"허나 그 정도라면 쇤네 혼자만으로도 충분한뎁쇼. 도련님께서 돌아가신 뒤 매년 쇤네가 해오던 일이기도 하고 말입니다요."

오상은 수생이 못마땅한 눈치였다. 난데없이 나타난 불청객으로만 느껴지는 모양이었다.

"자네를 믿지 못해서가 아니네. 다른 때보다 조금 더 정성들여 도련님의 외로운 혼을 위로해드리고 싶어서 그런 것일세. 두 사람의 손이 한 사람의 손보다 나은 것은 자명한 일 아니겠는가. 부탁하네."

소아가 이렇게까지 나오니 오상도 더 이상은 마다할 수가 없었다. 마음에 들진 않지만 그래도 따르겠다는 뜻을 오상은 입을 꾹 다문 표정으로 전했다.

"언제 떠나는가?"

"모레 새벽 파루(罷漏: 서른 세 번의 종을 쳐서 통행금지가 해제됨을 알리는 것)를 치면 나설까 싶습니다요. 서둘러 가야 밤이 되기 전에 도착하지 않겠습니까."

"그러게. 그리고 다녀오면 이야기를 들려주게. 일 년 새 그곳은 또 어찌 변하였는지, 집안 어른들은 안녕하신지도 좀 알아봐주고."

소아는 오상에게 보내는 당부를 끝으로 주막을 나왔다.

남겨진 수생은 이제 오상에게 이것저것 취조를 받게 될 것이다. 수상한 꿍꿍이가 있는 아이라면, 오상의 본능적인 감각이 그걸 감지하지 못할 리 없었다.

하지만, 만일 그 아이의 말이 진실이라면…….

소아는 제 눈으로 보았던 백함의 마지막 모습을 떠올려보았다. 가슴팍에 꽂힌 화살을 쥔 채 부들부들 떨던 피투성이의 손. 숨을 한 번 내쉴 때마다 흰 도포자락을 물들이던 검붉은 피. 그리고 꺼져가던 그의 눈동자……. 그 눈이 자신을 알아보았는지, 미처 확인할 시간도 없이 그렇게 백함은 숨을 거두었더랬다.

어째서 엉뚱한 아이의 꿈속에 나타나신 겁니까. 도련님께서 찾아야 할 사람은 바로 여기 있질 않습니까. 꿈에서조차 나타나지 않을 만큼 그리도 제가 미우셨습니까. 아직도 절 용서하지 못하신 겁니까, 도련님.

23

삐거덕, 문이 빠끔히 열리는 소리에도 수생의 심장은 내려앉을 것만 같았다. 혹시라도 흥복의 새벽잠을 깨웠을까 싶어 마음이 조마조마했다. 수생은 잠시 모든 동작을 멈춘 채 건너편 방에서 나는 소리에 귀를 기울였다.

다행히도 흥복의 방에선 아무런 기척도 들리지 않았다. 수생은 조심스럽게 방문 밖으로 발을 내밀었다. 활터에 갔을 때처럼 바지저고리를 입고 패랭이를 눌러 쓴 모습이었다.

짚신을 찾아 신은 다음 수생은 발끝을 들고 조심조심 흥복의 방 앞에 섰다. 품안의 서찰을 꺼내 방문 앞에 놓은 다음 수생은 머리가 땅에 닿을 정도로 꾸벅 절을 했다.

정말 이번이 마지막입니다, 아버지. 다시는 속을 썩이지 않을 테니 제발 용서해주세요.

그렇게 속으로 중얼거린 다음 수생은 다시 까치발을 한 채 마당을 가로질렀다.

싸리문을 열고 집을 무사히 나설 때까지, 두근 반 세근 반 뛰는 심장소리가 멈추질 않았다.

낯선 사내를 따라 가서 하룻밤을 보내고 온다는 이야기를 수생은 차마 흥복에게 할 수 없었다. 그도 그럴 것이 최근 들어 수생을 대하는 흥복의 태도가 이전과는 비교도 할 수 없을 만큼 엄격해져 있었던 것이다.

하지만 수생은 불평을 하지 못했다. 제가 뿌린 씨앗이라는 걸 너무나도 잘 알고 있었기 때문이다.

오늘의 행동이 아비에게 어떤 근심걱정을 더해줄지도 모르는 바 아니었다. 그럼에도 불구하고 오상을 따라나서지 않을 수 없었다. 생전의 백함을 가장 가까이서 모셨다는 사내. 그에게서 백함의 이야기를 들어야 했다.

오상이 자신을 두고 떠났을까 봐 수생은 마음을 졸였다. 마뜩찮은 기색을 숨기지 않던 그의 모습이 마음에 걸렸다. 설마 날 떨구고 가려고 예정보다 일찍 길을 나선 건 아니겠지? 불안한 마음을 안은 채 수생은 서둘러 주막으로 향했다.

다행히도 오상은 아직 떠나기 전이었다. 봇짐을 둘러맨 채 문 앞을 서성이고 있는 모습을 보니 수생이 오길 기다리는 모양이었다.

"안녕하십니까? 저 왔습니다, 형님!"

수생은 냉큼 오상에게로 뛰어가 넙죽 절을 했다.

난데없이 눈앞으로 뛰어든 사내를 보고 오상은 뜨악한 표정을 지었다.

"뉘시오?"

"수생입니다. 오늘 형님을 따라 이천까지 가기로 하지 않았습니까?"

분명 아씨께서 데려오셨던 아이는 계집이었는데?

오상은 눈을 가늘게 뜬 채 수생을 아래위로 훑어보았다. 얼굴을 보니 그저께 보았던 그 계집이 맞긴 했다. 하지만 패랭이까지 뒤집어쓴 이 차림새는 뭐란 말인가? 게다가 형님이라니?

"아, 사내 흉내를 낸 게 맘에 안 드십니까?"

오상의 불편한 기색을 알아챈 수생이 얼른 설명에 나섰다.

"먼 길 떠나는 데는 사내 행세가 안전할 것 같아 일부러 이리하고 왔습니다. 그 편이 형님께서도 더 편하지 않으시겠습니까? 더욱이 오늘은 함께 밤을 보내야 할지도 모르는데 말입니다."

"뭐, 좋다. 그렇담 흉내만 내지 말고 진짜 사내처럼 굴어봐라. 힘들다고 징징댈 생각일랑 하지도 말고!"

오상은 등에 진 봇짐 끈을 다시 한 번 고쳐 매며 퉁명스럽게 내뱉었다. 그리고는 따라오라는 말도 없이 걸음을 옮기기 시작했다.

"염려 놓으십시오, 형님!"

수생은 헤벌쭉 웃으며 오상의 뒤꽁무니를 따르기 시작했다.

백함의 고향은 이천이라 했다. 땅 밑에서 뜨거운 물이 솟구치는 고을이라는 말을 수생도 일전에 들은 적이 있었다. 덕분에 왕실 사람들이나 사족의 부녀자들이 자주 목욕을 하러 그곳엘 들른다고 했던가.

한양에서 이천까지는 백 리가 훌쩍 넘는 길이었다. 하루를 꼬박 걸어도 밤까지 닿을 거라 장담할 수 없는 거리였다. 양반님들이라면 말을 타고 가겠지만, 수생이나 오상 같은 사람들에겐 말을 타는 것도 금지된 터. 게다가 이천까지는 가는 길도 꽤나 험했다. 때문에 웬만한 사내들도 반나절쯤 지나면 앓는 소리를 해대는 게 다반사였다.

하지만 수생은 씩씩했다. 여느 계집들처럼 길이 험하다고 투정을 하지도 않았고, 주저앉거나 힘든 기색을 보이지도 않았다.

그런 수생이 오상은 점점 마음에 들기 시작했다. 그리하여 햇빛이 비스듬히 기울기 시작할 무렵에는 오상이 먼저 나서서 이야기를 들려주고 있었다.

"그래서 내 이름이 오상이 되었지 뭐냐? 유교의 다섯 예를 지키는 사람이 되라고 말이다. 우리 나리마님처럼 그리 모두에게 공평하고 인자하셨던 양반님은 다시는 없을 것이다."

오상은 종복 노릇을 하던 시절 자신이 백함의 부친에게서 얼마나 인간적인 대접을 받았는지를 구구절절 늘어놓았다.

"허면 백함 도련님은요? 형님께서 아시는 도련님은 어떤 분이셨습니까?"

수생은 자신이 알지 못하는 백함의 생전 모습이 궁금했다. 어둠을 닮은 눈동자를 갖기 전, 그는 어떤 사람이었을까.

오상은 기억을 더듬듯 먼 곳을 응시했다. 무슨 생각을 하는지 그의 얼굴에 빙긋 미소가 떠올랐다.

"아까 네놈이 나보고 느닷없이 형님, 이렇게 불렀을 때 내가 얼마나 놀랐는지 아냐?"

이윽고 그의 입에서 나온 대답은 수생의 질문과는 꽤나 동떨어져 있는 것이었다. 무슨 얘기를 하려고 그러나 싶어 수생은 귀를 쫑긋 세웠다.

"형님…… 우리 도련님도 날 자주 그렇게 부르곤 하셨다."

"예? 그게 정말입니까? 양반댁 도련님이 노자더러 형님이라 하셨다구요?"

수생의 눈이 휘둥그레진 것을 보고 오상은 어깨를 으쓱했다.

"서너 살쯤 되셨을 땐가? 방에서 울음소리가 들리길래 냉큼 뛰어갔더니 도련님이 엉엉 울고 계시지 뭐냐. 왜 그러십니까, 도련님? 그리 여쭈었더니 아, 글쎄, 눈동자에 눈물이 그렁그렁 해가지고는 그 조그만 손으로 날 와락 껴안는 게 아니겠냐?"

오상의 말을 듣는 수생의 눈은 호기심으로 반짝반짝 빛났다. 괜히 끼어들면 방해가 될까 봐 수생은 숨죽여서 오상의 다음 말을 기다렸다.

"형님, 어른들이 이제부턴 형님이라 부르면 아니 된답니다. 형님이 제 형님이 아니랍니다. 그게 진짭니까? 그리 물으며 울먹울먹 하시더라고."

"그런 것도 모르셨다고요?"

"어린 마음에 내가 진짜 동기간인 줄 착각하셨던 게지. 그 후로도 한동안은 날 형님이라 부른다 고집을 부리시더구나."

"곤란하셨겠습니다."

"그랬지. 내가 대신 불려가서 혼이 난 적도 있었다. 헌데 이상한 게, 도련님이 처음으로 내 이름을 부르면서 하대를 하던 날은 그리도 눈물이 나더구나. 당연한 건데도 말이다."

오상은 당시의 심정을 떠올리는 듯 잠시 말이 없었다.

다른 사람에게서 백함의 이야기를 듣는다는 것이 수생에게는 참으로 신기하게만 느껴졌다. 자신이 수진궁 담벼락 밑에서 홍복과 함께 살아오는 동안, 어딘가에서 정말로 백함이라는 사람이 숨을 쉬며 살고 있었다니.

이렇게 오랫동안 그를 알고, 지켜 본 사람들이 있었다니.

이 모든 것들이 수생에게는 경이로운 발견 같았다. 심지어는 백함이라는 사람이 이 세상에 존재한다는 것을 모르고 살아왔다는 사실이 이상하게 느껴질 정도였다.

마르지 않은 우물처럼 그에 대한 궁금증이 자꾸만 솟아났다.

"정이 많은 분이셨어요?"

수생이 다시 물었다.

"우리 도련님 말이냐? 정이 많으시다마다. 열두 살쯤 되었을 땐가, 하루는 말이다, 상협 나리하고 나가서 해가 질 때까지 돌아오시질 않는 게다. 집안 식솔들이 모두 찾아다니고 난리가 났었지."

"무슨 일이 있었던 거예요?"

수생은 귀를 쫑긋 세웠다.

"상협 나리께서 절벽 아래로 굴러 떨어지셨던 게다. 심하게 다쳐서 정신을 잃기까지 하셨다더구나. 우리 도련님하고 달리 그 나리는 활달하고 거침이 없는 분이셨거든. 그런 분들이 가끔은 위험을 대수롭지 않게 여기다가 변을 당하곤 하시지 않더냐."

상협을 잘 아는 것은 아니지만, 오상이 하는 말에 왠지 수긍이 갔다. 동의의 뜻으로 수생은 고개를 끄덕였다.

"그때 같이 있던 동무들은 모두 사람을 불러와야 한다며 먼저 산을 내려오지 않았더냐. 헌데 우리 도련님은 어찌하셨는지 아느냐? 벗을 구하겠다고 그 위험한 낭떠러지를 나뭇가지 하나만 붙잡고 내려가셨다!"

오상은 마치 자신의 무용담을 이야기하듯 어깨를 으쓱거렸다.

"그래서 무사히 구해 오셨어요?"

"웬걸. 잡고 있던 나뭇가지가 부러져서 우리 도련님까지 절벽 밑으로 굴러 떨어지셨지 뭐냐. 그 바람에 발목이 퉁퉁 부어 제대로 걷기도 힘든 지경이 되셨지. 그래도 악착같이 일어나서 다시 상협 나리를 업고 돌아오셨으니, 정말 대단하시지 않냐? 그리 유약한 듯 보였던 도련님이 어찌 그런 힘을 냈냐며 모두들 얼마나 화들짝 놀랐던지."

"그만큼 상협 나리가 도련님한테 소중했던 것이 아니겠습니까?"

"그랬지. 취미나 성정으로 보면 전혀 어울릴 것 같지 않던 두 분이었는데, 언제나 붙어 다니셨더랬지. 솔직히 신기할 정도였다."

역시 그랬구나. 그리 친했던 벗과 마음에 품었던 여인이 혼인을 했다니……. 백함 나리도 이 사실을 알고 있었을까. 알았더라면 그 마음이 어땠을까.

"그러고 보니 넌 백함 도련님을 어찌 아느냐? 도련님이 살아계셨을 적에 넌 꼬맹이였을 텐데."

문득 의아한 얼굴이 된 오상이 수생을 돌아보았다.

"어찌저찌하여 몇 번 뵈었습니다."

"그래? 그 모습이 기억이 나냐?"

"예. 제가 기억하는 그분은…… 꽤나 매정한 분이셨어요."

"뭐라고? 우리 도련님이 말이냐?"

오상이 미간을 확 구겼다. 무슨 말도 안 되는 소리를 하냐는 표정이었다.

"그렇다니까요. 사람을 깔보고, 속이고, 놀리는 것이 취미인가 싶을 정도였단 말입니다."

"네가 뭔가 잘못을 저질렀겠지! 그렇지 않으면 그리 고운 심성을 가지신 우리 도련님이 그러셨을 리가 없다!"

오상은 핏대를 세웠다. 그 모습을 보고 있자니 백함을 이렇게 위해주는 사람이 있다는 것에 새삼 고마운 마음이 들었다. 난데없이 수생의 마음속에서 오상에 대한 애정이 솟구쳤다.

"예, 형님 말이 맞습니다. 제가 도련님을 좀 귀찮게 해드렸습니다."

수생은 그렇게 말하며 오상을 향해 생긋 웃었다. 그런데 그 웃음을 오상은 조금 다르게 받아들인 듯했다.

"너 설마, 우리 도련님을 따라다녔던 거냐? 우리 도련님 순진하신 걸 이용해서?"

그랬다고 대답하면 펄쩍 뛰시겠지? 그러면 이런 대답은 어떨까?

"그 반대입니다. 절 따라다녔던 건 백함 도련님이셨단 말입니다."

오상이 우뚝, 걸음을 멈추었다. 세상에서 가장 허황된 거짓말을 들었다는 얼굴이었다.

"허, 이놈 보게. 그 말을 내가 믿을 것 같으냐? 미치지 않고서야 우리 도련님이 소아 아씨처럼 꽃 같은 분을 놔두고 너 같은 것을 따라다니셨겠냐? 거짓부렁을 쳐도 제대로 좀 쳐라, 이 덜 떨어진 우물 바가지 같은 놈아!"

오상은 혀를 끌끌 차며 다시 저벅저벅 발걸음을 옮겼다. 듣지 못할 것을 들었다는 듯 손가락으로 귀를 파내는 시늉까지 했다.

정말입니다. 형님이 아끼시는 그 도련님이 제게 직접 고백하셨단 말입니다. 제게서 단 한 시도 떨어질 수 없노라구요.

갑자기 그날의 기억이 수생에게 밀려들었다. 달빛 아래 자신의 허리를 감아오던 백함의 손과 그제야 평온하게 가라앉던 그의 숨소리가 다시 생생하게 되살아났다.

얼마나 냉정하고 차가운 귀신이었는지 아십니까? 복숭아 빛 뺨과 따뜻한 눈동자 대신 창백한 낯빛에 날카로운 눈매를 지닌…… 필요한 걸 얻기 위해서는 사기 협박도 마다치 않는 그런 얄미운 귀신이었단 말입니다.

그리고 형님께서 믿는 것보다 훨씬 더 바보 같은 귀신이었어요.

도와달라는 그 쉬운 말을 할 줄 몰라서 잘난 척만 해대었던 걸 보면 말입니다.

속을 뒤집어놓던 그 얄미운 말조차도 그리운 것을 보면, 정말 사라지긴 했구나. 그런 생각에 수생은 갑자기 쓸쓸해졌다.

오상도 수생처럼 먼 기억 속을 뒤적이고 있는 것 같았다. 수생이 앞서가던 오상을 따라잡았을 때, 그는 생각난 듯 다시 백함의 이야기를 꺼냈다.

"도련님은 늘 그리 말씀하셨다. 오상아, 난 벼슬 같은 것엔 별 뜻이 없구나. 권력을 놓고 서로를 물고 뜯는 것이 아귀다툼하고 무엇이 다르다더냐. 백성들을 위하는 길이 권력에만 있다 여기는 것은 위선이다……."

수생은 말없이 고개를 끄덕였다.

"그런 분이 역모사건에 휘말려 돌아가시다니, 참 하늘도 무심하시지 않냐."

"역모사건이요?"

수생이 놀라는 것을 보고 오상은 급히 입을 닫았다. 백함이 어떻게 죽었는지를 수생도 당연히 알고 있다고 생각했던 모양이었다.

"말씀해주세요, 백함 도련님을 그리 만든 사람이 누구입니까?"

수생은 꿈인지 환각인지 알 수 없던 그 산 속에서 자신이 보았던 사내, 백함에게 화살을 날리던 그 사내를 떠올렸다. 그자가 누군지만 알 수 있다면 자신이 무엇을 해야 할지도 알 수 있을 텐데.

"그것을 내가 어찌 아느냐."

"형님!"

"아, 모른다니까!"

오상은 역정을 냈다.

"뭐가 무서워서 그렇게 숨기시는 건데요? 제가 그걸로 나쁜 짓이라도 할까 봐서요? 아니면 그 얘기를 꺼냈다가 화라도 당할까 봐 몸을 사리시는 거예요?"

한숨을 내쉬며 오상은 고개를 들었다. 아침까진 맑던 하늘에 어느새 먹빛 구름이 옅게 드리워 있었다.

"말해봤자 분하고 원통하기만 하니까 그렇지."

오상은 다시 한 번 한숨을 내쉬었다. 그의 목소리에도 어느덧 물기가 번져가기 시작했다.

"누가 우리 도련님을 그리 만든 건지는 아무도 몰라. 그래도 하늘이야 아시겠지. 아시니까, 언젠간 천벌을 내려주실 거다. 그렇게 믿어야지. 암, 그렇고말고."

새로운 임금이 왕의 자리에 오르던 해. 그 해는 백함의 부친이 여주 현감으로 부임한 해이기도 했다.

부친을 따라 여주로 갔던 오상이 청천벽력 같은 소식을 가지고 집으로 돌아온 것은 가을이 무르익어가던 무렵이었다.

"무슨 소리냐? 아버지께서 관아로 끌려가시다니!"

"이제 어쩝니까요, 도련님. 으흐흑……."

먼 길을 한 걸음에 달려온 듯 땀으로 범벅이 된 오상은 가쁜 호흡 때문인지, 자꾸만 터져 나오는 눈물 때문인지, 제대로 말을 잇지도 못했다.

"울지만 말고 말을 해보아라. 대체 무슨 일이 일어난 것인지 말이다."

"여, 역모를 꾸민 자들의 죄를 덮고, 잔당들을 사주해서 역모를 고변한 자를 사, 살해를 하셨다고……."

하늘이 무너진 데도 지금보다 놀라지는 않았을 것이다. 역모라니. 있을 수도 없는 일이었다. 그가 아는 한 부친은 그런 권력다툼에는 관심도 없는 분이셨다. 어찌하면 자신이 다스리는 고을의 백성들을 조금이라도 배불리 먹일 수 있을까. 어찌하면 백성들이 부당하게 피해를 입는 일을 막아볼 수 있을까. 그런 것을 염려하는 것만으로 머릿속이 꽉 차신 분이셨다.

"그게 무슨 말이더냐? 역모를 꾸민 자들의 죄를 덮으셨다니?"

"소인도 자세히는 모르겠습니다요. 다만, 모반을 꾀한 자들의 명단이 적힌 서찰을 나리마님께서 불태우셨다고……."

그리 말하며 오상은 품안에 넣어 온 서찰 한 통을 내밀었다.

"이게 무엇이냐?"

"나리께서 도련님께……."

오상은 차마 말을 잇지 못했다. 백함은 낚아채듯 서찰을 받아들고 허겁지겁 봉투에서 종이를 꺼냈다.

그런데 서찰이라 믿었던 그것은 백지였다. 안에는 아무것도 적혀 있지 않았다.

"아버지께서 이걸 전하라시더냐? 내게 전하라 주신 것이 이것이 맞냔 말이다."

"맞습니다요, 도련님. 현감 나리께서 잡혀가시기 직전에 직접 제 손에 쥐어주신 것입니다."

그리 말하며 오상은 다시 눈물을 훔쳤다.

빈 서찰을 전하라 하셨다니……. 아버지께선 이것으로 내게 어떤 말을 전하고자 하신 것이지?

그때 문득 백함의 뇌리를 스쳐 지나가는 것이 있었다.

방 안으로 뛰어 들어간 백함은 책과 문서들을 보관해놓은 책상 서랍을 급히 열었다.

그가 찾는 것은 이십여 일 전쯤 부친에게서 받았던 서찰이었다. 가족들의 안부를 묻는 평범한 내용이었지만, 그 서찰에는 한 가지 석연찮은 점이 있었다. 세 장으로 된 서찰의 마지막 장이 비어 있었던 것이다. 빈 종이를 잘못 넣으신 건가 싶었지만, 모든 일에 철저한 부친답지 않은 실수임에는 분명했다.

그래서 참 이상하다 싶었는데, 실수가 아니었던 것인가.

백함은 서랍 가장 밑바닥에 놓여있던 서찰을 찾아냈다. 봉투를 열자 한데 접혀 있는 세 장의 종이가 보였다. 백함은 다급히 종이를 꺼냈다. 한 장, 두 장……. 떨리는 손으로 마지막 장을 펼쳤다. 다시 보아도 여전히 흰 여백만 있는 빈 종이였다.

그런데 이번에는 이상한 점이 보였다. 새 종이라고 하기에는 표면

이 지나치게 울퉁불퉁했다. 백함은 손으로 종이의 표면을 만져보았다. 무언가가 만져졌다.

이건 틀림없이 글자다!

백함은 서둘러 촛불을 켜고 그 불꽃 위에 종이를 갖다 대었다. 예상했던 대로 촛불이 닿은 부분에 서서히 글자들이 나타나기 시작했다. 사람의 이름인 듯했다.

그렇다면 이건, 아버지께서 불태워버리셨다던 그 서찰의 필사본?

이제야 백함은 부친이 오상을 시켜 빈 서찰을 보낸 의미를 헤아릴 수 있었다. 새로이 글을 적어 상황을 알릴 수 없었기에 빈 서찰을 보냄으로써 이 서찰을 다시 찾게 만드신 것이다.

자신의 생각이 맞다면, 이 종이야말로 부친의 누명을 벗길 수 있는 증표였다.

백함은 촛불이 종이 위에 만들어내는 글자를 초조한 심정으로 바라보았다. 오른쪽 모퉁이 제일 위쪽의 이름 두 글자가 나타났다. 백함은 침을 꿀꺽 삼켰다.

마지막 세 번째 글자가 막 종이 위에 떠올랐을 때 백함은 하마터면 종이를 손에서 놓칠 뻔했다.

부들부들 손가락이 떨려왔다. 얇은 종이 한 장을 쥐고 있는 것도 벅찰 정도였다. 종이를 떨어뜨리지 않으려고 백함은 주먹을 움켜쥐었다. 그 바람에 종이가 그의 손바닥 안에서 구겨졌다.

이것 때문이었구나. 아버지께서 그래서 서찰을 태워버리신 거였어.

가장 친한 벗이 그런 역모에 가담했다는 걸 믿으실 수 없었을 테니까. 그런 거짓 고변을 그대로 믿고 벗을 곤경에 빠뜨릴 순 없으셨으니까.

백함은 그 자리에 주저앉았다. 상상도 해본 적 없는 엄청난 일에 휘말려버렸다는 생각이 들었다. 부친의 목숨이 이 한 장의 종이에, 아니, 그 종이를 쥐고 있는 자신에게 달려 있었다.

이제 어찌해야 할 것인가. 이 밀서를 들고 관아로 갈 것인가. 아니면 아버지를 먼저 찾아뵈어야 할 것인가. 아버지께서는 내가 어찌하길 바라고 계실까.

오상이 들고 온 백지만으로는 부친의 의중을 헤아릴 수가 없었기에 백함은 가슴이 타들어가는 것 같았다.

아무래도 안 되겠다. 아버지를 만나뵈러 가야겠어.

품안 깊숙이 서찰을 넣고 백함이 몸을 일으켰을 때 밖에서 인기척이 들려왔다. 곧이어 상협이 방문을 열어젖히며 뛰어 들어왔다.

상협은 파리하게 질린 백함에게로 다가와 그의 어깨를 안았다.

"소식 듣고 왔네. 이게 대체 어찌 된 일인가. 어르신께서 역모의 혐의를 쓰셨다니……."

걱정을 가득 담은 친우의 목소리를 듣자 목이 메어왔다. 백함은 당장이라도 엉엉 울고 싶은 마음을 꾹꾹 눌러 담았다. 지금은 약해질 때가 아니었다. 그 어느 때보다도 꿋꿋하게 중심을 지켜야 할 때였다.

"괜찮네, 방법이 있을 것이야. 아버님도 방금 소식 듣고 달려가셨

네. 어떻게든 어르신을 구할 방도를 찾아낼 테니 너무 걱정 말게."

상협이 다시 그를 위로했다.

백함은 말없이 자신의 어깨에 올려진 벗의 손등을 토닥토닥 두드렸다. 조금 안심했는지 상협이 뒤로 한 걸음 물러났다. 그의 얼굴은 백함 자신의 얼굴보다도 오히려 더 창백해 보일 정도였다.

그 모습을 보자 백함의 마음이 조금 전보다 더 복잡해졌다. 품속에 숨겨진 서찰 속의 이름. 부친이 끝내 숨겨주고자 했던 그 이름. 그것은 바로 상협 부친의 이름이었던 것이다.

"혹시 자네 아버님께 무슨 이야기를 들은 것은 없는가? 이 사건에 대해서…… 말이네."

백함은 상협이 어디까지 알고 있는지가 궁금했다. 그의 부친이 연루된 것을 알고 있는지. 그를 위해 자신의 부친이 위험을 무릅썼다는 것도 알고 있는지. 이 엉킨 실타래를 풀려면 자신이 어떻게 행동해야 하는 것인지까지도…….

상협은 백함의 눈동자를 들여다보았다. 흔들리지 않으려고 애를 쓰고 있는 친우의 눈동자가 애처로워 보였다.

그가 부친에게 들었던 이야기는 입에 담기도 힘들 정도로 엄청난 내용을 담고 있었다. 크게 들이마신 숨을 깊이 토해낸 다음 상협은 그 이야기를 꺼내놓기 시작했다.

이 모든 사건의 발단은 여름이 끝나갈 무렵 관아로 날아든 한 통의 투서였다. 그 투서 안에는 역모를 꾀하고 있다는 사람들의 명단이 적혀 있었다. 관아의 수장이었던 백함의 부친은 그 명단을 읽고 혼란에 빠졌다. 역모 같은 엄청난 일을 꾸밀 것이라고는 상상도 되지 않는 인물들의 이름이 가득했기 때문이었다.

게다가 조사를 해보니 투서를 날린 이도 의심스러웠다. 병역을 피하려고 문서를 위조하다 발각돼 처벌을 받은 전력이 있는 자였기 때문이었다.

당시의 책임자들에게 앙갚음을 하려고 거짓 고변을 한 것이라고 백함의 부친은 심증을 굳혔다. 결국 그는 서찰을 불에 태워 폐기처분했다. 그리고 거짓 투서를 보낸 자는 장형을 때린 다음 집으로 돌려보냈다.

문제는 그 다음이었다. 관아를 나선 직후 실종된 고변자가 며칠 후 죽은 채 발견이 됐던 것이다.

갑자기 사건의 방향이 이상하게 돌아가기 시작했다. 백함의 부친이 역모의 당사자로 의심을 받기 시작한 것이었다.

현감이 역모와 관련된 게 아니라면 모반을 고변하는 투서를 몰래 태워 없앴을 리가 없지 않은가.

그런 의심의 올가미가 백함의 부친에게 덧씌워졌다. 그리고 올가미에 걸린 이상 빠져나올 길은 없었다. 결백을 증명해줄 명백한 증거가 없는 한은…….

상협의 입에서 흘러나오는 이야기들을 백함은 입을 꾹 다문 채 듣고 있었다.

사건의 자초지종을 설명하는 상협에게선 주저하는 낌새도, 무언가를 숨기는 기색도 느껴지지 않았다. 제 부친이 이 사건에 깊숙이 연루되어 있다는 사실을 모르고 있는 게 분명했다.

그렇다면 상협의 부친도 그 사실을 모르고 있었던 걸까. 가장 친한 벗이 위험에 처할까 봐 자신의 부친이 입을 꾹 다물고 있었다는 사실을?

하지만 이제 그런 침묵은 더 이상 누구에게도 도움이 되질 않았다. 상협에게 사실을 이야기하고 그의 부친에게도 도움을 구해야 했다.

"모반을 꾀한 자들이 누구였는지…… 혹시 아는가?"

부질없는 질문이라는 것을 알면서도 백함은 마지막으로 확인을 했다.

"어찌 그것을 알 수 있겠는가. 자네 부친께서 증거가 될 서찰을 태워버리신 것을……."

상협은 그리 말하며 다시 한숨을 내쉬었다. 자신을 걱정하는 친우의 모습에 백함의 마음은 한층 무거워졌다. 하지만 더 이상 망설일 시간이 없었다. 한시라도 바삐 대책을 세우고 행동을 개시해야 했다.

"내가 그 명단을 갖고 있다면 어찌되는가?"

갑작스런 질문에 상협이 퍼뜩 고개를 들었다. 믿기지 않는다는 표정이 얼굴에 그대로 드러나 있었다.

"명단이라니, 자네가 그걸 갖고 있다고? 어찌 말인가? 허면 자네 부친께서 그 서찰을 태워버린 게 아니었단 말인가?"

백함은 말없이 고개를 끄덕였다. 둘의 눈이 마주쳤다. 침착하려 애를 썼지만 그들의 눈동자 속에는 마음의 동요가 그대로 드러났다. 자신들을 휘몰아칠 폭풍이 다가오고 있음을 백함과 상협 모두 어렴풋이 느끼고 있었다.

"그렇다면 어찌하여 자네 아버지께서는 그 서찰을 태워버리셨다고 한 겐가?"

"그 명단 속에…… 당신께서 가장 아끼시는 벗의 이름이 들어 있었기 때문일세."

심한 충격을 받은 듯 상협의 눈동자가 흔들렸다.

"설마…… 그럼 설마, 내 아버지가? 내 아버지의 이름이 그 안에 있었다는 겐가?"

아니라고 말해주게. 백함을 보는 상협의 눈빛이 그리 애원하고 있었다. 백함도 할 수만 있다면 그리 말하고 싶었다. 아니라고, 이 모든 것이 사실이 아니라고. 그저 곧 있으면 깨어날 악몽에 불과하다고. 하지만 그렇게 외면한다고 해서 현실이 바뀌는 것은 아니었다.

"그렇다네. 조금 전에 내 눈으로 확인을 했네."

"그 서찰은 어디 있는가?"

백함의 대답이 떨어지기가 무섭게 상협이 되물었다. 그의 눈동자가 불안으로 떨리고 있었다. 자신의 품안에 있다고 대답하려다가 백함은 입을 닫았다. 벗을 의심해서가 아니었다. 지금은 아무에게도 어떤 말도 할 수 없다는 본능 같은 경계심 때문이었다.

"일단 아버지를 만나뵈러 가야겠네. 처음부터 자네 부친을 지키기 위해 그리하신 것인데, 내가 아버지의 뜻과 상관없이 마음대로 일을 처리할 순 없으니 말일세. 대신, 자네도 어서 자네 부친께 이 일을 고해주게. 터무니없는 고변이었으니 억울한 누명을 풀고 무고를 증명하실 방법이 있을 것이네. 그 방법을 찾아주시라 여쭙게."

"서찰을…… 관아에 넘길 것인가?"

"아니. 약속하지. 자네 부친께서 대책을 강구하실 때까지 기다리겠네. 그러니 어서!"

"지금 여기에서 내가 확인을 하면 안 되겠는가? 누가 함께 명단에 올랐는지 알아야 아버지께서도 대책을 세우실 게 아닌가."

상협이 다른 의견을 냈다. 그의 말도 틀린 것은 아니었다. 하지만 이 서찰에 숨겨진 글자들이 지금 드러난다면, 더 이상 서찰은 무사하지 못할지도 몰랐다. 만일의 경우, 아버지를 모함한 자들에게 빼앗기기라도 한다면, 모든 희망이 무너지고 마는 것이었다.

"그건 위험하네. 적어도 지금은 그래. 내 말, 이해하겠는가?"

백함은 상협의 두 눈을 마주보았다. 자신의 부친과 상협의 부친, 모두를 구하고 싶다는 진심을 전하려 했다. 그 마음이 통했는지 상협이 마침내 고개를 끄덕였다.

"알겠네. 난 그럼 이 길로 아버지를 뵈러 가겠네."

불안하게 떨리던 눈빛이 사라졌다. 상협은 단호한 표정으로 자리에서 일어났다. 문을 열다 뒤돌아선 상협이 다시 한 번 백함을 쳐다보았다.

"몸조심하게. 관아까지 가는 길이 위험할 수도 있네."

백함은 고개를 끄덕이며 억지로 미소를 지어 보였다.

상협이 빠른 걸음으로 사라지고 난 후, 백함은 얼른 품에서 서찰을 꺼냈다. 이 서찰을 어디에 숨겨야 안전할지 빠르게 머리를 굴렸다.

소아. 그렇다, 소아에게 이 서찰을 갖고 있게 하자.

백함은 자리에 앉아 서찰을 뒤집은 다음 재빨리 그것을 접기 시작했다.

그리고는 다른 종이 한 장을 꺼내 소아에게 보낼 글 몇 자를 적기 시작했다. 자신에게 무슨 일이 생기더라도 그녀만은 그 뜻을 알아볼 수 있도록 둘만이 이해하는 글귀를 적어 넣었다.

두 장의 종이를 봉투 속에 넣은 다음 백함은 서찰을 품속에 집어넣었다.

그리고는 서둘러 집을 나섰다. 관아로 가기 전, 소아를 만나고 가려는 생각이었다. 이 시간 즈음이면 항상 만나던 곳에서 그녀가 자신을 기다리고 있으리라.

소식을 들었다면 얼마나 노심초사하고 있을까.

소중한 정인에게 이런 무거운 짐을 맡기려 생각하니 백함의 마음은 편치가 않았다. 그러나 어쩔 수 없는 일이었다.

백함은 한때는 매자꽃 향으로 가득했던 산길로 접어들었다. 저 산마루턱에서 소아가 두 손을 꼭 모은 채 자신을 기다리고 있을 것 같았다.

그러나 산마루턱에는 그녀의 모습이 보이지 않았다. 오늘은 좀 늦는 것인가. 백함은 초조하게 산길을 서성이며 정인의 발자국 소리가 들려오길 기다렸다.

그 기다림의 끝에 그가 맞은 것은, 자신의 가슴을 향해 날아온 화살이었다. 이어지는 통증, 뒤 이어 몰려온 어둠 그리고는 완전한 정적이 그를 감싸 안았다.

그렇게 윤백함, 그의 스무 살 짧은 생이 마감되었던 것이다.

가족들의 소식을 수소문하며 마을을 돌아다니는 동안 백함을 알아본 사람은 아무도 없었다. 가무잡잡한 피부에 동글동글한 눈동자, 동그란 콧방울과 역시 동그랗고 도톰한 입술을 가진 강아지 상의 사내에게서 묵향과 서책의 향기를 풍기던 난초 같던 도령을 떠올리는 것은 불가능한 일이었다.

며칠간의 수소문 끝에 백함은 자신이 죽던 날, 관아의 옥사에 갇혀 있던 아버지도 의문의 죽음을 맞았다는 사실을 알게 됐다.

누구의 손에 의해 죽었는지는 아무도 모른다 했다. 하지만 사건을 조사한 자들은 그와 함께 역모를 공모했던 자들이 입막음을 위해 그를 죽였다고 결론을 내렸다. 그의 죽음과 함께 역모를 꾸몄다는 자들의 명단은 영원한 침묵 속에 묻혔다.

어머니는 그 충격을 이기지 못해 스스로 목숨을 끊었다.

나의 시신은 누가 수습했을까. 그것이 궁금해서 던진 질문에 한 사내가 한숨을 푹 내쉬며 혀를 찼다.

그 집 도령은 어디로 달아났는지 소식도 모른다오. 책에만 코를 박고 살더니, 순 겁쟁이 같으니라고. 어찌 지 애비가 관아에 잡혀 있는데 혼자 살자고 내뺄 수가 있는지, 원. 제 어미가 자결했다는 소식을 듣고도 그 목구멍으로 밥이 넘어갔을까, 쯧쯧.

마을 사람들의 말에 따르면, 백함이 살던 작은 기와집에는 그 이후부터 원귀가 출몰한다고 했다.

그 결과, 지금은 폐가가 되어버린 집.

백함은 떨리는 손으로 대문을 밀었다. 오랫동안 사용하지 않은 관절처럼 문은 힘겨운 소리를 내며 삐거덕거렸다.

문 안으로 한 걸음을 들여놓자 잠들어 있던 먼지들이 부스스 몸을 일으켜 그를 맞이했다. 무릎까지 자라난 잡초들은 마당을 가로지르는 백함에게 몸을 부비며 기대왔다.

한 걸음, 한 걸음 걸을 때마다 발바닥이 아려왔다.

그 아픔이 온몸 구석구석을 돌아 심장으로 모여들었다. 백함은 이를 악물었다. 자신은 울 자격도 없는 사람이었다. 아비를 구해내지도 못했고, 어미의 죽음을 막지도 못했다. 도망자라는 비겁한 누명으로 집안에 수치만을 더했을 뿐이었다.

그때 다른 선택을 했더라면. 차라리 서찰을 들고 상협의 아버지를 찾아갔더라면. 그랬으면 모든 것이 달라졌을지도 몰랐다. 제 어리석은 판단이 아니었더라면, 아버지도, 어머니도 그리 비참하게 생을 마감하시지 않았을 것이다.

그런 것도 모르고 칠 년을 보냈다니. 아무것도 기억 못한 채 바보처럼 항아리 속에 갇혀 있었다니. 누구에게 품어야 할 원한인지도 모르고 원을 풀겠다는 다짐을 해댔다니.

하지만 이제는 달랐다. 봉인된 기억들이 되살아났고, 무슨 일이 있었는지도 알게 되었다. 무슨 연유로 죽어서 이승을 떠돌게 됐는지를 알고 싶다던 막연한 생각은, 자신을 죽인 자를 찾아 복수를 하겠다는 일념으로 바뀌었다.

아비를 그리 만든 자를 찾아 똑같이 되갚아주겠다고 백함은 다짐을 했다. 그 마음의 밑바닥에는 스스로를 용서하지 못하는 마음이 숨어 있었다. 그자를 찾아 복수를 해야만 제 어리석음을, 그로 인해 부모에게 지어야 했던 죄를 조금이나마 씻을 수 있을 것 같았다.

마당이 잡초에 쌓여 있었다면, 집 안은 먼지로 덮여 있었다. 세간들이 놓여 있던 자리는 텅 비어 있었다. 팔아먹을 수 없는 것들, 땔감으로라도 쓸 수 없는 것들만이 간간이 먼지 속에 나뒹굴고 있을 뿐이었다.

백함은 부친이 기거하던 사랑방으로 들어섰다. 방문을 열면 보이던 정갈한 병풍도, 소박한 멋을 풍기던 서안(書案)도 사라지고 없었다. 무엇보다도 늘 인자한 미소로 자신을 반겨 맞아주던 부친이 그곳에는 없었다.

목울대로 뜨거운 것이 넘어왔다. 백함은 그것을 애써 삼키며 천천히 방 안으로 들어갔다. 방구석에 돌돌 말린 종이 하나가 먼지에 쌓인 채 굴러다니는 것이 보였다.

먼지를 털어낸 다음 백함은 종이를 폈다. 다음 순간 애써 삼키려 했던 뜨거운 울음이 백함의 가슴 속에서 솟구쳐 올랐다.

종이 위에 그려져 있는 것은 부친의 얼굴이었다. 굶어죽을 뻔했던 걸인 화가가 며칠 재워준 게 고맙다며 그려주고 간 부친의 초상이었던 것이다.

백함은 두 주먹을 쥔 채 아프도록 입술을 깨물었다. 그러나 더 이상은 의지로도 슬픔을 막을 수가 없었다. 눈물이 목구멍을 넘고, 눈두덩을 넘었다.

방바닥에 엎드려 백함은 오열했다. 그의 서러운 목소리가 집 안 구석구석을 울렸다. 제 목소리가, 울음소리가 들린다는 것이 이때만큼 다행이라 생각되었던 적은 없었다. 그 소리가 저 하늘까지 퍼져 부모의 혼백에게 닿길 백함은 간절히 바랐다.

24

"여기가 확실하냐?"

"속고만 사셨습니까? 확실합니다!"

"아니, 그럼 내가 지금까지 엉뚱한 장소에 제사상을 차렸다는 말이냐?"

백함이 죽은 장소를 안다며 고집을 부리는 수생이 오상은 당최 이해가 되질 않았다. 아무리 생전에 도련님을 알았던들, 죽은 장소까지 알 리가 없지 않은가.

"그럼 형님은 무슨 근거로 저곳이 도련님이 돌아가신 장소라 단언하시는 겁니까?"

"그야…… 아씨께서 저기서 도련님의 시신을 수습하셨다 하셨으니 틀림없지 않겠냐."

"아씨께서 시신을 수습하셨다구요? 그럼 무덤이 있을 것 아닙니까?"

수생은 의아해서 물었다.

"아, 그런 걸 어찌 만들어! 나리 마님께서 역모 혐의로 잡혀가셔서 시신조차 그리 모욕을 당하셨는데. 무덤이 다 뭐냐, 관아에 신고했다간 도련님 시신도 그리 될지 모르는걸."

"그럼 시신은 어떻게?"

"아씨께서 수습해서 직접 화장을 하셨지. 지금도 내가 그 생각만 하면 억장이 무너진다. 정혼자의 시신에 불을 놓아야 했던 울 아씨의 심정이 어땠을지……."

오상은 또 다시 팔을 들어 소매를 훔쳤다. 오늘 하루만큼은 눈물 마를 새가 없는 오상이었다. 수생은 오상이 진정할 때까지 기다렸다가 입을 열었다.

"그럼 누군가가 저쪽으로 옮겨놓았던 걸 겁니다. 도련님이 돌아가신 장소는 여기가 맞아요."

"뭐, 아씨께서 굳이 널 데려가라 하셨으니 내가 이번엔 믿고 네 말을 따르겠다만, 만의 하나라도 너 때문에 우리 도련님이 헛걸음 하시게 되면 그땐 두고 봐라! 내가 귀신이 돼서도 괴롭혀줄 테다!"

말씀하시는 그 도련님이야말로 귀신이 되어서 절 괴롭히셨다구요.

수생은 그리 말하고 싶은 것을 꾹 참았다. 백함의 이야기를 오상에게 털어놓고 그에 대한 이야기를 마음껏 나눌 수 있다면 얼마나 좋을까. 문득 그런 생각이 들었다.

수생은 싸가지고 온 음식들을 주섬주섬 보자기에서 꺼내 나무로 만든 제기들 위에 내려놓았다. 비록 초라한 제사상이었지만 매년 기일마다 누군가 잊지 않고 한양에서부터 이곳까지 내려와 그를 위해 상을 차렸다는 걸 알았다면 백함도 기뻐했을 것이다.

물론 수생은 백함의 혼이 이곳에 돌아온 적이 없다는 것을 잘 알고 있었다. 하지만 사라진 그의 혼백에게 인사를 건넬 방법은 이것 밖엔 없었으리라는 것 또한 잘 알았다.

제사를 올린 후 산을 내려왔을 때는 사방이 온통 캄캄했다. 오상은 어서 빨리 주막으로 가자며 수생을 재촉했다. 하지만 수생은 가볼 데가 있었다. 백함이 살던 집을 꼭 들러봐야 했다.

"뭐라고? 거, 거길 가겠다고? 이 시간에 말이냐?"

말도 안 되는 소리라며 오상이 격렬하게 손사래를 쳤다.

"안 된다, 안 돼! 거기가 어디라고!"

"왜요, 형님도 예전엔 거기 사시지 않았습니까?"

"그야 그렇지만 지금은 폐가란 말이다. 원귀들이 득실거린다고 온 마을 사람들이 수군대는 소리 못 들었냐? 그런데 지금 거길 간다고? 안 된다, 차라리 내일 아침 일찍 다녀오자."

"백함 도련님도 귀신입니다. 제상을 차리는 것도 귀신님, 오셔서 이 음식 좀 들고 가십시오, 그런 의미일 텐데요?"

"도련님하고 그런 원한에 가득 찬 근본 모를 귀신들하고 같으냐?"

오상은 온갖 이유를 갖다 대며 가지 않겠다고 뻗댔다. 그런 그의 모습이 수진궁 사당을 찾아가기 전의 자신과 꼭 닮았다고 수생은 생각했다. 그 악명 높은 수진궁 귀신들이 산다는 사당에 가까이 가는 것만으로도 다리가 벌벌 떨렸더랬으니까.

그렇담 할 수 없지, 뭐.

수생은 한숨을 내쉬었다. 그것을 포기의 뜻으로 받아들였는지 오상의 얼굴에 화색이 돌아왔다.

"알겠습니다, 그럼 저 혼자 가볼 테니 어떻게 가야 하는지 길이나 좀 알려주십시오. 만일 제가 밤새 돌아오지 않거든, 원귀한테 붙잡혀간 줄이나 아시구요. 그때가 되면 혼자 보낸 걸 쪼끔 후회하시게 될 겁니다, 쳇!"

팔짱을 끼고 돌아서는 척하며 수생은 오상의 눈치를 살폈다.

이런 캄캄한 밤에 수생을 그 폐가에 혼자 보내도 될까. 오상은 잠시 고민에 빠졌다. 하지만 원귀와 마주칠지도 모른다 생각하니 절로 오금이 저려왔다. 오상은 목을 부르르 떨며 열심히 고개를 저어 댔다.

결국 오상은 오늘 밤 묵기로 한 주막으로 돌아갔다. 수생에게는 맘이 바뀌면 돌아오라는 신신당부도 잊지 않았다.

수생은 오상이 일러준 길을 따라갔다. 작은 고을이라 길을 찾는 것은 그다지 어렵지 않았다.

머지않아 수생은 백함이 생전에 살았던 집 앞에 서 있었다.

생전의 그를 더 알고 싶다는 마음. 그것이 수생을 이곳으로 불러들인 것은 명백했다. 하지만 그것뿐만은 아니었다.

혼자서라도 굳이 이곳까지 오겠다고 고집을 부린 더 큰 이유는,

기대감 때문이었다. 그의 원을 풀어주기 위해 필요한 단서가 이곳에 숨어 있을지도 모른다는 근거 없는 희망을 품고 수생은 지금 이 음산한 폐가의 문턱을 넘고 있는 것이었다.

아무리 백함의 생가라고 해도, 또한 예전처럼 귀신을 무서워하진 않게 됐다고 해도, 오싹하지 않을 리가 없었다. 어깨를 파고드는 음습함에 연신 어깨를 떨면서 수생은 앞으로 나아갔다. 끼익끼익, 불어오는 바람에 문짝이 울어댔다.

무언가가 발목을 잡아채는 느낌에 수생은 걸음을 멈췄다. 아무렇게나 자라난 잡초가 발목에 엉켜 붙어 있었다. 수생은 얼른 허리를 숙여 잡초를 풀어냈다.

다시 걸음을 옮기려는데 또 한 번 안쪽에서 문짝이 움직이는 소리가 들렸다. 중문 너머 사랑채 쪽에서 들려오는 소리였다. 그런데 이번엔 그것으로 끝이 아니었다. 마룻바닥이 규칙적으로 삐걱댔다. 사람이 있는 것이 분명했다.

본능적으로 숨어야 한다는 생각이 들었다. 수생은 얼른 중문 옆에 서 있는 커다란 나무 뒤로 뛰어들었다.

누구일까? 이 폐가에. 오상의 말로는 원귀들이 득시글거려서 마을 사람들은 근처에 얼씬도 하지 않는다고 했는데.

수생은 발자국 소리의 주인이 곧 이쪽으로 다가올 것이라 생각하며 숨을 죽였다. 하지만 아니었다. 걸음을 멈춘 것인지 더 이상은 안쪽에서 아무런 소리도 들려오지 않았다.

더 이상 기다리고 있을 수만은 없었다. 수생은 나무 뒤에서 나와 재빨리 중문 뒤로 몸을 붙였다. 문짝에 등을 바짝 기댄 후 수생은 고개를 빠끔 내밀었다.

도포를 두른 사내 하나가 어둠 속에 서 있었다. 우두커니 선 채 어딘가를 응시하고 있는 모습이었다. 캄캄하고 거리도 멀었기 때문에 수생이 있는 곳에서는 도저히 그의 얼굴을 알아볼 수가 없었다.

이쪽으로 와라, 제발.

사내가 누구인지, 무엇을 하고 있는지 알고 싶어 수생은 초조해졌다.

사내가 다시 걸음을 옮겼다. 수생의 바람과는 달리 그는 천천히 대청마루를 거닐기 시작했다. 발밑에서 낡은 나무판자들이 비명을 질러댔지만 사내는 조금도 아랑곳하지 않았다.

언뜻 보기엔 산책이라도 하고 있는 것 같은 걸음걸이였다. 하지만 때때로 멈춰 서서 벽과 기둥 사이를 살피는 것을 보면 무언가를 찾고 있는 것처럼 보이기도 했다.

그렇게 돌아다니다가 갑자기 사내가 무릎을 꿇었다. 뭔가를 발견한 모양이었다. 몸을 숙인 사내의 도포자락 사이로 붉은색이 어른거렸다. 생김새로 짐작컨대 허리춤에 맨 화살통 같았다.

그런데 그 불그스레한 화살통이 수생에게는 왠지 낯설지가 않았다. 등을 돌린 채 앉아 있는 뒷모습도 어디선가 한 번 본 것 같은 느낌이 들었다.

저 사람…… 어디서 봤더라?

수생은 재빨리 기억 속을 더듬기 시작했다. 얼른 생각해내지 않으면 안 돼! 그렇게 본능이 수생을 재촉해왔다.

허겁지겁 기억 속을 휘젓던 수생의 손이 멈췄다. 오싹, 소름이 끼쳤다. 심장이 쿵쿵 소리를 내며 뛰기 시작했다.

그 사람이었다. 수풀 속에 숨어서 백함을 노리고 있던 사내. 그를 죽인 범인이 눈앞에 서 있는 것이었다.

마음 같아서는 지금이라도 당장 뛰쳐나가고 싶었다. 달려가서 왜 백함을 죽였냐고 따져 물어보고 싶었다. 하지만 지금은 때가 아니었다. 섣불리 나섰다가는 일만 그르치게 될 게 뻔했다. 우선 사내의 정체를 알아내는 게 먼저였다. 수생은 사내의 일거수일투족을 놓칠세라 눈을 부릅떴다.

이내 몸을 일으킨 사내는 다시 사랑채를 돌아다니며 이쪽저쪽을 살폈다. 이윽고 볼일이 끝났는지 사내가 대청 밑 툇돌 위로 발을 내디뎠다.

감춰졌던 얼굴이 달빛을 받아 드러났다. 이번에야말로 비명을 지를 것 같아 수생은 얼른 두 손으로 입을 가렸다.

말도 안 돼!

수생은 눈앞의 광경을 믿을 수가 없었다. 어둠에 홀린 제 눈이 사람을 잘못 알아본 게 틀림없었다. 사내가 사랑채 마당을 반쯤 가로질러 올 때까지 수생은 그 자리에 서 있었다. 좀 더 가까이서 그의 모습을 확인하고 싶었던 것이다.

하지만 틀림없었다. 눈앞에 보이는 사내는, 상협이었다. 형제처럼 가까웠던 백함의 벗이었다.

수생은 입을 막은 두 손에 힘을 주었다. 손끝이 떨고 있었다. 아니, 떨고 있는 것은 손이 아니라 제 몸이었다. 어깻죽지부터 무릎까지 온몸이 바들바들 떨려왔다.

상협이 더 가까이 다가왔다. 수생은 그제야 정신을 차렸다. 들키면 안 될 것 같아 수생은 조금 전 숨어 있던 나무 뒤로 다시 뛰어들었다.

성큼성큼 걸어온 상협이 수생의 앞을 지나갔다. 행랑채 마당을 가로지른 그는 곧 대문을 넘어 어둠 속으로 사라졌다. 규칙적으로 멀어져가던 발자국 소리도 이내 어둠 속에 묻혔다.

더 이상 서 있을 힘이 없었다. 수생은 그 자리에 털썩 주저앉았다. 참았던 숨이 한꺼번에 터져 나왔다. 하지만 머릿속은 아직도 뒤죽박죽이었다. 자신이 본 것을 어떻게 이해해야 할 지 수생은 혼란스럽기만 했다.

이러면 안 되는 거잖아. 백함 나리를 죽인 범인이 저 사람이라니…….

수생은 고개를 저었다.

아냐, 아닐 거야. 내가 착각한 거겠지. 활터에서 뵌 기억이 있어서 헷갈린 거야. 가장 친한 벗이었다는데, 그럴 리가 없잖아.

불현듯 상협이 이곳에서 무얼 하고 있었는지 확인해야겠다는 생각이 들었다. 소아에게도, 오상에게도 비밀로 한 채 이곳까지 내려왔다면 그럴 만한 이유가 있을 것이다. 그 이유를 알 수만 있다면 상협에게로 향하는 이 무서운 의심을 떨쳐낼 수 있지 않을까.

식은땀이 축축하게 밴 손바닥을 바지에 쓱쓱 문질러 닦은 후 수생은 대청마루 위로 뛰어 올라갔다.

사랑채에는 대청을 사이에 두고 양옆으로 두 개의 방이 나 있었다. 두 방 모두 문짝이 반쯤 떨어져 나가 있었다. 누군가 이곳에 들이닥쳐 집 안을 마음대로 헤집고 갔음을 짐작케 하는 흔적들이었다.

수생은 상협이 거닐던 대청과 툇마루를 되짚어갔다. 그렇게 하면서 그가 무엇을 찾고 있었는지 알아내려고 애를 썼다. 하지만 애가 타는 마음과는 달리 아무것도 발견할 수가 없었다. 눈에 보이는 것은 군데군데 허물어진 천장과 벽에 늘어진 거미줄뿐이었다.

툇마루 끝까지 다다른 수생의 어깨가 한숨과 함께 축 늘어졌다.

그랬다. 애당초 아무것도 모르는 사람한테 단서가 눈에 띌 리 없었다. 차라리 상협을 따라 나갈걸. 뒤를 밟아보기나 할걸. 그런 후회가 밀려들었다.

수생은 툇마루에 선 채 주위를 한 바퀴 둘러보았다. 반대편 툇마루 끝에 누마루로 연결되는 문이 있었다. 수생의 눈길이 그 문 위에가 닿았다.

아까 분명, 문이 움직이는 소리가 들렸는데. 상협 나리가 저 문을 여는 소리였을까?

수생은 재빨리 툇마루를 가로질러 그 앞으로 다가갔다. 문 뒤에, 저 누마루에 무언가가 있을지도 몰랐다.

문고리를 잡아당기자 큰 저항 없이 문이 열렸다. 수생은 성큼 누마루 위로 올라섰다.

하지만 기대와는 달리 그저 평범한 누마루일 뿐이었다. 난간과 네 개의 기둥 어디에도 특별한 표식이나 흔적 같은 것은 남아 있지 않았다.

수생은 막막한 기분에 사로잡혔다. 이제 어찌하면 좋겠습니까, 귀신 나리? 대답 좀 해보십시오. 그렇게 있을 때 잘했으면 좋았잖습니까. 물어보는 말에 곱게 대답을 해줬으면 이렇게 아무것도 모른 채 헛발질만 하지는 않았을 것 아닙니까.

수생은 난간 앞에 털썩 쪼그리고 앉았다. 실망감 때문일까. 하루 종일 걸어서 퉁퉁 부은 발이 갑자기 쇠붙이처럼 무겁게 느껴졌다. 수생은 옆에 있는 벽에 등을 털썩 기댔다.

그런데 이상한 일이 벌어졌다. 벽이 움직이면서 등이 스르르 뒤로 넘어갔던 것이다. 그 바람에 몸이 기우뚱했다.

어어어? 넘어지지 않으려고 버둥거리던 수생의 손이 등 뒤의 바닥을 짚었다.

뭐지?

뒤를 돌아본 수생의 두 눈이 휘둥그레졌다. 벽 뒤로 사람 한 명이 들어갈 만큼의 공간이 나 있었다. 등 뒤에 있던 것은 벽을 가장한 문이었던 것이다. 수생이 등을 기댔던 문 쪽은 안으로 밀려들어가 있었다. 반면 문 반대편은, 밀려들어간 딱 그만큼 앞으로 삐쭉 튀어나와 있었다.

상협이 찾던 게 이것이었을까?

무언가 중요한 것을 발견했다는 생각에 수생은 침을 꼴깍 삼켰다.

그 안에 무엇이 있는지를 확인해야겠다는 생각이 들었다.

문을 향해 손을 뻗던 수생은 다음 순간, 깜짝 놀라 소스라쳤다. 손이 닿지도 않았는데 문이 저절로 스르르 움직이기 시작했던 것이다.

수생은 꼼짝도 못한 채 돌처럼 굳어버렸다. 하지만 그 상태는 오래가지 못했다. 문이 앞으로 확 밀려들어가는가 싶더니 문 반대쪽에서 쿵, 소리와 함께 무언가가 바닥으로 굴러 떨어졌다. 깜짝 놀란 수생은 뒤로 넘어지듯 주저앉았다.

벽 뒤에서 갑자기 튀어나온 것은 웬 사내의 몸뚱이였다. 반쯤 누마루 위로 나온 그 몸뚱이는 축 늘어진 채 미동도 하지 않았다. 뒷머리가 바닥에 닿으면서 앞으로 넘어온 갓이 사내의 얼굴을 덮고 있었다.

죽은 건가? 수생은 마른 침을 삼켰다. 시신을 발견했다고 생각하자 정신이 번쩍 들었다. 머리가 빠르게 돌아가기 시작했다.

상협 나리가 이쪽으로 옮겨다놓은 건가? 아니면 이 시신을 찾고 있었던 걸까? 찾고 있었다면 설마 이건…… 백함 나리의 시신?

자신이 생각해냈지만 말도 안 되는 추리였다. 칠 년이나 지났는데 멀쩡한 시신이라니. 게다가 오상의 말에 따르면 백함의 시신은 불에 타 한 줌의 재로 사라졌다고 하지 않았는가.

어떻게 생각해도 이 시신이 백함일 리는 없었다. 하지만 수생은 머릿속에 떠오른 생각을 쉽게 떨쳐버리지 못했다.

혼백도 멀쩡했는데 시신이라고 멀쩡하지 말란 법도 없지 않은가.

확인을 해야겠다는 생각에 수생은 천천히 손을 뻗었다. 심장이 터져버릴 만큼 빠르게 뛰었다. 손가락은 자꾸만 움츠러들며 도망을 가려 했다.

뭐하는 거야? 그냥 달아나. 괜히 잘못 엮였다간 범인으로 몰릴 수도 있어.

겁에 질린 마음이 그렇게 수생을 부추겼다. 하지만 그래선 안 되었다. 지금 확인하지 않으면 두고두고 후회하게 될 거란 것을 수생은 알고 있었다.

제 멋대로 떨고 있는 손가락을 나무라듯 수생은 주먹을 꽉 움켜쥐어 보았다. 그런 다음 다시 갓 위로 손을 가져갔다.

목에 맨 갓 끈이 사내의 턱에 걸리지 않도록 주의하면서 수생은 조심조심 갓을 들어올렸다.

드러난 얼굴은 백함이 아니었다. 그것은 너무나도 당연한 일이었다. 만일 정말 백함이었다면 오히려 기함을 하고 뒤로 나자빠져야 했을 것이다.

그런데도 몸에서 힘이 쭉 빠졌다. 예상했던 것보다 훨씬 더 큰 실망감이 수생을 덮쳤다.

벌써 이게 몇 번째인지 몰랐다. 말도 안 되는 일이라는 걸 알면서도 기대하고, 또 실망하는 일이……

왜 어리석게도 이런 마음이 드는 건지 수생은 스스로도 잘 이해가 되질 않았다. 어째서 자꾸만 그를 기대하고, 기다리게 되는 건지. 무슨 이유로 그가 다시 돌아올지도 모른다는 미련스러운 생각을 놓지 못하는 것인지.

수생은 실망감을 떨쳐내려고 고개를 흔들었다. 지금은 이러고 있을 때가 아니었다. 눈앞에 있는 사내의 시신을 어떻게 해야 할 것인지를 생각해야만 했다.

아니, 그 전에 이 사내가 정말로 죽은 것인지를 먼저 확인해야 했다. 조금 야윈 얼굴이긴 했지만, 죽은 사람이라기엔 사내의 육신은 너무나도 멀쩡해 보였다.

"이보십시오."

수생은 사내를 흔들어보았다. 그에게선 어떤 기척도 느껴지지 않았다. 심장이 아직 뛰고 있는지를 확인하기 위해 수생은 사내의 가슴에 얼굴을 기대보았다. 문득 희미한 박동이 느껴진 것 같았다. 수생은 귀를 더 바짝 갖다 댔다.

그 순간 시체처럼 누워 있던 사내가 벌떡 몸을 일으켰다.

"으아악!"

비명을 내지르며 수생은 뒤로 나자빠졌다.

"거참, 조용히 좀 삽시다."

일어나 앉은 사내는 시끄럽다는 듯 귓속에 손가락을 넣어 빙빙 돌리며 툭 한마디를 내뱉었다.

"사, 사, 살아있는 겁니까?"

수생은 놀란 눈을 깜빡이며 물었다.

"그럼 죽은 사람이 벌떡 일어났겠소? 황천 가던 귀신 불러 모으는 재주라도 가진 거요?"

사내는 갓을 고쳐 쓰며 놀리듯 빈정거렸다.

"죽은 사람처럼 그리 축 늘어져 있으니 그런 것 아닙니까? 그건 그렇고, 대체 누구십니까? 여기서 뭘 하고 있는 겁니까?"

"그러는 댁은 누구길래 남의 곤한 잠을 방해하는 거요?"

"잠을 잤다구요? 여기서 말입니까? 귀신들이 득시글박시글댄다는 이 폐가에서요?"

믿을 수가 없다는 얼굴로 수생이 되물었다.

"돈도 떨어졌고, 잠잘 데는 없고, 어쩔 수 있소? 귀신이랑 말 벗 좀 해주면 하룻밤 묵은 값 정도는 되지 않겠나 싶어 왔지. 그런데 웬걸. 시끄러워서 당최 잠을 잘 수가 없구만."

그렇게 투덜거리는 중에도 사내는 손을 올려서 갓을 이리저리 고쳐 써보고 있었다. 여전히 등을 반쯤 돌린 채였다.

수생은 문득 이상한 느낌이 들었다. 사내가 자신의 눈을 피하고 있다는 느낌이 들었던 것이다. 뭔가를 숨기고 있는 게 아닐까. 수생은 의심스러운 눈으로 사내의 몰골을 훑었다.

사내는 야윈 몸에 비해 지나치게 크다 싶은 허름한 두루마기 자락을 걸치고 있었다. 양태가 좁은 갓은 꽤나 낡았는지 여기저기 삐죽삐죽 올이 튀어나와 있었다. 겉으로 보기엔 몰락해버린 가난한 양반 나리쯤 되어 보였다.

정말로 유랑걸식을 하고 있는 걸까? 그래서 아무도 없는 폐가에 숨어든 걸까?

"이런 장소가 있다는 건 어찌 아셨습니까?"

수생은 사내가 앉아 있는 공간을 가리키며 다시 물었다. 이렇게 비밀스럽게 숨어 있던 공간을 이 사람은 어떻게 알아낼 수 있었던 걸까. 수생은 그것이 궁금했고, 또 수상했다.

"뭐 그리 궁금한 게 많소? 열려 있길래 그냥 들어왔소. 처박혀서 조용히 잘 수 있겠다 싶어서. 됐소?"

사내는 그렇게 말하며 수생을 향해 살짝 고개를 돌렸다.

짧은 순간, 눈이 마주쳤다. 그 눈을 본 수생의 어깨가 흠칫했다. 본 적이 있는 얼굴이었다. 얼마 전 능창군을 만나고 돌아오던 길에 집 앞에서 스치듯 지나쳤던 사내. 그가 틀림없었다.

수생은 저도 모르게 사내의 팔을 덥석 잡았다. 단지 본 적이 있는 얼굴이라서만은 아니었다. 아주 잠깐이었지만 사내의 눈동자 속에서 우물처럼 깊고 어두운 그림자를 본 것 같았기 때문이다.

"왜 이러시오?"

희관이 살짝 놀란 얼굴을 했다. 난데없이 자신의 팔을 붙잡고 늘어지는 수생이 의아한 듯했다.

"절 아시지 않습니까?"

수생은 다급하게 물었다.

"댁이 누군데 내가 댁을 안다는 거요?"

희관의 입에서 퉁명스러운 대답이 흘러나왔다.

"얼마 전, 한양의 수진방에 들르지 않았습니까? 그곳에서 저와 마주치지 않았습니까?"

수생이 다시 달려들 것 같은 기세로 물었다. 그런 수생을 향해 희관이 돌아앉았다. 비로소 수생은 사내의 얼굴을 제대로 볼 수 있었다.

얼굴 윤곽에서부터 이목구비까지 모든 것이 동글동글하게 생긴 사내였다. 전체적으로 귀염상인 사내의 얼굴은 백함과는 전혀 달랐다. 동그란 물방울처럼 생긴 눈동자는 특히나 그랬다.

조금 전 사내의 얼굴에서 보았다고 생각했던 그 어두운 눈빛은 착각이었을까.

하지만 그날 밤 집 앞에서 마주쳤을 때도 그랬다. 그때도 사내의 눈빛이 어딘가 낯이 익다고, 백함의 눈빛을 닮았다고 순간적으로 착각을 했더랬다.

그랬던 사내가 여기 백함의 집에 나타났다. 그것도 객이라면 절대로 알 수 없을 것 같은 비밀스러운 장소에서 말이다.

이 모든 게 정말 우연일까. 수생은 도저히 그렇게 생각되지가 않았다.

"이보시오, 한양까지 갈 여력이 있으면 내가 이리 비렁뱅이처럼 다 무너진 폐가들을 전전하고 있겠소? 사람 놀리는 것도 아니고 어이가 없어서, 원."

그렇게 말하며 희관은 자신의 팔을 잡고 있던 수생의 손을 떼어냈다.

"이제 용건 끝났으면 좀 가주시오. 졸려서 견딜 수가 없어서 말요."

희관은 과장되게 하품을 하며 등을 돌렸다.

사내가 계속해서 딴청을 피우고 있다는 느낌을 수생은 지울 수가 없었다. 무엇을 물어도, 어떤 말을 해도 사내는 쭉 이런 식으로 나올 것이 뻔했다. 그렇다면 더 이상 빙빙 말을 돌릴 필요가 없었다. 수생은 모험을 걸어보기로 했다.

"백함 나리."

돌아서던 사내의 등이 멈칫했다. 수생은 그가 고개를 돌리길 기다렸다. 어떤 얼굴로 자신을 볼 것인가 그것이 초조할 만큼 궁금했다. 사내가 얼굴을 돌리기까지 기다리는 시간이 수생에게는 더디게만 느껴졌다.

이윽고 사내가 수생을 돌아보았다. 짐작했던 대로 그의 얼굴에는 놀란 빛이 역력했다.

역시 착각했던 게 아냐? 태연하게 다른 사람인 척 시침을 떼고 있는 기야? 나를 알아봤으면서도 모른 척하고 돌아누우려 했던 거야?

수생의 입에서 원망의 말이 터져 나오려 했다. 하지만 사내가 더 빨랐다. 입을 연 그에게선 그러나 전혀 뜻밖의 말이 흘러나왔다.

"그 도령을 아시오?"

수생은 잘못 들은 게 아닌가 싶어 희관을 쳐다보았다. 사내는 어느새 불안한 얼굴이 되어 주위를 두리번거리고 있었다.

"한양에서 왔다 하지 않았소? 그런데 어찌 그 도령의 이름이 그쪽의 입에서 나오는 거요? 호, 혹시, 달아났다던 그 도령을 만나기라도 했던 거요?"

사내는 누가 듣기라도 할까 봐 두려운 듯 목소리를 낮췄다.

예상과는 전혀 다른 사내의 반응에 수생은 혼란스러워졌다. 그게 누구냐며, 왜 자신을 그리 부르냐며 의아한 얼굴을 했더라면 오히려 수생은 그를 백함이라 믿었을 것이다.

그런데 사내는 어떻게 그를 아느냐며 반문을 해왔다. 그건 사내 자신도 백함을 알고 있다는 뜻이었다. 그리고 수생에게 그 사실을 알리는 데 거리낌이 없다는 뜻이기도 했다. 적어도 백함과의 연결고리를 부인하지는 않은 것이다.

게다가 사내는 한걸음 더 나아가 백함을 알고 있는 수생을 수상하다고까지 여기는 듯했다.

"왜 대답이 없으시오? 그러고 보니 뭔가 좀 수상한 냄새가 나는데? 한밤중에 이 폐가에 불쑥 나타난 것도 그렇고. 누구요, 댁은?"

사내는 의심이 가득 담긴 눈으로 수생을 흘겨보았다.

"정말 절 모르십니까? 아니면 모른 척하는 겁니까?"

수생은 답답하다는 얼굴로 사내를 보았다. 이 사람이 백함이 아니라면, 이 겹겹이 겹친 우연은 대체 뭐지? 수생은 사내의 눈 속에 답이 있기라도 하다는 듯 탐색하는 시선으로 사내를 보았다. 마주친 그의 눈동자 속에서 감춰진 진심을 읽어내려 애를 썼다.

"와, 이거 답답하네, 진짜. 댁이 누군지 말을 해줘야 알 것 아니오. 아닌 밤중에 홍두깨도 아니고, 불쑥 나타나서 엄한 사람 물고 늘어지는 것도 유분수지."

사내는 주먹으로 제 가슴을 쾅쾅 쳐댔다. 오해를 받아서 억울하다는 표정이었다. 그 모습을 보고 있자니 자신이 정말 커다란 실수이라도 한 듯 느껴질 정도였다.

하지만 이 정도로 쉽게 그의 말을 믿을 수는 없었다. 백함에게라면 이미 몇 번이나 속은 전력이 있었다. 게다가 아무렇지도 않게 자신을 골려먹는 재주는 이 세상에서 백함을 따라갈 자가 없었다.

나중에 사내에게 제 오해를 사과하는 일이 생긴다 해도, 지금은 그를 쉽사리 놔줄 수가 없었다. 그가 주장하는 것이 진실인지, 아니면 자신이 의심하고 있는 것이 사실인지, 꼭 알아내고야 말겠다고 수생은 다짐했다.

"좋습니다. 저는 모르지만 백함 도련님은 아신단 말이죠? 그럼 이리 여쭙지요. 그 도련님이 죽었다는 것도 알고 계시냐구요."

수생은 사내의 눈을 똑바로 쳐다보았다.

"주, 죽었다니, 그게 정말이오?"

희관이 가슴을 치던 손을 멈추고 두 눈을 크게 떴다.

"예, 정말입니다. 제가 봤으니까요."

"쉿, 목소리 낮추시오!"

수생의 말이 떨어지기가 무섭게 희관이 검지를 제 입술에 갖다 댔다.

"누가 들으면 어쩌려고 그러시오? 도망친 역적의 자식하고 한패였다고 오해라도 받고 싶소?"

"오해가 아닙니다. 사실이에요. 그분을 죽인 사람이 누군지도 보았습니다."

과장되게 놀란 척을 하던 희관의 얼굴이 순간적으로 굳었다. 비록 잠깐이었지만 수생을 보는 눈동자가 흔들린 것 같았다.

"어디서 말이오?"

그렇게 물어보는 그의 목소리가 조금 잠겨 있었다.

"바로, 여기서요."

수생이 말한 사람은 물론 상협이었다. 그가 정말 백함을 죽인 범인인지 아닌지는 수생도 몰랐다. 착각이나 억측일 가능성도 충분했다. 그런 줄 알면서도 그 이야기를 꺼내놓는 건 눈앞의 사내가 누구인지를 반드시 확인해야만 했기 때문이었다. 백함이 맞다면, 이것만큼 그를 동요시킬 만한 이야기는 없었다.

수생과 눈이 마주치자 희관이 주춤거리며 뒤로 물러났다. 어느새그의 표정이 또다시 바뀌어 있었다. 하지만 이번에도 수생이 원하던반응은 나오지 않았다.

"서, 설마 지금 나를 의심하는 거요?"

"예, 맞습니다."

수생의 단호한 대답에 희관이 펄쩍 뛰어올랐다.

"아니, 뭐요? 생사람을 잡아도 유분수지, 내가 그 도령을 죽였다니, 말이 되는 소리를 하시오. 난 딱 한 번 얼굴을 본 일밖에 없소. 그것도 몇 년이나 전의 일이란 말요! 헌데 지금 누굴……."

"의심하고 있습니다. 그쪽이, 백함 나리일지도 모른다고 말입니다."

수생은 사내의 말을 끊었다. 벌린 입술을 미처 다물지도 못한 채희관이 놀란 눈으로 수생을 쳐다보았다.

"한패라고 의심이라도 받으면 어쩔 거냐 물으셨죠? 의심받는 것, 하나도 겁나지 않습니다. 사실이니까요. 백함 도련님은 저하고 동패였습니다. 서로가 원하는 것을 들어주기로 협정도 맺었습니다. 그리고 그 협정은 아직 끝나지 않았습니다. 허니……."

"허니…… 무엇이오?"

"딴청은 그만 부리시란 말입니다, 백함 나리."

"아하하하!"

수생의 말이 떨어지기가 무섭게 희관이 배를 움켜쥐고 큰 소리로 웃기 시작했다.

"뭐요? 내가 누구라고? 난 문희관이오, 문희관! 으하하, 세상에 태어나서 이런 황당한 말은 내 또 처음 들어보는구만."

사내는 도저히 참을 수 없다는 듯 배꼽을 잡고 한참을 웃었다. 수생은 그가 이 과장된 웃음을 그칠 때까지 참을성 있게 기다렸다.

지칠 만큼 웃고 난 후에야 희관은 겨우 웃음을 그쳤다. 수생을 돌아본 그의 얼굴에는 아직도 가시지 않은 웃음의 여운이 걸려 있었다.

"이보시오, 거짓말을 치려거든 적어도 앞뒤는 좀 그럴 듯하게 맞추고 치시오. 아깐 분명 그 도령이 죽는 걸 봤다고 하지 않았소? 그런데 그런 사람을 나한테 들이대면 어쩌자는 거요? 이래 갖고 어디 지나가던 고양이 한 마리라도 속여먹겠소?"

"그건 제가 해야 할 말일지도 모릅니다."

수생은 사내의 말을 맞받아쳤다. 어이가 없다는 듯 희관의 입꼬리 한쪽이 올라갔다. 백함에게서 자주 보던 익숙한 표정이었다.

"거 보아하니 이 댁 도령 행방을 아무도 모른다는 거 이용해서 무슨 이상한 사기라도 칠 생각인 모양인데, 이리 만난 것도 인연이니

내 충고 한마디하리다. 그 백함이라는 도령은 그냥 사라진 게 아니오. 자그마치 역모사건하고 관련돼 있단 말이오. 이게 무슨 뜻인지 아시오? 까딱 잘못 엮였다간 그쪽도 목숨 부지하기 힘들단 얘기요. 그러니 한패니 뭐니 그딴 시답잖은 말은 다시는 꺼내지도 마시오. 알겠소?"

희관은 다짐을 받듯 짧은 물음을 마지막으로 덧붙였다. 조롱하듯 가볍게 이어오던 말과는 묘하게 달라진 어조와 눈빛이었다. 그 안에 걱정 비슷한 것이 담겨 있다는 것을 수생은 어렴풋이 느낄 수 있었다.

백함이라면 이런 충고를 했을까. 수생은 스스로에게 물어보았다. 그가 자신에게 요구한 것은 오히려 그 위험 속으로 뛰어드는 일이었다. 애당초 원한을 갚는 일이라는 것이 그런 거였다.

그렇다면 엮이지 않도록 조심하라는 이 사내는 백함이 아니어야 했다. 그런데도 지금 이 순간만큼, 눈앞의 사내가 백함처럼 느껴진 적은 없었다.

"좋습니다, 그럼 확실히 말씀해보십시오. 그쪽은 누구십니까? 백함 나리하고는 어떻게 아는 사이십니까?"

"내가 왜 그런 것까지 일일이 말을 해줘야 하오? 무슨 꿍꿍이가 있는지도 모르는 사람한테 대체 뭘 믿고 그래야 한단 말요?"

"왜 그래야 하는지는 곧 아시게 될 겁니다."

수생은 손바닥을 탁탁 털고 자리에서 일어났다. 그리고는 벽장 뒤에 숨은 공간으로 희관을 밀치고 들어갔다. 한 사람이 겨우 누울

만큼 좁은 공간이었다.

"뭐하십니까, 졸려 죽겠다 하지 않으셨습니까? 어서 들어와 누우십시오."

수생의 당돌한 말에 사내의 입이 떡 벌어졌다. 황당하다는 얼굴로 희관은 수생을 바라보았다.

"뭐하는 거요? 이 좁아터진 곳에서 함께 자기라도 하자는 거요?"

"귀신하고 말벗을 하느니, 그래도 사람인 제가 더 낫지 않겠습니까?"

수생은 구석에 무릎을 모은 채 쪼그리고 앉은 다음 사내에게 손짓을 했다. 그런 수생을 한참 바라보다가 희관이 한숨을 푹 내쉬었다. 그리고는 성큼 다가와 다짜고짜 수생의 손목을 잡아 일으켰다.

"말도 안 되는 소리 말고, 어서 나가시오."

희관은 수생의 손목을 끌고 누마루를 가로질렀다.

"백함 나리가 아니라면서요? 그럼 여기도 그쪽 집이 아니지 않습니까? 그런데 무슨 권리로 나가라 마라 하는 겁니까?"

끌려가지 않으려고 뻗대며 수생은 손목을 잡은 그의 손을 뿌리쳤다. 희관이 다시 손목을 잡아챘다. 툇돌을 지나 마당으로 내려선 희관은 중문 앞까지 다다라 걸음을 멈추었다. 수생의 팔을 놓은 후 그는 중문 양쪽을 밖으로 활짝 밀어젖혔다.

"더 이상 배웅은 않을 테니 잘 가시오. 다시 한 번 나타나서 귀찮게 굴면 그땐 관아로 데려갈 테니 그리 아시오. 이 댁 도령이랑 한패라는 사람을 잡아왔다고."

"제 이름은 수생입니다."

맥락 없이 끼어든 대답에 희관이 수생을 보았다. 한쪽 눈썹이 삐쭉 위로 올라갔다. 의아하거나 못마땅한 일이 있을 때면 백함이 늘 짓던 표정이었다.

"관아에 넘길 때 참고하셔야 하지 않겠습니까?"

수생은 희관의 곁을 지나 왔던 길을 되짚어가기 시작했다. 잠시 그 모습을 지켜보던 희관이 다시 빠른 걸음으로 수생에게 다가왔다. 팔이 잡히는가 싶더니 수생의 몸이 휙 돌아갔다.

"계집이었소?"

수생은 대답 대신 희관을 빤히 쳐다보았다.

"그렇다면 얘기가 달라질 수도 있겠소."

희관은 짐짓 위협적인 표정을 지어 보였다. 그리고는 수생의 두 팔을 잡아 자신에게로 휙 끌어당겼다. 얼굴이 그의 어깨에 닿을 듯 가까워졌다. 이런 식으로 겁을 먹게 해서 수생을 쫓아낼 심산인 듯 했다.

수생은 그의 수에 말려들고 싶지 않았다. 그래서 버티고 선 두 발에 힘을 주었다. 겁을 먹거나 조금이라도 뒤로 물러서는 모습을 보여서는 안됐다.

"아뇨, 달라질 건 없습니다. 고작 이런 위협 정도로는 저를 쫓아낼 수 없을 테니까요."

"이래도 말이오?"

희관이 다시 수생의 이마 쪽으로 얼굴을 바짝 들이댔다. 부딪힐

만큼 서로의 얼굴이 가까워졌다.

이쯤 하면 고개를 뒤로 뺄 만도 했다. 뒷걸음질을 치며 줄행랑을 놓아야 정상이었다. 하지만 이번에도 수생은 꼼짝하지 않았다. 단지 버텨야겠다는 오기 때문만은 아니었다. 가까이에서 바라본 그의 눈동자가 수생으로 하여금 눈을 떼지 못하게 만들었던 것이다.

커다란 물방울을 닮은 눈동자. 그 밑에 어두운 우물이 가라앉아 있었다. 맑고 투명해 보이는 표면 아래 깊이를 알 수 없는 어둠이 숨겨져 있었다. 익히 알고 있는 어둠, 익숙한 눈빛. 이것보다 더 확실한 증거는 없는 것처럼 느껴졌다.

문득 사내의 낯선 얼굴 위로 백함의 얼굴이 겹쳐 보였다.

그것이 자신이 만든 환영이라는 걸 수생은 알고 있었다. 그럼에도 갑자기 콧등이 시큰거려왔다. 일체유심조라는 말도 모르냐며 자신을 놀려대던 백함의 목소리가 귓가에 들리는 듯 했다.

눈두덩으로 뜨거운 기운이 몰려들었다. 지켜주지 못해서 미안했던 거라 생각했는데. 갑자기 사라진 빈자리 때문에 허전한 것이라고만 여겼는데, 그것만이 아니었나. 사실은 이 얼굴을 다시 보고 싶었던 거였나.

귀신일 때도, 사람일 때도, 이렇게 매정한 이를 대체 왜? 그러지 말걸. 이렇게 혼자 잘 살고 있는 줄 알았으면 미안해하지도, 걱정하지도 말걸. 다시 만날 수 있길 바라지도 말걸.

갑자기 억울한 생각이 들었다. 눈앞의 사내가 백함이라는 증거도 없었는데 자신을 모르는 척, 다른 사람인 척 딴청을 피워대는 사내가 야속하고 미워 견딜 수가 없었다.

수생은 그 마음을 오른발에 실어 희관의 정강이를 힘껏 찼다.

"악!"

희관이 소리를 지르며 나가 떨어졌다. 맞은 부위를 발로 감싸 쥔 채 낑낑거리던 그가 균형을 잃었는지 비틀거렸다. 넘어지지 않으려고 희관은 수생을 향해 손을 뻗었다. 그를 붙잡기 위해 수생도 반사적으로 손을 뻗었다. 하지만 수생의 손이 닿기도 전에 희관의 몸이 뒤로 넘어갔다. 난데없이 들이닥친 검은 그림자 그리고 퍽, 하는 소리와 함께였다.

순식간에 벌어진 일에 깜짝 놀라 수생은 고개를 들었다. 두 손에 나무 막대기를 꽉 움켜쥔 오상이 씩씩 콧김을 내뿜으며 그곳에 서 있었다.

25

능창군은 저녁나절에 임금과 나누었던 대화를 하나하나 천천히 곱씹어보고 있었다.

온천으로 휴양을 나와 있던 임금은 갑작스레 모습을 드러낸 능창군을 보고 놀라워했다. 임금이 도성을 떠나 이천으로 향했다는 사실은 궐내에서도 아는 사람이 몇 없는 비밀사안이었기 때문이다.

예전 같으면 임금의 온행은 떠들썩하게 진행되었을 터였다. 임금이 곧 왕실이자 권력인 이 나라에서, 왕이 궐을 떠난다는 것은 국가의 중심이 옮겨간다는 것을 뜻했다. 따라서 비록 개인적인 질병 치료와 휴식을 위한 행차일지라도, 임금의 거동은 그 자체로 국가의 행사가 되는 법이었다.

보통 임금의 온행에는 따르는 호위 병사와 수행원들의 숫자만 천여 명이 넘었다. 어가가 지나는 길에는 수백, 수천의 백성들이 몰려들어 절을 하며 임금을 맞았음은 말할 나위도 없었다. 또한 온천에 도착한 후에는 온행을 수행해온 천여 명의 병사들이 임금이 머무는 어사(御舍)를 지켰다.

그 같은 관례에 비추어볼 때, 이번 온행은 상당히 예외적이었다. 대외적으로 비밀에 부쳐진 채 은밀하게 진행되었을 뿐만 아니라 온천에 머무는 기간도 단 며칠에 불과했던 것이다.

게다가 지금의 왕에게 뚜렷한 지병이나 질병이 있다는 이야기를 능창군은 들어본 바가 없었다. 무언가 다른 목적이 있는 것일까. 그 목적을 감추기 위해 온천에서의 휴양이라는 외피를 두른 것이 아닐까. 그런 의구심이 자꾸만 일었다.

따라서 평소의 능창군이었다면 결코 온행을 나간 임금을 찾아가지는 않았을 것이다. 이미 왕의 세력들에게 표적이 되고 있는 그였다. 그런데 그런 그가 왕의 은밀한 행적을 알고 있다면 어찌되는가. 게다가 하인 한 명 거느리지 않은 채 천여 명의 병사들이 지키는 어사를 찾아간다면, 그 대범함을 임금은 과연 어떻게 받아들이겠는가.

들어오라는 명을 받고 방 안으로 들어서기 직전, 능창군은 크게 한 번 심호흡을 했다.

이제부터 맞닥뜨리게 될 어떤 의혹의 시선에도, 진의를 떠보는 어떤 말에도 흔들리지 않으리라 굳게 결심을 했다.

오늘의 모험을 감행하는 이유. 그것 하나만 생각하자 다짐을 하며 능창군은 방 안으로 한 발을 들여놓았다.

등 뒤로 문이 스르르 소리도 내지 않고 닫혔다. 능창군은 조심조심 임금의 앞으로 다가가 세 번의 배례를 올렸다.

"전하, 그간 강령하셨사옵니까. 들라 하시지 않았는데 뵈옵기를 청한 무례를 용서하여주시옵소서."

능창군은 바닥에 짚은 두 손 위로 시선을 떨구었다. 그리고는 가만히 임금의 대답을 기다렸다.

그러나 왕에게서는 아무런 답이 없었다. 소매가 스치는 소리가 들렸고 술잔에 술이 가득 차는 소리가 들렸다. 그 술이 임금의 입술을 넘어간 후에도 옥음(玉音: 임금의 목소리)은 들려오지 않았다. 방 안에는 오랫동안 긴장된 침묵만이 흘렀다.

아마도 왕이 앉아 있는 병풍 뒤로 그의 호위무사가 그림자처럼 지키고 있으리라.

고개를 숙인 사이 호위무사가 바람처럼 나타나 자신의 목을 벨지도 모른다는 데 생각이 미치자 능창군의 손바닥에서 땀이 나기 시작했다.

하지만 먼저 입을 열 수는 없는 일이었다. 어쩌면 이것은 시험인지도 몰랐다. 무엇을 시험하려 함인지는 몰라도 임금의 명을 받기 전까지는 절대로 움직여서는 안 된다는 본능적인 경계심이 일었다.

얼마나 시간이 흘렀을까. 임금에게서 나지막한 웃음소리가 새어나왔다. 그 소리는 방 안을 가득 채운 긴장과 침묵 밑을 건너와 바닥에 착 엎드린 능창군의 무릎 위로 스멀스멀 기어올랐다. 오금이 저리고 어깻죽지가 서늘해지는 것 같았다.

"술잔을 들어 밝은 달을 불러왔더니, 너도 그림자처럼 나를 따라 왔더냐. 자, 받거라. 깨어 있을 때는 함께 즐거움을 나누어야 하지 않겠느냐."

임금이 술잔을 내미는 기척이 느껴졌다. 능창군은 두 손을 공손히 올려 어주를 받아들었다. 향긋한 술 냄새가 입안 가득 퍼졌다.

"그래, 여기까지는 어쩐 일이더냐? 어찌하면 눈에 띄지 않을까 이리저리 과인을 피해 다니는 줄로만 알았더니."

능창군이 술을 넘기는 모습을 지켜보던 임금이 다시 입을 열었다. 방금 전까지는 긴장 때문에 눈치 채지 못했지만, 이제 들으니 귀에 닿는 옥음이 평소와는 달랐다.

온욕 덕분에 심신뿐만 아니라 목소리까지 노곤하게 풀린 것일까. 아니면 술기운에 젖은 것일까. 얼핏 들으면 모든 긴장을 내려놓은 듯 방심한 목소리처럼 들리기도 했다.

"드리고 싶은 청이 있어 왔사옵니다."

"오늘은 놀라운 일의 연속이로구나. 천하의 능창군이 과인에게 청을 할 때가 다 있다니. 그래, 어떤 청인지 들어나 보자꾸나. 과인의 행선지를 누설한 자가 누구인지 추궁 받을 위험을 무릅쓰고 예까지 찾아왔을 때는 그럴 만한 연유가 있을 것이 아니겠느냐."

여전히 느긋한 목소리였지만 임금의 말 속에는 무시무시한 내용이 담겨 있었다. 역심을 품고 궐내의 누군가와 공모를 해 과인을 감시하고 있었구나! 그렇게 능창군을 몰아붙여 역모의 혐의를 덧씌울 수도 있음을 넌지시 알려주고 있었던 것이다.

다시 등줄기가 서늘해져왔다.

저도 모르게 빳빳하게 굳어버린 능창군의 표정에 임금이 호탕하게 웃음을 터뜨렸다.

"허허, 무얼 그리 긴장하는 게냐. 설마 내가 이 자리에서 너를 치기라도 할까 봐서? 걱정 놓아라. 모든 근심을 잠시라도 잊고 싶어 온 곳이다. 게다가 기껍게도 술벗이 생겼거늘, 내 어찌 널 벌할 궁리부터 하겠느냐. 허니 망설이지 말고 말해보거라. 무슨 일로 과인을 찾아 왔더냐? 고즈넉한 달밤에 향기로운 술 그리고 멀리서 온 벗이 있으니 아름다운 여인의 이야기라면 딱 어울릴 법은 하겠다만."

그렇게 운을 띄워놓고도 막상 능창군의 입에서 여인의 이야기가 나왔을 때 임금은 휘둥그레진 눈을 감추지 못했다.

"말이 되는가, 이것이. 여인 때문에 나를 만나고자 했다고? 내 분명, 능창군은 수많은 여인들을 홀리지만 그 스스로는 누구에게도 얽매이지 않는 자유분방한 사내라고 들었다. 헌데 그런 능창군은 어딜가고, 이리 여인 때문에 안절부절못하는 사내가 앉아 있단 말이더냐."

임금은 능창군이 하는 말을 믿지 않는 눈치였다. 바짝 몸을 엎드리고 있다곤 하나 언제 정적이 되어 자신에게 칼을 들이밀지 모르는 정원군 일가, 그 중에서도 제일 잘난 재목이라 칭송받는 능창군이 한양을 떠나 이곳 온천까지 자신을 만나러 온 것이 고작 여인 때문이라니. 누가 그 말을 믿을 수가 있겠는가.

그러나 능창군은 떠보는 물음에도, 속내를 건드리는 질문에도, 대놓고 던지는 농에도 흐트러짐이 없었다. 자신을 만나러 온 이유가, 그의 말처럼 온전히 여인 때문임을 확인한 임금은 피곤한 듯 흐트러져 있던 몸을 일으켜 세웠다. 능창군의 이야기가 그의 흥미를 끈 것임에 틀림없었다.

"사족의 여식이 아닌 여인은, 정녕 집안에 들일 수가 없는 것입니까?"

추궁을 끝낸 임금이 자신의 말을 기다리는 것을 깨닫고 능창군이 다시 입을 열었다.

"어찌 그런 당연한 것을 물어보느냐. 첩으로 삼아서 들이면 될 일이 아니더냐."

"첩이 아니라 내자로 들일 방법은 없는 것입니까? 정식으로 혼례를 올리고 말입니다."

"이게 무슨 소리냐? 학문에는 뛰어나도 법도는 모르더냐? 왕실과 서민 사이에는 통혼이 엄격히 금지되어 있음을 모르지는 않을 터! 아니면 여인을 모르는 것이더냐? 그도 아니면……."

임금은 잠시 말을 멈추었다. 무서운 이야기가 그의 입에서 흘러나올 것임을 능창군은 짐작할 수 있었다.

"네가 정말 임금의 자리를 꿈꾸고 있는 것이더냐? 아내가 아닌 다른 여인을 들일 때 혼례를 올릴 수 있는 건 임금뿐이란 걸 모르는 것은 아니겠지?"

임금의 목소리가 싸늘해졌다. 술잔에 불러온 달빛도 차갑게 얼어버렸다. 능창군 역시 심장에 오한이 들었다. 그러나 지금은 그러한 떨림에 굴복할 때가 아니었다.

"모를 리가 있겠사옵니까. 너무나 잘 알고 있기에 소신, 이렇게 감히 전하를 뵙기를 청했던 것입니다."

능창군의 목소리는 차분했지만 그 안에는 무언가 절박한 울림이 있었다. 임금이 미간을 찌푸렸다.

"허면 법도를 바꾸어 달라, 청이라도 넣으러 왔단 말이냐?"

"아닙니다. 어찌 소신 하나 때문에 법도를 바꿀 수가 있겠습니까."

"허면 무엇이냐? 네가 과인에게 원하는 것이."

드디어 임금에게 하고 싶었던 진짜 이야기에 도달했다.

자신의 청을 임금이 어떻게 받아들일 것인가. 과연 어떤 대답을 내려줄 것인가. 능창군은 마치 운명의 갈림길에 선 듯한 기분이었다.

"먼 곳으로 가서 살게 허락하여주십시오, 전하. 이름도 잊고, 핏줄도 잊고 촌부처럼 살아가도 좋을 것입니다. 그리하여 다시는 전하의 귀에 소신의 소식이 들리지 않게 할 것입니다. 허니 그리 잊혀질 수 있도록 허락하여주시길 간청 드립니다."

생각지도 못했던 청이었는지, 임금은 오랫동안 침묵을 지켰다. 살얼음판 같은 침묵이었다. 언제 깨어질까. 이 밑에 도사리고 있는 어둠이 언제 발목을 낚아챌까. 능창군은 두근대는 심장을 부여잡은 채 임금이 입을 열기를 기다렸다.

"가만 보니, 네가 지금 선수를 치려는 것이로구나. 아무것도 하지 않을 테니, 나를 해치지 마라, 그리 선전포고를 하고 있는 게야!"

오늘 밤 마주친 이래 처음으로 임금의 목소리에 날이 섰다. 경쟁자를 만난 맹수처럼 임금은 명백한 위협의 기운을 뿜어내고 있었다.

그런데 참으로 이상한 일이었다. 나른한 듯 늘어져 있던 목소리보다 적의를 드러낸 지금의 이 목소리가 능창군에게는 훨씬 더 안전하게 느껴졌다. 여기엔 적어도 그림자가 없었기 때문이었다. 숨기고 있던 칼날을 언제 꺼내들지 모르는 상대보다 대놓고 창을 휘두르며 위협하는 상대가 덜 위험한 법이라고 능창군은 생각했다. 겁을 집어먹어 도망가길 바란다는 건 적어도 숨통을 끊어놓지는 않겠다는 의미였으므로.

"무어라 부르시든 소신이 전하께 청을 드리는 마음이 달라지진 않을 것입니다."

"오로지 마음에 품은 여인 때문이다, 그 말이더냐?"

임금이 확인을 하듯 되물었다. 그렇다는 확고한 대답을 들은 후 살짝 미간을 찌푸린 그는, 추후에 전언을 넣을 것이라는 말로 능창군을 물렸다.

능창군은 임금이 이 거래의 손익을 계산하고 있다는 것을 알았다. 곰곰이 따져본다면 결론도 아마 능창군 자신이 내린 것과 크게 다르지 않으리라.

이미 몇 번에 걸친 역모사건이 있었다. 왕의 친형이 죽었고, 대비가 후궁으로 강등되어 유폐되었으며, 어린 동생 또한 비참한 죽음을 맞았다. 많은 자들이 연루되어 죽고, 다치고, 귀양을 갔다. 더 이상의 역모사건은 이제 임금에게도 정치적인 부담일 수밖에 없었다.

그러나 임금의 곁에 있는 사람들은 여기서 멈추려고 하지 않을 것이다. 자신들의 권력을 위해 계속해서 역모사건을 만들어댈 것이 분명했다.

그런데 가장 유력한 정적인 능창군이 알아서 이 싸움에서 빠져주겠다고 한다. 그것도 다른 이유가 아니라 여인 하나 때문에.

임금으로선 이 제안을 받아들인다 하여 손해를 볼 일은 없었다. 물론 그가 능창군의 진심을 믿어주기만 한다면 말이다.

과연, 믿어주실까. 허락을 하여주실까.

임금을 만나기 전보다도 오히려 능창군의 마음은 무거웠다. 그 마음의 무게를 만든 것이 기대라는 놈임을 그는 누구보다도 잘 알고 있었다.

바라는 것이 없을 땐 바람처럼 가벼울 수 있었다. 그러나 희망이라는 놈이 가까이 오면 마음은 언제나 추를 달았다. 그 추에 매달려 가라앉지 않으려고 능창군은 언제나 버둥거리며 살아왔다. 자신의 안에서 희망이라는 놈을 끊임없이 퍼 올려 내던져버리면서…….

이제 더 이상은 그렇게 살고 싶지 않았다. 수생 그 아이와 함께라면 그럴 수 있을 것만 같았다.

밖에서 들려오는 소리에 능창군은 상념에서 깨어났다. 꽤나 시끄럽게 웅성거리는 걸로 보아 작은 소란이 있는 듯했다.

능창군은 살짝 방문을 열어보았다. 건장한 사내 한 명이 등 뒤에 축 늘어진 다른 사내 한 명을 업고 있었다. 그 옆에는 패랭이를 쓴 아담한 사내가 서 있었다.

"아까까진 멀쩡하게 잘 있던 방이 갑자기 사라졌다는 게 말이 되 냔 말이오. 내 분명 잠깐 일행을 데리러 갔다 온다 하지 않았소?"

일행을 업고 있는 남자가 주인에게 거세게 따지고 들었다.

"언제 그리 얘기했소? 난 못 들었수다."

주인장이 유들유들하게 대꾸를 했다.

"그러지 마시고 사정 좀 봐주시면 안 되겠습니까? 아픈 사람이 있 어서 그럽니다."

앳된 사내의 목소리가 이어서 들려왔다. 아무래도 주막에 방이 모 자라 문제가 생긴 모양이었다. 그러고 보니 자신에게 마지막 방을 내주던 주인의 표정이 조금 이상했던 게 기억났다. 저 사람들이 미 리 묵어가기로 한 방을 내가 차지한 모양이로군.

상황을 알아봐야겠다는 생각에 능창군은 방 밖으로 나왔다. 주인 과 실랑이를 벌이던 일행들의 시선이 방문을 열고 나오는 그에게로 쏠렸다.

패랭이를 쓴 사내의 얼굴을 마주친 순간, 능창군은 자신의 눈을 의심했다.

거짓말처럼 수생이 그곳에 서 있었던 것이다.

눈앞에 능창군이 있다는 사실을 믿기 어려운 건 수생도 마찬가지 였다.

백함인지 아닌지 알 수 없는 사내 때문에 온통 정신이 팔려 있던 탓일까. 갑작스레 나타난 능창군의 모습은 꿈속에 난데없이 끼어든 전혀 다른 꿈 한 조각 같이 느껴졌다. 허름한 주막과 대비되어서인지 그의 꽃 같은 미모가 오늘따라 비현실적으로 보였다.

"네가 어찌 여기 있느냐?"

눈이 휘둥그레진 능창군이 서둘러 마당으로 내려섰다.

"나리께서는 이곳까지 어쩐 일이십니까?"

대답 대신 능창군은 물끄러미 수생을 바라보았다. 임금을 뵈러 왔다 생각했는데 실은 너를 만나러 온 것이었더냐. 그리 생각하자 참으로 신기하다는 생각이 들었다.

"아는 분이냐?"

오상이 팔꿈치로 수생을 툭, 치면서 소곤거렸다. 차림새로 미루어 보아 꽤나 신분 높은 나리라는 걸 오상도 한눈에 짐작할 수 있었다.

수생이 막 대답을 하려는데 오상의 등 뒤에서 비명이 튀어나왔다.

"아이고, 사람 죽겠네."

모두의 시선이 그쪽으로 쏠렸다. 오상의 등에 기절한 듯 업혀 있던 희관이었다.

"정신이 드쇼?"

오상이 얼른 희관에게로 고개를 돌리며 물었다. 수생을 괴롭히고 있다고 착각한 나머지 몽둥이를 들고 달려든 죄로, 오상은 그를 업고 여기까지 달려온 참이었다.

"괜찮으신 겁니까?"

수생의 걱정스러운 시선도 희관에게로 못 박혔다.

"좀 눕고 싶소. 어지러워서 죽을 것 같소."

희관은 끙끙 앓는 소리를 냈다.

"부탁드립니다, 사람이 아파서 그러니 우리 셋 몸 누일 곳만 좀 내어주십시오. 골방이라도 좋습니다."

수생이 다시 주인에게 부탁을 했다.

"이것 참, 어쩔 수 없구만. 그럼 이렇게 합시다. 두 분은 내 방을 쓰시오. 좀 좁긴 하지만 어찌어찌 두 사람이 발 뻗을 정도는 될 거요."

주막 주인은 희관을 업고 있는 오상에게 안쪽에 있는 자신의 방을 가리켰다. 오상이 고개를 끄덕거렸다. 이번에는 주인이 수생에게로 고개를 돌렸다.

"그리고 총각은⋯⋯."

잠시 말을 끊고 주인은 능창군을 슬쩍 쳐다보았다.

"여기 이 나리와 잘 아는 사이 같으니 나리께서만 괜찮으시다면 한 방을 쓰는 게 어떻겠소?"

"아니 될 말입니다!"

주인의 말이 미처 끝나기도 전에 수생의 대답이 날아들었다. 아니, 대답이라기보다는 비명에 더 가까운 목소리였다. 주인이 어이없다는 표정으로 수생을 쳐다보았다.

"나, 나리께 그런 폐를 끼칠 수는 없단 말입니다."

겸연쩍은 얼굴로 수생이 다시 덧붙였다.

주막 주인의 입장에서야 수생을 사내라 생각해서 내놓은 의견일 터였다. 하지만 수생에겐 말도 안 되는 제안으로 들릴 뿐이었다. 한 방을 쓰라니. 그런 무례한 부탁을 능창군도 들어줄 리가 없었다. 그렇지 않습니까, 나리? 수생은 구원을 요청하는 심정으로 그를 향해 고개를 돌렸다.

눈이 마주치자 능창군이 살짝 미소를 지었다. 온화하고 따뜻한 미소였다.

나리께서 적당히 거절을 해주시겠지.

수생은 마음을 놓았다. 그런데 그의 입에서는 전혀 예상 밖의 대답이 흘러나왔다.

"나는 괜찮다. 그 편이 모두에게 편하다면 그리하는 게 좋겠구나."

"예? 하, 하오나……."

당황한 수생이 항의를 하려고 입을 열었다. 그러나 주인은 그럴 겨를을 주지 않았다.

"아이고, 잘됐네. 역시 우리 나리께서는 훤칠하신 용모만큼이나 마음도 넓으십니다, 그려. 자, 그럼 두 분은 어서 이쪽으로 따라 오시구려. 그나저나 의원은 안 불러 드려도 되겠수?"

주인은 오상에게 따라오라 손짓하며 주막 안쪽으로 뛰듯이 걸어 들어갔다. 수생은 어찌해야 할지 몰라 오상을 돌아보았다. 그러다가 그의 등에 업혀 있던 희관과 눈이 맞부딪혔다.

잠시 두 사람의 시선이 얽혔다. 무슨 생각을 하는지 읽을 수 없는 눈동자는 아무리 보아도 백함의 것이었다. 능창군과 한방에 드는 것보다 지금은 백함일지도 모르는 이 사내와 떨어져야 한다는 게 수생은 더 불안했다. 이러다가 이 사내를 다시 놓쳐버리는 게 아닐까. 그래서 겁이 났다.

오상이 흘끔 능창군의 눈치를 살피며 수생에게 귓속말을 건넸다.

"괜찮겠냐? 저분도 네가 계집이라는 거 알고 계신 게야?"

수생은 곤란한 얼굴로 오상을 쳐다보았다. 대답을 하려고 입을 여는데 주인이 다시 안쪽에서 오상을 불렀다.

"아, 뭐하시오. 빨리 오지 않고!"

"알겠소!"

큰 목소리로 대꾸를 한 다음 오상이 다시 수생에게로 고개를 돌렸다.

"일단 난 가볼 테니 혹시라도 무슨 일이 있거든 소리를 질러라. 그럼 내가 당장이라도 달려오마."

오상의 말이 끝나기가 무섭게 능창군이 풋, 웃음을 터뜨렸다. 영문을 몰라서 오상은 수생을 돌아보았다. 수생의 얼굴이 벌겋게 달아올라 있었다.

대답하느라 잔뜩 올렸던 목소리를 낮추지 않은 채 큰 소리로 귀엣말을 해버렸다는 사실을 오상은 그제야 깨달았다.

"헉, 소, 송구합니다요, 나리. 소인은 그런 뜻이 아니라……."

"괜찮네. 어서 가보게. 일행이 꽤나 힘들어 하는 것 같으니."

능창군의 말에 수생은 다시 희관을 돌아보았다. 눈꺼풀이 그의 눈동자 위로 황급히 내려오고 있었다.

"그럼 편히 주무십시오, 나리."

살았다는 얼굴로 넙죽 인사를 하고 오상은 도망치듯 뛰어갔다.

북적이던 주막 안마당에는 이제 수생과 능창군만이 남았다. 어수선하던 밤공기가 순식간에 착 가라앉았다. 물러갔던 밤새 소리도 다시 들려왔다.

능창군은 옆에 선 수생을 돌아보았다. 안절부절못하는 표정으로 얼굴이 발개진 채 서 있을 거라 생각했는데, 아니었다. 수생의 시선은 주막 안마당을 향하고 있었다. 정확히는 사내를 안고 뛰어가는 오상의 등을 쫓아가고 있었다. 당장이라도 그 뒤를 따라가고 싶다는 마음이 수생의 얼굴 위에 오롯이 드러났다.

함께 방에 들자니 불안해서 그러는 것인가.

허긴 능창군 자신도 놀랄 만큼 충동적으로 나온 대답이긴 했다. 다른 때 같았으면 이런 식으로 수생을 당황시킬 일은 절대로 하지 않았을 것이다. 애당초 그런 식으로 누군가를 곁에 두려 해본 적이 없는 능창군이었다.

하지만 오늘은 달랐다. 그럴 수만 있다면 영원히 피하고만 싶던 임금을 여기까지 제 발로 찾아온 건 수생 때문이었다. 처음으로 곁을 주고 마음에 들인 여인을 온전한 제 사람으로 만들고 싶어서였다.

그 길에서 이 아이를 만난 것이 정말 우연일까. 우연이라면 그것을 운명으로 만들고 싶다는 생각이 들었다. 그 운명이 도망가지 못하도록 수생의 손을 꼭 붙들고 싶었다.

능창군은 수생의 손목을 잡으려고 손을 뻗었다. 그때까지도 수생의 시선은 멀어진 일행의 등 뒤에 머물러 있었다.

제게로 향하지 않는 그 시선이 능창군은 조금 서운했다. 그래서였을까. 수생의 손목을 잡은 손에 저도 모르게 힘이 들어갔다.

그제야 놀란 듯 수생의 눈이 그에게로 돌아왔다. 잠시 그 눈을 마주보던 능창군이 수생의 손목을 끌었다. 그렇게 말없이 수생을 자신의 방으로 이끌었다.

두 사람이 발을 뻗고도 남을 만큼 방은 충분한 크기였다. 문제는 마음을 편히 뻗을 수 없다는 데 있었다.

사방이 막힌 좁은 방 안에 능창군과 단 둘이 앉아 있으려니 수생은 숨소리조차 낼 수 없을 지경이었다. 조금만 몸을 움직여도 옆에 놓인 촛불이 흔들렸다. 그 바람에 능창군의 그림자가 출렁일 때마다 수생의 마음도 따라서 덜컥거렸다.

참으로 이상한 밤이었다. 다시는 만나지 못할 거라 생각한 백함, 아니 백함일지도 모르는 사내를 만났다. 그리고 생각지도 못한 곳에서 능창군까지 마주쳤다. 자신을 둘러싼 모든 것들이 서로 뒤엉킨 채 얽혀 있는 기분이 들었다.

자신의 마음도 딱 그랬다. 눈앞의 능창군 때문에 수생은 심장이 떨렸다. 이렇게 밀폐된 공간에서 서로를 마주본 채 앉아 있자니 가슴이 터질 것만 같았다.

분명 그랬는데 이상하게도 신경은 온통 방문 밖을 향하고 있었다. 혹시라도 이러고 있는 사이 사내가 저 마당을 가로질러 주막을 나가버릴까 봐, 그렇게 영영 사라져버릴까 봐 불안했다.

그런 마음을 아는지 모르는지 능창군은 조용히 앉아 수생을 바라보고만 있었다. 다른 때 같았으면 수생의 마음을 편하게 해주려고 이런저런 농도 던지고 화사한 미소도 날려주었을 텐데, 오늘은 웬일인지 그럴 마음이 전혀 없어 보였다.

평소 같지 않은 능창군의 태도에 방 안의 공기가 더욱 어색하게 느껴졌다. 눈을 마주치는 것이 힘들어 수생은 시선을 내렸다.

능창군은 수생이 어째서 이곳에 와 있는지 그것이 궁금했다. 어째서 또 남장을 하고 있는지, 같이 있던 자들은 누구인지. 무슨 이유로 그 사내의 등에서 그리 오랫동안 눈길을 떼지 못한 것인지.

짐작컨대 상협의 집을 찾아간 것과 오늘의 일 사이에 연관이 있으리라.

물어도 대답이 돌아오지 않을 거라 생각했기에 능창군은 그날 수생을 상협의 집 앞까지 데려다주면서도 무슨 일로 그를 만나려 하는지 묻지 않았다. 다만 자신과 착각을 했다는 사내, 수생이 벗이라 부르던 그자와 관련된 일이 아닐까. 그 정도만 짐작할 뿐이었다.

자신에게는 알려주려 하지 않던 수생의 비밀. 그것을 능창군은 알고 싶기도 했고 동시에 외면하고 싶기도 했다.

"힘들지 않느냐? 예까지 걸어왔다면 하루가 꼬박 걸렸을 터인데."

이윽고 입을 연 능창군의 목소리가 공기 속에 낮게 깔려왔다.

"괜찮습니다, 나리. 이 정도론 끄덕도 없습니다. 나리야말로 피곤하지 않으십니까? 편히 쉬셔야 하는데, 괜한 폐를 끼쳐 정말 송구합니다."

능창군은 사내의 차림새를 한 채 무릎을 꿇고 앉은 수생을 물끄러미 바라보았다. 송구하다며 고개를 숙이는 수생의 모습이 왠지 마음에 들지 않았다. 자신을 마음에 품은 사내와 한 방에 든 여인이 할 말은 아니었던 것이다.

"헌데 어찌 또 남장을 하고 있더냐?"

수생의 이런 태도가 옷차림 때문이기라도 하다는 듯 능창군은 애꿎은 남장 탓을 했다.

"길 가다 도적이라도 만나면 사내처럼 보이는 게 더 안전하다는 말을 들어서요. 또 이런 차림새라야 오상 형님도 절 편하게 대할 것 같았습니다."

"아까 등에 업혀 있던 그 사내 말이냐? 그자와 함께 한양에서 내려온 것이더냐?"

능창군은 그리 물으며 수생의 표정을 살폈다. 일행을 바라보고 있던 수생의 눈이 역시나 마음에 걸렸다. 그 눈이 누구의 등에 머물러 있었는지가 궁금했다.

"아닙니다. 그 사람은…… 이곳에 내려와서 우연히 만났을 뿐입니다."

"헌데 어찌하여 동행을 하느냐?"

"실은 오상 형님이 그자를 무뢰배라 착각해서 기절을 시켜버리는 바람에……."

오늘 처음 만난 사내라. 허면 아까의 표정 속에 담겨 있던 것은 단순히 걱정하는 마음이었던가. 그 표정 속에서 무언가를 보았다고 생각한 건 괜스레 초조해진 내 마음 때문이었던가.

"기절까지 시킬 정도였으면 무언가 오해 살 짓을 한 모양이지. 혹 네게 무슨 나쁜 수작이라도 부린 것은 아니고?"

"그럴 리가 있겠습니까, 나리."

반쯤은 농담처럼 물은 말에 수생이 펄쩍 뛰었다.

"그 사내 눈에는 제가 그저 볼품없는 사내아이처럼 보였을 텐데요. 오상 형님도 제게 그리 말했습니다. 누가 보아도 영락없는 사내아이 같다고 말입니다."

어쩐지 수생이 사내를 변호하고 있다는 생각이 들었다. 능창군은 다시 입을 다물고 수생을 보았다. 눈길을 피하는 것인지 수생이 살짝 고개를 숙였다. 머리 위에 눌러쓰고 있던 패랭이가 수생의 눈을 교묘하게 가렸다.

"형님, 형님 하는 걸 보니 아무래도 안 되겠구나. 우선 그 패랭이부터 벗어야겠다. 계속 이리하다가는 자칫 스스로 여인이라는 사실까지 잊어버리게 될까 무섭구나."

능창군은 그리 말하며 수생의 머리 위에 걸친 패랭이를 가리켰다. 그제야 수생은 제가 모자를 벗을 생각조차 못 할 정도로 긴장해 있었다는 것을 알았다.

수생은 얼른 목에 맨 패랭이 끈으로 손을 가져갔다. 그런데 마음이 급할 땐 늘 그렇듯, 끈은 잘 풀리지가 않았다. 바람에 날아가지 말라고 몇 번을 꽁꽁 매듭을 지어 묶어버린 탓이었다.

능창군은 낑낑대는 수생의 모습을 물끄러미 지켜보았다. 부끄러워져서 수생은 반쯤 뒤로 돌아앉았다. 그와 동시에 능창군의 그림자가 크게 일렁였다. 수생은 고개를 들었다. 어느새 능창군이 코앞까지 다가와 앉아 있었다. 숨결이 닿을 만큼 가까운 거리였다.

깜짝 놀라 굳어버린 수생을 대신해 능창군이 패랭이의 끈을 풀어주기 시작했다. 그의 섬세한 손가락 끝이 몇 번이나 수생의 살결을 스쳐 지나갔다. 그때마다 수생은 숨을 쉬기가 힘이 들었다.

이윽고 단단히 매어 있던 끈이 풀려나갔다. 능창군이 곧바로 수생에게서 패랭이를 벗겨내자 상투를 틀어 올린 머리와 흰 머리띠를 두른 당찬 이마가 드러났다.

머리끈도 마저 풀어내기 위해 능창군은 수생의 머리 뒤로 손을 돌렸다. 수생의 얼굴이 그의 팔 안에 안기다시피 들어왔다. 부드러운 목덜미와 동그란 어깨가 긴장하고 있는 것이 느껴졌다.

이대로 이 목덜미에 손을 올려 끌어당겨볼까. 그리하여 작은 새 같은 이 아이의 어깨를 품어볼까.

스쳐 지나듯 충동적으로 일어난 생각이었다. 그런데 그 반향은 꽤나 강렬했다. 아직은 아니라고, 자신의 조카여식에게 무엇을 해줄 수 있냐고 묻던 윤상궁의 질문에 대답을 찾기 전까지는 그리해서는 안 된다고, 그렇게 생각하면서도 망설임은 꽤나 오랫동안 능창군의 손끝에 달라붙어 있었다.

그 망설임을 느꼈던지 수생이 머뭇머뭇 고개를 들었다. 맑고 순진한 눈동자가 떨고 있었다.

끈질기게 버티고 있던 미련을 능창군은 간신히 물렸다. 그리고는 손가락을 움직여 수생의 이마를 감싸고 있던 끈을 마저 풀었다.

곧 끈이 스르르 수생의 어깨 위로 떨어져 내렸다. 능창군은 그 끈을 잡기 위해 손을 뻗었다. 잔뜩 굳어 있던 수생의 어깨가 다시 한 번 흠칫거렸다.

"왜 그리 바짝 얼어 있느냐? 내가 널 잡아먹기라도 할까 봐 겁이라도 나느냐?"

능창군은 수생의 귀에 대고 속삭이듯 물었다. 그 목소리에 약간의 웃음기가 섞여 있는 것 같았다.

"아닙니다! 무섭다니요."

수생은 긴장했다는 걸 들킬까 봐 애써 목소리를 가다듬었다. 생각보다 목소리가 떨려 나오지 않아 다행이었다.

"잔뜩 겁먹은 얼굴을 하고 있다는 건 알면서 그리 말하느냐?"

"그, 그렇지 않습니다. 나리를 겁낼 이유가 무엇이 있겠습니까."

"어째서 그럴 이유가 없다 하느냐?"

"예?"

수생은 뜻밖의 반문에 다시 고개를 들었다. 웃음기가 섞여 있던 목소리와는 달리 능창군의 눈에는 조금의 장난기도 담겨 있지 않았다. 예상과는 다른 그의 눈빛에 수생은 조금 당황하고 말았다.

"사내와 여인이 한방에 들었는데, 겁을 낼 이유가 없다는 것이 오히려 더 이상하지 않느냐."

"하오나…… 나리께서는 그러실 분이 아니라는 걸 잘 아는 까닭에……."

"그렇다면 네가 잘못 알고 있었구나."

능창군이 수생의 말을 끊었다. 부드럽지만 결코 느긋하지만은 않은 목소리였다.

"내가 너를, 품을 일이 없다 생각하느냐?"

귓가에 닿은 그의 목소리 속에는 열기 비슷한 것이 희미하게 꿈틀대고 있었다. 그것이 무엇인지를 정확히 설명할 자신은 없었다. 하지만 파르르 떨리는 수생의 심장은 본능적으로 그 의미를 느끼고 있었다.

수생은 눈을 들어 능창군을 보았다. 그의 눈이 흔들림 없이 자신을 응시했다. 오늘 밤 이곳에서 서로를 마주친 그 순간부터 그가 줄곧 그렇게 자신을 보고 있었다는 것을 수생은 알고 있었다.

설마 정말 이 나라 왕가의 후손하고 혼례라도 올릴 수 있다고 믿는 건 아니겠지?

백함은 협정을 맺기 직전 자신의 소원을 비웃으며 그리 말했었다. 자신이 무어라 대답했는지도 수생은 똑똑히 기억했다. 능창군 나리의 진실한 마음을 원할 뿐이라고 답을 했었다.

하지만 그때만 해도 그 소원은 구체적인 형태를 띤 것이 아니었다. 그의 마음을 얻고 싶다는 소원은 그 자체가 이미 허황된 꿈이었다. 덕분에 그 꿈 너머에 현실이 있을 거라는 생각은 해볼 엄두도 내지 못한 게 사실이었다. 수생에겐 오히려 그 꿈을 이뤄주겠다고 말한 귀신이 능창군보다 더 현실에 가까운 존재였다.

아마도 그래서였을 것이다. 벗이 되자던 제안에도, 자신을 향해 읊어주던 시에도, 늦은 밤 자신을 향해 왔던 그의 발걸음에도 마음 껏 화답을 할 수 없었던 이유는.

가까이 다가온 능창군의 숨결에, 열기 띤 그의 눈동자에 황홀할 만큼 가슴이 뛰면서도, 밖에서 들려오는 희미한 부스럭거림에 자꾸 만 마음이 들썩이는 것은.

스스로를 사내라 말하는 그의 앞에 여인으로 선뜻 나서지지가 않 는 것은.

"이번에도 답을 하지 않을 것이냐? 화답시를 끝까지 돌려주지 않 은 것처럼 말이다."

능창군이 다시 물어왔다. 이번에야말로 그는 제 마음을 수생에게 제대로 전할 작정이었다. 지난번처럼 한 발짝 모르는 척 물러서주고 싶지 않았다. 그렇게 수생에게 달아날 길을 열어주고 싶지 않았다.

"나리……."

"그럼 달리 물어보겠다. 내가 지금 여기서 너를 품겠다면, 넌 어찌 하겠느냐?"

수생의 심장이 쿵, 소리를 내며 내려앉았다. 그 진동이 사방으로 퍼져나가기라도 했는지 온 몸에서 쿵, 쿵, 심장 뛰는 소리가 나는 것 같았다.

"대답해다오. 이번에는 꼭 답을 듣고 싶으니."

쉽사리 놔주지 않겠다는 눈빛으로 능창군이 달아나려는 수생의 눈동자를 붙들었다. 주위를 감싸고 있던 공기가 갑자기 흐름을 멈 춘 듯 느껴졌다.

수생의 귀에는 쿵, 쿵, 심장 뛰는 소리만이 들려왔다. 그 소리가 이상하다 싶을 정도로 계속해서 커지며 다가왔다.

쿵, 쿵, 쿵, 쿵.

그러다 한순간 갑자기 소리가 멈췄다.

그제야 수생은 그것이 제 심장소리가 아니라는 것을 깨달았다. 방문 밖에서 나는 소리였다. 들으라는 듯 쿵쾅대는 누군가의 발자국 소리. 그 소리가 방 앞에 멈춰 있었다.

수생은 능창군에게 붙잡혀 있던 눈동자를 얼른 방문 쪽으로 돌렸다.

밖은 캄캄해서 문 앞에 누가 서 있는지는 알 길이 없었다. 발소리의 주인이 아직도 그곳에 서 있는지, 벌써 사라졌는지, 그것조차 알수가 없었다.

이상한 느낌에 사로잡혀 수생은 벌떡 몸을 일으켰다.

그 사람일지도 몰라. 벌써 가버렸는지도 몰라. 수생의 손이 급히 문고리를 잡았다.

"앉아라."

등 뒤에서 들려온 목소리에 수생의 손이 멈추었다. 무슨 표정인지 읽기 힘든 얼굴로 능창군이 수생을 올려다보았다.

"아직 내 물음에 대답을 아니 주었다."

"금방 돌아오겠습니다."

"앉으라고 하였다."

평소 같지 않게 능창군이 고집을 부렸다.

"명을 따르지 못할 이유가 있습니다, 나리."

"명령을 하는 것이 아니다. 모르겠느냐? 붙잡고 있는 것이다. 가지 말라고, 네게 청을 하고 있는 것이다."

능창군의 목소리는 분명하고 단호했다. 문 밖에서 다시 인기척이 들려왔다. 이번에는 다가왔던 발소리가 멀어져가고 있었다.

수생은 저 발소리의 주인이 누구인지도 몰랐다. 백함인지, 백함이라 착각했지만 다른 사내인지, 전혀 상관없는 주막의 또 다른 객인지. 반면 자신 앞에는 다른 사람도 아닌 능창군이 앉아 있었다. 그토록 흠모하고 동경해왔던 사내가 자신을 붙잡고 있었다.

어떻게 해야 할지 결론은 정해진 일이었다. 이대로 문고리를 놓고 능창군에게로 돌아가야 했다. 그가 기다리는 답을 들려주어야 했다.

머리로는 분명 그렇게 생각하고 있었다. 그럼에도 불구하고 손이 멋대로 움직였다. 문고리를 잡은 손에 힘이 들어갔다. 하지만 수생은 문을 열 수 없었다. 어느새 등 뒤로 다가온 능창군이 수생의 두 팔을 붙잡았다. 그리고는 천천히 수생을 돌려 세웠다.

"저 사내가 누구더냐?"

예상 밖의 질문이었던지 수생의 눈동자가 잠시 흔들렸다.

"그자더냐? 벗이라던 사내. 네가 기다리고 있다던 그 사내 말이다."

묻고 싶었던 말이 드디어 능창군의 입에서 흘러나왔다.

수생이 애지중지하던 항아리. 그 항아리가 있어야만 돌아온다던 벗. 둘이 있을 때는 언제나 그 벗의 이야기가 나왔더랬다. 함께 나누던 이야기의 끝은 항상 그 벗의 이야기로 돌아가곤 했다.

정인은 아니라며 펄쩍 뛰었지만, 수생의 뇌리 속에 늘 그 사내가 머물고 있었다는 걸 능창군은 어렴풋이 느끼고 있었다. 이제는 그 사내가 누구인지를 물어볼 때가 되었다고 그는 생각했다.

하지만 수생은 대답을 할 수가 없었다. 답을 하기 싫어서가 아니었다. 그가 누구인지 자신도 확실히 알 수가 없었던 까닭이었다.

백함인가, 다른 이인가.

백함이라면 벗인가, 그렇지 않은가.

자신은 정말 그를 기다리고 있었던가. 하지만 무슨 이유로? 능창군이 이리 가까이 있는데. 귀신이 필요했던 이유는 오직 능창군 때문이었는데 왜 그의 말을 거역하면서까지 귀신을 따라가려 하는가.

어느 것 하나에도 수생은 속 시원히 대답할 수가 없었다. 그래도 한 가지는 알고 있었다. 지금 저 사내를 놓치면 다시는 백함을 만나지 못할 수도 있다는 사실이었다.

수생은 능창군의 눈을 마주보았다. 그에게 자신이 원하는 것을 말해야 했다.

"그것도 돌아와서 말씀 올리면 아니 되겠습니까, 나리? 지금은 답을 드리지 못합니다. 하지만 돌아오면 반드시 답을 드리겠습니다. 아니, 답을 드리기 위해선 저 사람을 따라가야만 합니다. 그러니 보내주십시오, 나리."

수생은 제 마음이 능창군에게 닿길 바랐다. 그 마음이 통했을까. 말없이 수생을 내려다보던 그가 이윽고 입을 열었다.

"그 사내라면……."

능창군이 방 문고리로 손을 가져갔다. 수생의 등 뒤에서 천천히 방문이 열렸다.

"있거라. 내가 대신 데려올 테니, 너는 여기서 나를 기다리다오."

수생의 대답을 기다리지 않고 능창군은 그대로 방을 나섰다. 돌아선 수생의 눈앞에서 스르르 방문이 닫혔다.

"그 나리라면 조금 전에 산책을 좀 해야겠다고 나갔는뎁쇼?"

주막 안쪽에서 주인장의 목소리가 들려왔다. 능창군이 무어라 나지막하게 대답하는 소리도 들렸다. 수생은 방문에 귀를 딱 붙인 채 밖에서 들리는 소리에 온 신경을 집중했다.

곧 능창군의 발자국 소리가 다가왔다 멀어져갔다. 싸리문 열리는 소리가 들리는 걸로 보아 사내를 찾으러 주막 밖으로 나가는 모양이었다.

수생은 안절부절 못한 채 방 안을 뱅뱅 돌기 시작했다.

산책을 나갔다는 주인의 말을 곧이곧대로 믿어도 될까. 그 사내는 폐가에서 만났을 때도 자신을 떼어놓으려고 했다. 오상 때문에 기절하지 않았다면 주막까진 같이 오려 하지도 않았을 것이다. 허니 정신이 들었다면 다시 백함의 집으로 돌아가거나 다른 잠자리를 찾아볼지도 몰랐다.

그런 그를 능창군 나리가 찾아내실 수 있을까. 심지어 그 사내가 백함의 집에서 밤을 보내려 했던 것도 모르시는데.

수생의 손이 다시 방 문고리를 향했다. 여기서 나를 기다려 다오. 그리 말하던 능창군의 목소리가 떠올랐다. 하지만 몇 번을 생각해도 마찬가지였다. 그 사내를 쫓아가야 했다. 그를 붙잡고 다시 한 번 꼭 물어봐야 할 말이 있었다.

망설임을 떨치려는 듯 수생은 방문을 힘껏 밖으로 밀어젖혔다.

주막을 나온 수생은 어두운 밤길을 달려 나갔다.

자시를 훨씬 넘긴 거리에는 인적이 뚝 끊겨 있었다. 어디선가 발자국 소리가 들려오진 않을까. 수생은 주변의 소리에 귀를 기울였다. 그러나 밤벌레와 밤새의 울음소리만이 간간이 밤의 정적 속으로 섞여들 뿐이었다.

일단은 백함의 집으로 가보자. 수생은 달리는 발걸음의 속도를 높였다.

한참을 가자 물이 졸졸 흐르는 소리가 들려오기 시작했다. 근처에 있는 작은 개울에서 들려오는 소리였다. 조금 더 달려가자 작은 개울이 나왔다. 물 위로 튀어나온 바위 몇 개가 징검다리를 이루고 있었다.

이 개울을 지나면 바로 백함의 집이었다.

급한 마음에 수생은 재빨리 징검다리 위로 뛰어올랐다. 얼마 전에 비가 왔는지 개울의 물살은 꽤 불어 있었지만 징검다리를 건너는 데는 문제가 없어 보였다. 수생은 바위들 사이를 폴짝폴짝 뛰어 개울을 건넜다.

마지막 바위 위에 이르렀을 때 수생이 걸음을 멈췄다. 한 걸음에 뛰어가기엔 개울 가장자리가 너무나 멀게 보였던 것이다. 아무래도 자신이 서 있는 바위와 개울 가장 자리 사이에 바위 하나가 사라진 것 같았다. 짐작컨대 갑자기 불어난 물에 원래 있던 바위가 잠겨버린 모양이었다.

수면 밑을 들여다보기 위해 수생은 바위 위에 쪼그리고 앉았다. 저 앞에서 작은 물보라가 튀어 오르는 게 보였다. 자세히 보니 수면 밑으로 보일 듯 말 듯 검은 바위 하나가 웅크리고 있었다.

저 정도라면 건너갈 수 있겠어.

수생은 신고 있던 짚신과 버선을 모조리 벗어버렸다. 그것들을 두 손에 단단히 쥔 후 수생은 맨발을 조심스레 앞으로 뻗었다.

물 밑에 잠긴 바위의 표면은 꽤나 미끄러웠다. 잠시 몸이 기우뚱했다. 균형을 잡으려고 수생은 몸을 비틀어댔다. 그 순간 어둠 속에서 두 개의 노란 불빛이 펄쩍 뛰어올랐다.

흠칫 놀라 발이 바위 위에서 미끄러졌다. 눈 깜짝할 사이에 수생의 두 다리가 풍덩, 개울 속에 빠졌다. 재빨리 몸의 균형을 잡은 덕분에 다행히도 엉덩방아를 찧지는 않았다. 하지만 무릎까지 차오른 개울물이 순식간에 냉기를 흩뿌려 온몸에 오스스 소름이 돋았다.

수생은 철벅거리며 급히 개울 가장자리로 올라갔다. 젖은 바지자락을 무릎 위로 걷어 올리고 있는데 조금 전 보았던 두 개의 노란 불빛이 수생에게로 다가왔다. 고개를 들어 보니 길고양이 한 마리가 등을 동그랗게 말아 올린 채 수생을 도도하게 쳐다보고 있었다.

저리 가. 수생은 고양이를 향해 손을 내저었다. 그러다가 문득 제 두 손이 텅 비어 있다는 사실을 깨달았다.

엇, 내 버선! 내 짚신! 수생은 급히 뒤를 돌아보았다. 어두운 개울물 위로 희고 작은 물체 몇 개가 두둥실 떠내려가고 있었다.

간신히 버선과 짚신을 건져내고 다시 개울가로 나왔을 때 수생의 온몸은 홀딱 젖어 있었다. 미끌미끌한 개울 바닥을 헛디뎌 미끄러지는 통에 머리까지 폭 젖은 몰골도 몰골이려니와, 피부에 달라붙은 젖은 옷 때문에 사지가 바들바들 떨려왔다.

수생은 백함의 집을 향해 뛰어갔다. 대문을 열어젖힐 때만 해도 물기를 닦을 헌 옷이나 천을 먼저 찾아볼 생각이었다. 하지만 집 안으로 들어서자 마음이 바뀌었다. 일단은 사내가 그곳에 돌아왔는지를 먼저 확인해야만 할 것 같았다. 수생은 사랑채를 향해 급히 발길을 돌렸다.

누마루의 벽은 감쪽같이 원래의 모습으로 돌아와 있었다. 아까 전이곳을 떠날 땐 분명 열려 있었던 문도 사라진 채였다. 누군가가 이곳으로 돌아와 그 비밀스러운 문을 닫아버린 것이 틀림없었다.

수생은 얼른 문이 있던 벽 앞에 가서 섰다. 이 뒤에 그 사내가, 백함이 있을까. 추위 때문인지 긴장 때문인지 벽을 밀고 있는 손이 떨렸다.

그런데 뒤로 밀릴 줄 알았던 벽은 꼼짝도 하지 않았다.

이상하다, 분명 여기가 맞는데? 수생은 다시 힘을 주어 벽을 밀어보았다. 소용이 없자 위치를 바꿔가며 벽의 구석구석을 밀어도 보고 두드려도 봤다. 하지만 결과는 마찬가지였다.

부르르 떨려오는 어깨를 두 팔로 감싸 안은 채 수생은 눈앞의 벽을 노려보았다. 잘못 보았던 게 아니라면, 꿈을 꾼 게 아니라면, 분명 문은 여기 있어야 했다. 그런데 문이 사라졌다면, 이유는 하나밖에 없지 않은가. 누군가가 저 안에 들어가서 문을 잠가버린 것이다.

수생은 주먹을 쥔 손으로 눈앞의 벽을 힘껏 치기 시작했다.

"거기 있는 거 다 압니다! 문 좀 열어보십시오!"

주먹을 쥔 손이 발갛게 부어오를 때까지 수생은 벽을 두드렸다. 그러나 문은 열리지 않았다.

"뭐가 두려워서 이리 문까지 걸어 잠그고 숨어 있는 겁니까? 설마 아까 같은 일이 또 벌어질까 봐 무서워서 그러는 건 아니시겠죠? 다시는 발길질 않겠습니다. 몽둥이를 들고 달려올 사람도 없습니다! 정말입니다! 허니 이리 좀 나와보십시오, 예?"

수생은 대답이 없는 벽 뒤를 향해 고함을 쳤다. 침묵이 대답을 했다.

"정 이리 나오신다면 좋습니다. 누가 더 오래 버티는지 한번 두고 보자구요! 대신 후환은 각오하셔야 할 거예요. 그간 잊고 계셨나본데, 제가 또 질기기는 찰떡같고 뒤끝은 한여름 엿가락처럼 긴 사람이란 말입니다. 아시겠습니까!"

수생은 큰 소리로 다시 협박을 했다. 하지만 이대로 버티고 있기가 힘든 건 실은 수생 쪽이었다. 흠뻑 젖은 옷 때문에 몸이 참을 수 없을 만큼 떨려왔던 것이다.

벽에 등을 기댄 채 수생은 쪼그리고 앉았다. 최대한 몸을 웅크려서 몸의 온기가 달아나는 걸 막아보려 했다. 손바닥으로는 연신 젖어서 떨고 있는 두 팔을 비벼보았다. 하지만 뼛속까지 들어온 추위를 몰아내기엔 역부족이었다.

갈아입을 옷이 없다면 물기를 닦을 천이라도 찾아봐야 하지 않을까. 하지만 자리를 비운 사이 저 사내가 사라지면 어쩌지?

이러지도 저러지도 못하는 상황에 수생은 울고 싶어졌다. 자신이 왜 이런 꼴을 한 채 이 음산한 폐가에서 떨고 있어야 하는지, 어째서 벽 뒤에 있을 게 분명한 사내는 문을 열어주지 않는 것인지, 그런 사내가 야속해 죽겠는데도 자신은 왜 이곳을 떠날 수가 없는지, 아무것도 알 수가 없었다.

무릎을 감싼 팔꿈치 속에 수생은 풀썩 얼굴을 묻었다. 얼마나 그렇게 떨고 있었을까. 어깨위로 무언가가 툭 떨어지는 느낌이 났다.

수생은 반사적으로 고개를 들었다.

먼지 냄새가 밴 낡은 천이 수생의 어깨를 덮고 있었다. 낡고 빛바랜 도포였다.

그것을 확인한 순간 수생은 벌떡 일어났다.

난데없이 나타난 것이었지만 그 도포는 하늘에서 떨어진 것도, 바람에 날아온 것도 아니었다. 떨고 있는 자신을 위해 보이지 않는 손이 건네준 것이라는 걸 수생은 알 수 있었다. 그리고 그런 것을 해줄 수 있는 이는 세상에 단 한 사람, 백함뿐이라는 것도.

어디 있습니까, 나리? 수생은 고개를 돌려 사방을 둘러보았다. 차가운 두 개의 눈동자가 어둠 속에서 빛나고 있지 않을까. 다급한 눈으로 누마루 주위를 훑으며 수생은 백함의 모습을 찾았다. 하지만 어디에도 그의 모습은 보이지 않았다.

수생은 즉시 누마루 난간 쪽으로 다가갔다. 툇마루를 거쳐 툇돌을 지나 마당으로 내려갈 마음의 여유가 없었기에 그대로 난간을 넘어 마당으로 뛰어내렸다. 이제부터 온 집 안을 뒤져서라도 그를 찾아낼 생각이었다.

땅바닥에 손을 짚는 순간 수생의 눈에 움직이는 노란 불빛 두 개가 보였다. 그 불빛은 누마루 밑의 어두운 공간 속으로 빠르게 도망을 치고 있었다.

저기야! 수생은 앞뒤 생각할 겨를도 없이 불빛을 따라 누마루 밑으로 들어갔다. 허리를 반쯤 숙인 채 불빛이 사라진 방향을 따라 가던 수생은 곧 그 불빛의 정체와 마주했다.

그것은 고양이였다. 아까 전 개울가에서 자신을 골탕 먹였던 그놈이 분명했다. 고양이는 이쯤 골탕 먹였으면 충분하다는 듯 수생을 흘낏 보더니 도도한 걸음으로 다시 어둠 속으로 멀어져갔다.

실망감이 수생을 덮쳤다. 허탈감에 무릎에서 힘이 빠져 나갔다. 털썩 자리에 주저앉자 백함이 던져주고 간 낡은 도포자락이 수생을 놀리듯 펄럭거리며 무릎 위로 내려왔다.

이런 게 어딨습니까. 어디로 숨어버린 거예요?

수생은 애타는 눈을 허공으로 던졌다. 누마루를 향해 다가오는 흰 그림자가 수생의 눈에 잡힌 것은 그때였다.

그림자에서 시선을 떼지 않은 채 수생은 천천히 몸을 일으켰다.

이번엔 절대 놓치면 안 돼.

상대가 눈치 채지 못하도록 수생은 얼른 누마루 기둥을 떠받치고 있는 댓돌 뒤로 몸을 숨겼다. 그곳에서 기다리고 있다가 백함이 가까이 오면 기습을 할 생각이었다. 이렇게라도 하지 않으면 자꾸만 달아나버리는 그를 붙잡지 못할 것 같았다.

사내가 대청 밑 툇돌에 발을 올렸다. 그와 동시에 수생은 숨어 있던 누마루 밑에서 튀어나왔다. 그러나 사내의 얼굴을 확인한 순간 수생은 그대로 동작을 멈추고 말았다.

백함이 아니었다. 흰 그림자의 주인공은 다름 아닌 능창군이었던 것이다.

수생은 황급히 누마루 기둥 뒤로 숨었다. 여기서 들키면 안 된다는 생각이 본능처럼 수생을 휘감았다.

숨을 죽인 채 수생은 능창군이 지나가기를 기다렸다. 곧 그의 발이 낡은 대청마루 바닥 위로 올라서는 소리가 들려왔다.

그 순간 수생은 뒷머리가 쭈뼛 서는 것 같았다. 능창군 때문이 아니었다. 사라졌던 고양이가 언제 돌아왔는지 눈앞에서 노란 불빛을 번뜩이며 서 있었던 것이다.

이야옹.

대청 바닥을 밟던 능창군의 발소리가 멎었다. 수생도 숨이 멎는 것 같았다. 고양이가 다시 앙칼지게 울음소리를 뿜어냈다.

이야옹.

나리가 들으셨을까?

수생은 조마조마한 심정으로 귀를 기울였다. 주위에선 어떤 소리도 들려오지 않았다. 대청마루를 걷는 소리도, 그렇다고 마당으로 내려서는 소리도 없었다. 완벽한 정적이 주변의 공기를 둘러쌌다.

상황을 알아보려고 수생은 조심스레 누마루 기둥 옆으로 고개를 내밀었다. 허리를 숙여 누마루 밑을 내려다보고 있던 능창군이 수생을 발견한 것과 누마루 밑에서 빠끔히 고개를 내민 수생이 능창군을 발견한 것은 거의 동시였다.

두 사람의 눈이 마주친 순간 수생은 그대로 굳어버렸다. 능창군의 눈에도 놀란 빛이 떠올랐다. 그 빛이 곧 어둡게 변해갔다.

능창군은 대청마루 위로 올려놓았던 발을 내렸다. 툇돌 아래 마당으로 내려선 그가 누마루 쪽으로 한 걸음 다가섰다.

수생은 다짜고짜 등을 돌려 달아나기 시작했다. 자신이 왜 도망을 가고 있는지 그 이유는 스스로도 정확히 알 수가 없었다. 다만 지금은 그의 눈을 마주볼 자신이 없었다.

능창군이 곧 빠른 걸음으로 수생을 뒤따라왔다. 팔꿈치에 그의 손이 닿는 것이 느껴졌다. 순식간에 팔을 잡힌 수생의 몸이 뒤로 돌았다.

머리부터 발끝까지 흠뻑 젖은 채로 떨고 있는 수생을 능창군은 물끄러미 바라보았다. 여러 가지 감정이 한꺼번에 밀려들었다. 자신을 기다려 달라 했건만 결국 이렇게 그 사내를 찾아 나선 수생에게 화가 났다. 반면 창백한 얼굴로 달달 떨고 있는 모습에는 걱정이 몰려왔다.

하지만 가장 강렬하게 그를 사로잡은 감정은 따로 있었다. 경련이라도 난 듯 심장이 조여들며 날카로운 통증이 가슴을 할퀴었다.

이런 몰골이 되어서까지 주막으로 돌아가지 않고 그 사내를 찾고 있었던 것이냐. 이렇게까지 해야 할 정도로 그 사내가 네게 중요한 사람이더냐?

문득 수생의 오른손에 누구의 것인지 모를 낡은 도포 하나가 들려 있는 것이 보였다. 능창군은 도포를 향해 손을 뻗었다. 수생의 손에서 순순히 도포가 빠져나왔다.

그 사내의 것인가? 그렇게 생각하자 왠지 참을 수 없는 심정이 되었다. 능창군은 그대로 손을 뻗어 수생을 끌어당겼다. 품안에 안긴 수생의 어깨가 떨고 있었다. 누구 때문에, 무엇 때문에 떨고 있는지 알 수가 없어서 능창군은 애가 타고 화가 났다.

"나리……."

너무나도 갑작스럽게 일어난 일에 수생은 당황하고 말았다. 놀란 심장이 미친 듯이 뛰었다. 수생은 얼른 몸을 뒤로 빼 능창군의 품에서 빠져나오려 했다. 그러나 그는 수생을 놓아주지 않았다.

"잘못했다 말하거라."

떨고 있는 수생의 어깨처럼 능창군의 목소리도 떨렸다. 하지만 그 떨림의 밑바닥에 있는 건 전혀 다른 성질의 것이었다. 처음으로 느껴보는 뜨거운 감정의 소용돌이. 그것을 능창군은 필사적으로 억누르는 중이었다.

"왜 말하지 않느냐? 송구합니다, 나리. 그리 입버릇처럼 말하지 않았더냐."

능창군은 다시 한 번 수생을 다그쳤다.

"……당부하신 말씀을 지키지 못해…… 송구……."

"아니, 아니다. 그리 말하지 마라. 그저 내가 오해한 것이라 말하거라. 너는 나를 따라왔을 뿐이라고 그리 얘기하거라. 허면 내 더 이상 너에게 아무것도 묻지 않을 것이다."

억지라는 것을 알고 있었다. 그러나 수생이 그리 말해준다면 그리 믿고 싶은 마음이었다. 더 이상 아무것도 알려 하지 않을 것이다. 그 사내가 누구인지, 왜 그 사내를 좇아왔는지. 그저 아무 일도 없었던 것처럼 수생의 손을 잡고 주막으로 돌아갈 것이다. 그러니 이번에는 제발 내가 원하는 답을 해다오.

수생은 입술을 깨물었다. 가슴이 꽉 막혀오는 것 같았다. 그가 바라는 대로 하고 싶었다. 자신의 마음을 온전히 능창군에게 맡기고 그가 이끄는 대로 따라가고만 싶었다.

하지만 아무리 애를 써도 그렇게 되지가 않았다. 백함을 따라온 제 마음이 무엇인지는 여전히 알 수 없었지만, 그 마음을 없었던 것처럼 외면할 수도 없었다.

수생의 입에서는 끝내 능창군이 원하는 말이 나오지 않았다. 아무리 기다려도 그 말을 듣지는 못할 거라는 사실을 그는 비로소 깨달았다.

능창군은 수생을 안았던 팔을 풀었다. 상처받은 어린 새처럼 수생이 어깨를 떨면서 그의 품에서 떨어져 나갔다. 어째서 그리 울고 싶은 표정을 하고 있더냐. 정작 그리하고 싶은 것은 나인데.

"아무래도 잘못했다 말해야 하는 건 나인 듯싶구나."

한참 만에 그의 입에서 나온 것은 뜻밖의 말이었다. 무슨 뜻인지 몰라 수생은 고개를 들었다.

"벗이 되자 했던 말은 이제 그만 잊어버리거라."

그렇게 말하는 능창군의 표정은 그 어느 때보다도 차분하고 냉정해 보였다.

"나를 흠모했다, 동경했다 했었지? 그런 것도 이젠 하지 말거라. 수진궁에서 제일가는 나의 추종자였다, 그런 말도 다시는 듣고 싶지 않다."

능창군의 입에서 흘러나오는 말들이 수생의 가슴에 와서 박혔다. 덜컥, 심장이 내려앉는 것 같았다. 단단히 화가 나신거야. 이리 다정히 대해주셨는데, 이리 마음을 써주셨는데 주제도 모르고 감히 나리의 말을 외면해버려서. 그리 생각하자 눈앞이 캄캄해지는 기분이었다.

"너를 품겠다 했던 말도 거두마."

그렇게 말하고 나서 능창군은 잠시 입을 다물었다.

"하지만 내 마음속에 너를 품었다는 것은 더 이상 숨기고 싶지 않구나."

능창군은 수생의 얼굴에 어떤 표정이 떠오르는지를 보고 싶었다. 수생은 여전히 파리하게 질린 얼굴로 떨고 있었다. 그 얼굴이 더 창백해졌는지, 아니면 조금이라도 홍조가 돌아왔는지 그는 알고 싶었다. 하지만 무심한 어둠이 그것을 가로막고 있었다.

"허니 너도 마음속에 다른 이를 품지 말아다오."

능창군은 다시 말을 이었다. 그 어느 때보다도 단호한 표정과 말투였다.

"다른 사내를 쫓는 것도 오늘까지다. 다음에 만났을 땐 나를 따라오거라. 나만을 기다리거라."

수생은 꿈을 꾸고 있는 게 틀림없다고 생각했다. 능창군이 자신에게 마음을 고백하고 있었다. 그의 마음속에 자신을 품었노라 말해주고 있었다. 말도 안 되는 일이었다. 바라긴 했으되 이루어질 거라고는 믿지 못했던 꿈을 지금 다시 꾸고 있는 것이 틀림없었다.

하지만 그의 고백보다 더 믿을 수 없는 것은 수생 자신이었다. 이렇게 가슴이 터질 것 같은데, 어째서 그러겠다고 냉큼 고개를 끄덕일 수 없는 것인지. 자신도 나리를 감히 마음에 품고 있었노라 고백을 드리지 못하는 건지.

능창군은 조용히 선 채 수생의 대답을 기다렸다. 가늘게 떨리고 있는 그 입술을 바라보았다. 하지만 이번에도 대답은 나오지 않았다.

물에 젖어 떨고 있는 수생을 바라보다가 능창군은 이윽고 등을 돌렸다. 다른 때 같았다면 절대로 수생을, 아니, 다른 어떤 누구라도 이런 야심한 시각에 폐가에 혼자 남겨 두는 일은 없었을 것이다.

그러나 이번만큼은 달랐다. 주저 않는 발걸음으로 능창군은 성큼성큼 멀어져갔다. 대답하지 않는 수생에게 화가 났다는 뜻이었다. 그것을 수생은 똑똑히 느낄 수 있었다.

뭐하고 있는 거야? 얼른 나리를 따라가. 가서 말씀을 드리란 말이야. 나리와의 연을 얼마나 꿈꾸어 왔는지. 그리고 고백하란 말이야. 그 사내, 백함은 나리와 연을 맺게 도와준 귀신일 뿐이라고. 나리께서 원하신다면 이제 다시는 그 사내를 쫓지 않겠노라고. 이제는 더 이상 그럴 필요가 없다고.

마음은 그리 재촉을 해댔다. 하지만 수생은 제자리에 선 채 꼼짝도 할 수 없었다. 능창군의 뒷모습이 멀어져 가고 있었다. 이렇게 가슴이 무너질 것 같은데, 이렇게 울고 싶은데 왜 발길이 떨어지지 않는지 알 수가 없었다.

콧등이 시큰거리며 서서히 눈물이 차올랐다. 길 잃은 아이 같은 심정이 되어 수생은 뒤를 돌아보았다.

흐릿해진 시야로 반딧불 하나가 반짝이는 게 보였다.

수생은 눈을 깜빡거렸다. 그러자 반딧불이 다시 둘로 늘어났다. 조금 전보다 더 선명해진 두 개의 불빛이 수생의 눈앞으로 모여들었다. 그 빛에서 서서히 푸른색 그림자가 뿜어져 나왔다.

수생은 숨을 멈췄다.

푸른빛은 점점 더 선명해지더니 익숙한 모습으로 변해갔다. 다시 눈을 감았다 떴을 때 수생의 눈앞에는 백함, 그가 서 있었다.

26

백함은 바닥에 떨어진 도포를 집어 들어 수생에게 내밀었다.

그런 그를 수생은 꼼짝도 않은 채 바라만 보고 있었다. 눈물이 주
르륵 흘러서 뺨을 적시고 있었지만 닦을 생각조차 하지 못했다. 눈
만 깜빡여도, 손가락 하나만 움직여도, 그가 사라질 것 같아 무서
웠다.

가볍게 한숨을 내쉰 백함이 한 걸음 다가왔다.

도포를 펴서 어깨에 걸쳐 줄 때까지도 수생은 움직이지 않았다.
흠뻑 젖은 어깨만이 쉴 없이 바들바들 떨고 있을 뿐이었다. 그 어깨
가 안쓰러워서인지 도포 위에 올린 손이 쉽사리 떨어지질 않았다.

가까이 다가온 백함의 모습은 수생이 기억하는 그대로였다. 창백
한 낯빛도, 걸핏하면 한쪽 끝이 말려 올라가던 입술도, 그 끝 모를

어둠 같은 눈동자까지. 그것이 오히려 수생을 불안하게 했다.

이것도 내가 만들어낸 환영은 아닐까.

수생은 천천히 손을 올려 백함의 얼굴을 만져보았다. 손끝에 차가운 감촉이 닿았다. 아아, 진짜구나. 헛것을 보고 있는 게 아니야. 수생은 그제야 마음 놓고 눈을 깜빡였다. 눈물에 젖은 속눈썹이 무거웠다.

"여전히 바보 같구나. 결국 이리 울고 말 거……."

백함은 엄지손가락을 들어 올려 수생의 눈 밑을 스윽 닦았다.

"지금이라도 늦지 않았으니, 저 사내를 따라가는 게 어떻겠…… 윽!"

미처 말을 끝내지도 못한 채 백함은 정강이를 두 손으로 부여잡았다. 오늘밤만 벌써 두 번째 수생에게 발길질을 당하고 말았던 것이다.

수생은 어느새 억울하다는 표정으로 씩씩거리고 있었다. 백함이 돌아왔다는 사실에 그리고 그를 드디어 찾았다는 안도감에, 눌러두었던 여러 감정들이 한꺼번에 솟구쳐 올라오기 시작했다.

"아까 전 보았을 때 그리 시침을 떼지 않았으면 이런 일도 없었을 것이 아닙니까? 저 문만 열어줬어도 능창군 나리를 이런 식으로 만나지 않았을 거란 말입니다!"

"이런 식으로 만나지 말았어야 할 사람이……."

백함은 걷어차인 정강이를 부여잡느라 숙이고 있던 얼굴을 들었다.

"정말 능창군 그자라 생각하느냐?"

"무슨 말입니까, 그게?"

"왜 나를 쫓아온 것이냐. 모른 척하면 편할 것을, 뭐 대단한 인연이라고 그 끈을 다시 잡으려고 하냔 말이다."

그렇게 물어오는 그의 목소리는 차분했다. 놀리고 있는 것이 아니었다. 진심으로 물어보고 있는 것이었다. 그것을 깨닫자 수생은 가슴이 꽉 막혀오는 것 같았다. 야속함과 서운함이 뒤섞여 심장이 들썩였다.

"그럼…… 그럼, 끝까지 모른 척하지 그랬습니까. 제가 지쳐서 포기하고 돌아갈 때까지 저 벽 안에 숨어서 기다리지 그랬습니까!"

"그러려고 했다."

발끈해서 대드는 수생의 말을 백함이 간단히 받아냈다.

"그럼 왜, 그렇게 하지 않은 거예요? 대체 왜 그날, 집으로 저를 찾아오셨던 겁니까."

백함은 자신에게로 향하는 수생의 눈을 마주보았다. 지금 이 순간 세상에서 제일 중요한 것이 바로 백함의 대답을 듣는 일이라도 되는 양, 수생의 눈동자가 열심히 그를 올려다보고 있었다.

왜냐고? 너는 그 질문에 그리 명확하게 대답을 할 수가 있어서, 능창군 그자를 그런 얼굴로 보냈더냐. 그 사내를 원하면서도 나를 찾아온 네 마음에 그리고 너를 외면하자 결심했으면서도 끝내 네게로 오고 만 내 발걸음에, 과연 어떤 이유가 있는 것이더냐.

그날 밤 수생을 찾아갔다 발길을 돌린 이후로, 백함은 수생과의 모든 일들을 지우려 했다. 우연처럼 다시 마주친다 해도 모르는 척 외면하려 했다.

그런데 이곳에서 자신을 찾아온 수생을 만났다. 단 한 번의 눈빛에 그를 알아보았고, 외면하려는 그를 따라온 사람. 자신이 놓으려 했던 끈을 수생이 여전히 붙잡고 있다는 것을 알았을 때, 백함은 제 마음 밑바닥에 스스로도 알지 못했던 다른 마음이 꿈틀거리고 있었다는 걸 깨달았다.

자신을 기억하고, 기다려주고, 알아봐 주는 단 한 사람을 잃고 싶지 않았던 것이다.

하지만 백함은 그런 마음을 쉽사리 인정하고 싶지 않았다. 그것을 인정하는 순간, 약해지고 말 것 같아 두려웠다.

"우리가 맺었던 협정은 끝이 났다는 것을 알리러 갔던 것이다. 헌데 그날 보니 굳이 알려줄 필요도 없을 정도로 그 사내와 잘 지내고 있더구나. 하여 괜히 나타나서 방해를 하느니 조용히 사라져주는 것이 널 위해 낫겠다 싶었지. 헌데 예까지 제 발로 날 찾아오니, 별 수 있느냐. 그것도 이리 울고불고 할 만큼 간절히 나를 원한다는데."

이번에야말로 놀리고 있는 것이 분명했다. 순순히 대답을 해주지 않는 것도 딱 백함다웠다. 약이 올라야 했는데 이상하게도 안도가 되었다. 눈앞에 있는 사람은 자신이 알지 못하는 양반 도령 윤백함도 아니었고, 낯선 얼굴을 한 생면부지의 문희관이란 자도 아니었다. 도도한 표정으로 냉담한 말들을 아무렇지도 않게 내뱉는 싹퉁머리 없는 귀신. 그가 돌아왔다는 것이 이제야 제대로 실감이 났던 것이다.

다시 울고 싶어진 수생의 아랫입술이 실룩거렸다. 수생은 주먹을 쥔 손으로 백함의 가슴팍을 때렸다. 그 손이 제법 매서웠다.

"어허, 이것 봐라, 못 보는 사이에 성격만 난폭해졌구나."

백함은 얼른 손을 뻗어 수생의 팔목을 낚아챘다.

"아니, 성격만 난폭해진 게 아니라 생김새도 이상해졌구나. 원래부터 대단한 미색은 아니었다만 지금 이 꼴은 다 무엇이더냐. 물에 빠진 생쥐도 이보다 더 불쌍해보이진 않겠다."

마치 새로운 발견이라도 한 양, 백함은 눈을 크게 뜬 채 수생의 몰골을 훑었다. 그 눈길을 따라 수생도 자연스럽게 제 모습을 내려다보았다. 조금 전까지는 정신이 없어서 자신의 꼴이 어떤지는 신경 쓸 겨를도 없었다. 하지만 지금 내려다본 모습은 엉망이라는 말로도 부족했다.

볼품없는 바지저고리는 물에 젖어 찰싹 달라붙어 있었고 맨발 위에는 허겁지겁 찾아 신은 젖은 짚신이 신겨 있었다. 정수리 위로 틀어 올렸던 머리도 어느새 느슨하게 풀려 삐죽삐죽 잔머리를 내어놓고 있었다. 한마디로 봉두난발한 귀신같은 몰골이었다.

백함의 눈에 드러난 자신의 모습이 어떨지를 깨닫자마자 수생은 갑자기 제 모습이 부끄러워졌다. 하필이면 이런 몰골로 만날 게 뭐람. 수생은 입술을 깨물었다.

그 입술이 파랗다 못해 흙빛으로 변해가는 것을 보고 백함은 눈을 찌푸렸다. 너무 오랜 시간을 젖은 채 떨게 내버려두었구나. 새삼스런 미안함이 밀려들었다. 일단은 수생을 주막으로 돌려보내야 할 것 같았다.

얼른 돌아가 마른 옷을 갈아입고, 따뜻한 방 안에 몸을 뉘이면…….

그 순간 백함의 마음속에 작은 돌멩이 같은 것이 툭 내려앉았다. 능창군이 기다리는 방 안으로 발을 들여놓는 수생의 모습이 눈앞에 그려졌다.

지금 주막으로 수생을 보낸다는 것은 그자에게로 돌려보낸다는 뜻이었다.

하지만 꼭 그래야만 하는 것일까. 나를 찾아온 것이니 이 밤만큼은 내 곁에 두어도 되는 것이 아닐까. 어리석은 욕심이라는 것을 알고 있었지만 그런 부질없는 마음에 굴복하는 것이 또한 인간이라는 존재였다. 다시 인간의 옷을 입은 기념으로 오늘 한 번쯤은 그런 욕심을 붙들어봐도 괜찮지 않겠는가.

젖은 바지저고리를 벗고 도포로 몸을 감싼 수생을 백함은 누마루 위로 데리고 올라갔다.

물기와 함께 오한도 몸에 달라붙어 있었던지, 수생의 차가운 몸에서는 온기 대신 떨림만이 전해졌다.

벽 뒤에서는 희관의 육신이 잠을 자고 있었다. 수생은 백함이 희관의 몸속으로 돌아가는 모습을 숨을 죽인 채 지켜보았다.

백함의 말로는, 그날 수구문 밖 공동묘지에서 착혼꾼이 잡아간 것이 저 사내의 혼백이라 했다. 굶어 죽어가던 희관의 육신이 백함을 끌어당긴 덕분에 그가 이승에 남을 수 있었다는 것이다.

문득 착혼꾼이 했던 말이 수생의 뇌리를 스쳐갔다. 이승을 오래 떠돈 혼백은 인간의 몸을 노린다고 했던가. 혼백을 곁에 두는 것은 생명이 위험한 일이라고도 했었다.

그러고 보니 착혼꾼을 잊고 있었다. 백함이 이승에 남은 이상, 착혼꾼이 또 그를 노리지는 않을까. 육신에서 떨어져 나와 있다가는 백함이 다시 위험해지는 게 아닐까.

그를 찾았다는 사실에 그저 안도하고만 있던 수생의 마음에 불안이 한 자락 내려앉았다. 하지만 그런 불안감과는 별개로 수생의 마음 한구석은 백함이 다시 희관의 몸속으로 돌아가지 않기를 바라고 있었다. 왠지 그가 이대로 다시 사라져버릴 것 같은 또 다른 종류의 불안감이 고개를 쳐들었던 것이다.

이윽고 백함의 혼백이 희관의 몸속으로 사라졌다. 그러자 푸르스름한 기운이 희관의 몸을 서서히 감싸기 시작했다. 수생은 그 기운이 곧 가라앉을 것이라 생각했다. 그리고는 곧 희관이 눈을 뜰 것이라 생각했다.

그런데 눈을 뜬 것은 백함이었다. 아니 정확히 말하자면 눈을 뜬 희관의 얼굴 위에 백함이 겹쳐 보였다. 곧 또 다른 변화가 일어날 것 같아 수생은 숨을 죽였다. 그러나 백함의 모습은 시간이 지나도 사라지지 않았다.

이상했다. 처음 희관을 본 날도, 아니, 주막에서까지도 분명 백함의 모습은 희관의 육신 안에 꽁꽁 숨어 있었다.

그런데 어째서 지금은 자신의 눈에 백함이 이리도 선명히 보이는 것일까. 다른 이들의 눈에도 그의 모습이 보일까. 아니, 그럴 리가 없었다. 귀신이었던 백함은 오직 자신의 눈에만 보였으니까.

무슨 일이 일어나고 있는 것일까. 혹 이것이 불길한 징조는 아니 겠지?

"뭔가 이상해요, 나리. 제 눈에 나리의 모습이 계속 보입니다."

수생의 불안함이 그대로 목소리로 전해졌다. 그러나 백함은 그 말 을 듣고도 그다지 놀란 기색이 없었다.

사실 희관의 몸 안에 들어온 이후, 그의 혼백이 육신에서 빠져나 온 것은 이번이 처음이었다. 물론 그동안에도 간혹 잠을 자는 동안 혼백이 들썩거리며 몸에서 분리되는 듯한 느낌을 받은 적은 있었다. 때문에 그는 잠이 들 때마다 사람들이 없는 외진 자리를 찾아들었 다. 만일 혼백이 빠져나온 사이 사람들의 눈에 띄게 되면 죽은 것으 로 오인 받을까 봐 염려가 되었던 것이다. 하지만 육신에서 완전히 떨어져 나온 적은 적어도 그가 아는 한, 없었다.

그런데 수생이 곁에 오자 너무나도 쉽게 육신에서 혼백이 빠져나 왔다. 마치 수생이 강하게 자신을 끌어당기라도 한 것처럼. 게다 가 희관의 몸속에 들어왔음에도 불구하고 자신의 모습이 수생의 눈 에 그대로 보인다니.

이 모든 것이 우연의 일치일 리는 없었다. 무언가 강한 힘이 수생 과 자신을 묶고 있다는 사실을 백함은 다시 한 번 실감했다.

무엇일까, 그것이. 맺었던 협정의 힘일까, 인연의 끈일까. 그것도 아니면 다른 힘이 작용하고 있는 것일까.

이 아이가 나를 찾아오고, 내가 이 아이를 외면하지 못하는 연유가 그것과 관련되어 있는 걸까.

하지만 백함은 이런 사실을 굳이 수생에게 알릴 마음은 없었다. 모든 것이 실은 그의 본능에 가까운 직감일 뿐이었다. 합리적인 설명을 할 수 없는 현상 때문에 걱정을 시키는 것도 싫었고, 괜한 의미를 부여해 부담스럽게 만들고 싶지도 않았다.

"그래서 좋더냐, 싫더냐. 내가 보이는 것이."

별것 아닌 걱정을 하고 있다는 걸 알려주려는 듯 백함이 씩 웃으며 한쪽 눈썹을 들어올렸다. 하지만 마주한 수생의 낯빛을 보는 순간, 그의 표정은 그대로 굳어버렸다.

수생은 밀려오는 오한을 멈춰보려고 애를 쓰고 있었다. 딱딱 이 부딪히는 소리를 감추려고 턱에 잔뜩 힘을 주고 있느라, 놀리듯 물어온 백함의 말에도 쉽게 대꾸를 하지 못했다.

바람을 막기 위해 백함은 벽을 가장한 문을 서둘러 닫아걸었다. 그리고는 몸을 웅크린 채 떨고 있는 수생의 어깨를 감싸 안았다. 차가운 깃털처럼 수생의 몸이 백함의 품속으로 내려앉았다.

귀신이었을 때도 이렇게 수생을 안은 채 잠이 든 적이 많았다. 그러나 그때는 원기를 회복하기 위해서였다. 자신이 수생에게 줄 수 있었던 것은 뼈가 시리는 냉기뿐이었다. 하지만 이제는 아니었다. 수생에게 제 몸의 온기를 전해줄 수 있었다.

서서히 수생의 몸에 떨림이 잦아들었다. 백함에게서 전해진 온기가 조금씩 어깨에서 등을 거쳐 온몸으로 퍼져나갔다. 목 뒤에서 수생은 그의 따뜻한 숨결을 느꼈다.

하루 꼬박 길을 걸어오느라 피곤한 데다, 백함을 만나 감정의 파고를 겪었다. 게다가 물에 빠져 한참을 떨었던 터였다. 오한이 가시자 수생의 몸은 물에 젖은 헝겊처럼 무겁게 가라앉았다. 그러지 않으려고 해도 속눈썹이 자꾸만 내려와 눈동자를 덮었다. 백함의 어깨에 얼굴을 기댄 채 수생은 곧 잠에 빠져들었다.

벽 뒤에 숨은 좁고 고요한 공간에는 더 이상 바람이 불지 않았다. 스산한 밤새의 울음소리도 들려오지 않았다. 바싹 붙어 앉은 채 서로의 온기를 나누고 있는 백함과 수생의 숨소리만이 이 조용한 공간을 채우고 있었다.

무덤 속 같은 고요함이로구나.

문득 머릿속을 스쳐가는 생각에 백함은 쓴 웃음을 지었다. 누가 귀신이 아니랄까 봐 이런 순간에도 무덤 따위를 떠올리는 것인지.

희관의 몸에서 깨어난 직후, 무녀는 백함에게 인간으로서의 삶을 이야기했다. 하지만 인간의 몸에 머물고 있다 해도 그는 여전히 귀신이었다. 백함으로서의 기억을 완전히 지우고 희관이라는 사내를 자신이라 믿으며 살지 않는 한, 그가 귀신이라는 사실은 변하지 않을 것이다.

몸은 이승에 두었지만 실체는 저승에 속하는 존재.

그것이 무덤에 묻힌 인간의 육신하고 다를 게 무엇이 있겠는가.

다시 한 번 쓴웃음을 지으며 그는 자신의 어깨에 기댄 수생을 바라보았다.

살아생전의 자신, 죽고 난 다음의 자신 그리고 다시 인간의 몸을 빌려 돌아온 자신을 모두 내보이고 얘기할 수 있는 사람. 그 모든 것을 이해하고 알아줄 사람은 수생, 이 아이뿐이었다. 어쩌면 그것을 너무나 잘 알고 있었기에 수생을 더 외면하려 했던 것인지도 몰랐다. 이대로 가다가는 이 아이가 자꾸만 더 필요해지고, 절실해지고, 간절해질까 봐 두려웠던 것이다.

그렇게 되면, 욕심을 낼지도 몰랐다. 바라지 않아야 할 것을 바라게 되고, 꿈꾸지 말아야 할 것을 꿈꾸게 될지도 몰랐다. 인간으로서의 또 다른 삶을 꿈꾸고, 인간으로서의 감정을 품게 될지도 몰랐다.

아니, 그러면 아니 된다. 원한을 갚고 나면, 나를 이 세상에 남게 한 그 유일한 목표를 이루고 나면, 미련 없이 이승을 떠나야 한다. 그러기 위해서는 마음속에 아무것도 남겨서는 안 된다.

잃고 싶지 않다니, 보내고 싶지 않다니. 그런 바보 같은 미련으로 수생을 곁에 둔 오늘 밤 자신의 행동이 백함은 어리석게만 느껴졌다.

이런 어리석은 행동을 다시는 되풀이하면 안 된다. 날이 밝으면 수생을 주막으로 돌려보내자. 이 아이가 그토록 꿈꾸어왔던 사내가 그곳에 있지 않은가.

그 순간 어깨에 기대어 있던 수생에게서 움직임이 전해졌다. 자신을 떼어내려는 백함의 생각을 읽기라도 한 것처럼 수생의 고개가 그의 품을 파고들었다.

백함은 수생을 내려다보았다. 잠에 겨웠던 눈꺼풀을 힘겹게 밀어 올리며 수생이 고개를 들었다. 잠시 두 사람의 눈동자가 마주쳤다.

"왜 그러냐. 꿈이라도 꾸었더냐?"

괜히 어색해진 백함이 침묵을 깼다. 수생은 대답 대신 잠에 겨운 손가락을 꼼지락거리더니 입고 있던 도포의 옷고름 끝을 말아 쥐었 다. 그 손을 수생은 다시 백함을 향해 뻗었다. 뭘 하는 건가. 의아한 마음으로 그는 수생의 행동을 지켜보았다.

수생은 옷고름 끝을 백함의 손목 위에 올리더니 그대로 한 바퀴를 감았다.

"뭐…… 하는 것이냐, 지금?"

백함이 다시 물었지만, 수생은 아랑곳 않고 그의 손목을 두른 옷 고름을 단단히 조여 묶기 시작했다. 야무지게 매듭을 동여매고 나서 야 수생은 비로소 백함을 올려다보았다. 히죽, 웃는 수생의 얼굴에 는 잠이 덕지덕지 붙어 있었다.

뭐냐, 꿈속을 헤매는 중이더냐. 사내의 옷을 입었다고 포졸로 변 신해 죄수를 붙잡는 꿈이라도 꾼 게야?

기가 막혀서 백함은 헛웃음을 지었다. 그 웃음에 이끌리듯 수생이 다시 방긋 미소를 지었다.

"이제 됐습니다, 안심입니다."

그렇게 말하며 수생은 다시 백함의 어깨 위로 고개를 툭 떨구었다.

"뭐가 안심이란 말이냐?"

"이젠 도망치지 못할 거란 말입니다. 이리 묶어놓았으니까요."

날 보고 하는 말이더냐? 잠꼬대가 아니었어? 그의 속엣 말을 듣기라도 한 듯 작게 고개를 끄덕이더니 수생은 다시 잠에 빠져들었다.

하, 이런.

자신의 손목과 수생의 도포를 백함은 번갈아 쳐다보았다. 둘 사이를 연결하고 있는 옷고름이 흔들거리고 있었다. 다시 한 번 헛웃음이 백함의 입술 사이를 빠져나왔다. 잠에 취해서 이런 엉뚱한 짓을 해버린 수생이 어이가 없기도 했고 웃기기도 했다.

이런다고 내가 너를 두고 가지 못할 거라고? 게다가 손목을 당겨버리면 어찌 될지는 걱정도 되지 않는 것이냐?

아무리 사내의 복장을 하고 있어도 계집이었다. 귀신인 자신이 동시에 사내이기도 한 것처럼. 여민다고 여몄지만 도포자락 사이로 드러난 뽀얀 살갗이, 비에 젖은 살 냄새가 백함은 갑자기 신경이 쓰이기 시작했다.

아직도 날 귀신이라고만 믿고 안심하고 있는 것이냐. 아니면 너무 익숙해서 긴장감도 들지 않더냐. 그도 아니면 그만큼 날 믿고 있다는 증거라 여겨야 할까. 아니, 연유야 무엇이든 이건 좀 너무 하지 않느냐.

그의 소리 없는 원망과 타박을 알 길 없는 수생은 편안한 얼굴로 달콤한 잠에 빠져 있었다. 무엇이 그리 기분이 좋은지 입술에는 만족스런 미소까지 걸어놓은 채였다.

백함은 한참 동안 움직이지 않은 채 그 얼굴을 바라보았다. 그러자 가슴 속에서 무언가가 몽글몽글 피어오르기 시작했다. 심장이 간지럽기도 했고 죄어오는 듯도 했다. 뜨뜻한 물방울 같은 것이 몸 속으로 퍼져나갔다. 울고 싶기도 했고 웃고 싶기도 했다. 당장 일어나 달아나버리고 싶기도 했고 손목에 묶인 끈을 영원히 풀고 싶지 않기도 했다.

백함은 자신의 손을 들어 눈앞에 펼쳐 보았다. 투박하지만 재주가 있어 보이는 손이었다. 그리고 낯선 손이기도 했다.

타인의 손.

이 손 안에 무언가를, 누군가를 쥘 수 있을까. 아니다, 쥐어본들 그것이 나의 것이 될 리 없다. 허니 네가 이 손을 붙잡아도 나는 그 손을 맞잡을 수가 없다. 내가 할 수 있는 것은 그저 이렇게 손을 들어서…….

백함은 수생을 향해 천천히 손을 뻗었다. 그 손이 수생의 머리 위에 조심스레 내려앉았다. 아직도 물기가 가시지 않은 머리카락을 백함은 가만히 쓸어내렸다. 수생이 고양이처럼 갸릉거리며 백함의 어깨에 뺨을 부볐다.

어떤 꿈을 꾸고 있느냐. 내 손길이 닿은 그 꿈은 어찌 변하였느냐. 조금은 더 행복해졌더냐. 조금 더 기분 좋은 꿈이 되었더냐. 그래도 잊어서는 아니 된다. 곧 깨어나게 될 꿈이란 것을. 그 꿈에서 깨었을 땐 마치 전생처럼 모든 것이 흔적도 없이 사라져버릴 것이란 사실도.

"저도 따라가겠습니다."

밤새 누마루 난간에 널어놨던 바지저고리를 다시 주워 입은 다음 수생이 백함에게로 돌아왔을 때, 그는 막 떠날 준비를 하고 있었다.

상협의 옛 집에 들러 그를 만나볼 계획이란 말을 듣고 수생은 깜짝 놀랐다. 어젯밤 이곳에서 상협을 만났다는 이야기를 수생은 백함에게 꺼낸 적이 없었다. 단지 그를 죽인 사람을 보았다고 얘기했을 뿐이었다.

따라서 상협을 만나러 가겠다는 건, 그가 이 고을에 내려와 있음을 그리고 이 집에 들러 무언가를 찾다 갔음을 백함도 알고 있다는 뜻이었다.

"나 혼자 가야 한다고 몇 번을 말하느냐?"

백함은 고집을 부리는 수생의 이마에 손가락을 탁, 튕겼다. 잽싸게 손을 들어 따끔거리는 이마를 문지르면서도 수생은 굴하지 않았다.

"제가 필요한 이유가 나리의 원을 풀기 위함이 아니었습니까. 헌데 이제 와서 저더러 빠지라니요, 싫습니다!"

"그 말은 네가 간밤에 보았다는 자가 상협이라는 뜻이더냐? 나를 죽였다던 그자 말이다."

메마른 목소리로 물어오는 백함의 말에 수생은 순간 말문이 막혔다.

백함을 죽인 사람이 상협이라는 것에 확신을 갖고 있는 것은 아니었다. 솔직하게는 상협이 아니었으면 좋겠다고 어디 가서 빌기라도 하고 싶은 심정이었다. 가장 친했던 벗에게 배신당한 것을 알게 된다면, 그가 받을 상처가 얼마나 클지 수생으로서는 짐작도 가지 않았다.

"내 기억 속에 들어갔을 때, 넌 나를 죽인 사내의 뒷모습을 보았다 했었지. 그자의 모습이 상협과 닮았더냐?"

백함이 다시 물었다. 다그치지 않는 그의 조용한 말투가 서늘하게 느껴졌다.

"확실한 건 아니에요. 어쩌면 제가 착각한 것일지도 모릅니다. 허나 두 사람 모두 체격이 비슷했고 무엇보다도 똑같은 붉은 화살통을 허리춤에 차고 있었던 건 사실입니다."

붉은 화살통? 상협이 그런 것을 가지고 있었던가? 백함은 기억을 더듬어보았다. 붉은 칠을 한 화살통이라면……. 맞다, 본 기억이 있었다. 그러나 그건 상협의 것은 아니었다. 자신의 부친과 함께 활을 쏘러 나가던 상협 부친의 화살통이었다. 역시 그런 것인가. 역모에 가담한 부친을 지키기 위해 나를 해한 것인가. 생의 모든 날들을 함께 나누자 다짐했던 나를?

사실 기억이 완전히 돌아온 후부터 백함의 마음속에는 상협에 대한 의심이 줄곧 자리를 잡고 있었다. 자신이 죽기 직전에 만났던 사람이 상협이었다는 사실만으로도 그를 의심할 여지는 충분했다. 게다가 귀신으로 깨어난 백함은 다른 기억들과는 달리 상협에 대한 기억을 전혀 갖고 있지 않았다. 거기엔 분명 이유가 있을 것이었다.

그러나 백함은 그 모든 가능성을 부정하고 싶었다. 모든 것이 자신의 오해였기를 바랐다. 그 바람은 어젯밤 이곳에서 상협을 목격한 후에도 그리고 수생에게서 자신을 죽인 자와 그가 닮아 있더라는 말을 들은 지금까지도 변하지 않았다.

한 가지 변한 것이 있다면, 더 이상은 그 의혹을 외면할 수 없게 되었다는 사실이었다. 백함은 이제부터 진실을 확인하러 갈 생각이었다. 그 길에 수생을 데려가고 싶지는 않았다. 자칫하면 수생이 위험해질 수도 있었다. 무너지는 모습을 수생에게 보여주고 싶지 않은 마음도 있었다. 무엇보다도 수생에 대한 간밤의 다짐을 거스르고 싶지 않았다.

"알겠다. 그것은 내가 확인해볼 테니 넌 주막으로 돌아가거라. 일행들이 기다리고 있지 않느냐."

일행들이라고 말을 했지만 실은 능창군을 가리키는 것임을 백함도, 수생도 잘 알고 있었다.

"네가 내게 필요했던 이유가 내 원을 풀기 위함이었듯이, 내가 네게 필요했던 이유도 네 소원을 이루기 위함이 아니었더냐. 어젯밤 날 죽인 자를 목격한 것으로 너는 일단 네 할 일을 충분히 한 것이다. 이제는 내가 할 일을 해야 할 시간이겠지."

"주막으로 돌려보내는 게 나리의 할 일이다, 그 말씀입니까?"

"능창군 그자가 어떤 오해를 하고 있을지 넌 겁도 나지 않느냐? 그리 보내놓고 마음이 불안하지도 않느냐 말이다. 다시는 너를 보지 않겠다 하면 그땐 어찌할 것이냐. 허니 어서 그자에게 가보아라.

나중에 괜히 일이 잘못 되었다 트집 잡으며 날 원망할 생각은 말고.”

따라오겠다고 또다시 고집을 부리지 못하도록 백함은 선수를 쳤다. 그 선택은 확실히 효과가 있는 듯했다. 수생이 잠시 멈칫하더니 이내 굳은 얼굴로 입을 다물었다.

그랬지. 능창군 나리께서 화가 나서 돌아가셨지.

능창군의 일을 수생도 결코 잊고 있었던 것은 아니었다. 등을 돌려 멀어져가던 그의 모습이 마음 한구석에 돌처럼 가라앉아 있었다. 자신을 마음속에 품었다던 능창군의 말이 다시 떠올랐다. 그러자 가슴에 얹힌 돌이 바위가 되어 저 밑까지 굴러 떨어졌다.

그런데 이상한 것은 이렇게 무거운 마음과는 달리, 어젯밤의 선택이 후회가 되지 않는다는 사실이었다.

이런 마음이 드는 걸 보면 아직도 정신이 나가 있는 게 틀림없어. 막상 능창군 나리의 차가워진 눈동자를 마주하게 된다면 후회로 가슴이 무너질 게 뻔한데…….

“허면 주막으로는 언제 돌아오실 겁니까?”

더 이상 백함을 따라 가겠다 고집을 부릴 수 없다는 걸 깨달은 수생이 항복 선언을 했다.

“주막으론 가지 않을 것이다.”

내가 거기로 돌아가서 능창군을 또 다시 마주하게 되면, 네게도 좋을 것 하나 없다는 걸 정녕 모른단 말이냐.

“이러니 제가 혼자는 못 가겠다는 것입니다. 이대로 사라져버릴 작정이란 거, 다 알고 있단 말입니다!"

"그럴 생각이었으면, 네가 잠꼬대를 하면서 코까지 드르렁 골아대는 걸 내가 밤새 견디고 있었겠느냐?"

이래저래 무거운 마음을 덜어내고 싶어서 백함은 농을 날렸다. 당황한 듯 수생이 얼굴을 붉혔다. 하지만 다음 순간 수생은 무언가를 퍼뜩 깨달은 듯했다. 샐쭉해진 얼굴로 백함을 흘겨본 것이 그 증거였다.

"거짓말 마십시오!"

"거짓을 말하는 것이 아닌데?"

"제가 아는 나리라면 그걸 견디느니 절 두드려서라도 깨웠을 겁니다. 저도 이제 나리에 대해 그 정도는 압니다!"

알긴 뭘 안단 게냐. 네가 손목을 묶어놓는 바람에 꼼짝도 못한 채 고문당하는 것처럼 밤을 지새웠다는 걸 네가 알기나 하느냐.

뜬 눈으로 지샌 지난밤을 생각하자 백함은 다시 억울한 기분이 들었다.

"본래 안다고 믿고 있는 상대를 가장 모르는 법이다. 믿는 자에게 가장 쉽게 배신을 당하는 법이고. 내가 나의 벗에게 그러했던 것처럼 말이다."

딴에는 수생이 얄미워서 놀려주려고 일부러 자학을 해본 것이었다. 그런 식으로 제 상처에 대해 대범한 척, 아무렇지도 않은 척 수생의 앞에서 허세를 떨고 싶었는지도 몰랐다. 그러나 다음 순간 백함은 그리 말한 것을 후회했다. 수생이 자신을 대신해 상처받은 눈동자를 하고 있었던 것이다.

그 눈을 보자 왠지 모르게 가슴이 답답해져 오는 듯했다. 어찌하여 수생이 자신을 대신해 아파하려 하는 것인지, 왜 자꾸 자신이 감당해야 할 몫을 함께 지려 하는 것인지 백함은 알 수가 없었다. 아무래도 협정을 맺을 대상을 잘못 고른 게야. 조금 더 약삭빠른 녀석을 골랐어야 했는데. 그랬다면 이렇게 마음이 흔들리진 않았을 터인데.

백함은 제 동요를 눈치 채이지 않도록 잠시 호흡을 골랐다.

"어찌 되었든, 오늘은 내 말을 들어라. 네가 한성으로 돌아가 있으면 나도 그리로 갈 것이다."

"정말입니까? 진심으로 하시는 말씀이지요?"

수생이 다짐하듯 되물었다.

"무엇이 그리 걱정이냐? 만일 내가 사라진다면 다시 찾아내면 되지 않느냐. 어젯밤처럼 말이다. 그래도 정 힘들겠다 싶거든 관청에 고발해서 용모파기를 내거는 방법도 있을 터이고."

"아뇨, 어림도 없습니다. 꿈도 꾸지 마십시오. 누가 다시 나리를 찾아 헤맬 줄 압니까. 한 번만 더 사라져버리면, 그땐 절대 찾지도 않을 겁니다. 다시 만나도 제가 먼저 모른 척할 거란 말입니다. 아시겠습니까?"

농담이 아니라는 것을 확실히 알리려는 듯 수생은 또박또박 말을 끊었다. 그래도 안심이 안 되었던지 그의 눈동자를 뚫어져라 쳐다보았다.

"허니, 돌아온다는 약조 꼭 지키셔야 합니다."

백함은 입술에 보일 듯 말 듯 걸려 있던 빈 미소를 거두어들였다. 언제 또 이렇게 자신을 열심히 보아주는 눈동자를 만날 수 있을까. 그렇게 생각하니 마음이 약해진 탓일까. 백함의 고개가 천천히 아래로 끄덕이기 시작했다.

상협은 날이 밝자마자 뒷산으로 걸음을 옮겼다. 백함이 숨을 거두었던 장소를 찾아가는 길이었다.

소아가 백함의 시신을 안고 울고 있던 곳에는 올해도 어김없이 소박한 제사상이 차려져 있었다.

상협은 쓴웃음을 지었다. 도련님의 혼백을 정성껏 모셔주게. 길 떠나는 오상에게 그리 당부하는 소아의 목소리가 귀에 들려올 듯했다.

백함, 올해는 나도 찾아왔다네. 자네에게는 그리 반갑지 않은 손이겠지만, 이리 된 데는 자네의 탓도 있음을 알지 않는가.

그리 되뇌며 상협은 천천히 제사상 앞에 무릎을 꿇고 앉았다.

오상이 두고 갔을 것이 분명한 젓가락이 과일 위에 얹혀 있었다. 상협은 손을 뻗어 젓가락을 집어 들었다. 그 젓가락을 백함이 가장 좋아하던 복숭아 위로 옮기던 상협이 갑자기 짧은 헛웃음을 흘렸다.

무슨 얼빠진 짓을 하고 있단 말인가. 쓸데없는 감상에 젖는 건 어리석고 위험한 짓이라는 걸 모른단 말인가.

상협은 갑작스레 찾아온 회한을 떨쳐내려는 듯 서둘러 몸을 일으

컸다.

　발밑에서 무언가 바스락거리는 느낌이 든 것은 그때였다. 상협은 자신의 발밑을 내려다보았다. 제사상 밑의 흙바닥에 여러 겹으로 접힌 종잇조각 같은 것이 야트막하게 묻혀 있었다.

　상협은 흙 속에서 종이를 꺼냈다. 먼지를 털어내고 보니 종이의 표면은 세월에 바랬는지 누렇게 변색되어 있었다. 오래전에 누군가 이곳에 묻어놓은 서찰 같았다.

　심장 박동 소리가 높아지기 시작했다. 혹시 이것이 그 서찰이던가. 그토록이나 오래 찾아다녔던 백함의 서찰?

　떨리는 손으로 상협은 종이를 펴들었다. 그러나 다음 순간 맥이 탁 풀려버리고 말았다. 종이 안에 담긴 것은 부친의 이름이 포함된 사람들의 명단이 아니었다. 한 폭의 산수화였다.

　상협은 그대로 그림을 구겨버리려 했다. 그런데 무언가가 그의 손을 멈칫거리게 만들었다. 두 눈을 찌푸리며 상협은 그림을 좀 더 자세히 들여다보았다. 놀랍게도 산수화 속의 배경은 자신이 지금 서 있는 바로 그 장소였다.

　자세히 보니 흰 도포를 입은 날씬한 선비 한 명이 그림 속에서 서성대고 있었다. 계절도 딱 지금 같았는지, 종이 위에 그려진 나뭇가지들은 창백하고 메말라 있었다. 그 가지들이 금방이라도 서걱거리는 소리를 낼 것 같았다.

　마치 지금의 내 모습을 그린 것 같지 않은가. 상협은 고개를 들어 자신이 서 있는 장소를 한 바퀴 둘러보았다. 똑같은 산길, 똑같은 나무들, 그리고 저 멀리 떨어진 곳엔 똑같은 수풀……

가만, 이건 뭐지?

상협의 시선이 그림 속의 수풀 위에 멎었다. 낮게 자란 수풀 사이에 잘못 떨어진 먹물 같은 작은 점 하나가 도사리고 있었다. 뚫어지게 쳐다보고 있자니, 그 점이 조금씩 커지는 기분이 들었다. 헛것이 보이는 것 같아 그는 얼른 눈을 감았다.

잠시 후 다시 눈을 떴을 때, 상협은 하마터면 소리를 지를 뻔했다. 기분 나쁜 소름이 번개처럼 목덜미에서 등까지 내달렸다. 수풀 사이에 도사리고 있던 검은 점이 어느새 사람의 모양으로 변해있었던 것이다.

상협은 그제야 이 그림이 무엇을 의미하는지를 알았다.

자신이 서 있는 이 장소에서 불안하게 서성대는 그림 속의 선비.

그것은 바로 칠 년 전 이 장소에서 죽음을 맞이하기 직전 백함의 모습이었다. 그리고 수풀 속에 도사리고 있는 것은 바로 그때의 자신이었던 것이다.

오한이 든 것처럼 손이 떨려왔다. 누가 이런 그림을 그려서 이곳에 묻어 둔 게야? 이건 나를 노렸다고 밖에는 말할 수 없는 그림인데. 누가 그때의 일을 알고 있는 것이지? 대체 누가?

미친 듯이 주위를 훑던 상협의 눈이 멈칫 했다. 수풀 뒤에서 누군가가 움직이고 있었다. 상협에게 발각된 것을 알아챘는지, 그 움직임이 갑자기 멎었다.

상협은 수풀 쪽으로 뛰어갔다.

더 이상 주저할 여유가 없었다. 수풀 속에 숨어 있는 자를 붙잡아야 했다.

그런데 다급히 뛰던 상협의 발걸음은 목표지점에 가까이 가기도 전에 멈추고 말았다. 수풀 위로 화살을 장전한 활이 서서히 올라오고 있었던 것이다. 활은 그때의 그가 그랬던 것처럼, 산길에 무방비로 서 있는 상협을 노리고 있었다.

모든 것이 그때와 똑같았다. 다른 점이 있다면, 수풀 뒤의 사람과 자신의 위치가 뒤바뀌어 있다는 것뿐이었다. 아니, 또 하나 다른 점이 있었다. 자신은 백함처럼 어수룩한 백면서생이 아니라는 것이었다.

상협은 얼른 옆에 선 나무 뒤로 몸을 피했다. 허리춤에 찬 화살통에서 화살을 꺼내는 그의 손이 다급함에 떨려왔다.

화살을 활에 걸었을 땐, 상협을 겨누던 활은 이미 수풀 너머로 사라지고 없었다. 그러나 상협은 활을 쥔 사람이 어디에 있었는지를 정확히 기억하고 있었다. 그 기억이 가리키는 위치로 상협은 화살을 조준했다. 활시위를 떠난 활이 바람을 가르며 수풀을 향해 날아갔다.

백함은 자신을 향해 날아오는 화살을 눈도 깜짝 않은 채 지켜보고 있었다.

쉭쉭, 공기를 찢으며 날아오는 소리가 고막을 미친 듯이 긁어댔다. 화살은 곧 그의 어깻죽지를 관통해 지나갔다. 혼백의 상태였음에도 불구하고 화살이 지나간 자리에 날카로운 통증이 남았다.

그 순간, 그날의 소름끼치던 기억이 단번에 되살아났다.

죽기 직전 마지막으로 뒤를 돌아봤을 때 그의 눈동자에 스치듯 담겼던 얼굴. 이제는 그 얼굴이 똑똑히 기억이 났다.

짐작했던 대로 그것은 상협의 얼굴이었다. 지금 자신을 향해 달려오고 있는 것처럼, 그날도 정신을 잃어가는 자신을 향해 상협은 사색이 된 얼굴로 달려왔었다.

화살을 맞은 곳에서 타는 듯한 통증이 시작되었다. 그래도 백함은 화살을 피하지 않은 걸 후회하지 않았다. 그 덕분에 모든 것들을 기억할 수 있게 되었으니.

결국, 너였구나.

예상했던 일이있음에도 상처의 크기가 줄어들지는 않았다. 가장 믿었던 벗에게 배신당했다는 아픔이 어깻죽지에서 시작된 고통과 뒤범벅이 되어 백함을 휘감았다.

상협의 발자국 소리가 더 가까워졌다. 백함은 부들부들 떠는 손으로 상협이 쏜 화살을 집어 들었다. 오른손에는 화살을 쥐고, 왼손으로는 가슴팍을 부여잡은 채 백함은 몇 걸음을 엉금엉금 앞으로 기어갔다.

손끝에 무언가가 만져졌다. 옆에 누운 채 잠들어 있는 희관의 육신이었다. 백함은 서둘러 희관의 도포 자락 사이에서 종이 한 장을 꺼냈다. 그것을 서둘러 화살에 묶은 다음, 백함은 다시 두 손을 희관의 어깨 사이로 집어넣었다.

희관의 몸이 사라진 것과 상협이 수풀을 헤치고 나온 것은 거의 동시였다.

번쩍, 푸른 섬광이 이는 것을 보고 상협은 반사적으로 고개를 돌렸다. 검? 아니면 화살촉? 무엇에서 나온 섬광인지 확인하기 위해 상협은 재빨리 주위를 둘러보았다.

가까이 서 있는 나뭇가지에 상협의 시선이 닿자마자 검은 그림자가 그 속에서 튀어나왔다. 상협은 즉시 허리춤에 찬 단도를 꺼내들었다. 하지만 그를 급습한 그림자가 더 빨랐다. 꽤나 강한 힘이 상협의 눈두덩을 가격했다. 주저앉으면서 상협은 손에 쥔 검을 휘둘렀다. 검 끝에 무언가가 스쳤다.

무엇이 자신을 공격했는지 확인해야겠다는 생각에 상협은 아픈 눈을 부릅떴다. 그의 눈앞에 검은 깃털 하나가 천천히 떨어져 내리고 있었다. 상협은 하늘을 향해 고개를 들었다. 검은 새 한 마리가 푸드덕거리면서 날아가고 있었다. 멀어져가는 새의 날갯짓 소리가 음산하게 들려왔다.

새…… 였나? 얼떨떨한 기분인 된 상협은 나풀거리며 떨어져 내리고 있는 검은 깃털의 움직임을 멍한 눈으로 쫓았다. 새에게서 떨어져 나온 그 깃털은 상협의 무릎을 스친 후 땅바닥으로 내려앉았다.

문득, 이상한 기운이 주변을 감돌고 있다는 느낌이 들었다. 누군가 자신을 덫에 몰아넣고 있다는 기분 나쁜 예감이 상협을 긴장시켰다. 수상한 그림, 수풀 뒤에 도사리고 있던 사람 그리고 저 검은 새.

정체도, 맥락도 알 수 없는 것들이 서로 뒤섞이며 그의 마음속에 불길한 그림자를 드리웠다.

누렇게 바랜 풀잎 위에 내려앉은 검은 깃털이 부르르 몸을 떨어댔다. 상협은 홀리기라도 한 것처럼 깃털을 향해 손을 뻗었다. 그 순간 믿을 수 없는 일이 벌어졌다. 깃털이 거짓말처럼 눈앞에서 사라져버렸던 것이다. 깜짝 놀란 상협은 그 자리에서 굳어버렸다.

그런 그의 눈앞에서 이번에는 풀잎이 스르르 눕기 시작했다. 상협은 마른 침을 삼켰다. 눈앞의 풀잎들은 마치 누군가에게 길이라도 열어주듯 빠르게 몸을 숙이고 있었다. 보이지 않는 무언가가 그 풀잎들을 헤치며 지나가고 있기라도 한 것 같았다.

보이지 않는 그 무엇의 정체는 물론 백함이었다. 희관의 어깨 사이로 두 팔을 집어넣은 채 백함은 그의 몸을 끌고 뒷걸음질을 쳤다.

몸에서 잠시만 손을 떼어도, 희관의 육신은 상협의 눈에 드러나게 되어 있었다. 그의 몸속에 들어간다 해도 마찬가지였다. 백함은 그렇게 만들고 싶지 않았다. 희관의 얼굴을 한 채 그에게 접근하려면 지금은 그의 눈에 띄지 않은 채 이 자리를 벗어나야 했던 것이다.

하지만 곱게 사라져줄 생각은 없었다. 백함은 자신의 존재를 상협에게 알리고 싶었다. 그리하여 매일 밤 불안을, 후회를 곱씹게 만들어주고 싶었다. 희관의 두 발이 풀숲 위에 질질 끌리도록 한 것은, 그래서였다. 상협으로 하여금 귀신의 흔적을 목격하게 하려 함이었다.

자, 보아라. 널 기다리고 있는 것이 무엇인지를.

백함은 손에 쥐고 있던 화살을 상협에게로 휙, 던졌다. 발치에 떨어진 화살을 상협은 잠시 지켜보고만 있었다. 몇 겹으로 접힌 종이가 화살 가운데 묶여 있었다.

화살은 사라지지도, 자신을 공격하지도 않았다.

그것을 확인한 후 상협은 천천히 손을 뻗어 화살을 들어올렸다. 종이를 푸는 손이 떨렸다. 보지 말아야 할 것이 그 종이 속에 담겨 있을 것만 같았다.

불길한 예감은 적중했다. 종이 속에 그려져 있는 것은 자신의 손으로 죽인 벗, 백함의 얼굴이었다. 생전에 보았던 선한 다갈색 눈동자가 아니라 칠흑같이 어두운 눈동자가 상협을 노려보고 있었다.

상협은 그 눈동자를 지우려는 듯 그림을 단번에 구겨버렸다. 덜덜 떨고 있는 손바닥에서 식은땀이 흥건히 배어 나왔다.

"누구냐, 이런 짓을 하고 있는 놈이! 비겁하게 숨어 있지 말고 모습을 드러내라!"

상협은 사방을 두리번거리며 소리를 질렀다. 그의 외침에 응답하듯 수풀이 미친 듯이 몸을 떨어댔다.

상협의 낯빛이 퍼렇게 질려갔다. 천천히 뒷걸음질을 치던 그의 발걸음이 서서히 빨라지기 시작했다.

도망치듯 사라져가는 상협의 뒷모습에서 백함은 눈을 떼지 않았다. 상협의 모습이 시야 밖으로 사라진 다음에야 분노로 이글거리던 그의 눈동자가 가라앉았다.

백함은 희관의 몸을 다시 풀숲 위에 내려놓았다. 꽤 긴 시간 동안 육신에서 빠져 나와 있어서인지, 아니면 감정을 소모한 탓인지 참을 수 없는 어지러움이 밀려들었다. 백함은 얼른 희관의 몸속으로 들어갈 준비를 했다.

백함의 혼백이 막 희관의 육신과 결합하려 할 때였다. 사라졌던 검은 깃털이 갑자기 나타나더니 희관의 육신 위에 내려앉았다. 그 순간, 백함의 혼백이 육신에서 튕겨져 나왔다. 마치 누군가 발목을 위에서 잡아당기기라도 하듯 그의 다리가 공중으로 붕 떠올랐다. 무서운 힘이 그를 뒤에서 끌어당겼다.

그 힘이 무엇인지 백함은 알고 있었다. 그건 착혼꾼이 자신을 잡기 위해 옛 기억을 덫 삼아 쳐놓은 거미줄의 인력이었다. 착혼꾼이 다시 혼백의 냄새를 맡고 자신을 잡으러 왔다는 걸 백함은 직감할 수 있었다.

필사적으로 백함은 희관의 옷자락을 움켜쥐었다. 이 옷자락을 놓치면 그땐 착혼꾼의 거미줄이 자신을 영영 가두어버릴지도 몰랐다.

다시 한 번 엄청난 기운이 등 뒤를 잡아당겼다. 쥐고 있던 옷자락이 백함의 손에서 빠져나갔다.

안 돼!

여기까지 와서 허무하게 이승을 떠날 수는 없었다. 무엇 하나 해결한 것도 이룬 것도 없이는 이대로 가버릴 수는 없었다.

무엇보다도 돌아간다고 약조를 했다. 그러니 기다리고 있으라고 했다.

암흑 속으로 떨어진다고 생각한 순간, 백함은 수생을 떠올렸다.

꼭 돌아오라며 자신을 보던 수생의 간절한 눈동자가 기억이 났다. 그 순간 희관의 몸에서 푸른빛이 피어올랐다. 그 기운이 백함을 붙잡듯 달려들더니 혼백의 푸른 기운과 뒤섞였다.

　백함은 그대로 정신을 잃었다. 그리고 다시 눈을 떴을 땐 시들어가는 풀 냄새가 그의 코끝을 간질이고 있었다.

깨진 조각들

흠칫, 무엇엔가 놀란 듯 수생의 고개가 뒤로 돌아갔다.

등 뒤의 하늘은 잿빛 구름으로 뒤덮여 있었다.

좋지 않은 일이 벌어진 건 아니겠지? 낮게 내려앉은 하늘을 바라보며 수생은 가볍게 어깨를 떨었다.

"왜 그러느냐? 떠는 걸 보니, 추운 모양이로구나."

능창군의 목소리가 따뜻한 숨결과 함께 귓가에 내려앉았다.

"아닙니다, 나리. 괜찮습니다."

수생은 얼른 고개를 돌려 앞을 보았다. 살짝 긴장한 수생의 몸이 또각또각, 느린 말발굽 소리에 맞춰 흔들렸다.

백함과 헤어진 후 수생이 주막으로 돌아갔을 때는 완전히 날이 밝아 있었다. 주막 문을 밀고 들어가며, 수생은 능창군이 벌써 떠났을

지도 모른다고 생각했다.

텅 빈 방을 마주하게 될까 봐 수생은 겁이 났다. 하지만 동시에 그가 이미 가고 없기를 바라기도 했다. 아직까지는 그를 마주하고 간밤의 일을 설명할 용기가 생기지 않는 탓이었다. 무엇보다도 자신을 마음에 품었던 그의 말을 어떻게 받아들이고 반응을 해야 할지 알 수가 없었다.

다행인지 불행인지 능창군은 아직도 주막에 남아 있었다. 돌아온 수생에게 그는 아무것도 묻지 않았다. 어디서 밤을 보냈는지, 쫓아갔던 사내와는 결국 만났는지, 그 사내는 어디로 가고 혼자 돌아온 것인지…….

대신 평상시와 똑같은 태도로 그는 수생을 맞았다.

다정한 말투, 해사한 미소, 우아한 손짓. 모든 것이 익숙한 능창군의 모습 그대로였다. 심지어 다친 곳은 없냐고 다정하게 물어오기까지 했다. 마치 지난밤에 있었던 일들은 까맣게 잊어버린 것 같은 태도였다.

간밤의 일들을 모두 다 묻어버리고 싶으신 거야. 수생은 그렇게 생각했다. 어쩌면 다시는 오지 않을 기회를, 다시는 듣지 못할 고백을 제 스스로 외면했다는 생각에 마음 한구석이 시렸다.

하지만 그것들이 꿈처럼 지나가버렸다는 사실이 한 편으로는 지극히 당연하게 느껴지기도 했다. 밤이 사라졌는데 꿈이 남아 있을 리 없었다. 다가가도 사라지지 않는 신루(蜃樓: 신기루)란 없는 법이었다.

그 생각이 틀렸다는 것을 수생이 깨달은 건 그리 오래 지나지 않아서였다.

한성으로 올라갈 차비를 하기 위해 수생은 오상의 방으로 건너갔다. 그런데 오상은 이미 방을 비운 후였다. 먼저 한성으로 올라갔다는 능창군의 말에 수생의 눈이 커졌다.

"내가 그리하라 일렀다. 아무리 일행이라곤 하나 외간 남자와 네가 단 둘이 떠나게 놔둘 순 없지 않겠느냐. 그것도 멀고 위험할지 모르는 길을 말이다."

"외간 남자라 하시니 뭔가 이상합니다, 나리. 오상 형님이 제게 얼마나 잘해주었는데요. 형님이 들려주는 이야기도 어찌나 재미있던지, 그 먼 길이 하나도 지루하지 않았는걸요. 형님이 떠난 지는 오래되었습니까, 나리? 혹 지금이라도 따라가면……."

"지난밤에 내가 말하지 않았더냐. 오늘부터는 나만을 따라오라고. 내 여인이 다른 사내를 쫓는 것은 어제까지만 허락하겠노라고 말이다."

평소와 다를 바 없다고 생각했던 능창군의 눈빛이 한순간 지난밤으로 돌아가 있었다. 아니, 지난밤과는 또 다른 눈빛이었다. 조금 더 차분하게 가라앉아 있었지만 그 속에는 일종의 단호함이 깃들여 있었다.

능창군의 눈동자도 이렇게 고집스러운 빛을 띨 수 있다는 것을 수생은 처음으로 알았다. 지금은 자신이 무어라 해도 그의 고집을 꺾기 힘들 거란 생각이 절로 들 정도였다. 그만큼 그의 눈동자에서 나오는 빛은 단단했고 끈질겼다.

반면 수생의 얼굴에는 당혹의 빛이 역력했다. 그 표정만으로도 능창군은 수생의 생각을 짐작할 수 있었다. 아마도 간밤의 일에 대해 일언반구도 없는 자신이 의아했을 터. 지난밤의 일은 모두 없었던 일처럼 덮고 가자는 것으로 받아들였을 수도 있으리라.

그렇다면 자신의 뜻을 확실히 전할 필요가 있겠다는 생각이 들었다.

"간밤의 일에 대해 묻지 않았던 것은, 아무 일도 없었던 것처럼 지나가고 싶어서가 아니다. 네게 했던 말들이 진심이 아니었던 탓도 아니다. 지나간 일이 오늘부터의 일에 아무런 영향도 줄 수 없다는 것을 알려주고 싶었을 뿐이다."

"하오나 나리……."

"밖에서 기다리고 있을 터이니 옷을 갈아입고 나오너라."

능창군은 가볍게 수생의 말을 가로막았다. 언제나 자신의 말을 귀담아 들어주던 그가 지금은 자신의 말을 모조리 튕겨내는 벽처럼 수생에게는 느껴졌다.

수생은 능창군의 손이 가리키고 있는 곳으로 시선을 옮겼다. 방 한쪽에 곱게 개놓은 치마저고리가 눈에 들어왔다. 비단으로 만든 것은 아니지만 화사한 빛깔의 고운 치마 저고리였다. 수생의 대답을 기다리지 않고 방문이 닫혔다.

가만히 옷을 바라보던 수생의 입에서 작은 한숨이 흘러나왔다. 곱게 차려입고 능창군의 앞에 나서고 싶어 안달하던 때가 엊그제

같은데 왜 이렇게 자꾸만 마음이 무거워져 오는 것인지 모를 일이 었다.

능창군은 주막 앞에서 수생이 나오기를 기다리고 있었다. 한눈에 보기에도 혈통이 좋아 보이는 말 한 필이 그의 옆에 매여 있었다.

옷을 갈아입고 나온 수생을 능창군은 사뿐히 말안장 위로 들어올렸다. 그리고는 곧바로 자신도 수생의 뒷자리에 올라탔다. 두 손으로 능숙하게 말고삐를 감아쥔 채 능창군은 출발 준비를 했다.

"저는 그냥 걸어가도 됩니다, 나리. 내려서 제가 말고삐를 잡겠습니다!"

능창군을 말리려고 수생은 다급하게 외쳤다.

"내릴 수 있으면 그리해보거라."

그렇게 말하며 능창군은 말의 박차를 찼다.

말이 속도를 내며 앞으로 나가기 시작했다. 갑작스러운 출발에 수생의 몸이 기우뚱했다. 작은 비명을 지르며 수생은 능창군의 팔을 다급히 부여잡았다. 능창군에게서 짧은 웃음이 터져 나왔다. 그렇게 해서 함께 말을 타고 한성으로 돌아가는 이 여정이 시작되었던 것이다.

백함이 있는 이천 땅으로부터 멀어져갈수록 수생이 뒤를 돌아보는 횟수도 줄어들었다. 능창군은 수생이 더 이상 뒤를 돌아보지 않게 된 다음에도 한참을 조용히 말을 몰았다.

좁은 산길로 접어들 즈음 돌풍 같은 바람이 불어왔다. 메마른 가지에서 떨어진 붉은 나뭇잎들이 어지럽게 눈앞을 날아다녔다. 그 기세에 놀랐는지 말이 몸을 들썩거리며 콧김을 내뿜었다.

수생이 떨어질까 염려되어 능창군은 고삐를 쥐고 있던 한쪽 손을 놓았다. 그 손을 어깨에 살짝 두르자 수생의 등이 바짝 곤두섰다.

"무얼 그리 긴장하느냐. 지난번에 같이 말을 탔을 때는 내 등에 잘도 달라붙지 않았더냐."

능창군은 편사대회가 있던 날 밤의 이야기를 꺼냈다.

술에 취한 수생의 손을 묶은 채 집까지 데려갔던 그 밤의 일을 꺼낸 건, 말을 타고 오는 내내 긴장한 듯 보이는 수생을 조금 편하게 만들어주고 싶어서였다. 엉뚱하고 당돌하면서도 묘하게 수줍던 그날의 수생이 떠오르자 능창군의 입가에 슬며시 미소가 걸렸다.

수생도 그 밤을 떠올렸다. 능창군의 오해를 풀기 위해 활터를 찾아갔던 날, 처음으로 상협을 만났었다. 그리고 그를 통해 알게 된 백함의 이름을 처음으로 불러보았다. 착혼꾼이 나타났던 것도 그 밤에서 이어지던 새벽이었다.

돌이켜보면 모든 소용돌이가 시작된 것이 바로 그날이었다.

그럼에도 불구하고 그때를 돌아보니 아련한 그리움이 일었다. 늦은 여름밤의 시원한 밤공기 그리고 제 몸에서 나던 달짝지근한 술 냄새가 함께 몰려오는 것 같았다. 능창군에 대한 동경으로 가득했던 그날의 제 모습도 떠올랐다. 그날이 아득한 옛날처럼, 오래된 꿈처럼 느껴졌다.

"아직도 그날 밤 말을 탔던 일이 잘 기억이 나지 않느냐?"

"그러고 보니 운종가에서 만나면 다 얘기를 해주시겠다 하지 않으셨습니까."

"듣고 싶지 않다고 말했던 것 같은데, 아니더냐?"

"설마, 나리께 술에 취해 무례한 짓을 저지르거나 그러진 않았겠지요?"

"혹 행패를 부릴까 싶어 손목을 묶어놨더니 그리는 못하더구나. 대신 귀신 타령을 한참이나 했었는데, 그것도 기억이 나질 않느냐?"

나리께 백함의 이야기를 했단 말인가? 무슨 얘기를 어디까지 했던 거지? 수생은 깜짝 놀라 능창군을 보았다.

"귀신 얘기라면…… 제가 뭐라 했습니까, 나리?"

"글쎄다, 툭하면 사라지는 귀신같다고 했던가……."

그렇게 답하다가 능창군이 갑자기 입을 다물었다. 그날 밤 수생은 귀신 이야기와 함께 자신을 닮았다던 벗에 대해서도 종알댔다. 그러고 보니 말을 타고 가면서도 항아리를 껴안은 채 그 벗의 이야기만을 하고 있었구나…….

정말로 그자가 지난 밤 보았던 사내였을까.

능창군은 얼른 고개를 저으며 다시금 뇌리에 떠오른 질문을 지워버렸다. 지금은 그의 이야기를 끄집어내고 싶지 않았다. 이 자리에 있지도 않은 그 사내가 이 순간을 방해하게 만들긴 싫었던 것이다.

"그 말뿐이었습니까?"

"생각해보니 참으로 용감하다 못해 무모하지 않았더냐. 얼마나 취할 줄 알고 그리 넙죽넙죽 술잔을 받았던 게야."

화제를 돌리기 위해 능창군은 수생의 질문을 가볍게 받아 넘겼다.

"……그러게나 말입니다. 그런 일이 있을 줄 알았으면 미리 취해볼 걸 그랬습니다. 그랬다면 얼마나 취하게 될지 가늠이 되었을 것이 아닙니까? 술 다섯 잔에 그리 정신을 가누지도 못해 나리께 폐를 끼칠 줄 알았더라면 어떤 핑계를 대서라도 술을 마시지 않았을 겁니다."

"그래, 어떤 기분이더냐? 난생 처음으로 취해본 기분 말이다."

짧게 웃으며 능창군이 되물었다.

"이상했습니다. 말을 하고 있는데도 제 말이 아닌 듯하고, 눈을 뜨고 있는 데도 무엇을 보고 있는지 어지럽기만 했습니다. 세상이 빙글빙글 돌고 땅 밑이 꺼지는 것 같았습니다."

"그랬더냐?"

"예, 나리. 분명 제가 맞는데도 제가 아닌 것 같은 기분이었습니다. 그런데 좀 이상하기도 했습니다. 하늘에 붕 뜬 것처럼 기분이 좋고, 자꾸만 배슬배슬 웃음이 나오던걸요."

술에 취했던 순간을 떠올리고 있는지, 옆으로 고개를 돌린 수생의 뺨이 살며시 미소를 머금고 있었다. 바람에 하늘거리고 있는 연분홍빛 들꽃처럼, 수생의 얼굴도 말발굽 소리에 맞춰 하늘거리며 흔들렸다.

"나도…… 그랬느니라."

능창군이 조용히 덧붙였다.

"나리께서도 그날 취하셨더랬습니까?"

"사람을 취하게 하는 것이 술만 있겠느냐."

무엇에 취한 것인지는 나도 모르겠다. 그저, 네 말처럼 나도 내가 아닌 듯할 뿐이다. 분명 가려 했던 길에서 벗어나 다른 방향으로 비틀거리고 있는데도 깨고 싶지 않은 이 취기는 무엇이더냐. 한 사람을 곁에 두기 위해 이토록 애가 타는 마음은 누구의 것이더냐. 다시 돌아갈까. 돌아가서 억지로라도 너를 데려올까. 그런 마음을 억누르며 시시각각 변하는 밤의 색깔을 지켜본 것은 어디의 누구더냐. 이리 취한 내 모습이 세상의 눈에 얼마나 우스꽝스럽게 보일지 알면서도, 깨고 싶지 않은 이 마음은 또한 누구의 탓이더냐.

눈이 마주치자 수생이 다시 앞을 향해 고개를 돌렸다. 능창군은 그 뒷모습을 물끄러미 바라보았다. 지난 밤 자신을 피해 달아나던 수생의 등이 지금의 모습에 겹쳐졌다. 간밤에 느꼈던 감정들이 고스란히 되살아났다. 금방이라도 수생이 달아나버릴 것 같아 안타까움이 밀려왔다.

혹, 너도 나처럼 취해 있는 것은 아니겠지? 내가 아닌 다른 이에게······.

두 사람을 태운 말이 도착한 곳은 새문리 능창군의 집 앞이었다.

한성으로 들어온 후부터 조마조마했던 수생의 마음은 말이 새문리로 들어선 것을 깨달은 순간, 불안으로 바뀌었다. 그 불안은 말에서 내린 능창군이 손을 내밀며 건넨 말을 듣는 순간 현실이 되었다.

"내리거라. 어서 들어가자꾸나."

그렇게 말하며 능창군은 허리를 잡아 사뿐히 수생을 말에서 내려 놓았다.

"평안히 들어가십시오, 나리. 저도 이만 돌아가 보겠습니다."

수생은 얼른 능창군에게서 떨어진 후 허리를 굽혀 인사를 했다. 어서 들어가자니. 아무리 생각해도 그 말은 각자의 집으로 돌아가자는 말로밖에는 해석되지 않았다.

"함께 들어가자 하였는데, 듣지 못하였느냐?"

그 해석이 잘못되었다는 것을 능창군이 곧바로 알려주었다. 당황한 수생이 뭐라고 답변을 하기도 전에 능창군이 큰 소리로 문지기를 불렀다.

집 안으로 들어서자 행랑채를 오가던 하인들의 시선이 단번에 수생에게로 쏠렸다. 능창군은 보란 듯이 수생의 손을 잡은 채 마당을 가로질렀다. 그 믿을 수 없는 광경에 모두의 입이 쩍 벌어졌음은 두말할 나위도 없었다.

안채로 통하는 문 앞까지 왔을 때, 수생이 다시 한 번 능창군을 붙잡아 세웠다.

"나리, 어찌 이러십니까. 제 말 좀 들어주십시오."

"아니, 네가 먼저 내 말을 들어야겠다. 그리 해주면 그 다음엔 내, 너의 말을 들어줄 것이다."

능창군은 그리 말하며 안채로 향하는 문을 넘어섰다. 도대체 무슨 말을 하려고 군부인 앞에까지 자신을 데려가려는지 수생은 그의 의중을 도무지 짐작할 길이 없었다.

아들의 의도를 짐작하지 못해 어리둥절하기는 신씨도 마찬가지였다.

며칠간 멀리 다녀올 일이 있다며 집을 나섰던 아들이 느닷없이 계집을 데리고 방으로 들어서다니.

게다가 그가 데리고 온 것은 윤상궁의 당조카라는 아이였다. 지난번 집 앞에서 한 번 본 적이 있어 낯이 익은 그 얼굴은 당혹감에 파랗게 얼어 있었다.

어떤 경우든 함부로 허튼 행동을 할 아들은 아니었다. 그렇다면 지금의 이 갑작스러운 행동에도 필시 무슨 이유가 있을 터. 신씨는 능창군이 큰절을 올린 후 정좌를 마칠 때까지 기다렸다가 차분한 목소리로 입을 열었다.

"그래, 갔던 일은 무사히 마치고 돌아왔느냐? 피곤하지는 않고?"

"예, 어머니. 염려해주신 덕분에 무사히 다녀왔습니다. 집안에도 별 다른 일은 없었습니까?"

신씨는 고개를 끄떡였다.

"헌데 무슨 일이더냐? 저 아이는 어쩐 일로 데려온 것이고?"

그리 물으며 신씨는 수생을 다시 한 번 쳐다보았다.

"네가 윤상궁의 조카라던 그 아이가 맞지?"

"예, 군부인 마님."

"무슨 일인지는 모르겠다만, 마침 잘 되었다. 내 안 그래도 네 혼처 문제로 상의할 일이 있어 윤상궁을 이리로 부른 참이었다."

"혼처라니요…… 무슨 말씀이신지요?"

금시초문의 일이었던지라 수생은 어리둥절했다.

"내가 네 혼처 자리 알아보는 걸 돕고 있다는 얘기를 아무도 하지 않더냐? 이거 왠지 서운하구나."

그리 말하며 신씨가 빙긋 웃었다.

"소자도 그 말씀을 드리려던 참이었습니다."

능창군이 무언가를 결심한 듯 단단한 눈으로 신씨를 바라보았다.

"그러했더냐? 무슨 말인지 어서 해보거라. 이리 늦은 시각에 이 아이를 데려온 이유가 나도 몹시 궁금한 참이었다."

아직까지 아들의 입에서 나올 말을 짐작도 하지 못한 듯, 신씨가 호기심 띤 얼굴을 했다.

"이 아이의 혼처는 더 이상 찾지 마시길 부탁드립니다, 어머니."

"어째서 말이냐? 무슨 문제라도 생긴 게야?"

"제 사람입니다, 이 아이는."

조금의 망설임도 없이 능창군의 입에서 대답이 흘러나왔다.

청천벽력 같은 대답에 말문이 막힌 것은 신씨뿐만이 아니었다. 능창군이 무슨 말을 할지 불안에 떨던 수생에게도 그의 말은 뜻밖이었다. 아니, 뜻밖이라는 말로는 표현이 되지 않았다. 둔치를 한 대 얻어맞은 것처럼 수생은 정신이 멍했다. 게다가 딱딱하게 굳어버린 신씨의 얼굴을 보고 있자니 몸속의 피가 다 말라버리는 기분이었다.

"너의…… 사람이라고 했느냐, 방금?"

"예, 제 여인입니다. 허니 다른 사내에게 보낼 수 없습니다."

"이 말이 사실이더냐?"

신씨가 굳은 얼굴을 수생에게로 돌렸다. 날카로운 시선에 수생은 살이 베이는 기분이었다.

"함께 이천에서 올라오는 길입니다."

능창군이 수생의 대답을 가로챘다.

"허면 저 아이와 밤을 보냈다는 말이더냐? 지난번 말에서 떨어져 정신을 잃었다 했던 날도, 그럼 저 아이와 함께 있었던 게야?"

"그렇습니다."

"아닙니다, 마님! 그렇지 않습니다. 나리께서는…… 나리께서는, 제가 원치 않은 혼사를 치를까 봐…… 그것이 걱정되시어 일부러 이리 말씀을 하시는 겁니다."

제발 그렇다고 말씀해주십시오, 나리. 그렇게 애원하는 수생의 눈동자를 능창군은 외면했다.

그런 두 사람의 모습을 신씨는 놓치지 않았다. 누구의 말이 사실인지는 알 수 없었지만, 아들이 거짓을 말하면서까지 누군가를 욕심낼 것 같지는 않았다. 게다가 상대가 저리 보잘 것 없는 미천한 계집이라면 더욱 더 그렇지 않겠는가. 허나 능창의 말이 사실이라면 저 아이는 왜 저리 필사적으로 부인을 해대는가. 도무지 알 수가 없는 일이었다.

그때 방문 밖에서 인기척이 들렸다.

"마님, 소인 윤상궁입니다."

윤상궁의 목소리에 수생의 심장이 덜컥 내려앉았다. 방문 밖을 향해 짧게 시선을 준 신씨가 다시 수생을 보았다.

"넌 잠시 나가 있거라."

"……예, 마님."

신씨의 말을 거역할 수 없었기에 수생은 방문을 열고 물러나려 했다. 그런데 곧이어 날아든 능창군의 말이 수생의 발목을 잡았다.

"아직 드릴 말씀이 남아 있습니다, 어머니. 저 아이도 함께 들어야 할 말입니다."

"윤상궁도 함께 말이냐?"

"그리하면 더 좋겠습니다."

그렇게 대답하는 능창군의 모습은 돌처럼 단단하고 흔들림이 없었다. 하지만 그 모습을 지켜보는 수생의 마음은 조마조마하기가 이를 데 없었다. 또 어떤 벼락같은 말이 그의 입에서 나올지, 상상만으로도 심장이 내려앉을 것 같았다.

"들어오게, 윤상궁!"

잠시 뜸을 들인 후 신씨가 입을 열었다. 밖에서 기다리고 있던 윤상궁을 향한 말이었지만 시선은 능창군에게 그대로 놓은 채였다.

방 안의 침묵 사이로 드르륵 방문 여는 소리가 새어들었다.

윤상궁은 문간에 서 있는 수생을 보고 적잖이 놀란 듯했다. 신씨에게로 고개를 돌리는 그녀의 얼굴이 눈에 띄게 굳어 있었다.

"소인에게 이르시면 되실 것을 어찌 이런 미천한 아이를 친히 부르기까지 하셨습니까, 마님."

"내가 부른 것이 아니라네."

신씨는 앞에 앉은 능창군을 눈으로 가리켰다. 그 시선을 따라가던 윤상궁이 말없이 고개를 숙였다. 신씨의 한마디에 모든 상황을 파악한 눈치였다.

"자, 이제 말해보겠느냐. 우리 모두가 들어야 할 그 말이라는 것이 무엇인지 말이다."

신씨의 말에 능창군의 시선이 옮겨갔다. 처음에는 수생에게로, 그다음엔 윤상궁에게로.

그 잠깐의 틈을 윤상궁은 놓치지 않았다. 결코 서두르지 않는 말투로 노련하게, 그러면서도 신속히 그녀가 입을 열었다.

"외람되오나 마님, 소인이 먼저 한 말씀 올려도 되겠습니까. 실은 마님께 그 일을 고하려고 달려온 참이었습니다."

"해보게. 무슨 일이라도 생긴 겐가?"

"크게 걱정하실 일은 아니옵니다. 다만…… 소인의 사촌오라비가 몸이 안 좋다는 소식을 전해들은 터라 잠시 들러볼까 하였사온데……"

"예? 그게 정말입니까, 고모님? 아버지가 편찮으시다구요?"

생각지도 못했던 일이었다. 군부인의 앞이라는 것도 잊은 채 수생의 목소리가 커졌다.

"뉘 안전이라고 목소리를 높이는 게냐."

윤상궁에게서 당장 불호령이 떨어졌다. 수생은 급히 입을 다물었다. 그러나 불안으로 가득 찬 마음은 감출 수가 없었다.

"놔두게. 걱정이 되어 그러는 것 아닌가. 그래, 많이 아프다던가?"

"그렇진 않을 것입니다. 그래도 혹여 하는 마음에 잠시 다녀올까 했는데, 마침 이 아이가 왔으니 그리할 필요까지는 없을 듯싶습니다. 하오나 허락해주신다면 이 아이는 얼른 집으로 돌려보냈으면 합니다, 마님."

"알겠네. 여부가 있겠나. 너는 어서 서둘러 집으로 가보거라. 윤상궁 자네도 나가보게나. 오라비에게 함께 가볼 생각이라면 마음 놓고 다녀오도록 하고."

"감사합니다, 군부인 마님. 허면 소인 이만 물러가옵니다."

윤상궁은 공손하게 군부인과 능창군에게 허리를 굽힌 후 방문을 열고 자리를 물러났다.

수생도 급히 윤상궁을 따라 방을 나섰다. 마지막으로 바라본 능창군은 수생을 보고 있지 않았다. 결전을 준비하는 사람처럼 꼿꼿하게 신씨를 응시하고 있을 뿐이었다.

새문리 집을 나온 수생은 초조한 마음을 안고 집으로 뛰어갔다.

능창군의 일이 마음에 걸렸지만 오해할 일은 없었다는 말을 당고 모에게 전했으니 크게 걱정할 일은 생기지 않으리라 애서 마음을 달랬다. 지금은 그보다도 아버지가 괜찮으신지를 확인해야 했다.

별일 아닐 거야. 걱정할 일은 아니라고 당고모님도 말씀하셨잖아. 그렇게 되뇌며 수생은 어두운 밤길을 달려갔다. 저 앞에 자신을 노리는 검은 그림자가 있을 것이라고는 상상도 하지 못한 채.

수생과 윤상궁의 기척이 멀어질 때까지 능창군은 조용히 침묵을 지키고 있었다.

결심이 흔들린 것은 아니었다. 신씨에게 하고자 했던 이야기가 변한 것도 아니었다. 다만 의도치 않게 전개된 이 상황이 마음에 들지 않았다. 수생의 아비가 아프다니. 분명 윤상궁이 그런 일을 거짓으로 고할 리는 없었다. 그럼에도 불구하고 윤상궁이 의도적으로 자신을 가로막았다는 느낌을 지울 수가 없었다.

허나 그리 마음대로 되지는 않을 것이네. 자네가 내게 던졌던 질문에 적어도 하나의 대답은 찾아낸 것 같으니.

가만히 입을 다물고 앉아 있는 능창군을 신씨는 물끄러미 쳐다보았다. 며칠 만에 본 아들은 어딘가 모르게 분위기가 조금 달라져 있었다. 우아하게 나부끼는 봄버들 같던 소년 대신 단단하게 옹근 대나무 같은 사내가 눈앞에 앉아 있었던 것이다. 꺾이지 않을 것 같은 고집스러운 눈빛이 참으로 낯설게 느껴졌다.

"그래, 네 말대로 그 아이를 네 여인으로 품었다면 다른 사내와 혼례를 올리게 하는 일은 없어야겠지."

신씨가 먼저 운을 뗐다.

"신분이 미천하다는 점이 걸리기는 하지만, 옆에 들인다 하여 흉이 되진 않을 것이다. 다만 아직은 혼례를 올리기 전이니 조금은 시일을 두고 기다려야 할 것이야. 혼례를 치르기 전에 첩을 먼저 들이면 세간의 입방아에도 오르내리기 좋고 무엇보다 너와 혼례를 치를 규수에게도 실례가 될 터이니."

"그 점은 염려치 않으셔도 됩니다."

능창군이 차분한 목소리로 입을 열었다. 평소처럼 온화한 태도와 말투였다. 하지만 그 말이 실어 나르는 내용은 그렇지 않았다.

"소자는…… 혼례를 올리지 않을 것이니까요."

신씨는 순간 자신이 헛것을 들었다고 생각했다. 물론 능창군이 혼사 이야기를 고집스러울 정도로 외면해왔다는 것을 그녀도 모르는 바는 아니었다. 어지러운 시국 때문에 마음이 복잡해 그러겠거니 짐작해 군이 혼사를 독촉하지 않은 것도 사실이었다.

하지만 혼례를 올리지 않겠다니. 그런 생각을 하고 있으리라고는 꿈에도 생각해본 적이 없었다. 잘못 들은 게 아니라면 다른 뜻이 있는 것이리라. 신씨는 놀란 마음을 애써 다잡았다.

"무슨 뜻으로 하는 말이더냐."

"소자에게 여인은 한 사람뿐입니다. 더 이상의 여인은 곁에 들이지 않을 것입니다."

"그 무슨 가당치 않은 말이냐. 왕실의 종친인 네가, 고작 천첩 하나 때문에 혼사를 마다하겠다니. 저 아이가 그리 해달라 하더냐? 그리 해주지 않으면 네 말을 듣지 않겠다 투정이라도 하더냐?"

신씨의 화살이 수생에게로 가서 꽂혔다.

모친이 무슨 생각을 하는지 능창군은 듣지 않아도 알 것 같았다. 함께 밤을 보낸 것을 구실삼아 수생이 자신의 발목을 잡고 있다 여기시는 것이겠지. 허긴 어찌 이해를 하실 수 있겠는가. 들키지 않으려고 꾹꾹 눌러오기만 했을 뿐 제 진짜 마음을 단 한 번도 내비친 적이 없었는데.

"소자가 그동안 혼인 이야기를 한사코 물려온 이유를 어머니께서는 짐작하십니까?"

이제야말로 모친에게 자신의 마음을 이야기할 때가 된 것 같다고 능창군은 생각했다. 그리 한다면 비록 허락은 얻지 못한다 해도 조금의 이해는 얻을 수 있을 터이지.

"무엇이더냐, 그 이유가."

"언젠가는 왕의 칼끝이 소자의 목을 겨눌 것을 알고 있는데 어찌 그 칼날 앞에 다른 사람의 목숨까지 내어놓으라 할 수 있겠습니까. 하여 소자의 운명은 소자 혼자 지고 가려 했습니다. 그저 조용히 살다 이 한 목숨 사라지는 것이 모두를 위해 좋을 것이라 그리 여겼습니다."

다른 누구보다도 신씨에게는 알리고 싶지 않았던 속내였다. 이런 속내를 알게 된다면, 안 그래도 무거운 아들의 운명에 신성군의 양자라는 짐 하나를 더 얹어주었다고 모친이 아파할 것을 알았기 때문이었다.

그의 짐작대로 신씨의 눈시울이 조금 붉어졌다.

"어찌…… 그렇게만 생각을 하느냐. 이 어미가 그런 일이 생기도록 그냥 놓아둘 것 같더냐. 무슨 수단을 동원해서라도 내 그런 일만은 막을 것이다. 내 목숨이 붙어 있는 한 누구도 네게 해를 입힐 수 없을 것이야."

능창군의 입술에 희미한 미소가 걸렸다. 그도 신씨의 말을 믿고 싶었다. 그리 순진하게 믿으며 자신을 둘러싼 세상에 눈을 감고 싶었다. 그러나 눈을 감는다고 세상이 변하지는 않는다는 사실을 그는 너무나도 잘 알고 있었다.

"이천에…… 전하를 뵈러 갔다 왔습니다."

"뭐라?"

오늘 밤 능창군의 입에서 나오는 말들은 모두 빠짐없이 신씨를 경악시키기에 충분했다. 그간 한 번도 시키지 않았던 속앓이를 오늘 밤 모두 몰아서 시킬 작정이라도 한 것처럼 폭풍 같은 말들이 연달아 휘몰아쳤다.

"촌부로 살겠다 했습니다. 이름도 없이, 죽은 듯 살아갈 수 있게 해달라 간청 드리고 왔습니다."

"촌부라니, 그게 무슨 말이더냐. 아니 된다. 전하께서 허락하신다 하여도 내가 널 그리 살게 허락할 수 없다."

"소자가 목숨을 부지하고 살 수 있는 유일한 길이라 해도 말입니까?"

"전아……."

"그 아이의 이름이 무엇인지 아십니까, 어머니? 수생이라 합니다. 생을 지킨다는 뜻이랍니다. 어쩌면 모든 것이 그 이름 때문인지도 모르겠습니다. 제 마음이 이리도 그 아이에게 쏠리는 건……. 아니, 마음이란 것도 실은 모두 핑계일지도 모릅니다. 수생 그 아이가 소자의 소원을 품은 채 다가왔기 때문에, 소자, 무슨 일이 있어도 그 아이를 곁에 두어야겠다고 생각했는지도 모르겠습니다. 그 아이가 소자에게는 단 한 가닥의 빛이기 때문입니다. 하여 소자, 그 빛을 잡고 싶습니다. 그리하면 아니 되겠습니까? 어머니."

　누군가 어깨를 흔드는 것 같아 수생은 눈을 떴다.

　어디선가 흙냄새가 났다. 바닥에 기댄 어깨에 울퉁불퉁하고 차가운 감촉이 느껴졌다.

　갑자기 눈을 떴기 때문인지 눈앞이 흐릿했다. 귓속에서는 벌레의 날갯짓 같은 소리가 들려왔다. 그 소리가 윙윙거리며 관자놀이를 타고 올라가 정신을 어지럽혔다.

　속이 울렁거렸다. 금방이라도 기절해버릴 것 같은 느낌에 수생은 입술을 깨물었다. 이마에서는 식은땀이 축축이 배어나왔다.

　여기가 어디지? 수생은 흐릿한 두 눈을 깜빡여보았다.

　"깨어난 것 같습니다요!"

　머리 위에서 낯선 목소리가 우렁차게 울렸다.

　목소리가 들리는 쪽으로 수생은 고개를 돌렸다. 포졸 옷을 입은 낯선 사내가 발치에 서 있었다. 눈이 마주치자 그는 발을 들어 바닥에 쓰러져 있는 수생의 어깨를 툭툭 찼다.

　"푸욱 잘 잤느냐? 그리 곯아떨어진 걸 보니 밤일이 꽤나 고단했던 모양이지?"

　포졸이 이죽거리자 옆에서 쿡쿡 웃음이 터져 나왔다.

　깜짝 놀란 수생은 얼른 몸을 일으키려 했다. 그런데 손이 움직여지질 않았다. 손과 팔이 오라에 묶여 꼼짝을 할 수가 없었던 것이다.

이게 뭐지? 꿈이라도 꾸고 있는 건가? 수생은 팔을 비틀며 버둥거려보았다. 그 모습을 보고 포졸들이 다시 웃음을 날렸다.

"뭣들 하는 게냐? 어서 일으켜 세우지 않고!"

쩌렁쩌렁한 목소리가 다시 앞쪽에서 들려왔다. 웃음을 멈춘 포졸들이 냉큼 달려와 수생의 팔을 잡았다.

무릎이 꿇린 채 앉혀진 수생의 눈앞에는 좌우로 긴 건물 한 채가 위압적으로 버티고 서 있었다. 가운데 대청마루 위에는 무관 한 명이 정좌를 한 채 앉아 있었다. 동달이 위에 검은 색 전복을 걸치고 남색 전대를 두른 모습으로 보아 지위가 높은 무관인 듯했다.

수생과 눈이 마주치자 무관은 천천히 몸을 일으켜 대청마루 밑으로 내려섰다.

부하로 보이는 사내 하나가 서둘러 그의 옆으로 다가 섰다.

"심문하겠습니다, 포장 영감."

부하가 입을 열었다. 그 순간 수생은 뒤통수를 한 대 얻어맞은 것 같았다. 포장 영감이라니, 그럼 여기가?

얼른 고개를 돌려 주위를 살펴보았다. 마당 한쪽에 놓인 형틀이 눈에 들어온 순간, 수생은 숨이 막혔다. 자신이 어디에 와 있는지를 똑똑히 깨달았던 것이다.

포도청이라니. 포도청에 끌려와 있다니, 말도 안 돼.

"어, 어째서 제가 여기에 와 있는 것입니까?"

수생은 겁에 질린 표정으로 포도대장을 올려다보았다. 대답 대신 그는 옆에 선 종사관에게 눈짓을 했다. 심문을 시작하라는 뜻이었다.

"어젯밤 그곳에서 무엇을 하고 있었더냐?"

종사관의 목소리에는 날이 서 있었다. 질문도, 명령도 아닌 그의 어조는 굳이 얘기하자면 힐난에 가까웠다. 모든 것을 알고 있으니 순순히 털어놓아라. 그렇게 수생을 질책을 하고 있는 것이었다.

"그곳이라니요, 무슨 말씀을 하시는 것인지 모르겠습니다."

"곱게 대답 못 하느냐!"

옆에 선 포졸이 버럭 소리를 지르며 들고 있던 육모봉을 높이 치켜 올렸다. 으악! 수생은 반사적으로 눈을 감았다. 방망이가 수생의 머리 위에 털썩, 내려앉았다.

"무슨 짓을 했길래 남의 집 담벼락 밑에 쓰러져 있었냐, 그리 물으시잖냐."

그렇게 말하며 포졸은 방망이로 수생의 머리를 툭툭 쳐댔다. 헛소리를 한다면 가만 놔두지 않겠다는 명백한 위협이 그 속에 담겨 있었다.

하지만 정작 헛소리를 하고 있는 건 그들이었다. 덜덜 떨리는 목소리를 애써 억누르며 수생은 항변했다.

"남의 집 담 밑에, 제가 말입니까? 그럴 리가 없습니다. 간밤엔 분명……"

수생은 급히 지난밤의 기억을 더듬어보았다.

정신없이 달려 집으로 돌아가 보니 흥복의 방에는 불이 꺼져 있었다. 몸이 편찮으시다 했는데 잠이 드신 건가. 수생은 홍복의 방문으로 다가갔다. 그때 건너편 방에서 무언가가 쿵, 하고 떨어지는 소리가 들렸다.

아버지, 거기 계세요? 수생은 급히 제 방으로 걸음을 옮겼다.

그리고 방문을 여는 순간……. 그래, 누가 거기 있었어! 집에 도둑이 들었던 거야. 도둑이 입을 틀어막아서 잠시 버둥대다가 정신을 잃었잖아.

그런데 어째서 포청에 와 있는 거지? 혹시 집 마당에 쓰러져 있던 걸 순찰하던 포졸들이 오해해서 붙잡아 온 건가?

"무언가 오해가 있는 것 같습니다, 나리! 그곳은 저희 집이었습니다. 도둑이 들어서 정신을 잃는 바람에……."

"뭐라고? 네 년 집에 도둑이 들었다? 하도 이집 저집을 넘나들었더니 이젠 어디가 제 집인지도 구분이 안 가는 모양인 게로구나!"

수생의 말을 가로막은 종사관이 어이없다는 얼굴로 껄껄 웃었다. 그의 말에 다른 군관들도 피식피식 비웃음을 날렸다.

"정말입니다, 믿어주십시오. 지금이라도 확인을 해보면 금세 아시게 될 것입니다!"

답답한 마음에 수생이 다시 애원을 했다.

"그러냐? 마침 잘 됐다. 그곳을 자신의 집이라 우기는 자가 저기 오고 있으니, 누구의 말이 사실인지 시시비비를 가려보면 되겠구나."

종사관은 그리 말하며 수생의 등 너머로 시선을 던졌다. 수생도 얼른 다가오는 발자국 소리를 향해 고개를 돌렸다.

그 순간 수생의 두 눈이 휘둥그레졌다. 상기된 얼굴로 뛰듯이 걸어오고 있는 사내는 다름 아닌 상협이었던 것이다.

그의 얼굴을 본 순간, 불길한 느낌이 수생을 휘감았다. 난데없이 휘말린 이 상황이 결코 우연이 아니라는 생각이 들었다. 게다가 백함 나리는? 저 사내를 만나러 간다고 했었는데, 백함 나리는 어찌 되었을까?

불길하게 뛰는 가슴을 진정시키려고 수생은 애를 썼다.

그동안 가까이 다가온 상협이 포도대장을 향해 공손히 허리를 굽혔다. 옆에 무릎을 꿇고 있는 수생의 존재는 아직까지 깨닫지 못한 듯 했다. 아니면 일부러 모른 척하는 것일지도 몰랐다.

"보내주신 전언 듣고 달려오는 길입니다, 영감."

"때맞게 잘 왔소. 이제 막 심문을 시작한 참이었소."

포도대장은 짧은 턱짓으로 수생을 가리켰다. 상협의 시선이 수생에게로 옮겨졌다. 놀란 듯 그의 눈이 커졌다.

"이자는…… 계집이 아닙니까? 허면 설마, 이 계집이 간밤에 소생의 집을 턴 도둑놈이란 말입니까?"

상협은 수생을 알아보지 못하는 듯했다. 하지만 도둑이라니. 이게 무슨 소리지? 얼토당토않은 말에 수생이 고개를 번쩍 들었다.

"말도 안 됩니다! 어찌 그런 누명을 씌우십니까? 아닙니다! 맹세코 그런 짓은 하지 않았습니다!"

억울한 마음에 수생의 목소리가 커졌다. 그러자 옆에 선 포졸이 다시 육모봉을 치켜 올렸다.

"아니, 이년이 어디서 바락바락 목소리를 높이는 게야!"

이번에야말로 몽둥이가 날아올 기세였다. 그 순간 상협이 급히 포졸을 가로막았다.

"잠시만 기다려주시오!"

상협은 손바닥을 내밀어 포졸을 제지한 후 수생에게로 한걸음 다가섰다.

"너는…… 내 분명 너를 본 적이 있는데……."

상협은 미간을 찌푸리며 고개를 갸웃거렸다. 무언가를 떠올리려 애쓰는 표정이었다.

"그래…… 맞다!"

제 짐작을 확인이라도 하려는 듯 상협이 수생에게로 허리를 숙였다. 심각한 표정을 하고 있었지만, 가까이 다가온 그의 눈동자 안에는 희미한 웃음기가 떠돌고 있었다.

"넌 그때 그 고전이 아니더냐?"

"아는 계집이오?"

두 사람을 향해 번갈아 시선을 던지며 종사관이 물었다.

"아, 예. 일전에 편사 대회에서 한 번 본 적이 있사온데……. 당시엔 사내의 차림새를 하고 있었던지라 계집일 거라고는 미처 짐작을 못했습니다. 허허, 이것 참. 그래, 계집이었던 게로구나."

한 방 얻어맞았다는 듯 상협이 실소를 지었다.

연기를 하고 있는 거야. 내가 계집이라는 걸 알고 있었으면서 시치미를 떼다니. 수생은 그 이유를 짐작할 수 있었다. 자신이 남장을 한 채 상협을 만난 적이 있다는 사실을 넌지시 일러줌으로써 포청 군관들의 의심을 더욱 키우려는 의도임에 틀림없었다.

알 수 없는 건 그가 이렇게까지 하는 이유였다. 자신을 도둑으로 몰아서 상협이 얻을 수 있는 게 무엇일지, 수생은 짐작도 가질 않았다.

"헌데 이 아이를 어디서 잡아오신 겁니까? 소생의 집 담을 넘은 자가 확실한지요?"

"나리 집 담장 근처에 쓰러져 있는 걸 우리 포교가 발견해 붙잡아 왔소. 저 계집이 쓰러져 있던 곳에 나리 댁 담을 넘은 흔적이 있었소. 부서진 기와 조각이 신발 밑에 묻어 있는 것도 확인을 했소이다."

"아닙니다, 오해십니다! 기절을 했던 건, 악!"

쫙, 하는 소리와 함께 수생의 등에 날카로운 통증이 날아들었다. 반대편에 서 있던 포졸이 채찍처럼 생긴 몽둥이를 휘둘렀던 것이다.

하려던 말을 다 마치지도 못한 채 수생은 비명을 지르며 앞으로 고꾸라졌다. 맞은 곳이 타들어갈 듯이 아팠다. 통증은 곧 등을 타고 가슴 언저리까지 퍼져나갔다. 수생은 입술을 깨문 채 신음을 삼켰다. 고통을 참으려고 꽉 쥔 주먹이 부르르 떨렸다.

종사관은 그런 수생을 흘낏 쳐다봤을 뿐, 다시 상협에게로 고개를 돌렸다. 제대로 입막음이 됐다고 생각하는 표정이었다.

"잃어버린 물건의 행방은 곧 알게 될 것이오. 근자에 다른 곳에서도 물건을 훔친 적이 있는지, 한 패거리가 있는지, 그런 것들도 심문이 시작되면 모두 술술 불게 될 테니 말이오."

"이리 신경을 써주시니 얼마나 감사한지 모르겠습니다. 헌데, 이것 참, 어찌 말씀을 드려야 할지……."

반색을 할 줄 알았는데 의외로 상협은 곤란한 얼굴이 되어서 말을 머뭇거렸다. 종사관의 얼굴에 의아한 빛이 떠올랐다.

"실은…… 이 계집은…… 소생이 잘 아는 귀한 분께서 꽤나 아끼시는 아이인 터라……."

상협은 말꼬리를 슬쩍 흐리면서 포도대장을 바라보았다.

설마, 능창군 나리까지 이 일에 끼워 넣으려는 건가? 수생은 혼미했던 정신이 번쩍 드는 것 같았다.

"그…… 렇소?"

포도대장의 목소리에 조금 전까지와는 다른 망설임이 서렸다. 비록 관직에 오르지는 않았지만, 상협은 높은 분들과도 꽤 깊은 교류를 맺고 있는 자였다. 국가에 상납할 물건을 대는 공인 일을 하면서 널리 인맥을 쌓은 덕분이었다. 파루를 친 직후 신고가 들어온 좀도둑을 이렇게 빨리 수색해 잡아들인 것도 결국 그의 이러한 배경에 기인한 것이었다.

헌데 그런 그가 계집을 두고 귀한 분이 아끼는 아이라 했다. 허면 틀림없는 정보일 터였다. 섣불리 나섰다가 괜한 불똥이 튀는 건 아닌지 염려가 된 포도대장이 종사관을 향해 흘낏 시선을 던졌다. 그 시선을 알아챈 종사관이 짧게 헛기침을 한 후 다시 입을 열었다.

"허면 이 계집을 어찌 처리했으면 싶은 게요?"

"소생도 괜한 오해 때문에 엉뚱한 사람을 도둑으로 몰고 싶지는 않습니다. 그런 짓을 할 계집이 아닐 거라 믿기도 합니다. 귀하신 분이 아끼실 때는 그럴 만한 이유가 있을 터이니 말입니다. 다만……."

상협이 잠시 말을 멈추었다. 수생은 자신을 내려다보는 상협의 시선을 느낄 수 있었다. 무슨 말을 하려는 걸까. 망설임을 가장한 그의 침묵이 두려워 수생은 침을 꼴깍 삼켰다.

"한 가지 마음에 걸리는 점이 있긴 합니다. 실은 소생이 얼마 전에 항아리를 하나 잃어버렸사온데, 이 아이가 제 것과 똑같은 항아리를 갖고 있어서 놀랐던 기억이 있습니다."

"허나 나리, 그 항아리는 운종가에서 산 것이라 이미 해명을 드리지 않았습니까."

다시 채찍이 날아들까 겁이 났지만 그래도 항변을 하지 않을 수가 없었다. 이미 끝난 이야기를 그가 이렇게 다시 꺼내는 데는 다른 꿍꿍이가 있는 게 틀림없었으니까. 그게 무엇일까. 그 항아리? 아니면 항아리를 이용한 다른 무엇?

상협은 천천히 무릎을 꿇고 앉았다. 수생을 향한 그의 얼굴에는 너그러운 미소가 걸려 있었다.

"그랬었지. 그래도 이런 일까지 생겼으니 한 번 확인을 해보아야 하지 않겠느냐. 누구에게 샀는지, 점포가 어디인지, 내게 정보를 알려다오. 직접 가서 확인을 하면 모든 오해가 풀릴 것이다."

"……알려드리고 싶으나 그럴 수가 없습니다, 나리. 고정된 점포를 가지지 않은 이동 상인에게 샀던 터라서요."

"그렇다면 너의 결백을 증명할 것은 아무것도 없다는 것 아니더냐!"

유심히 귀를 기울이고 있던 종사관이 냉큼 수생을 추궁했다.

"허나 제가 도둑질을 했다는 걸 증명할 것도 아무것도 없질 않습니까."

"어디서 함부로 혀를 놀리는 게냐!"

"역정 거두시지요, 종사관 나리."

상협이 종사관을 말리는 척하며 다시 끼어들었다.

"모든 게 소생의 불찰입니다. 소생이 집안 단속을 더 철저히 했으면 이런 일도 벌어지지 않았을 터이니 말입니다. 간밤에 잃어버린 물건은 다시 구하면 되는 것이니 개의치 마십시오. 훔쳐간 이도 더이상 문제 삼고 싶지 않습니다."

"그래도 되시겠소?"

"물론입니다. 단, 조건이 하나 있습니다. 예전에 잃어버린 항아리는 다시는 구하지 못하는 귀한 것입니다. 하여 운종가에서 샀다는 그 항아리를 이 아이가 넘겨주기만 한다면, 이 모든 일은 없었던 것으로 덮을까 합니다."

드디어 상협이 본심을 꺼내놓았다. 역시 그가 원하는 것은 항아리였다. 그렇다면 차라리 잃어버린 게 다행이야. 그 항아리는 절대로 이 사람의 손에 들어가지 않을 테니까.

"그리하겠느냐?"

종사관이 물었다.

"그럴 수가 없습니다, 나리. 항아리는 잃어버렸습니다. 이분을 만난 지 며칠 지나지도 않아서, 누가 훔쳐가기라도 한 것처럼 감쪽같이 사라졌어요."

수생은 상협을 똑바로 쳐다보며 대답했다. 제 항아리를 훔쳐간 게 나리 아니십니까. 수생의 눈빛과 말투는 명백하게 그런 의미를 담고 있었다. 나리께서 하신 것과 똑같은 방식으로 저도 나리를 의심할 수 있습니다. 그렇게 수생은 상협을 도발하고 있는 것이었다.

고양이 수염 같은 상협의 입술 끝이 위로 말려 올라갔다. 썩 유쾌하지 않은 미소였다. 그런데 상협보다 먼저 발끈한 것은 포도대장이었다.

귀한 분이라는 한마디에 한 걸음 물러섰던 게 이제 와서 자존심이 상한 모양이었다. 아니면 천한 계집이 뒷배를 믿고 까분다는 생각이 들자 분이 뻗쳤던 것인지도 몰랐다.

"저런 건방진 계집을 보았나! 고마움을 모르는 것들에게 선처를 베풀 정도로 우리 포청이 호락호락한 줄 알았더냐! 뭣들 하느냐? 자복을 할 때까지 태형(笞刑)을 가하라!"

"예! 영감!"

대답이 떨어지기가 무섭게 포졸들이 달려들어 수생을 일으켜 세웠다. 얇고 날카로운 몽둥이가 허벅지와 종아리로 사정없이 날아들었다.

가까운 곳에 선 상협은 안타까움을 가득 담은 얼굴로 이 광경을 보고 있었다. 하지만 그의 눈동자는 찡그린 미간과는 달리 평온했다. 수생을 유심히 관찰하는 듯도 했고 무언가 생각에 빠져있는 듯 보이기도 했다. 어찌 됐든 눈앞에서 벌어지는 고신을 말릴 생각은 없는 모습이었다.

계속되는 매질에 수생의 무릎이 자꾸만 꺾였다. 다시 등으로 얇은 몽둥이 한 대가 날아들었다. 헉! 수생은 그대로 숨을 멈췄다. 아니, 더 이상 숨을 쉴 수가 없었다. 경련을 일으키듯 사지가 떨려왔다. 괴로워하는 수생을 보던 종사관이 손을 들었다. 매질이 멎었다. 포졸들이 손을 놓자 수생의 몸이 그대로 앞으로 고꾸라졌다.

"어떠냐. 이제 자복할 마음이 좀 들었느냐? 말해보아라. 간밤에 훔친 물건들은 어쨌느냐? 예전에 훔쳤다는 항아리는 또 어디에 감췄느냐?"

종사관이 다시 물었다.

"훔치지…… 않았습니다. 아…… 무엇도……."

바닥에 쓰러진 수생에게선 신음 같은 목소리가 흘러나왔다. 이대로 기절하면 안 되는데. 박상협 저 나리가 무슨 짓을 할지 모르는데……. 수생은 정신 줄을 잡으려고 애를 썼다. 하지만 역부족이었다. 감은 눈앞으로 번쩍 섬광이 이는 것 같더니 이내 눈앞이 빙글빙글 돌기 시작했다. 끝도 없는 수렁 속으로 떨어지고 있는 기분이었다. 하려던 말을 채 끝내지도 못한 채 수생은 까무룩 정신을 잃고 말았다.

"어찌할까요, 영감?"

"일단 형옥에 가두어놓아라. 정신을 차리면 죄를 다시 물을 것이다."

"분부대로 거행하겠습니다!"

종사관이 손짓을 하자 포졸들이 잽싸게 달려와 수생을 일으켜 세웠다.

그들은 축 늘어진 수생을 끌다시피 데려갔다. 포졸들이 형옥으로 향하는 문을 넘어 사라지자 그때까지 가만히 상황을 지켜보던 상협이 포도대장에게 한 걸음 다가섰다.

"이거 아침부터 번거로움을 드린 것 같아 송구합니다, 포장 영감. 골치 아픈 일이 될지도 모르는데 이리 공명정대하게 사안을 처리해주시니 송구스럽고 또한 부끄럽습니다."

더할 나위 없이 공손한 태도였지만, 상협의 매끄러운 말 속에는 다른 뜻이 숨어 있었다. 귀한 분이 아끼는 계집을 저리 매질을 해놓으셨으니, 골치가 아파지실 수도 있겠습니다. 상협은 그렇게 넌지시 경고를 하고 있었던 것이다.

건방진 놈! 상협에게 휘둘리고 있다는 생각에 포도대장은 적잖이 언짢았다. 하지만 그의 말을 마냥 무시할 수는 없었기에 마음 한구석이 불편한 것도 사실이었다.

"며칠 후 다시 고신이 있을 것이오. 그때까지 상황에 커다란 변화가 없다면 말이오."

포도대장이 말하는 변화란 수생이 도둑질을 자백하는 것일 수도 있었다.

혹은 수생의 결백함이 밝혀지는 경우일 수도 있었다. 어떤 방법을 통해서라도 말이었다. 수사든, 회유든, 혹은 타협이든⋯⋯.

포도대장이 그랬듯이 상협도 그의 말을 즉각 알아들었다.

"잘 알겠습니다, 영감. 허면 소생은 이만 가보겠습니다."

정중하게 허리를 굽혀 인사를 한 다음 상협은 물러나왔다.

상협이 포청을 막 나서려할 때였다. 바깥에서 시끌벅적 요란한 소리가 들렸다. 그 소리가 다가오는가 싶더니 한 무리의 포졸들이 사내 열댓 명을 끌고 포청 안으로 밀듯이 들어왔다. 보아하니 가장 앞서 들어온 포졸과 그가 끌고 온 젊은 사내가 소란의 진원지인 듯했다.

무슨 일인가 싶어 상협은 무심코 고개를 돌렸다. 끌려온 사내와 그의 눈이 순간적으로 마주쳤다.

처음 보는 자였다. 그런데 사내는 상협을 본 순간, 무엇엔가 놀란 듯 어깨를 움찔거렸다.

뭐지? 사내를 보는 상협의 눈이 가늘어졌다. 그의 시선을 의식한 듯 사내가 황급히 고개를 돌렸다. 그러더니 다시 큰 소리로 떠들어대기 시작했다.

"아, 정말이란 말이오, 관군나리! 왜 사람 말을 믿지 않으시오? 허, 그것 참. 어쩌다 이리 불신이 팽배한 세상이 된 건지, 말세로구나, 말세야!"

"왜 이리 소란이냐!"

포도대장의 성난 목소리가 쩌렁쩌렁 포청 안을 울렸다.

종사관이 재빠른 걸음으로 다가왔다. 겁은 없는 대신 눈치는 빠른지, 초라한 행색의 사내가 얼굴에 얼른 유들유들한 미소를 폈다.

"아이고, 수고가 많으십니다, 나리."

굽실거리는 사내의 말을 무시한 채 종사관이 포졸을 향해 돌아섰다.

"뭐하는 자인데 이리 아침부터 법석을 떨며 잡아온 게냐?"

"경수소에서 잡아오는 자입니다요, 나리. 통행이 금지된 시간에 버젓이 골목을 활보하고 있기에 잡아서 가뒀다 데려오는 길입니다."

"허면 어서 태형을 때려 보내버리거라. 포청 시끄럽게 하지 말고."

"헌데 이자가 너무나도 허무맹랑한 소리들을 지껄여 대서 말입죠. 덕분에 경수소도 아주 쑥대밭이 되었습니다."

"맞습니다, 나리! 혼쭐을 좀 내주십시오!"

같이 잡혀와 있던 사내들이 포졸의 말에 맞장구를 쳤다. 둘러보니 모두들 분이 안 풀린다는 얼굴로 씩씩대며 문제의 사내를 노려보고 있었다.

"어허, 이거 왜들 이러시오! 내가 먼저 얘기하겠다 했소? 너도 나도 달려들어서 말을 해 달라 할 땐 언제고 이제 와서 표변들을 하시는 게요! 포졸 나리께서도 분명 이자들이 달려드는 걸 보지 않으셨소!"

적반하장도 유분수라는 듯 사내가 목소리를 높이며 대들었다.

"뭐라 했기에 이러는가?"

종사관이 다시 포졸에게 물었다.

"말도 마십시오, 나리. 지 눈에는 사람이나 사물의 내력이 보인다고 허풍을 치면서 자넨 마누라가 누구누구랑 붙어먹었네, 자네는 아들놈이 노름빚을 지고 전전긍긍을 하고 있구만. 아, 이딴 말들을 뱉어내서 다른 자들 부아를 돋우더란 말입니다."

"낸들 그런 이야기를 전하고 싶었겠소? 나도 좋은 것만 보고 고운 말만 하며 살고 싶은 사람이오. 헌데 어쩌겠소? 선비 된 자로서 보이는 것을 아니 보았다 할 수도 없고. 그래서 내 어쩔 수 없이 진실을 말해준 것인데, 마음에 안 든다고 사람을 사기꾼 취급을 해버리면 아니 되질 않소?"

꼴에 양반이라고 사내는 선비를 운운하며 간죽댔다. 지켜보던 종사관이 한심하다는 듯 혀를 찼다.

"간이 큰 놈이로구나. 그런 허황된 말로 혹세무민하는 자한테 어떤 형벌이 내리는지는 알고 있으렸다! 뭐하느냐. 어서 데려가 형틀에 묶어라."

"아니, 확인을 하면 금세 진위가 가려질 일인데, 확인도 않고 형벌을 내리신다면 어찌 공정한 처사라 하실 수 있단 말입니까!"

사내가 바락바락 대들며 다시 소란을 피웠다. 포졸들이 양옆에 붙어 팔을 붙잡자 사내는 허공에 대고 발을 버둥거리기 시작했다.

"잠시만 기다려주십시오."

곁에 선 채 실랑이를 지켜보던 상협이 갑자기 종사관 옆으로 한 발짝 다가왔다.

"저자가 정말로 타인의 내력을 볼 수 있는 자인지 시험을 해보시지요. 제가 잃어버렸던 항아리로 말입니다. 그 항아리가 어디 있는지 저자보고 한 번 알아내보라 하십시오."

"어찌 저런 허황된 말에 장단을 맞춰주려 하시오?"

종사관이 의아한 얼굴을 상협에게 돌렸다.

"만일 저자의 말이 맞다면 모두에게 좋은 일이 될 것이요, 그저 허풍일 뿐이었다면 태든 장이든 죄에 맞게 때려서 보내면 될 일이 아닙니까?"

상협의 말에 종사관은 잠시 생각을 하더니 곧장 포도대장에게로 다가갔다. 두 사람이 나누는 대화는 들리지 않았지만 포도대장이 고개를 끄덕이는 걸로 보아 상협은 그의 대답을 짐작할 수 있었다.

그사이에 포졸들은 끌고 간 사내를 형틀에 묶고 있었다. 그 짧은 동안에도 사내는 곁에 선 포졸의 내력을 말해주겠다며 온갖 못된 말들을 뱉어내고 있었다.

"멈추어라!"

명령을 내린 종사관이 저벅저벅 형틀로 다가갔다. 상협도 그를 따라 걸음을 옮겼다.

"네 말이 정녕 사실이라면 저 나리의 내력도 한 번 알아 맞춰보아라."

종사관이 상협을 가리키자 사내가 그를 향해 고개를 돌렸다. 두 번째로 눈이 마주쳤다. 이번에는 놀란 기색 없이 사내가 상협을 마주보았다.

"아까 나를 보았을 때 놀라는 것을 보았소. 이유가 무엇이오? 나의 내력이 보였소?"

상협의 물음에 사내가 힘겹게 침을 삼켰다. 무언가 할 말이 있는데 참고 있는 기색이 역력했다.

"괜찮소. 말해보시오. 무엇이오?"

"실은…… 흐릿한 사람의 형체 같은 게 보입니다. 마치 귀…… 귀신처럼 생겼습니다."

제가 말하면서도 겁이 나는지 사내가 어깨를 부르르 떨었다.

"귀신이라?"

상협이 한쪽 입술과 눈썹 끝을 동시에 말아 올렸다.

"하하하, 제법 그럴듯하군. 안 그래도 죽은 벗이 남기고 간 항아리를 찾고 있었으니 말이오. 허면 묻겠소. 그 항아리가 어디 있소? 그것도 한번 알아내보시오. 제대로 알아내면 내 그쪽이 원하는 것을 들어드리리다."

"약조하시는 겁니까?"

사내가 반색하며 되물어왔다. 상협은 말없이 고개를 끄덕였다.

"좋습니다! 쉽게 신의를 저버리지 않으실 분 같으니 소생, 그 말씀 믿고 항아리의 행방을 한 번 더듬어보지요."

사내는 지긋이 눈을 감았다. 눈두덩 아래로 사내의 눈동자가 이리저리 굴러가는 것이 보였다. 이윽고 사내가 감은 눈을 찌푸렸다. 무언가에 놀란 듯도 했고, 질색을 하는 것처럼 보이기도 했다.

잠시 그렇게 변화무쌍한 표정을 짓던 사내가 번쩍 눈을 떴다. 만족스러운 미소가 그의 얼굴에 떠올랐다. 곧이어 모두가 들을 수 있을 만큼 우렁찬 목소리가 그의 입에서 흘러나왔다.

"나리 댁 사랑채 뒷마당에 커다란 고목 한 그루가 있지 않습니까?"

"맞소."

"그 나무 밑 덤불 어딘가를 찾아보십시오. 항아리는 그곳에 있습니다. 불행히도 조각조각 깨지긴 했지만 말입니다."

사내의 말에 상협이 미간을 찌푸렸다. 항아리가 우리 집 마당에 있다니, 헛소리도 이런 헛소리가 없다 싶었다.

간밤에 그가 수생의 집에 몰래 사람을 보냈던 것은, 수생이 갖고 다니던 항아리를 찾기 위함이었다. 하지만 집 어느 구석에서도 그것을 찾지 못했기에 수생을 궁지로 몰아 항아리를 제 손으로 내놓게 하려 했던 것이다.

이런 계획을 미리 알고 그 계집이 우리 집에 몰래 숨어들어 항아리를 놓고 갔을 리는 없지 않은가. 혹시나 하는 마음에 이런 얼빠진 애송이한테 기대를 건 자신이 상협은 우습게 느껴졌다.

"그 말이 사실이렷다? 만일 거짓으로 판명되면 통행금지를 어긴 죄뿐만 아니라 관원들을 능멸한 죄로 장형을 면치 못할 것이다!"

종사관이 사내를 향해 위협적으로 눈을 부라렸다.

"물론입니다, 확인을 해보십시오. 소생의 말이 틀리면 장형이 아니라 더한 형벌도 달게 받겠습니다. 대신 소생의 말이 맞으면 아까 이 나리께서 하신 약조는 꼭 지켜주셔야 합니다."

"알겠다."

포도대장에게 간단하게 보고를 한 다음 종사관은 포졸 한 명을 데리고 상협과 함께 포청을 나섰다.

백함은 곧바로 형옥으로 옮겨졌다.

형옥 안으로 들어온 순간 그는 재빨리 옥 안에 갇힌 사람들을 훑었다. 가운데 옥사에서 기절한 듯 쓰러져 있는 수생을 발견하기까지 그 짧은 시간이 참을 수 없이 길게만 느껴졌다.

어디선가 다가오는 차가운 기운에 수생은 부르르 몸을 떨었다. 그 경련 같은 움직임에 의식이 깨어난 것일까. 서서히 정신이 돌아오기 시작했다.

수생은 힘겹게 눈꺼풀을 들어 올렸다. 차꼬(조선시대의 형구)를 차고 있는 누군가의 헐벗은 발목이 제일 먼저 눈에 들어왔다. 그 순간 수생은 이곳이 포청의 옥사임을 알았다.

천천히 눈동자를 움직였다. 문살로 둘러싸인 옥사 안에는 벽에 기대거나 바닥에 누운 사람들이 여럿이었다. 모두 자신처럼 붙잡혀온 자들인 듯 했다. 대부분은 여기저기 상처를 입거나 바짝 야윈 모습들이었다.

수생은 다시 눈을 감았다. 묵직한 통증이 아직도 등 언저리를 죄여오고 있었고 몽둥이로 맞은 다리는 불에 덴 듯 뜨거웠다.

다시금 냉기가 몰려왔다. 차가운 옥사 바닥에서 올라오는 기운인 듯 했다. 이마에 그 차가운 기운이 내려앉았다. 그런데 이상했다. 갑자기 코끝이 찡해지며 눈물이 날 것 같았던 것이다. 고뿔에 걸릴 때마다 흥복이 어린 자신의 이마에 올려주던 물수건이 생각났다.

그래, 뭔가 달라. 옥사가 뿜어내는 무심한 냉기라면 이럴 리가 없어.

수생은 눈을 떴다. 반쯤 투명한 그림자 같은 것이 눈앞에서 어른거리고 있었다.

바보같이 또 착각을 하는 걸까. 백함 나리가 이렇게 쉽게 나타나 줄 리가 없는데. 나를 찾아 여기까지 왔을 리가 없는데. 그렇게 생각하면서도 수생은 힘겹게 눈꺼풀을 들어 올렸다.

반쯤 투명한 그림자 같은 것이 눈앞에서 어른거리고 있었다.

수생은 천천히 시선을 들어올렸다. 걱정스런 눈빛으로 자신을 내려다보는 백함을 발견하자 갑자기 숨이 막히는 것 같았다. 꺽꺽 울음이 터져 나올 것 같아 수생은 배에 힘을 주었다. 바닥에 누운 몸이 새우처럼 동그랗게 말려 들어갔다.

괜찮은 게냐. 백함은 그렇게 묻고 싶었지만 목구멍에 돌덩이가 걸려 있기라도 한 것처럼 소리가 나오질 않았다. 그래서 대신 들썩이는 수생의 어깨를 안아 올렸다.

풀썩, 쓰러지듯 수생의 몸이 백함에게 안겨왔다. 행여라도 맞은 상처를 건드릴까 싶어 백함은 조심조심 수생의 등을 토닥였다.

"관청에 고발해서 날 찾으라 했지, 이리 관청에 잡혀 와서 널 찾게 만들라 했더냐."

찾으신 거예요? 정말로 저를 찾아와주신 거예요?

그렇게 생각하자 다시 가슴이 꽉 메어오는 듯했다. 수생은 백함의 어깨에 얼굴을 파묻었다. 커다란 손이 다가와 수생의 뒷머리를 다정하게 쓰다듬었다. 그의 손바닥은 여전히 차갑기만 했다. 그런데도 이상하게 눈두덩이 뜨거워졌다. 그 차가운 손길에 자꾸만 마음이 녹아내렸다.

종사관과 포졸이 돌아간 후에도 상협은 한참을 멍하니 고목 밑에 서 있었다. 사내의 예언대로 고목 밑에서 발견된 항아리 조각들이 그의 발 옆에 옹기종기 모여 있었다.

이윽고 상협이 허리를 굽혀 손을 뻗었다. 그런데 그가 집어올린 것은 항아리 조각이 아니었다. 그 옆에 놓인 나무 막대였다.

손가락 두 개 정도의 굵기에 한 뼘 길이 정도 되는 나무 막대는 오각형으로 손질이 되어 있었고, 모서리마다 한 개부터 다섯 개까지 홈이 파여 있었다. 승경도(陞卿圖: 누가 먼저 높은 관직에 오르는가를 두고 겨루는 놀이)를 즐길 때 쓰는 윤목(輪木: 윷처럼 생긴 주사위)이었다.

손바닥 위에 놓인 윤목을 뚫어질 듯 쳐다보던 상협이 천천히 손을 접었다. 손아귀 안에 나무 막대가 꽉 들어찼다.

이 모양을, 이 감촉을 그는 잘 알고 있었다. 하지만 어떻게 이것이 지금 여기에서 발견될 수가 있단 말인가.

상협은 윤목을 쥔 손의 방향을 틀어보았다. 막대의 윗면에는 백(白)이라는 글자가 선명히 새겨져 있었다. 다시 막대의 아랫면을 확인해보았다. 상(常)이라는 글자가 또렷했다. 그것을 확인한 순간 그의 입술 끝이 경련을 일으켰다.

이 나무 막대기는 흔한 윤목이 아니었다. 어린 시절, 상협을 구하기 위해 백함이 목숨 걸고 매달렸던 나뭇가지에서 잘라내 만든 것이었다.

'너는 내 벗이야. 벗의 손을 놓는 일은 절대 하면 안 되는 거잖아.'

부러진 나뭇가지를 꽉 움켜쥔 채 그렇게 말하며 웃던 백함의 상처투성이 얼굴이 어제의 일인 듯 떠올랐다.

'벼슬에 나가더라도 언제나 깨끗한 성정을 잊지 말자는 의미야.'

백함의 말에 고개를 끄덕이며 윤목에 이름 한 글자를 새겨 넣던 어린 자신의 모습도 기억이 났다.

두 사람이 함께 만든 윤목. 그것은 그들이 나누었던 우정의 징표였다.

설마, 백함 자네인가?

그 질문에 대답이라도 하듯 그의 뒤에서 스르르 문이 열렸다. 쥐고 있던 윤목을 떨어뜨릴 것 같아 상협은 주먹을 꽉 움켜쥐었다. 잠시 후 문이 움직이던 소리가 멎었다. 뻣뻣해진 고개를 억지로 돌려 상협은 뒤를 보았다.

문간에는 소아가 서 있었다. 그의 아내. 그리고 백함의 정인……

놀란 기색도, 안심한 기미도 보이지 않으려고 애를 쓰며 상협은 윤목을 쥐고 있는 손을 뒤로 돌려 뒷짐을 졌다. 소아가 치마를 사각거리며 그에게로 다가왔다.

"무엇이 마음에 들지 않으셨기에, 멀쩡한 사람을 무고까지 하신 겁니까?"

쏘아보듯 상협을 보는 그녀의 눈빛이 날카로웠다.

무고라니. 상협은 가슴이 덜컥 내려앉는 것 같았다. 허면 다 알아 버린 것인가? 긴장으로 그의 뺨이 부르르 떨렸다.

"무…… 고라 했소?"

"간밤에 들었다는 도둑은 금시초문입니다. 저것 또한 잃어버린 것이 아니질 않습니까?"

그렇게 말하며 소아는 그의 발치 언저리에 놓여 있는 항아리 조각들에 시선을 던졌다. 그 시선이 가는 방향을 따라가던 상협은 그제야 그녀가 무슨 이야기를 하고 있는지를 깨달았다. 백함의 이야기가 아니었다.

이런, 바보 같으니라고. 그 계집 이야기를 하는 줄도 모르고…….

두려움이란 건 이다지도 어리석은 감정이었다. 동시에 위험한 것이기도 했다. 위협의 실체를 알기도 전에 먼저 굴복해서 꺼내선 안 될 말을 털어놓게 하는 것이 바로 두려움이란 녀석이었던 것이다.

그런 것에 휘둘려선 안 되는 일이었다. 상협은 정신을 바짝 차렸다.

소아는 그의 대답을 기다리며 꼿꼿이 서 있었다. 그리고 보니 며칠 만에 보는 아내의 얼굴이었다.

상협이 이천에서 한성으로 급히 말을 몰아 돌아온 것은 어제 저녁의 일이었다. 언제나 그렇듯이 소아는 그를 보러 사랑채로 건너오지 않았다. 하인을 통해 인사 여쭙고 오라 한 것이 그녀가 보인 반응의 전부였다. 어쩌면 그런 것이 양반가에서 자라난 여인으로서는 당연한 행동이었는지도 몰랐다.

하지만 상협은 아내의 무심함이 단지 그러한 이유에서만은 아니라는 것을 알고 있었다. 바람에 흩날리는 노란 꽃잎들 사이로 까치발을 한 채 백함을 기다리던 그녀의 모습을 상협은 기억하고 있었다. 백함을 만나러 달려가는 그녀의 뒤에 서 있으면 복숭아 꽃 향기를 담은 바람이 불어오곤 했다.

그래, 오늘은 누구를 만나러 오신 거요? 나를? 아니면 이 녀석의 흔적을 찾아온 게요?

괜스레 서운해진 마음이 또 억지를 부려대려 하고 있었다. 그 마음이 입 밖으로 나오기 전에 자리를 떠야겠다고 상협은 생각했다. 다시 나타난 백함의 흔적이 무엇을 의미하는지, 혼자 곰곰이 생각을 해볼 필요도 있었다.

"부인께서 마음 쓸 일이 아니오."

짤막한 대답을 내놓은 후 상협은 방으로 들어가려고 했다. 그런데 이어지는 소아의 말이 돌아선 그의 발길을 잡았다.

"이 항아리를 가져갔던 이가 누구인지, 소첩이 모를 거라 생각하십니까?"

상협은 천천히 뒤를 돌았다. 기다리고 있었다는 듯 소아가 그를 마주보았다.

알고 있었소?

쓴웃음이 상협의 입술을 일그러뜨렸다. 소아의 말이 맞았다. 그녀의 방에서 항아리를 가져나온 이는 다름 아닌 상협 자신이었다.

백함의 뼛가루를 섞어 만든 항아리. 왜 소아가 도공을 시켜 그 항아리를 만들게 했으며 그것도 모자라 늘 곁에 두며 아꼈는지, 그 이유를 상협은 너무나도 잘 알고 있었다.

그의 혼백이 그 안에 깃들었길, 그리하여 혼백으로라도 그를 다시 만날 수 있길 염원하고 있다는 것을.

그랬다. 그것을 알았기에 그를 가두어버리기로 했던 것이다. 용하다는 무녀에게 혼백을 가두는 부적을 구해 항아리를 봉인한 다음 상협은 그것을 귀신들의 궁이라는 수진궁 사당에 가져다놓았다.

결코 혼령이니 귀신이니 하는 허황된 이야기를 믿어서는 아니었다. 그렇게라도 하지 않으면 불안을 잠재울 수 없는 탓이었다. 자신이 행한 배신이 무서웠고, 영원히 자신에게로 오지 않을 것 같은 소아의 마음이 두려웠다. 수진궁 사당에 그가 봉인했던 것은 결국 자신의 두려움이었던 셈이다.

그런데 그렇게 봉인해버렸던 두려움이 칠 년이 지난 지금 서서히 되살아나고 있었다.

두 장의 그림, 윤목 그리고 깨진 항아리 조각.

사라진 줄 알았던 흔적들과 함께 백함의 그림자가 서서히 그를 죄어왔다.

그것을 증명이라도 하듯, 소아의 입에서 백함의 이름이 흘러나왔다. 지난 몇 년간 그들 사이에서 금기 아닌 금기가 되었던 바로 그 이름이었다.

"그 아이한테…… 백함 도련님의 제상을 받게 한 것이 그리도 마음에 들지 않으셨습니까?"

소아의 말에 상협은 미간을 찌푸렸다. 그 계집이 백함의 제상을 받들었다니, 금시초문인 얘기였다.

"부인께서 그 계집을 알고 있소?"

"수생 그 아이를 이천에 보낸 것이 소첩이라는 것까지는 파악치 못하셨나 봅니다."

이천이라는 말에 상협의 눈이 심상찮게 번득였다.

그럼, 백함이 죽었던 장소에 모셔졌던 제사상을 그 계집이 차렸다는 겐가? 허면 그 밑에서 발견된 그림도, 화살에 묶여서 날아온 그의 초상화도, 모두 그 계집과 관련되어 있다는 것인가. 상협은 겨우 발견해낸 단초를 붙들고 늘어졌다.

"그런 낯선 계집한테 그 녀석의 제상을 받들게 했다니. 생각지도 못했소. 부인한테는 그 제사가 일 년 중 가장 중요한 대사(大事)인 줄 알았는데 말이오. 그런 중대사를 맡길 정도면 부인 눈에는 꽤나 믿을 만한 계집으로 보인 것이겠구려. 그래, 어찌 아는 아이요?"

말투는 점잖았지만, 그의 말 속에는 가시가 있었다. 의도적으로 자신을 찔러오는 그 가시를 소아가 눈치 채지 못할 리 없었다. 하지만 언제나 그랬듯 소아는 그 가시를 모른 척했다.

"수진궁에서 제례를 모시는 자의 여식이라 하여 소첩이 불렀습니다. 백함 도련님의 혼령을 모시러 가는 일에 그 아이만큼 적합한 이도 없지 않겠습니까?"

상협은 다시 한 번 허를 찔린 기분이었다. 자신이 항아리를 수진궁에 숨겨놓은 사실까지도 소아는 알고 있는 모양이었다. 허긴 백함에 관한 한 그녀는 언제나 자신이 생각하는 것보다 한 발이 빨랐다. 그 사실이 새삼스레 그를 할퀴었다.

"그러니까 그 계집이 이 집엘 들어왔었단 말이구려. 이제야 내 모든 의문이 풀리는군. 수진궁 사당에 있어야 할 항아리가 어떻게 여기서 깨진 채 발견될 수 있었는지 말이오. 그 계집이 이 집에 드나들면서 몰래 여기에 숨겨놓았던 것이오. 이래도 내가 죄 없는 사람을 무고한 것이라 할 수 있소?"

"어째서 그 아이한테 그리 신경을 쓰시는 것인지 모르겠습니다. 설령 이 항아리를 그 아이가 여기에 갖다놓았다 한들, 그것이 나리의 심기를 거스를 이유는 없지 않습니까."

"부인이야말로 그 계집을 그리 감싸는 이유가 무엇이오? 그 계집이 백함의 혼백을 운운하며 부인의 마음을 어지럽히기라도 한 게요?"

넘겨짚어 한 말이었는데 소아의 눈빛이 흔들렸다. 짐작이 맞았구나. 윤목을 쥔 상협의 손에 힘이 들어갔다.

"그래, 그리 애지중지하던 항아리가 깨진 걸 보니 어떠시오? 마음이 아프시오? 아니면 그 녀석을 봉인했던 항아리가 깨어졌으니 이제 그 녀석의 혼백을 만날 수 있겠다, 기대라도 되시오?"

상협은 최대한 감정을 억누르려 애를 썼다. 그러나 이번에는 아까보다 조금 더 날카롭고 노골적인 가시가 그의 말 속에 솟아나 있었다.

소아는 말없이 고개를 숙인 채 상협에게로 한 발짝 다가왔다. 아니, 실은 그의 발치에 놓여있는 항아리 조각을 향해서였다. 그녀의 고운 손이 백함의 항아리 조각을 주워 담기 시작했다.

차라리 대꾸를 했으면 나았을 것이다. 그렇다고, 혹은 아니라고. 무엇이라 답을 해도 좋았다. 하지만 늘 그랬듯 소아는 그를 외면했다.

그 외면을 참을 수가 없어서 상협은 소아의 손에 들린 항아리 조각을 빼앗았다.

힘껏 던져버리자 벽에 가서 부딪힌 조각이 요란한 소리를 냈다. 고요했던 공기를 뒤흔드는 그 소리는, 마치 백함이 되돌려주는 메아리 같았다. 내가 돌아왔노라고. 너의 손으로 죽인 벗이 복수를 하러 되돌아왔노라고, 자신을 위협하듯 던지는 경고…….

갑작스러운 소리를 듣고 하인 하나가 허겁지겁 달려왔다.

"이것들 모두 당장 치워가거라!"

"예, 나리마님."

심상찮은 기색에 하인은 황급히 빗자루를 가져와 항아리 조각들을 쓸어 담았다. 하인이 물러갈 때까지 상협과 소아는 꼼짝도 않은 채 제자리를 지키고 있었다.

"잊고 있는 것 같으니 다시 한 번 상기시켜 드리리다. 백함 그 녀석이 혼백이 되어 우리의 앞에 나타난다면 그 이유는 단 하나일게요. 복수……. 자신을 저버린 나 그리고 그런 나를 도운 부인에게 말이오. 우리가 공범이라는 사실을 부디 잊지 마시길 바라오."

할 말을 마친 상협은 소아의 옆을 지나 사랑채를 나섰다.

상협의 발자국 소리가 멀어질 때까지 소아는 꼿꼿이 그 자리에 서 있었다. 하인이 미처 치워가지 못한 작은 항아리 조각 하나가 햇빛을 받아 반짝 빛났다.

말이 지나간 자리엔 먼지가 자욱했다. 맹렬한 속도로 달려가는 말을 피해 사람들은 허둥지둥 벽으로 붙어 섰다. 그러나 능창군은 아랑곳하지 않고 다시 박차를 가했다. 포도청으로 달려가는 길이었다.

아침 일찍 수생의 집으로 보낸 석개가 돌아온 것은 진시가 다 지나서였다. 간밤에 안 들어왔다는뎁쇼. 왜 이리 지체했냐는 물음에 석개는 머리를 긁적이며 이렇게 대답하곤 그의 눈치를 보았다. 능창군은 곧바로 윤상궁을 찾았다. 그녀라면 그에게서 떼어놓기 위해 수생을 어딘가 다른 곳으로 데려갔을 수도 있다고 의심을 했던 것이다.

그러나 대번에 어두워지는 윤상궁의 표정을 보는 순간, 그는 자신의 의심이 틀렸다는 사실을 알 수 있었다. 그러자 불길한 느낌이 들었다. 수생에게 무슨 일이 일어난 것이 틀림없다는 생각에 능창군은 서둘러 말에 올랐다.

그런 그에게 포청으로 가보라고 일러준 이는 새문리를 막 벗어날 무렵 우연처럼 마주친 상협이었다.

"밤길에 사라졌다면 경수소로 잡혀갔을 가능성이 크질 않겠습니까. 마침 간밤에 한성 이곳저곳에 도둑이 들어 평시보다 경비가 삼엄했다 하니 부녀자라 해도 순라군들을 피해가지 못했을 겁니다. 포청으로 가보시지요. 지금쯤이면 경수소에 가둬놨던 자들이 포청으로 옮겨졌을 시간입니다."

상협은 예의 서글서글한 미소를 남긴 채 다시 말을 달려 사라졌다. 능창군은 그가 일러준 대로 포청을 향해 말을 몰았다.

수진방 지역을 관할하는 좌변 포도청에는 수생이 없었다. 그래서 지금 능창군은 다시 우변 포도청으로 달리는 중이었다.

간밤에 그리 보내는 것이 아니었는데. 후회로 그의 가슴은 타들어가는 것 같았다.

저 앞에 포도청 건물이 보였다. 그 앞까지 쉬지 않고 말을 몬 능창군은 급히 말고삐를 잡아 당겼다. 말이 푸드덕거리며 속도를 줄였다. 그러나 능창군은 말이 걸음을 멈추길 기다릴 여유가 없었다. 그대로 뛰어내린 그는 체면도 잊은 채 포도청 계단을 뛰어올랐다.

포졸들이 지키고 선 포도청 문을 막 넘으려 할 때였다. 뛰어가던 그의 시야에 절뚝거리며 걸어가는 여인의 뒷모습이 얼핏 스쳤다.

능창군은 급히 고개를 돌렸다. 이천에서 입고 왔던 옷차림 그대로 수생이 저만치 걸어가고 있었다.

말할 수 없는 안도감이 그를 휘감았다. 조금 전까지는 오로지 수생을 찾아야 한다는 생각에 불안해할 틈도 없었는데, 마음이 놓이자 미뤄두었던 두려움들이 뒤늦게 몰려와 그의 손발과 심장을 떨게 만들었다.

능창군은 마음을 가라앉히기 위해 심호흡을 했다. 그동안 수생은 저 앞 골목 모퉁이를 돌고 있었다.

서둘러 계단을 내려온 능창군은 잠시 뒤를 돌아보았다. 타고 온 말이 저 뒤쪽 나무 근처에서 서성대며 그를 기다리고 있었다. 저 말을 타고 수생을 쫓아가는 게 더 빠른 길이라는 것은 그도 잘 알고 있었다. 그러나 한시라도 더 수생이 절뚝이면서 걷게 놔두고 싶지는 않았다. 능창군은 발걸음 속도를 높여 수생이 사라진 모퉁이를 돌았다.

수생은 멀리 가지 못한 채 길가에 서 있었다. 곧장 달려가려던 능창군은 그러나 다음 순간 발걸음을 늦춰야만 했다. 수생의 앞에 누군가가 등을 돌린 채 앉아 있었던 것이다.

얼굴은 보이지 않았지만 이천에서 만났던 그 사내라는 것을 능창군은 직감적으로 알 수 있었다. 손짓으로 미루어 보아 사내는 수생더러 등에 업히라고 독촉을 하는 중인 듯했다.

잠시 망설이던 수생이 그의 등을 향해 팔을 뻗었다. 수생이 업히자 사내가 몸을 일으켜 천천히 걸음을 옮기기 시작했다.

잠시 후 사내가 돌아보며 무어라 말을 건네자 수생이 그의 목덜미에 황급히 팔을 둘렀다. 껄껄 웃는 사내의 목소리가 들려왔다. 수생은 떨어질까 봐 겁이 난다는 듯 사내의 등에 꼭 매달린 채 그가 걸을 때마다 박자에 맞춰 자박자박 다리를 앞뒤로 저었다.

언뜻 보기에도 수생과 사내 사이에는 친밀한 공기가 떠돌고 있었다. 자신과 함께 할 때와는 사뭇 다른 모습이었다. 그 사실이 능창군의 발길을 붙잡아 움직일 수 없게 했다.

알고 싶지 않은 진실이었다. 애써 눈을 감아 외면하려 했던 모습이었다. 그러나 결국 이렇게 맞닥뜨리고야 말았다. 더 이상은 이천에서처럼 모른 척할 수도, 뒤로 돌아갈 수도 없었다.

모든 것이 스쳐지나가길 바라며 바람처럼 살던 시절은 이미 끝났다. 이제는 손을 뻗어 원하는 것을 잡아야만 했다. 멀어져가는 수생의 뒷모습이 그에게 그 사실을 아프도록 선명하게 가르쳐주고 있었다.

28

수생은 작은 형장(刑杖)으로 볼기 열 대를 맞은 뒤 풀려난 길이었다. 죄명은 통행금지를 어겼다는 것. 집 안에서 기절을 한 뒤 난데없이 포청에 끌려왔다가 결국은 야간에 외출을 했다는 죄명으로 태형을 받다니. 아무리 생각해도 억울하기 짝이 없는 일이었다.

하지만 포청 군관들 눈에 띄지 않는 곳에 숨어서 자신을 기다리다가 말없이 등을 내어준 백함 덕분에 수생은 맞은 곳이 아프다는 것도 잊어버렸다. 볼기짝이 불타오르는 것 같지 않냐며 놀려대는 말에도 약이 오르지 않았다.

"나리는 괜찮으신 거예요? 아프지 않은 겁니까?"

백함도 매질을 당했을 거라 짐작한 수생이 걱정을 담아 물었다.

"나 말이냐? 걱정 붙들어 매거라. 수진궁 귀신 체면이 있지, 저리

비리비리한 인간들한테 맞고 다니진 않는다.”

말은 그렇게 했지만 실은 백함도 수생과 똑같은 죄명으로 똑같은 형벌을 받은 참이었다. 항아리가 있는 곳을 맞추면 원하는 것을 들어준다 하지 않았소! 그렇게 항의해봤지만 포졸들은 억울하면 약조한 자에게 가서 따지라며 다짜고짜 그를 형틀에 묶었다. 내력을 알아봐준다며 자신들의 부아를 돋운 백함에게 분풀이를 하고 싶은 모양이었다.

“제가 포청에 잡혀 와 있는 건 어찌 아신 거예요?”

수생은 형옥 안에서 그를 만났을 때부터 묻고 싶었던 이야기를 꺼냈다.

“인정이 지났는데도 집에 돌아와 있질 않으니 무슨 일이 났나 싶어 한 번 찾아본 게다.”

별것 아니라는 듯 백함은 무심하게 대답했다. 그러나 겸연쩍은 헛기침이 뒤따라오는 건 막을 수가 없었다. 밤의 기운에 취해서 벌인 일들은 아침이 되면 낯이 뜨거워지는 법이 아니던가. 수생을 찾아 헤매던 자신이 백함에게는 꼭 그렇게 느껴졌다.

어제 아침 착혼꾼의 위협에서 빠져나온 후, 그는 곧장 이천에서 한양으로 올라왔다. 상협을 쫓아서가 아니었다. 수생에게로 돌아오겠다는 약조를 지키기 위해서였다.

그동안 백함은 줄곧 자신을 이승에 묶어두는 것이 원(怨)이라 믿어왔다. 왜 죽음을 맞았는지를 기억해내고, 자신을 죽인 자를 찾아내 되갚아주겠노라. 항아리에 갇혀 있는 내내 백함은 그 하나의 원한을 곱씹고 또 곱씹었다.

그러나 그의 혼백이 착혼꾼의 덫에 걸려 위험에 처할 때마다 손을 뻗어 그를 잡아준 것은 원(願)이었다. 그를 걱정하는 마음. 그를 구하고픈 염원. 그가 돌아오길 기다리는 바람. 그런 것들이 그를 붙잡아 살게 했다는 것을 백함은 이제 알 수 있었다.

기대고 있는 것이든, 얽매여 있는 것이든 상관없었다. 그는 수생의 곁으로 가고 싶었다. 그랬기에 한성에 도착하자마자 서둘러 수생의 집을 찾았던 것이다. 그런데 수생은 그곳에 없었다. 대신 홍복의 초조한 한숨소리만이 집 마당을 가득 채우고 있었다.

능창군과 함께 길을 떠났다면 벌써 도착하고도 남았어야 했는데, 아직 돌아오지 않았다니.

그대로 기다릴 수가 없어 백함은 수생을 찾아 나섰다. 순찰을 돌던 순라군들에게 발각되어 꼼짝없이 경수소로 잡혀가게 되자, 이번에는 희관의 몸에서 빠져나왔다. 혼백의 상태로 돌아다니는 것이 얼마나 위험한가는 이천에서 이미 확인을 한 터였다. 그러나 백함에겐 그런 것을 생각할 겨를이 없었다. 지금은 수생을 찾는 것이 급선무였다.

그렇게 온 한성 거리를 헤집고 다닌 끝에 그는 날이 샐 무렵 어느 기와집 담장 밑에서 수생을 찾아낼 수 있었다.

정신을 잃은 채 쓰러진 수생의 옆에는 웬 사내 둘이 서 있었다. 백함은 그 중의 한 사람이 상협임을 단번에 알아보았다. 자세히 보니 또 한 사람도 면식이 있는 자였다. 일전에 운종가에서 수생을 납치

하려 했던 바로 그 사내였다. 무슨 꿍꿍이인 줄은 몰랐지만 두 사람은 수생을 도둑으로 몰 작정을 하고 있었다.

백함은 수생을 그들의 손에서 빼내려 했다. 하지만 상협과 득수는 한시도 수생에게서 눈길을 떼지 않았다. 할 수 없이 백함은 조금 떨어진 곳에서 수생을 빼낼 기회를 엿보았다.

하지만 그가 미처 손을 쓰기도 전에 포청 군인들이 들이닥쳤다. 할 수 없이 포청까지 따라간 백함은 그곳에서 마침내 상협의 의도를 알아낼 수 있었다.

그가 노리는 것은 수생의 항아리였다. 그래서 백함은 그가 원하는 것을 주기로 했다. 수진궁 사당 근처에 숨겨놓았던 깨진 항아리 조각을 그의 집에 몰래 놓고 나왔던 것이다.

고목나무 밑에 항아리 조각들을 던져놓고 나올 때, 어디선가 복숭아꽃 향기가 바람에 묻어왔다. 그러나 백함은 뒤를 돌아보지 않았다. 수생에게로 빨리 돌아가야 한다는 생각만이 그의 발걸음을 재촉했을 뿐이다.

이 모든 자세한 사정을 수생은 알지 못했다.

짧게 대답한 후 입을 다문 그에게서 더 이상의 설명이 나올 것 같지도 않았다. 그래도 상관없었다. 수생은 그가 자신을 찾아와주었다는 사실 하나만으로도 좋았다. 더 이상은 텅 빈 방 안에 앉아 밖에서 들려오는 소리에 마음을 졸이지 않아도 될 테니. 백함의 그림자인 줄 알았다가 실망하는 일을 반복할 일도 이젠 없을 테니.

백함은 귓불에 수생의 콧바람이 와 닿는 것을 느꼈다. 등 뒤에서 수생이 혼자 실실거리고 있다는 것이 느껴졌다. 의아해서 백함은 살짝 고개를 돌렸다.

"무엇이더냐, 그 음흉한 웃음은?"

"좋아서 그럽니다. 음흉하게 들리는 건 나리의 성정 탓이구요."

"억울하게 잡혀가서 맞고 나오는 길에, 실실 웃음이나 흘리고 있으니 그런 것 아니냐. 혹 아까 맞을 때 어디 잘못 맞기라도 한 거냐? 그래서 잠시 정신줄을 놓은 것 아니냐?"

"나리는 걱정을 참 희한하게도 하십니다."

수생의 입에서 걱정이라는 말이 나오자 거의 반사적으로 백함의 입에서 반박이 튀어나왔다.

"걱정이 되어서 그런 줄 아느냐? 착각……."

"착각 말아라."

그럴 줄 알았다는 듯 수생이 태연히 그의 말을 가로챘다.

"걱정하는 것이 아니다. 널 이용하려 함이지."

수생은 백함의 말투와 목소리를 그대로 흉내 냈다. 아무리 위악을 부리셔도 이제 소용이 없답니다. 그렇게 말하고 싶기라도 하다는 듯이.

하지만 그가 위악을 부리고픈 상대는 수생이 아니었다. 바로 자신이었다. 수생에게로 돌아오고 싶은 마음에는 굴복하고 말았지만, 더 이상은 아니었다. 앞으로 나가면 안 되는 일이었다. 제 마음에 고삐를 당기듯 백함은 수생의 말을 받았다.

"잘 아는구나. 허면 이용당할 준비는 되었느냐? 되어 있으니 그리

울고 불며 날 쫓아온 게지? 아니면 오늘 일을 겪고 나니 생각이 좀
바뀌더냐?"

상협의 이름을 입에 올리지는 않았지만, 백함이 그에 대해 말하
고 있음은 분명했다. 잠시 들떠 있던 수생의 마음이 순식간에 가라
앉았다.

이천에서 상협을 만나고 왔을 게 분명한데. 방금 전 포청에서 그
를 마주쳤을 것이 분명한데. 그런 식으로 상협을 대면했을 그의 속
이 어떨지 미처 헤아리지 못한 자신이 어리석게만 느껴졌다.

"이천에서 상협 나리를 만나셨어요? 정말, 상협 나리였던 거예
요?"

아니었으면 좋겠다고 수생은 바랐다. 하지만 백함은 고개를 끄덕
임으로써 간단히 수생의 바람을 무너뜨렸다.

"아마도 혼비백산했을 게다. 네 항아리를 찾으려고 이런 짓을 벌
인 것도 그 때문이겠지. 내가 항아리에서 빠져나왔는지를 확인하고
싶어 안달이 났을 터이니."

"나리가 그 항아리 속에 갇혀 있었다는 걸 상협 나리도 알고 있었
단 말입니까?"

백함이 쓰게 웃었다.

"알고 있었다 뿐이겠냐. 나를 처음 그 항아리 안에 가두었던 게 그
녀석일 것이다."

"허면…… 이제 어찌하실 작정입니까?"

"갚아주어야지. 그 녀석이 내게 했던 것과 똑같이."

그렇게 말하며 백함은 지그시 어금니를 깨물었다. 다부진 턱뼈가 꿈틀대는 것이 보였다.

그러시지 않으면 안 되는 거예요? 나리의 정인이었던 분이 그 사람의 곁에 있단 말입니다. 애원 같은 질문이 목구멍까지 나왔지만 수생은 힘겹게 그 말을 삼켰다. 대신 딱딱하게 굳은 그의 어깨를 꼭 끌어안았다.

수생의 손길이 닿자 잔뜩 성이 나 있던 백함의 어깨가 조금씩 가라앉았다.

"나리."

"왜 그러느냐."

"이젠 어디 가지 마십시오. 나리가 원을 푸는 일은 제가 도와드릴 테니까요."

수생은 입 속으로 삼킨 말 대신 다른 말을 꺼냈다.

"그런 말이 잘도 나오는구나."

백함은 퉁명스럽게 수생의 말을 받았다. 자신과 엮이는 게 얼마나 엄청난 일인지 오늘 일을 겪고도 감이 오지 않는 것인지. 이번엔 이 정도에서 끝났지만 다음엔 이 정도로 끝나지 않을지도 모른다는 생각에 백함의 마음이 어두워졌다.

"원을 다 풀고 나도…… 그런 연후에도 가지 마세요, 나리."

백함의 핀잔을 못 들은 척 수생이 다시 말했다.

가지 말라니. 무어라 대꾸를 하고 싶었지만 목이 막혀 오는 것 같아 백함은 대답을 하기까지 잠시 뜸을 들였다.

"네 소원을 풀어주면, 너는 갈 것이 아니더냐."

다시 입을 연 그의 목소리는 평온함을 회복해 있었다. 놀리는 것처럼 가볍게 들리기까지 하는 목소리였다. 그것이 왠지 서운해 수생은 그의 어깨를 두른 팔에 더욱 힘을 주었다.

오늘은 이렇게 자신을 찾아와주었지만, 백함은 언제든 또 매정하게 사라져버릴 수 있는 사람이었다. 애초에 그와 맺었던 협정이 그런 것이었다. 상대의 소원을 들어주기 전까지는 서로에게서 서로를 떼어낼 수 없다. 그 말은, 소원이 이루어지면 서로를 묶었던 끈이 사라진다는 뜻이기도 했다. 아무렇지도 않게 등을 돌리고 멀어져도 된다는 의미였다.

결국은 끊어져버릴 연. 그것을 잡고 싶다는 헛된 마음이 수생의 안에서 소용돌이쳤다.

"나리한테 다른 소원은 없습니까?"

"그런 것이 있을 리 없지 않느냐."

"왜 없다 단정하십니까? 한번 생각해보세요, 그 소원도 제가 다 이뤄드리겠습니다."

"무슨 소원이 될 줄 알고 그리 넙죽 장담을 하는 거냐? 능창군 그 자와의 연이 깨지길 바라기라도 하면 어쩌려고?"

수생이 능창군과의 일을 입에 올리지 않으려 한다는 것을 백함은 어렴풋이 느꼈다. 그래서 그가 먼저 그 이름을 입에 담았다. 마치 자신은 아무렇지도 않다는 걸 수생에게 과시라도 하려는 듯 말이다.

그런데 정작 그렇게 묻고 나니 마음이 이상했다. 수생의 반응을 기다리는 입술 끝이 까닭도 없이 긴장을 하고 있었다. 대답을 기다리는 심장 소리도 평소와는 다른 것 같았다.

그것을 아는지 모르는지 한참이 지나도록 수생에게선 대답이 없었다. 대신 그의 목덜미 뒤로 수생의 따뜻한 뺨이 내려앉았다.

"⋯⋯네게는 다른 소원이 있느냐?"

목이 잠겨 있었는지 한참 만에 입을 연 백함의 목소리는 조금 갈라져 있었다. 이번에는 오래지 않아 수생의 대답이 귓가에 내려앉았다.

"이미 말씀드렸지 않습니까. 전⋯⋯ 나리가 어디에도 가지 않았으면 좋겠습니다."

"어쩐 일이십니까, 예까지 소생을 다 찾아오시고."

매향각에서 지인 몇 명과 술잔을 나누던 상협은 능창군이 왔다는 소식을 듣자마자 서둘러 그가 든 방으로 건너왔다.

"오늘 저녁에 이곳을 들른다고 알려주셨던 건 나리를 찾아오라는 말씀 아니셨소?"

포청에서 일어났던 일의 자초지종을 알아보고 나서야 능창군은 오늘 아침 새문리 입구에서 만났던 그가 왜 자신에게 매향각에 가는 길이라는 말을 굳이 남기고 떠났는지 깨달았다. 그를 향한 말에 이렇게 날이 서 있는 것도 같은 이유에서였다.

"어째서 그 아이를 무고한 것이오?"

에두르지 않고 능창군은 상협에게 물었다.

"활터에서도 그랬지만 유독 그 계집한테 마음을 쓰시는 것 같습니다. 사내건 여인이건 나리의 마음을 얻고 싶어 전전긍긍하는 이들이 보면 꽤나 속이 쓰릴 법한 일입니다, 하하."

"그 사람을 함부로 대하지 마시오. 나의 사람이오."

능창군이 단호하게 상협의 웃음을 잘랐다.

상협은 놀랐다는 듯 짐짓 눈썹을 들어올렸다. 그러나 말려 올라간 그의 입술 끝이 제자리로 돌아오는 모양새는 꽤나 느긋했다.

"사소한 장난을 한 번 쳐본 것인데, 이리 역정을 내시다니. 허긴 제 장난이 조금 심하기는 했지요. 마음 언짢게 해드렸다면 용서하십시오."

"장난이라 하였소? 장난이라는 이름으로 무고한 사람을 괴롭힐 권리가 있다 여기신다면, 내 앞으로 다시는 나리와 이리 마주앉지 않을 것이오."

능창군의 눈동자에서 차가운 불꽃이 튀었다. 하지만 이 정도는 예상했다는 듯 상협은 별다른 동요가 없었다. 오히려 슬쩍 미소를 짓기까지 했다.

"허허, 이렇게까지 나오시면 소생 조금 서운합니다. 소생이 나리를 얼마나 흠모하고 있는지 잘 아시지 않습니까? 이러니 그 계집한테 질투가 날 밖에요."

질투라니? 뜬금없는 소리에 능창군이 미간을 찌푸렸다.

"실은 며칠 만에 한성에 돌아왔더니 능창군 나리께서 웬 하찮은 계집 하나를 말에 태워 도성을 가로지르셨다더라. 그것도 모자라 집 안까지 그 계집을 들이셨다더라. 그런 소문으로 온 도성이 들썩이고 있는 것이 아닙니까. 헌데 소생, 그 소문을 도저히 믿을 수가 있어야지요. 아니, 실은 믿고 싶지가 않았습니다. 아시다시피 소생도 나리의 마음을 얻고 싶어 속이 쓰린 자들 중 하나이니까요. 하여 짓궂게도 한번 확인을 해보고픈 생각이 들었던 것입니다. 그 계집을 위해 나리께서 정말 움직이실 것인지. 그 정도로 나리의 마음속에 그 계집이 있는 겐지. 물론…… 엉뚱한 사람이 끼어들어서 뜻대로 되지는 않았지만 말입니다."

상협은 넌지시 백함의 이야기를 꺼냈다. 그러나 능창군은 그와 마주보고 앉아 백함에 대해 논하고 싶은 생각이 추호도 없었다.

"누가 내 일에 참견할 권리를 주었소?"

"누군지 묻지 않으시니 벌써 짐작을 하시나 봅니다. 그 계집한테 다른 사내가……."

"상관하실 일이 아니라 하였습니다!"

능창군이 단호하게 상협의 말을 잘랐다. 그러나 상협도 순순히 입을 다문 채 물러서지는 않았다. 지금까지의 장난스러운 웃음기를 거두고 상협은 능창군을 똑바로 쳐다보았다.

"주제넘게 끼어든 것은 잘 알고 있습니다. 허나 진심을 말씀드리자면, 소생은 그 계집이 나리께 해가 될까 봐 염려가 됩니다."

"내게 해가 될 일은 내가 판단하오."

더 이상 수생을 건드리면 용납지 않겠다는 뜻이 능창군의 얼굴에 그대로 드러났다.

이렇게까지 나오는 것을 보니 수생이라는 계집의 존재가 그에게 어떤 의미인지 감이 잡혔다. 원하던 것을 확인한 상협이 드디어 미뤄두었던 말을 꺼냈다.

"윤상궁의 조카 계집을 무작정 믿으신단 말입니까?"

"윤…… 상궁?"

뜻밖에 윤상궁이 화제로 불려 나오자 능창군은 의아했다. 수생이 윤상궁의 당조카라는 것과 오늘의 일이 무슨 상관이 있다는 말인지 짐작이 가지 않았다.

"나리께 계획적으로 접근했을 수도 있기에 드리는 말씀입니다. 그런 의심을 해보신 적, 한 번도 없으십니까?"

상협의 질문에 능창군의 얼굴이 굳었다. 잊고 있었던 기억 한 조각이 밀려들었던 것이다. 수생을 의심했던 순간이 그에게도 있었다. 활터에서 수생을 다시 만났을 때였다.

하지만 그때 자신이 그 의심을 지운 데는 이유가 있었다. 지금 와서 새삼스레 그 의심을 다시 꺼내 들 이유는 없었다. 능창군은 다시 단단히 방어막을 쳤다.

"아무래도 내 오늘 이곳을 잘못 찾아온 것 같소."

무표정하게 굳어버린 능창군의 눈빛이 서늘했다. 해사한 웃음기로 감추고 있었지만, 능창군은 언제라도 저렇게 단단하게 변할 수 있는 눈빛을 가진 사람이었다. 그 사실을 상협은 새삼 깨달았다.

"설마 윤상궁은 인빈 마마의 사람이라고 순진하게 믿고 계시는 건 아니겠지요?"

능창군이 친 방어막을 뚫기 위해 상협이 기습공격을 했다.

효과가 있었던 것일까. 굳건하던 능창군의 방어막이 순간 흔들렸다.

"그게 무슨 말이오?"

"윤상궁은 이이첨의 사람입니다."

단 한 치의 망설임도 없이 상협이 대답을 내놓았다.

잠시 침묵이 흘렀다. 상협은 서두르지 않고 느긋하게 그의 반응을 기다렸다. 모른 척 돌아서기엔 이미 너무 많이 와버렸다는 것을 능창군도 알고 있을 것이기 때문이었다.

"어찌 멀쩡한 사람을 모함하는 게요? 윤상궁은 인빈 마마께서 사가로 나오시기 오래전부터 마마를 옆에서 뫼시던 사람이오."

믿고 싶지 않은 능창군의 마음을 짐작 못하는 바는 아니었다. 그래서 상협은 다시 그를 몰아붙였다.

"나리의 양부이신 신성군께서 아직 살아계시던 시절, 인빈 쪽의 동태를 감시하려고 대북이 심어놓은 눈이고, 귀입니다. 정녕 모르셨습니까? 수생이라는 계집의 아비가 수진궁의 소임을 맡고 있다지요? 궁가의 소임 자리는 본래 권세 높은 상궁의 인척이 도맡아온 자리인데, 어떻게 권력의 중심에서 밀려난 일개 상궁의 사촌오라비가, 그것도 신분이 미천한 자가 그 자리에 올라 영감 소리를 들을 수 있었겠습니까? 매일같이 봉서가 수진궁과 새문리를 오가는 이유는 또 무엇이겠습니까? 수진궁엔 돌아가신 영창대군을 따르던 사람들이 아직도 많이 남아 있습니다. 그 동태를 파악하려 함이 아니겠습니까? 수생 그 계집도 봉서를 갖고 새문리를 드나들며 나리께 접근했던 것이 아닙니까?"

능창군은 미동도 않은 채 상협의 말을 듣고 있었다.

일자로 꼭 다문 입술도, 날렵하게 뻗은 눈썹도, 커다란 다갈색 눈동자도 움직이질 않았다. 대신 능창군은 무릎 위에 올린 두 손을 꼭 쥐어 동요하는 마음을 삼켰다. 그 마음이 힘겹게 울렁거리며 목울대를 넘어갔다.

"방금 한 말이 사실이라 해도…… 수생 그 아이는 아니오. 그럴 이유가 없소. 나의 동태를 파악하려 했다면 윤상궁만으로도 충분했을 것이오."

능창군이 다시 반박을 했다. 상협에게 하는 말인 동시에 자기 자신에게 하는 말이기도 했다.

"무릇 제 여인한테는 남들한테 감추는 속내도 쉽게 털어놓는 법이니까요. 그런 마음을 이용하려고 조카를 나리의 옆에 들이민 게지요."

상협의 어투는 단호했다. 확신에 찬 그의 눈동자는 방금 능창군이 들은 이야기가 추측이 아니라 사실임을 강변하고 있었다.

능창군은 한동안 말없이 상협을 마주보았다. 그러는 사이 그를 흔들었던 동요가 점차 가라앉았다. 대신 서글픈 미소가 그의 얼굴에 떠올랐다.

잘못 짚으셨소. 윤상궁이 그럴 속셈이었다면 어째서 나와 그 아이를 이리 떼어놓으려 하겠소.

"어진 사람의 눈에는 어진 것이 보이고, 어리석은 사람의 눈에는 어리석은 것이 보인다더니, 의심하는 사람의 눈에는 의심스러운 것만이 보이는 모양입니다. 내 사람을 의심하는 건 곧 나를 의심하는 것. 내게 믿음이 없는 분과 교유를 할 만큼 그리 여유로운 인생이 아니라서 유감이오."

상협의 대답을 들을 필요도 없다는 듯 능창군은 미련 없이 자리에서 일어서려 했다. 그러나 상협의 동작이 더 빨랐다. 그는 품안에서 재빨리 종이 한 장을 꺼내 능창군의 앞에 내려놓았다.

입을 여는 대신 쏘는 듯한 눈동자로 능창군이 그 종이의 정체를 물었다.

"수생이라는 그 계집이 지니고 있던 것입니다."

손을 뻗어 능창군은 종이를 집어 올렸다. 접혀진 종이를 펴보니 자신의 얼굴을 그린 초상화가 나왔다.

이 초상화는 간밤에 상협의 명을 받고 수생의 집을 뒤지던 득수가 찾아낸 것이었다.

항아리를 찾아오라 했더니 웬 그림 나부랭이냐! 처음 득수가 그 그림을 내밀었을 때 상협은 그를 타박했다. 게다가 수생까지 기절시켜 업고 왔다니. 매번 시키지도 않은 짓을 해대는 득수가 상협은 마뜩찮아 죽을 지경이었다. 지난여름에도 수진궁에서 나오는 밀서를 훔쳐 오랬더니 엉뚱하게 내시서로 가는 내서를 노리질 않았던가. 그것도 모자라 엉뚱하게 수생을 납치해오려 하지 않았던가 말이다.

하지만 종이 위에 그려진 능창군의 얼굴을 본 순간 그의 마음이 바뀌었다. 수생을 이용해보자는 생각이 든 것이었다. 누가, 어떤 세력이 수생을 위해 움직이는지. 그 계집은 또한 능창군을 어디까지 움직일 수 있는지. 그런 정보들을 파악할 수 있는 좋은 기회가 생겼다는 생각에 상협은 뒤늦게 쾌재를 불렀다.

따라서 거기까지였다면 상협은 굳이 이 그림을 능창군에게 보여주지 않았을 것이다. 그런데 그 그림 속에는 이상한 것이 있었다. 상협은 능창군에게 그것을 확인시키고 싶었다.

능창군은 그림을 바라보며 엷은 미소를 지었다. 자신을 생각하며 이 그림을 그렸을 수생을 떠올리자 조금 전까지의 쓰라렸던 마음이 조금은 위로가 되는 듯했다.

그런데 상협이 이상한 것을 물어왔다.

"그 그림속의 인물이 누구로 보이십니까?"

"……내가 아니오?"

의아한 표정으로 능창군이 고개를 들었다.

"소생도 처음엔 그리 생각했습니다. 헌데 한참을 보다 보니 그림 속에서 다른 얼굴이 보이더이다."

상협의 말에 능창군은 다시 그림을 내려다보았다. 그의 말대로 그림 속의 사내는 자신을 닮았으면서도 어딘가 모르게 다른 느낌이 났다. 서툰 솜씨의 결과물이라고만 하기에는 묘한 분위기가 느껴지는 얼굴이었다.

"……누구를 말하는 게요?"

"세상을 떠난 소생의 친우를 닮았습니다. 그 아이가 활터에 갖고 왔던 항아리 기억하시지요? 그 항아리를 남겨준 소생의 벗, 윤백함 말입니다."

그림을 쥐고 있던 능창군의 손끝이 가늘게 떨렸다.

백함. 그렇게 속삭이던 수생의 입술을 능창군은 기억하고 있었다. 착각할 만큼 나를 닮았다던 수생의 벗이 상협의 죽은 친우라고? 하지만 그는 분명 칠 년 전에 죽었다고 했다. 그런 자를 수생이 알고 있을 턱이 없지 않은가.

게다가 이 그림 속의 사내가 수생이 말하는 벗이라면, 이천에서 만났던 그 사내는 누구란 말인가.

능창군은 고개를 들었다. 빈틈없는 상협의 눈동자가 그를 기다리고 있었다. 더 이상의 동요를 들키면 곤란하다는 생각에 능창군은 종이를 접어 품에 넣은 다음 급히 자리에서 일어섰다. 이번에는 상협도 굳이 그를 막지 않았다.

능창군이 문을 막 나서려고 할 때 춘화가 방 안으로 들어섰다.

시선이 마주치자 춘화가 원망 섞인 눈으로 그를 흘겨봤다. 수생에 대한 소문을 들었다는 뜻이었다. 능창군은 살짝 목례를 한 후 춘화를 그대로 스쳐 지나갔다.

방문이 닫히자 능창군의 향기도 함께 사라졌다. 춘화가 이내 발걸음을 옮겨 상협의 옆으로 왔다.

그가 눈짓을 하자, 춘화는 샐쭉해진 얼굴로 상협의 옆에 있는 방문을 열었다.

옆방에서 혼자 술잔을 기울이고 있던 소진사의 모습이 드러났다.

초점을 알 수 없는 그의 두 눈동자는 뱀같이 빛나고 있었다.

"역시 남녀상열지사만큼 사람의 관심을 끄는 이야기는 없는 모양이오. 귀가 쫑긋 서고 입이 저절로 벌어지는 걸 보니 말이오."

"들으셨습니까?"

상협이 지그시 미소를 머금은 채 소진사에게 물었다.

"이런 재미있는 얘기는 문에 구멍을 내서라도 들어야지요. 춘화 이년 눈 꼬리 찢어지는 걸 보는 맛도 일품이니 일석이조 아니겠습니까."

능글맞게 웃으며 소진사는 술잔을 입에 털어 넣었다. 마지막 술한 방울마저 아까운지, 들어 올린 빈 잔 밑에서 그의 혓바닥이 날름댔다. 그런 그를 춘화가 못마땅하다는 듯 쳐다보았다.

"지금이야 저리 달떠계시지만, 그 연정이 과연 얼마나 가겠습니까? 그런 볼품없는 계집이 능창군 나리의 마음을 오래 차지할 수 있을 리가 없습니다. 더욱이 조건 좋은 명문가 댁 규수도 아니요, 미색이 황홀한 계집도 아니라면서요."

"사람을 움직이는 것이 조건이나 명분뿐이라고 생각한다면 그것이야말로 큰 착각이다. 오기만큼 사람의 마음을 단단하게 만드는 것도 없지. 지난번 내기 때 내가 보여주지 않았더냐?"

"편사대회를 말씀하시는 겁니까?"

"그래. 그때 내가 저분의 말에게 그 풀을 먹이지 않았더라면, 저분이 그날 활터에 모습이나 드러내셨을 것 같으냐?"

그날의 일을 떠올리는 듯 지긋이 웃고 있는 상협을 향해 춘화가 원망 섞인 시선을 보냈다.

"이년의 쓰린 속은 알고나 그런 말씀을 하십니까? 그날 활터에 나서지 않으셨더라면 그 수생인지 뭔지 하는 계집을 만나실 일도 없으셨을 게 아닙니까."

"세상사가 그리 다 맘대로 되면 누가 노심초사 애를 태우고 누가 오지 않는 마음에 밤을 지새울까."

이번에는 소진사가 한탄인지 빈정거림인지 모를 말들을 내뱉었다. 능창군 때문에 시샘을 부리는 춘화에게 심사가 뒤틀린 모양이었다.

"자, 그리 삐쭉거리지 말고 내 술이나 한 잔 받아라. 위로주다. 운우의 정은 꿈속에서 나누고, 이 밤엔 나와 위로의 정이나 나누자꾸나."

소진사가 독촉하듯 술잔을 든 손을 흔들었다. 하지만 춘화는 손을 내미는 대신 매서운 눈빛을 쏘아 보냈다. 두 사람을 지켜보던 상협이 씨익 웃었다.

"의지로도, 노력으로도 원하는 대로 되지 않을 때. 그것만큼 사람을 달아오르게 하는 것도 없질 않느냐. 춘화 너도 잘 알게다. 지금 네 마음이 딱 그러할 터이니 말이다. 허나 너무 상심하진 말거라. 언젠간 능창군 나리께서 춘화 너를 위해 촛불을 끄실 때가 오지 말란 법도 없질 않느냐."

수생은 쉽게 잠을 이루지 못했다. 포청에서 매질을 당한 탓에 등이 아프고 볼기짝이 시큰거렸지만, 잠이 들지 못하는 것은 그 때문이 아니었다. 밖에서 울어대는 밤새 소리가 자꾸만 신경이 쓰이는 탓이었다.

가까운 나뭇가지로 옮겨 왔는지 새의 울음소리는 갈수록 커져가고 있었다. 그 음산한 소리가 한순간 방 안을 가득 채웠다. 마치 보이지 않는 새가 안으로 몰래 날아 들어온 것이라 믿어도 될 정도였다.

깜짝 놀란 수생은 얼른 몸을 일으켜 앉았다.

그 새인가? 백함을 잡아가려던 착혼꾼의 새!

혹시라도 그 검은 새가 밤의 어둠 속에 숨어 있나 싶어 수생은 눈을 부릅떴다. 그러나 방구석 어디에도 수상한 흔적은 보이지 않았다.

호들갑 떨지 말자. 아무 일도 아니야. 게다가 나리도 이젠 더 이상 귀신이 아닌걸, 뭐. 나리가 돌아왔다는 사실 때문에 평범한 밤새 소리에도 신경이 쓰이는 것뿐이야.

그렇게 마음을 가라앉히며 수생은 다시 몸을 뉘였다. 그러나 등이 방바닥에 닿기도 전에 수생이 다시 벌떡 일어났다. 바보같이 지금 뭐하는 거야! 그 새가 이 방으로 들어올 리가 없잖아. 나리가 있는 곳을 확인해봐야지!

백함은 문간채 방에서 자고 있었다. 여식의 누명을 벗겨준 은인이라며 홍복은 백함에게 몇 번이고 허리를 굽혔다. 한성엔 아는 사람이 없어서 그러니 며칠 묵어가도 되냐는 부탁에 선뜻 빈 방을 내주기까지 한 걸 보면, 홍복이 얼마나 그에게 고마운 마음을 품고 있는지를 짐작할 수 있었다.

백함의 방으로 건너가기 위해 수생은 방문을 열었다. 그런데 문은 덜커덕거리기만 할 뿐 꼼짝도 하지 않았다. 문고리를 앞으로, 뒤로, 밀고 당겨보았지만 결과는 마찬가지였다. 누군가 밖에서 문을 걸어 잠근 것 같았다.

착혼꾼 짓인가? 나를 방에 가둬놓고 백함 나리의 혼을 가져가려는 거야?

마음이 급해진 수생은 다시 한 번 문을 힘껏 흔들어보았다. 하지만 조금 전까지 열리지 않던 문이 갑자기 열릴 리는 없었다.

수생은 문을 포기하고 대신 벽 반대편으로 달려갔다. 벽에 기대서 있는 장롱 문을 황급히 열어 안에 든 것들을 몽땅 끄집어 낸 뒤 수생은 빈 장롱을 그대로 끌어내 문살창 앞으로 가져갔다.

냉큼 그 위로 올라서서 창을 열자 어두운 밤하늘이 수생을 맞았다. 검은 장막을 둘러친 듯 빛이라고는 찾아볼 수 없는 어둠이 머리 위에 펼쳐져 있었다. 어깨가 절로 움츠러들 만큼 불길한 밤이었다. 그리고 수생은 이런 불길한 밤엔 무슨 일이 일어나는가를 너무나도 잘 알고 있었다.

지체하지 않고 수생은 창턱에 팔을 올렸다. 힘껏 팔에 힘을 준 뒤 발을 구르자 창턱 위로 몸이 올라갔다. 수생은 끙끙대며 몸을 돌려 좁은 창에서 기듯이 빠져나왔다.

땅에 발이 닿기가 무섭게 수생은 문간채로 뛰어갔다.

그의 방 문고리 사이에도 숟가락이 꽂혀 있었다. 잠시의 망설임도 없이 수생은 숟가락을 문고리에서 빼낸 다음 방문을 벌컥 열어젖혔다.

방바닥에 모로 누운 백함은 곤히 잠들어 있었다. 숨은 쉬고 있는 건가? 덜컥 겁이 난 수생은 재빨리 방 안으로 들어갔다.

숨을 쉬고 있는지 확인을 하기 위해 수생은 손가락을 그의 코끝에 갖다 댔다. 호흡이 느껴지지 않았다. 이번엔 귀를 다시 그의 코 가까이 갖다 댔다. 하지만 숨소리도 들리지가 않았다. 혼백이 빠져나간 희관의 몸은 마치 시신처럼 고요했다.

아아, 안 돼.

수생은 정신없이 그의 방을 뛰쳐나왔다. 싸리문을 박차고 집을 나서니 시야가 온통 뿌옜다. 밤안개가 포위라도 하듯이 수생을 사방에서 에워쌌다. 한층 음산해진 밤새 소리가 바로 곁에서 들려오는 듯했다.

착혼꾼과 그의 새가 가까이 있다는 것을 수생은 직감적으로 느낄 수 있었다. 그들이 있는 곳에 백함도 있을 것이었다. 그러나 수생에게는 아무것도 보이지가 않았다. 빛도 없는 어둠과 주위를 가득 메운 안개가 시야를 완전히 가려버렸던 것이다.

"나리, 백함 나리! 어디 계세요? 대답 좀 해보세요, 나리!"

수생은 목이 터져라 소리를 질렀다. 제 목소리를 듣고 누군가 나타나주길 바랐다. 착혼꾼이든, 백함이든, 그 무엇이라도.

그 바람이 이루어졌던 걸까. 안개 속에서 무언가가 꿈틀대기 시작했다. 아직은 안개에 가려 희미한 모습이었지만 누군가가 이쪽으로 다가오고 있었다.

"거기 누구세요? 나리십니까?"

수생은 다가오는 그림자를 향해 걸음을 내디뎠다. 몇 발자국 걸어가자 주위를 감싼 안개가 더욱 짙어졌다. 천지가 구분이 안 되는 것은 물론이오, 이젠 제 손마저 보이지 않을 지경이었다. 안개와 한 몸이 된 듯한 착각까지 들 정도였다.

그와 동시에 이상하게 목이 답답해져 오기 시작했다. 콜록콜록, 수생은 밭은기침을 토해냈다. 기침을 한 번 할 때마다 몸속의 기운이 빠져나가는 기분이었다. 식은땀이 나면서 서서히 정신이 아득해지기 시작했다.

그때 안개 속에서 문득 백함의 얼굴이 보인 것 같았다. 정신을 잃지 않으려고 안간힘을 쓰면서 수생은 앞으로 기듯이 나갔다.

조금씩 안개가 희미해졌다. 몇 발자국 더 나가자 무언가가 손에 잡혔다. 수생은 고개를 들었다. 백함의 얼굴이 눈앞에 닿을 듯 가까이 서 있었다.

반가움에 수생은 그의 이름을 부르려고 했다. 그런데 여전히 목소리가 나오지 않았다. 수생은 시선을 내려 제 목 언저리를 보았다. 놀랍게도 백함의 두 손이 자신의 목을 조여오고 있었다.

깜짝 놀란 수생은 그의 손을 떼어내려고 안간힘을 썼다. 그러나 백함은 꿈쩍도 하지 않았다. 어둠의 장막을 배경으로 서 있는 그의 얼굴에는 표정도 없었다.

얼굴뿐만이 아니었다. 눈동자에서도 초점이 사라져 있었다. 아니,

아니었다. 그의 눈 속에는 눈동자가 없었다. 오로지 어둠으로 가득 찬 눈이 수생을 노려보고 있었다.

아아악!

수생은 있는 힘을 다해 목청껏 소리를 질렀다. 그와 동시에 번쩍, 하며 빛이 얼굴로 날아들었다. 수생은 벌떡 자리에서 일어났다.

그와 동시에 방문이 벌컥 열렸다. 깜짝 놀란 수생의 어깨가 펄쩍 뛰어올랐다.

열어젖힌 방문 앞에 서 있는 것은 흥복이었다. 엊그제 집 안에 들었던 괴한 이야기 때문인지, 그의 얼굴은 사색이 다 되어 있었다.

"무슨 일이냐?"

방으로 한 발을 들여놓던 흥복은 다음 순간, 마치 불에 데기라도 한 것처럼 방바닥에 닿았던 발을 황급히 거두었다. 아무리 아비라지만 다 큰 여식이 잠자고 있던 방문을 함부로 연 것이 이제야 겸연쩍어진 모양이었다.

흥복은 서둘러 문지방 밖으로 물러선 뒤 방문을 반쯤 닫았다.

"별일 없는 게지?"

허둥대는 흥복의 모습에 수생은 겨우 자신이 꿈을 꾸었음을 깨달았다. 안도의 한숨과 함께 긴장으로 바짝 치켜 올라갔던 어깨가 겨우 제자리로 돌아왔다.

"꿈을 꾼 모양이에요. 놀라시게 해서 죄송해요, 아버지."

수생은 씩씩하게 큰 소리로 대답했다. 잠에 빠져 있던 목소리가 갈라져 나왔지만, 왠지 그것조차 반갑게 느껴지는 아침이었다.

그때 문 틈 사이로 보이는 홍복의 손이 수생의 눈에 들어왔다. 그의 손에는 웬 숟가락 하나가 들려 있었다.

"헌데 아버지, 그건 왜 손에 들고 계세요? 혹 제가 늦잠이라도 잔 거여요?"

혹시라도 늦게 일어나는 자신을 대신해 아비가 조반상을 차리는 건가 싶어 수생은 의아했다. 그런데 예상외로 홍복의 반응은 격했다. 마치 나쁜 짓을 하다 들킨 사람처럼 얼른 숟가락을 등 뒤로 감추는 것이 아닌가.

"아, 아니다. 어쩌다 보니…… 그…… 뭐…… 처, 천천히 나오거라."

당황한 기색을 감추지 못한 채 홍복은 허둥지둥 문틈 밖으로 사라졌다.

왜 저러시지? 수생은 엉금엉금 기어가 방문 밖으로 고개를 내밀어보았다. 백함의 방 앞으로 간 홍복이 급히 문고리에서 숟가락을 빼내고 있는 것이 보였다.

아비가 등을 돌리기 전에 수생은 얼른 방문 밖으로 내밀었던 고개를 거둬들였다.

아버지가 그러셨던 거구나.

허긴, 과년한 여식이 사는 집에 사내가 함께 묵게 됐으니, 홍복으로서는 걱정을 하는 것이 당연한지도 몰랐다. 하지만 숟가락을 문고리에 꽂을 생각을 했다니. 그렇게 하기까지 고지식한 홍복이 얼마나 고민을 했을지, 그 모습이 불을 보듯 눈에 훤히 보이는 것 같았다.

아버지의 모습을 상상하며 배시시 웃던 수생의 입 꼬리가 얼어붙은 건 바로 다음 순간이었다.

가만, 그럼 꿈이 아니었던 건가? 분명 백함 나리의 방문 앞에 숟가락이 꽂혀 있는 걸 보았었잖아!

놀란 마음에 수생은 얼른 뒤를 돌아보았다. 문살창 밑에 옮겨놓았던 장롱은 제자리로 말끔히 돌아가 있었다. 창문도 잠들 때의 모습 그대로 단정하게 닫혀 있었다. 꿈이 아니었다면 이렇게 방 안이 평온한 모습일 리가 없었다.

그때 문간채 쪽에서 마당으로 내려서는 발자국 소리가 들려왔다. 수생은 잠시 망설이다 방문 밖으로 다시 고개를 내밀었다.

무언가를 골똘히 생각하는 얼굴로 백함이 방 앞 툇마루에 앉아 있었다.

문득 수생의 시선을 느꼈는지 그가 고개를 들었다. 이제는 익숙해진 까만 눈동자가 수생을 마주 보았다. 간밤에 보았던 초점 없는 눈이 수생의 기억 속에 또렷이 떠올랐다.

그건 나리의 눈이 아니었어. 백함 나리가 그런 식으로 날 해치려고 할 리도 없어. 허니 꿈이 아니었을 리가 없잖아…….

꿈의 잔상을 지우려고 수생은 눈을 꼭 감은 채 고개를 흔들었다. 그 모습을 물끄러미 지켜보던 백함의 눈동자에 검은 물결이 스치듯 일렁였다.

"결국 그 계집을 찾아갔던 게로구나."

백함의 이야기를 듣던 무녀가 두 눈을 치켜떴다. 문희관이 되어 이곳을 떠난 이후 처음으로 다시 무녀의 집을 찾은 백함은 그녀에게 간밤의 꿈 이야기를 하던 중이었다.

"수생을 아시오? 보신 적이 있소?"

"그게 그 계집의 이름이냐?"

기가 막힌다는 얼굴로 무녀가 웃었다. 뱉어내는 것이 아니라 목구멍으로 빨아들이는 것 같은 기괴한 웃음소리였다.

"그러니 이리 귀신이 달라붙는 게지. 누가 지었는지 이름 참 기똥차게도 지었다, 그년."

"내가 혼백이었을 때 그 곁을 떠나지 못했던 것도 그럼 그 이름과 관련이 된 게요?"

수진궁 항아리에서 나오고 난 후에도 수생의 행동반경을 떠나지 못했던 것을 떠올리며 백함이 다시 물었다.

"이름이랑 관련이 있냐고?"

무녀가 다시 한 번 웃음을 터뜨렸다.

"그렇게 말하면 내가 섭섭하지 않겠냐. 기껏 힘들여 부적을 써줬더니 고작 평범한 계집아이의 이름 때문이라 하면 말이지."

"부적을 써주셨다니, 누구에게 말이오?"

"나한테 부적을 받으러 오는 놈들만 해도 산을 이룰 텐데, 그걸 어찌 기억하누? 내 말은, 네놈한테서 내가 만든 부적의 기운이 난단 것이다. 네 놈을 찾아 여기 왔던 그 수생이라는 계집한테서도 그렇고.”

　“그 아이가 나를 찾아왔었소? 헌데 왜 내게는 말을 해주지 않았던 거요?”

　희관의 몸으로 깨어난 자신이 수생을 찾아가기 전에, 수생이 먼저 자신을 찾아왔다니. 그런 줄도 모르고 자신은 서운해만 하지 않았던가. 두 번이나 외면하려고 하지 않았던가. 그것도 모자라 그 아이를 내 손으로 해하게 된다면 어찌하는가.

　“이런 일이 생길까 봐 그랬던 게다.”

　무녀가 다시 백함의 꿈 이야기로 돌아왔다.

　안개 속을 떠돌다 수생을 만나자 자신도 모르게 달려들어 목을 조르던 간밤의 꿈. 아침에 눈을 떠 그것이 현실이 아니었음을 깨닫고 난 뒤에도 백함은 무거운 마음을 떨칠 수가 없었다. 너무나도 생생했던 그 꿈이 마치 불길한 전조처럼 느껴졌던 것이다.

　하지만 백함은 누구에게도 그 마음을 털어놓을 수가 없었다. 그 꿈에 대해 물어볼 사람도 없었다. 그래서 그는 무녀를 찾아왔다. 이승과 저승의 문 사이에서 살아온 무녀만큼 이 일을 의논하기에 적합한 상대는 없었다.

　“허면 간밤의 그것이 꿈이 아닐 수도 있소? 정녕 내가 그 아이를 해치려 했단 말이오?”

　“그야 모르지. 허나…… 어쩐다?”

　그렇지 않다는 대답을 백함은 간절히 듣고 싶었지만, 무녀가 하려는 말은 그런 바람과는 거리가 먼 것임에 분명했다.

"언젠가는 현실이 될 꿈임엔 분명한 것 같으니."

두려워했던 불길한 예언이 그의 머리 위로 떨어졌다.

충격으로 백함은 잠시 말을 잃었다. 그러나 무녀는 그의 반응에 전혀 개의치 않는 모습이었다. 해와 달이 바뀌는 것만큼이나 자연스럽고 당연한 일을 입에 올리고 있다는 듯 그녀는 계속 말을 이었다.

"뭐, 놀랄 것 없다. 혼백과 지나치게 가까이 하는 인간은 해를 입는 법이니까. 게다가 그 계집한테는 네놈을 끌어들이고 가두는 기운이 있단 말이다."

그렇게 말하며 무녀는 들고 있던 지팡이를 탁, 바닥에 내리꽂았다. 방울소리가 요란하게 울렸다. 자, 궁금한 것이 있다면 물어보아라. 겁이 난다고 물러서면 안 되는 일이야! 눈앞에 버티고 선 무녀의 눈동자가 백함에게 명령하듯 재촉을 했다.

"……그 부적이란 것 때문이오? 무녀께서 만들어주신 그 부적이 혼백을 끌어당기는 효험을 가진 것이었소?"

"정확히는 혼백을 가두는 부적이었지."

대답하는 무녀의 뺨이 실룩거렸다.

설마, 지금 웃고 있는 건가? 대체 무엇이 그리 재미있기에? 혼백을 가두는 부적을 써줬다면, 상협이 자신을 항아리에 가둘 수 있도록 도운 장본인이 이 무녀라는 것이 아닌가. 허면 나를 가둔 장본인이 나를 살려준 척 은인행세를 했다는 건가? 그러면서 나를 비웃고 있는 것인가? 분한 마음이 백함의 목구멍까지 차올랐다.

하지만 다음 순간, 마음의 분은 거짓말처럼 가라앉았다. 대신 쑤시는 듯한 통증이 그 자리에 밀려들어왔다. 무녀의 얼굴에 떠오른 것이 조롱이라면, 그 밑에서 아른거리는 것은 연민의 빛이었던 것이다.

지나간 일에 대한 것인가. 아니면 앞으로 닥쳐올 일에 대한 것인가. 그것을 알기가 두려워 백함은 입을 다물었다. 그러자 무녀가 대신 입을 열었다.

"그 계집을 만나기 전에 어딘가 갇혀 있지 않았더냐?"

"항아리에 갇혀 있었소. 몇 년을 줄곧."

"그 항아리는 어찌되었냐?"

무녀가 다시 물었다. 대답을 듣기 위해 물어보는 것이 아님을 백함은 눈치 챘다. 무녀는 대답을 하기 위해 질문을 던지고 있는 것이었다. 그리고 그에겐 선택권이 없었다. 무녀가 이끄는 대로 그 대답을 향해 나아가는 수밖엔.

"깨어졌소. 수생 그 아이가 실수로 깨뜨리면서 항아리에서 나오게 된 게요."

"허면 이제 그 항아리 대신 네 놈이 어디에 갇히게 될 것 같으냐?"

이제 대답을 알겠지? 무녀의 눈이 그렇게 물었다.

다시 지팡이가 쿵, 하고 내리꽂히더니 방울소리가 요란스럽게 울렸다. 그러나 이번에는 이 방 안에서가 아니었다. 그의 심장과 머릿속에서였다.

"허나…… 난 지금…… 지금, 인간의 육신 속에 있지 않소?"

"그 계집의 곁에 가도 혼백이 무사히 육신에 거하더냐? 빠져나오려고 꿈틀대는 게 아니고?"

무녀의 말은 무서울 정도로 정확했다. 백함은 절망을 담은 눈으로 그녀를 쳐다봤다.

"네 놈 표정을 보니 답은 들을 필요도 없겠구나."

"허나 어째서…… 어떻게……."

"정확한 이유는 나도 모른다. 항아리가 깨질 때 부적의 기운이 그 계집한테로 옮겨갔다는 것밖에는. 함께 있으면 네놈은 결국 그 계집의 육신을 빼앗게 될 게야. 네놈이 아무리 원치 않아도 말이다."

무녀에게서 마지막 선고가 내려졌다.

백함은 어떻게든 무녀의 말에 반박을 하고 싶었다. 그녀의 말이 사실이 아닐 수도 있다고 항변하고 싶었다. 그때 문득 착혼꾼이 자신을 잡으러 왔을 때 수생에게 했던 말이 떠올랐다. 그도 그때 무녀와 똑같은 말을 했었다. 자신이 언젠가는 수생의 육신을 빼앗아 그녀를 죽음의 세계로 데리고 갈 것이라고. 그 말이 결국 사실이었던 건가.

나를 네게 끌어당겼던 것이 원(願)이 아니었구나. 네가 내게 끌리는 것 또한 고작 부적의 힘일 뿐이었구나. 그런 것도 모르면서 어쩌면 연이 아닐까 기대했다니. 인간으로, 어쩌면 사내로도 네 곁에 있을 수 있지 않을까…… 그리 헛된 꿈을 꾸었다니.

백함은 기침처럼 헛웃음을 뱉어냈다. 뱉은 웃음이 간헐적으로 이어지다가 이내 등이 들썩였다. 웃음인지 울음인지 모를 낮은 소리가 매캐한 실내 공기를 무겁게 울렸다. 그 소리가 가라앉을 때까지 무녀는 참을성 있게 기다리고 있었다.

한참 만에 백함은 고개를 들었다. 그러자 무녀가 놀리듯 방울을 그의 눈앞에서 흔들어댔다.

"그리 인상 쓸 것 없다. 인간이 된 이상 살고, 또 죽어야 하는 것이 이치 아니더냐. 심각할 게 무에가 있어? 어떻게 살고 싶은지, 어떻게 죽고 싶은지만 결정하면 되는데. 웃어라! 웃고 죽은 돼지가 좋은 상에 오르는 법이다!"

마지막 말을 마친 무녀는 볼일이 끝났다는 듯 뒤돌아섰다. 방울소리가 휘장 너머로 조금씩 멀어져갔다. 향 냄새가 가득한 방 안에는 무녀가 남긴 마지막 말이 희뿌연 연기처럼 떠돌았다.

나는 누군가의 소원

29

"정말이어요? 탑돌이를 하는 데 같이 가자 하셨어요? 나리와 저
와 둘이서 말입니까?"

탑돌이 행사에 가자고 먼저 제안을 한 사람은 백함이었다. 제 귀
를 믿을 수가 없었던지라 수생의 눈이 동그래졌다.

"다른 소원은 없냐고 내게 묻지 않았더냐."

백함은 그리 반문하며 두 눈썹을 슬쩍 들어올렸다.

운종가 근처의 절에서는 매달 보름날 탑을 도는 행사가 열리곤
했다.

그때마다 절에 모여든 사람들은 등에 이름과 소원을 적어 나뭇가
지에 걸어놓았다가 밤이 되면 그 등에 촛불을 켜고 탑을 돌았다. 그
렇게 하면 소원이 이루어진다는 믿음을 가지고서 말이다.

백함의 말에 수생이 반색을 한 것은 그래서였다. 그에게 또 다른 소원이 생겼다니. 그건 다른 이의 육신을 빌려 복수를 꿈꾸는 혼백으로서가 아니라, 새로이 삶을 얻은 사내로서의 원(願)일 터였다.

그 소원을 백함은 수생더러 함께 빌러 가자고 했다. 허면 혹 그의 원 속에 내가 있는 건 아닐까. 그렇게 생각하자 수생의 마음 한구석이 두근거렸다.

곧장 수생은 운종가로 달려갔다. 운종가에는 등을 파는 커다란 점포가 있었다. 그곳에 진열되어 있는 형형색색의 등은 그 화려함만큼이나 값도 비쌌다. 수생은 그래서 마음에 드는 등의 모양을 눈 속에 담아왔다.

대나무와 종이로 낑낑대며 등을 다 만들었을 때는 이미 하루해가 저물고 있었다. 수생은 백함과 함께 손에 동그스름하게 생긴 등 하나씩을 든 채 집을 나섰다.

절 앞은 그야말로 휘황찬란했다. 마치 하늘에 뜬 보름달을 뚝뚝 떼어 산 위에 걸어놓기라도 한 듯 등불들이 나뭇가지마다 매달려 환하게 불을 밝히고 있었다. 종이에 싸 매달아 놓은 화약에서 치치칙 소리를 내며 불꽃들이 튀어 오르기도 했다.

"저는 제 등을 걸어놓고 오겠습니다. 나리께서도 원하시는 나무를 찾아보세요."

"그 안에는 무슨 소원을 적었느냐?"

백함은 수생의 등을 가리키며 물었다.

"불을 밝힌 걸 보면 아시게 될 겁니다."

"내가 사라지지 않는 것이 소원이라더니, 그 새 또 다른 소원이라도 생긴 게냐?"

"그러는 나리는 무슨 소원을 적으셨습니까?"

"궁금하면 찾아보거라. 꼭꼭 숨겨놓을 터라 그리 쉽게 찾을 순 없겠지만."

"좋습니다. 나리의 등은 제가 찾을 테니, 제 등은 나리께서 찾아보십시오. 저는 제일 잘 보이는 곳에 걸어놓을 겁니다. 나리가 꼭 보실 수 있게요."

뭐가 그리 신이 나는지 수생의 눈동자는 춤을 추고 있었다. 등을 품에 안은 채 저 멀리로 종종거리며 뛰어가 버리는 수생을 백함은 한참 동안이나 가만히 바라보고 있었다.

이내 걸음을 옮긴 백함은 어느 나무 앞에서 멈춰 섰다. 다른 나무들은 모두 시든 잎을 흩뿌리고 있는 이 계절에도 그 나무만은 씩씩하게 가지마다 파릇파릇 잎을 피워내고 있었다.

옆 나무에 걸려 있는 등에서 불을 빌려와 백함은 자신의 등에 불을 켰다. 등 안쪽에 적어놓은 소원 두 글자가 불빛에 흔들렸다.

자, 이제 찾아보아라. 나의 소원을. 찾으면 반드시 이 소원을 품어야 한다.

푸른 잎사귀 옆에 자신의 등을 걸어놓은 후 백함은 뒤를 돌아보았다. 저 멀리 절 마당에서는 사람들이 벌써 등불을 손에 든 채 탑 주위를 돌고 있었다. 그 행렬이 빙글빙글 커다란 보름달을 만들어 냈다.

수생의 등을 찾으러 가기 위해 백함은 다시 발걸음을 옮겼다. 가장 잘 보이는 곳에 달아놓는다고 했는데, 어디쯤 있으려나. 백함은 뒷짐을 진 채 머리 위를 올려다보며 걸었다.

　그러다가 문득 누군가가 자신을 쳐다보는 느낌을 받았다.

　고개를 돌려보니 저쪽 나무 뒤에서 수생이 꼭 자신처럼 뒷짐을 진 채 걷고 있었다. 눈이 마주치자 생긋 웃더니 수생은 다시 걸음을 옮겼다. 백함이 걸어놓은 등을 찾고 있는 모양이었다.

　탑 주위를 도는 사람들처럼, 수생과 백함도 나무 몇 그루를 사이에 둔 채 원을 돌았다. 등불이 만들어내는 음영이 수생의 얼굴 위로 움직이는 그림자를 만들었다. 빛과 그림자 사이에서 나타났다 사라지는 수생을 보고 있자니 마치 반짝이는 혼백이 유유히 날아다니는 모습을 보고 있는 기분이었다.

　누가 누굴 보고 귀신이라 하는 겁니까?

　아마도 제 속마음을 들었다면 수생은 이렇게 대꾸했겠지. 그 모습이 너무나도 자연스럽게 상상이 되었던지라 저도 모르게 백함의 입꼬리가 올라갔다.

　왜 웃으십니까? 마주보이는 나무 뒤에서 그를 보며 걷던 수생이 눈빛으로 그렇게 그에게 물었다.

　안 가르쳐준다. 빨리 찾기나 하거라. 백함은 으쓱 올린 어깨로 그렇게 대답하며 머리 위의 나뭇가지를 향해 눈을 들었다.

　그 순간, 그의 발걸음이 멎었다. 머리 위 나뭇가지 위에서 등 하나가 흔들리고 있었다. 불이 켜지지 않은 그 등의 안쪽에는 만든 사람의 이름 두 글자가 적혀 있었다. 백함의 손이 그 등을 향해 천천히 올라갔다.

　작은 달빛을 온몸에 받으며 미소를 짓고 있는 백함을 보자니 수생은 자꾸만 홀리는 기분이 들었다. 이렇게 계속 쳐다보고 있다간 다시는 눈길을 뗄 수 없을지도 모른다는 생각에 겁이 날 정도였다. 그래서 수생은 얼른 고개를 위로 들었다. 백함의 등을 빨리 찾고 싶었다. 그가 새로이 품은 소원이 무엇인지 알고 싶어 조바심이 났다.

　그런데 깊숙이 꽁꽁 숨겨놓았다는 그의 말은 사실인 듯했다. 등마다 적힌 이름과 소원을 열심히 확인해봤지만 백함의 이름은 좀처럼 보이지가 않았다.

　한참을 헤매다가 수생은 뒤를 돌아보았다. 어느새 백함의 모습이 사라져 있었다.

　어디쯤 계신 거지? 수생은 나무 사이로 이리저리 고개를 빼보았다. 그러나 그를 찾기는 쉽지가 않았다. 그러자 버릇처럼 불안이 고개를 들었다.

　하아, 바보. 또 사라졌을까 봐? 등을 찾으러 가셨을 거야. 찾으면 어련히 돌아오실까.

　수생은 마음을 가라앉히기 위해 곁에 있는 나무에 등을 기댔다. 그 나무 위에도 등이 하나 매달려 있었다. 어떻게 만든 것인지는 몰라도 등 안에서는 호랑이며 노루며 각종 동물들의 그림자가 움직이고 있었다. 그것이 신기해서 수생은 한참 동안 그것을 바라보고 있었다.

그때 불쑥 수생의 눈앞으로 등 하나가 나타났다. 자신의 이름이 써진 등이 불을 밝힌 채 빛나고 있었다.

"나리!"

반가운 마음에 수생은 고개를 돌렸다. 하지만 다음 순간, 당황한 얼굴로 얼른 고개를 숙이고 말았다. 등을 손에 든 채 서 있는 사람은 다름 아닌 능창군이었다.

"……평안하셨습니까, 나리?"

지난번 이천에서 올라온 이후 수생이 그를 대면한 건 이번이 처음이었다. 군부인 신씨를 마주한 채 나누었던 당혹스러운 이야기. 그것은 갑작스러웠던 만큼이나 짧게 끝이 난 듯했다. 능창군에게서도, 윤상궁에게서도, 군부인에게서도 새로운 기별이나 언질이 없는 것을 보면 그렇게 미루어 짐작하는 것이 자연스러운 일이었다.

그 침묵에 수생은 내심 안도하고 있었다. 하지만 한편으로는 아무런 소식도 없다는 사실이 오히려 불안하기도 했다. 그렇게 허투루 괜한 말을 꺼낼 능창군이 아님을 이미 몇 번의 경험으로 잘 알고 있는 터라 더욱 그랬다.

그래서 오늘 준비 없이 마주친 그의 모습이 더 당황스러웠는지도 몰랐다.

"왜 이름만 적고 소원은 적지 않았느냐?"

능창군은 손에 든 등을 이리저리 돌려보았다. 수생의 이름 이외에 다른 글자가 적혀 있는지 살피는 눈치였다. 수생은 우아하게 움직이고 있는 그의 손을 좇았다. 그 손이 등불을 얼굴 높이까지 들어올렸다. 눈이 마주칠까 봐 수생은 급히 시선을 내리깔았다.

"어쩐 일로 걸음하셨습니까, 나리? 탑돌이 행사 때문에 오신 거예요?"

능창군은 흘낏 절 마당 쪽으로 시선을 던졌다. 저만치에 등을 돌리고 서 있는 백함의 모습이 보였다.

실은 수생의 집 앞부터 능창군은 줄곧 그들을 따라온 참이었다. 탑돌이 행사에 같이 가자고 청하러 간 길에서 수생과 그 옆에 선 사내를 발견한 후부터 줄곧.

잠시라도 눈길을 떼면 놓칠세라 수생은 걷는 내내 사내를 바라보고 있었다. 그 짧은 시간 동안 굳은살이라도 박였던 것일까. 생각보다 능창군의 마음은 담담했다. 서늘해진 심장이 단단히 뭉쳐와 가슴 언저리가 조금 뻐근해지긴 했지만, 머릿속은 오히려 차분히 가라앉았다.

차라리 다행이라고 능창군은 생각했다. 다른 사내인 줄 반색하다 굳어버린 얼굴도, 바닥으로 내리깐 눈동자도 이렇게 담담히 마주할 수 있게 된 건, 그 덕분인지도 몰랐으니. 허면 앞으로 해야 할 말도 그 어느 때보다 제대로, 분명히 전할 수 있으리라.

"올라오다 그자를 보았다. 너와 이천에서 같이 있던 사내 말이다. 함께 왔느냐?"

"예, 나리."

수생은 담담하게 대답했다.

"그자가 이번에 널 크게 도와줬다 들었다. 너희 집에서 지내고 있다는 말도 들었는데, 그것도 사실이더냐?"

"예, 나리."

다른 사내에 대해 물어보고 있는 데도 수생은 별다른 망설임 없이 대답을 내놓았다. 능창군은 자신 만큼 수생의 안에서도 무언가가 변했다는 것을 알았다.

하지만 그 변화를 당연한 듯 허락하기는 싫었다. 그래서 능창군은 다시 질문을 덧붙였다.

"변명은 않느냐?"

능창군의 질문에 담긴 뜻을 수생도 알아챘다. 제 여인입니다. 군부인 신씨의 앞에서 그렇게 선언했던 말이 여전히 유효한 것임을 일러주고 있는 것이었다.

이제는 제대로 말을 해야 할 때가 왔음을 수생은 깨달았다.

"……드릴 말씀이 있습니다, 능창군 나리. 지난번 나리 댁에서 제게 약조하셨지요? 나리 말씀을 먼저 듣고 나면 그 다음엔 제 말을 들어주시겠다고요."

"그랬지. 대신 그날, 마저 듣지 못했던 말부터 들어다오. 허면 그 다음엔 나도 네가 하고 싶은 말을 들어주마."

그의 말투는 조용했지만 그 안에는 차마 거스를 수 없는 분위기가 있었다. 이끌리듯 수생이 고개를 들었다.

엷은 미소를 띤 능창군의 얼굴은 지난번 보았을 때보다 조금 여윈 것처럼 보였다. 작은 보름달들이 그의 주위에 빛을 흩뿌리고 있어서 일까. 그의 얼굴에 드리운 그림자가 더욱 짙어 보였다.

"이제야 봐주는구나. 그래도 오랜만인데 이마만 바라보다 가게 생겼나 했다."

한쪽 눈을 살짝 찡긋거리며 능창군이 웃었다. 그 웃음이 사라지고 나자 서늘해진 눈동자가 수생을 마주보았다.

"허나 괜찮다. 앞으로도 네 얼굴을 바라볼 날은 많이 남아 있을 터이니 말이다."

"나리."

"끝까지 들어다오."

능창군이 단호하게 수생을 막았다.

"우선 미안하구나. 조급함을 못 이겨 널 몰아붙이고 당황스럽게 했으니. 내 어머니께 허락을 받아야겠다는 생각이 앞서 네 입장을 생각지도 않고 곤란하게 했으니. 용서하거라. 내 마음에 대해서도 제대로 전하지 못한 것 같아, 그 또한 미안하다. 널 품었다는 말로 마음을 전했다 생각했는데 착각이겠더구나. 내 마음이 앞섰더구나. 하여 지금 다시 네게 전하려고 한다."

자신의 마음이 단 한 방울도 다른 곳으로 새지 않도록, 조금의 불순물도 끼어들지 않도록 능창군은 단단히 수생의 눈동자를 붙들었다. 더 이상 오해할 길도, 외면할 길도 열어주지 않으려 함이었다. 도망갈 길도, 변명할 길도 막으려 함이었다.

"나의 여인이 되어 다오."

수생이 작게 숨을 삼키는 소리가 들려왔다. 곧이어 입술이 무언가를 말하려는 듯 달싹거렸다. 그 대답을 예상하기라도 한 듯 능창군이 재빨리 덧붙였다.

"첩으로 삼겠다는 것이 아니다. 아내로 맞을 생각이다. 정식으로 혼례도 올릴 것이다. 너 이외의 여인은 곁에 들이지 않겠다는 뜻도 어머니께 전해 올렸다. 신분 걱정 같은 것은 아니 하여도 된다. 전하께 이미 청을 드려놓았다. 너와 함께 멀리 떠나 이름 없는 촌부로 살게 해달라고 말이다."

자신의 말이 결코 허황된 것이 아님을 능창군은 열심히 설명했다. 이미 모두 준비된 일이니 너는 나를 따라오기만 하면 된다. 그런 의도가 그의 말투 속에서 고스란히 느껴졌다.

하지만 수생에게 그것은 하늘이 무너진다는 이야기만큼이나 말도 안 되는 소리였다. 능창군이 촌부로 살아간다니. 그것도 자신 때문에? 있을 수 없는 일이었다. 있어서도 안 되는 일이었다.

"말도 안 되는 일입니다, 나리. 고귀하신 나리께서 어찌 그런 말씀을 하십니까. 이 미천한 계집 때문에 나리께서 가지신 것을 버리시겠다니요."

왕의 조카이든, 촌부이든, 그에게는 상관없었다. 수생을 자신의 여인으로 맞고 싶었다. 그것이 그가 전하고 싶은 전부였다. 그런데 어째서 말도 안 되는 일이라 하는가.

억지라는 것을 알면서도 비틀린 질문이 그의 입에서 흘러나왔다.

"왜, 왕의 조카가 아닌 촌부는 싫더냐?"

"그런 것이 아닙니다!"

수생은 급히 고개를 저었다.

"그런 것이 아니라. 허면 어째서더냐? 윤상궁이 시켜서 의도적으로 내게 접근한 것이라서?"

이렇게 묻기까지, 능창군이 얼마나 여러 번 이 말을 곱씹고 또 곱씹었는지 수생은 알지 못했다. 실망도, 의심도, 분노도 거세시킨 말투로 이 말을 내뱉기까지 얼마나 제 마음의 소용돌이와 싸움을 벌였는지도 짐작하지 못했다.

수생이 아는 것은 단 하나. 꿈에서라도 생각조차 해본 적 없는 이야기를 그가 하고 있다는 것이었다.

"왜…… 그런 말씀을 하십니까, 나리? 당고모님이 제게 그런 걸 시키실 리가 없지 않습니까."

"누가 내게 귀띔을 해주더구나. 윤상궁이 간자라는 사실을 말이다. 네 당고모에게서 날 감시하라는 청을 받고 네가 내게 온 것이라고도 하더구나. 하여 생각을 해보았다. 혹 네가 이리 도망가려고 하는 것도 나를 더 애달게 하려는 의도는 아닐까. 저 사내도 그런 목적을 위해서 이용하고 있는 건 아닐까……."

"아닙니다, 나리. 당고모님은 절대 그럴 사람이 아니에요. 나리께서도 잘 아시지 않습니까."

수생은 필사적으로 고개를 저었다. 능창군이 빙긋 웃었다.

"나는 오히려 그 말이 사실이었으면 한다."

그렇게 말하는 능창군의 목소리에는 감정이 실려 있지 않았다.

"그렇다면 저 사내를 향한 네 마음이 진심이 아닐 것이니. 허면 내가 네 마음을 이용할 수 있을 터이니. 네 죄책감을, 미안함을 이용해서 널 붙잡아볼 수 있을 터이니 말이다. 넌…… 다른 이의 마음을 귀하게 여기는 그런 아이가 아니더냐."

새문리 집 담벼락 앞에서 처음 만났던 날을 능창군은 수생에게 상기시켰다.

서찰 속에 담긴 마음도 함께 전해주라던 그의 다정한 말이 생각이 났다. 그때 자신의 심장이 얼마나 쿵쿵대며 소리를 냈는지도 수생은 생생히 기억했다.

그를 향했던 연모의 정이 결코 거짓은 아니었다. 그래서 더욱 입을 떼기가 힘이 들었다. 그래도 말을 해야 했다. 자신의 마음을 이제는 그에게 똑바로 전해야 했다. 허황된 꿈에서조차 감히 상상치 못했던 일들을 능창군이 말해주고 있음에도 불구하고. 자신이 수진궁 귀신에게 빌었던 소원이 몇 배는 더 구체적인 현실로 다가와 있음에도 불구하고 말이다.

"안 되는 일입니다, 나리. 저는…… 못 가요. 나리께 갈 수가 없습니다."

"왜 안 되느냐?"

"나리의 말씀을 지킬 수가 없으니까요. 다른 이를 좇지 말라 하신 말씀…… 다른 이를 마음에 품지 말라 하신 그 말씀을 따를 수가 없으니까요."

수생은 더 이상 그의 눈을 피하지 않았다. 전하고픈 말이 있을 땐 늘 그랬듯 그에게 눈동자를 맞부딪혀왔다.

수생의 마음속에 다른 사내가 얼마나 단단하게 자리를 잡고 있는지, 능창군은 비로소 알 것 같았다. 지금까지 애써 부여잡고 있던 마음이 조금씩 무너져 내리기 시작했다.

"넌…… 정녕 내게 마음을 준 적이 없더냐?"

오늘 밤 처음으로 능창군의 목소리가 떨려오기 시작했다. 그것을 느끼자 수생도 마음이 무너지는 것 같았다. 자신이 대관절 무엇이기에, 무슨 권리로 그를 아프게 할 수 있는지, 스스로에게 화가 났다. 자신이 먼저 시작한 마음에 그가 상처를 받는 것 같아 죄스러움이 밀려왔다. 그래서 죄를 고백하듯 수생은 마음을 고백했다.

"아니에요, 나리. 나리를 연모했습니다. 제가 먼저 나리와의 연을 꿈꾸었어요. 나리와 가까이 연을 맺게 해달라고 소원도 빌었습니다. 불가능한 걸 알았어도 좋았어요. 꿈을 꿀 수 있는 것만으로도 행복했습니다. 나리는 제게…… 그런 분이셨어요."

수생의 고백에 능창군의 가슴 저 밑바닥에서 뜨거운 덩어리 하나가 솟아올랐다. 분노인지 억울함인지 슬픔인지 알 수 없는 그 열기가 그를 휘저었다. 아직 수생을 알지 못했던 때, 알면서도 무심히 지나쳤던 그때, 자신도 모른 채 놓쳐버린 마음이 있었다니.

"헌데 이제는 아니란 말이냐? 네 말이 사실이라면 나를 따라오면 될 것이 아니냐."

"저도 모르겠습니다. 왜 안 되는 것인지. 분명 꿈꾸었던 건 나리와의 연인데 무엇이 잘못되어 버린 것인지……."

"잘못되었다면 이제라도 바로 잡으면 된다."

불가능하다는 것을 알면서도 능창군은 시간을 거스르고 싶었다. 자신을 밀어내는 그 도도한 물결을 헤쳐 올라가, 언젠가 예전에 자신과의 연을 꿈꾸었던 그 여인을 데려오고 싶었다.

능창군은 수생에게로 한 걸음 다가섰다. 이제 한 걸음, 아니, 반걸음만 더 가면 원하는 여인에게 닿을 수 있는 거리였다. 하지만 그곳엔 이미 그가 내민 손을 잡아줄 여인이 없다는 것을 다음 순간 능창군은 깨달아야만 했다.

"용서하세요, 나리."

"왜 아니 되느냐?"

"두려우니까요. 무서우니까요. 그 사람이 아플까 봐 두렵습니다. 잘못될까 봐 겁이 나요. 제 눈앞에서 사라질까 봐……. 그것이 무서워서 견딜 수가 없습니다."

수생의 마지막 고백에 능창군의 마음을 동여매고 있던 끈이 풀려 바닥으로 떨어졌다. 버림받은 아이 같은 눈동자가 그대로 드러났다. 만인의 흠모를 받으면서도 늘 외로워야 했던 그의 마음이 제 얼굴을 드러낸 채 소리 내 울기 시작했다.

"허면 나도 그리할 걸 그랬구나. 아프다고 할걸. 얼마나 외로운지 털어놓을걸. 단 한 번도 삶을 꿈꾸지 못한 생이 얼마나 힘이 드는지, 얼마나 형옥 같은지 고백할걸. 그랬으면 나한테 와주었을 테냐. 아니, 지금이라도 그리할까? 네가 거절하지 못하도록 힘들고 아프면 되겠느냐?"

구슬 같은 능창군의 눈물이 긴 속눈썹에 맺혔다. 그 눈물이 수생의 복숭아 빛 뺨 위로 주룩 흘러 내렸다.

"그러지 마세요, 나리. 그러시길 바라는 게 아니에요."

"그자의 이름이 무엇이냐?"

눈가의 물기를 겨우 삼키며 능창군이 물어왔다.

수생은 쉽게 대답을 할 수가 없었다. 윤백함인지, 문희관인지, 인간인지, 혼백인지조차 알 수 없는 사내의 이름을. 그 망설임을 알아챘는지 능창군이 수생을 재촉했다.

"이름도 부를 수 없는 자를 마음에 품었더냐? 말하거라. 그자의 이름이 무엇이더냐?"

"……그 사람은……."

대답을 하려고 수생은 입을 열었다. 그러나 그 이름을 끝내 말할 수는 없었다. 능창군의 입술이 내려와 그 이름을 막아버렸던 것이다.

짧게 맞닿았던 입술이 이내 떨어졌다. 그러나 그의 간절한 손은 수생의 젖은 뺨 위에 여전히 남아 있었다.

"나리……."

"다시 한 번 말해보아라. 네 마음에 품은 자가 누구더냐?"

속삭이듯 다가온 그 질문이 실은 명령임을, 애원임을 수생은 알 수 있었다. 말하지 말거라. 네 마음에 담은 이름을 영원히 듣지 않겠다. 능창군의 입술은 그런 말을 하고 있는 것이었다.

"능창군 나리……."

어떻게 대답을 해야 할지 몰라 수생은 능창군을 불렀다. 그 뺨 위로 굵은 눈물 한 방울이 다시 떨어져 내렸다. 누구의 눈에서 떨어졌는지 수생과 능창군 두 사람 모두 알지 못하는 눈물이었다.

"그래, 그렇게라도 내 이름을 부르거라. 어떤 의미든 나를 부르고 나를 보아라. 그러다 보면 다른 이름은 잊게 될 것이다. 내가 네게 의미가 되는 날이 올 것이다."

"무슨 연유로 낯선 분께서 제 등을 탐하십니까?"

나뭇가지에 걸린 등을 향해 손을 뻗으려는데 백함의 뒤에서 여인의 목소리가 들려왔다.

낯익은 그 목소리에 백함의 손이 멈췄다. 심장도 따라 같이 멈추는 것 같았다. 손을 내리고 뒤를 돌기까지의 시간이 억만년은 되는 것처럼 느껴졌다.

눈앞에 서 있는 소아를 본 순간, 갑자기 백함의 눈앞에서 세상이 빙빙 돌기 시작했다. 상협의 화살을 맞고 쓰러진 순간부터 항아리에 갇혀 있던 시간들이 주마등처럼 그의 앞을 스쳐 지나갔다.

빙글빙글 돌던 세상이 다시 멈췄을 때, 백함은 소아가 자신이 기억하는 모습이 아니라는 것을 알았다. 들꽃처럼 여리던 소녀 대신 거리낌 없는 눈동자를 가진 당찬 여인이 쪽진 머리를 한 채 그의 앞에 서 있었다.

그리워했던 여인이었다. 원망했던 여인이었다. 그리고 이제는 무엇을 해야 하는 여인인가?

뚫어질 듯 자신을 보는 백함을 마주하고서도 소아는 당황하지 않았다. 그저 무슨 일로 그러는지 궁금해 하는 눈빛이었다.

감정에 휘둘릴 때가 아니라는 생각에 백함도 황급히 표정을 지웠다. 그리고는 자신을 알아보지 못하는 소아에게 정중하게 고개를 숙였다.

"실례했습니다. 아는 사람이 달아놓은 것인가 잠시 확인을 하던 참이었습니다."

"허면 이쪽에서도 실례되는 부탁 하나 드려도 되올런지요? 등을 좀 건네주시겠습니까?"

백함은 말없이 팔을 들어 올려 나무에 걸린 소아의 등을 내렸다. 건네주는 등을 받기 위해 그녀가 손을 내밀자, 그 움직임을 따라 복숭아꽃 향기가 은은하게 퍼져나갔다.

역시 낭자였던 게요? 수진궁 근처에서 말을 달려 사라지던 사람이? 상협의 집 담장 안에서 불어오던 향기가?

쓰디쓴 마음을 숨긴 채 백함은 소아에게 등을 건넸다. 그녀가 다소곳이 고개를 숙였다. 백함도 따라서 가볍게 목례를 했다.

소아가 상협과 혼인했을 것이라는 짐작은 사실 진작부터 하고 있던 바였다. 자신이 아니었다면 상협에게 여식을 보내고 싶었을 것이라며 입버릇 같은 농담을 즐겨 하던 소아의 부친을 그는 기억하고 있었다. 이천에서 가족들의 생사 여부를 확인하고 다니면서도 굳이 소아의 소식을 묻지 않았던 건 그런 짐작 때문이기도 했다.

게다가 그를 가두었던 항아리는 상협의 것이었다. 그 사실을 확인한 순간, 그의 짐작은 확신으로 바뀌었다. 항아리 속에서 눈을 떴을 때 그 곁에 매자나무 향기가 떠돌던 이유도 그렇게 생각하면 납득이 갔다.

상협과 소아는 한편이었다. 언제부터 한편이었는지는 알 수 없다. 자신이 죽은 후부터? 아니면 죽던 그 순간부터? 그도 아니면 죽기 이전부터? 어찌 됐든 그들은 함께 자신을 항아리에 가뒀고 함께 자신과 가족들의 억울한 죽음을 묻었다.

이제 자신이 상협에게 복수를 결심한 이상, 소아는 반대편에 속한 사람일 뿐이었다. 그 결심을 다시 확인이라도 하듯 백함은 소맷자락 속에 숨긴 주먹을 움켜쥐었다.

그때였다. 웬 사내의 급한 발소리가 그들이 서 있는 곳을 향해 뛰어왔다.

"아씨마님! 여기 계셨습니까요?"

한시라도 빨리 소식을 전해야겠다고 생각했는지 사내는 가쁜 호흡 속에 꾸역꾸역 제 할 말을 밀어 넣었다.

"이르신 곳으로 다녀왔습니다요. 헌데 집에 없던뎁쇼."

던지듯 말을 하고 사내는 털썩 엉덩이를 깔고 주저앉았다. 그제야 소아의 옆에 서 있던 백함이 그의 눈에 들어왔다. 사내가 눈을 껌뻑이더니 갑자기 호들갑을 떨기 시작했다.

"어이, 이보슈! 나 기억 안 나요? 오상이오, 오상! 이천에서 만났 잖소!"

"잘 있었소?"

백함은 웃으며 오상을 향해 손을 내밀었다. 그 손을 잡은 오상이 벌떡 일어났다.

"아, 그날은 어찌된 거요? 그렇게 사라져버려서 내가 얼마나 걱정했는지 아쇼?"

오상은 백함의 손을 마주잡고 흔들다가 갑자기 소아를 돌아보았다.

"아씨, 이 사람입니다요. 이천에 수생이랑 같이 내려갔을 때 만났다던 사람 말입니다요. 백함 도련님 댁에서⋯⋯."

신나게 떠들던 오상의 목소리가 백함의 이름과 함께 급격히 쪼그라들었다. 소아가 다시 백함을 향해 고개를 돌렸다. 그를 보는 눈매가 조금 전까지와는 달라져 있었다.

"그래, 한성엔 어쩐 일이쇼? 무위 걸식한다더니, 어디 지낼 만한 곳은 찾았소?"

소아의 기색을 눈치 채지 못한 오상은 계속 백함에게 질문을 퍼부었다.

"수생의 집에 묵고 있소이다."

의외의 대답이었는지 오상이 눈을 크게 떴다. 그러더니 손가락을 들어 그를 가리키며 소아를 돌아보았다.

"여기 있는뎁쇼, 아씨?"

소아는 그의 말을 즉시 알아들었다. 자신이 수생의 집에 가서 데려오라 했던 사내, 포청에서 항아리의 내력을 읊었다는 그 사내가 바로 이 사람이라는 뜻이었다.

소아가 오상을 시켜 그를 불러오라 했던 것은 그가 궁금해서였다. 아니, 정확히는 그에게서 알고 싶은 것이 있어서였다.

그런데 이 사람과 수생이 포청에서 우연히 만난 사이가 아니었단 말인가. 허면 상협의 말대로 수상한 속내를 가지고 자신들에게 접근한 사람들이란 말인가? 백함과 그의 항아리를 이용해서?

소아는 재빨리 탐색하는 눈으로 사내를 살폈다. 사내는 오상이 무슨 말을 하는지 모르겠다는 듯 호기심 어린 눈동자를 소아에게 돌렸다. 눈이 마주치자 얼른 탐색의 빛을 거둬들이고 소아가 미소를 지었다.

"수생 그 아이를 포청에서 도와주셨다는 분이신가 봅니다. 드문 재주를 가지신 분이라 꼭 한 번 만나뵀으면 했는데, 예서 이리 뵙게 되는군요."

"연이 있는 모양이지요."

웃으며 대답하는 사내는 전체적으로 동글동글 귀여운 인상을 하고 있었다. 하지만 한쪽 입 꼬리를 올려 삐딱하게 웃는 모습은 그 속에 숨어 있는 일종의 반감을 나타내주는 것 같기도 했다. 동그란 눈매 뒤에 숨은 검은 눈동자도 예사롭지 않은 느낌을 주었다.

백함 도련님의 댁에서 만났었다니, 이자의 정체는 대체 무엇일까.

"헌데 실례지만 마님께서는?"

"저희 바깥어른께서 잃어버리신 항아리의 내력을 보셨다고 들었습니다. 하여 이 사람을 시켜 나리를 뵙자 청하려 하던 참이었습니다."

"아! 이제야 알겠습니다. 포청에서 만나뵈었던 나리댁 마나님이시
군요. 헌데 재주를 청하고 싶었다 하셨습니까? 허면 제게 내력을 봐
달라 청하고픈 사연이라도 있으셨던 게로군요? 하하하."

행인들에게 들릴 정도로 큰 소리로 말하며 웃는 백함의 옆구리를
오상이 쿡쿡 찔렀다.

"아, 이런! 은밀하게 봐드려야 하는 사연인 겝니까?"

이번엔 백함이 과장되게 목소리를 낮추었다. 남의 집 담벼락이라
도 타넘는 좀도둑 마냥 어깨를 잔뜩 움츠린 채 주위를 돌아보는 그
를 오상이 잔뜩 찌푸린 얼굴로 쩨려봤다.

"자네는 그만 내려가 보게. 오늘 수고해준 일은 고맙네."

소아는 사내와 단 둘이서 할 이야기가 있다는 것을 넌지시 오상
에게 알렸다.

"아이구, 아닙니다요. 매번 저희 도련님 기일 잊지 않고 챙겨주시
는 아씨께 이 정도로 고맙단 소릴 들으면 어쩝니까요. 게다가 매달
마다 이리 절까지 들러주시는데……."

오상은 말꼬리를 흐리며 슬쩍 백함의 눈치를 보았다. 그러나 백함
은 그것을 눈치 채지 못했다. 소아가 자신의 기일을 챙기고 있다는
말에 마음이 쓰였던 것이다.

"허면 무탈히 돌아가십시오, 아씨. 소인은 스님 찾아 뵌 후에 내려
가 보겠습니다요."

"그렇게 하게."

오상은 자리를 뜨기 전 백함을 다시 한 번 돌아보았다. 우리 아씨께 무례하게 굴면 죽는다! 짐짓 험악하게 구긴 이마가 전하는 그 말을 백함은 한눈에 알아볼 수 있었다. 제 딴에는 의리를 지킨다고 자신의 옛 정혼자 소아를 따르고 있는 것이리라.

아는 척을 할 수도, 반가움을 표현할 수도 없었지만, 그 한결같은 마음이 고마웠기에 백함은 오상의 멀어져가는 등을 한참 동안이나 바라보았다.

"내력을 보신다 하여 꽤나 연륜이 있으신 분이겠거니 짐작했는데, 이리 젊으신 분일 줄을 몰랐습니다."

두 사람만이 남게 되자 소아가 먼저 입을 열었다.

"겉으로 보이는 모습만이 전부는 아니지 않습니까?"

뜻 모를 미소를 지으며 백함이 소아에게로 고개를 돌렸다.

"자, 이제 말씀해보시지요. 무엇을 알아봐 드리면 좋겠습니까?"

"그런 것까지는 보이지 않으시나 봅니다?"

떠보려는 듯 소아가 되물었다.

"이런, 하하하. 소생을 무슨 용한 점쟁이나 무당 정도로 여기시나 본데, 아닙니다, 마님. 그저 용케 한 번 죽었다 살아난 이후로 사람이나 사물의 내력이 언뜻언뜻 보일 뿐이랍니다."

"죽었다 살아나서 그런 능력을 얻으셨단 말입니까?"

"얻었다기보다는 갈고 닦았다고 해야겠지요. 칠 년 동안 혼자 어두컴컴한 동굴 속에 갇혀 있으면 희한한 것들을 많이 알고 익히게 되는 법이랍니다."

"그런 말을 다른 이들은 쉽게 믿어줍니까?"

"물론 쉽게 믿어주는 사람들은 없지만, 믿어주지 않는다고 진실이 아닌 것은 아니지요. 믿게 한다고 반드시 진실이 되는 것도 아니고 말입니다."

백함은 슬쩍 소아를 건드려보았다. 그녀의 눈동자에 살짝 동요의 빛이 스쳐간 듯도 했다. 그러나 소아는 그리 호락호락하게 넘어가지 않았다.

"말장난을 하자고 뵙자 한 것이 아닙니다. 나리께서 그런 능력을 정말로 갖고 계신지 알고 싶었던 겝니다."

"그러시다면 제가 마님의 내력을 한번 보아드릴까요?"

백함은 그렇게 말하며 두 눈썹을 찡긋거렸다. 거리낄 게 없으시다면 그리해보시든지요. 그렇게 빈정대는 듯한 표정이었다.

"해보시지요."

소아는 망설이지 않고 대답했다. 그가 어떤 대답을 내놓느냐에 따라 그에 대한 판단을 할 생각이었다. 상협의 말대로 꿍꿍이를 가진 자인지, 아니면 사내의 말대로 사람이나 사물의 내력을 볼 수 있는 것인지.

"마님에게선 꽃향기가 납니다."

백함이 첫 마디를 열었다.

"어느 부녀자들이라고 꽃향기를 풍기지 않겠습니까?"

"차향처럼 고소한 향내입니다. 노란 꽃도 보이는데…… 흠, 꽃이 좀 작군요. 가만 보자…… 이 향기는 아, 그렇지, 매자나무 꽃인가 봅니다."

소아가 잠시 숨을 멈추는 것이 보였다. 백함은 계속했다.

"헌데 킁킁, 이게 무슨 냄새지요? 비릿하고 매캐한 것이…… 피 냄새 같기도 하고. 오래된 종이 냄새 같기도 하고. 마님, 뭘까요, 이 냄새의 정체가 말입니다?"

냄새를 맡는 것처럼 여기저기 코를 킁킁거리던 백함이 소아에게로 얼굴을 바짝 갖다 댔다. 두 사람의 눈이 팽팽하게 맞부딪혔다.

"알고 계셨던 게로군요. 제게 죽은 정혼자가 있었다는 것을."

"아아, 이런. 그러셨습니까? 그런 아픈 사연을 감히 건드렸다니, 용서하십시오, 마님."

백함은 놀란 척하며 들이밀었던 고개를 스윽 뒤로 뺐다.

"뒷조사를 하셨소? 나에 대해 어디까지 알고 계시는 겁니까?"

날카로운 눈빛으로 소아는 백함을 훑었다.

"이런, 마님께서는 좀 다른 분이실 줄 알았는데 섭섭합니다. 나에 대해 알고 있었던 게지, 이놈아? 무슨 수작을 부리려고 이러느냐! 이런 말들 좀 간만에 건너뛰나 했더니."

"허면 이것의 내력도 한 번 맞춰보시겠소?"

소아가 갑자기 머리 뒤로 두 손을 올리더니 쪽진 머리에서 무언가를 쑥 빼들었다. 길고 화려한 비녀 뒤에 감추어 두었던 짧고 색이 바란 비녀였다.

백함은 그녀의 손바닥 위에 놓인 비녀를 뚫어질 듯 쳐다보았다. 딱딱하게 굳은 입술은 한참 동안이나 움직일 줄을 몰랐다.

"왜, 보이지 않으십니까? 이것까진 뒷조사를 하지 못하셨나 보지요?"

입을 다물고 있는 백함에게 소아가 쏘아붙였다.

애초부터 어리석은 호기심이라는 것을 알고 있었다. 하지만 확인하지 않으면 그 마음이 한없이 부풀어 오를 것을 알기에 이 수상한 사내를 굳이 오상을 시켜 찾아오라 했던 것이다. 하지만 생각보다 확인 작업은 싱겁게 끝이 났다. 비녀를 보자마자 굳어버리는 사내의 얼굴이, 답을 내놓지 못하는 사내의 입술이 무엇을 말하고 있는지는 뻔했다.

소아는 비녀가 놓인 손바닥을 접었다. 그때, 사내의 입에서 목소리가 흘러나왔다. 홀린 듯 이끌려나오는, 낮고 초점 없는 목소리였다.

"겉모습 아래…… 감추어진 마음이 보입니다."

백함의 입술이 눈치 채지 못할 정도로 떨린 것처럼, 비녀를 쥔 소아의 손도 가느다랗게 떨렸다.

그 비녀는 백함이 청혼의 뜻으로 소아에게 건넸던 것이었다. 그것을 소아가 지금까지 지니고 있었다니. 생각지도 못했던 일이다. 그녀를 만난 이래 처음으로 그의 얼어붙었던 가슴에 물결이 일었다. 그 동요를 들키지 않으려고 백함은 안간힘을 썼다.

"그 마음은…… 어찌해야 하는지 말하십시오."

"차마 비치지 못했으니, 마님께서 헤아려주셔야지요."

털썩. 소아가 쥐고 있던 비녀가 바닥으로 힘없이 떨어져 내렸다.

발밑에 떨어진 비녀를 바라보다가 백함이 천천히 허리를 숙였다.

귀신이라도 본 것 같은 표정으로 소아는 바들바들 떨었다. 그러나 눈동자로는 백함을 집요하게 좇았다. 숙였던 몸을 일으키는 사내의 이마가, 콧날이, 입술이 그리고 눈동자가 드러났다. 다시 보아도 모르는 사내였다. 자신이 아는 한 백함에게 이런 지인은 없었다.

그런데 이 사내가 어찌 알고 있단 말인가. 백함이 자신에게 청혼의 뜻으로 이 비녀를 건네주면서 했던 말을. 마지막으로 남겼던 서찰에 적혀 있던 그 말을.

겉모습은 보이고 마음은 감추었소.
차마 비치지 못했던 그 마음, 낭자께서 헤아려주시오.

사내가 소아에게 비녀를 내밀었다. 백함이 했던 것과 똑같은 말투와 똑같은 손동작으로, 똑같은 말을 건네면서.

"그것이…… 무슨 뜻입니까?"

치마를 꽉 움켜쥔 손을 차마 펴지도 못한 채 소아가 물었다.

"소생은 그저 보이고 느껴지는 것을 말씀드릴 뿐입니다. 그것이 무슨 뜻인지를 이해하고, 또 행하는 것은 마님께서 하실 일입니다."

하고 싶은 말. 할 수 없는 말이 소아의 가슴속에서 들썩였다. 믿고 싶은 마음, 믿을 수 없는 마음이 치열하게 싸움을 벌였다.

이 사내를 믿어도 되는가.

이 사내가 나에게 답을 줄 수 있을까.

칠 년이 지나도록 찾지 못한 해답을 정녕 이 수상한 사내에게 맡겨도 되는 것일까. 하지만 어차피 정답은 없는 일이었다. 오로지 자신의 선택에 달린 문제라는 것을 그녀는 알고 있었다.

소아의 눈동자가 자신의 얼굴을 배회하는 동안 백함은 말없이 서 있었다. 그녀의 흔들리는 눈동자에 제 마음도 흔들리는 걸 막으려고 그는 필사적으로 애를 썼다.

아무리 상협의 아내로만 생각하려 해도, 어찌 그럴 수가 있겠는가. 그녀에게 일생을 함께 하자며 건네었던 말을 다시 입에 담으며 어찌 마음이 무너지지 않을 수 있겠는가.

하지만 약해져서는 안 되는 일이었다. 상협에게 원한을 되갚아주는 일이 아니면 그에게는 이 여분의 삶이 아무런 의미가 없었다. 오직 그것만이 자신이 매달리고 움켜쥘 수 있는 전부라는 것을 무녀가 그에게 알려주지 않았던가.

백함은 치마를 움켜쥐고 있던 소아의 오른손을 잡아 그 손바닥 위에 비녀를 올려주었다. 돌아서 가는 백함의 손목을 소아가 덥석 잡은 것은 그 다음 순간이었다.

"허면 내가 행할 수 있게 도와주십시오. 이것을…… 가지고 가세요."

소아는 반대편 손에 들고 있던 등을 백함에게 내밀었다.

"왜 이것을 소생에게 주십니까."

"나리께서 정녕 내력을 읽으실 줄 아는 분이라면 이 등에 숨어 있

는 내력이 보이실 것입니다. 비치지 못한 마음이 읽힐 것입니다. 그
것을 제게 알려주십시오. 실은 이 청을 드리려고 뵙자고 했던 것입
니다."

빛바랜 종이로 만든 사각형의 길쭉한 등. 아직 불을 켜지 않은 그
등에서 소아는 무엇을 보길 바라는 것일까. 백함은 손을 내밀어 그
녀의 손에서 등을 건네받았다.

"허면 제겐 무슨 보답을 주실 겁니까? 기대해봐도 좋은 것입니
까?"

백함은 능글맞은 사내처럼 소아를 향해 히죽 웃어 보였다.

"알게 되실 겁니다. 그 내력을 읽어내신다면 말입니다."

그렇게 말하는 소아의 눈동자에 더 이상의 망설임은 없었다. 단호
하고 비장하기까지 한 빛이 단아한 눈매 속에서 반짝일 뿐이었다.

백함은 불 꺼진 등을 앞장세운 채 걸어갔다. 한 발짝 떨어진 곳에
서 걷고 있는 소아는 말이 없었다.

어둠 속을 걸어가는 두 남녀를 행인들이 슬쩍슬쩍 곁눈질했다. 집
앞까지 동행을 청했던 소아가 입을 연 것은 상협의 집 대문 앞에 다
다라서였다.

발길을 멈춘 그녀는 백함을 보며 다짐하듯 당부를 했다.

등에 담긴 내력을 알게 되거든, 곧바로 자신에게 알려달라는 것.
다른 누구에게도 발설하면 안 된다는 것.

고개를 끄덕인 후 백함은 등을 돌렸다. 자신을 보고 있는 소아의 시선을 느꼈지만 돌아보지 않았다. 그녀가 건네준 평범해 보이는 등에 무슨 비밀이 숨겨 있다는 것인지 궁금했다.

집으로 돌아와 보니, 수생의 방에는 불이 꺼져 있었다. 백함은 툇돌 위를 보았다. 그런데 신발도 보이지 않았다. 절에서 아직 돌아오지 않은 모양이었다.

백함은 들고 온 등을 방 안에 던지듯 놓은 후 다시 집을 뛰쳐나왔다. 수생이 아직 절에 남아 있다면 이유는 단 하나. 백함 자신을 기다리고 있는 것일 테니까.

그리 어렵지 않게 백함은 수생을 찾을 수 있었다.

나무 기둥에 기대앉은 수생은 환하게 밝혀진 동그란 등불 하나를 가슴에 꼭 안고 있었다.

백함이 다가가자 수생이 고개를 들었다. 불빛 때문인지 수생의 얼굴빛이 평소와는 달라 보였다. 밤바람 속에 앉아 있었기 때문인지 얼굴이 좀 창백한 듯도 했다.

"능창군 나리께서 가져다주셨어요."

수생은 안고 있던 등을 가리키며 말했다. 불 켜진 등 위에서 수생이라는 두 글자가 흔들거리고 있었다.

어디 갔다 왔냐 원망할 거라 생각했는데. 안심인지 실망인지 모를 감정이 백함을 스쳤다. 놔두고 갈 때는 언제고 이제 와서 이런 마음이 드는지, 그런 자신이 백함은 우스웠다.

"그랬구나."

"능창군 나리의 소원을 제가 품고 있다고 하셨어요."

"잘 되었구나."

마음씨 좋은 오라비라도 되는 양 백함은 대답했다.

"나리가 그분을 여기로 부른 거예요?"

굳이 아니라는 대답을 할 필요가 없어서 백함은 고개를 끄덕였다.

"어째서요? 그럼 다른 소원이 생겼으니 빌려가자는 말씀은 왜 한 겁니까?"

"처음 소원이 이뤄져야 그 다음도 있는 법이질 않느냐."

"처음 소원이요?"

"너는 원대로 능창군과 가까운 연을 맺고, 나는 원대로 복수를 하는 것 말이다."

겨우 가까워진 것 같으면 다시 멀어지고, 겨우 마음을 터놓았나 싶으면 어깃장을 놓아대는 것이 백함의 특기임은 잘 알고 있었다. 하지만 이번에야말로 아닐 거라 생각했는데. 새로운 소원을 빌려가자는 그의 말에 뛸 듯이 기뻤었는데.

수생은 원망의 빛을 숨기지 않고 그를 보았다.

그 눈빛에 담긴 마음을 백함은 모른 척하기로 했다. 그래서 일부러 소아의 이야기를 입에 담았다.

"넌 알고 있었느냐. 나의 정인이 그 녀석과 혼인했다는 사실 말이다."

갑작스럽게 허를 찔린 사람처럼 수생의 얼굴이 놀란 빛을 띠었다. 능창군이 조금 전 했던 말이 문득 뇌리를 스쳤다. 백함이 다른 여인을 만나더라고 했던가.

소아 아씨를 만난 건가. 그래서 이렇게 돌변한 건가. 다른 소원이라는 건 처음부터 존재하지 않았던 양 외면하려는 건, 역시 소아 아씨 때문인가.

야속한 마음에 수생은 입을 굳게 다물었다.

"대답하거라. 알고 있었더냐?"

백함이 다시 답을 재촉했다.

"알고 있었습니다. 나리께 올릴 제사상을 함께 준비하라며 이천으로 저를 보내주신 분도 그분이셨어요."

"헌데 왜 입을 다물고 있었더냐?"

"말하기 싫었습니다."

"내가 어지간히도 불쌍해 보였나 보지?"

백함이 자조적으로 웃었다.

"아니요, 위로를 드리면 나리는 화를 냈을 테니까요. 복수하지 말라 애원하면 외면했을 테니까요."

수생은 오랫동안 망설였던 말을 입 밖으로 꺼냈다. 예상대로 그의 얼굴이 대번에 구겨졌다.

"나를 죽이고, 내 부친을 비명에 가시게 하고, 내 모친께 스스로 목숨을 끊게 한 녀석을 용서하라는 거냐? 억울하게 가신 내 부모님을 잊으란 말이냐? 너라면 그리할 수 있겠느냐! 왜, 내 원을 갚는 걸 도와주겠다더니, 마음이 변한 모양이지? 다시 생각해보니 엄청난 일이다 싶어 발을 빼고 싶어졌나 보지?"

그의 눈동자 밑에 깊숙이 숨어 있던 어둠이 솟구쳐 올라와 출렁거렸다. 오랜만에 보는 그의 차가운 눈빛에, 깊은 우물 같은 어둠에 수생의 어깨가 퍼뜩 움츠러들었다.

그래도 할 말은 마저 해야 했다. 수생은 용기를 냈다.

"상협 나리께 복수를 하면, 소아 아씨는요?"

"알 게 무어냐! 스스로 선택한 길이다. 각자가 선택한 길에 값을 치르며 살아가면 되는 일이다!"

백함은 차갑게 일갈한 후 얼음처럼 굳은 얼굴을 돌려 수생을 외면했다.

미움의 다른 말은 그리움일 터. 원망의 다른 말은 미련일 터. 예상하지 못했던 반응은 아니었지만, 차갑게 드러난 그의 목덜미가 수생은 왠지 서러웠다.

"거짓말! 연모했던 분이잖아요. 소중했던 분이잖아요. 나리 손으로 그분을 해치고 나면, 후회하실 거예요. 그 후회로 평생을 사실지도 몰라요. 평생을 그 기억에 붙들려 사실지도 모른단 말입니다."

대들듯이 시작된 수생의 말은 끝날 때쯤엔 애원으로 바뀌어 있었다. 잔뜩 굳어 있던 백함의 얼굴에 순간적으로 출렁, 물결이 일었다. 자신이 백함의 무엇을 건드렸는지 수생은 알지 못했다. 그저 물결이 지나간 그의 얼굴이 한층 더 차갑게 얼어버렸다는 것만을 알 수 있었다.

"그런 걱정은 하지 않아도 된다. 복수를 하고 나면 말끔하게 사라져줄 것이니."

백함은 수생을 돌아보지 않은 채 먼저 발걸음을 떼었다. 급히 일어나는 수생의 치맛자락 소리가 그의 귀에 들려왔다.

"사라진다니요?"

"이 세상에서. 네 눈앞에서 사라져주겠단 말이다."

백함은 성큼성큼 앞으로 걸어갔다. 그러나 몇 발짝 가지 못해 그는 걸음을 멈추었다. 달려온 수생의 팔이 그의 허리를 꼭 감싸왔던 것이다. 차가운 등에 수생이 얼굴을 기대오는 것이 느껴졌다.

"그냥 이렇게 살면 안 되는 거예요, 나리? 저는 나리한테 아무런 의미도 되지 못하는 거예요?"

금방이라도 떨쳐질까 봐 무서운 듯 수생은 두 손으로 그의 도포자락을 힘껏 움켜쥐었다. 대답을 기다리며 수생이 떨고 있는 것이 맞닿은 등을 통해 느껴졌다.

내 마음 하나도 이리 외면하기가 벅찬데, 어찌 네 마음까지 감당하라 하느냐.

원망이 싸늘한 말로 변해 백함의 입에서 흘러나왔다.

"내게 무엇을 바라는 게냐? 이승에 남은 이유도 망각한 채, 이런 불꽃놀이나 하며 얼빠진 혼백으로 살란 말이냐? 너와 함께? 착각하지 마라. 네게로 돌아왔던 건, 네가 내게 여전히 효용가치가 있어서다. 몇 번을 말해줘야 알아듣는 게냐."

"안 믿습니다. 거짓말입니다."

수생은 쥐고 있던 도포자락을 더욱 세게 움켜잡았다.

"저 등에 써 있는 제 이름…… 나리께서 적으신 거잖아요. 제 이름을 나리의 소원이라 하셨잖아요.”

능창군이 가지고 온 것이 백함의 등이라는 것을 수생은 알고 있었다. 자신이 만든 등이었고 그의 글씨가 적혀 있었으니, 모를 리가 없었다.

백함은 수생의 손 위로 제 손을 가져갔다. 그의 손바닥 안에 수생의 작은 손이 들어왔다. 이대로 힘을 주어 그 손을 잡고 싶다는 욕망을 백함은 단호하게 뿌리쳤다.

도포를 쥔 수생의 손이 백함에게 이끌려 그에게서 떨어져 나왔다. 백함은 천천히 그 손을 놓았다.

“혹 너와 나 사이에 무슨 대단한 연이라도 있다고 착각하느냐? 내가 네게서 떨어질 수 없고, 네가 내게로 끌리는 것에 무언가 의미라도 있다고 생각했더냐? 허긴 나도 한때는 그리 착각하기도 했었다. 나를 쉽게 알아보고 찾아내는 너를 보며, 마음이 흔들리기도 했었다. 헌데 아니었다.”

백함은 냉소적으로 입술 끝을 말아 올렸다.

“연이라고? 웃기지 말거라. 고작 부적의 힘이더라. 혼백을 가두어 버린다는 빌어먹을 부적의 힘이 네게로 옮겨갔더란 말이다.”

“제 마음은 그런 것이 아니에요. 부적의 힘에 흔들리는 게 아니란 말입니다.”

수생은 단호하게 고개를 저었다.

“저도 나리의 이름을 적어 넣었어요. 제가 소원하는 건, 나리와 함께 하는 거예요. 나리와 함께 살고 싶어요. 나리 곁에 있고 싶습니다.”

수생의 고백을 듣던 백함의 눈동자가 한층 더 짙어졌다. 차가운
어둠 속으로 숨어버린 그의 마음은 아무리 읽어내려 해도 보이지가
않았다.

“나하고…….”

이윽고 백함이 입을 열었다. 일그러진 입술 끝만큼이나 일그러진
말들이 그 속에서 튀어나왔다.

“상관없는 일이다, 그건. 손바닥 뒤집듯 쉽게 변하는 하찮은 마음
따위를 내게 들이밀지 말아라. 믿지 않는다, 나는. 가장 믿었던 이들
의 마음에 배신을 당해놓고 또다시 인간의 나약한 마음 따위를 믿
을 것 같으냐, 내가?”

수생과 자신을 묶고 있는 연을 잘라내듯 백함은 단호하게 말했다.
하지만 그렇게 잘라내려는 인연의 끈을 수생은 어떻게든 붙들어보
려 했다.

“……어찌하면 믿어주실 거예요?”

몇 번을 쳐내도 다시 손을 내미는 모습에 백함의 마음이 다시 약
해지려 했다.

백함은 이를 악물었다. 조금 전 수생이 했던 말처럼, 자신의 어리
석은 미련으로 인해 결국 소중한 사람을 해치고 영원한 후회를 안
고 싶진 않았다. 그렇게 될까 봐 겁이 났다. 그래서 마지막으로 수생
을 힘껏 밀어버리기로 했다.

“나와 함께 네 손에 피라도 묻혀볼 테냐? 그래, 그러면 되겠구나.

네 손으로 직접 내 대신 복수를 해주면 되겠구나. 적어도 수진궁 귀신을 찾아 들어간 것보다는 더 큰 위험을 감수해야, 나도 네 마음이 진짜라는 걸 조금은 믿을 수가 있을 게 아니냐. 어떠냐, 이래도 나와 함께 하고 싶은 마음이 들더냐?"

취하지 않는 술이라는 것이 있다더니, 정말로 그런 모양이었다. 매향각에 든 지가 몇 식경인데 아직도 정신이 멀쩡한 자신이 능창군은 스스로도 신기할 지경이었다.

춘화가 두고 나간 술병은 이제 거의 바닥을 드러내고 있었다.

"마음이 동하시면 촛불을 꺼주세요, 나리. 기다리고 있겠습니다."

말하는 법을 잊어버린 사람처럼 술잔만 기울이는 능창군이 야속했는지, 춘화는 시키지 않았는데도 제 발로 방을 물러 나갔다.

그러나 그냥 물러서는 것은 아니었다. 평소와는 다른 그의 기색을 춘화 같은 눈치 빠른 기녀가 알아차리지 못할 리가 없었다. 그것은 곧, 그토록 간절하게 기다려온 시간이 드디어 다가왔다는 것을 의미했다.

다시는 오지 않을지도 모를 이 기회를 춘화는 놓칠 생각이 없었다. 하지만 그것을 잡으려면 함부로 채근하거나 노골적으로 유혹해서는 안 된다는 것도 그녀는 알고 있었다. 그래서 조용히 그의 옆에서 물러났던 것이다.

능창군은 다시 술잔을 들었다. 조금 전까지 그를 어지럽히던 향취는 어디로 사라졌는지, 목구멍을 넘어간 술은 쓰라림이 되어 핏속을 돌아다녔고 뜨거움이 되어 다시 심장으로 되돌아왔다. 꽉 뭉친 열기 덩어리는 갈 곳을 찾지 못한 채 그의 안에서 부글거렸다.

마지막 술을 잔에 채운 다음, 능창군은 흔들림이 가라앉기를 기다리며 가만히 술잔 표면을 바라보았다.

이윽고 술잔이 고요로 가득 채워졌다. 능창군은 큰 숨을 들이마신 다음 손을 뻗어 마지막 술잔을 들었다.

경건한 의식이라도 치르듯 공을 들여 술을 마시던 그가 입술에서 천천히 술잔을 떼었다. 반쯤 비워진 그 잔을 능창군은 앞으로 내밀었다. 마치 보이지 않는 이에게 그 술을 권하기라도 하듯이.

누군가 그런 모습을 비웃기라도 한 것일까. 바람에 흔들린 불꽃이 화르륵 성을 내며 타올랐다.

그래, 이대로 꺼지게 놔두진 않을 것이다. 끄더라도 내 손으로 꺼야지.

능창군은 결심한 듯 후우, 촛불을 불었다. 흔들리던 촛불이 어둠 속으로 사라졌다. 이윽고 조용히 방문이 열렸다. 흰 버선을 신은 발이 방문 안으로 조심스레 한 발을 내밀었다.

쾅!

방문이 거칠게 열렸다. 달빛에 비친 길고 검은 그림자가 다급하게 방문을 열고 밖으로 뛰어나왔다.

신발도 제대로 찾아 신지 않고 마당으로 내려선 그는 날카로운 눈으로 사방을 살피며 사랑채 입구까지 서둘러 걸음을 옮겼다.

"게 누구 없느냐!"

상협의 우렁차고 다급한 목소리에 놀라 하인들이 뛰어왔다.

"무슨 일이십니까, 나리마님?"

"집 안에 도둑이 들었다. 샅샅이 뒤져라! 어서!"

"도, 도둑이라굽쇼? 알겠습니다, 마님!"

도둑이라는 말에 놀란 하인들이 황급히 물러간 뒤 얼마 지나지 않아 온 집 안이 횃불들로 밝혀졌다. 담장 너머로 이리저리 둥둥 떠다니는 횃불들은 여기저기 휘젓고 다니는 도깨비를 연상시켰다.

허긴 그야말로 도깨비 같은 일이었다. 상협은 자꾸만 솟아나려는 두려움을 짓눌러버리듯 검을 쥔 손을 꽉 움켜쥐었다.

일찍 잠자리에 들었던 상협이 눈을 뜬 건 무언가가 달그락거리는 소리 때문이었다. 처음엔 얼핏 흰 그림자가 보이는 것 같았다. 깜짝 놀라 상협은 몸을 일으켰다. 하지만 그가 보았던 것은 취기에 아무렇게나 걸어놓은 자신의 도포자락이었다.

놀란 가슴을 쓸어내리며 다시 잠을 청하려던 상협의 눈에 무언가가 걸린 것은 그 다음 순간이었다.

서안 위에 흰 종이 하나가 보란 듯이 펼쳐져 있었던 것이다. 그 위에는 피로 쓴 듯한 검붉은 글씨가 가로 새겨져 있었다.

누가 이런 짓을 하는 겐가.

상협은 긴장으로 바짝 날이 선 눈빛을 집안 구석구석으로 던졌다.

누구인지는 몰라도 멀리 가진 못했을 것이다. 자신이 눈을 떴을 때 보았던 흰 그림자가 범인이었다면 필시……

가만!

뒤늦게 무언가를 깨달은 듯 상협이 다시 방으로 뛰어 들어갔다. 병풍에 걸려 있던 도포자락이 바닥에 떨어져 있었다. 이런, 젠장. 왜 진작 깨닫지 못했을까. 범인은 그 도포자락 뒤에 숨어 있었던 것이다. 황급히 숨는 바람에 흰 그림자가 움찔거리던 모습이 제 눈에 들어왔던 것인데.

그렇다면 범인은 아직 이곳을, 이 사랑채를 빠져나가지 못했음이 분명했다. 자신이 방을 나온 다음에 그놈도 방을 빠져나왔을 게 아닌가.

상협은 숨을 죽인 채 주위에서 나는 소리에 귀를 기울였다. 조그만 움직임도 놓치지 않으려고 빈틈없는 눈으로 주위를 경계하는 것도 잊지 않았다.

나를 뒤따라 방에서 나왔으면서도 내 눈에 띄지 않고 숨어 있을 곳. 그곳이 어디인가. 어디 숨어 있느냐. 이 도둑고양이 같이 교활한 놈.

천천히 주위를 훑던 상협의 눈동자가 방문 앞에 멈췄다. 그 눈이 서서히 툇마루를 거쳐 툇돌로 내려갔다. 마루와 툇돌 사이에 숨어 있는 어두운 공간을 주시하던 그가 눈을 번뜩였다.

다음 순간 상협은 툇돌 위로 나는 듯이 튀어 올랐다. 순식간에 칼집에서 검이 빠져 나왔다. 달빛이 검에 닿아 반사되기도 전에 검 끝이 툇마루 밑 어둠을 푹 찔렀다.

그의 짐작이 맞았다. 검 끝에 무언가가 스치는 느낌이 났다. 날카롭고 짧은 비명소리가 툇마루 밑에서 새어나왔다.

상협은 다시 한 번 검을 찔렀다. 그런데 이번에는 단단한 돌에 부딪힌 듯 검이 튕겨 나왔다. 급히 고개를 숙여 상협은 툇마루 밑을 보았다.

동시에 검은 그림자가 상협의 얼굴을 향해 달려들었다. 그 바람에 그의 몸이 뒤로 넘어갔다. 넘어진 그를 뛰어 넘어 도둑고양이 한 마리가 필사적으로 달아났다.

젠장, 고양이였단 말인가.

상협은 손에 쥔 검을 들어보았다. 검 끝에 피의 흔적이 묻어 있었다. 다시 한 번 상협은 고개를 옆으로 숙여 툇마루 밑을 들여다보았다. 사람의 흔적은 없었다. 빈 공간을 채운 음흉한 어둠이 그를 비웃고 있을 뿐이었다.

"무슨 일입니까?"

마음을 진정시키며 옷에 묻은 흙먼지를 털고 있는데 뒤에서 목소리가 들렸다. 돌아보니 소아가 잰걸음을 옮겨 사랑채로 들어서고 있었다. 갑작스런 소란에 잠을 깬 모양이었다.

상협은 대답 대신 물끄러미 소아를 쳐다보았다. 남편의 그런 시선이 의아했는지 소아가 한 걸음 더 다가왔다. 그의 손에 들려 있는 검을 보자 그녀의 눈이 대번 긴장의 빛을 띠었다.

"어디 다치신 겝니까?"

"내 걱정을 할 때도 있소?"

상협은 칼집에 검을 집어넣으면서 툭 내뱉었다. 다가오던 소아의 움직임이 멎었다.

"괴한이 들었소."

고개를 든 상협은 소아를 보는 대신 방 안으로 성큼성큼 걸어 들어갔다. 잠시 후 다시 밖으로 나온 그의 손에는 구겨진 종이 하나가 들려 있었다.

"보시오. 부인이 보시면 좋아할 만한 것일게요."

소아는 그의 손에서 종이를 건네받아 펴보았다. 순식간에 그녀의 얼굴이 굳었다. 아무렇게나 휘갈긴 붉은 글씨는 마치 종이 위에서 춤을 추고 있는 듯했다. 진심으로 사죄하고 용서를 빌어라. 그렇게 조롱하듯 그들을 위협하면서 말이다.

"누구…… 짓입니까?"

"누구에게 하는 말 같소?"

소아는 종이를 다시 내려다보았다. 자신과 상협이 사죄를 하고 용서를 구할 대상이라면, 백함 이외의 또 누가 있을 수 있을까.

"단서를 좀 드리리까? 나도 이천에 갔었소. 부인이 수생이라는 그 계집을 이천에 보냈던 그때 말이오. 그 녀석이 죽었던 장소에도 들렀더니 정성스레 차린 제사상이 있습디다. 헌데 그곳에서 내가 무엇을 발견한지 아시오? 백함 그 녀석의 초상이었소. 그 녀석이 죽던 날의 모습이 담긴 그림도 있었소."

상협은 자신을 향해 날아오던 화살 이야기는 꺼내지 않았다. 마치 귀신이 농간이라도 부린 것처럼 저절로 쓰러지던 마른 풀잎들에 대해서도 함구했다. 그 일들을 입 밖으로 꺼내는 순간, 지워버리려 했던 기억들이 현실감을 가지고 되돌아올 것 같아 두려웠던 것이다.

"설마 백함 도련님이 살아 돌아왔다고 믿는 건 아니시겠지요?"

그의 마음을 알아채기라도 한 것처럼, 소아가 백함의 이야기를 끄집어냈다.

"허허, 이것 참. 부인, 그걸 바라고 믿는 것은 부인이지 내가 아니오. 원한에 찬 혼백의 복수? 그런 것 따위 난 믿지 않소."

제 의심과 두려움을 들키지 않으려고 상협이 삐딱한 웃음을 날렸다.

"허면 또 수생 그 아이를 의심하시는 겁니까?"

깨진 항아리 조각이 사랑채에서 발견된 날 이후로, 상협이 줄곧 수생을 의심하고 있다는 것을 소아는 알고 있었다.

수생의 이야기가 나오자 상협이 얼굴에서 웃음기를 거둬들였다.

"칠 년 전의 일들을 들추어내려는 세력이 있소. 그것으로 우리를 옭아매려는 세력. 모반을 일으키려 했던 잔당들을 잡아들였다며 쾌재를 부를 일당들. 그게 누구겠소? 그렇소, 이이첨 일파요. 수생 그 계집은 이이첨 일파의 끄나풀일 테고 말이오. 제가 끄나풀인 줄도 모른 채 그저 시키는 대로 움직이는 덜떨어진 계집일 테지만."

수생이 윤상궁의 조카이며, 윤상궁은 이이첨의 사람이라는 것을 상협에게 알려준 이는 소진사였다. 변변한 벼슬자리에도 오르지 못한 한낱 시골 서생이었지만 그는 뱀처럼 빠른 눈치를 갖고 있었으며, 충실한 개처럼 꼬리를 칠 줄도 알았다. 그런 자신만의 재주를 발

판으로 소진사는 사색당파 모두에 조금씩 발을 걸치고 있었다.

그가 자신과 뜻을 같이 하는 인물이라는 것을 알게 됐을 때, 상협이 그와 기꺼이 교우를 튼 것도 그의 민첩한 정보력을 눈여겨보고 있었기 때문이었다.

상협이 전해준 이야기는 소아의 입장에서도 펄쩍 뛸만한 소식이었다. 그렇지만 그녀는 놀란 기색을 내비치지 않았다. 대신 곰곰이 생각에 잠긴 얼굴로 입을 열었다.

"칠 년이나 지난 일을 이제 와서 다시 들쑤신다면, 무슨 이유가 있을 테지요?"

"이유? 그들에게 언제 이유랄 게 있었소? 역모를 빌미로 정적을 제거하고 왕을 마음대로 조종해 이 나라를 좌지우지할 생각밖엔 없는 자들이오. 백성들은 죽어나가든 말든 제 배 불릴 생각으로 머릿속이 가득한 자들이란 말이오."

분을 삼키는 것처럼 상협이 입을 앙다물었다. 목에 난 굵은 힘줄이 툭 불거졌다.

소아는 들고 있던 종이 위로 다시 시선을 내렸다. 핏빛 글씨들이 아프게 눈을 찔러대는 것 같았다. 사죄를 하고 용서를 빌어라…….

"예전의 그 일이 진정 그들의 계략이요, 모함일 뿐이었습니까?"

소아는 상협을 향해 고개를 들었다. 그의 눈동자가 바짝 긴장하는 것이 보였다.

"무슨 말을 하고 싶으신 게요?"

"나리의 부친과 제 부친이 정말로 터무니없는 모함에 휘말렸던 것이냐 여쭙고 있습니다."

상협의 심장이 쿵, 하고 내려앉았다. 무엇을 알고 있는 것인가? 어디까지 파악하고 있는 것이지? 소아의 눈빛에서 해답을 찾기 위해 상협은 그녀의 눈동자를 들여다보았다.

마주본 소아의 눈빛은 고요했다. 그러나 그 속 깊은 곳에 무언가가 가라앉아 있다는 것을 상협은 알아챘다. 오랜 시간을 거쳐 단단히 가라앉은 침전물. 비로소 상협은 방금 꺼낸 소아의 질문이 아주 오래전부터 준비된 것이었음을 깨달았다.

"이번에 꾸미고 계신 일도 발각되면 모함이라 하실 작정입니까? 그래, 이번엔 또 누구를 끌어들일 생각이십니까? 누구를 그 음모 속으로 밀어 넣어 희생양으로 삼으실 계획입니까?"

힐난하듯 소아가 다시 물었다.

"그…… 서찰을 찾은 게요?"

상협의 입에서 서찰에 대한 이야기가 나오자 소아의 눈빛이 순식간에 변했다. 그를 비웃듯, 그리고 자신을 비웃듯 소아는 조소를 가득 담은 눈동자로 상협을 응시했다.

"그 서찰은 이미 불태우지 않았습니까. 제 손으로 건네 드렸고, 서방님의 손으로 태워버렸던 것을 벌써 잊으셨습니까? 늘 제게 우리가 공범임을 잊지 말라 하셨던 건 서방님 아니셨습니까."

백함의 사라진 서찰. 자신들의 배신의 징표.

만나기로 한 장소에 소아가 도착했을 때 백함은 이미 화살을 맞은 채 죽어가고 있었다. 깜짝 놀라 달려간 그녀가 필사적으로 그를 흔들어봤지만, 감은 그의 두 눈은 다시 떠지지 않았다.

얼마나 시간이 지났을까. 소아는 자신이 잠시 실신했다는 걸 깨달았다. 정신을 수습한 소아는 서둘러 자리에서 일어났다. 언제까지나여기서 슬퍼만 하고 있을 순 없었다. 그를 업고라도 집으로 돌아가야 했다.

쓰러져 있는 시신을 일으켜 세우고 있는데 그의 도포자락 품에서무언가가 쑥 빠져 나왔다. 소아는 그것이 서찰임을 알았다. 자신에게 보내는 것이었다. 봉투에서 서찰을 꺼내드는 소아의 손이 부들부들 떨렸다.

서찰은 모두 두 장이었다. 첫째 장에는 며칠 전 혼인을 청하며 그가 자신에게 고백했던 말이 적혀 있었다. 다음 장을 막 펴보려고 할때였다. 누군가의 발이 성큼 그녀의 옆으로 다가왔다. 고개를 올려보니 귀신처럼 창백한 얼굴로 상협이 서 있었다.

"그 서찰을 내게 넘겨주시오."

소아에게 손을 내미는 그는 무표정해서 무서워 보이기까지 했다. 소아는 본능적으로 고개를 저었다. 그러자 상협이 무시무시한 말을내뱉었다.

"태워버려야 하오. 안 그러면 나도, 낭자도 죽소. 우리 가문도, 낭자의 가문도, 모두 멸문을 당하고 만단 말이오."

빼앗듯이 서찰을 가져가려는 상협에게서 소아는 필사적으로 그것을 지켰다. 그러나 오래지 않아 그녀는 서찰을 상협의 손에 넘겨줄 수밖에 없었다. 상협의 부친뿐만 아니라 자신의 부친 또한 모반을 획책했다는 누명을 쓴 채 죽을지도 모른다는 말에 더 이상은 버틸 재간이 없었던 것이다.

그것이 백함을 배신하는 일이라는 것은 그녀도 알고 있었다. 상협에게 그 서찰을 넘긴다는 것은 백함을 죽인 그와 공범이 되는 일이라는 것도 알았다. 그러나 선택의 여지가 없다는 변명으로 소아는 공범이 되는 길을 택했다. 가문을 살리는 대가로 제 마음을 죽여버렸던 것이다.

서찰의 두 번째 장에는 아무것도 적혀 있지 않았다. 혹시 불에 태우면 비밀 글씨가 종이 위에 드러나지 않을까. 상협은 마음을 졸이며 서찰을 불 위에 놓았다. 그러나 그냥 빈 종이일 뿐이었다.

결국 백함이 부친에게 몰래 받았다던 서찰을 끝내 찾지 못한 채 그렇게 칠 년이 흘렀다. 그동안 누구도 그 서찰을 찾아낸 이는 없었다. 사건은 그렇게 모두에게 잊혀지는 듯했다. 소아가 어느 날 상협의 방에서 들려오는 대화를 우연히 듣게 되기 전까지는 말이었다.

상협의 부친이 모함을 당한 것이 아니라, 실제로 역모를 계획했었다는 것. 뜻을 이루지 못한 부친을 대신해 상협이 다시 모종의 계획을 세우고 있다는 것을 안 순간, 소아는 하늘이 무너지는 것 같았다.

그 말인즉슨, 백함이 가지고 있던 서찰에는 진짜 역모를 계획했던 자들의 이름이 적혀 있었다는 뜻이었다. 또한 역모사건과 무관했던 그녀의 부친은 그 서찰에 이름을 올리고 있지 않았을 가능성이 크다는 말이기도 했다.

진실을 확인해야겠다고 소아는 결심했다. 백함의 서찰 속에 제 부친의 이름이 있었는지, 상협이 정말로 자신을 속인 것인지. 정말로 그랬다면 소아는 절대로 그를 용서하지 않을 작정이었다.

기대하십시오. 이미 정인을 배신했고, 그를 죽인 이와 혼인까지 한 계집인데, 그보다 더한 일도 못하란 법은 없지 않겠습니까. 서방님.

사냥이 시작되다

상처에 차가운 물이 닿자 저절로 어깨가 움찔거렸다.

"가만히 좀 있어보아라!"

백함이 버럭 역정을 냈다. 물로 씻어 내리는 데도 수생의 팔뚝에서는 계속 피가 흘러나오고 있었다. 생각보다 더 상처가 깊은 모양이었다.

"아, 아프단 말입니다."

"그러게 누가 시키지도 않은 짓을 하라 했더냐?"

다시 상처에 물을 끼얹으며 백함이 타박을 했다.

"양심에 손을 한 번 얹은 다음에 그런 말을 하십시오. 수진궁 귀신을 찾아가는 것보다 더 위험을 감수해야 한다고 말한 건 나리란 말입니다."

기어들어가는 목소리였지만 그래도 수생은 꼬박꼬박 대구를 했다. 그러나 험악하게 구겨지는 백함의 얼굴을 보자 다시 고개를 푹 숙였다.

"누가 진짜 그리하라고 했더냐? 그리 말귀를 못 알아들으면 어찌하란 말이냐! 내가 쫓아가지 않았으면 어쨌을 뻔했느냐? 그대로 그 녀석의 칼에 맞아 세상을 마감했을지도 모른단 말이다! 아니면 처녀 귀신이 되어서 나를 쫓아다니고 싶은 게냐? 아니, 이리 남장을 밥 먹듯 하다 보면 사내귀신이 될 지도 모르겠구나."

백함의 사나운 말이 수생의 귀에 와서 퍽퍽 꽂혔다. 푹 숙인 고개는 이제 땅바닥에 닿을 기세였다.

입술을 꾹 다문 백함은 단단히 화가 나 있었다. 도포자락 끝을 좌악 찢어 물에 적신 다음 다시 수생의 상처 위에 갖다 대는 동안 그는 단 한 번도 수생에게 눈길을 주지 않았다.

상처에서 피를 닦아내고 있는 그의 손가락은 조금 떨리고 있었다. 차가운 개울물 때문만은 아니었다. 자신이 내뱉었던 못된 말 때문에 수생이 잘못되기라도 했다면 어찌했을까. 그런 생각 때문에 아직까지도 마음이 가라앉지 않은 탓이었다.

수생을 데리고 사찰에서 돌아오자마자 백함은 홍복이 내어준 문간방으로 돌아갔다. 그러나 밤이 깊어도 잠이 오질 않았다. 그래서 소아가 건넨 등을 바라보며 하염없이 앉아 있었다.

그러다 잠깐 잠이 들었던 것일까. 백함은 제 혼백이 몸을 빠져나가는 것을 느꼈다. 몰래 수생의 방으로 미끄러지듯 들어간 그의 혼

백은 잠들어 있는 수생의 옆으로 다가갔다. 새근새근 숨소리가 들려
왔다. 달빛을 받아 빛나고 있는 수생의 목덜미를 향해 그의 손이 서
서히 다가갔다. 인기척을 느꼈는지 수생이 눈을 부볐다. 그 순간 그
의 혼백은 수생을 향해 공격하듯 달려들었다.

　까아악!

　비명을 지르는 수생 때문에 백함은 눈을 번쩍 떴다. 온몸이 식은
땀으로 흥건했다. 덜덜 떨고 있는 두 손을 움켜쥔 채 그는 주위를 둘
러보았다. 분명 문간방 안이었다. 자신도 조금 전 잠들기 전과 똑같
은 자세로 앉아 있었다. 그럼에도 불구하고 안심이 되지 않았다. 이
번엔 손에 감촉이 남아 있었던 것이다.

　수생이 괜찮은지 확인해야 할 것 같아 백함은 마당으로 내려섰다.
그런데 수생의 문 앞에 신발이 보이지 않았다.

　그 순간 백함의 머리를 퍼뜩 스치는 것이 있었다. 절에서 일부러
모질게 뱉어냈던 말들. 실은 그 말들이 계속 마음속을 돌아다니고
있었기에 그 역시 쉬이 잠을 들지 못했던 것이었다. 수생을 베어내
려고 한 말이었는데 정작 베인 것은 그의 마음인 듯했다.

　게다가 왠지 모를 불안감도 그를 떠나지 않더랬다. 그 불안의
정체가 이것이었구나. 백함은 미친 듯이 상협의 집을 향해 달려갔
다. 아니나 다를까, 상협의 집 담벼락 저 너머로 횃불들이 분주히 돌
아다니고 있었다.

　곧장 백함은 희관의 육신에서 빠져나왔다. 수생이 가까이 있을
땐 절대로 혼백이 되어 돌아다니지 않으리라 결심했건만, 지금은 그

런 것을 따질 때가 아니었다. 제 친우도 비정하게 죽인 상협이라면, 수생을 해치는 일도 눈 한 번 깜빡하지 않고 해낼 수 있을 것이기 때문이었다.

예상대로 수생은 상협의 방 앞 툇마루 밑에 숨어 웅크리고 있었다. 만일 그가 끌어내지 않았더라면 그대로 상협의 칼에 맞아 목숨이 위태로웠을지도 몰랐다.

조금 전의 일을 생각하면 수생도 뒷머리가 쭈뼛 섰다.

그렇게 무모하게 일을 벌였던 것은 명백한 자신의 잘못이었다. 백함이 화를 내는 것도 당연했다.

게다가 괜한 일을 벌여서 듣지 않았으면 좋았을 말들까지 듣게 하고 말았다.

공범이라니. 소아가 상협과 공범이었다니.

수생은 슬쩍 눈을 들어 백함의 창백한 안색을 살폈다.

그들이 말하는 서찰이 무엇인지 수생은 정확히 알지 못했다. 다만 들은 내용으로 짐작해보건대 백함 부친의 결백을 입증할 서찰을 백함이 죽기 전 소아에게 건넨 것 같았다. 그리고 소아가 그 서찰을 상협에게 건네 불태우게 한 것이리라.

그 말이 소아의 입에서 나오는 순간, 백함은 수생을 안고 막 담을 넘으려 하고 있었다. 그때 그의 손이 어떻게 떨려왔는지 수생은 또렷이 기억했다. 아주 잠시 스쳐가는 찰나 같은 순간 동안, 그 손은 놀랐고, 부인했고, 분노했고, 체념했다. 그리고 체념마저 지나간 뒤엔 싸늘함만이 남았다.

어떻게 그런 감정의 변화가 그렇게 순식간에 일어날 수 있는 것인지 수생은 놀라웠다. 하지만 한편으론 지난 칠 년 동안 겪었던 감정의 소용돌이를 지금의 이 짧은 순간 동안 다시 고스란히 겪어내고 있는 건지도 모른다는 생각이 들었다.

감히 용서하라고 말할 수 있는 일이 아니었다. 쉽게 잊으라고 말할 수 있는 원한이 아니었다. 수생은 절에서 백함에게 했던 말을 후회했다. 그가 품은 원한은 오로지 그의 것이었다. 그것을 어떻게 푸는가도 오직 그의 몫이었던 것이다.

사실은 그런 후회 때문에 상협의 집에 무모하게 잠입을 시도한 것이기도 했다.

그만두라는 말 대신 그를 위해 할 수 있는 일이 무엇일까.

집에 돌아온 후 수생은 곰곰이 생각을 해보았다.

정말로 똑같이 되갚아주면 그걸로 되는 것일까. 똑같이 죽음을 내리고 똑같이 가문을 멸문시키면 그것으로 모든 원한이 풀릴까. 나라면 아닐 것 같아. 사죄를 받고 싶을 거야. 잘못했다고 용서를 구하는 모습을 보고 싶을 거야.

상협의 방 안에 잠입해 그런 글귀를 적어놓고 나온 것은 그런 결론에 이르렀기 때문이었다.

하지만 어찌하면 그렇게 만들 수 있을까. 소아 아씨마저 공범이었다는 걸 알아버렸으니, 지금 이 사람의 마음은 어떨까. 차갑게 얼어버린 백함의 모습에 수생은 가슴이 답답해졌다.

다시 도포자락을 찢은 백함은 가로로 길게 찢은 그 천으로 수생의 상처를 감쌌다. 힘을 주어 매듭을 묶자 아파서인지 수생이 얼굴을 찡그렸다.

"다시는 이런 짓 하지 마라. 투정도 정도가 있는 것이다."

매정한 얼굴로 백함은 앉아 있던 돌 위에서 몸을 일으켰다. 따라 일어나는 대신 수생은 그를 향해 고개를 들었다.

"돌아가자."

백함이 다시 재촉했지만 수생은 그의 얼굴에 눈동자를 고정시킨 채 그대로 앉아 있었다.

"왜 그러고 있는 게냐?"

어디 다른 곳을 다치기라도 한 건가. 불현듯 걱정이 되어 백함이 물었다.

"어둠 속에선 나리가 더 잘 보여요. 문희관 말고 나리의 진짜 모습 말입니다. 헌데…… 나리의 진짜 마음은 잘 안 보입니다."

"귀신한테도 마음 같은 게 있다더냐? 안 보일 땐 거기 없는 것이라 여기면 된다."

백함은 휙 고개를 돌려버렸다. 문득 수생의 가슴에 서운함이 밀려들었다.

정말 이 사람의 마음속엔 내가 들어갈 틈은 없는 걸까. 분노든, 배신감이든, 다른 사람에 대한 감정으로 가득 차 있어서 나한테 줄 마음자리 같은 건 남아 있지 않은 걸까.

"마음이 등불 같으면 좋겠습니다. 안에서 불을 밝히면 환하게 그 마음이 드러나게요. 이왕이면 또박또박 글자로 새겨진다면 더 좋을 것 같습니다. 툭하면 거짓말 못하게 말입니다, 나리처럼."

말을 마치고 수생은 자리에서 일어났다. 흙 묻은 바지를 툭툭 털고 걸음을 옮기는데 이번엔 백함이 못 박힌 것처럼 꼼짝을 하지 않았다. 대신 옆을 지나치는 수생의 팔을 덥석 잡았다.

"지금 뭐라 했느냐?"

의아해진 수생이 고개를 돌렸다.

"예?"

"등불이라 했느냐?"

물어보는 백함의 눈이 심상치 않게 번뜩이고 있었다.

"예…… 불을 밝히면 마음이 드러났으면 좋겠다고 했습니다. 왜 그러십니까?"

그렇다. 등불. 불을 밝히면 글자가 드러나는 종이. 내가 왜 진작 그 생각을 하지 못했던가. 백함은 어리둥절해 있는 수생의 손을 잡고 날듯이 걸음을 재촉하기 시작했다.

방구석에 놓아두었던 등을 손에 들었다. 겉을 감싸고 있던 철쭉색 종이를 뜯어내자 낡고 빛이 바랜 종이가 드러났다.

종이의 모퉁이 한쪽에는 검붉은 물이 들어 있었다. 죽은 자의 피. 죽어가며 자신이 흘렸던 피였다.

그것을 알아본 순간, 당시에 느꼈던 고통이 백함에게 고스란히 되돌아왔다. 온몸을 불태워버릴 것 같은 고통에 그는 가슴팍을 움켜쥐었다. 숨이 멎을 것 같아 그대로 웅크린 채 백함은 그렇게 한참을 헉헉댔다.

이대로 죽으면 안 돼. 아버지, 아버지를 구해드려야 한단 말이다. 가물거리는 정신을 부여잡으려 백함은 안간힘을 썼다.

방바닥은 어느새 메마른 흙으로 바뀌어 있었다. 고통을 참으려고 백함은 손가락으로 바닥을 긁었다. 흙 부스러기들이 손톱 사이에 와서 박혔다.

이 서찰을 반드시 전해야 하는데…….

서찰을 잡으려고 백함은 마지막 힘을 다해 손을 뻗었다. 하지만 손끝에 서찰이 닿기도 전에 그는 그대로 정신을 잃고 말았다.

한참만에야 백함은 눈을 떴다. 낮고 어둡고 낡은 천장이 눈에 들어왔다.

산길이 아니었나? 황천길이 아니었나? 자신이 누구인지, 어느 곳에 있는지 깨닫는 데는 조금 시간이 걸렸다.

아아, 그렇구나. 고통이 너무 생생하게 되살아나서 그날인 듯 착각을 했던 것이로구나.

백함은 누운 채 고개를 돌려 옆에 쓰러져 있는 등을 보았다. 손을 뻗어 잡으려 했지만, 마비가 된 것처럼 몸이 잘 움직여지지 않았다.

그때 방문이 열리더니 누군가가 어둠 속으로 들어왔다. 백함의 어깨가 순간적으로 움찔했지만, 긴장은 곧 사라졌다. 수생이었다. 잠깐의 기척만으로도 그는 그것을 알 수 있었다. 아니나 다를까, 나지막한 수생의 목소리가 어둠 속에서 들려왔다.

"괜찮으세요, 나리?"

어떻게 알고 온 걸까. 어둠 속의 수생을 향해 고개를 돌렸다.

"내가 무슨 소리라도 냈더냐? 비명이라도 지르더냐?"

"⋯⋯그런 건 아닙니다. 그냥 이상한 느낌이 들어서 와봤어요."

대답을 하는 수생의 목소리에 알 수 없는 망설임이 깃들어 있었다. 그러고 보니 목소리가 가늘게 떨고 있는 것 같기도 했다. 또 무엇을 본 게냐? 예전 착혼꾼에게 쫓겼던 때처럼, 혹 내 기억 속에 또 들어왔던 게냐.

버릇처럼 떠오른 생각에 백함은 고개를 흔들었다. 부적의 힘이 수생과 자신을 이어주고 있다는 것을 안 다음부터 불쑥불쑥 밀려오는 불길한 생각을 떨쳐내려 함이었다.

"귀신 곁에 있더니, 너도 이제 귀신이 다 된 게로구나."

백함은 자조적으로 웃었다.

"정말 아무 일 없으신 거죠?"

"불 좀 켜주겠느냐? 촛불 말고, 저 등불 말이다."

수생은 백함의 말대로 불을 켜기 위해 등이 놓인 쪽으로 다가갔다. 낡은 종이로 만들어진 등은 볼품없는 모양새를 하고 있었다. 겉을 감싸고 있었을 법한 고운 색종이는 아무렇게나 뜯어진 채 방바닥에 버려져 있었다. 수생은 그 종이 위에 소아의 이름이 적혀 있는 것을 보았다. 눈을 감은 채 누워 있는 백함을 흘낏 본 다음 수생은 등에 불을 붙였다.

"무엇이 보이느냐?"

백함이 물었다. 수생은 무슨 뜻인지 몰라 그의 얼굴과 등을 번갈아 바라보았다. 그런데 조금 있자니 등을 감싸고 있던 종이 위에서 무언가가 꿈틀대기 시작했다. 그것이 조금씩 글자의 형태를 갖춰가기 시작했다.

"이름이에요, 나리. 사람들의 이름이 보입니다."

그래. 그렇겠지.

대답 대신 백함은 천천히 일어나 앉았다. 수생의 말대로 불에 비친 종이에 사람들의 이름이 드러나고 있었다.

상협이 그토록 감추고 싶었던 이름. 백함을 죽이면서까지 뺏으려 했던 밀서였다.

소아에게 이 서찰을 전해야겠다고 마음먹었을 때, 백함은 그녀가 자신의 의도를 헤아려주길 바랐다. 만일 자신에게 무슨 일이 일어난다면 그 서찰을 가지고 가서 자신 대신 부친의 무고를 밝혀주길 원했다. 하지만 그런 일은 일어나지 않았다. 게다가 소아는 그 서찰을 상협에게 건네 태워버렸다고 말하지 않았던가.

백함은 곰곰이 생각을 정리해보았다.

아마 태워버린 건 봉투 속에 들어있던 빈 서찰이었을 것이다. 대신 봉투로 만든 진짜 서찰은 몰래 갖고 있다가 그에게 건네준 것이다. 내력을 알려달라는 말과 함께.

하지만, 도대체 왜?

또 다른 음모일지도 모른다는 생각이 문득 그를 스쳤다. 쓴웃음이 얼굴로 번져나갔다.

하지만 이번엔 지난번처럼 그리 호락호락 당하진 않을 것이다. 되돌려 줄 일만 남았으니 즐거이 기다려라.

"아까 냇가에서 네가 했던 말, 기억할 것이다. 마음이 등불 같으면 좋겠다 했었지? 글자로 새겨지면 좋을 것 같다 했었지? 잘 보아라. 저 등불이 나의 마음이다."

전하지 못했던 나의 마음⋯⋯.

조금 전 저 서찰에 묻은 피를 본 순간, 왜 그리도 고통스러웠던지 백함은 이제 알 것 같았다.

자신은 여전히 그 길 위에 서 있었다. 서찰을 품고 부친을 찾아가던 그 여정의 가운데 있었다. 이승에 남게 된 건 상협이나 소아가 자신을 항아리에 가두어서가 아니었다. 끝나지 않은 그 길을 다시 가기 위해서였다. 죽었다 되살아났어도 그 길에서 벗어날 수 없는 것이었다.

백함은 등불에서 오랫동안 눈을 떼지 않았다. 함께 등불을 바라보던 수생이 고개를 돌렸다. 옆에서 바라본 그의 얼굴은 타오르는 불빛의 움직임에 따라 시시각각 다른 표정으로 변했다. 이윽고 그의 입가에 웃음이 걸렸다. 그러나 그것이 정말 웃음인지 수생은 확신할 수가 없었다.

"아이고, 나리. 이러시면 쇤네가 정말로 곤란합니다요."

문지기는 거의 울 것 같은 얼굴을 했다. 두 손바닥을 마주잡은 채 안절부절 못하며 그는 문간에 버티고 선 능창군을 보았다.

"곤란할 게 무어냐. 걱정 말고 넌 들어가서 푹 쉬라는 데도. 찾아오는 사람이 있으면 내 문을 열어줄 것이니. 지난 며칠도 그리하지 않았더냐."

며칠 전 새벽, 몸을 가누지 못할 정도로 술에 취해 돌아온 이후, 능창군에게는 이상한 습관이 생겼다. 동이 틀 무렵이면 어김없이 대문간으로 나와 문지기와 어처구니없는 씨름을 벌이게 된 것이다. 새벽까지 술잔을 기울이다 나왔는지 그에게선 희미한 술 냄새가 풍겨 나왔다. 늘 맑던 눈동자에도 핏발이 서 있었다.

"수진궁에서 사람이 오면 쇤네가 냉큼 나리께 달려가겠습니다요. 허니 제발 들어가십시오, 나리."

문지기가 다시 애원을 했다.

"아니, 아니. 안 될 말이다. 네가 내게로 달려오는 동안 다른 자들한테 몰래 문안서찰을 주고 가버리면 어찌하느냐? 윤상궁이 몰래 숨어 있다 달려 나와 받아 가면 어찌 한단 말이냐. 게다가 넌 윤상궁 앞이라면 꼬리 내린 생쥐가 되지 않더냐."

아무 대꾸도 못하고 선 문지기 앞에서 능창군은 보란 듯이 대문을 활짝 열었다.

"보이냐? 저기 벌써 누가 오는구나. 오늘도 실력 발휘 한번 해봐야겠다!"

능창군은 대문 앞으로 한 걸음 성큼 나가더니 등 뒤로 문을 쾅 닫아버렸다.

멀리서 다가오고 있는 사람은 자주 보아오던 비자가 아니었다. 걸어오는 모양새나 차림으로 볼 때 그보다는 높은 신분이었다. 아니나 다를까. 쓰개치마를 내리니 젊은 궁인의 모습이 드러났다.

재빠른 걸음걸이로 대문 앞까지 다가온 연화는 정중하게 능창군의 앞에서 고개를 숙였다.

"윤상궁을 만나러 왔습니다."

"어디서 온 누군가?"

뻔히 수진궁에서 왔다는 것을 알면서도 물어보는 능창군의 목소리는 기대 선 자세만큼이나 뻐딱했다.

"수진궁에서 나온 궁인입니다."

"수진궁에서 온 것은 사람이든, 물건이든, 그 무엇도 이 안으로 들어가지 못하네. 내가 돌려보낸 비자들한테 얘기 못 들었는가?"

능창군이 연화를 보며 싱글거렸다. 수진궁이 발칵 뒤집혔을 텐데 모를 리가 있는가. 그렇게 빈정대고 있는 것이었다.

그의 짐작대로 지난 며칠 수진궁 구석구석에서는 호들갑과 경악, 눈물과 한숨이 끊이질 않았다. 새문리에 서찰 심부름을 갔다 온 비자들이 울고 불며 털어놓은 말들 때문이었다. 그녀들이 보고 온 능창군은 말 그대로 다른 사람 같았다. 단정한 성품과 친절로 무장한 꽃 같은 님은 온 데 간 데 없고, 대신 음흉하고 사나운 난봉꾼 같은 사내가 그녀들을 위협하고 놀려대며 쫓아냈다는 것이다.

서찰을 들고 와야 할 이는 따로 있다! 가서 전하거라!

능창군은 허둥지둥 도망가는 비자들의 뒤꽁무니에 대고 그렇게 빈정대듯 덧붙이는 것도 잊지 않았다. 연화가 오늘 직접 걸음을 한 것도 그런 연유에서였다.

"그래, 자네가 수진궁에서 매일같이 문안 서찰을 보내오는 궁인이겠지?"

"그렇습니다."

"어지간히도 애가 달았나 보군. 고작 며칠 안부를 전하지 못했다고 이리 달려올 정도면 말일세."

"어린 시절부터 모셨던 터라 어머니 같은 분입니다."

어머니라……. 우습군. 내게도 그러했는데. 그런 줄 알았는데.

능창군은 피식 웃었다. 취기가 다 가시지 않은 그의 눈동자에 애써 감추지 않은 반감이 고스란히 드러났다.

"진짜 여식도 아닌데 이리 극진히 생각해주는 사람이 있는 것을 보면 윤상궁은 참으로 복을 타고 난 사람일세."

"잠시 만나뵈올 수 있겠습니까?"

"내가 비자들한테 했다는 말은 전해 듣지 못했는가? 여기로 와야 할 이는 따로 있다 했을 텐데? 설마 자네를 오라 했다 착각한 겐가? 이런, 이런. 이거 미안해서 어쩐다? 내 아무 여인이나 쉽게 품지는 않네만 품을 수 없는 여인은 또 관심 밖이라서 말이네."

번들대는 눈동자가 능창군의 얼굴 위에서 위악적으로 춤을 춰댔다. 그러나 그가 뭐라 빈정대든 연화는 위축되지 않았다. 언제나처럼 어깨를 꼿꼿하게 편 채 분명하게 제 의사를 전했다.

"어찌하셔도 수생은 오지 않을 것입니다. 그 아이한테 다시는 궁가의 심부름을 시키지 않을 것이니까요."

수생의 이름이 나오자 건들거리던 능창군이 한순간 멈칫했다. 그러나 다음 순간 언제 그랬냐는 듯 아무렇게나 문 뒤에 등을 기댔다.

"한 패거리다 그 말이로군? 내게서 떼어내기로 윤상궁과 함께 작당했단 말이지? 안 되겠네, 자네도 못 들어가네!"

판결을 내리듯 능창군이 등 뒤의 문을 손바닥으로 세 번 내리쳤다. 그 바람에 둔탁한 소리와 함께 문이 빠끔 열렸다. 능창군이 휙 돌아섰다.

"근자에 도성에도 궁가에도 흉흉한 소식이 많아 마마님이 걱정이 많으십니다. 간단히 안부라도 전하고 갈 수 있게 부디 허락해주십시오, 능창군 나리."

그대로 쌩하니 들어가 버릴 기세였던 능창군이 웬일로 뒤를 돌아보았다. 간청을 하는 연화의 목소리가 그의 마음을 약하게 했는지도 몰랐다.

"정히 그렇다면 서찰이나 주고 가게. 특별히 예까지 걸음한 정성을 봐서 내 오늘만은 전해주도록 하지. 앞으로 한동안은 또 안부를 전하지 못할 터이니 말일세."

연화에게 다가온 능창군이 손을 내밀었다. 가져온 서찰을 능창군에게 건넨 후 연화는 고개를 숙여 감사를 표했다.

능창군은 엄지와 검지 두 손가락 사이에 서찰을 건성으로 쥐고는 건들거리며 다시 문으로 향했다. 연화도 뒤돌아섰다. 그때 능창군의 목소리가 다시 연화를 향했다.

"가서 전하게. 또 보게 될 것이라고 말이야."

대문을 거칠게 밀어젖힌 능창군은 성큼성큼 걸음을 옮겨 집 안으로 들어섰다.

들어가 쉬란다고 문지기는 정말로 제 방에 들어간 모양이었다. 행랑채 마당에 아무도 없는 것을 확인하고 능창군은 재빨리 봉투 속에서 서찰을 꺼냈다.

평범한 일상의 내용들이 적힌 문안 서찰이었다. 그런데 서찰의 제일 마지막 문장이 능창군의 눈길을 붙잡았다.

익산에서 올라온 차조기는 그 효능이 미덥지 못하니 빨리 조치가 있어야 할 것입니다.

그렇게 적혀 있었던 것이다.

익산이라…….

무언가 짚이는 데가 있었다. 하지만 능창군은 자신의 짐작이 틀리길 바랐다. 상협에게 그런 말을 전해 들었음에도 불구하고, 쉽게 윤상궁을 의심하고 싶지 않았던 것이다.

그렇다고 이전처럼 순진하게 그녀를 믿을 수도 없었다. 그래서 윤상궁의 진짜 정체를 확인하고 싶었다. 상협의 말대로 수진궁과 새문리를 오가는 서찰에 다른 세력들의 동태가 적혀 있다면, 윤상궁은 정말로 대북의 끄나풀일 것이다. 반대로 단순한 안부 서찰일 뿐이라면 상협의 오해였음이 드러날 것이었다.

지난 며칠 동안 수진궁에서 들어오는 서찰들을 모조리 돌려보낸 것은 그것을 확인하기 위해서였다. 오랜만에 전해지는 서찰이라면,

중요한 정보가 담길 가능성도 그만큼 높을 테니 말이다.

그리 오래지 않아 능창군은 그 답을 얻을 수 있었다. 답을 가져온 이는 형님인 능원군이었다.

다음 날 이른 저녁, 호들갑을 떨며 찾아온 그는 아우를 마주하고 자리에 앉자마자 급히 술잔을 비웠다. 목이 타서 죽을 것 같다는 표정이었다.

"내 이럴 줄 알았다. 이런 사단이 날 줄 알았어! 그러게 어찌 그런 자와 왕래를 하신 겐지. 어찌 그런 자를 우리 집까지 들이신 겐지."

"무슨 일입니까? 알아듣게 말씀해주십시오, 형님."

능원은 대답 대신 다시 잔에 술을 따랐다.

"그자 말이다. 일전에 평릉군께서 데려왔던 소진사라는 자. 그자가 의금부로 잡혀갔다지 않느냐. 내 그 소식을 네게 알려주러 이리 쏜살같이 달려온 것이다."

"그렇습니까. 익산에서 올라왔다는 그자를 말씀하시는 것이지요?"

희미한 미소를 머금은 채 능창군은 술잔을 들었다. 하지만 잔에 담긴 술은 그의 손가락을 따라 요동치고 있었다. 그 떨림을 들킬까봐 능창군은 얼른 술잔을 입에 갖다 댔다.

결국 그런 것이었다. 수생을 자신에게서 떼어내려 하는 윤상궁이었지만, 그와는 별개로 자신의 안위를 걱정해주리라 믿었는데. 철석같이 믿었고, 마지막까지 믿으려 했는데……

목을 따라 넘어가는 술이 참을 수 없이 썼다. 온몸에 가시가 쑥쑥 돋아나 제 속살을 찌르는 것 같았다.

"너도 몇 번 마주친 적이 있다 했더냐? 설마 그자와 가깝게 교우 했던 것은 아니겠지?"

엉뚱하게 자신들까지 걸려들어 갈까 봐 걱정이 되는지 능원군은 재차 확인을 하려 했다. 자신들을 노리는 세상 같은 건 겁나지 않는다는 듯 흥청망청 거리낌 없이 살던 그도 막상 이런 일이 닥치니 겁이 나는 모양이었다.

"무슨 죄목으로 잡혀 들어갔기에 그리 걱정을 하시는 겁니까? 역모라도 꾸몄다 합니까?"

술잔을 내려놓은 능창군은 어느새 평온함을 되찾은 얼굴이었다. 아무렇지도 않은 척 느긋한 미소를 얼굴에 거는 것쯤은, 지금껏 해온 일이라 그리 어렵지도 않았다.

"어허, 그 무슨 큰일 날 소리냐!"

능원군이 펄쩍 뛰어올랐다. 형님을 안심시키려는 듯 능창군이 짐짓 고개를 끄덕였다.

"허긴, 그럴 그릇이 되는 인사도 아닐 테지요. 허면 무엇 때문이라고 합니까?"

"들자하니 숙부의 첩을 겁탈하고 제 부친이 점찍었던 처녀를 첩으로 삼으려 했다지 무에냐. 그자의 음란하고 패악스런 짓에 대해 끊임없이 고변이 들어와서 잡아들였다더라. 매향각에 갔더니 기녀 하나가 아주 치를 떨면서 내게 그리 전해주더구나."

"그렇습니까."

매향각 이야기가 나오자 능창군이 묘한 웃음을 지었다.

여색에 관해서라면 눈치 제일인 능원군에겐 아우의 그 웃음이 예사로이 보이지 않았다. 게다가 한성 거리에 파다하게 퍼져 있는 소문도 이미 들은 터였다. 능창군이 어느 기녀의 치마폭에 푹 빠져버렸다는 소문 말이었다. 아마도 춘화 그 계집이 일부러 조잘댄 것일 터이니 어느 정도의 과장은 감안해야겠지만.

"헌데 한성에 떠도는 소문은 사실이었던 게냐?"

능원군은 슬쩍 아우를 떠보았다.

"아, 소문 말입니까. 벌써 들으셨다니, 이 아우도 이제부터는 계집을 조심해야 하려나 봅니다. 자칫 방탕하다 소문이 나서 그리 흉악한 소문이 난 자와 비슷한 죄목으로 잡혀 들어가기라도 하는 날엔 집안 망신이 될 터이니 말이지요, 하하하. 아, 말이 난 김에 매향각에 함께 들르시겠습니까?"

딴청을 필 줄 알았는데 의외로 능창군은 순순히 인정을 했다. 게다가 기방에 들르자는 제안까지 하다니. 난봉꾼인 자신의 입에서 나올 때야 당연한 말이었지만, 여색에는 별다른 관심이 없던 아우의 입에서 이런 제안이 나오다니. 예상 밖의 반응에 능원은 오히려 얼떨떨한 얼굴을 했다.

"지금 말이냐?"

"예, 실은 형님이 오실 줄 모르고 들른다 기별을 넣어둔 참이었습니다. 궐에 들어가기 전에 얼굴을 보아둘까 싶기도 해서요."

"궐에 들어간다고? 갑자기 무슨 일로 궐에는 들어간다는 게냐?"

"호랑이가 궐에 출몰한다는 소식 못 들으셨습니까? 한 마리도 아니고 여러 마리가 나타났다 합니다."

"설······ 마 지금 호랑이를 잡으러 들어간다는 말은 아니겠지?"

"왜 아니겠습니까. 심심하던 차인데 호랑이 사냥이라니 얼마나 구미가 당기는지 모르겠습니다. 하여 몰래 잠입해서 사냥 한 번 해볼까 싶습니다."

비밀스런 고백을 한다는 듯 능창군이 목소리를 낮췄다.

능원군의 얼굴이 대번 얼어붙었다. 임금이 있는 궐에 임금이 가장 경계하는 인물인 능창군이 무기를 들고 잠입을 한다니. 그것은 곧 목숨을 내어놓는다는 이야기나 진배없었던 것이다.

형님의 창백해진 안색을 마주 대하자 능창군의 눈에 반짝이던 장난기가 사그라졌다.

"그리 놀라지 마십시오, 형님. 농입니다. 아무려면 제가 궐에 몰래 잠입을 하겠습니까. 주상전하께서 명하셔서 들어가는 것입니다."

걱정 말라고 던진 말이었건만, 이번에야말로 능원군의 얼굴에서 핏기가 싹 가셨다.

"주상이 일부러 네게 들어오라 명을 했다고?"

"일전에 이 아우가 전하께 간곡하게 청을 드린 것이 있습니다. 제게 그 답을 주신다고 들어오라 하신 것입니다. 허니 걱정 마십시오. 죽으러 가는 것도 아닌데 그리 펄쩍 뛰시면 어찌합니까. 자, 어서 일어나시지요, 형님. 어느 계집 애태우는 소리가 예까지 들려오는 것 같아 도저히 더 이상은 편히 앉아 있을 수가 없겠습니다."

오늘따라 무시무시한 농담을 연달아 해대는 아우를 능원군은 입을 쩍 벌린 채 쳐다만 보고 있었다.

그런 형님의 마음을 아는지 모르는지 능창군은 도포자락을 휘날리며 방을 나섰다. 마당을 가로지르는 그의 발걸음은 바람처럼 가벼웠다. 그러나 그 바람이 마음 속 깊은 골짜기를 사납게 휘돌아 나온 것임을 아무도 알아차리는 이는 없었다. 서둘러 뒤따라 나온 능원군도, 우연처럼 마주친 윤상궁까지도 말이다.

수생은 나무 위에 올라 길게 목을 뺀 채 백함을 기다리고 있었다. 조반상을 차리기도 전에 집을 나선 그는 밤이 내린 지금까지도 감감무소식이었다.

요 며칠 백함이 자신을 피해 다니고 있다는 것은 수생도 잘 알고 있었다. 그러나 이렇게 목을 빼면서 그를 기다리고 있는 것은 이유를 따져 묻기 위함이 아니었다. 얼굴이 보고 싶어서만도 아니었다. 아침에 집을 나서면서 그가 남겼던 말 때문이었다.

"혹시 내가 인정까지 돌아오지 않으면 말이다……"

망설이듯 운을 떼던 그는 수생과 눈이 마주치자 다시 입을 다물더니 황급히 등을 돌렸다. 무슨 말을 하려 했냐며 되물어도 봤지만 백함은 대답이 없었다. 그렇게 빠른 모습으로 멀어져가던 그의 뒷모습이 하루 종일 마음에 걸렸다.

안 되겠어. 수생은 나무 위에서 뛰어내릴 준비를 했다. 아무래도 그를 찾으러 가봐야 할 것 같았다. 인정까지 돌아오지 않으면. 그렇게 말하던 그의 표정은 몇 번을 생각해봐도 심상치 않은 것이었다.

그때 저 앞에서 누군가가 걸어오는 기척이 들렸다. 수생은 고개를 내밀었다. 백함이 생각에 잠긴 모습으로 천천히 걸어오고 있었다. 반가운 마음에 수생은 그의 이름을 부르려고 했다.

그 순간, 번개처럼 그의 등 뒤에서 누군가가 튀어나왔다. 무슨 일이 벌어지고 있는지 미처 알아차리기도 전에 둔탁한 소리와 함께 백함의 몸이 풀썩 고꾸라졌다. 검은 복면을 두른 사내가 순식간에 백함을 들춰 업었다.

"나리!"

깜짝 놀란 수생은 목이 터져라 소리를 질렀다.

"살려주세요! 도와주세요! 거기 누구 없습니까!"

난데없이 들려온 외침에 놀란 듯, 사내가 칼을 뽑으려 했다. 하지만 다음 순간, 생각을 고쳐먹었는지 백함을 어깨에 멘 채 반대편으로 힘껏 달리기 시작했다.

수생은 정신없이 나무 위에서 내려왔다. 그리고는 사내가 달아난 방향을 향해 뛰어갔다.

이상했다. 분명 곧바로 쫓아왔는데도 사내의 모습은 이미 보이질 않았다. 어디로 숨은 거지? 수생은 고개를 휙휙 돌려 사방을 살폈다.

"백함…… 희관 나리! 어디계세요? 대답 좀 해보세요, 나리!"

수생의 절박한 외침에 메아리는 없었다. 대신 앞으로 나갈수록 매캐한 공기가 수생을 에워싸기 시작했다.

안개 같은 것이 눈앞을 가로막았다. 목도 답답해져왔다. 언젠가 느꼈던 기시감이 수생을 덮쳤다.

꿈? 백함이 자신의 목을 조르던 그 꿈속인가? 수생은 제 목 언저리로 손을 가져가 보았다. 그러나 목은 멀쩡했다. 차라리 꿈이었으면 좋을 텐데. 미칠 것 같은 심장을 부여잡은 채 수생은 다시 앞으로 뛰어갔다.

그때 사라졌던 사내가 저쪽 안개 너머에서 나타났다.

하지만 그는 다음 순간 어느 건물 안으로 다시 바람처럼 사라져버렸다.

수생도 사내를 쫓아 건물 안으로 뛰어 들어갔다.

훅 하며 검은 바람이 불어왔다. 목구멍 사이로 맵고 비릿한 연기가 한꺼번에 들이닥쳤다. 콜록콜록! 기침을 내뱉으며 수생은 고개를 들었다.

불이었다. 창고처럼 생긴 건물 위로 불이 올라오고 있었다.

수생은 재빨리 사내를 찾았다. 사라졌던 사내는 불이 난 건물 반대편 쪽에서 다시 모습을 드러냈다.

목이 따갑고 숨이 막혀왔지만 수생은 다시 이를 악물고 그를 따라갔다. 하지만 몇 걸음 가지 못해 우뚝 걸음을 멈추고야 말았다. 달아나는 사내의 어깨가 이상했다. 그 위에 들쳐 업고 있던 백함이 없어졌던 것이다.

당황한 수생은 황급히 뒤를 돌아보았다.

건물을 감싼 불길이 성이 난 것처럼 활활 타오르고 있었다.

불이 난 건물 앞에는 어느새 달려왔는지 사람들 몇몇이 발을 동동 구르고 있었다.

저 안에 있는 거야!

불길에 휩싸여 있을 백함의 모습이 머릿속에 떠오른 순간, 수생은 더 이상 아무런 생각을 할 수가 없었다.

미친 사람처럼 불이 난 건물 안으로 뛰어 들어가는 수생을 화들짝 놀란 사람들이 막아섰다.

"놔주십시오, 들어가 봐야 됩니다."

"미쳤소! 죽으려고 불구덩이로 뛰어든단 말요!"

"저 안에 사람이 있단 말입니다!"

수생은 사람들을 뿌리치며 다시 앞으로 나갔다. 그때 커다란 나무 기둥 하나가 수생의 머리 위로 후드득 떨어져 내렸다.

"으악!"

뒤에서 허리를 당기는 누군가의 손길이 아니었다면 수생은 그대로 그 기둥 밑에 깔려버리고 말았을 것이다. 덜덜 떨며 주저앉은 수생의 눈앞으로 건물이 조금씩 무너져 내렸다. 연기와 눈물에 가려 더 이상은 눈앞이 보이지 않았다.

수생은 얼른 두 팔을 들어 눈을 비볐다. 어떻게든 눈을 부릅뜬 채 이 불타는 건물을 지켜보아야 했다.

만일 정말 희관의 몸이 저 안에 갇혀 있더라도, 그래서 설령 저 불길 속을 빠져나오지 못한다 하더라도, 백함의 혼백은 돌아올 수 있을지도 몰랐으니까.

얼마나 시간이 흘렀을까. 서서히 동이 터오는 하늘과 함께 드디어 불길이 잡혔다. 한쪽 벽면이 다 무너져 내린 앙상한 건물이 검은 연기 속에서 모습을 드러냈다.

수생은 타버린 건물 속으로 뛰어 들어갔다. 두 손을 꼭 모은 채 덜덜 떨며 그렇게 한 발짝 한 발짝 앞으로 나갔다.

불길한 생각을 떨치려고 애쓰며 수생은 건물 반대편 끝까지 걸었다. 걸어가는 동안 주의 깊게 주위를 살폈지만, 희관의 육신은 보이지 않았다. 불타버린 시신 같은 것도 없었다.

반대편 끝에 이르자 후들후들 떨리던 다리가 더 이상 버티지를 못했다. 수생은 그 자리에 주저앉았다. 목이 아프고 숨이 가빠왔다.

하지만 쉬어갈 만한 여유는 없었다. 확인을 해야 했다. 백함이 여기에 없었다는 사실을. 백함을 업고 간 사내가 이 불구덩이 속에 그를 던져놓고 간 것이 아니라는 것을.

수생은 엉금엉금 앞으로 나가며 주변 바닥을 더듬었다. 손가락 끝에 무언가가 만져질 때마다 심장이 조여왔다. 온통 타고 무너진 화마의 잔재들. 그 속에서 혹시라도 그를 발견하게 될까 봐, 두려운 마음에 손이 떨렸다.

제발, 무사하세요, 나리. 수생은 깍지 낀 두 손을 가슴팍으로 모아 다시 한 번 간절한 기원을 올렸다. 그리고는 다시 앞으로 나가기 시작했다.

그때였다. 설핏 일렁이는 푸른빛이 눈가를 스쳐간 것은.

수생은 천천히 고개를 돌렸다.

저 앞에 떨어져 있는 작은 주머니에서 푸른빛이 스며 나오고 있었다. 그 빛은 어스름한 새벽빛 사이에서 어지러이 곡선을 그리다가 가루처럼 흩어져갔다.

두려움이 순식간에 명치끝으로 밀려들었다. 숨도 쉬지 못한 채 수생은 그 빛을 뚫어져라 쳐다보았다. 제발 아니기를. 자신의 생각이 틀렸기를. 수생은 간절하게 바라며 주머니를 향해 손을 뻗었다. 하지만 안에 든 것을 확인한 순간, 헛된 희망은 사라지고 말았다.

그것은 백함의 물건이었다. 며칠 전, 냄새를 맡아보라며 백함이 자신에게 내밀었던 향낭 주머니였다. 그 속엔 정체를 알 수 없는 희고 미세한 가루가 들어 있었다.

좋은 냄새인 줄 알고 한껏 향을 들이마셨다가 고약한 냄새 때문에 수생은 한참을 캑캑거렸다. 그 소리에 박자라도 맞추듯, 공중으로 날아오른 미세한 흰 가루들이 탁탁, 푸른 불꽃을 일으켜댔다.

그러기에 내 사람은 조심성이 있어야 한다질 않았더냐. 백함은 고소하다는 듯 수생을 비웃으며 주머니의 입구를 다시 동여맸다.

수생은 고개를 들어 주위를 둘러보았다. 잿더미로 변해버린 흉측한 건물. 바닥에 어지럽게 흩어져있는 괴물 같은 잔해들…….

이 속에 나리가 있었다고? 여기서 빠져나오지 못한 채 사라졌다고? 아니야. 그럴 리 없어.

수생은 불길한 생각을 떨쳐버리려고 두 눈을 질끈 감았다.

저승차사한테서도 도망쳐 나온 나리인걸. 그래, 집에 돌아와 있을 거야. 엉뚱한 데서 헤매지 말고 집으로 돌아가 보자.

수생은 정신없이 건물 밖으로 뛰쳐나왔다. 손에는 백함의 주머니를 꼭 움켜쥔 채 그렇게 동이 터오는 거리를 달려갔다.

거리로 나선 수생은 도성의 분위기가 심상치 않음을 느꼈다.

관군들이며 마을 사람들이 물동이를 인 채 이곳저곳 정신없이 뛰어다니고 있었다. 높이 치솟는 불길과 골목을 차지한 군인들 그리고 우왕좌왕하는 사람들의 모습까지…….

눈앞에 펼쳐진 도성의 광경은 지난 전란 때의 모습을 방불케 할 정도였다.

간 밤 곳곳에서 알 수 없는 화재가 잇달았다는 것을 수생은 지나가던 관원들의 말을 통해 알 수 있었다. 아직까지도 불이 잡히지 않은 건물들도 부지기수라고 했다.

불길한 느낌이 엄습했다.

급히 집으로 돌아온 수생은 우선 문간방 문을 열었다. 백함은 없었다. 다시 흥복의 방으로 향했다. 흥복 또한 보이질 않았다.

도성의 화재 때문에 서둘러 나가신 건가? 불을 끄는 데 동원이라도 되신 건가?

수생은 마당으로 뛰어내렸다. 수진궁에 가봐야겠다는 생각이 들었다. 흥복이라면 백함이 어찌 되었는지 알고 있을 것이었다.

그때 수생의 방에서 인기척이 들려왔다.

관아로 끌려가기 전날, 집에 괴한이 들었던 일이 퍼뜩 떠올랐다.

수생은 재빨리 주위를 둘러보았다. 하지만 미처 괴한에 맞설 대비를 하기도 전에 방문이 벌컥 열렸다.

깜짝 놀라 수생은 뒷걸음질을 쳤다. 그런데 뜻밖에도 방 안에서 나온 것은 능창군이었다. 다시 한 번 놀란 수생이 눈을 크게 떴다.

"나리! 이런 시각에…… 어찌 이곳에 계십니까."

"도성 곳곳에 화재가 들었다는 것, 알고 있느냐."

급한 용건인 듯 수생에게로 다가오는 능창군의 기세가 예사롭지 않았다.

"예, 나리. 안 그래도 돌아오는 길에 보니 군인들까지 모두 동원돼 불길을 잡고 있는 듯했습니다."

"수진궁에도 불길이 일어났다던데, 그 소식도 들었느냐."

수진궁이라고? 조금 전에 느꼈던 불길함이 수생의 마음속에 되살아났다. 수진궁에 화재가 났다는 이야기를 왜 능창군이 자신에게 하고 있는 것일까. 그것도 이렇게 이른 시각에 일부러 찾아와서?

"무슨 일로 그러십니까, 나리? 호, 혹시…… 아버지한테……."

목이 막혀 더 이상은 말이 나오지 않았다.

"네 아비가……."

능창군이 대신 입을 열었다. 하지만 말을 전하기가 힘이 드는지 다시 했던 말을 반복했다.

"네 아비는……."

수생은 어떻게든 침을 삼켜보려 했다. 하지만 메마른 목청만이 아프게 꿀럭거렸다.

"오늘 돌아오지 않을 것이다."

"아버지한테…… 무슨 일이 생긴 것입니까?"

능창군은 입을 다문 채 대답을 하지 않았다. 순식간에 수생의 얼굴에 핏기가 가셨다. 다음 순간 수생은 그대로 뒤를 돌았다. 수진궁으로 가봐야겠다는 생각뿐이었다. 그러나 채 한 걸음을 떼기도 전에 능창군이 손을 뻗어 수생의 팔을 붙잡았다.

"가도 소용없다."

"그게 무슨 말씀이세요? 왜 소용이 없다 하십니까?"

"네 아비는 그곳에 없으니까."

순간 수생은 숨이 멎는 것 같았다. 무언가 큰일이 난 것이라는 직감이 들었다. 차마 입 밖으로 꺼내기 힘든 큰 사고가……. 심장이 그대로 바스러지는 것 같았다.

"없다니요? 아버지한테 무슨 사고라도 난 겁니까? 예, 나리?"

수생은 달려들듯 능창군에게 매달렸다. 자신의 짐작이 잘못된 것이라고 그가 말해주길 바랐다.

대답을 기다리는 동안 수생은 입이 바짝바짝 타들어갔다. 바스러져 내린 심장이 명치 언저리에서 꽉 뭉쳐진 느낌이었다. 이대로 조금만 더 있다가는 뭉친 심장이 그대로 폭발해버릴 것만 같았다.

파들거리는 수생의 불안한 눈동자를 능창군은 말없이 들여다보았다. 무슨 생각을 하는지 알 수 없는 그의 표정이 더욱 수생을 불안하게 했다.

이윽고 꼭 다물고 있던 그의 입술이 움직였다.

"크게 걱정하진 말거라. 네 아비는 안전한 곳에 있으니. 그리고 무사히 집으로 돌아올 것이다."

그렇게 말하며 능창군은 수생의 팔을 놓아주었다.

홍복이 안전하다는 이야기에 수생은 풀썩 주저앉았다.

그리고는 앉은 채로 능창군을 올려다보았다. 아비가 무사하다는 말을 전해준 그가 마치 생명의 은인인 듯 느껴졌다.

능창군은 건조한 눈으로 수생을 내려다보고 있었다. 평소에 익숙하던 그의 얼굴과 눈빛이 아니었다. 그 눈을 마주친 순간, 수생은 제가 얼마나 염치없이 호들갑을 떨고 있었는지를 문득 깨달았다.

다시는 나리를 뵙지 않으려 합니다. 그렇게 마지막 인사를 드렸던 게 그리 오래전도 아니었는데…….

수생의 생각을 읽었는지 건조했던 능창군의 눈에 한순간 감정의 물결이 출렁거렸다. 하지만 그리 오래지 않아 물결은 차분하게 가라앉았다. 높낮이가 느껴지지 않는 나지막한 목소리가 이윽고 그의 입에서 흘러나왔다.

"네가 어떻게 하느냐에 따라서 말이다."

안도감과 송구함 사이에서 갈팡질팡하던 수생이 순간 멈칫했다. 그의 말이 무엇을 의미하는지 헤아리는 데 잠시 시간이 걸렸다.

그러는 사이 능창군이 수생의 앞에 무릎을 구부려 앉았다. 가까이서 다시 두 사람의 눈이 마주쳤다. 물결이 가라앉은 눈동자에는 미처 지우지 못한 희미한 열기가 떠돌고 있었다.

비로소 수생은 그가 지금 이곳에 있는 이유를 깨달았다. 홍복이 집으로 무사히 돌아오기 위해 자신이 해야 할 일. 그것을 알려주기 위함이었던 것이다.

"제게…… 원하는 게 있으신 겁니까, 나리?"

"날이 밝으면 궐로 들어가 보아야 한다. 그 때 너도 나와 함께 가 주어야겠다."

"……가지 않으면 어찌됩니까?"

"가야 한다. 그 정도의 되갚음쯤은 내게도 해줄 권리가 있으니."

"되…… 갚음이라 하셨습니까?"

능창군은 고개를 끄덕였다. 긴 속눈썹이 내려와 그의 눈을 덮었다. 그림자가 드리운 눈동자에서 어두운 빛이 뿜어져 나왔다.

낯선 그의 모습을 대하자 수생은 심장에 오한이 이는 듯했다. 되 갚아준다니, 무엇을? 감히 주제도 모르고 나리의 마음을 외면했다 화를 내시는 건가. 미천한 계집이 농간을 부렸다 여기셔서 벌을 하 시려는 건가.

"내 목숨을 노리는 자들에게 손을 빌려준 네 당고모 그리고 네 당 고모가 정적들을 감시하기 위해 수진궁에 심어놓은 네 아비……. 언 젠가는 내가 왕의 손에 죽을 것이라 여겼기에 너를 내게서 떼어내려 안달했던 그 사람들한테, 똑똑히 보여주려 한다. 그들의 바람이 결 코 쉽게 이루어지진 않을 것이라는 걸 말이다."

그의 눈동자를 떠돌던 희미한 열기가 서서히 불꽃을 피워 올렸다. 가슴속에 오랫동안 응어리져 있던 덩어리가 드디어 출구를 찾은 양 쏟아져 나오기 시작했다.

하지만 수생은 그의 말을 믿을 수가 없었다. 윤상궁 이야기도, 아비의 이야기도 그리고 능창군 자신의 이야기까지도.

"무언가 오해가 있을 것입니다. 아버지와 당고모가 나리를 해치려 하다니, 그럴 리가 없어요. 게다가 나리께서 죽임을 당하실 거라니요? 어찌 그런 무서운 생각을 하십니까? 어찌 제 아비와 당고모가 그리 두려운 생각을 품을 거라 여기십니까?"

능창군의 입술 사이로 웃음이 비어져 나왔다. 그렇게 슬픈 울림도 웃음이라고 부를 수 있다는 것을 수생은 처음 알았다.

"그것이 나의 운명이니까. 나 또한 그것을 운명이라 여겼으니까. 적어도 너를 만나기 전까지는 말이다. 허나 이제는 아니다. 도망치든, 맞서든 그 운명이라는 놈과 결판을 내볼 생각이다. 허니 너는 내 곁에서 그것을 지켜봐주어야겠다. 나를 이 길로 이끈 사람이 바로 수생, 너이기 때문이다."

능창군의 한마디 한마디가 수생의 가슴을 찔렀다. 그가 내뱉는 말 속에 오기와 상처가 알알이 맺혀 있음이 느껴졌다.

화사한 얼굴과 다정한 눈빛으로 누구에게나 달콤한 미소를 흩날리던 그는 진짜가 아니었다. 누구에게도 눈치 채이지 않도록 제 두려움을 미소로 감싼 채 불안하고 외로운 세월을 견뎌온 사람. 결코 운명에 매달리지 않겠다고 두 주먹을 꽉 쥔 채 오기로 살아온 사내. 그것이 그의 진짜 모습이었다.

네 이름이 나의 소원을 품고 있는 것을 아느냐. 그리 물어보던 능창군의 말뜻을 수생은 이제야 온전히 이해할 수 있을 것 같았다.

능창군은 입을 다문 채 끈질기게 수생의 대답을 기다리고 있었다. 그의 눈빛을 마주보는 동안 수생은 자신이 그의 말을 외면할 수 없으리라는 사실을 깨달았다.

그를 따라야만 홍복을 보내주겠다는 협박 같은 말 때문만은 아니었다. 그를 지금의 길로 이끈 것이 자신이라는 말 때문이었다.

그 길이 정확히 무엇을 의미하는지는 지금으로선 알 수 없었다. 하지만 적어도 한 가지는 알 것 같았다. 백함을 찾아가 능창군과의 연을 빌었을 때부터 자신도 그 길 위에 발을 들여놓았다는 사실이었다.

이제 와서 원치 않는 길이라며 발을 빼는 것은 비겁한 일이었다. 능창군의 말처럼 어떤 식으로든 곁에 서서 그 끝을 지켜보아야 했다.

게다가 이 길에서 도망가면 홍복도, 백함도 다시는 만날 수 없으리라는 생각이 들었다. 근거는 없었지만 확신처럼 느껴지는 예감이었다.

"허면…… 제가 무엇을 지켜보아야 하는 것입니까?"

"전하께 드린 청이 있다 말했던 것을 너도 기억할 것이다. 금일은 그에 대한 답을 주신다고 궐로 들어오라 하셨다. 너를 데리고 말이다. 허니 너는 나의 여인으로 주상전하의 앞에 나가주어야겠다. 허락이 떨어지면 그 길로 함께 떠날 것이다."

"허락이…… 떨어지지 않으면요?"

수생의 불안한 눈동자가 능창군을 올려다보았다.

"무엇이 두려운 것이더냐? 허락이 떨어지지 않을까 봐? 아니면 그 반대가 될까 봐 무섭더냐?"

능창군은 약간의 자조를 섞어 수생에게 되물었다.

그의 말대로 수생은 두려웠다. 하지만 능창군이 생각하는 그런 두려움은 아니었다. 확실히 무엇이라 말하긴 힘들었지만 그의 말 속에는 불길한 그림자가 있었다.

분명 능창군은 조금 전, 임금의 손에 죽는 것이 그의 운명이라 했었다. 윤상궁과 흥복 모두 그리 여기고 있다는 말도 덧붙였다. 그렇다면 임금에게 허락을 받는다는 건 그 운명으로부터 도망칠 수 있다는 뜻이리라.

하지만 그 반대라면? 그의 청을 들어줄 생각도 없이 임금이 그를 궐로 부른 것이라면, 그것은 과연 무슨 뜻일까.

떠올리기조차 두려운 대답이 자신을 기다리고 있는 듯 느껴졌다. 애써 다른 답을 찾고 싶었기에 수생은 능창군의 얼굴을 올려다보았다.

수생의 침묵을 오해했는지 그의 눈빛은 어느새 서늘하게 변해 있었다.

"도저히 나와 함께 갈 수 없겠거든 윤상궁을 찾아가는 방법도 있을 것이다. 가서 내가 네 아비를 인질로 삼아 너를 임금 앞에 데려가려 한다고, 그리하여 억지로 너를 내 여인으로 만들려 한다고 고하거라. 허면 윤상궁이 조카인 너를 위해 무언가 손을 써줄지도 모를 일이 아니더냐."

"아니요, 저는 나리와 함께 가겠습니다."

혹시라도 결심이 흔들릴까 봐 수생은 재빨리 대답했다. 마음속에 도사리고 있는 두려움을 물리쳐야 했기에, 대답을 하는 목소리가 더 단단해졌다.

"제가 따라가는 것으로 나리의 마음이 풀리신다면 그리하겠습니다. 제 당고모와 제 아비가 나리께 저지른 잘못이 있다면 그 또한 힘 닿는 대로 갚겠습니다. 제 피붙이의 안위 때문만이 아니라 나리를 위해 그리할 것입니다."

능창군은 뜻밖이라는 얼굴을 했다. 흥복을 미끼로 패를 던지긴 했지만 이렇게 선선히 함께 가겠다는 대답을 들을 줄은 몰랐던 것이다.

그 사내는 어찌하고 나를 따라간단 말이더냐. 그런 말이 목구멍까지 나왔지만 능창군은 그 말을 삼켰다. 수생을 데리고 궐에 들어간다는 사실이 지금의 그에게는 더 중요했기 때문이었다.

"데리러 오진 않을 것이다. 네 발로 나를 찾아오거라. 일찍 출발해야 하니 서둘러 와야 할 것이다. 허면 기다리고 있겠다."

말을 마친 능창군은 성큼성큼 마당을 가로질러 싸리문 밖으로 나갔다. 수생이 자신을 지켜보고 있는 것을 알았지만 뒤를 돌아보지는 않았다.

이제 그에게는 더 이상 돌아갈 곳이 없었다. 오직 앞으로 나아가는 것. 그것이 스스로에게 부여한 그의 새로운 운명이었다.

그들이 안내된 곳은 금원(禁苑)에 자리한 정자였다.

일반 관원은 물론이오, 품계가 높은 대신들도 감히 들어갈 수 없다 하여 금지된 정원이라는 이름이 붙은 이곳. 그러나 이 조용하던 정원에 오늘은 평소와 사뭇 다른 분위기가 감돌았다.

형형색색의 가을 나무들이 만들어내는 고즈넉한 분위기 대신 징소리와 북소리 그리고 분주하게 움직이는 사람들의 발소리가 공기를 요란스럽게 뒤흔들고 있었다.

능창군은 왕의 앞으로 나갔다.

수생은 땅에 닿을 정도로 머리를 숙인 채 그의 뒤를 따랐다. 하지만 누구도 수생에게 눈길을 주는 사람은 없었다. 남들 눈에 띄지 않는 게 좋겠다는 능창군의 말에 따라 사내의 옷을 입고 온 덕분이었다.

왕은 정자에 자리를 하고 있었다. 호위무사 한 명이 정자 옆에 그림자처럼 그를 지키고 있는 것이 보였다.

군왕에 대한 예를 갖춘 후 능창군은 다소곳이 임금의 말을 기다렸다. 잠시 소란이 잦아진 틈을 타, 나무 사이로 바람 부는 소리가 들려왔다.

"어서 오라. 안 그래도 기다리고 있었다."

왕은 미소를 담아 능창군을 맞았다.

"부름 받고 왔사옵니다, 전하."

"선정전으로 들라 하지 않고 금원으로 불러내어 당황하지는 않았더냐?"

안 그래도 임금이 자신을 굳이 이곳으로 부른 이유가 능창군도 궁금하던 참이었다.

오늘 임금에게 들어야 할 이야기는 두 사람만 알고 있어야 하는 것이었기 때문이다. 설혹 허락을 받지 못한다 하여도 이렇게 듣는 귀가 많은 장소에서 나눌 이야기는 아니었던 것이다.

하지만 그런 마음을 직접 전할 수는 없기에 능창군은 다시 고개를 숙였다.

"아닙니다, 전하. 소신 지난번 전하께 감히 무례한 청을 올렸사온데, 그대로 물리치시지 않고 이리 불러주신 것만으로도 감읍하옵니다."

"이런, 이런. 만나자마자 나를 재촉하는 것인가? 그러고 보니 그간 답을 내어주지 않는 나를 원망하면서 노심초사했던 것이 아닌가."

왕은 호탕하게 웃으며 능창군의 뒤쪽에 바짝 엎드려 있는 수생에게로 시선을 던졌다.

정자 앞 좌우로 도열한 다른 수하들은 알아차릴 수 없는, 그러나 능창군만은 확실하게 감지할 수 있는, 짧으면서도 의미심장한 시선이었다.

"그럴 리가 있겠습니까. 근자에 도성에 흉흉한 일들이 있어 전하께서도 근심이 이만저만 아니시라 들었습니다. 헌데 어찌 사사로운 일로 감히 전하께 원망의 마음을 품을 수 있었겠습니까. 오히려 힘이 되어드리지 못하여 소신, 멀리서 마음만 무거울 뿐이었습니다."

"궐에 호랑이가 출몰했다는 이야기를 벌써 전해들은 모양이로구나."

임금이 얼굴에서 미소를 거둬들였다.

그런데 심각해진 입매와는 달리 능창군을 바라보는 눈빛은 조금 전보다 더 활기를 띠는 듯 보였다.

"예, 전하. 새끼 호랑이까지 합쳐 그 수가 여럿 된다 들었습니다."

"일전에 내가 세자이던 시절에도 궐에 호랑이가 나타난 적이 있었다. 당시는 절기가 여름 한가운데였던 터라 나무숲이 울창하여 군사들이 호랑이를 잡는데 여간 애를 먹었던 것이 아니었다. 헌데 이번엔 또 도성에 흉흉한 화재가 잇달으니 병조의 군사들이 모두 멸화(滅火)에 투입되고 있는 형편이구나. 덕분에 호랑이 잡으라 보낸 병사들은 새끼 호랑이 한 마리 잡아오지 못하고 있으니 답답한 노릇이 아니더냐."

말은 그렇게 했지만, 인근 산에서 내려온 호랑이가 궐 담을 넘어 금원에 숨어들었다는 것이 왕에겐 근심거리라기보다는 무료한 일상의 재밌거리에 가까운 듯했다.

사실 전란 전이었다면 지금은 왕실이 강무(講武: 임금이 관원과 장수, 병사들을 거느리고 나가 며칠에 거쳐 사냥을 하며 무예를 단련하는 의식)에 나설 시기였다. 강무가 끝나면 사냥한 짐승들을 종묘에 바치는 천신제(薦新祭)도 성대하게 거행될 터였다.

하지만 전란 이후 벌써 몇 년 째 강무는 행해지지 않고 있었다.

인근 사냥터로 왕이 외출을 나가는 일도 드물었다. 사냥뿐만 아니라 왕실의 외부행사는 거의 중단이 된 상태였다.

겉으로는 백성들에게 부담을 준다는 이유였지만 왕실이 더 이상 백성들 앞에 나서지 않는 진짜 이유는 그게 아니었다. 왕실의 떨어진 권위를 확인하는 것이 두려웠던 것이다.

전란을 막지 못했고 도성을 비움으로써 백성까지 버린 왕실이었다. 그런 왕실이 전란이 끝난 이후에는 떨어진 권위를 회복해야겠다며 왕궁 재건을 위한 노역에 다시 백성들을 몰아넣고 있었다.

덕분에 백성들의 원성은 나날이 높아졌다. 이런 상황에서 깃발과 군대를 앞세우고 행렬을 벌인다고 한들 잃어버린 민심을 되찾을 수는 없는 노릇이었다.

스스로 떳떳할 수 없기에 궐 안으로 숨어버린 군왕. 이것이 지금 이 나라 왕과 왕실의 민낯이었던 것이다.

하지만 상황이 그렇다고는 해도, 세자 시절 분조를 이끌고 전쟁터를 누비기까지 했던 왕에게, 궁궐에만 갇혀 지내는 지금의 일상이 어찌 답답하지 않을 수 있을까.

이런 저간의 사정을 알고 있었던지라, 능창군은 오늘의 사냥을 반기는 듯한 임금에게 장단을 맞춰주기로 했다.

"허나 달리 생각하면 좋은 기회가 되진 않을런지요."

"좋은 기회라? 어찌 그리 생각하느냐?"

"근자에는 강무가 뜸해, 사냥한 짐승들로 절기마다 종묘에 제례를 올리는 것도 쉽지 않았사온데, 금일의 사냥이 성공적으로 끝난다면 천신제를 열어 성대한 제물을 바칠 수 있지 않겠습니까."

"듣고 보니 일리가 있다. 옛 말에 호랑이 새끼를 기르면 우환을 부른다 하였으니, 나라의 우환을 모두 잡아들여 바친다면 선왕들께서도 어찌 기뻐하지 않으시겠느냐. 내 아까부터 저 북소리가 심장을 울려 마음이 편치 않았는데, 그렇게 생각하고 들으니 저 소리도 새롭게 들리는구나."

임금의 시선이 북소리가 들려오는 소나무 숲으로 향했다.

잠깐 사이였는데 그새 하늘이 조금 어두워진 듯했다. 임금의 이마에도 옅은 그림자가 졌다. 입술에 머금은 미소와 이마에 드리운 그림자가 임금의 얼굴 위에서 묘한 대조를 이뤘다.

"허면…… 능창군도 힘을 보태주겠느냐?"

"기꺼이 그리하겠습니다. 소신이 어찌 해야 할지 하명해주시면 그 말씀 있는 힘껏 받자올 것입니다."

"그리 말해주니 기쁘구나. 안 그래도 내 평소에 능창군의 무예 솜씨가 출중하다는 이야기를 들어온 터인데, 두 눈으로 직접 확인할 기회가 생기다니 이 또한 반갑다. 부디 호랑이를 잡아와 나라의 근심을 끝내고 과인을 기쁘게 하라. 허면 내 너에게 큰 상을 내릴 것이다."

그때까지 다소곳하게 숙이고 있던 능창군의 고개가 처음으로 움찔거렸다. 임금의 온화한 말투 속에 감추어진 알 수 없는 무언가가 그의 목덜미를 서늘하게 했던 것이다.

호랑이 사냥에 참가하라니.

자신의 손에 활과 창을 쥐어준 후 무엇을 보려 함인가. 목숨을 내

걸고 왕을 위해 제물을 잡아오면, 원하는 것을 들어주겠다는 뜻인가.

감히 임금과 눈을 마주칠 수는 없는 터. 능창군은 내리깐 시선을 앞으로 살짝 옮겼다. 이윽고 부드러운 옷감이 스치는 소리와 함께 발자국 소리가 다가왔다. 그것이 임금의 발소리라는 것을 알고 능창군의 어깨가 다시 긴장했다.

"이것을 가지고 가라. 세자 시절 사냥 나갈 때 즐겨 쓰던 것이다."

임금이 내민 것은 허리와 어깨에 메는 화살통이었다. 능창군은 두 손으로 공손히 그것을 받아들었다.

그때 나팔 소리가 숲 안쪽에서 들려왔다.

임금은 소리 나는 곳으로 시선을 던졌다. 그 시선이 수생의 등을 거쳐 다시 능창군에게로 돌아왔다.

"헌데 함께 데려온 자는 어찌할 것이더냐?"

그때까지 죽은 듯이 엎드려 있던 수생은 임금의 입에서 자신의 이야기가 나오자 기절할 만큼 놀랐다.

사실 임금과 이렇게 지근거리에 있는 것만으로도 이미 수생은 숨을 쉬기가 힘들 지경이었다. 게다가 그는 능창군과 자신의 운명을 쥐고 있는 장본인이기도 했다. 어떤 어명이 자신과 능창군의 어깨 위로 떨어질 것인가. 그것을 생각하자 두려움이 뱃속까지 밀려들었다.

"여기 두고 가겠느냐, 아니면 함께 갈 터이냐? 보아하니 여인네처럼 뼈대가 가는 것이 호랑이 사냥에 나설 재주는 없어 보이는데."

그렇게 말하며 임금은 빙긋 웃었다. 능창군이 하인이라며 데려온 사람이 누구인지 이미 짐작하고 있는 듯 보였다.

"데려가겠습니다. 어디로 튈지 모르는 놈이라 한시라도 옆에서 떼어놓으면 소신 불안한 마음을 가눌 길이 없습니다. 손은 빠른 놈이니 조금이라도 도움 되는 게 있을 것입니다."

"그렇더냐. 허면 데려가도록 하라. 병사들이 호랑이를 잡기 위해 함정을 군데군데 파놓았다 하니 발밑을 조심시키는 것도 잊지 말고. 사냥을 무사히 마치고 저놈과 함께 돌아가야 할 것이 아니더냐."

무엇이 재미있는지 임금은 고개를 젖혀 웃으며 정자로 돌아갔다. 바닥으로 향해 있던 능창군의 시선이 조금씩 위를 향했다.

임금의 등을 두려운 듯 바라보던 능창군은 그가 다시 뒤돌아서기 전에 얼른 고개를 돌렸다. 바짝 엎드린 채 바들바들 떨고 있는 수생의 어깨가 마치 자신의 심장인 듯 느껴졌다.

31

목표물을 발견했는지 사냥개가 나무 사이를 뚫고 벼락처럼 달려 나갔다. 사납게 짖어대는 소리를 따라 병사들도 뛰기 시작했다.

세 명이 한 조를 이뤄 나아가던 대열이 순식간에 흐트러졌다.

능창군은 병사들과 함께 나아가는 대신 뒤를 돌아보았다. 수생이 제대로 따라오고 있는지를 확인하기 위해서였다.

등 뒤에 바짝 붙어 있으라 했건만 수생은 벌써 몇 발 뒤처진 상태였다. 힘이 들어서 그런 것은 아닌 듯했다. 어색해진 사이만큼 거리가 자꾸 멀어지는 것이었다.

그런 마음을 알기에 능창군도 잠시 임금의 옆에 수생을 놓고 올까 생각을 해보았다. 그러나 그곳이 정말로 호랑이가 숨어 있다는 이 소나무 숲보다 안전할까.

임금이 무슨 생각으로 자신을 불렀는지 능창군은 아직 파악하지 못했다. 무슨 답이 준비되어 있는지 모르는 상황에서 무턱대고 수생을 왕과 그의 사람들 가까이 둘 순 없었다.

능창군은 성큼성큼 걸어와 수생의 손을 잡았다. 그리고 그 손을 자신이 메고 있는 화살통 위로 가져갔다.

"꽉 잡고 따라오너라. 떨어져 있으면 위험하다. 언제 어디서 호랑이가 튀어나올지 모르는 일이니. 알겠느냐?"

다짐을 받겠다는 듯 능창군이 수생의 눈을 들여다보았다. 고개를 끄덕이는 모습을 보고 능창군은 다시 걸음을 재촉했다.

호랑이 사냥이라니.

살아생전 궁궐에 들어올 수 있을 거라는 생각을 해본 적이 없듯, 호랑이 사냥에 나서리라는 것도 수생은 상상해본 적이 없었다. 금방이라도 저 나무 뒤 어두컴컴한 그림자 속에서 호랑이가 튀어나올 것 같아 살얼음판 위를 걸을 때보다 수생의 가슴은 더 조여 왔다.

괜찮아. 인왕산 호랑이보다 더 무섭다는 수진궁 귀신하고도 같이 살았는걸. 나리, 지금 여기 어딘가 계신 거죠? 분명 나리 입으로 부적의 힘 때문에 저한테 얽매여 있다 하지 않았습니까?

싸리문을 열고 집을 나서는 마지막 순간까지도 수생은 백함을 기다렸다. 그러나 그는 끝내 돌아오지 않았다. 하지만 수생은 그가 영원히 가버렸다고는 믿지 않았다. 그것을 믿는 순간 마음을 지탱할 힘을 잃을 것만 같았다.

꼭 다시 만날 것이다. 백함 나리도, 아버지도…….

수생은 화살통을 잡은 손에 힘을 주었다. 후들거리던 무릎에도 힘을 주고 다시 능창군을 열심히 쫓아 뛰었다.

"발자국이 있다!"

저 앞쪽에서 누군가가 소리를 질렀다.

다시 북소리와 징소리가 울렸다. 소리로 호랑이를 몰아 포위한 뒤 활과 창으로 공격을 하려는 것이었다.

우르르 달려가는 병사들의 발소리가 숲속의 공기를 뒤흔들었다. 그러나 능창군은 섣불리 움직이려 하지 않았다. 함께 조를 이뤄 수색하던 병사는 이미 다른 무리들을 쫓아 뛰어갔지만 능창군은 한발 한발 주위를 둘러보며 앞으로 나아갔다.

수생도 말없이 그를 따랐다.

그러던 어느 순간, 능창군이 갑자기 멈춰 섰다. 수생도 따라서 발걸음을 멈췄다.

숨을 멈춘 채 귀를 기울이자 사냥개가 짖어대는 틈새 사이로 마른 솔잎과 이른 낙엽이 바스락거리는 소리가 들려왔다.

화살 한 대를 꺼내 활에 건 다음, 능창군은 다시 걸음을 옮겼다.

한 걸음, 한 걸음 신중하게 내딛는 그를 수생은 조금 거리를 두고 쫓아갔다. 활을 쏘는 데 행여나 방해가 될까 싶어서였다.

그때였다. 드문드문 서 있던 버드나무 뒤에서 호랑이의 얼룩무늬가 꿈틀댔다. 능창군이 번개처럼 그쪽을 향해 화살을 날렸다.

무언가가 풀썩, 땅 위로 쓰러지는 소리가 들렸다. 능창군은 재빨리 앞으로 뛰어갔다.

수생도 그가 사라진 방향으로 발을 떼었다.

그런데 몇 걸음 가지 않아 발밑에 이상한 감촉이 느껴졌다. 낭떠러지의 가장자리를 밟고 있는 느낌이었다.

밑을 내려다보는 순간, 수생이 밟고 있던 나뭇가지가 우두둑 소리를 내며 부러졌다.

"아악!"

수생은 그대로 곤두박질쳤다.

구덩이 안에서 입을 벌리고 있던 그물이 단번에 먹잇감을 삼켜버렸다. 그물에 걸려 버둥대는 수생의 머리 위로 나뭇가지와 풀잎들이 우수수 떨어져 내렸다. 발밑에 도사리고 있던 것은 호랑이를 잡으려고 파놓은 함정이었던 것이다.

구덩이의 깊이는 꽤나 깊었다. 졸지에 그물에 걸린 사냥감이 되어버린 수생은 빠져나가려고 발버둥을 쳤다. 몸을 움직이자 떨어지면서 부딪힌 허리와 발목에 묵직한 통증이 밀려들었다.

수생의 외침을 들었는지 누군가가 급하게 뛰어왔다. 버둥거리던 수생이 고개를 들었다. 한 사내가 위압적으로 두 다리를 벌린 채 그물에 걸린 수생을 내려다보고 있었다.

사내는 군인의 복장을 하고 있었다. 그러나 왕실의 병사는 아니었다. 수생이 아는 사람이었다.

결코 반갑지 않은 얼굴…… 바로 상협이었다.

백함이 눈을 뜬 곳은 소박하고 작은 방 안이었다.

정신이 들자마자 정수리 부분에 둔탁한 통증이 밀려왔다. 일어나 앉은 백함은 손을 들어 머리 뒷부분을 어루만져보았다.

"깨어나셨습니까?"

방 안엔 혼자뿐이라 생각하고 있었기에 백함은 깜짝 놀랐다. 뒤를 돌아보니 소아가 방 안쪽에 앉아 그를 지켜보고 있었다. 그리고 보니 방 안에는 은은한 복숭아꽃 향이 퍼져 있었다.

어째서 소아가 여기에? 이곳은 또 어디지?

영문을 알 수 없어 백함은 재빨리 지난밤의 일을 되짚었다. 수생의 집으로 돌아가는 도중 괴한의 습격을 받았다는 사실이 기억났다. 하지만 더 이상 떠오르는 일은 없었다. 아마도 습격을 받자마자 정신을 잃었던 모양이다.

"조금만 더 늦었더라면 큰일이 날 뻔했습니다. 오상이가 따라가 불구덩이에 던져진 나리를 재빨리 구해 나오지 않았더라면 말입니다."

불구덩이라고? 백함은 쓰게 웃었다.

내가 악귀가 될 것을 알고 미리 불구덩이에 집어넣어 주기라도 한 건가?

자신을 습격한 괴한이 누구인지 그는 알지 못했다. 그러나 그 괴한을 보낸 자가 누구인지는 짐작이 갔다.

박상협. 한때는 벗이라 부르던 사내.

어떻게든 부여잡아보려 했던 미련의 끈을 상협은 그런 식으로 끊어서 그에게 되돌려 보냈던 것이다.

어제 아침, 백함은 상협과 소아에게 각각 인편을 보냈다. 상협에게는 칠 년 전의 서찰이 자신의 손에 있다는 사실을 알렸다. 서찰을 손에 넣고 싶으면 직접 찾아오라며 만날 장소와 시간까지 일러 주었다.

그것은 의도적인 도발이었다. 이번에는 상협이 어떤 선택을 할까. 칠 년 전과 똑같은 선택을 해서 자신의 목숨을 앗으러 올 것인가. 백함은 그것을 확인하고 싶었다.

상협은 일러준 시간에 나타나지 않았다. 꽤나 긴 기다림 끝에 발길을 돌린 백함은, 집으로 돌아가는 길 내내 상협이 보낸 누구와도 만나지 않길 간절히 빌었다. 그러나 상협은 괴한을 보내 백함을 습격함으로써 그런 바람을 저버렸다.

끝내 다시는 벗으로 돌아갈 수 없음을 백함은 깨달았다. 자신이 아직 칠 년 전의 그 길에 서 있듯 상협 또한 여전히 그 길에서 벗어나지 못하고 있었던 것이다.

"마님께 목숨을 빚지게 되었습니다."

앉은 채로 백함은 소아에게 고개를 숙였다.

"나리를 구한 것은 오상이니 인사는 그쪽에 하셔야 할 것입니다. 저는 서찰을 돌려주신 연유를 듣고 싶어 사람을 보냈던 것뿐이니까요."

백함은 역당들의 이름이 적힌 서찰을 오상을 통해 소아에게 돌려주었다. 단, 부친이 양초로 쓴 본래의 밀서가 아니라 자신이 다시 적어 내려간 서찰이었다.

따라서 만일 소아가 자신을 찾았다면, 가짜 서찰을 보낸 이유를 추궁하기 위해서여야 했다. 그런데 서찰을 돌려준 연유를 듣고 싶었다니. 그녀의 생각을 짐작할 수가 없어 백함이 다시 되물었다.

"그 말씀은 소생이 돌려주지 않을 거라 생각하셨다는 겁니까? 그렇다면 어째서 애초에 제게 그것을 넘겨주신 겁니까? 그것이 예사 종이가 아니라는 것은 마님께서도 짐작하고 계셨지 않습니까."

"제가 알고 싶었던 것은 단 하나였습니다. 그 서찰에 제 부친의 성함이 올라 있었는지 여부지요. 나리 덕분에 확인이 되었으니 이제 서찰은 제게 필요가 없습니다. 저보다는…… 그 서찰이 더 필요한 사람이 있으리라 여겼습니다만."

백함을 보는 그녀의 눈동자가 쏘는 듯한 빛을 발했다.

불현듯 상협의 집에서 수생과 함께 도망쳐 나올 때 들었던 말이 떠올랐다.

그때 소아는 상협에게 그리 물었다. 그의 부친과 그녀의 부친이 정말로 터무니없는 모함에 휘말렸던 것이냐고. 그 말 속에, 당시에는 미처 깨닫지 못했던 중대한 사실 하나가 숨어 있었다는 것을 백함은 지금 이 순간 깨달았다.

상협의 부친이 역모를 꾀한 무리 속에 이름을 올린 것은 사실이었다. 그러나 소아의 부친은 아니었다.

그럼에도 불구하고 소아는 그녀의 부친이 명단에 이름을 올렸다고 여기고 있었다. 적어도 오랫동안 그렇게 믿어왔다고 했다.

그렇다면 설마…… 상협이 그녀를 속여 왔다는 것인가.

"내력을 읽고 싶었던 것만이 아니었군요. 투서 또한 소생의 손을 빌리려 하셨던 것이로군요."

소아는 부정도 긍정도 하지 않았다. 그러나 침묵만으로도 대답은 충분했다. 소아는 백함으로 하여금 그 서찰을 가지고 칠 년 전의 역당들을 고변하게 만들려 했던 것이다.

"허나 어째서 말입니까? 칠 년 전의 일이 드러날 경우, 바깥어른은 물론이고 마님께서도 함께 화를 당하실 수 있음을 아실 것 아닙니까?"

백함은 따지듯이 되물었다.

"제 손으로 당시의 일을 고변한다면 상황은 달라지겠지요. 그 서찰은 제 고변을 뒷받침해주는 증거가 되어주면 그것으로 충분하다 생각했습니다. 지아비를 고변하는 무서운 여인네다, 그리 손가락질을 받겠지만 그 또한 상관없습니다. 성공보다는 실패의 가능성이 높은 무모한 계획에 제 가문의 흥망을 걸 순 없으니 말입니다."

소아의 얼굴에는 표정이 거의 드러나지 않았다. 아니, 자세히 보면 희미한 웃음을 띠고 있는 것 같기도 했다. 다 타버린 재 같은 어두운 웃음이었다.

예전에는 그리도 화사하던 여인이었는데.

노란 햇살마냥 미소 짓던 그 여인은 어디로 사라진 걸까.

소아가 왜 굳이 그렇게까지 하려는지 백함은 묻지 않았다. 왜 자신을 배신했냐 묻지 않은 것처럼. 다만 이렇게 변해버린 자신들의 관계에 문득 서글픔이 밀려들었다.

칠 년 전과 똑같은 길에 서 있다 해도 그때의 자신들은 이미 사라지고 없었다. 죽어버린 자신은 물론이거니와, 살아남은 그들조차……. 이제 남은 것은 배신하고, 속이고, 또 다시 배신을 하며 서로의 등을 노리는 일뿐이었다.

백함은 한없이 굴러가는 바퀴 속에 몸을 실은 기분이었다. 이 바퀴의 끝이 낭떠러지임을 알고 있었지만, 멈출 수 있는 방법을 알지 못했다.

게다가 낭떠러지는 생각보다도 훨씬 가까운 곳에 있는지도 몰랐다. 소아의 다음 말이 그 사실을 백함에게 일깨워주었다.

"헌데 불행히도 시간이 그리 많이 남아 있지는 않은 듯합니다. 나리께도, 제게도 말입니다."

"무슨 말씀입니까?"

"지금 궐에서 호랑이 사냥이 한창이라지요. 궐내 병사들은 물론이고 특별히 모집한 호랑이 사냥꾼들까지 동원이 되고 있다 합니다. 한때는 산천의 왕이었겠으나 지금은 길 잃은 사냥감에 불과한 맹수를 잡으러 말이지요. 오늘이 아마 그 마지막 날이 될 겝니다. 사냥이 끝났을 때 나라에 바쳐질 것이 호랑이의 가죽일지, 혹은 그 맹수를 노린 자의 목숨일지도, 오늘이 끝나기 전에 가려질 것이구요."

소아는 입을 다물고 말없이 백함을 응시했다. 자신이 말한 뜻이 그에게 제대로 전달되었는지를 확인하려는 것이었다.

계획했던 거사일이 오늘이란 말인가? 이렇게 갑자기?

소아가 건네준 것이 칠 년 전 모반을 획책했던 자들의 명단이라는 것을 알고 난 직후부터, 백함은 상협의 동태를 파악하기 시작했다. 하지만 그 일이 생각처럼 쉽지는 않았다. 희관의 몸에서 나와 돌아다니는 일이 불가능했기 때문이었다.

이천에서 착혼꾼의 손아귀를 빠져나온 후, 백함은 다시 그를 보지 못했다. 그러나 그 귀신 사냥꾼이 점점 더 자신을 향해 포위망을 좁혀오고 있다는 것은 직감적으로 느낄 수가 있었다.

불길한 꿈을 점점 더 자주 꾸는 것이 그 이유였다.

그 꿈들 속에서 그는 수생의 목을 조르는 데 만족하지 않았다. 악귀가 되어 뜨겁게 팔딱거리는 수생의 심장을 파먹었다. 그런 스스로에게 놀라 비명을 지르며 꿈에서 깨면 온몸이 식은땀으로 흥건했다.

거미줄 같은 덫 대신 이번에는 착혼꾼이 꿈을 이용하고 있는 게 분명했다.

더욱 불길한 것은, 그것이 단순히 꿈이 아니라는 점이었다. 그 꿈은 앞으로 일어날 일에 대한 일종의 경고였다. 무녀에게 들었던 말처럼, 현실이 될 꿈이었던 것이다. 백함은 그것을 똑똑히 느낄 수 있었다.

곰곰이 생각을 한 끝에 결국 백함은 다시 무녀를 찾아갔다. 자신의 혼백을 희관의 몸속에 단단히 가두어놓을 수 있게 부적을 써달라고 했다.

부적을 쓴다고 해서 운명을 바꿀 수 있으리라고는 믿지 말아라. 네놈도 결국엔 그 항아리를 빠져나오지 않았더냐. 때론 부적보다 더 강력한 힘도 있는 법이란 말이다.

그렇게 마지막 경고를 한 후 무녀는 백함에게 부적을 건네주었다.

그 부적을 몸 안으로 삼킨 이후부터 그는 더 이상 불길한 꿈을 꾸지 않았다. 대신 혼백이었다면 금세 얻을 수 있었을 정보들을 수집하는 데 며칠 씩 공을 들여야 했다.

예상했던 대로 상협은 역모를 다시 계획하고 있었다. 그것도 빠른 시일 내로 거사를 일으킬 계획을 세우고 있는 듯했다.

칠 년 전의 흔적들이 하나둘 나타난 것이 영향을 미쳤으리라는 건 쉽게 짐작이 가는 일이었다. 게다가 며칠 전에는 한패였던 소진사라는 자가 갑자기 의금부로 잡혀갔다고 했다. 이는 그들의 움직임이 앞으로 더 당겨질 가능성도 있다는 걸 의미했다.

하지만 오늘이라니.

소아의 말을 곧이곧대로 믿을 수 있을지 백함은 판단이 서질 않았다.

또 다른 덫은 아닐까. 달려들 수밖에 없는 덫을 쳐놓고 함정으로 나를 몰아넣으려는 것은 아닐까. 그런 의심을 떨쳐낼 수가 없었던 것이다.

"소생을 어찌 믿으시고 그런 것을 알려주시는 것입니까?"

"그리 물어보시는 건 나리께서 저를 믿지 못한다는 뜻이겠지요?"

마치 백함의 생각을 읽은 것처럼 소아가 미소를 지었다.

"제게 중요했던 것은 내력을 읽어낸다는 나리의 능력이었습니다. 그것을 믿고 싶었을 뿐입니다. 헌데 그 능력을 증명해내셨지 않습니까. 허니 나리를 믿지 못할 이유가 무엇이겠습니까."

알 듯 모를 듯한 말이었다. 분명 그 뒤에는 무언가 다른 뜻이 숨어 있었다. 그러나 소아는 더 이상의 설명을 주지 않았다. 겉옷을 챙겨 들고 소아가 일어나자 복숭아꽃 향기가 짙어졌다.

소아는 백함을 지나쳐 방문을 열었다. 문 틈 사이로 소박한 절 마당이 보였다. 그러고 보니 이곳은 지난 번 탑돌이를 할 때 올라왔던 산사인 듯했다.

밖으로 한 발을 내딛기 전 소아는 마지막으로 뒤를 돌아보았다.

"아이가 곧 차를 내어올 것입니다. 이곳 스님께서 만드신 차인데, 머리가 맑아지고 마음이 차분해지는 효험이 있습니다. 떠나기 전 꼭 들고 가셨으면 합니다. 허면, 또 뵈올 날이 있기를."

곧이어 조용히 문이 닫혔다. 소아와 함께 복숭아꽃 향기도 물러났다.

그 빈자리를 메워주듯 풍경소리가 은은하게 울려 퍼졌다. 폭풍같이 휘몰아치는 백함의 마음과는 어울리지 않는 맑은 소리였다.

상협은 수생을 소나무 숲 안쪽으로 끌고 갔다.

빽빽한 나무들을 헤치고 나가자 어둠 속에 누워 있던 동굴이 그들을 맞았다. 상협은 수생을 내던지듯 동굴 안으로 밀어 넣었다.

싸늘한 공기를 뚫고 비릿한 냄새가 훅 끼쳐왔다. 바닥을 짚은 손에 축축하고 끈적끈적한 액체가 묻었다. 수생은 얼른 손바닥을 들어

보았다.

아직 채 식지 않은 미지근하고 검붉은 액체…… 피였다.

헉!

수생은 놀란 숨을 들이마셨다. 등줄기를 타고 대번에 소름이 내달렸다.

웅덩이처럼 푹 파인 동굴 바닥에는 피가 한 움큼이나 고여 있었다. 파르르 두려움에 떨던 수생의 눈동자가 이내 검붉은 웅덩이를 지나 점점이 이어진 붉은 선을 따라갔다.

그 시선의 끝에 무언가가 닿았다. 어둠 속에서 동그란 두 개의 황금빛 눈동자가 빛을 뿜고 있었다.

그 순간 수생은 제 손에 묻은 피가 사람의 것이 아님을 깨달았다. 황갈색 피부에 검은 줄무늬를 두른 채 동굴 안쪽에 웅크리고 있는 호랑이. 그 무시무시한 맹수의 피였던 것이다.

"저, 저리가!"

수생은 앉은 채로 뒷걸음질을 쳤다.

그 말을 비웃기라도 하듯 호랑이가 몇 걸음 앞으로 다가왔다. 수생은 다시 뒤로 물러났다. 뒤질 새라 호랑이도 다시 수생을 향해 전진해왔다.

시간이 갈수록 맹수와 수생의 거리는 점점 더 좁혀졌다. 이대로 가다가는 호랑이 밥이 되는 것은 시간 문제였다.

상처 입은 맹수가 천천히 몸을 낮췄다. 더 이상 힘을 빼기 전에 마지막 일격을 준비하려는 것 같았다.

이제 곧 풀쩍 뛰어오른 호랑이가 자신을 덮치리라. 그렇게 생각하자 온몸이 사시나무처럼 파들거렸다. 짚고 있는 손에도, 버둥거리는 발에도 힘이 들어가질 않았다.

여기서 포기하면 안 돼, 그러면 정말 끝이야. 어떻게 해서든 여길 빠져나가야 해.

수생은 정신없이 바닥에 짚은 손을 더듬었다. 돌멩이라도, 안 되면 나뭇가지라도 주워서 던져야 했다.

그때 수생의 옆으로 무언가가 날아들었다. 쨍강, 하고 금속 떨어지는 소리에 수생은 황급히 고개를 돌렸다.

손 옆에 떨어져 있는 것은 뜻밖에도 상협이 들고 있던 단도였다.

어찌 된 영문인지 생각할 여유 같은 건 없었다. 수생은 재빨리 단도를 집어 들었다. 그와 동시에 호랑이가 공중으로 높이 뛰어올랐다. 눈앞으로 달려드는 호랑이를 향해 수생은 있는 힘껏 단도를 찔러 넣었다. 단도를 쥔 두 손이 부들부들 떨렸다.

풀썩.

호랑이가 수생의 얼굴 위로 쓰러졌다. 맹수는 발작하듯 사방으로 검붉은 기침을 토해냈다. 덕분에 수생의 속눈썹이 피로 흠뻑 젖어 들어갔다.

마음 같아서는 이대로 기절해버리고만 싶었다. 하지만 아직은 정신을 놓을 때가 아니었다. 맹수가 다시 꿈틀대기 시작했던 것이다.

수생은 다시 한 번 필사적으로 호랑이를 찔렀다.

공격이 성공했는지 더 이상은 호랑이에게서 움직임이 느껴지지 않았다. 그래도 수생은 마음을 놓을 수가 없었다. 상대는 전문 사냥꾼들조차 목숨을 내놓지 않고는 잡기 힘들다는 무시무시한 맹수였던 것이다.

두 손으로 단도를 부여잡은 채 수생은 숨을 죽였다.

호랑이에게선 가는 숨소리조차 느껴지지 않았다. 완전히 숨이 끊어진 듯했다.

하아, 살았다는 안도감이 비로소 밀려들었다.

얼른 호랑이 밑에서 빠져나와야겠다는 생각에 수생은 몸을 비틀었다. 그런데 무언가 이상한 점이 있었다. 엄청난 무게에 짓눌려야 했거늘 수생을 덮친 호랑이는 지나치게 가벼웠던 것이다.

수생은 손가락 끝으로 조심스럽게 호랑이를 밀어보았다.

"보기보다 쓸 만은 하구나!"

갑자기 들려온 상협의 목소리에 수생의 손가락이 멈칫했다.

맹수의 피를 뒤집어쓴 채 반쯤 넋이 나간 수생을 보며 상협은 재미있는 구경거리라도 만난 양 화통하게 웃었다. 그리고는 성큼성큼 다가와 수생을 덮쳤던 호랑이를 가뿐하게 들어올렸다.

그것은 살아있는 호랑이가 아니었다. 거죽만 남은 호랑이였다. 그렇다고 죽은 지가 오래된 것은 아닌 듯했다. 방금 내장을 빼어낸 것처럼 거죽에선 피가 뚝뚝 떨어지고 있었다.

"어…… 떻게 된 일입니까……."

수생은 마치 무슨 묘술에라도 걸린 기분이었다. 죽은 호랑이였다니. 하지만 분명 움직였는데……. 나를 향해 다가왔었는데?

"잘 보아두어라. 곧 호랑이 뱃속으로 들어가게 될 터이니."

상협은 호랑이 거죽을 바닥에 내려놓으며 대수롭지 않은 듯 말했다. 반대로 수생은 머리에 번개를 맞은 기분이었다.

호랑이 뱃속이라니.

그 말이 의미하는 바를 깨닫는 순간, 수생은 벌떡 일어났다. 어떻게든 상협에게서 도망쳐야 했다.

수생의 움직임에 놀란 상협이 재빨리 허리춤에 차고 있던 검을 빼들었다. 그 검이 수생의 목을 향해 위협적으로 날아들었다.

목 끝에 닿는 금속의 차가움이 뼛속까지 스며드는 것 같았다. 멈춰 선 수생의 입술이 덜덜 떨려왔다.

"도망치면 안 되지. 호랑이가 저리 굶주려서 비쩍 말라가고 있는데 말이다."

상협이 자신을 못마땅하게 생각하고 있다는 것은 수생도 익히 알고 있었다. 수생을 도둑으로 본 그 순간부터, 상협은 자신이 수생과 적대적인 관계에 있음을 숨기려고 하지 않았다.

하지만 그 반감의 실체는 실은 수생을 향한 것이 아니었다. 다른 목적을 위해 수생을 이용하고 있을 뿐이었다.

지난번에는 백함의 항아리를 빼앗으려는 것이 그의 목적이었다. 그렇다면 이번에는 무엇을 위해서 이리하는 것일까. 능창군이 호랑이 사냥에 나선 오늘, 상협이 군인으로 위장을 하고 금원에 숨어든 것이 과연 우연일 수 있을까.

"무슨 일을 꾸미고 계신 거예요? 능창군 나리께 무슨 짓을 하시려는 겁니까!"

부들부들 떨고 있는 주제에 할 말은 하겠다고 대드는 모습이 기가 막혔는지, 상협의 고양이 같은 입술 끝이 올라갔다.

"제 코가 석 자인데 지금 누가 누구 걱정을 하는 게냐? 이리 순진해서 어찌 윤상궁의 끄나풀 노릇을 했더냐? 아니면 이런 모습으로 위장해 능창군 나리의 마음을 샀던 것이더냐?"

"저는 끄나풀이 아닙니다! 능창군 나리께 해가 되는 일을 할 생각은 추호도 없단 말입니다!"

발끈하는 수생을 향해 상협이 가소롭다는 듯 웃었다.

"잘 들어라. 네가 어떤 생각을 하든, 어떤 마음을 품었든 그것은 그리 중요한 것이 아니다. 어느 쪽에 서 있는가, 그것이 네가 해야 할 일을 결정해주는 게다. 아무리 다른 방향을 바라보며 발버둥을 친들, 결코 사람은 자신이 선 곳에서 벗어날 수가 없단 말이다."

상협은 한마디 한마디를 천천히, 또박또박 내뱉었다.

"저는 어느 편에도 서겠다고 한 적이 없습니다. 저는……."

"못 알아듣겠느냐? 그것을 결정하는 것은 네가 아니래두. 네 당고모가 왕과 이이첨의 편에 서기로 한 순간 그리고 누이가 내민 손을 네 아비가 잡은 순간, 너의 편은 이미 결정이 된 것이다. 아니라 믿느냐? 허긴 그리 순진한 생각을 가졌으니 예까지 순순히 따라온 게지. 능창군 나리를 돕는 것이 제 피붙이들한테 칼을 겨누는 것인지도 모르고. 제 피붙이들을 돕는 것이 능창군 나리를 죽음으로 몰고 가는 것인지도 모르고!"

마치 자신이 진정한 능창군의 편이라도 되는 양 상협은 수생을 몰아붙였다. 하지만 잠시의 틈을 노려 능창군 모르게 자신을 여기까지 끌고 온 상협이, 온전히 그의 편일 리가 없었다.

상협은 그저 능창군을 이용해 모종의 음모를 꾸미고 있을 뿐이었다. 그의 목숨을 위험에 빠뜨릴 어떤 음모를…….

마치 예전의 백함에게 그랬던 것처럼.

지난밤 마지막으로 보았던 백함의 모습이 생각나자 갑자기 왈칵 눈물이 쏟아질 것 같았다. 수생은 입술을 꽉 깨물며 상협을 노려보았다.

"그래서 백함 나리도 그리하신 겁니까? 평생을 함께하자 약조했던 벗을, 서 있는 곳이 다르다는 이유로 죽음으로 몰아넣으신 거예요?"

백함의 이야기가 나오자 상협의 눈빛이 무섭게 번뜩였다.

"그러고도 성에 차지 않으셨습니까? 백함 나리론 부족하셨어요? 그래서 이번엔 능창군 나리를 이용해 나리의 욕심을 채우시려는 겁니까?"

"뭘 안다고 함부로 입을 놀리는 게냐!"

버럭 소리를 지르며 상협은 수생의 입을 막았다. 그러나 목에 닿은 그의 칼끝이 가늘게 떨리고 있다는 것을 수생은 느낄 수 있었다.

"나리셨습니까. 지난밤 백함 나리를 다시 한 번 죽이려고 했던 사람이? 다시 한 번 그 불구덩이 속으로 백함 나리를 집어넣으려 한 게 정녕 나리셨습니까!"

"무슨 헛소리를 지껄이고 있는 게냐? 실성을 한 것이더냐!"

더 이상 참을 수 없다는 듯 상협이 칼을 높이 들어올렸다. 하늘로 향한 그의 팔이 부들부들 떨렸다.

그 팔이 막 움직이려는 순간, 동굴 안쪽에서 목소리가 튀어나왔다.

"이런…… 진정하십시오, 나리. 그런 하찮은 계집하고 싸움이나 하고 있을 때가 아니질 않습니까."

메아리처럼 울려 퍼지는 그 목소리는 들어본 적이 있는 사내의 것이었다.

수생은 고개를 돌렸다. 짐작대로 소진사가 초점을 알 수 없는 묘한 눈을 빛내면서 느릿느릿 다가오고 있었다.

호랑이 뒤에 숨어 있던 것이 이자였구나.

활터에서 자신과 능창군을 위협하던 소진사를 수생은 똑똑히 기억했다. 그런 자가 상협과 동패였다니…….

빠르게 흥분을 가라앉힌 상협이 가볍게 목례를 했다.

"무사하신 모습 뵈니 다행입니다. 이희명 대감께서 힘써주셨다 들었습니다."

"전화위복이란 게 이런 것일 겝니다. 소생이 잡혀가는 바람에 저들이 우리 쪽의 낌새를 알아차렸다는 것을 눈치 채게 되었으니 말이지요."

소진사는 그렇게 말하며 의뭉스런 웃음을 수생을 향해 던졌다.

그가 갑작스레 의금부로 잡혀갔다는 사실을 수생은 알지 못했다. 그 사건 뒤에 윤상궁이 있었다는 것도 알 리 없었다. 하지만 수생은 그가 방금 던진 말이 자신과 어떤 식으로든 연관이 되어 있음을 알았다. 소진사의 기분 나쁜 웃음이 그 사실을 똑똑히 알려주고 있었던 것이다.

"그러게나 말입니다. 며칠만 더 머뭇거렸다간 힘도 못 써보고 이 모든 일들이 수포로 돌아갈 뻔하였습니다."

동의의 뜻으로 고개를 끄덕이며 상협이 대꾸했다.

"그나저나 서둘러야겠습니다. 날이 저물기 전에 거사를 마무리 지어야 할 것이 아닙니까."

소진사는 손에 든 화살 하나를 상협에게 내밀었다. 화살을 받아든 상협이 다시 수생의 눈앞에 그것을 들이밀었다.

"이제부터 내가 하는 말 잘 들어라. 그 수상한 사내놈 따라 황천길을 가고 싶지 않다면, 그리고 네 손으로 능창군 나리를 황천길로 보내고 싶지 않다면 말이다."

"불쌍한 아비도 잊어선 안 되겠지."

소진사가 한마디를 거들었다.

그의 입에서 흥복의 이야기가 나오자 수생은 깜짝 놀랐다. 아버지의 일을 알고 있는 건가? 능창군 나리께서 하신 일이 아니었나?

허면 이 사람들이 아버지를 이용해 능창군 나리를 움직였다는 건가?

복잡해진 머릿속으로 대답을 알 수 없는 질문들이 마구 날아다녔다.

그때 상협의 목소리가 화살처럼 수생에게로 날아들었다. 그 목소리는 순식간에 모든 상념을 날려버릴 만큼 무시무시한 말을 담고 있었다.

"넌 저 호랑이 속에 들어갈 것이다. 숨이 막힐지도 모르니 이걸 입에 물고 있거라. 화살처럼 생겼지만 숨대다. 이것으로 숨을 쉬며 죽은 것처럼 있다가 누가 호랑이 머리를 이렇게 들어 올리거든 창을 그대로 앞으로 쭉 뻗으면 된다. 조금 전에 했던 것처럼 말이다."

상협은 시범을 보이듯 옆에 있는 호랑이 머리를 앉아 있는 자신의 얼굴 높이까지 들어올렸다.

수생은 침을 꼴깍 삼켰다.

그의 음모에 손을 거들고 싶은 생각은 추호도 없었다. 게다가 호랑이 안에 숨어 있다가 창을 찌르라니. 허공에 대고 칼춤을 추는 것이 아닌 이상, 그것은 호랑이의 앞에 누군가가 서 있을 것이라는 뜻이었다. 지금 상협은 수생더러 그 사람을 찌르라 명령을 하고 있는 것이었다.

천천히 수생의 목에서 검이 멀어져갔다. 상협은 뒤로 한 걸음 물러서기까지 했다. 마치 수생에게 자유로이 선택할 권리라도 주겠다는 듯이.

하지만 상협이 그리 물러서는 건, 그가 물러서는 만큼 수생이 앞으로 다가올 수밖에 없음을 알고 있기 때문이었다.

어차피 협상의 여지가 없는 싸움이었다. 물러설 곳이 없는 낭떠러지로 몰렸다면 앞으로 나갈 수밖에 없는 법이었다. 설령 저 앞의 검이 제 목을 베기 위해 기다리고 있다는 것을 안다 하더라도…….

수생은 천천히, 그러나 확실하게 고개를 끄덕였다.

"절대 소리를 내면 안 된다. 들켜서도 안 돼. 그 순간, 넌 죽은 목숨이다. 너뿐만 아니라 능창군 나리도 같이 죽은 목숨이 될 게다. 모든 것이 네 손에 달려 있다는 것을 잊지 말아야 한다. 내 말 명심해라!"

호랑이 뱃속에 들어가 본 사람은 아무도 없을 거야. 아니, 들어갔다 살아나온 사람 말이야. 여기서 나가게 되면 아버지한테, 아냐, 아버지는 놀라서 기절하실지도 모르니 수진궁 벗들한테 얘기를 해줘야겠다.

백함 나리한테도 자랑을 해야지. 나리만 죽었다 살아 돌아온 줄 아십니까? 저도 호랑이 뱃속에 들어갔다 나온 계집이랍니다! 그렇게 말야.

수생이 안에 들어가 눕자 상협과 소진사는 밖에서 호랑이 가죽을 봉합했다.

그리고는 화살을 맞은 것처럼 보이도록 숨대를 작은 구멍 사이로 꽂아 넣었다. 상협의 말대로 그 숨대가 아니었다면 수생은 질식해서 죽고 말았을 것이다.

호랑이 뱃속은 뜨겁고 축축하며 소름이 끼쳤다. 엎드려 누운 수생의 이마와 목덜미, 어깨 위로 피가 뚝뚝 흘러내렸다.

거칠게 잘려나간 뼛조각들은 몸에 찬 족쇄처럼 수생을 옭아맸다.

조금이라도 몸을 뒤척였다가는 거칠고 뾰족한 맹수의 뼈에 살점이 베어나갈 것만 같았다.

엎드려 누운 수생은 두 손으로 창을 꼭 안았다. 이 창 앞에 누가 서게 될지는 생각지 않으려 애를 썼다. 그 뒤로 자신에게 닥칠 일들도 미리 두려워하지 않으려고 했다.

창을 쥔 두 손을 수생은 꽉 움켜쥐었다. 그렇게 몸 안에 있는 모든 용기를 짜내어보았다.

수생(守生)

32

빠르게 울려대는 북소리에 나무숲이 부르르 몸을 떨었다.

쿵쿵거리는 것이 제 심장인지, 숲을 가득채운 북소리인지 백함은 가늠이 되지 않았다.

출입패를 훔친 백함은 도성의 화재 진압에 동원됐던 병조의 군인들이 호랑이 사냥에 다시 투입되는 틈을 타 궐로 들어왔다.

후원까지 잠입한 후 백함은 병사들 무리에서 떨어져 나왔다. 상협을 찾기 위해서였다.

어느덧 오후 해는 뉘엿뉘엿 가라앉으려 하고 있었다.

남은 시간이 얼마 없다는 생각이 들자 조바심이 몰려왔다.

상협 패거리는 임금이 호랑이 사냥을 독려하기 위해 후원에 나와 있는 동안, 그를 칠 계획을 세우고 있을 터였다.

그 전에 상협을 찾아내야 했다. 그리하여 반드시 자신의 손으로 그에게 되갚음을 해주어야 했다.

소나무 숲 언저리에 다다랐을 때, 백함은 수상해 보이는 한 무리의 병사들을 목격했다.

그들은 축 늘어진 커다란 호랑이 한 마리를 앞뒤로 든 채 발소리를 죽여 가며 걷고 있었다.

호랑이 사냥에 성공한 병사들이라면 마땅히 환호를 하며 자신들의 포획물을 자랑해야 했다. 그런데 그림자라도 되는 양 소리 없이 움직이고 있는 병사들이라니!

얼른 소나무 기둥 뒤로 몸을 숨긴 후 백함은 병사들을 주의 깊게 살펴보았다. 그 속에 혹시 상협이 있을지도 모른다는 생각이 들었다.

그러나 얼굴을 하나하나 훑어도 상협의 모습은 보이지 않았다. 다들 낯선 사람들뿐이었다. 다른 패거리가 있는지 확인하기 위해 백함은 주위를 재빨리 둘러보았다. 서둘러 올 때는 몰랐는데 이제 보니 나무 숲 저 안쪽에 동굴이 하나 있었다.

둥그렇게 입을 벌린 어둠 안쪽에서 사람의 형체 하나가 너울거렸다. 누군가가 동굴 안에 남아 있었던 것이다.

병사들을 따라가야 하나. 아니면 동굴을 확인해볼까.

백함이 잠시 갈등하는 사이, 동굴 안에 있던 사람의 형체가 입구 쪽으로 다가왔다.

그 사내가 상협임을 알아본 순간 백함은 재빨리 몸을 숙였다.

상협은 밖으로 나오는 대신 입구에 선 채 뒤를 돌았다. 그 틈을 노려 백함은 재빨리 동굴 쪽으로 달려갔다.

만일 상협이 다른 패거리들과 함께 있다면 지금은 그를 공격할 때가 아니었다. 반대로 혼자라면, 이것은 다시는 오지 않을 기회였다.

동굴 입구와 가장 가까운 바위 뒤에 몸을 숨인 채 백함은 동굴 안쪽의 상황을 살폈다.

다행히도 상협은 혼자인 듯했다.

백함은 조심조심 허리에 차고 있던 검으로 손을 가져갔다.

어린 시절부터 무예에 관한 한 백함은 한 번도 상협을 이긴 적이 없었다. 하지만 그것은 어디까지나 정식으로 서로 맞부딪칠 경우였다. 지금처럼 방심한 틈을 노린다면 자신에게도 승산이 있다고 백함은 스스로에게 주문을 걸듯 되뇌었다.

소리가 나지 않도록 검을 빼내느라 백함의 손에서는 경련이 날 지경이었다. 손바닥에서도 땀이 솟구쳤다. 검이 완전히 칼집을 빠져나올 때까지 백함은 숨을 멈추었다.

상협은 여전히 등을 돌린 채였다. 무엇을 하는지 그는 허리까지 앞으로 수그리고 있었다.

이 순간을 놓치면 끝이다!

백함은 번개처럼 상협에게 달려들었다. 순식간에 그의 팔이 상협의 목을 낚아챘다.

"꼼짝 마라!"

백함은 쥐고 있던 검을 허공으로 던져 올린 후 다시 손잡이의 방향을 바꿔 검을 낚아챘다. 검 끝이 상협의 옆구리를 향했다.

갑작스레 목이 졸린 상협은 꺽꺽 숨이 넘어가는 소리를 했다. 뜨거운 액체가 왈칵 그의 입에서 쏟아져 나왔다.

뭐지, 이건?

백함은 얼른 발밑을 내려다보았다. 상협의 발밑이 검붉은 피로 흥건했다. 아니, 발밑만이 아니었다. 그가 입은 군복에서도 핏방울이 뚝뚝 떨어져 내리고 있었다.

피의 흔적을 따라 올라가던 백함의 눈이 상협의 허리 언저리에서 멈췄다.

단도가 그의 복부에 단단히 박혀 있었다.

깜짝 놀란 백함은 얼른 상협의 목을 풀었다.

그대로 풀썩 무릎을 꿇은 상협은, 두 손으로 단도를 빼내려 안간힘을 썼다.

누가 이런 짓을 한 건가.

상협을 공격한 자가 아직 동굴에 남아 있을까 봐 백함은 황급히 주위를 살폈다. 그러나 동굴 안에는 고요하고 음습한 공기만이 떠돌고 있을 뿐 사람의 흔적은 없었다.

기운이 빠졌는지 상협이 이내 옆으로 풀썩 쓰러졌다. 그의 복부에는 여전히 검이 깊숙이 박혀 있었다.

거의 반사적으로 상협에게 달려든 백함이 그의 어깨를 흔들어댔다. 힘없이 눈꺼풀을 깜빡거리며 상협이 눈을 떴다.

희관의 얼굴을 알아보았는지 그의 눈동자가 경련을 일으켰다.

"너는…… 네가 어떻게…… 하아, 벌써 죽은 것이던가……. 그래서 황천길 떠난 네 놈을…… 여기서 보게 되는 것이더냐……."

"불구덩이에서 재가 되어버린 줄 알았겠지? 기대를 깨뜨려서 미안하군. 하지만 네 녀석한테 당한 것을 되갚아주기 전까지는 죽을 수가 없는 몸이라서 말이다."

백함은 사납게 대꾸하며 자신이 입고 있던 군복 끄트머리를 좍 찢었다.

그 천을 왼손에 감아 쥔 후 백함은 오른손으로 상협의 복부에 꽂혀 있는 단도 손잡이를 잡았다.

힘을 주어 단도를 잡아당기자 살 속에 꽉 맞물려 있던 금속이 움직이기 시작했다.

"으윽!"

상협은 고통스러운 비명을 내질렀다. 단도가 뽑혀나간 상처에서 피가 뿜어져 나왔다. 백함은 얼른 단도를 던져버리고 왼손에 쥐고 있던 천을 상처 위로 가져갔다.

두 손으로 상처를 꽉 누르자 상협이 다시 신음을 내뱉었다.

"참아라. 죽음에 이를 때는 이보다 훨씬 더한 고통을 겪어야 하니까."

얼음처럼 차가운 말이 백함의 입에서 튀어나왔다.

"복수를…… 하겠다며…… 어째서 이런……."

"다른 사람의 손에 이리 쉽게 네 목숨을 넘겨줄 줄 알았더냐?"

"똑같이…… 쿨럭! 불구덩이에 집어넣으려…… 하는…… 게냐."

"천만에. 똑같이 하려면 불구덩이로는 안 되지. 화살을 날려야지. 무방비 상태로 서 있는 네 녀석의 등을 노려서 말이다."

차가운 불꽃이 백함의 눈동자에서 튀어 올랐다.

그 파편이 튀기라도 한 것인지 상협의 뺨이 실룩거렸다. 백함을 다시 한 번 죽이려 했냐던 수생의 말이 그의 뇌리를 번개처럼 스치고 지나갔다.

눈앞의 사내가 위험한 인물이라는 것은 상협도 진작부터 느끼고 있던 바였다. 수생이 고작해야 단순한 심부름꾼에 불과하다면 이 사내에게는 무언가 다른 것이 있었다.

단순한 짐작이 아니었다. 본능 같은 감각이었다. 항아리와 윤목. 이천에서의 기이한 일들. 그리고 잠든 자신의 머리맡에 휘갈겨 놓고 간 핏빛 문장까지…….

상협은 그 모든 것이 이 사내의 짓일지도 모른다고 의심하고 있었다.

하지만 사내의 정체를 파악하는 것은 쉽지 않았다. 수소문을 해봐도 그를 안다는 사람이 없는 탓이었다. 어느 날 갑자기 수생의 곁에 나타났다는 것을 제외하면 상협이 그에 대해 실질적으로 아는 것은 없었다. 문희관이라는 이름 석 자가 과연 그의 진짜 이름일까. 그것조차 의심스러웠다.

그러나 그가 정말로 확인하고 싶었던 것은 이름 따위가 아니었다.

이이첨의 끄나풀인가. 아니면 역시 칠 년 전 그때 역모를 고변했던 자와 관련된 건가. 상협이 알고 싶은 것은 그것이었다.

그의 피 묻은 손이 백함의 손목을 덥석 움켜잡았다.

"……대체 누구냐……. 어째서…… 그 녀석의 흉내를…… 내는 게냐."

"누구냐고? 네 손으로 죽인 벗이 서넛은 된다더냐?"

백함은 상협의 손을 거칠게 털어냈다. 등골을 오싹하게 할 만한 냉기가 그의 깊고 어두운 눈동자에서 뿜어져 나왔다.

상협은 저도 모르게 침을 꿀꺽 삼켰다. 그러다 불현듯 이 눈동자를 본 적이 있다는 사실이 떠올랐다.

그 눈동자였다! 능창군을 닮았던 그림 속의 사내. 이천에서 보았던 백함의 초상. 그 얼굴 위에서 빛나던 어둡고 날선 눈동자.

그렇게 생각한 순간, 이상한 일이 벌어졌다. 거짓말처럼 사내의 얼굴에 백함의 모습이 겹쳐 보였던 것이다.

마치 귀신이라도 본 것처럼 상협의 눈이 벌어졌다.

그럴 리가 없다. 백함일 리가 없어. 잘못 본 게야. 이 녀석의 농간에 놀아나고 있는 게야.

앞뒤 잴 겨를도 없이 상협은 옆에 떨어진 단도를 향해 손을 뻗었다. 단도가 손에 잡힌 순간, 남아 있는 힘을 다해 상협은 백함에게로 달려들었다.

기습을 당한 백함은 그대로 옆으로 나뒹굴었다.

상협이 휘두른 단도가 그의 눈앞으로 휙 날아들었다. 반사적으로 백함은 몸을 피했다. 다시 상협이 공격을 해왔다. 상처 입은 맹수처럼 사납고 거칠게 그는 백함을 향한 마지막 일격에 자신의 온 힘을 실었다.

상협의 단도가 백함의 가슴팍을 향해 맹렬하게 내려왔다.

그 날카로운 칼끝이 살점을 뚫고 들어가려는 찰나, 백함의 손이 덥석 상협의 손목을 움켜쥐었다.

두 사람의 힘이 팽팽하게 맞섰다. 저항하는 힘을 누르려는 듯 상협은 온몸의 무게를 실어 백함을 짓눌렀다. 심장을 파먹고 싶은 욕망에 상협의 칼끝이 미친 듯이 벌름거렸다.

부들거리던 칼끝이 드디어 백함의 옷을 뚫고 들어왔다. 차가운 맹수의 발톱이 백함의 심장을 감싼 살갗을 파고들었다.

이대로 밀리면 끝이다!

마지막 힘을 다해 백함은 상협의 손목을 비틀었다. 심장을 노렸던 칼끝이 옆으로 휘릭 날아가며 백함의 어깨를 벴다. 날카로운 통증이 어깻죽지를 넘어 순식간에 등으로 퍼져나갔다.

비명을 지를 새도, 고통에 신음할 여유도 없었다. 백함은 상협이 잠시 비틀거리는 틈을 타 무릎으로 그의 명치를 가격했다.

상협은 외마디 비명을 지르며 고꾸라졌다. 상처 부근을 손으로 부여잡은 채 잔뜩 몸을 웅크린 모습이 그의 고통을 고스란히 드러내고 있었다.

백함은 상협이 떨어뜨린 단도를 집어 들고 그에게 다가갔다.

그 기척을 알아챈 상협이 퍼뜩 고개를 들었다. 백함은 반대편 손을 뻗어 상협의 목을 눌렀다. 그리고는 단도를 쥔 팔을 천천히 들어 올렸다.

상협의 얼굴에선 핏기라곤 찾아볼 수 없었다. 대신 몸속의 피가 모두 몰린 듯 눈자위에 잔뜩 핏발이 섰다.

"뭘 망설이는…… 게냐. 어서 찔러라……."

꽉 막힌 목소리를 상협이 신음처럼 뱉어냈다.

백함도 궁금했다. 무엇을 망설이고 있는가. 복수를 한다지 않았던 가. 칠 년 전에 멈췄던 길을 다시 가야 한다질 않았던가.

여기서 상협을 죽이면 된다. 이 녀석의 계획을 무너뜨리면 된다. 허면 모반 세력들은 와해될 것이고, 내 집안이 그랬던 것처럼 녀석 의 가문도 풍비박산이 날 것이다.

그러니 찔러라. 지금까지 이 순간을 기다려오지 않았던가!

"잘못했다 말해라."

깊은 우물에서 건져 올린 듯 어둡고 차가운 목소리가 백함의 목울 대를 뚫고 흘러나왔다.

붉게 물든 상협의 눈자위가 커졌다.

"용서해 달라 말하란 말이다!"

백함은 버럭 소리를 질렀다.

그렇게 철저하게 배신을 당해놓고도, 아직까지 미련을 놓지 못하 는 자신의 어리석음에 화가 났다. 단숨에 숨통을 끊어버리면 되는 데. 그대로 되갚아주면 되는 것인데. 대체 무슨 말을 듣고 싶어서. 이제 와 사죄의 말이 대체 무슨 소용이라고.

"무엇을…… 말이더냐. 나는…… 용서를 구할 일이 없는데……."

상협의 입에서 힘없는 웃음이 흘러나왔다. 백함의 미련을 비웃고 있는 것이었다. 어리석게도 망설이는 그의 마음을 재촉하고 있는 것이었다.

단도를 쥔 백함의 손에 힘이 들어갔다. 검 끝이 부르르 떨렸다.

상협은 눈을 감았다.

결국 이렇게 끝나는 것인가. 조금만 더 가면 됐는데. 몇 발짝만 더 가면 목표 지점에 닿을 수 있었는데.

상협의 얼굴로 휘이익 바람이 날아들었다. 단도가 일으키는 차가운 바람이었다.

눈을 질끈 감은 채 백함은 있는 힘껏 칼을 바닥으로 내리 꽂았다.

핏방울이 후드득 소리를 내며 옷으로, 얼굴로 튀어 올랐다.

거칠고 뜨거운 불안한 숨소리가 동굴의 차가운 공기를 파고들었다.

상협은 천천히 눈을 떴다. 동굴 너머로 보이는 하늘 위에 흰 가을 새 한 마리가 유유히 날아가고 있었다. 어디선가 휘, 휘, 여물지 못한 휘파람 소리가 들려오는 듯했다.

상협의 귀 옆에 바짝 붙어 서 있던 단도가 풀썩 옆으로 쓰러졌다. 그 바람에 다시 바닥에 고여 있던 피가 튀었다.

"왜……."

상협은 자신의 상처를 누르고 있는 백함의 손을 만져보았다. 피로 미끈거리는 그의 손등이 뜨거웠다.

"네가 정녕…… 백함이라면…… 너는…… 나를 용서하면 아니 될 텐데……."

"왜 그랬더냐! 왜 나를 죽였더냐! 나를 묻고 그 사건을 묻었으면,

그것으로 만족을 했어야지, 무엇을 더 얻으려고 이런 일까지 벌였더냐! 그냥 그대로 살았으면 되었을 것이 아니냐! 대답해라! 대답하란 말이다!"

오랫동안 우물 깊숙이 숨겨두었던 마음을 백함은 건져 올렸다.

수생의 말이 맞았다. 똑같이 그를 죽임으로써 복수를 하고 싶은 것이 아니었다.

사죄를 받고 싶었다. 용서를 하고 싶었다. 그렇게 상협을 지워버리고 싶었다. 그리하여 칠 년 전의 그 길에서 벗어나고 싶었던 것이다.

"그랬으면…… 아무것도 아닌 일에…… 너를…… 그리 만든 것이 될…… 테니…… 쿨럭……."

백함의 손목을 잡고 있던 상협의 손에 힘이 들어갔다.

"아버지가 이루려 하셨던…… 그 일 때문에 나는…… 이 손에 피까지 묻혔다. 내 손으로…… 형제 같다던 네 숨을 끊었어……. 이제 와 그것을 완성하지 못한다면…… 그 모든 것이 의미 없는 일이 되어버리지 않느냐……."

친구를 배신하고, 꿈을 저버리고, 사랑하는 여인을 속인 그 모든 일들이 말이다.

그리할 수는 없지 않더냐.

숨이 가빠 와서 상협은 더 이상 말을 잇지 못했다. 지난 칠 년간 가슴에 묻어놓았던 말들은 대신 뜨거운 눈물이 되어, 끈적끈적한 피가 되어 차가운 바닥으로 흘러내렸다.

백함의 손이 상처를 더 꽉 눌렀다. 쏟아져 나오는 피를 멈춰보려는 그의 절박한 마음이 느껴졌다.

"정신 차려라! 이리 보낼 수는 없다! 네 목숨은 반드시 내 손으로 거두어야 한단 말이다!"

좌악. 상협의 옷소매가 찢겨나갔다. 백함은 그것으로 정신없이 상협의 상처를 동여맸다. 그리곤 정신을 잃어가는 그를 들춰 업고 몸을 일으켰다.

그 순간 상협이 헉! 하며 숨을 들이켰다. 아니, 숨을 토해내는 소리 같기도 했다.

백함은 얼른 뒤를 돌아보았다. 축 늘어진 상협의 목덜미에 짧은 화살 같은 것이 꽂혀 있었다. 동굴 저 안쪽으로 타다닥, 달아나는 발자국 소리가 들렸다.

그를 쫓아가는 대신 백함은 동굴 바닥에 상협을 서둘러 내려놓았다. 상협의 손이 백함의 소매 자락을 붙들었다.

"소……"

상협은 목소리를 쥐어짜내려 안간힘을 썼다.

"소……"

백함의 소매를 쥐고 있던 손이 풀썩, 바닥으로 떨어졌다.

서서히 그의 의식이 사라져갔다. 세상의 빛과 소리들도 멀어져갔다. 조금씩 암흑이 상협의 세상에 내려앉았다. 그러자 어둠 속에 잠겨 있던 목소리 하나가 또렷하게 되살아났다.

"조금만 참아, 상협아! 내가 곧 내려갈 테니까! 정신 잃으면 안 돼! 휘파람, 그래, 휘파람을 불어봐, 이렇게!"

그리운 벗의 목소리가 벼랑 밑에 떨어져 있는 자신을 향해 외치고 있었다. 백함은 시범을 보이듯 입술을 모아 휘파람을 불었다. 휘……휘…….

그건 휘파람이 아니라 바람 빠지는 소리잖아. 그렇게 타박하던 어린 자신의 목소리가 들려오는 듯했다.

눈물이 상협의 뺨을 타고 주르르 흘러내렸다. 그 눈물이 바닥에 떨어지는 순간 상협도 정신을 놓았다.

"눈 좀 떠봐! 정신 좀 차려보란 말이다!"

어둠 속으로 떨어져 내리던 그를 누군가 다시 흔들어 깨웠다.

윤백함. 유일했던 나의 벗. 그래, 정말 너였던 게로구나.

상협은 힘겹게 눈꺼풀을 들어올렸다. 희관의 얼굴 위로 아까보다 더욱 선명하게 백함의 모습이 드러나 있었다.

이것이 마지막이라는 것을 상협은 직감했다.

네게 남겨야 할 마지막 말이 무엇일까. 용서도 빌지 못하고, 잘못도 고백할 수 없는 내가 너를 위해 남겨줄 수 있는 말. 거사를 성사시키는 일보다 중요한 것…….

"……수…… 생……."

힘겹게 상협은 입술을 달싹였다.

자신의 목소리가 입 밖으로 새어나오고 있는지 상협은 알 수 없었다. 그래도 필사적으로 말을 이었다. 백함에게 마지막으로 소중한 존재를 지킬 기회를 주어야만 했다.

갑작스레 나온 수생의 이름에 백함의 눈동자가 멈칫했다.

"뭐라 했느냐? 지금 수생이라 했더냐?"

"호······ 랑이······ 안에······ 위······ 험······ 죽을······."

상협의 입에서 나온 마지막 말은 결국 끝을 맺지 못한 채 허공 속으로 사라졌다.

백함의 손 위에 얹혀 있던 그의 손이 툭, 아래로 떨어졌다.

동굴 입구에서 메마른 바람이 불어왔다. 그 바람은 휘휘, 어설프던 백함의 휘파람 소리를 닮아 있었다.

들썩임이 갑자기 멈췄다.

수생은 신경을 바짝 곤두세웠다. 상협이 말했던 순간이 드디어 다가오는 듯했다.

잠시 후 호랑이가 바닥에 내려지는 느낌이 들었다. 이어 바깥에서 약간의 소란이 들려왔다. 수생은 귀를 바짝 세워보았다. 그러나 단단히 밀폐된 호랑이 속에 들어앉아 있다 보니, 바깥의 소리는 모조리 윙윙거리는 벌레소리처럼 들릴 뿐이었다.

호랑이 머리가 들리는 순간을 수생은 초조하게 기다렸다.

창대를 쥔 손바닥이 축축했다. 그것이 자신의 땀인지, 호랑이의 피인지 더 이상은 구분이 가지 않았다.

얼마나 그렇게 기다리고 있었을까. 호랑이의 머리가 위로 들려 올라갔다. 수생은 창대를 쥔 손아귀에 힘을 주었다.

그때 갑자기 호랑이의 입이 크게 아래위로 벌어졌다. 미처 반응을 할 시간도 주지 않고 누군가의 손이 그 안으로 불쑥 들어왔다.

제대로 저항도 못해본 채 수생은 결국 창을 빼앗기고 말았다.

들키는 순간 죽은 목숨이라던 상협의 위협이 떠올랐다. 정신이 아득해지고 사고가 정지해버리는 것 같았다.

그 찰나의 마비 상태에서 수생이 풀려나기도 전에, 좌악, 호랑이의 배가 갈려 나갔다. 공기와 햇빛이 한꺼번에 밀려들었다.

눈을 찔러오는 날카로운 빛의 공격에 수생은 반사적으로 눈을 감았다.

그 순간 커다란 손이 수생을 향해 다가왔다.

황급히 달아나보려 했지만 상대의 손이 더 빨랐다. 양손으로 어깨를 잡힌 채 수생은 다짜고짜 호랑이 속에서 끌려나왔다.

"괜찮으냐?"

머리 위에서 들려온 목소리에 수생은 퍼뜩 고개를 들었다. 피에 젖어 엉겨 붙은 머리 때문에 눈앞이 잘 보이지 않았다.

재빨리 두 눈을 비비고 수생은 다시 사내를 쳐다보았다.

백함이었다.

순식간에 심장이 죄어드는 것 같았다. 이상했다. 이리 반가운데, 이리 안심이 되는데, 어째서 가슴이 이렇게 답답한 걸까. 어째서 이렇게 고통스러운 걸까. 심장을 꽉 내리눌러 숨도 쉬지 못하게 하는 이 뜨거운 기운은 대체 무엇일까.

백함의 걱정스러운 눈동자가 수생의 얼굴 위를 미친 듯이 배회했다. 떨리는 그의 손이 수생의 뺨에 가 닿았다.

그 순간, 수생의 가슴을 태울 듯했던 뜨거운 열기가 눈두덩으로 몰려들었다. 고통스럽게 죄어오던 심장이 그제야 숨을 쉬기 시작했다.

수생은 와락 그의 품으로 달려들었다. 필사적으로 매달리듯 안겨 오는 수생을 백함이 꽉 끌어안았다. 맞물린 두 심장이 뜨겁게 펄떡였다.

"다친 데는 없느냐? 놀라지는 않았더냐?"

꽉 눌린 목소리로 백함이 물었다. 그의 어깨에 얼굴을 파묻은 채 수생은 고개를 저었다.

실은 이대로 죽는 줄만 알았다. 다시는 그를 만나지 못할 거라 생각했다. 그러니 무서웠냐고 물었다면 그렇다고 대답했을 것이다. 슬펐냐고 물었다면 고개를 끄덕였을 것이다. 그를 잃어서 슬펐다고, 그를 다시 보지 못할까 봐 두려웠다고, 그리 힘껏 고백을 했을 것이다.

수생은 고개를 들었다. 피와 눈물로 범벅이 된 얼굴이 백함을 올려다보았다.

"나리요? 상하신 데는 없는 거예요? 아프신 데는 없는 거예요?"

백함도 고개를 저었다.

"……무서웠다. 너를 찾아내지 못할까 봐. 네게로 다시는 돌아오지 못할까 봐…… 얼마나 겁이 났는지 아느냐."

그의 목소리가 떨고 있었다. 수생을 감싼 팔도 경련을 일으키듯 떨렸다.

그것으로 수생은 족했다. 그토록 알고 싶었던 그의 마음이 여기에 있었다. 맞닿은 심장이 같은 속도로 뛰고 있다는 것이 아플 정도로 생생하게 느껴졌다.

간절해질수록 멀어지는 바람을 붙잡듯 수생은 백함에게 매달렸다.

그때 문득 호랑이 주변에 병사 두 명이 쓰러져 있는 것이 수생의 눈에 들어왔다. 아마도 호랑이 속에 숨어 있던 자신을 데려가던 병사들인 듯했다.

순식간에 현실감이 되돌아왔다. 여기서 이렇게 지체해서는 안 될 일이었다. 무언가 음모가 벌어지고 있었다. 그것을 어서 능창군에게 알려야 했다.

수생은 백함을 올려다보았다. 그 눈동자에서 무엇을 읽었는지 백함도 서둘러 수생을 안고 있던 팔을 풀었다.

"서두르자, 어서 여기를 나가야 한다!"

수생의 손을 잡으며 백함이 재촉했다.

"하지만 그러면 능창군 나리께서 위험에 빠지실지도 몰라요!"

수생이 그를 말렸다.

"능창군?"

"그분도 여기에 와 계세요. 박상협 나리가 그분을 이용해 뭔가를 꾸미고 있는 것 같아요."

"……박상협은 죽었다."

"예?"

뜻밖의 이야기에 수생의 눈이 커졌다.

"그 녀석이 하려던 일이 무엇인지 너도 짐작하고 있겠지? 맞다,

역모다. 임금을 치려 했단 말이다. 헌데 누군가가 그 녀석을 공격해서 죽였다. 이것이 무엇을 뜻하겠느냐? 그들의 계획이 어그러졌다는 뜻이다. 허면 능창군도……."

상황을 설명하던 백함이 갑자기 입을 다물었다.

상협은 분명 모반을 계획하고 있었다. 그것은 다시 말하자면, 지금의 왕을 끌어내리고 누군가 새로운 임금을 왕좌에 앉히겠다는 뜻이었다.

그렇다면 과연 상협 패거리는 누구를 자신들의 왕으로 생각하고 있을까. 칠 년 전엔 영창대군이었다면, 그가 이미 죽은 지금은 과연 누구인가? 왕의 세력들이 가장 경계하는 인물. 그리고 반대 세력들이 가장 탐내는 인물……. 바로 능창군이 아니던가.

상협은 어떻게든 그를 자신들의 계획에 끌어들이려 했을 것이다. 능창군을 추대하자며 남몰래 모의도 했을 터였다.

그들과 손을 잡지 않았다 해도, 그들의 역모 기도가 실패로 돌아간다면 능창군은 살아남지 못할 것이다. 역당들의 입에 오르내린 정적을 왕이 그대로 살려둘 리가 없지 않겠는가.

게다가 상협의 거사가 계획된 날, 능창군은 궐로 들어와 호랑이 사냥에 참가했다.

이것이 과연 우연일까. 아니면 계획된 일일까.

계획이라면 과연 누가 그 뒤에 숨어 있는 것일까.

백함은 머릿속이 혼란스러웠다. 하지만 단 한 가지, 확실한 것은 있었다. 지금 능창군의 곁에 있으면 수생이 위험하다는 사실이었다.

"일단은 이곳을 빠져나가자."

그렇게 말하며 백함은 다시 수생의 손을 잡았다.

그 순간 어디선가 활시위를 퉁기는 소리가 났다. 거의 동시에 화살 한 대가 백함의 귀를 아슬아슬 스치며 지나갔다.

"그리는 아니 되겠소."

화살이 날아온 방향에서 목소리가 들려왔다.

백함은 그대로 굳은 채 천천히 눈동자를 돌렸다. 그 눈이 활을 쏜 사람을 찾아내기도 전에 수생의 놀란 목소리가 그의 귀에 와 닿았다.

"능창군 나리!"

능창군은 다시 활시위를 당겼다. 화살의 촉이 이번에는 정확히 백함의 심장을 겨냥했다.

바람처럼 달려온 병사들이 어느새 능창군의 뒤로 늘어섰다. 그들의 제일 앞에는 소진사가 서 있었다.

뒤이어 도착한 병사들은 둥글게 원을 그리며 백함과 수생을 에워싸기 시작했다.

팽팽한 긴장이 숲을 가득 메웠다. 병사들은 능창군의 명령을 기다리며 숨을 죽였다.

백함은 수생을 끌어당겨 품에 안았다. 날아올 화살을 막아내겠다는 듯 넓은 등으로 그는 수생을 품었다. 그리고는 고개를 돌려 능창군을 마주보았다.

백함과 눈이 마주치자 능창군은 활시위를 더욱 팽팽하게 당겼다.

이윽고 손가락이 활시위를 튕기는 소리가 났다.

하지만 화살은 날아오지 않았다. 백함의 심장을 노리던 화살은 능창군의 발밑으로 풀썩 떨어져 내렸다.

"그 여인은 나와 함께 왔소. 돌아갈 때도 나와 함께 가게 될 것이오."

손에 들고 있던 활을 휙 던져버린 후, 능창군은 한 덩어리가 되어 있는 백함과 수생을 향해 거침없이 다가왔다.

수생이 연모했던 사내. 자신이 끼어들지 않았다면 수생의 연이 될지도 몰랐던 사내.

수생의 곁에 있어서는 안 된다는 사실을 깨닫고 난 후, 백함은 능창군과 수생의 연을 다시 돌려놓으리라 결심했었다.

그러나 지금 이 순간 백함은 깨달았다. 결코 생을 함께 할 수 없듯 수생과 자신의 소원 또한 처음부터 양립될 수 없는 것이었다.

그가 원했던 복수에는 능창군의 목숨 값이 포함되어 있었다.

상협과 손을 잡고 이 역모를 주도한 사내. 상협을 막는다는 건 결국 능창군의 목에 칼을 들이대는 일이었던 것이다.

둥둥둥.

사냥을 나갔던 병사들이 북소리를 앞세우며 임금에게로 돌아왔다.

호랑이 사냥이 성공적으로 마무리 되었다는 듯 북소리는 신나고 빠르게 울려댔다.

행렬 앞쪽에 선 병사 둘은 작은 새끼 호랑이를 손에 들고 있었다.

그 뒤로 능창군이 들어왔다. 십 척은 훌쩍 넘을 것 같은 우람한 어미 호랑이를 어깨에 멘 그의 모습은 당당하고 늠름했다.

뒷발이 땅에 끌리는 것을 막기 위해 병사 하나가 호랑이의 뒷다리를 양손에 든 채 그를 따라왔다.

임금은 돌아오는 능창군과 병사들의 행렬을 보며 흐뭇한 웃음을 지었다.

비록 답답하고 무료한 일상에 찾아온 은밀한 즐거움이긴 했으나, 어찌 그것이 전부일 수 있겠는가. 법궁에 우환이 자라나고 있다는 흉흉한 말들이 도성을 떠도는 것이 어찌 왕의 입장에서 기꺼운 일이라 하겠는가.

"수고했다. 기대를 저버리지 않고 용맹함을 보여주니 진심으로 기특하도다."

정자 앞에 능창군이 멈춰 서기가 무섭게 임금이 먼저 입을 열었다.

"과찬의 말씀이십니다, 전하."

무거운 호랑이를 어깨에 메고 있는데도 불구하고 능창군의 자세와 표정에는 흐트러짐이 없었다.

수려한 용모만큼이나 반듯한 성품…….

군주가 될 재목이 엉뚱한 가지에서 태어났다며 아쉬워하는 목소리들을 왕이라고 듣지 못했을 리 없었다.

그의 편이 되어주는 세력들이 능창군에게 갖는 경계심. 그의 정적들이 그에 대해 가지고 있는 동경심. 왕은 그 두 가지 감정을 모두 이해할 수 있을 것 같았다. 그것이 바로 자신이 능창군에 대해 느끼고 있는 이율배반적인 감정의 근원인지도 몰랐기에 더욱 그랬다.

임금은 천천히 자리에서 일어났다. 능창군이 사냥해온 호랑이를 자세히 보기 위해서였다.

종묘에 바치는 제물이라면 무엇보다도 겉으로 흠집이 나 있지 않아야 했다. 그것을 확인하는 것은 동시에 능창군의 무예 솜씨를 엿볼 수 있는 기회이기도 했다.

얼마나 날렵하게, 얼마나 재빨리 맹수의 숨통을 끊어놓는가.

그것이 훌륭한 사냥꾼과 그렇지 못한 사냥꾼을 구분해주는 기준이었다. 그리고 위험한 사냥터에서는 훌륭한 사냥꾼만이 온전히 살아남을 수가 있는 법이었다.

능창군은 메고 있던 호랑이를 바닥에 내려놓았다.

임금이 천천히 무릎을 꿇고 앉았다.

호랑이의 얼굴에는 흠집이 하나도 보이지 않았다. 맹수의 황금빛 눈은 살아있을 때처럼 여전히 위협적인 빛을 뿜어내고 있었다.

조금 더 자세히 보기 위해 왕은 호랑이의 머리를 들어올렸다.

그 순간, 호랑이의 입안에서 금속성의 빛이 반짝였다.

깜짝 놀란 임금이 본능적으로 몸을 뺐다. 그와 동시에 호랑이 가죽이 꿈틀댔다. 투두둑, 소리를 내며 갈라진 호랑이 가죽 사이로 검을 든 사내 하나가 번개처럼 튀어 올랐다.

사방으로 검붉은 피가 튀었다.

순식간에 금원은 아수라장으로 변했다.

정자 주변 여기저기 늘어서 있던 병사들이 놀라서 허둥지둥 달려왔다.

그들이 대열을 채 정비하기도 전에 임금을 노리는 사내의 검이 허공을 갈랐다.

능창군도 허리춤에 숨겨놓았던 검을 빼들었다. 그러나 그 검이 미처 검집을 빠져나오기도 전에 백함의 검 끝이 능창군의 목을 겨누었다.

눈앞에서 펼쳐지는 상황에 임금의 병사들은 어쩔 줄을 몰라했다. 누가 적인지, 아군인지 판단이 되지 않았던 것이다.

이리 저리 창끝을 돌리며 우왕좌왕하는 병사들의 모습은 그야말로 오합지졸이 따로 없을 정도였다.

능창군의 뒤를 따라온 병사들도 황급히 검을 빼들었다. 그러나 백함과 능창군이 한 덩어리로 얽혀 있었기에 감히 공격을 해오지는 못했다.

게다가 먼저 공격해야 하는 것이 임금인지 백함인지도 판단하기가 어려웠다.

그런 까닭에 그들 역시 섣불리 움직이지 못한 채 눈앞의 상황을 주시할 뿐이었다.

하지만 누구보다도 혼란스러운 건, 호랑이의 뒷다리를 내려놓은 후 상황을 기다리고 있던 수생이었다.

백함은 자청해서 호랑이의 뱃속으로 들어갔다. 검을 쓸 줄 모르는 수생 대신 자신이 왕을 찌르는 것이 더 확실한 방법이라며 그는 능창군을 설득했다.

실패하면 모두가 위험해진다는 것을 알고 있습니다. 이 아이를 그리 만들진 않을 겁니다. 소생을 믿지 못하시겠다면 그런 제 마음을 믿어주십시오.

그 마지막 말에 능창군은 결국 고개를 끄덕였다.

수생에게는 싸움이 시작되면 호랑이 가죽 속으로 들어가 숨으라고 했다.

이번에는 애원도, 청도 아니다. 명령이다.

그렇게 말한 후 능창군은 병사들을 향해 고개를 돌렸다. 마지막 결전을 독려하는 그의 단호한 눈빛을 보며 수생은 이 엄청난 일에 뛰어든 것이 온전한 그의 의지였음을 깨달았다.

그가 왜 역모를 일으키려 하는지 수생은 그 정확한 이유는 알지 못했다. 하지만 궐로 떠나오기 전 그에게서 들었던 말로 조금은 그 마음을 짐작할 수 있었다.

능창군은 살고 싶었을 것이다. 죽음만을 기다리며 살아온 생애. 그 끝에서 처음으로 살아남아보기를 희망했을 것이다. 그렇기에 그에게 주어진 마지막 패를 차마 외면할 수 없었던 것이리라.

또한 그는 자신을 지금의 길로 이끈 사람이 수생이라고 했다. 허니 운명과 결판을 내는 모습을 곁에서 지켜봐 달라고 했다.

수생은 그리할 생각이었다. 어차피 피할 수 없는 길이라면 그를 도울 작정이었다. 능창군과 마찬가지로 자신도 어떻게든 살아남고 싶었기에. 연모하는 이와 함께 남은 생을 살고 싶었기에……

그런데 백함이 능창군을 공격하다니.

수생은 어찌해야 할지 갈피를 잡을 수가 없었다. 능창군이 손에 쥐어줬던 단도를 꽉 움켜쥔 채 초조하게 지금의 상황에 촉각을 곤두세울 뿐이었다.

백함은 재빨리 능창군의 등 뒤로 다가가 그의 목에 팔을 감았다.

냉정함을 잃지 않으려 능창군은 애를 썼다. 하지만 백함의 팔이 목을 졸라와 숨을 쉬기가 힘들었다.

"무슨 짓이더냐."

"함정이오. 왕이 놓은 덫이란 말이오. 그 검을 빼는 순간 당신은 죽소."

백함은 능창군의 귀에 대고 빠르게 속삭였다.

덫이라고?

능창군은 재빨리 눈으로 주위를 훑었다. 백함의 말을 증명이라도 하듯 소리 없는 그림자들이 사방에서 일제히 모습을 드러냈다. 그들은 커다랗게 원을 그린 채 능창군의 병사들을 포위해 들어오기 시작했다.

왕의 뒤에 숨어 있던 또 하나의 그림자가 앞으로 서서히 걸어 나왔다.

어떻게 저자가?

분명 조금 전까지 병사들을 이끌고 내 뒤를 따라오고 있지 않았던가!

놀라는 능창군을 보며 소진사는 흡족한 듯 미소를 지었다. 뱀 같은 그의 눈이 매의 부리처럼 생긴 콧대 위에서 교활하게 꿈틀댔다.

비로소 능창군은 이 모든 사태의 전말을 이해할 수 있었다. 어디서부터 계획이 어그러졌던 것인지. 왕이 소진사라는 끄나풀을 이용해 자신들을 어떤 덫으로 이끌었는지.

윤상궁에게로 보내는 서찰에 소진사의 이야기를 담은 것은 왕의 계략이었다. 그를 수상한 자로 지목한 후 의금부로 잡아감으로써 역모 계획이 발각될 위기에 처했다는 위협감을 자신들에게 불러일으키려 했던 것이다.

그렇게 함으로써 거사를 서두르도록 하는 것이 왕과 이이첨 일파의 계획이었으리라.

호랑이 사냥에 능창군을 불러들인 것도 마찬가지였다. 날렵하게, 재빨리 정적의 숨통을 끊어놓기 위해 왕은 단단히 덫을 친 채 그를 기다렸다.

그런데 이번에는 애초의 계획이 어긋나고 말았다. 덫에 걸려든 자가 하나가 아니라 둘이었으니…….

하지만 크게 상관은 없는 일이었다.

임금은 덫에서 빠져나오려고 싸움을 벌이는 두 먹잇감을 빈틈없는 눈으로 지켜보았다. 살아남은 먹잇감을 향해 마지막 일격을 준비하는 것을 잊지 않은 채.

"검을 빼지 않아도 나는 죽는다."

능창군은 목에 두른 백함의 팔을 떨쳐내려 했다.

"아니, 당신은 살 것이오. 살아서 수생 저 아이를 지켜야 할 것이오!"

백함의 말이 떨어지기가 무섭게 무언가가 능창군의 허리를 꾹 찔러왔다. 그것이 단도의 손잡이임을 능창군은 직감했다.

"이걸로 날 찌르시오."

"무슨 소리냐, 그게?"

"날 찌르고 모든 것이 나의 음모였다 하란 말이오. 내게 속아 억지로 끌려온 것이라 하시오. 그럼 목숨은 부지할 수 있소. 시간이 없소!"

단도를 쥔 백함의 손이 능창군을 재촉했다.

그때 임금의 그림자 뒤에서 작은 반짝임이 일었다. 그것이 자신들을 겨냥하고 있는 화살촉임을 백함은 한눈에 알아보았다. 더 이상은 지체할 시간이 없었다.

"들으시오!"

모두가 들을 수 있도록 백함은 목청껏 소리를 질렀다.

"내게 화살을 쏘면 이자가 화살받이가 될 것이오!"

임금에게 보이려는 듯 백함은 능창군의 목에 칼을 더 단단히 들이댔다.

그 순간, 숨죽였던 공기를 가로지르며 화살이 날아왔다. 정확히는 백함의 두 눈썹 사이를 향해서.

능창군은 백함의 손에서 단도를 빼앗았다. 그리고는 그것을 움켜쥔 채 번개처럼 화살을 쳐냈다.

팽팽하던 긴장이 일순간에 깨어졌다. 사방에서 활시위를 당기는 소리가 났다. 뒤편에 서 있던 능창군의 병사들도 일제히 앞을 향해 달려들었다.

왕의 곁에 있던 호위무사들은 순식간에 왕을 성벽처럼 에워쌌다.

화살이 빗발처럼 날아들었다. 백함은 수생을 돌아보았다.

단도를 꼭 움켜쥔 수생은 빗발치는 화살들 속에서 잔뜩 몸을 웅크린 채 그를 바라보고 있었다.

백함은 얼른 바닥에 누워 있던 호랑이 가죽을 집어 들어 수생을 향해 던졌다. 그 순간, 화살 하나가 그의 정수리를 향해 맹렬한 속도로 날아왔다.

순식간에 그의 몸이 뒤로 넘어갔다. 그대로 바닥에 쓰러진 그는 그러나 화살을 맞은 것이 아니었다. 화살이 정수리를 관통하기 직전, 수생이 그를 보호하기 위해 뛰어들었던 것이다.

바닥에 죽은 듯 엎드린 수생의 등에는 화살 한 대가 깊숙이 꽂혀 있었다.

안 돼!

백함은 축 늘어진 수생을 황급히 안아들었다.

"나…… 리……."

수생이 그의 도포자락을 움켜쥐었다.

덜덜 떨고 있는 입술 사이로 피가 한 움큼 비어져 나왔다.

"안 된다! 정신 차려라!"

"살고…… 싶어요…… 나리……."

백함의 얼굴이 보이지 않을까 봐 두려운 듯 수생이 눈을 부릅떴다.

"걱정 말거라. 죽지 않는다! 내가 그리 놔두지 않을 것이다. 내 혼백과 바꿔서라도 어떻게든……."

백함은 이를 악물어서 필사적으로 흐느낌을 삼켰다.

수생이 고개를 저었다. 그의 도포자락을 쥔 손에 힘이 들어갔다.

"……같이…… 나리하고 같이……살고 싶었는데……."

힘이 드는지 수생은 말을 멈춘 채 헉헉거렸다.

"허면 같이 살자. 나와 함께 여길 나가자! 조금만 참거라. 조금만……."

하지만 수생은 그의 말을 따를 수가 없었다. 바닥으로 수생의 손이 힘없이 툭, 떨어져 내렸다.

"안 된다! 나를 보거라! 눈을 떠서 나를 보란 말이다……."

화살이 쉴 새 없이 날아와 백함의 등이며 어깨며 팔을 관통했다. 그러나 그 아픔이 아무리 크다 한들 가슴속 고통을 이길 수는 없었다.

제발 내 말을 듣거라. 이번 한 번만 그리해준다면 내 다시는 네게 명령 같은 건 하지 않으마. 어떤 청도, 부탁도 아니 하마. 허니 눈을 뜨거라. 다시 소중한 이를 잃게 하지 말아다오. 너 없이 이 세상을 떠돌게 하지 말아다오…….

백함은 덜덜 떨고 있는 손으로 수생을 흔들어보았다. 그러나 수생은 다시 눈을 뜨지 않았다. 힘겹게 팔딱거리던 심장은 이미 박동을 멈춘 후였다.

이것이었나. 현실이 된다던 꿈이 이런 것이었나. 내 손으로 수생의 심장을 갉아먹게 된다더니, 이리 만들려고 했던 것인가.

아니, 절대로 그렇게는 되지 않을 것이다.

백함은 미친 듯이 가슴을 쥐어뜯었다. 있지도 않은 심장이 피를 철철 흘리며 그에게서 빠져나왔다. 펄떡이는 자신의 심장을 백함은 보란 듯이 두 손 위에 올렸다. 그리고는 허공을 향해 절규하듯 외쳤다.

원하는 것은 내가 아니었더냐! 자, 여기 있다! 너희들이 파먹을 나의 심장이 여기 있단 말이다!! 그러니 나를 데려가라! 이 여인이 아닌 나를, 내 심장을, 내 영혼을 가져가란 말이다!

혼백의 절규가 공기를 가득 채웠다.

심장이 터져버린다고 생각한 순간, 백함의 주변으로 푸른 불꽃이 타닥타닥, 튀었다.

그 불꽃들은 공기 속으로 사라지는 대신 그의 육신을 감싸기 시작했다.

벼락이 내려치는 것 같은 굉음이 금원을 쩌렁쩌렁 울렸다. 깜짝 놀란 병사들이 동작을 멈췄다. 푸른 불꽃이 화약처럼 터져 올랐다.

그 순간 백함은 희관의 육신에서 빠져나왔다. 분노와 절망으로 가득 찬 혼백이 되어서……

이윽고 세상이 온통 암흑으로 변했다. 어둠 속에 착 달라붙어 있던 착혼꾼이 기나긴 기다림 끝에 드디어 서서히 모습을 드러내기 시작했다.

갑작스레 하늘을 덮은 어둠 때문에 금원은 공포에 휩싸였다. 그러나 어둠은 다가왔을 때처럼 순식간에 물러났다. 굉음과 불꽃도 함께 잦아들었다.

다시 밝아진 하늘 아래는 고슴도치처럼 화살을 등에 진 희관이 쓰러져 있었다.

아수라장이 되어버린 그 현장에서, 수생이 없어진 것을 눈치 챈 이는 단 한 사람, 능창군뿐이었다.

마지막으로 본 수생의 모습……. 그것이 그의 눈을 아프게 찔러댔다. 백함을 구하려고 망설임 없이 몸을 던지던 그 모습이 능창군의 심장을 베어냈다.

어디로 가버린 것이더냐, 너는.

그저 살고 싶던 내 심장이 만들어낸 꿈이었더냐. 하여 이리 심장을 베이니 너도 함께 사라져버린 것이더냐.

수생과 함께 그의 내부에서도 많은 것들이 사라져버린 듯했다.

아수라장이 되어버린 금원도, 싸우고 있는 병사들도, 눈앞을 획획 날아다니는 화살도, 모두 그에겐 그림 속 풍경처럼 느껴질 뿐이었다.

감정이 거세된 사람처럼 능창군은 텅 빈 눈으로 주위를 둘러보았다. 예상치 못했던 소란에 놀랐는지 임금이 호위무사 둘을 거느린 채 서둘러 자리를 뜨고 있었다.

그 모습을 본 순간 다시 감각이 돌아왔다. 칼이 부딪치는 소리가 귀를 찢었고 사람들의 비명소리가 심장을 긁었다.

그래, 내겐 이 심장이 멈추기 전에 해야 할 일이 있다.

한 손에는 단도를 쥐고, 다른 한 손에는 숨겨두었던 장검을 꺼내든 채 능창군은 바람처럼 공간을 가로질렀다.

서둘러 발걸음을 옮기던 임금은 얼마 못 가 우뚝 걸음을 멈췄다. 언제 왔는지 양손에 검을 든 능창군이 앞길을 가로막고 있었던 것이다.

호위무사 둘이 재빨리 검을 꺼내들었다. 한 사람은 임금을 엄호했고 한 사람은 능창군을 향해 달려 나왔다. 여차하면 그대로 능창군의 숨을 끊어버리겠다고 눈을 번득이면서.

검과 검이 맞부딪쳤다. 거친 호흡이 엇갈렸다. 팽팽하게 부딪힌 눈빛이 서로의 심장을 노렸다.

검이 바람을 한 번씩 가를 때마다 불꽃이 튀었다. 임금은 작은 불꽃놀이라도 구경하듯이 저만치 물러선 곳에서 이 싸움을 조용히 지켜보고 있었다.

소나무 숲 입구에서도 창과 활이 춤을 추는 소리가 들려왔다.

제물을 바치는 의식.

그 요란한 제례에 바쳐질 제물이 자신임을 능창군은 잘 알고 있었다. 이제 와서 제물이 될 운명을 피하고 싶은 마음은 없었다. 다만 이 제례가 무엇을 위한 것인지, 그것을 알고 싶을 뿐이었다.

챙강!

날카로운 소리와 함께 호위무사의 칼이 커다란 포물선을 그리며 바닥으로 떨어졌다. 동시에 핏방울이 투둑, 능창군의 소매 위로 튀었다. 팔을 움켜쥔 호위무사가 임금의 발치에 털썩 쓰러졌다.

능창군은 검을 내민 채 임금에게로 한 걸음 다가섰다. 하지만 다음 발을 떼기도 전에 능창군은 그 자리에 멈춰서야 했다. 숨어 있던 호위무사 하나가 소리도 없이 다가와 능창군의 등에 칼을 들이댔던 것이다.

임금이 손을 들어 무사를 제지했다. 그러자 능창군의 심장을 위협하던 칼날이 한 뼘쯤 뒤로 물러섰다. 임금의 옆에 서 있던 또 다른 호위무사가 다가와 능창군의 손에서 검을 빼앗아갔다.

"어리석구나, 능창군."

임금은 깊이 한숨을 내쉬었다.

"돌아서는 사냥꾼을 이리 붙잡으면 어쩌겠다는 게냐. 마지막 포효는 남겨두었어야지. 끝까지 발톱을 드러내지 말았어야지. 아무리 그 발톱이 날카롭다 한들 너를 덮친 그물을 찢어낼 수 있을 줄 알았더냐."

"오늘이 아니면 내일이겠지요. 내일이 아니면 그 다음, 그 다음, 또 그 다음날이 기다리고 있었겠지요. 오늘이 될까, 아니면 내일이 될까, 덜덜 떨며 하루하루를 살아내게 한 다음, 마음 내키는 날, 마지막 창을 꽂으시겠지요."

"하여, 차라리 지금 당장 숨을 끊어 달라? 그리 쉽게 목숨을 포기하면 쓰겠느냐. 네게는 함께 하고픈 이가 있지 않았더냐. 아니면 그 또한 그저 해보는 말일 뿐이었더냐. 내 앞에 그럴듯하게 나설 핑계를 만들기 위해 거짓으로 꾸며낸 말이더냐?"

그 꿈은 사라졌으니까. 꿈을 꾸게 했던 여인도 이젠 없으니까.

이곳으로 오는 그 순간까지도 혹시나 당신이 나의 청을 들어주지는 않을까. 함께 떠나라 명을 하진 않을까. 행여 그리 허락을 받는다면 그 길로 모든 것을 잊고 그 여인의 손을 잡은 채 도망을 쳐버릴까. 그런 헛된 희망 한 자락을 품었다는 것을 당신은 알까.

"허면 전하께서는 하루하루 목숨을 구걸하는 모습을 즐기고자 하신 것입니까?"

불의의 일격을 당한 사람처럼 임금의 뺨이 경련을 일으켰다.

결코 나약한 감정을 드러내서는 안 되는 것이 임금이라는 자리였다. 조금의 틈을 보여서도 안 되는 자리였다. 틈을 보이는 순간 바람은 방향을 바꾸는 법이었다. 그렇게 되면 바람에 실려 간 냄새를 맡고 적들이 몰려오는 것은 시간 문제였다.

오랜 굴욕과 불안의 시간 끝에 겨우 손에 넣은 왕좌. 그것을 그리 쉽게 적들에게 빼앗길 순 없는 일이었다.

호시탐탐 왕좌를 노리는 자들에 대한 경계심으로 왕은 높은 성을 쌓아올렸다. 그리고는 불안으로 만들어진 그 성 안에 스스로를 가두었다. 그렇게 매일 매일을 견디고 있는 것은 어쩌면 왕 자신이었는지도 몰랐다.

"즐기고 있느냐고? 네 눈에는 내가 그리 보이더냐? 하루하루 불안에 떨며 살아가는 그 심정을 내가 모를 것이라 믿는 게냐?"

"그래서 그리하신 것입니까? 전하 혼자로는 부족해 모두가 벌벌 떠는 세상을 만들려 하신 겁니까? 소도둑도 역적이요, 좀도둑도 역적이요, 길 가던 무지렝이도 모반을 획책했다 한마디면 역모 죄로 목이 내걸리는 세상이 정녕 전하께서 원하시는 세상이었습니까!"

"무엇이라!"

노여움에 왕의 힘줄이 불거졌다. 하지만 능창군은 눈도 깜짝하지 않았다.

왕은 곁에 선 호위무사의 검을 향해 거칠게 손을 뻗었다.

"제 목을 매어 다십시오, 전하!"

호령하듯 능창군이 임금을 향해 외쳤다. 검을 빼어들던 왕의 손이 멈추었다.

"제 목을 제물삼아 전하께서 불안을 거두실 수 있다면 그리하십시오! 그리하여 백성들이, 선비들이, 이 나라의 충신들이 하루가 멀다 하고 죽어나가지 않을 수 있다면 그리하십시오! 그런 세상을 위해 제 목이 필요하다면, 당장이라도 내려치십시오!"

능창군의 눈동자가 번쩍번쩍 빛났다.

멈추었던 왕의 손이 이내 검을 빼들었다. 그 검을 춤추듯 휘두르며 왕은 능창군의 앞으로 다가와 섰다.

허공을 한 바퀴 배회한 칼날이 천천히 내려와 능창군의 눈앞에 멈췄다.

"계속 해보아라. 그 건방진 말이 어디까지 가나 한번 들어보자."

왕의 눈이 서슬 퍼런 칼날만큼이나 날카롭게 번득였다.

"하늘이 노하여 울게 하지 마시고, 기꺼워 눈물 흘리게 하십시오. 산천초목이 두려움에 떨게 하지 마시고, 전하의 성은에 감읍해 떨게 하십시오. 전하의 곁에 있는 사람들을, 전하의 왕좌를 노릴 자들이 아니라 전하의 왕좌를 받들 자들이라 여겨주십시오. 그리하여 주신다면…… 제 심장을 기꺼이 제물로 바치겠습니다, 전하."

마지막 말을 마친 능창군은 임금의 눈을 마주보았다. 아름다운 갈색의 눈동자 속에 아직도 꺼지지 않은 불꽃이 활활 타오르고 있었다.

왕의 검 끝이 능창군의 미간 위에 와서 닿았다. 그 차가운 칼날은 곧 수려한 콧대 위를 지나갔다. 입술을 지나 턱에 다다랐을 때 칼 위로 검붉은 피 한 방울이 스르륵 미끄러져 내렸다.

제물을 바치는 의식이 서서히 끝나가고 있었다.

깊은 물속으로 수생은 서서히 가라앉아갔다.

더 이상은 숨도 쉬어지지 않았다. 축 늘어진 채 오직 밑으로, 밑으로 끌려 내려갈 뿐이었다.

한참을 내려가자 알갱이 같은 입자가 수생을 꼼짝달싹 못하게 죄어왔다.

물이 아니었나. 모래였던가.

조금 더 내려가자 발밑에서 우수수 모래가 떨어져 내렸다. 저 밑 어딘가에 모래가 숭숭 새어나갈 정도의 구멍이 기다리고 있는 듯했다. 아우성치는 모래알갱이 사이로 수생의 몸도 조금씩 흘러내렸다.

"내가 여기 있소! 당신들이 찾던 자가 여기 있는데 어찌 엉뚱한 사람을 데려가려 한단 말이오!"

백함은 목이 터지도록 소리를 지르며 몸부림을 쳤다. 그러나 사방 팔방으로 뻗은 줄에 묶여 있는 손발은 꼼짝도 하지 않았다.

대신 착혼꾼이 거미처럼 몸을 납작 엎드린 채 능숙하게 줄을 밟으며 백함에게로 다가왔다. 어둠으로 뭉쳐진 그의 얼굴엔 눈이 없었지만, 백함은 착혼꾼이 자신을 노려보고 있음을 알 수 있었다.

팔을 뻗으면 닿을 만한 거리까지 다가오자 착혼꾼이 움직임을 멈췄다.

"이제야 손에 들어왔구나. 결국 이리 오게 될 것을 어찌 그리 오랫동안 애를 태웠더냐."

"소원대로 이제 나를 데려가시오. 대신 수생 저 아이는 놓아주시오. 다시 돌려 보내달란 말이오!"

"그걸 바랐다면 더 일찍 서둘렀어야지. 이젠 너무 늦었다. 저길 보아라. 벌써 출구에 도달하지 않았더냐."

착혼꾼은 고갯짓으로 수생을 가리켰다.

수생은 어둠의 물결 저 밑으로 떨어져 내리고 있었다. 그 끝에 빛을 닮은 흰 소용돌이가 커다랗게 입을 벌리고 있었다.

"무슨 벌을 내리든 좋소. 영원히 지옥의 불길 속에 가둬버리시오! 환생 같은 것은 꿈도 못 꾸게 내 혼을 소멸해버려도 좋소! 대신 저 아이는 구해주시오, 제발 부탁이오!"

백함의 절박한 외침이 어둠 속으로 퍼져나갔다. 그 파동 때문인지 그를 옭아매고 있던 줄들이 출렁거렸다. 수생의 몸을 싣고 가던 물결도 심하게 요동을 쳤다.

아무것도 분간할 수 없던 어둠 속에서 인간을 닮은 형체 하나가 쓱 나타났다. 이승차사였다. 백함이 그를 발견한 다음 순간, 차사는 거짓말처럼 착혼꾼의 옆에 서 있었다.

"어찌된 일인가. 파장이 저 밑까지 느껴지던데."

사뿐히 줄 위에 선 채 차사는 착혼꾼에게 물었다. 높낮이가 조금도 느껴지지 않는 독특한 말투였다.

"두 세계의 질서를 어지럽히고 다닌 것으로도 모자라, 이제는 다른 인간의 운명까지 관여하려 발악을 하고 있습니다, 차사님. 어찌할까요?"

"나 때문에 생긴 일입니다! 내가 진작 이승을 떠났다면 벌어지지 않았을 일이란 말입니다!"

눈앞에 있는 자가 인간에게서 혼백을 거둬가는 이승차사라는 것을 안 순간, 백함은 다시 그를 향해 소리쳤다.

"그것을 어찌 일개 혼백인 네가 정할 수 있겠느냐. 네게 얽혀들었다면 그것도 저 아이의 운명인 것을. 발버둥 쳐봤자 거스르지 못하는 것이 운명이란 걸 그리 오래 이승을 떠돌고도 깨닫지 못한 게냐."

억양이 없는 차사의 목소리는 마치 잘 짜인 비단 같았다. 어떤 감정도 실려 있지 않았기에 매끄러웠고, 굴곡이 없기에 차가웠다. 그 얼음 같은 매끄러움이 백함을 휘감았다.

갑자기 참을 수 없을 정도로 오한이 났다. 손끝에서 시작된 그 냉기가 온몸으로 퍼져나가는 데는 그리 오랜 시간이 걸리지 않았다.

오한이 지나간 자리가 얼음처럼 딱딱하게 굳기 시작했다. 그에 따라 조금씩 백함의 존재도 마비되어갔다.

백함은 더 이상 움직일 수도, 입을 열 수도 없었다. 이제 곧 심장도 저 차가운 냉기에 얼어붙고 말리라.

야금야금 백함의 몸을 잠식한 오한이 드디어 혼백의 중심부를 향해 촉수를 뻗었다.

심장에 차가운 기운이 막 스며들 찰나였다. 투둑, 하며 백함의 손발을 묶고 있던 줄이 끊어졌다.

백함은 그대로 어둠을 향해 떨어져 내리기 시작했다.

"어찌 방해를 하는 겐가. 자네가 나설 일이 아닐 터인데."

눈앞에서 데려가야 할 혼백을 놓친 것치고는, 차사는 너무나도 평온했다.

그의 목소리에서는 조금의 동요도 느껴지지가 않았다.

누구에게 말을 건네시는 것인가.

착혼꾼은 주위를 두리번거렸다.

"차사님께서 위기에 처하신 것을 보고 어찌 손을 거들지 않을 수 있겠습니까."

공기를 긁는 듯한 쇳소리가 어둠속을 울렸다.

"위기라 하셨소, 무녀님?"

차사는 눈앞의 어둠을 향해 미소를 지었다.

"굳게 하신 약조를 지키지 않는다면 저 또한 상제께 이 일을 보고하지 않을 수 없지요. 차사께서 한낱 무녀 따위와 혼백을 놓고 거래를 하셨다고 말입니다. 상제께서 그 일을 아신다면 가만히 계시지는 않을 겝니다."

착혼꾼은 그제야 차사가 수구문 밖 무녀와 이야기를 나누고 있다는 것을 알아챘다.

그녀의 관할에 들어가 백함을 잡아가는 조건으로, 다른 혼백 하나를 남겨두겠다는 약조를 맺었던 일이 떠올랐다.

"허나 그때 내 수하가 데려온 것은 잘못된 혼백이었네."

"그것은 차사님의 사정이지요. 제 관할의 혼백 하나를 지켜야 하는 것이 제 사정이고 말입니다. 이 계집의 몸뚱아리가 지금 제 관할에 있다는 것은 잘 아실 겝니다."

차사는 말없이 고개를 끄덕였다.

이윽고 어둠 속에서 방울소리가 들려왔다. 그러자 빛을 향해 떨어져 내리던 수생의 몸이 허공에서 멈췄다.

"차사님, 아니 됩니다. 어찌 육신을 빠져나온 혼백을 다시 돌려보낸단 말입니까!"

착혼꾼의 목소리에는 억울함이 짙게 배어 있었다.

"아직은 저 경계선을 넘지 않았으니 가능할 것이네. 전례가 없던 것도 아니고, 힘이 닿지 않는 것도 아니니. 약조를 했다면 지켜야지. 그래야 우리가 필요할 때 다시 도움을 얻을 수 있지 않겠나. 게다가……"

차사는 착혼꾼을 향해 몸을 돌렸다.

"자네가 데려가야 하는 혼백은 따로 있지 않던가. 저자를 데려가게. 어서 이 사냥꾼 생활을 끝내고 다시 본래의 자리로 돌아가야지."

착혼꾼은 잠시 머뭇거리다 이내 고개를 끄덕였다.

양팔을 옆으로 펼치자 순식간에 도포자락이 검은 날개로 변했다. 백함을 데려가기 위해 착혼꾼은 유유히 어둠 속을 날기 시작했다.

두둥실 떠오른 수생의 몸이 어둠의 물결 속을 거슬러 올라오는 동안, 백함의 혼백은 아득하게 밑으로 떨어져 내리고 있었다.

무언가가 자신의 몸을 위로 밀어 올리고 있다는 것을 수생은 어렴풋이 느꼈다. 꼼짝 못하게 몸을 죄어오던 어둠의 알갱이도 조금씩 느슨해져가고 있었다. 깊은 물속에서 빠져나온 듯 수생은 참았던 숨을 터뜨렸다.

눈을 떠 바라본 세상은 온통 어둠이었다.

이런 끝도 없는 어둠을 수생은 꿈속에서 본 적이 있었다. 그리고 그 꿈속에선 언제나 백함이 나타났다.

나리, 어디 계세요?

수생은 주위를 두리번거렸다. 그때 누군가가 수생의 손목을 낚아채듯 잡았다. 얼른 고개를 돌리자, 손을 뻗어 자신을 끌어당기는 백함이 보였다.

수생은 그에게로 다가가려 했다. 그러나 몸이 말을 듣지 않았다. 어둠에 떠밀리듯이 끝없이 위로 떠오를 뿐이었다.

반대로 백함은 점점 밑으로 가라앉고 있었다. 수생의 손목을 잡았던 백함의 손이 점점 미끄러져 내려갔다.

얼른 손을 뻗어 수생은 멀어져가는 백함의 손을 붙잡았다. 마주잡은 두 손이 떨어지지 않으려고 안간힘을 써댔다.

"나리! 제 손을 꼭 잡으세요!"

수생은 손아귀에 아프도록 힘을 주었다. 마주잡은 백함의 손가락에도 힘이 들어갔다. 그러나 그럴수록 발밑에서 그들을 잡아당기는 인력도 점점 강해져갔다.

그대로 서로의 손이 떨어지려는 찰나, 수생이 다른 쪽 손을 쭉 뻗었다. 그러자 마치 헤엄을 치듯 수생의 몸이 쑥 백함에게로 밀려왔다.

놓칠세라 백함은 급히 수생을 끌어안았다. 이상했다. 분명히 심장을 꺼내어 검은 새에게 넘겨주었는데, 어째서 아직도 이리 가슴 언저리가 뜨거워져 오는 것일까.

수생을 품에 안은 채 백함은 유영하듯이 밑으로 떨어져 내렸다. 안심한 듯 그들은 눈을 감았다. 빛을 닮은 소용돌이가 흰 물보라를 일으키면서 그들을 맞이했다.

그 물보라에 등이 닿는 순간, 백함은 번쩍 눈을 떴다. 알고 있는 감촉이었다. 익숙한 냉기였다. 희뿌옇고 축축한 공기. 빛과 소리를 집어삼킨 후 고독과 절망을 양분삼아 점점 더 짙게 차오르는 그······ 안개.

안 돼. 백함의 머릿속에 경고음이 요란스럽게 울렸다. 이대로 수생을 저 안개 속으로 끌고 가서는 안 된다. 어서 이 손을 놓아야만 했다.

백함은 자신의 허리를 휘감고 있는 손을 잡았다. 수생이 깜짝 놀란 듯 눈을 떴다. 눈이 마주쳤지만 그에겐 더 이상 망설일 여유가 없었다. 물보라가 금방이라도 자신들의 등을 향해 촉수를 뻗어올 것만 같았다.

백함은 단호하게 수생의 손을 자신의 몸에서 떼어냈다. 그러자 인력이 다시 수생을 위에서 잡아당기기 시작했다.

"나리!"

수생은 백함에게 다시 닿기 위해 필사적으로 손을 허우적댔다.

"저도 같이 갈래요, 저도 데려가주세요!"

"아니 된다. 같이 갈 수 없는 길이다. 같이 가서는 안 되는 길이다."

"그럼 돌아가요. 저 위로 함께 올라가요. 어서 제 손을 잡으세요, 나리!"

수생이 안타깝게 손을 뻗었다. 손가락 끝이 백함의 손등을 스쳤다. 그러나 백함은 그 손을 마주잡지 않았다.

놓아주어야 했다. 이제 정말로 다시는 저 손을 잡아서는 안 되었다.

백함은 눈을 감았다. 그러자 갑자기 어둠 속에서 작은 입자들이 몽글몽글 피어오르더니 모래더미처럼 변해 그를 덮쳤다.

수생은 다시 한 번 그를 향해 손을 내밀었다. 그러나 어둠의 입자 속에 파묻힌 백함은 빠른 속도로 멀어져갈 뿐이었다.

수생의 얼굴이 희미해졌다. 목소리도 더 이상은 들리지 않았다. 익숙한 안개의 소용돌이가 그를 맞이했다.

그 끝도 없는 안개 속으로 휩쓸려 들어가기 직전, 백함의 얼굴에 무언가가 떨어져 내렸다. 뜨거운 그 물방울이 수생의 눈물임을 백함은 알 수 있었다.

모든 것을 잊어도, 이 눈물만은 잊지 않을 것이다. 다시 기억을 봉인 당한다 하여도, 끝없이 어둠 속을 헤맨다 하여도, 아니, 설령 나의 혼백이 산산이 부서진다 하여도…… 이 눈물에 담긴 네 마음만은 기억을 할 것이다.

허니, 너도 꼭 기억해다오. 네 마음을 간직한 채 떠난 이가 있으니, 너는 온전히 그 마음을 잊고 살아가도 된다는 것을…….

33

산사로 올라가는 길은 적막했다.

바람이 불자 흰 눈이 가루처럼 허공에 휘날렸다. 아침 햇빛을 받아 푸르스름하게 반짝거리는 그 눈가루들을 수생은 한참이나 가만히 바라보고 서 있었다.

그친 줄 알았던 눈발이 다시 내리기 시작했다. 제법 커다란 눈송이 하나가 코끝에 내려앉았다. 그 차가운 느낌에 수생은 퍼뜩 정신을 차렸다.

품고 있던 상자를 고쳐 안은 후 수생은 다시 산길을 따라 걸음을 옮겼다.

발을 디딜 때마다 길 위에 쌓여 있던 눈들이 뽀드득 소리를 내며 몸을 비틀었다.

상자 속에 담겨 있는 것은 능창군의 유골이었다. 강화에 위리안치
되었던 능창군은 그 해 겨울을 넘기지 못한 채 스스로 목숨을 끊었다.

그가 남긴 마지막 서찰을 수생에게 전해준 것은 윤상궁이었다. 그
의 유골이 담긴 상자와 함께였다.

짧게 적어 내려간 편지 속에는 담담한 작별인사가 적혀 있었다.

    그 사내의 부적 덕분에 네가 살아날 수 있었다는 말을 들었다.

    나는 살고 싶어 네 이름을 품었는데, 그자는 너를 살리려고 네 이름을
품었더구나. 사람을 품기에도, 세상을 품기에도 나의 마음이 부족하였
다는 것을 이제야 깨닫는다.

    조금도 슬퍼 말거라. 평안하거라.

혹시 위험할지 모르니 읽고 나면 이 서찰은 태워다오. 그렇게 짧
은 글은 끝을 맺고 있었다.

수생은 능창군의 바람대로 서찰을 태워 바람에 날려 보냈다. 그
가 남긴 마지막 말은 대신 가슴속에 묻었다.

그렇게 수생은 마음속에 두 개의 무덤을 만들었다.

오랫동안 앓다 깨어난 수생은 자신이 백함 덕분에 살아났다는 것
을 알았다.

그 부적의 힘이 아니었더라면 너는 살아나지 못했을 게다. 수구문
밖 공동묘지에서 눈을 뜬 수생에게 무녀는 그리 일러주었더랬다.

무녀가 전해준 말에 따르면, 백함은 탑돌이를 하러 갔을 때 등에

적어 넣었던 수생의 이름을 떼어 부적을 만들었다고 한다. 그 부적을 그는 수생의 댕기 속에 몰래 꿰매어놓았다. 금원에서 수생을 쏘았던 화살은 바로 그 부적을 숨긴 댕기 위에 날아와 꽂혔던 것이다.

향기를 맡아보라며 들이밀었던 정체불명의 가루 역시 부적의 일종이었다. 백함은 그 가루를 수생의 집과 방 그리고 옷마다 뿌려 놓았다. 보이지 않던 그의 마음이 실은 모든 곳에 깃들어 있었음을 수생은 뒤늦게야 깨달았다.

꽃이 피고, 낙엽이 떨어지고, 눈이 녹고 다시 꽃이 질 동안 수생은 끈질기게 백함을 기다렸다. 자신처럼 그도 꼭 다시 돌아오리라 믿었다.

그러나 두 번의 겨울이 지나도록 백함은 돌아오지 않았다. 다시는 그를 볼 수 없다는 사실을 인정해야 할 때가 서서히 다가오고 있는지도 몰랐다.

산사에 도착한 수생은 마당 한가운데 서 있는 탑으로 다가갔다.

상자를 안고 탑을 돌면서 수생은 능창군의 명복을 빌었다. 그러는 동안 흰 새 한 마리가 유유히 하늘을 날며 수생의 벗이 되어주었다.

탑돌이가 끝나갈 무렵, 승려 한 사람이 눈을 밟으며 수생에게로 다가왔다.

수생은 두 손을 모아 공손하게 합장을 했다.

"오셨습니까."

"예, 스님."

"지난번에 말씀하셨던 그분입니까."

승려는 수생이 품고 있는 항아리를 가리켰다.

수생은 조용히 고개를 끄덕였다. 능창군의 유골이 담긴 상자를 수생은 이 산사 안에 모실 생각이었다.

"따라오시지요."

승려가 먼저 앞장서서 걷기 시작했다. 그가 남긴 발자국을 따라 수생도 열심히 발걸음을 옮겼다. 산사의 안쪽에 위치한 소박하고 작은 건물 앞에서 승려는 걸음을 멈추었다.

문이 열리자 방 안에 모셔진 유골함들이 보였다.

승려는 수생의 손에서 상자를 받아들고 안으로 들어갔다.

조심조심 상자를 내려놓는 모습을 지켜보던 수생의 눈에 낯익은 항아리 하나가 들어온 것은 그때였다.

그것은 수진궁 사당에 놓여 있던 항아리였다. 아니, 운종가에서 샀던 항아리였다. 아니, 무어라 불러도 좋았다. 그것은 백함의 항아리였다.

수생은 홀린 듯 방 안으로 들어섰다. 상자를 놓고 돌아서던 승려가 그런 수생을 보고 의아한 표정을 지었다.

"어찌하여 그러십니까. 특별히 부탁하고 싶으신 것이라도 있으신 것입니까."

"저 항아리…… 스님의 것이어요?"

승려는 뒤를 돌아보았다. 수생이 가리키고 있는 것은 구석에 놓여 있는 작고 흰 달 모양의 항아리였다. 아침 햇빛을 받은 항아리는 보일 듯 말 듯 푸르스름한 빛을 내비치고 있었다.

"아닙니다. 오늘 새벽에 어떤 분이 와서 맡겨놓고 간 것입니다."

"새벽에요? 어떤 분이셨는데요? 어디서 오셨답니까? 어디로 간다는 말은 못 들으셨습니까?"

다급하게 물어보는 수생의 얼굴은 잔뜩 상기되어 있었다. 기도하듯 두 손을 모은 채 수생은 승려를 바라보았다. 대답을 기다리는 심장이 터질 것만 같았다.

"글쎄요…… 잠시 뵈었던 터라……. 나이는 갓 마흔을 넘은 정도였을까요. 항아리를 만드는 도공이라 하시더군요."

승려는 수생의 기색을 잠시 살폈다. 긴장된 얼굴로 다음 말을 기다리는 모습을 보고 승려는 다시 말을 이었다.

"오래전에 어떤 양반댁 아씨가 그 도공에게 고운 뼛가루를 가지고 와 항아리를 만들어 달라 했답니다. 헌데 그만 가루가 든 주머니를 떨어뜨리는 바람에 그 아씨께서 원하던 대로 항아리 하나에 그 뼛가루를 다 담지 못했던 모양입니다. 구워져 나온 항아리 색깔을 보건대 뼛가루가 들어간 항아리가 적어도 세 개는 만들어졌다더군요. 아마도 보살님께서는 이 항아리와 꼭 닮은 항아리를 어디선가 보신 게지요?"

승려의 물음에 수생은 고개를 끄덕였다. 어떻게 운종가 상인이 수진궁 항아리와 똑같은 것을 갖고 있었는지, 그 의문이 이제야 풀리는 것 같았다.

하지만 역시 백함 나리는 아니었던 거야…….

"헌데 왜 이 항아리를 스님께 가지고 왔다 합니까?"

"근자 들어 저 항아리 때문에 뒤숭숭한 꿈을 꾼다 하더군요. 아무래도 뼛가루가 들어간 항아리이니 유골의 혼백이 나타나 자신을 괴롭히는 것이 아니겠냐구요."

승려는 추운 듯 몸을 떨고 있는 수생을 향해 미소를 지어 보였다.

"날이 춥습니다. 따뜻한 차 한 잔 하고 내려가시지요."

먼저 방을 나선 승려가 툇돌로 내려섰다.

그때 방 안에 남아 있던 수생의 등 뒤로 바람 한 줄기가 불어왔다. 열린 문틈 사이로 스며든 그 바람은 수생의 어깨를 톡톡 치고 재빨리 사라져갔다.

수생은 천천히 뒤를 돌았다. 조금씩 흩뿌리던 눈송이가 어느새 굵어져 있었다.

다시 바람이 불어와 눈송이들을 흩날렸다. 맑은 풍경소리가 산사의 고요한 공기 속으로 퍼져 나갔다. 어디서 왔는지 희고 투명한 푸른빛이 휘날리는 눈 속에 섞여 반짝거렸다.

멀리서 휘이, 휘이, 휘파람 소리가 들려왔다. 어설픈 소년의 입술에서 흘러나오는 바람 같은 소리에 수생은 가만히 귀를 기울였다.

그 휘파람 소리를 뚫고 누군가 뽀득뽀득 눈을 밟으며 산사로 걸어 들어오는 소리가 들렸다.